D1880596

वाया फ़ुरसतगंज

दरअसल *वाया फ़ुरसतगंज* आज़ाद देश में विकसित हो रहे राजनीतिक चरित्र के दोगलेपन की कथा है। इसका यह दोगलापन सर्वव्यापी है और कदाचित इसका असर भी..! इसीलिए इसका प्रसार जीवन के सभी क्षेत्रों में होता दिखाई देता है। इसने हमारे आसपास के रोज़मर्रा के वातावरण को इस क़दर आच्छादित कर लिया है कि इसके बिना जीवन की किसी एक गतिविधि का संचालन सम्भव नहीं..! क्या धर्म, क्या समाज, क्या प्रशासन, क्या पुलिस और क्या न्यायपालिका—एक-एक कर सभी इस बदलाव के अभ्यस्त हो चुके हैं। दुर्भाग्य यह कि हम स्वयं इस बदलाव पर आह्लादित होते चलते हैं...! राजनीति को तो निठल्लेपन, डकैती, लूट, मक्कारी, झूठ और निर्वस्त्रता का रोग लग गया है। वह इसे सार्वभौम बना देना चाहती है। वह इस कोशिश में है कि उसके साथ बारी-बारी सब-के-सब निर्वस्त्र होते चलें..! हम भी कहीं-न-कहीं उसके इस अभियान में उसके साथ खड़े दिखाई देते हैं।

ऐसे में *वाया फ़ुरसतगंज* आधुनिक राजनीति और समाज का वह आईना बनकर हमारे सामने आता है जहाँ हम अपने चेहरे के विद्रूप को ठीक करने और उस पर लगी कालिख को साफ़ करने के बजाय आईने को साफ़ करने की कोशिशों में लगे दिखाई देते हैं। हमारे लिए हर घटना केवल मनोरंजन-मात्र है और इसके अतिरिक्त यदि वह कुछ है तो केवल एक-दूसरे को नीचा दिखाने का खेल और आपसी षड्यन्त्र का मैदान भर...! राजनीति का मक़सद केवल सत्ता हासिल करना रह गया है और आश्चर्य यह कि भोली एवं बेवकूफ़ जनता, उसके साथ इस खेल में शामिल होकर, बेतहाशा नर्तन करते हुए आत्मविभोर दीखती है। उसका यह बेतुका आत्मसमर्पण न केवल फ़ुरसतगंज बल्कि पूरे देश के निवासियों के रगों में बहने वाले तरल की नियति बनकर रह गया है।

वाया फ़ुरसतगंज

बालेन्दु द्विवेदी

वाणी प्रकाशन

वाणी प्रकाशन

4695, 21-ए, दरियागंज, नयी दिल्ली 110 002

फ़ोन : +91 11 23273167 फ़ैक्स : +91 11 23275710

शाखाएँ

अशोक राजपथ, पटना 800 004, बिहार

कॉफ़ी हाउस कैम्पस, महात्मा गांधी मार्ग, इलाहाबाद 211 001, उत्तर प्रदेश

महात्मा गांधी अन्तरराष्ट्रीय हिन्दी विश्वविद्यालय, वर्धा 442 001, महाराष्ट्र

सुल्तानिया रोड, मोतिया पार्क, भोपाल 462 001, मध्य प्रदेश

www.vaniprakashan.com
marketing@vaniprakashan.in
sales@vaniprakashan.in

VIA FURSATGANJ
by Balendu Dwivedi

ISBN : 978-81-949398-2-5
Novel

पेपरबैक प्रथम संस्करण 2021

मूल्य : ₹ 325

सिटी प्रेस, दिल्ली-110 095 में मुद्रित

वाणी प्रकाशन का लोगो मक़बूल फ़िदा हुसेन की कूची से

यह उपन्यास समर्पित है उस 'व्यवस्था-देव' को, जो विकृति को सुकृति की अपेक्षा बलवत्तर स्वीकार करता है; जो अपने हीन और अधम सेवकों को, योग्य और उत्तम की अपेक्षा श्रेयस्कर मानता है; जो क़ानून और नैतिकता को सार्वजनिक के बजाय निजी सम्पत्ति समझने वाले महापुरुषों के प्रति कृतज्ञता ज्ञापित करता है; जो स्वयं उसे ही दीमक की तरह खोखला करने वाले कर्तव्यनिष्ठों को अपने आस्तीन से चिपकाये रखता है; जो राजनीति के साथ अपराधियों तथा पुलिसिया तन्त्र के मज़बूत गठबन्धन को स्थायी बनाये रखने वालों पर बरबस प्रसन्न रहता है और इसके ख़िलाफ़ आवाज़ उठाने वाले ज़ालिमों को हर हाल में सबक़ सिखाता है।

आत्मकथ्य

वाया फ़ुरसतगंज की कहानी इलाहाबाद की है। इसलिए बात सीधे इलाहाबाद से ही शुरू करते हैं। लेकिन इस शहर के बारे में एक सीधी बात कहना ही शायद सबसे टेढ़ा काम है। इसलिए न चाहते हुए भी बात कहाँ से और कैसे शुरू की जाय, समझ में नहीं आता। अच्छा...! चलिए तनिक कोशिश करते हैं। तो सन्तो...! बड़े-बुज़ुर्ग इसकी सबसे बड़ी पहचान यही बता गये हैं कि जब एक सनातनी चोरी करने जाता है तो इसे इलाहाबाद पुकारता है और जब अपने मरे हुए बाप की अस्थियों का तर्पण करने जाता है तो प्रयागराज...! असल में यह एक ऐसा शहर है जो जितना ज़मीन के ऊपर है उससे कई गुना अधिक ज़मीन के नीचे...! इसकी पुरातनता सर्वविदित है और कदाचित् इसकी लंठई उससे भी अधिक प्रसिद्ध...! यह एक ऐसा शहर है जो जितना समय दोनों पैरों पर खड़ा रहता है उससे कहीं अधिक समय एक पैर पर खड़े रहने के लिए व्यग्र...! साधना और आराधना दोनों के चक्कर में...!! इसके अतिरिक्त यह एक ऐसा शहर भी है कि जीते-जी आप चाहे दुनिया के किसी कोने में साँस लें लेकिन शरीर त्यागने के बाद आपकी अस्थियों की राख यहीं आयेगी, तभी आपको मुक्ति मिलेगी। इसलिए आप अपनी पसन्द से कहीं भी मरना चाहे; लेकिन मरने के बाद भी आपका बहना इसी शहर के भरोसे है...!

आज भी बहुतों को इसके अधकचरे शहरीपन से चिढ़ है। सच्चाई यह है कि यह एक ऐसा शहर है जो दरअसल कभी शहर बन ही नहीं पाया। वैसे भी किसी चीज़ का बन पाना भी तब होता है जब इसके लिए कोशिश की जाती है। बड़ी बात यह कि इसने कभी कोशिश भी नहीं की। इसलिए बड़ी-बड़ी इमारतों और क़िलों की मौज़ूदगी के बावजूद यहाँ का आदमी हमेशा से सब कुछ को अपने 'फ़ोद' पर ही रखता आया है और अपने तरीक़े से जीवन की परिभाषा

गढ़ता चलता है। स्वयं को छोड़कर, बाक़ियों के लिए उसके द्वारा निर्धारित सबसे अनुकूल दिशा-दशा है—एलकेडी अर्थात् 'लौड़े के दक्खिन' और एलकेटी अर्थात् 'लौड़े के तीन'...! कदाचित् इसलिए झूँसी से लेकर फाफामऊ तक और नैनी से लेकर जमुना जी के कछार तक, यहाँ सभी के जीने का अपना-अपना फ़लसफ़ा है। यह वैचारिक-विविधता ही इस शहर की सबसे बड़ी पहचान है।

पहचानें तो दरअसल इसकी बहुतेरी हैं जिन्हें यदि गिनने-गिनाने पर उतारू हो जायें तो इसे लिपिबद्ध करने के लिए, इसके चारों तरफ़ प्रवाहित होने वाली गंगा और यमुना का पानी भी कम पड़ जाये...! यदि मैं इसका प्रारम्भ इसकी तारीफ़ से करना चाहूँ तो शायद सबसे पहले काशी वाले बिदक जायें; मुँह फुला लें और भोजपुरी की दो-चार ख़ूबसूरत गालियों से मुझे बख़ूबी न्यौत दें...! रिश्ता-नाता ख़त्म कर लें सो अलग...! क्योंकि काशी वालों को अपने से बेहतर कोई शहर नज़र नहीं आता। भोले बाबा की आदिकालीन नगरी और बूढ़े से लेकर नौजवानों तक को सुबह से शाम तक भाँग का गोला लीलने और चिलम चढ़ाने की बेख़ौफ़ छूट...! मस्ती का आलम...! वाह क्या बात है...! क्यों न इसे सबका मन चाहे...!! इसीलिए तो यहाँ विदेशी कन्याएँ तक खिंची चली आती हैं—'दम मारो दम' के चक्कर में...! और विदेशी युवा तो सारे दिन गले में गेंदे की माला ऐसे लटकाये फिरते हैं मानो काशीवासियों से हाथ जोड़कर उन्हीं की भाषा में कहना चाहते हों कि 'ए गुरू...! पहले से ही पहिन रखा है। अब और पहिनाने की कोशिश न करो...!'

लेकिन मेरी मजबूरी है कि चाहकर भी मैं इलाहाबाद की हेठाई कर नहीं सकता। इसको लेकर मैं उतना ही रूमानी हूँ—जितना काशी को लेकर काशीनाथ...! और यदि न चाहते हुए भी सपने में भी, मैं इसकी हेठाई का ज़िक्र कर दूँ तो शहर के तमाम बम-विशेषज्ञों के आक्रोश से बचना मेरे लिए सम्भव नहीं होगा। और विश्वास मानिये...! मैं पल भर में ही 'धुआँ-धुआँ' हो जाऊँगा। 'दम-मारो-दम' का स्थान 'बम-मारो-बम' ले लेगा। तब मुझे न तो गंगा मइया बचा पायेंगी; न सिविल लाइंस के खड़े हनुमान जी बचा पायेंगे और न ही संगम तीरे के पड़े हनुमान जी...!

गंगा, जमुना और अदृश्य सरस्वती इस शहर के जीवन में प्राणवायु की तरह हैं। फ़िलहाल शहर की बसावट देखकर ऐसा लगता है जैसे जीवनदायिनी गंगा, इस शहर के सिर और गालों पर इस कदर हाथ फेर रही हों जैसे कोई माँ गोद में रखे अपने नवजात बच्चे को निरन्तर दुलरा रही हो—पुचकार रही हो...! कई बार गंगा माँ को जब उसके इस दुलार का कोई माक़ूल जवाब नहीं मिलता तो

वह भावुक हो जाती है और उसके फेनिल शोर में सारा शहर जलप्लावित होने लगता है। एकबारगी ऐसा लगता है कि गंगा अपने प्रवाह में सब कुछ बहा ले जायेगी। चारों तरफ़ हाहाकार मच जाता है। दारागंज वाले, अल्लापुर वाले, बघाड़ा वाले और गोविन्दपुर वाले—सभी बँधे वाले हनुमान जी के पैरों पर माथा टेकने लगते हैं। तमाम तरह की मन्नतें माँगने लगते हैं। पूरी-पकवान और चढ़ावे चढ़ाने लगते हैं। लेकिन माँ तो माँ ठहरी...! वह अपने कोप से अपने ही बच्चों को कब तक सतायेगी भला...?

धीरे-धीरे गंगा मैया का ग़ुस्सा शान्त होने लगता है। उसका पानी उतरने लगता है। तब दूर-दूर तक फैले रेतीले मैदान और उसकी बाँहों में अक्सर समा जाने वाली ज़मीन पर नरम मिट्टी की एक चादर-सी बिछ जाती है। क़ायदे से गंगा जाते-जाते शहर और आसपास के बाशिन्दों की अनुर्वर होती ज़मीनों को उपजाऊ बना जाती है। परन्तु गंगा भी क्या करे...! जैसे परुआ बैलों में हल का बोझ उठाने की ताक़त नहीं होती वैसे ही यहाँ के अधिकांश होनहार, परुआ बैलों की तरह व्यवहार करते मिल जायेंगे।

परुआ बैलों से इनकी कहानी याद हो आयी। इनकी कथा भी बड़ी विचित्र है। यदि किसी ने कभी धान कटने के बाद उसकी दँवरी-ओसौनी की प्रक्रिया देखी हो तो उसे यह बख़ूबी पता होगा कि खेतों से जब धान के बोझे काटकर खलिहान में दो बैलों की जोड़ी से उनकी दँवरी कराई जाती है तो इन दोनों बैलों में जो सबसे मज़बूत होता है उसे थून्हीं में बाहर की ओर, और जो कमज़ोर होता है उसे भीतर की ओर नाधा जाता है। थून्हीं में बाहर की ओर जिस बैल को नाधा जाता है वह हृष्ट-पुष्ट और मज़बूत होता है और वास्तव में उसी पर पूरी दँवरी का भार होता है। भीतर की ओर जो बैल बँधा होता है वह परुआ होता है; शारीरिक रूप से कमज़ोर होता है; कामचोर और ढीठ होता है। बाहर वाला बैल मेहनत करता है फिर भी मार खाता है। परुआ मेहनत भी नहीं करता, दँवरी का धान भी चबाता रहता है, मौक़ा देखकर धान के डण्ठलों के बीच हगता भी रहता है और मार भी नहीं खाता। देखा जाय तो पूरी दँवरी में इस परुआ बैल की उपादेयता बिल्कुल शून्य है। पर यह इस सिस्टम का इंटीग्रल पार्ट है और इसके बिना दँवरी सम्पन्न नहीं हो सकती। उसको बनाये रखना किसान की मजबूरी भी है और अनिवार्यता भी।

इसी तरह इलाहाबाद की धरती पर ऐसे तमाम वीर, जिन्हें स्थानीय भाषा में 'लहकट', 'बकैत' और न जाने क्या-क्या कहा गया है, मिल जायेंगे जो यों तो सुबह से शाम तक कुछ भी नहीं करते; इलाहाबाद के विकास में उनका योगदान

धेला भर भी नहीं है; अपने चारों तरफ़ फैले उर्वर माटी में 'झड़ी झाँट' भी नहीं उगा सकते; सुबह से शाम तक यहाँ-वहाँ केवल बकैती पेलना उनका एकमात्र जीवन-धर्म है। विधाता ने भी मारे डर के, इनके ज़िम्मे केवल 'खाना-पचाना-हगना और सोना' केवल यही चार काम सौंपे हैं। पर क़ायदे से अपने इस 'साधु-रूप' में भी ये इस शहर की शान हैं और यहाँ की ठेठ संस्कृति के इंटीग्रल पार्ट हैं। इनके बिना इलाहाबाद की कल्पना ही नहीं की जा सकती। यहाँ पर जनाब अकबर इलाहाबादी साहब का एक शेर याद आता है के—

कुछ इलाहाबाद में सामाँ नहीं बहबूद के
याँ धरा क्या है ब-जुज अकबर के और अमरूद के।

तो अकबर इलाहाबादी साहब को भी इलाहाबाद में यदि कुछ दिखा तो एक तो वे स्वयं थे और दूसरी चीज़ थी-यहाँ की सेब के माफिक़ लाल-लाल अमरूद। बाक़ी चीज़ें उन्हें भी समझ में नहीं आयीं। सम्भव है कि अकबर इलाहाबादी साहब ने किसी गुस्से या खीझ में यह शेर लिख दिया हो; क्योंकि उनके कई शेर ऐसे भी हैं जो इलाहाबाद का बखान करते हैं। और उनके स्वयं के नाम में 'इलाहाबादी' शब्द का जुड़ना इलाहाबाद के किसी बखान से कम नहीं...!

ऐसा लगता है अकबर इलाहाबादी साहब के आक्रमण की मूल वजह यहाँ की सुस्त जीवन-शैली है। असल में यह एक बेहद सुस्ताया-सा शहर है जो जागने के बाद नित्यप्रति चाय के साथ अपनी दिनचर्या की शुरुआत करता है और दही-जलेबी संग ज़ोर की अँगड़ाई लेता है...! जिसने कभी इस शहर में वास किया हो उसे प्रयाग स्टेशन के प्लेटफ़ार्म नम्बर एक से टहलते हुए, लल्ला चुंगी होते हुए यूनिवर्सिटी रोड की किताब वाली गलियों से होते हुए कटरा बाज़ार में गुम हो जाना, फिर नेतराम की कचौड़ियाँ उड़ाते हुए लक्ष्मी टाकीज पर चाय और समोसे की पार्टी उड़ाना—कैसे भूल सकता है भला...!

कटरा मोहल्ला एक ओर यहाँ के मध्यवर्गीय परिवारों के लिए आकर्षण का कारण है; वहीं युवाओं के आकर्षण का केन्द्र भी है। सारा दिन यह मार्केट भीड़-भाड़ से अटा पड़ा रहता है। शाम होते-होते तो इसका आलम यह होता है कि आप इसके बीच से कितना भी बचकर निकलें, आपका शरीर दूसरे के शरीर से रगड़ ही जायेगा। बल्कि यूनिवर्सिटी में पढ़ने वाले बहुतेरे युवा तो केवल इस रगड़ की लालच में ही शाम को यहाँ घूमने आते हैं और थोड़ी देर ठिठक कर गणेश की दुकान पर इतिहास, दर्शन और साहित्य की चाशनी के विमर्श के साथ सड़कों पर भाग रहे सौन्दर्य का निंद्य-अनिंद्य दर्शन कर लेना चाहते हैं।

फिर कटरा और कर्नलगंज की सन्धिस्थल पर स्थित राजू, चन्दन, गोलू, गणेश नामधारी तमाम चाय की दुकानों के सामने लगे बेंचों पर दोनों टाँग फैलाकर बैठे छात्रों के, ज्ञानवितरण और ज्ञानार्जन का तरीक़ा आपको अक्सर हतप्रभ कर देगा। यहाँ के वातावरण में बौद्धिकता का आलम यह है कि यूनिवर्सिटी रोड पर निरक्षर किताब बेचने वाला भी किसी विषय के प्रोफ़ेसर से ज़्यादा किताबों और लेखकों के नाम जानता है। और कृष्णा कोचिंग के एक कोने पर सड़क के किनारे बैठा हुआ हस्तरेखा विशेषज्ञ तो कांट, हेगल और हुसर्ल पर आपसे इस क़दर बात करेगा मानो अपने यूनिवर्सिटी के दर्शनशास्त्र विभाग के तमाम प्रोफ़ेसरान करते हैं...!

यों कर्नलगंज भी कटरा से कम मादक नहीं है। विश्वविद्यालय के सबसे क़रीब होने के कारण अब यह घरनुमा दुकानों और दुकाननुमा घरों में बदल-सा गया है। यहाँ पंडीजी का सकौड़ा और बुढ़ऊ दादा के दुकान की कुल्हड़ में मलाई वाला दूध भुलाये नहीं भूलेगा। वहीं कुछ दूर पर ख़ामोश खड़े आनन्द भवन के साये में आलू टिक्की और फुलकी दबाना कोई कैसे विस्मृत कर पायेगा...! थोड़ा और आगे जाने पर सदियों का इतिहास समेटे कम्पनी बाग़, जो शहर का हृदयस्थल है, सुबह-शाम स्वास्थ्य को लेकर सचेत रहने वाले समाज के विविध तबक़ों की आवाजाही से गुलज़ार रहता है और बीच की अवधि में नव प्रेमी-प्रेमिकाओं के स्निग्ध आलिंगन और चुम्बन से...!

पार्क के मुख्य द्वार से बाहर निकलते ही प्रयाग संगीत समिति के बगल में खोखा राय का ठण्डा दही-बड़ा का ठेला अपने नाम और प्रचार से एकबारगी किसी मल्टीनेशनल ब्रांड का-सा भ्रम पैदा कर देता है। वहीं से कुछ दूर पर सिविल लाइन्स झिलमिलाता नज़र आता है—कहीं एक पान की दुकान और सोडा का मुक़ाम...! आज का सिविल लाइन कभी अपने कॉफ़ी हाउस और पैलेस सिनेमा के लिए जाना जाता रहा है। जहाँ कॉफ़ी हाउस साहित्यकारों के जमावड़े के कारण प्रसिद्ध हुआ तो पैलेस टॉकीज अपने रंगमंचीय संसाधनों के कारण। यहाँ से तनिक पीछे की ओर धोबी घाट पर हीरा हलवाई महराज बैठते हैं। उनकी दही और जलेबी के क्या कहने...! 'सुबह चाभिये-शाम चाभिये, जैसे लँगड़ा-आम चाभिये...!!'

सिविल लाइन्स से जॉनसेनगंज की भीड़-भाड़ से होते हुए चौक की तंग गलियों तक का सफ़र आपको एक अजीब सी दुनिया का एहसास करायेगा...! चौक के ठीक बगल में लोकनाथ है, जहाँ आजकल हरीराम के समोसे की दुकान बड़ी प्रसिद्ध है और जिसका निर्यात दूसरे देशों तक होना बताया जाता है। मीरगंज मोहल्ला भी पास में ही है जहाँ पण्डित नेहरू का पुराना घर स्थित था। यह तवायफ़ों की बस्ती होने के कारण भी बहुत मशहूर है। किसी ज़माने में यहाँ मशहूर तवायफ़

जानकी बाई इलाहाबादी उर्फ़ छप्पन छुरी की कोठी थी। आज भी जिन्होंने अपने दादा-परदादाओं से छप्पन छुरी के बारे में सुन रखा है, उन्हें सब्ज़ी मण्डी से गुज़रते हुए एक गीत की ध्वनि कानों में अनायास ही सुनायी देने लगेगी—

जो मैं होती राजा, वन की कोइलिया
कुहुँक रहती राजा, तेरे बँगले पर
कुहुँक रहती राजा...

जो मैं होती राजा, कारी बदरिया
बरिस रहती राजा, तेरे बँगले पर
बरिस रहती राजा...

जो मैं होती राजा, बेली चमेलिया
खिलिये रहती राजा, तेरे बँगले पर
खिलिये रहती राजा...

इस गीत की झंकार के बीच आगे बढ़िये और नख़ासकोना से गुज़रते हुए सुलाकी की दुकान तक की जद्दोजहद और इनाम में रसमलाई का स्वाद लिए आप बस मिठास में खो जाइये। वहाँ से सरस्वती घाट की ओर मुड़ जाइये और चुपचाप घाट की सीढ़ियों पर जा कर बैठ जाइये। गंगा की चंचलता और यमुना की गहराई, उस पर नाव खेता एक मल्लाह, जीवन का दर्शन बयान करता है। बरबस ही आपको यमुना की अतल गहराइयों में खो जाने का मन करेगा। बैठे हुए यदि शाम होने लगे तो फिर इस अप्रतिम सौन्दर्य के क्या कहने...! इस अवधि में यदि नैनी के पुराने रेलवे ब्रिज से किसी दूर जाती रेलगाड़ी की ध्वनि सुनायी दे जाय तो इसे अपना सौभाग्य ही समझिए। ऐसा लगेगा कि आपके लिए आज का दिन कुछ ख़ास हो गया। पक्षियों का कलरव इस वातावरण को और मनोहारी बना देता है। इस समय सूरज भी ढलते-ढलते अपना थोड़ा-सा सुनहरा रंग गंगा-जमुना में छोड़ जाता है जो रात के साथ मिलकर थोड़ा और गहरा हो जाता है। एकबारगी वक़्त बस वहीं थम-सा गया लगता है...!!

यह शहर अपने इस तेवर में एक विचित्र क़िस्म का सामाजिक-सांस्कृतिक कलेवर लेकर जीता है। सामान्य तौर पर यहाँ उच्चवर्ग के बाशिन्दों की संख्या अपेक्षाकृत कम दिखायी देगी, लेकिन जो उच्चवर्गीय समाज के लोग हैं—उनके संस्कार सीधे दिल्ली और मुम्बई जैसे शहरों से जुड़े दिखायी देंगे। फ़िलहाल मध्यवर्ग यहाँ का एक बड़ा वर्ग है और इसकी रोज़मर्रा की जीवन-चर्या में उत्तर प्रदेश,

बिहार और पश्चिम बंगाल के संस्कारों का घाल–मेल है। इसलिए यहाँ एक ही आदमी कई संस्कृतियों को अपने दिनचर्या में निभाता मिल जायेगा–बड़े शान से, बड़े ही आत्मविश्वास से...! फिर यहाँ उत्तर प्रदेश के विभिन्न कोने से आकर बसे एक ही बिरादरी के अलग-अलग संस्कृतियों में जीने वाले भी ख़ूब मिलेंगे। जैसे पण्डित मिलेंगे तो सरयूपारीण से लेकर कान्यकुब्ज तक और पण्डा से लेकर शाकलद्वीपी-मोहपातर तक; फिर क्षत्रियों, कायस्थों और बनियों की तो इतनी प्रजातियाँ मिल जायेंगी कि स्वयं विधाता को भी अपना रजिस्टर खोलकर मिलान करना पड़ जाये...!

यहाँ के मध्य आयु वर्ग के युवाओं में आलस्य एक सार्वभौमिक विशेषता है। किसी से मिलने के लिए समय माँगो तो वह बारह बजे के पहले आपको समय नहीं देगा; क्योंकि वह अमूमन सोकर उठता ही है बारह बजे...! लेकिन जब वह आपसे बारह बजे आने को कहेगा तो उसके चेहरे से ऐसा लगेगा कि वह आप पर कोई एहसान कर रहा हो और सारी रात किसी रोबोट के अनुसन्धान में लगा रहा हो...! फिर दोपहर में सोने के लिए भी उसे समय चाहिए। उसका सीधा फंडा है–'फ़ायदा हो या नुक़सान/एक घण्टे चादर तान/जय जवान/जय किसान /जय लेटे हनुमान...!'

हनुमान जी से याद आया कि यहाँ का हर आदमी हनुमान जैसा ही है। जब तक उसे अपनी ताक़त का ज्ञान नहीं है, तब तक कुण्डली मारे कोने में दुबका रहेगा; लेकिन ज्यों ही किसी जामवन्त ने उसे उसकी मेधा से परिचय कराया, समझिये उसी दिन कर्नलगंज के राजू चायवाले की दुकान से पाकिस्तान के ऊपर मिसाइलों से सीधा हमला पक्का है। यह अलग बात हो सकती है कि ऐसे लगातार इलाहाबादी हमलों के बावजूद, दुश्मन देश जस-का-तस खड़ा रह जाय। अब अगर ऐसी दशा में कोई बेशरम, फेंकने वाले से पूछ ही ले कि–

'अमाँ इयार तुमका जब देखौ मिसइलै तानत रहत हौ...! मगर केहू का कुछ उखड़त नै ना...!!'

तो अगला भी धुएँ की कश बाहर छोड़ते हुए केवल इतना ही कहेगा कि–

'हमरै कौन उखड़ि गा बे...!'

फिर अपनी फटफटिया उठायेगा और किसी दूसरे ठिकाने के लिए चल देगा; पर हार नहीं मानेगा। दरअसल यह आत्मविश्वासियों का शहर है, बल्कि परमविश्वासियों का शहर है। इसलिए यहाँ के रहने वाले ज़्यादातर फक्कड़मिज़ाज यह मानते हैं कि 'फेंकना अपना काम है और केवल इसी पर अपना वश भी...! मौक़े-बेमौक़े फेंकते रहो। किसी-न-किसी दिन तीर निशाने पर लग ही जायेगा।'

यहाँ निम्न वर्ग के बाशिन्दों की संख्या अपेक्षाकृत सबसे ज़्यादा है लेकिन उनकी निपट स्थानीयता, उनकी भाषाई एकरूपता और उनका सांस्कृतिक अन्दाज़ एकदम अक्षुण्ण है; उसमें तनिक भी घालमेल या मिलावट कहीं से नहीं है। यह एकरूपता झूँसी से लेकर धूमनगंज तक और फाफामऊ से लेकर नैनी तक एक जैसी है—बात चाहे गालियों की बौछार से शुरू होने वाली बतकही की हो या फिर गंगा-यमुना के रेत में बम बाँधने की कला सीखते नौजवानों के अन्दाज़ की...! चाहे शहर के मुहल्लों—कडैलगंज, लछमी टाकिस, सिबिल लैन के नाम के उच्चारण की एकरूपता की हो या फिर 'चरस बोइ दिहिस', 'अरदब देइ रहा है में' या फिर 'भक्क भोसड़ी के...' के माध्यम से विचारों के आदान-प्रदान की...! इनके लिए 'क', 'ख', 'ग' किसी वर्णमाला के परम्परागत चिह्न भर नहीं हैं बल्कि इनका एक नितान्त आधुनिक और क्रियात्मक अर्थ भी है—मसलन 'क' से कट्टा, 'ख' से खंजर और 'ग' से गुंडई...! 'कट्टा, खंजर और गुंडई' रूपी त्रयी का अनिवार्य ज्ञान यहाँ सड़क के किनारे अनवरत चलने वाली शिक्षा में प्रवेश के आवश्यक अंग हैं। जिसे इनके मूलभूत ज्ञान का अभ्यास नहीं, उसे इन दैनन्दिन कक्षाओं में प्रतिभाग करने का भी कोई अधिकार नहीं...!

तो कुछ ऐसा है हमारा इलाहाबाद...! स्वभाव से अक्खड़, मिज़ाज से फक्कड़...! तहज़ीब में बिल्कुल ठेठपन, बातचीत में खासा ऐंठपन...! स्वभाव में लंतरानी और असल में कलकल करती नदी का बहता पानी...!! एक अजीब तरह की मदहोशी है इस शहर में। एक ख़ास क़िस्म का अल्हड़पन भी—जैसे कोई ज़िन्दगी अपनी जवानी पर जाकर ठहर-सी गयी हो...! कहाँ से मिलेगा ये सब एक दौड़ते-भागते महानगर में...!! आप इस शहर को भले छोड़ दें पर ये शहर आपको कभी नहीं छोड़ता—हर पल धड़कता है एक एहसास बनकर...! हम चाहे दुनिया के किसी भी कोने में जाकर बस जायें; जुबाँ पर इसका नाम आते ही मन करता है कि सारी दुनिया को छोड़कर बस वापस लौट जायें; उन्हीं बेपरवाह गलियों में—हमेशा के लिए...!! तो आइये एक कथा के माध्यम से इस शहर से रूबरू होते हैं।

—बालेन्दु द्विवेदी

1

शासन ने आज ही जबर सिंह की तैनाती इलाहाबाद के कलेक्टर के रूप में की थी। जबर सिंह मूलरूप से प्रतापगढ़ के रहने वाले थे, परन्तु किसी ज़माने में उनकी सारी शिक्षा और ख़ासकर 'दीक्षा', जिसमें शिक्षणेतर कार्यवाहियों को तरजीह दिये जाने का चलन है, इलाहाबाद विश्वविद्यालय से ही हुई थी। वैसे तो वे इलाहाबाद की सरज़मीं से रुख़सत हुए डिप्टी कलेक्टर बनकर, पर वास्तव में वे घर से तो डिप्टी कलेक्टर बनने आये ही नहीं थे। इसलिए उनके लिए यह डिप्टी कलेक्टरी किसी बड़ी दुर्घटना से कम न थी। जबर सिंह बचपन से ही बड़े खिलन्दड़ और शैतान-मिज़ाज थे। चूँकि वे माँ-बाप के इकलौते और दुलारे थे, इसलिए उनके वयस्क होने तक उनकी शैतानियों को नज़रअन्दाज़ किया जाता रहा। लेकिन एक समय ऐसा भी आया जब जबर सिंह का नाम रोज़ ही किसी-न-किसी मुक़दमे में आने लगा और स्थानीय पुलिस उनकी तलाश करने लगी। मोहल्ले वालों ने उनकी मेधा से प्रभावित होकर उन्हें 'झगड़ू भाई' बुलाना शुरू कर दिया था। तब उनके माँ-बाप ने मजबूर होकर, स्थानीय लठैतों से उनकी संगत छुड़ाने की नीयत से उन्हें इलाहाबाद के बेली रोड में रहने वाली मौसी के यहाँ रहने के लिए भेज दिया था।

माँ-बाप को यह उम्मीद थी कि 'शायद जगह बदलने से लड़का बदल जाये...!' लेकिन जबर सिंह भी 'पक्के पानी वाले' थे। वे औरों की तरह ही यह मानते थे कि 'अगर कोई आदमी खाँटी प्रतापगढ़ का रहने वाला है तो दुनिया की कोई जगह उसके आचार-व्यवहार-संस्कार में तनिक भी परिवर्तन नहीं कर सकती।' इस बारे में एक कहावत भी प्रचलित है कि 'न सौ पढ़ा और न एक प्रतापगढ़ा...!' तात्पर्य यह कि यदि कोई आदमी हृदय से प्रतापगढ़िया है तो उसके सामने सौ पढ़े-लिखों का ज्ञान भी कमतर है। वह अकेले सौ ज्ञानियों को हराने

की क्षमता रखता है; चाहे उसके अपने ज्ञान का स्तर कुछ भी क्यों न हो...! इसलिए इलाहाबाद में आने के बाद भी जबर सिंह के स्वभाव में कोई ख़ास परिवर्तन नहीं हुआ। बल्कि जल्दी ही उन्होंने स्थानीय लहकटों के सान्निध्य से अपने मिज़ाज के साथी तलाश लिए थे और आये दिन कभी कचहरी रोड पर, कभी बैंक रोड पर, कभी कटरा में तो कभी मम्फोर्डगंज में और कभी मनमोहन पार्क पर दूसरों की ख़ातिर मार-पीट, बवाल, बकैती और भौकालबाज़ी करते मिल जाते थे।

अपने इस रियाज़ में उन्होंने अनजाने में ही इलाहाबाद की 'बम संस्कृति' में एक निहायत मौलिक अनुसन्धान भी कर डाला था। इस क्षेत्र में उनका योगदान चम्बल के डाकुओं द्वारा इस्तेमाल की जाने वाली कारतूस के मसालों तथा इलाहाबादी बम में प्रयुक्त किये जाने वाले बारूद के मिश्रण का सहज इस्तेमाल कर 'छुच्छी बम' का ईजाद करना था जो फटने पर आवाज़ बहुत करती थी और मौक़े पर माहौल एकदम 'धुआँ-धुआँ' कर देती थी। पर मजाल क्या कि कभी किसी की जान गयी हो...! अपने इस नये आविष्कार को जबर सिंह प्यार से 'भौकाली बम' का नाम देते थे। उनके इस प्रयास ने उन्हें इलाहाबादी बमबाज़ों के बीच अचानक से बहुत लोकप्रिय बना दिया था।

लेकिन दुर्भाग्य देखिये...! अपनी इस तमाम लोकप्रियता के बावजूद जबर सिंह अपनी मौसी के वहाँ भी ज़्यादा दिन न टिक सके। क्योंकि जब मौसी को उनकी हरकतें पता चलीं तो मौसी ने उन्हें रोकने-टोकने की कोशिश की। लेकिन जबर सिंह अपनी मर्ज़ी के मालिक थे। वे किसी का रोकना-टोकना क्यों सहन करें भला...! इसलिए उन्होंने एक दिन सम्भवतः भगवान बुद्ध की आत्मकथा से प्रेरित होकर और कदाचित तनिक आवेश में आकर भी, रात के अँधेरे में मौसी का घर त्याग दिया। फिर सारी रात हाथी पार्क में गुज़ारने के बाद, अपने एक सहृदय साथी के अतिशय निवेदन पर सामने ही स्थित हिन्दू हॉस्टल में दाखिल हो गये थे।

दरअसल उस समय बाहरी अनाथ लड़कों के लिए इलाहाबाद में केवल तीन शरणगाहें हुआ करती थीं—हिन्दू हॉस्टल, हॉलैंड हाल और केपीयूसी। लड़के शहर में आते; अपने किसी पुराने पहचान के साथी या दूर के रिश्ते के भइया-चाचा के कमरे में अपना बोरिया-बिस्तरा पटकते; फिर अपनी प्रतिभा के मुताबिक़ पढ़ाई-नेतागिरी-बमबाज़ी-लौंडियाबाज़ी में से किसी एक कोर्स का चयन कर लेते थे। इस दृष्टि से जबर सिंह का हिन्दू हॉस्टल में प्रवेश थोड़ा देरी से ज़रूर हुआ था परन्तु वे अपने कोर्स की अनौपचारिक ट्रेनिंग काफ़ी समय पहले से लेते रहे थे।

हिन्दू हॉस्टल में प्रवेश से पूर्व से ही, न केवल उनका कोर्स डिसाइड था बल्कि सच पूछिये तो वे अपने कोर्स में पीएच.डी. थे और अपने हमउम्र तथा नौसिखिये साथियों के लिए 'गाइड' सरीखे थे।

जबर सिंह चाहते तो अपने रहने के लिए हॉलैंड हाल छात्रावास या केपीयूसी को भी चुन सकते थे। बल्कि ताराचन्द हॉस्टल वाले लौंडे तो उनको अपने यहाँ बसाने के लिए, सुबह-शाम उनका पाँव दबाने तक को राज़ी थे। पर जबर सिंह को हिन्दू हॉस्टल कुछ ज़्यादा ही रास आता था। दरअसल इसके कई वाजिब कारण थे। एक तो सामने के हाथी पार्क की प्राकृतिक मनोरम छटा और ऊपर से यहाँ दिन-प्रतिदिन आने वाले अविवाहित जोड़ों का मुफ़्त नयनाभिराम; फिर निकट के प्रयाग संगीत समिति में बारहों महीने होने वाले विविध समारोहों में तरह-तरह के देशी-विदेशी पकवानों के रसास्वादन का निःशुल्क अवसर और सबसे बढ़कर आज़ाद पार्क में सुबह-शाम टहलने के दौरान ख़ूबसूरत युवतियों पर मन-ही-मन सौ बार मर-मिटने की अदाकारी...! ये सारी चीज़ें जबर सिंह को किसी स्वर्ग के वैभव से कम न लगती थीं। हालाँकि अक्सर ही अपने हॉस्टल के सामने से प्रतियोगी परीक्षाओं में प्रतिभाग करने लोक सेवा आयोग की ओर जाते हुए युवाओं को देखकर उनका मन भावुक हो जाता। पर वे जानते थे कि उन्होंने अपने जीवन के आरम्भ से ही अपने लिए एक अलग रास्ता चुन रखा था जो इस रास्ते से बिल्कुल अलग था और जहाँ से वापस लौटना उनके लिए नामुमकिन था।

बताते हैं एक बार ऐसा वाक़या हुआ कि जबर सिंह अपने कुछ लहकट दोस्तों के साथ मस्ती करने घण्टाघर की ओर गये हुए थे। तभी अचानक से उनके मन में मीरगंज की नगरवधुओं वाली नामी गलियों से गुज़रने की इच्छा जाग्रत हुई। ख़ासकर अपनी चहेती छम्मो उर्फ़ छमियाँ को देखने के लिए वे अक्सर उन्मादी हो जाया करते थे। फिर क्या...! आँखों-ही-आँखों में इशारे हुए और जबर सिंह एवं उनके दोस्त उस गली की ओर मुड़ गये। यह भी अजीब मणिकांचन योग था कि जिस समय जबर सिंह उधर से गुज़र रहे थे, उसी समय देहव्यापार की इस प्रसिद्ध एवं अत्यन्त प्राचीन मण्डी पर पुलिस वालों की रेड पड़ गयी। जबर के बाक़ी साथी तो इस रेड से जान बचाकर कूदते-फाँदते भाग निकले। किन्तु जबर सिंह भागते समय फिसलकर वहीं पास की बजबजाती नाली में औंधे मुँह गिर पड़े। बाद में वे पकड़कर सिविल लाइंस पुलिस थाने लाये गये। इसके पहले कि उनके साथी जबर सिंह को छुड़ाने के लिए कुछ कर पाते, पुलिसवालों ने जबर सिंह पर ख़ूब लाठियाँ बरसाईं—इतनी कि जबर सिंह के बायें

हाथ की हड्डी टूट गयी। हालाँकि सिविल लाइंस के लोकल माफिया जुम्मन मियाँ की पैरवी से जबर सिंह उसी दिन शाम को छूट गये। पर उनके हाथ का वह जोड़ कभी ठीक न हुआ, जहाँ पुलिस की ज़ोरदार लाठियाँ चटकी थीं। दुर्भाग्य से जबर सिंह का यह वही बायाँ हाथ था जिसके बल पर वे इलाहाबाद की गलियों में ख़ूबसूरत तरीक़े से हथगोला फेंका करते थे।

जबर सिंह के इस लोकप्रिय हाथ की शक्ति को क्षीण किये जाने के इस कुचक्र के बाद, उनके सामने एकबारगी तो रोज़गार का संकट तक पैदा हो गया था। हालाँकि जैसे कि हर बुरी घटना में भी कुछ बेहतर होने की सम्भावना छिपी होती है, ठीक उसी प्रकार पुलिस की इस ठुँकाई ने जबर सिंह के जीवन को एक नयी दिशा दे दी। पहले तो जबर सिंह अपने टूटे हाथ को सीधा करने के लिए इधर-उधर तमाम नीम-हकीमों के यहाँ चक्कर लगाते रहे। फिर विश्वविद्यालय के एक उभरते हुए समाजवादी नेता झारखण्डे राय की सलाह पर सीएमओ के यहाँ से न केवल अपनी विकलांगता का प्रमाणपत्र प्राप्त कर लिया बल्कि इसे लगाकर पीसीएस परीक्षा में बैठने की तैयारी भी करने लगे। इलाहाबाद के ज़्यादातर पढ़ाकू क़िस्म के लड़के जबर सिंह के इस प्रयास पर उन्हें दूर से देखकर ही मुस्कुराने लगते थे।

लेकिन नियति के लेखे को कौन टाल सकता है भला...! विधि का विधान देखिये कि 'लिखि लोढ़ा-पढ़ि पाथर' मत के क्रूर अनुयायी जबर सिंह जिस बार पीसीएस में पहली बार बैठे, उस साल वे विकलांग कोटे में प्रारम्भिक और मुख्य परीक्षा पास करने वाले इकलौते प्रतियोगी थे। बस इंटरव्यू हुआ और वे दन्न से डिप्टी कलेक्टर बन बैठे। जबर सिंह इतने ज़मीनी आदमी थे कि कई दिनों तक उन्हें अपनी इस सफलता पर विश्वास ही नहीं होता था। मित्रों के बार-बार कुरेदने और झकझोरने के बाद ही उन्हें इस ख़बर पर सम्पूर्ण विश्वास हो सका। हालाँकि वे अपनी इस सफलता में सिविल लाइंस के उस थानेदार का योगदान कभी न भूलते थे जिसकी जबरदस्त ठुँकाई से उन्होंने अपना एक हाथ तो गँवा दिया था, लेकिन जिसकी वजह से वे इस पद पर आसीन हो सके थे।

सन् पचहत्तर में जबर सिंह जब डिप्टी कलेक्टर बने थे; तब से ही उनकी यह हार्दिक इच्छा थी कि यदि कभी भूले से भी उनका आईएएस में प्रमोशन हुआ तो वे इलाहाबाद के कलेक्टर ज़रूर बनना चाहेंगे। दरअसल डिप्टी कलेक्टर बनने के काफ़ी समय पूर्व से ही, इलाहाबाद में अपने घोर संघर्ष के दिनों में बेली रोड से कचहरी की ओर आते-जाते वे रोज़ ही कलेक्टरों के ताम-झाम, आबा-काबा और भौकाल को बहुत नज़दीक से देखते। इसलिए उनके मन के किसी कोने में

यह भाव गहराई से दबा हुआ था कि 'काश मैं यदि ज़िले का कलेक्टर होता तो ये करता', 'मैं यदि ज़िले का कलेक्टर होता तो वो करता' आदि-आदि। अन्त में वह अवसर भी आया जब जबर सिंह न केवल आईएएस में प्रमोशन पा गये बल्कि अपने जुगाड़ से उन्होंने इलाहाबाद में कलेक्टर के पद वाली मनमाफ़िक तैनाती भी हासिल कर ली।

जनपद के ज़्यादातर अधिकारियों को इस बात का पता जबर सिंह के जनपद में आने के पहले ही चल गया था कि 'इस बार ज़िले में बहुत दिलदार कलेक्टर की तैनाती हुई है।' अमूमन कलेक्टर दिलदार ही होते हैं। बल्कि इसे यों कहें कि कलेक्टरी और दिलदारी एक-दूसरे के पर्याय हैं तो कोई अतिशयोक्ति न होगी। लेकिन यह भी सच है कि बहुतेरों में यह दिलदारी, उनके कलेक्टरी की कुर्सी पाने के बाद ही आती है। उनमें से विरले ही ऐसे होते हैं जो जन्मजात तौर पर दिलदार होते हैं—'बिल्कुल कलेक्टर के माफ़िक...!' जबर सिंह पैदाइशी दिलदारों में से थे और उनकी दिलदारी तब भी उनके व्यक्तित्व से अलग नहीं हो पायी थी जब मीरगंज की गलियों में रंगे हाथ पकड़े जाने के बाद सिविल लाइंस के थाने में उनके एक हाथ को, उनके शरीर से षड्यन्त्रपूर्वक अलग करने की कोशिश की गयी थी। हाँ...! इतना ज़रूर हुआ था कि उनके पीसीएस बनने के बाद यह दिलदारी दिन दूना-रात चौगुना बढ़ती गयी थी और कभी दूसरों के लिए ख़ौफ़ के पर्याय रहे जबर सिंह, नौकरी में आने के बाद इसी बात के लिए अपनी मासूम प्रेमिकाओं के ख़ूबसूरत हाथों से कई बार पिट भी चुके थे। इसके बावजूद दिलदारी और रंगमिज़ाजी के प्रति उनका आकर्षण तनिक भी कम न हुआ था।

हालाँकि जनपद के ख़बरनवीसों ने तो जबर सिंह के बारे में इस बात का पता लगा लिया था कि 'साहब की कुल कितनी बीवियाँ हैं और कुल कितनी फैक्ट्रियाँ...!' फ़िलहाल सभी धीर-गम्भीर और मेहनती अधिकारी इस तरह के अनुसन्धान को छोड़कर केवल इस बात का पता लगाने में मशगूल थे कि 'साहब सीधे लेन-देन करते हैं या नहीं', 'उनका परसेंटेज कितना रहता है', 'ज़्यादा लिखा-पढ़ी तो नहीं करते' आदि-आदि। कलेक्टर साहब आज ज्वाइन करेंगे—पूर्वोत्तर रेलवे के किसी स्लीपर क्लास के टिकट की तरह ही, इस बात का कन्फर्मेशन भी बड़ी मुश्किल से हो पाया था। यों तो हर कलेक्टर के आने के पहले ज़िलों में एक विचित्र क़िस्म का सन्नाटा पसरा रहता है, पर इस बार यह सन्नाटा पहले की अपेक्षा कुछ ज़्यादा ही विस्तारित दिखायी दे रहा था और जनपद में तैनात अधिकारियों के बीच कानाफूसी का बाज़ार लगातार गरम था।

देखा जाय तो ज़िलों में तैनात अधिकारियों की मोटे तौर पर तीन कैटेगरी होती हैं—'कमाऊ पूत', 'चाटुकार मण्डली' और 'लतमरूआ बिरादरी'। कमाऊ पूत कहे जाने वाले अधिकारी पूरे दिन दोनों हाथों से रुपये बटोरते हैं और शाम को कलेक्टर साहब के साथ इस लूटे गये माल का सीधा बँटवारा करते हैं। कलेक्टर के आस-पास काम करने वाले अर्दली-चपरासी-ड्राइवर आदि की शिष्ट भाषा में इन्हें ही कलेक्टर की 'नाक का बाल' कहा जाता है। क्योंकि ये कलेक्टर के अधिक क़रीब होते हैं। लेकिन इनसे भी ज़्यादा कलेक्टर के क़रीब होते हैं—चाटुकार मण्डली के अधिकारी, क्योंकि ये भले ही कलेक्टर को एक रुपया न दें, पर ये कलेक्टर साहब को निरन्तर बताते रहते हैं या बताने की फिराक में रहते हैं कि 'किस विभाग में कितना ख़ज़ाना गड़ा हुआ है' और 'इसके लिए महोदय को नज़र और क़लम कितनी टेढ़ी करने पर यह माल बाहर आ सकेगा।' दरअसल इनकी नज़दीकी का एक बड़ा कारण यह भी है कि ये अधिकारी समय-समय पर कलेक्टर साहब के बँगले के किचन से लेकर बाथरूम तक के सभी सामानों का न केवल इन्तज़ाम कराते रहते हैं बल्कि समय पड़ने पर 'साहब' को चड्ढी और कण्डोम पहनाने से भी नहीं हिचकते। इसीलिए ये अधिकारी स्थानीय कर्मचारियों की भाषा में कलेक्टर के 'सीने के बाल' होते हैं। लतमरुआ बिरादरी के अधिकारियों के बारे में कुछ ख़ास कहने-सुनने को नहीं है। वस्तुतः ये लोग देखने में बहुत दीन-हीन प्रकृति के होते हैं, साल भर कौड़ी-कौड़ी के मोहताज रहते हैं; दिन में तीन बार कलेक्टर की झाड़ सुनते हैं; प्रायः हर तीसरे साल सस्पेंशन की मार झेलते हैं और तदनन्तर झोला लेकर कभी शासन की बहुमंज़िली इमारत तो कभी हाईकोर्ट की सीढ़ियाँ गिनते नज़र आते हैं। इसलिए अपनी लाख योग्यता के बावजूद, ये अधिकारी चाटुकार मण्डली की भाषा में कलेक्टर की 'झाँट के बाल' ही होते हैं।

ख़ैर...! उपरिवर्णित सभी क़िस्मों के अधिकारी जबर सिंह के ज़िले में आने के पहले ही अपने-अपने तरीक़े से उनके स्वागत की तैयारियों में जुट गये थे और उनके आगमन की आस में, अपने हिस्से के कटोरे का तेल-फुलेल लेकर उनकी अगवानी में पलक-पाँवड़े बिछाये खड़े थे। उधर जबर सिंह भी अपने पूर्वनिर्धारित कार्यक्रम के अनुसार आज सुबह ही इलाहाबाद पहुँचने वाले थे। लिहाज़ा सारे अधिकारी समय से पहले कलेक्ट्रेट पहुँच गये थे। लेकिन जब ख़बर आयी कि जबर साहब शाम तक पहुँचेंगे तो बहुतेरे, ख़ासकर चाटुकार-मण्डली के सदस्य तनिक मायूस होकर अपने दफ़्तर लौट गये थे। बहरहाल दोपहर के समय तक 'डीएम साहब राजधानी से निकल चुके हैं'—यह सुखद ख़बर सुनते ही तमाम

चाटुकार-मण्डली के चेहरे पर मुस्कान लौट आयी और सभी फिर से उसी स्थान पर पहुँच गये जहाँ पहली बार इकट्ठा हुए थे।

जबर सिंह जब राजधानी से इलाहाबाद ज्वाइन करने के लिए निकले तो उनके चेहरे पर एक विचित्र क़िस्म का सुकून था। वे हर क्षण यह सोच कर भावुक हो जाते कि आज नियति ने उन्हें एक ऐसी धरती के निवासियों की सेवा का अवसर प्रदान किया है जहाँ से होकर गुज़रने वाली हवा के एक-एक कण ने कभी उनकी रगों में रक्तसंचार किया था; जहाँ की गलियों-चौराहों से गुज़रते हुए उन्होंने अपने जीवन के सपने बुने थे...!

इसके पहले कि कलेक्टर साहब की गाड़ी इलाहाबाद ज़िले की सीमा में प्रवेश करती, हमेशा ऊँघती रहने के लिए मशहूर इलाक़े की पुलिस अपने स्वभाव के विपरीत न केवल एकाएक हरकत में आ गयी बल्कि दो सिपाही और चार होमगार्ड सहित कुल सात आदमी प्रतापगढ़ और इलाहाबाद की सीमा पर खड़े होकर जबर सिंह के आने की प्रतीक्षा भी करने लगे। जब कलेक्टर साहब की गाड़ी ज़िले की सीमा पर पहुँचने को हुई तब वहाँ उन्हें एसडीएम साहब सहित स्थानीय पुलिस के अधिकारी इन्तज़ार करते मिले। जबर सिंह की गाड़ी के सायरन को सुनते ही सभी हरकत में आ गये और सड़क की दिशा में मुँह करके सावधान की मुद्रा में खड़े हो गये। जब सायरन बजाती हुई यह गाड़ी थोड़ी और नज़दीक पहुँची तो पुलिसवालों के सामने अब तक तनकर खड़े हुए एसडीएम साहब, अपनी सारी हेकड़ी भूलकर कलेक्टर साहब के अभिवादन में अपनी कमर से पचहत्तर अंश नीचे झुक गये और जो पुलिस वाले अब तक 'डिप्टी साहब' के सम्मान में कमर से पैंतालीस अंश आगे की ओर झुके हुए थे 'नये साहब' को सैल्यूट करने की मुद्रा में, पूर्व की मुद्रा से पचपन अंश पीछे की ओर तनकर खड़े हो गये। जबर साहब की गाड़ी ज्यों ही आगे बढ़ी, उनके आगे स्थानीय थाने की पुलिस एस्कोर्ट की जीप और उसके ठीक पीछे एसडीएम साहब की गाड़ी घरघराती और रास्ता दिखाते हुए चल निकली।

अमूमन यह एक परम्परा-सी है कि किसी भी ज़िले में जब कोई नया कलेक्टर आता है तो सबसे पहले वह कोषागार पहुँचता है, वहाँ पहुँचकर कोषागार का चार्ज ग्रहण करता है। फिर मीडिया की प्रेस कान्फ्रेंस कर उन्हें अपनी कार्यशैली और प्राथमिकताएँ गिनाता है। तदनन्तर अपने अधीनस्थ अधिकारियों के साथ औपचारिक बैठक करके डाक-बँगले या आवास पर, जैसी भी स्थिति-परिस्थिति हो, विश्राम करने चला जाता है। परन्तु कुछ वर्षों से इलाहाबाद में नवागन्तुक कलेक्टर के लिए एक नयी परम्परा का निर्वाह होता आ रहा था।

यह परम्परा थी—'चुगुलख़ोर बाबा की मज़ार पर मत्था टेकने की परम्परा।' वास्तव में यह कोई परम्परा न होकर एक प्रकार की अनिवार्यता अथवा बाध्यता थी। चुगुलख़ोर बाबा वास्तव में कोई इन्सान न होकर उन 'नकारात्मक प्रवृत्तियों के समेकित प्रतीक' थे जिनके कारण अक्सर ही शासन-प्रशासन के अधिकारियों का ज़िले में काम करना और टिकना दूभर हो जाता था। ज़िले के नवागन्तुक कलेक्टर पर ये नकारात्मक वृत्तियाँ कसकर अपना डेरा न जमा लें, इसके उपशमन के पूर्वाभ्यास के रूप में इस परम्परा की नींव डाली गयी लगती थी। यह भी एक विचित्र संयोग था कि चुगुलख़ोर बाबा की यह सर्वप्रसिद्ध मज़ार, ज़िला कोषागार और ज़िलाधिकारी कार्यालय के मुख्य द्वार के सन्धि-स्थल पर अवस्थित थी। इसलिए चाहकर भी कोई नया कलेक्टर इस मज़ार की उपेक्षा नहीं कर सकता था। जब भी कोई नया कलेक्टर जनपद में क़दम रखता तो सबसे पहले वह इस मज़ार पर मत्था ज़रूर टेकता।

नवागन्तुक कलेक्टर को मत्था टेकने के दौरान कुछ अन्य औपचारिकताएँ भी निभानी पड़ती थीं। मसलन, सबसे पहले वह मज़ार से दस क़दम दूर अपने जूते निकालकर, नत-नयन मुद्रा में और धीरे-धीरे क़दम आगे बढ़ता हुआ मज़ार की ओर बढ़ता। फिर चेहरे पर गम्भीरता का लबादा ओढ़कर मज़ार पर मत्था टेकने के बाद, पीछे की ओर चलते हुए अपने जूतों तक पहुँचता था। तदनन्तर इन जूतों को हाथ में लेकर आगे बढ़ता और बाबा के मज़ार के सिरहाने कम-से-कम पाँच जूते मारता था। पाँच की यह संख्या न्यूनतम थी। जूते इससे अधिक भी मारे जा सकते थे। किन्तु पाँच से कम मारने पर सदैव अनहोनी की आशंका बनी रहती थी। ख़ैर...! ज्यों ही कोई कलेक्टर इस प्रक्रिया को पूरा करता, उस के ठीक पीछे खड़े अधीनस्थ अधिकारी ज़ोर-ज़ोर से 'बख़्श देना बाबा-बख़्श देना बाबा' चिल्लाने लगते थे। कुछ ही क्षणों में यह चिल्लाहट, रुदन की क्रिया में बदल जाती। फिर सभी नम आँखों से वापस हो लेते थे। बताते हैं कि जिन कलेक्टरों ने जानबूझकर या अनजाने में, आते ही चुगुलख़ोर बाबा के सामने अपना मत्था नहीं टेका तो एक तो उन्हें दुबारा कभी कलक्टरी नहीं मिली और दूसरे वे अपने इलाहाबादी कलेक्टरी के दौरान भी सदैव हलकान-परेशान ही रहे। हालाँकि यह भी सत्य है कि इस तमाम मगज़मारी के बावजूद इलाहाबाद ज़िले का प्रशासन चुगुलख़ोरी के बल पर ही चला करता था।

ख़ैर...! इसके पहले कि जबर सिंह की नीली बत्ती वाली गाड़ी कोषागार के मुख्य द्वार से भीतर प्रवेश करती, एसडीएम साहब ने अपने ड्राइवर को गाड़ी, बाबा के मज़ार की ओर घुमाने का इशारा किया और पलक झपकते ही पुलिस

स्कॉर्ट सहित आगे चल रही सभी गाड़ियाँ बाबा के मज़ार के पास आकर रुक गयीं। यह नज़ारा देखकर ज़िलाधिकारी महोदय की आवभगत के लिए कलेक्ट्रेट के मुख्य द्वार पर फूल-माला लिए खड़े जनपद के तमाम वरिष्ठ अधिकारी एक पाँव पर भागते हुए चुगुलख़ोर बाबा के मज़ार के पास पहुँचे। जबर सिंह प्रसाद को बात कुछ समझ में आती, इसके पहले ही एसडीएम साहब दौड़ते हुए उनकी गाड़ी के पास पहुँचे और अपनी गाड़ी का शीशा नीचे उतारकर कुछ जानने की कोशिश कर रहे जबर सिंह के कान में कुछ फुसफुसाकर, इस परम्परा के बारे में उनका ज्ञानवर्धन किया। जबर सिंह इलाहाबाद प्रवास की अपनी पहली पारी से ही ऐसे मिथकों और परम्पराओं को बहुत महत्त्व देते आये थे। इसलिए वे फटाक से गाड़ी से नीचे उतरे और बाबा की मज़ार की ओर बढ़ चले।

लगभग आठ-दस मिनट में चुगुलख़ोर बाबा के मज़ार पर मत्था टेकने की औपचारिकताएँ निभाई गयीं। फिर कलेक्टर साहब ने पैदल ही मज़ार से कोषागार की ओर रुख किया। जैसा कि पहले से तय था—कोषागार में वरिष्ठ कोषाधिकारी के पद पर आसीन टुनटुन तिवारी नामक एक भारी-भरकम काया ने, जिसके शरीर के वज़न के लगभग आधे हिस्से को सम्हालने की ज़िम्मेदारी उसकी तोंद ने ले रखी थी, कलेक्टर साहब की अगवानी की। फिर क़ागज़ देखने-दिखाने और चार्ज ग्रहण करने की रस्म-अदायगी निभाई गयी। तदनन्तर कलेक्टर साहब का क़ाफ़िला कलेक्ट्रेट स्थित सभागार की ओर बढ़ चला, जहाँ पहले से ही मौज़ूद तमाम पत्रकार-बन्धु और मीडिया के लोग जबर सिंह के पहले प्रेस-कान्फ्रेंस का इन्तज़ार कर रहे थे। कलेक्टर साहब के हाल के भीतर प्रवेश करते ही वहाँ उपस्थित समस्त अधिकारी और मीडिया के लोग न केवल एकाएक खड़े हो गये बल्कि अभी तक वहाँ गतिमान तमाम खुसुर-पुसुर वाले माहौल में एकदम सन्नाटा-सा छा गया। सबने हाथ जोड़कर कलेक्टर साहब का अभिवादन किया और कलेक्टर साहब ने भी उसी मुद्रा में दोनों हाथ जोड़कर सबका जवाब दिया। फिर अपनी तयशुदा कुर्सी पर आकर बैठ गये।

थोड़ी देर तक वातावरण में सन्नाटा छाया रहा। फिर कलेक्टर साहब ने माइक पकड़कर सभी को अपना परिचय देना शुरू किया। बहरहाल, वे अपने परिचय में मीडियाकर्मियों से खड़ी बोली में बमुश्किल अपना नाम भर बता पाये होंगे कि इतने में ही उनका मोबाइल ज़ोर से घनघना उठा। कलेक्टर साहब ने एक बार बज रहे मोबाइल की ओर देखा और दूसरी बार सामने बैठे मीडिया के लोगों की ओर। क्षण भर में ही उनके माथे पर पसीने की बूँदें तैरने लगी थीं। दरअसल यह फ़ोन वहाँ से आ रहा था जहाँ से कलेक्टरों की कुण्डली में

उनकी तैनाती की आयु लिखी जाती है—अर्थात् मुख्यमन्त्री कार्यालय से। वैसे तो आम-फहम भाषा में यह स्थान 'सप्तम तल' के नाम से विख्यात है; किन्तु वास्तविकता यह है कि प्रशासन में काम करने वाले अधिकारियों के लिए यह स्थान सौ तल वाली इमारतों से भी ऊँचा है। बताते हैं कि आईएएस अफ़सरों में जिसने इस स्थान को जितना अधिक पूजा, इसके जितने अधिक चक्कर लगाये, जितना ज़्यादा चढ़ावा दिया—उसकी प्रगति उतनी ही ज़्यादा रही। इस दौड़ में जो पिछड़ गये उनकी स्थिति धोबी के कुत्ते से भी बदतर रही।

ख़ैर...! कलेक्टर साहब ने बड़ी हिम्मत करके फ़ोन उठाया। फ़ोन के उठाते ही दूसरी ओर से आवाज़ आयी—'जबर सिंह जी...! मैं निजी सचिव, मुख्यमन्त्री बोल रहा हूँ। माननीय सीएम साहब आपसे बात करेंगे।' इतना कहने के बाद मोबाइल में बीप की ध्वनि हुई और कुछ सेकेंड्स के अन्तराल पर प्रदेश के अत्यन्त लोकप्रिय सीएम माननीय बच्चा तिवारी जी लाइन पर थे। कलेक्टर साहब ने ज्यों ही मुख्यमन्त्री जी का अभिवादन किया, सामने से मुख्यमन्त्री जी ने उनके अतिशय विनम्र अभिवादन को बीच में ही काटते हुए पूछा—'कलट्टर साहब...! ये फ़ुरसतगंज का क्या मामला है?'

जबर सिंह को अभी ज़िले में आये हुए घण्टे भर भी नहीं हुआ था, सो उन्हें भी प्रकरण के बारे में क्या 'घण्टा' मालूम होता...! उन्होंने भी सीएम साहब से अपने अन्दाज़ में दो टूक साफ़-साफ़ कहा—'सर...! अभी तो चुगुलख़ोर बाबा के मज़ार से मत्था टेककर कलेक्ट्रेट में आकर बैठा हूँ। मैं अभी पता करता हूँ सर कि फ़ुरसतगंज का मामला क्या है...!'

सुनते ही बच्चा तिवारी जी की आवाज़ तनिक तल्ख़ हो गयी और उन्होंने जबर सिंह को थोड़े ऊँचे स्वर में फटकारने के लहजे में कहा—'टीवी खोलिये जनाब...! सारे चैनल वाले इलाहाबाद के फ़ुरसतगंज की ख़बर चला रहे हैं और आप कहते हैं कि आपको कुछ मालूम नहीं...! पूरी घटना मालूम कीजिए; घटनास्थल का दौरा कीजिए और मुझे शाम तक रिपोर्ट भेजिये...!'

कलेक्टर साहब के मुँह से आदेश के अनुपालन में अभी 'जी सर...!' निकलने ही वाला था कि इतने में मुख्यमन्त्री जी का फ़ोन कट गया। इस समय कलेक्टर साहब के चेहरे का तनाव देखने लायक था। उनकी मनःस्थिति ऐसी हो गयी थी जैसे किसी इज़्ज़तदार आदमी के पाजामे का नाड़ा सरेआम खुल गया हो...! उनकी खटिया खड़ी हो गयी थी, बस बिस्तरा गोल होना बाक़ी था। बहरहाल कुछ सेकण्ड तक वे शून्य में ताकते रहे। फिर इशारे से पीछे की ओर 'खुली डायरी और खुला पेन' लेकर खड़े अपने ओएसडी को बुलाकर उसके कान में फुसफुसाकर

कुछ कहा और इसी क्रम में उपस्थित मीडियाकर्मियों को, किसी और समय प्रेस कान्फ्रेंस करने के अनुरोध के साथ उठकर अपने चैम्बर में चले गये।

इतनी देर में ओएसडी ने चैम्बर में लगे टीवी को ऑन कर दिया था। कलेक्टर साहब अपनी व्हीलचेयर पर बैठे, रिमोट हाथ में लिया और ज्यों ही चैनल बदलना शुरू किया, उन्होंने देखा कि इस समय सभी समाचार चैनलों पर इलाहाबाद के हड़िया तहसील के फ़ुरसतगंज गाँव में किसी व्यक्ति के कुएँ में कूदकर जान देने की ख़बरें चल रही थीं। ख़बर के मुताबिक़—'...मरने वाला लम्बे समय से काम के अभाव में भुखमरी का शिकार था। बैंक और सूदख़ोरों के क़र्ज से लदा था सो अलग...! शासन-प्रशासन से कोई मदद न मिलने के कारण अपनी जान दे बैठा।' ख़बर देखते ही कलेक्टर साहब पूरे हरकत में आ गये। तुरन्त ही सीडीओ, डीडीओ, बीड़ीओ, एडीएम, एसडीएम जैसे तमाम 'ओ-ओ' 'एम-एम' टाइप के अधिकारियों को फ़ोन घनघनाए गये और देखते-ही-देखते पूरा प्रशासनिक अमला हड़िया तहसील के फ़ुरसतगंज की ओर चल पड़ा।

2

कई मायनों में फ़ुरसतगंज इलाक़े का एक जाना-माना और ख़ासकर 'पहचाना' गाँव हुआ करता था। दरअसल इसके कई कारण थे। एक तो अपनी विशेष भौगोलिक स्थिति के कारण और कई बार युगान्तकारी सामाजिक, राजनीतिक एवं वैज्ञानिक परिवर्तनों में अपने योगदान के कारण भी यह गाँव हमेशा चर्चा में बना रहता था। बताते हैं कि इसकी सीमा तब के बनारस से, जिसे आज कल भदोही कहा जाता है, से जुड़ती थी। सीमा के ठीक उस पार शहादतगंज नामक गाँव स्थित था। फ़ुरसतगंज के लोग सदैव फुरसत में रहते और शहादतगंज के लोग दिन-रात दरी और कालीन की बुनाई में हथकरघा चलाकर अपनी जान देते रहते थे। फ़ुरसतगंज वाले सोचते कि—'जब अपना पड़ोसी जान दे रहा है और काम भर का कमा-खा भी रहा है, तो फिर थोड़े रुपयों के लिए अपनी जान जोखिम में क्यों डाली जाय...!' इसलिए शहादतगंज वालों की थोड़ी-बहुत कमाई पर जीवन-निर्वाह करने को ही उन्होंने अपना जीवन-दर्शन बना लिया था।

ख़ैर कितना बखान करें...! फ़ुरसतगंज वालों की ख़ूबी यह थी कि यहाँ के तमाम सम्मानित जन छोटे-मोटे अपराध भी अपनी ज़मीन पर नहीं होने देते थे। दरअसल सब कुछ के बावजूद फ़ुरसतगंज वाले अपने सामाजिक सरोकारों से जुड़े

रहते आये थे और गाँव में चाहें लाख गुंडई-लठैती हो, पर पास के नचना थाने के रजिस्टर में उनके गाँव का नाम दर्ज़ न होने पाये, इस बात का वे सभी विशेष ख़याल रखते थे। इसलिए यदि फ़ुरसतगंज का कोई आदमी, 'असामाजिक' कहे जाने वाला कोई काम करना भी चाहता तो उसे इस काम को इलाहाबाद की धरती पर करने की सख़्त मनाही थी। फिर उसे, इसे अंजाम देने के लिए बनारस अर्थात् ज़िले की सीमा के उस पार की ओर ही रुख करना पड़ता था। दुर्भाग्य से ठीक उस ओर शहादतगंज अवस्थित था।

कई बार आस-पास के गाँव वाले फ़ुरसतगंज वालों के इस व्यवहार पर नाहक ही प्रश्नचिह्न खड़ा करते और इसे 'शहादतगंज वालों की प्रतिष्ठा का अपमान' कहकर दुष्प्रचारित करने की कोशिश भी करते थे। हालाँकि यह आरोप सम्पूर्ण तौर पर वास्तविक न था। बल्कि सच्चाई तो यह थी कि फ़ुरसतगंज वालों के लिए शहादतगंज वालों की इज़्ज़त अपनी जान से भी अधिक प्यारी हुआ करती थी और सभी फ़ुरसतगंजवासी अपनी इस भावना को तब तनिक अधिक व्यग्रता के साथ प्रदर्शित करने की कोशिश करते जब शहादतगंज का कोई मेहमान उनकी गाँव की सीमा में अपने पैर रखता। वस्तुतः फ़ुरसतगंज वालों के लिए शहादतगंज का हर शख़्स मेहमान, जिसे वे प्यार से 'पाहुन' पुकारते थे, ही हुआ करता था। इलाक़े के लोग बताते हैं कि एक बार कभी फ़ुरसतगंज के किसी सीधे-सादे और ग़रीब इन्सान ने अपनी बेटी की शादी शहादतगंज के किसी 'रंडुआ' क़िस्म के आदमी के साथ, जिसका फ़िलहाल इस जीवन में विवाह होना असम्भव मान लिया गया था, कर दी थी। तभी से फ़ुरसतगंज वाले पूरे शहादतगंज को ही अपना 'पाहुन' मानते थे और जब कभी अवसर हाथ लगता, उनके आतिथ्य-सत्कार का कोई अवसर छोड़ते न थे। हाँ...! इस आतिथ्य में 'ग्यारह तोपों की सलामी' की अनिवार्य-रस्म निभाना वे कभी न भूलते थे।

फ़ुरसतगंज वाले किंचित भी यह नहीं जानते थे कि तोप असल में क्या चीज़ होती है और युद्धक्षेत्र में इसका इस्तेमाल कब और कैसे किया जाता होगा। पर वे शायद रेडियो पर समाचारों के प्रसारण के दौरान, विशेष अतिथियों के स्वागत के लिए 'ग्यारह तोपों की सलामी' शब्द का प्रयोग सुनते आये थे और सम्भवतः इसका शहादतगंज वालों के लिए अपने तरीक़े से इस्तेमाल करना नैतिक-कर्तव्य समझते थे। उनकी इसी मर्यादा-भावना का यह सुखद परिणाम था कि तोपों की सलामी की प्रक्रिया को लेकर फ़ुरसतगंज का बच्चा-बच्चा वाक़िफ़ और जागरूक हुआ करता था। दरअसल जब भी शहादतगंज का कोई सम्मानित

इन्सान जाने-अनजाने, दोनों गाँवों की सीमा से सटी पगडंडी से या फ़ुरसतगंज के बीच से गुज़रने वाले इकलौते मुख्य मार्ग से होकर निकलता था तो दूर-दूर खेतों, चौराहों या अपने घरों में हुल्लड़ मचा रहे फुरसतिया नौजवान अचानक से 'पाहुन आये-पाहुन आये' के सस्वर उच्चारण के साथ गोलबन्द होकर उस इन्सान को बेइन्तहा घेर लेते। फिर उसके लाख ना-नुकुर के बावजूद उसे सम्मानपूर्वक पकड़कर किसी एकान्त में ले जाते। वहाँ त्वरित गति से 'ग्यारह तोपों की सलामी' की तैयारी की जाती।

इसके अन्तर्गत सबसे पहले फ़ुरसतगंज के दो नौजवान उस शख़्स की दोनों बाँहों को पीछे से कसकर पकड़ लेते। तदनन्तर एक तीसरा नौजवान उस शख़्स के सिर को बिल्कुल सीधा रखने की कोशिश करता। फिर इन्हीं नौजवानों में से ही बारी-बारी से ग्यारह नौजवान अपने 'पाहुन' के सामने खड़े होकर, अपने पैंट-पाजामा या लुंगी को नीचे की ओर सरकाकर या ऊपर उठाकर क्षण भर के लिए खड़े होते, तदनन्तर सलामी देने की मुद्रा में दो क़दम पीछे हट जाते थे। फिर अगले फुरसतिये का नम्बर आता। यह प्रक्रिया ग्यारह भिन्न-भिन्न लोगों द्वारा दुहराई जाती थी। कदाचित् इसीलिए इस 'अलंकरण-समारोह' का नाम 'ग्यारह तोपों की सलामी' पड़ गया था। बताते हैं कि सामने वाला शख़्स, नौजवानों के इस आवभगत से हद-दर्ज़े तक भावविभोर और भावुक हो जाता; बल्कि यों कहें कि एकबारगी मारे शर्म के वहीं गड़ जाता। फिर भी वह इस 'आतिथ्य से तृप्त होने की शाब्दिक सहमति' के बाद ही विदा हो पाता था। यह ज़रूर था कि फ़ुरसतगंज के युवाओं ने जिस भी शख़्स को एक बार यह सलामी दी, उसने अपने लिए दुबारा यह सलामी ठोंकने की नौबत नहीं आने दी। क्योंकि वह सपने में भी फ़ुरसतगंज की गलियों से होकर दोबारा गुज़रने का साहस नहीं जुटा सका। लेकिन फ़ुरसतगंज वाले भी बला के ज़िद्दी थे। वे कभी किसी चीज़ के दोहराव में विश्वास नहीं रखते थे। इसलिए वे भी हर बार किसी नये योद्धा की तलाश में रहते थे, जो यहाँ से गुज़रने का दम-ख़म दिखा सके।

फ़ुरसतगंज वालों की ख़ातिरदारी का एक और उदाहरण सुनिये...! एक बार की बात है। शासन की मंशा के अनुरूप इलाहाबाद के अन्य गाँवों की तरह शहादतगंज के चकबन्दी किये जाने की घोषणा हुई। बताते हैं कि चकबन्दी में किसानों के बिखरे चकों को एकत्र करने की प्रक्रिया अपनाई जाती है ताकि किसान अपने खेतों की उत्पादकता और भी बढ़ा सके। इस सरकारी मक़सद के अलावा चकबन्दी कार्य सम्पादित करने वालों का एक दूसरा मक़सद यह भी बताया जाता है कि एक बार जिस गाँव की चकबन्दी कर दी गयी वहाँ बीसों

साल तक डाका ही नहीं पड़ता। मतलब यह कि डाके तो तब पड़ेंगे न जब डाका डालने के लिए चकबन्दी वालों द्वारा कुछ छोड़ा गया हो...! इस व्यथा को इलाक़े के ही 'लम्पट कवि' ने अपने शब्दों में कुछ यूँ कहने की कोशिश की थी–

चकबन्दी हमका लूटि लिहिस
घर-घर माँ झगरा कूटि दिहिस
ना बाभन देखिस नाहीं चमार
ना पढ़ा-लिखा नाहीं गँवार
गेहूँ संग घुन का पीसि दिहिस
चकबन्दी हमका लूटि लिहिस
चकबन्दी हमका...

नापै कै रहा खरिहानै में
नापिस ओहका ऊ थाने में
जे जियत रहा स्वर्गीय किहिस
चकबन्दी हमका लूटि लिहिस
चकबन्दी हमका...
जँह रहै करबला कै ज़मीन
मारिस 'उड़ान' तब गीनि-गीनि
उसरै कै दोमट ख़ूब किहिस
चकबन्दी हमका लूटि लिहिस
चकबन्दी हमका...

बहरहाल, जब चकबन्दी वाले शहादतगंज में आये तो फ़ुरसतगंज के लोगों ने पड़ोसी गाँव के इन मेहमानों की अच्छी आवभगत की। और कालान्तर में जब चकबन्दी वाले अपना काम समाप्त करके जाने लगे तो फ़ुरसतगंज के तमाम मानिंद उन्हें गाँव के सीवान तक छोड़ने भी आये। लेकिन बताते हैं कि जब चकबन्दी की यह टीम ख़ुशी-ख़ुशी अपने घरों की ओर रवाना हो रही थी तब फ़ुरसतगंज के ही कई युवाओं ने मंझन नाले के पास, न केवल उनसे उनकी भारी गठरी छीन ली बल्कि लात-जूतों-घूँसों से उनकी बाक़ायदा कम्बल परेड भी कराई। जब गिरते-भागते एकाध चकबन्दी वालों ने उनसे इस ताज़ा सद्व्यवहार का कारण जानना चाहा तो फ़ुरसतगंज के इन चतुर-सुजानों ने केवल इतना ही बताया कि 'हमने आपके साथ पहले जो निभाया वो हमारा धर्म था; और इस वक़्त आपसे जो निभा रहे हैं यह हमारा व्यवसाय है।'

कहना यह कि आख़िरकार फ़ुरसतगंज वालों के आतिथ्य-सत्कार से, अपनी लूट के लिए जगप्रसिद्ध चकबन्दी वाले भी पार न पा सके।

फ़ुरसतगंज के लोग कम पढ़े-लिखे होने के बावजूद नितान्त वैज्ञानिक सोच रखने वालों में से थे और उनके कई आविष्कार तो ऐसे थे जो एकबारगी नासा और इसरो जैसे संस्थानों में दिन-रात अपना सिर खपाने वाले वैज्ञानिकों को भी आत्मग्लानि के लिए मजबूर कर देते...! उनका एक ऐसा ही क्रान्तिकारी आविष्कार था—मुँहनोचवा का आविर्भाव। दरअसल, फ़ुरसतगंज वालों ने अपनी कल्पना-शक्ति से मुँहनोचवा को इस प्रकार डिजाइन किया था कि किसी को उसके वास्तविक स्वरूप के बारे में बता पाना तक मुश्किल हो गया था। कोई कहता था कि 'वह उड़ने वाली लोमड़ी की तरह है', तो कोई कहता 'वह लोमड़ी ज़रूर है लेकिन आधी। उसका आधा शरीर मनुष्य का है।' कोई कहता था कि 'उसकी पूँछ से नीली और आँखों सें लाल लाइट निकलती है।' फ़ुरसतगंज के आविष्कारकों के लिहाज़ से यह रचना वास्तव में एक अदृश्य सत्ता थी और केवल उसे भर दिखायी देती थी, जिसे वह अपना शिकार बनाती...! आधुनिक विज्ञान की शब्दावली में यह आविष्कार 'स्टील्थ टेक्नोलॉजी' जैसी क्षमता से युक्त थी जो बड़े-बड़े राडारों की भी पकड़ में न आने वाली जैसी चीज़ थी।

हालाँकि फ़ुरसतगंज के ही हलकान अली मुँहनोचवा की अलग प्रकार से व्याख्या करते थे। असल में हलकान मियाँ के सिर पर एक जिन्न आता था। कई बार जब वे अपने ख़ानदानी चिराग़ को रगड़ कर और अपनी आँख बन्द करके लम्बी-लम्बी साँसें लेते थे तो क्षण भर में ही उनको जिन्न की चमत्कारिक शक्तियों के प्रभाववश तीनों तिरलोक दिखने लगता था। तदनन्तर इस चमत्कारिक शक्ति से प्राप्त ज्ञान के आधार पर वे अपने शागिर्दों को बताते रहते थे कि—

'बेटा...! जो लोग मुँहनोचवा को बकैती समझि कै लोड नै लेत हैं, वे ससुरे परले दरजे के मूरख हैं। हमरे जिन्न महराज हमका बतावत हैं कि मुँहनोचवा दस इंच चौड़ा औ चार इंच लम्बा जिउ है। ओका डिजाइन मच्छर जइसा है औ ओका चमगादड़ जइसे लम्बे पंख भी हैं। वह कलियुगी अवतार हैगा जो दुष्टों के नाश के लिए धरती पर आवा हैगा।' आदि-आदि।

मुँहनोचवा की ख़ासियत यह थी वह रात के अँधेरे में ही आता था और किसी को भी, बिल्कुल भी नहीं दिखता था। वह अक्सर उल्टे पाँव चलते हुए आता और अचानक से किसी का मुँह नोच कर भाग जाता था। उसके मुख्य शिकारों में ज़्यादातर विधवा औरतें, छोटे बच्चे और कोढ़ी-पागल इत्यादि होते थे। हालाँकि कई मामलों में गर्भवती स्त्रियाँ भी उसके शिकारों में से थीं। बताते हैं कि

मुँहनोचवा के आक्रमण के बाद पीड़ित के मुँह में सड़न पैदा होना शुरू हो जाती थी और कई बार उसकी मृत्यु भी हो जाती थी। सब कहते थे कि 'मुँहनोचवा का शिकार फलाने गाँव में है।' ढिमाके ने बताया है कि 'वह मुझ पर ऐसे झपटा', कोई कहता कि 'यह देखो मेरा यहाँ जला है', कोई कहता 'मेरा यहाँ कटा है' —लेकिन ख़ूबी यह कि ऐसी किसी कृति को कभी किसी ने देखा तक नहीं था।

हाँ...! इतना ज़रूर हुआ था कि मुँहनोचवा के भय से लोग रात-रात भर जागते रहते थे। विधवाएँ छिप जातीं, छोटे बच्चे और गर्भवती स्त्रियाँ छिपा दी जातीं और सुरक्षा की दृष्टि से गाँवों में सारी रात ढोल-नगाड़े और तेल के खाली पीपे बजते रहते थे। चौराहों और सार्वजनिक स्थानों पर घिसे हुए टायरों के लुक्कारे जलाये जाते। इसके बावजूद यदि कोई लुच्चा-लफंगा क़िस्म का लौंडा गाँव के किसी कोने से चिल्लाता—'अरे काका...! अब्बेय मुँहनोचवा हियां देखान हैगा...!!' —तो सारी भीड़ ताबड़तोड़ उधर ही पहुँच जाती। सभी आधे-एक घण्टे तक किसी जासूस कुत्ते की तरह मुँहनोचवा की तलाश में इधर-उधर अपने थुथून घुमाते रहते। फिर उसके न मिलने पर वापस आकर पूर्ववत् ढोल-नगाड़े बजाने लगते। इस दौरान सभी ग्रामवासी समूह में रहना पसन्द करते थे ताकि मुँहनोचवा उनमें से किसी को अकेला पाकर उसके ऊपर अटैक न कर दे। मुँहनोचवा भी शायद भीड़ से दूरी बना कर ही चलता था। यद्यपि कई बार ऐसा भी हुआ था कि मुँहनोचवा की तलाश में लोगों ने रात के अँधेरे में या तो मानसिक रूप से किसी विकलांग को या फिर किसी आश्रय के अभाव में इधर-उधर जीवन-बसर कर रहे लोगों को ही बुरी तरह पीट दिया था। एकाध वाक़ये तो ऐसा भी हुआ बताते हैं जब कई लोगों ने अपने ख़ास दुश्मन को ही निशाना बना डाला—उसके आते-जाते 'मुँहनोचवा-मुँहनोचवा' कहकर चिल्ला पड़े; जिस पर अन्धी भीड़ ने उनकी विधिवत 'हुँकाई' कर डाली और इस प्रकार पुराना हिसाब-किताब चुकता कर लिया।

ऐसा कदापि न था कि फ़ुरसतगंज वालों को मुँहनोचवा के आविष्कार का कोई एकतरफ़ा श्रेय दे दिया गया था। बल्कि इसके लिए उन्हें कड़ी प्रतिस्पर्धा का सामना करना पड़ा था। बताते हैं कि मुँहनोचवा के आविष्कार पर सबसे पहले कानपुर वालों ने अपना दावा ठोंका; तदनन्तर बनारस वालों ने भी इसका क्रेडिट लेना चाहा। ऐसी दशा में गोरखपुर, जौनपुर और बलिया वाले अपनी दावेदारी से पीछे कैसे रहते...! अन्ततः इस 'अद्वितीय निर्मिति' पर इलाहाबाद के फ़ुरसतगंज वालों का पेटेंट ही साबित हुआ। दरअसल, फ़ुरसतगंज को अन्ततः मुँहनोचवा के आविष्कार का श्रेय इसलिए भी दिया गया था कि पुलिसिया रिकार्ड में, पूरे उत्तर प्रदेश में इलाहाबाद की शहादतगंज स्थित पुलिस चौकी में मुँहनोचवा के हमले के सबसे ज़्यादा मामले दर्ज

किये गये थे और आरम्भिक जाँच में शहादतगंज के निवासियों ने अपने बयान में मुँहनोचवा के जितने भी आकार-प्रकार बताये थे, वे ज़्यादातर फ़ुरसतगंज के तमाम निवासियों की शारीरिक बनावट और मुखाकृति से मिलते-जुलते थे।

ख़ैर...! फ़ुरसतगंज में कभी कोई फुर्सत में न था और यहाँ सभी की अपनी-अपनी ख़ास व्यस्तताएँ थीं। इस व्यस्तता के सबसे बड़े कारण थे—ददई और रामा। फ़ुरसतगंज और शहादतगंज की सीमा पर स्थित ददई गुरू और रामा गुरू की दुकानें इस गाँव के युवाओं के ज़बरदस्त सम्मोहन का केन्द्र हुआ करती थीं क्योंकि यहाँ बिना रुके-बिना थके ही बारहों महीने उत्सव जैसा माहौल बना रहता था। बताते हैं कि ददई और रामा एक ही पिता के सन्तान थे—पर थे पूरी तरह से सौतेले...! उनके व्यवहार और उनके यहाँ चलने वाली गतिविधियों में यह सौतेलापन सतह पर झलकता था।

भौगोलिक दृष्टि से ददई की दुकान फ़ुरसतगंज में थी और रामा की शहादतगंज में। यह भी अजीब संयोग था कि ददई के यहाँ बैठने वाले अधिकांश कृष्ण के अनुयायी होते थे क्योंकि वे स्वभाव से प्रेमी प्रकृति के हुआ करते थे। प्रेम की सबसे बड़ी त्रासदी यह है कि वह अक्सर अपने मूल वतन से पलायन की माँग करता है। यदि प्रेमी-प्रेमिका साथ भागे तो युगल-पलायन और घरवालों या पुलिस की तलाश के कारण अलग-अलग भागे तो एकल-पलायन...! यह पलायन ग्रामीण प्रेम की नियति है जिसे मेटा नहीं जा सकता। तिस पर दुर्भाग्य यह कि समाज के बड़े-बूढ़े इसे एक लाइलाज बीमारी बता दें और इसके नियमित टीकाकरण के लिए सामूहिक लात-जूते को अनिवार्य ठहरा डालें...! ऐसे में प्रेमियों के लिए संरक्षण की गुंजाइश कहाँ...?

ददई की दुकान ऐसे पलायित प्रेमियों के लिए एक प्रकार का आराधना-स्थल थी जहाँ न केवल उनकी भावनाओं को निखारने का अनधिकृत किन्तु निःशुल्क प्रशिक्षण मिलता था बल्कि कुछ अवधि के लिए वह प्रेमी जोड़ों के संरक्षण का केन्द्र भी बन जाती थी। यहाँ बैठने वाले कुछ संरक्षकों के पास इलाक़े के सभी प्रेमी बिरादरी का लेखा-जोखा हुआ करता था। यहाँ अनवरत भाँग घोटी जाती, चिलम-पर-चिलम फूँकी जाती और ढोलक की थाप पर हरिकीर्तन चलते रहते। मसलन—

घूँघट के पट खोल रे, तोहे पिया मिलेंगे।
घट घट में तेरे साईं बसत है, कटुक वचन मत बोल रे ॥
धन जोबन का गरब न कीजै, झूठा पचरंग चोल रे।
सूने मन्दिर दिया जला के, आसन सों मत डोल रे ॥
जाग यतन से रंग महल में, पिय पायो अनमोल रे।
कहत कबीर सुनो भाई साधो, बाजत अनहद ढोल रे ॥

बताते हैं कई बार इस कीर्तन-सत्संग में कई फरार प्रेमी जीव भी चोरी-छिपे सम्मिलित भी होते और वहाँ उपस्थित समुदाय से 'चाबासी' का आशीर्वाद प्राप्त कर विदा हो लेते।

दूसरी ओर रामा के यहाँ बैठने वाले लोग अपेक्षाकृत मर्यादित होते थे। या यों कहें कि ददई के दुकान पर बैठने वाले लौंडे अपने व्यवहार से उन्हें मर्यादित बना कर ही छोड़ते थे। यहाँ आने वालों में, युवाओं की अपेक्षा अधेड़ उम्र के लोगों की संख्या अधिक होती थी और उनमें से बहुतेरे असफल या कुण्ठित प्रेमी होते। अपनी इस कुण्ठा का सायास दमन करने के लिए वे प्रायः भांग और चिलम की अपेक्षा, इन्हीं तत्त्वों के सम्मिश्रण से निर्मित 'त्रिकाल' नामक एक भिन्न प्रकार का यौगिक ग्रहण करते। त्रिकाल की विशेषता यह थी कि यह औषधि के रूप में अधिक प्रचारित था और इसे सामाजिक बुराई माने जाने का ख़तरा भी न के बराबर था। ख़ूबी यह कि इसे ग्रहण करते ही, यह व्यक्ति के अवसाद को उसके अवचेतन में धकेल देता था और उसके भीतर दबे और कुचले जा रहे आत्मविश्वास को लौटाने में मदद करता था। हालाँकि बाद में कुछ लोगों ने त्रिकाल के स्थानापन्न के रूप में 'स्मैक्सो-प्राक्सीवान' और 'आयोडेक्स' नामक दवाइयों को भी अपना लिया था।

कुछ ऐसे भी धुरन्धर थे कि वे जितने ददई के दुकान पर बैठने वालों के प्रिय थे कदाचित् उतने ही रामा के दुकान पर बैठने वालों के भी। इसमें हनुमान मन्दिर में स्वैच्छिक रूप से पुजारी की सेवा दे रहे अन्तिम बाबा सबसे नये उदाहरण बनकर उभरे। बताते हैं अन्तिम बाबा अपने चार भाइयों में इकलौते ऐसे प्राणी थे जिनकी दिमाग़ी हालत औरों से बेहतर थी। सबसे बड़ी बात यह कि वे अपने बाक़ी भाइयों की तरह इस जीवन में अविवाहित होकर कदापि नहीं मरना चाहते थे। सम्भवतः उनके हृदय में जीवन के प्रति रस अभी भी बचा हुआ था। तभी तो मन्दिर की दीवार से सटे एक घर में रह रही, एक कुँवारी लड़की गंगी से उन्हें बाक़ायदा प्रेम हो गया था। वे दिन भर मन्दिर के अहाते में बेसुध पड़े रहते; कभी अचानक से उठकर सफ़ाई करने लगते और कभी घण्टा हिलाने लगते। किन्तु सन्ध्या होते ही उनका आध्यात्म एकदम से जवाब दे जाता और वे मन्दिर की दीवार फाँदकर, अपनी प्रेयसी गंगी के पास चले जाते। गंगी भी मानें ज़माने के डर से दिन भर उनका इन्तज़ार करती रहती। फिर दोनों के बीच 'नाछू-नाछू' का आरम्भिक मन्त्र जाप चलता जो कुछ देर के बाद 'आछू-आछू' में बदल जाता। तदनन्तर दोनों सत्ताओं को आपसी संसर्ग से परमसिद्धि की प्राप्ति होती। अन्तिम बाबा और गंगी दोनों इस साधना के अभ्यस्त हो गये थे।

ख़ैर...! आज सारा प्रशासनिक अमला इसी ऐतिहासिक विरासत वाले गाँव की ओर निकल पड़ा था। दुर्भाग्य से कुएँ में डूबकर मरने वालों में स्वयं जिन्नधारी महात्मा हलकान अली के इकलौते पुत्र परेशान अली थे। जब तक कलेक्टर साहब मौक़े पर पहुँचते, तब तक प्रशासनिक अमले के स्थानीय कारिन्दों द्वारा घटना के बारे में प्राथमिक मालूमात कर ली गयी थी ताकि कलेक्टर साहब के पहुँचने पर उनको वस्तुस्थिति से अवगत कराया जा सके और उनके किसी कोपभाजन से भी बचा जा सके। साथ ही इन कारिन्दों द्वारा फ़ुरसतगंज के ठीक पहले, रास्ते में पड़ने वाले लगभग बन्द पड़े एक प्राथमिक विद्यालय में मीटिंग का स्थान भी निर्धारित कर दिया गया था। इतनी ही देर में स्थल पर टेंट, कुर्सी-मेज़, माइक-साउंड, फूल-माला-बुके, सूक्ष्म जलपान इत्यादि की भी व्यवस्था कर दी गयी थी।

कलेक्टर साहब के पहुँचने के पूर्व ही ज़िले के सारे वरिष्ठ अफ़सर वहाँ हाज़िर हो गये थे और अपने मिज़ाज के मुताबिक़ स्वेच्छा से—कमाऊ, चाटुकार या लतमरुआ मण्डली में बँटकर खुसुर-पुसुर में व्यस्त हो गये थे। जब कलेक्टर साहब की गाड़ी सड़कों की धूल उड़ाते हुए और कानफोड़ू हूटर-सायरन बजाते हुए इधर से गुज़री तो रास्ते में ही एसडीएम-तहसीलदार-नायब-कानूनगो-लेखपाल आदि इस मुद्रा में खड़े दिखायी दिये मानो कलेक्टर साहब की अगवानी के अतिउत्साह में वहीं सरेराह लेट जायेंगे। कलेक्टर साहब के ड्राइवर ने भी उड़ती धूल और गर्दो-गुबार के भीतर से ही इन अफ़सरान को न केवल दूर से ही पहचान लिया बल्कि तनिक चालाकी दिखाते हुए और सम्भवतः नियमित 'मुलाक़ाती शुल्क' की आस में, अपनी गाड़ी उनके पास ले जाकर रोक दी। गाड़ी ज्यों ही रुकी, सारे अफ़सर गाड़ी की ओर भागते हुए पहुँचे लेकिन तब तक जबर सिंह ने गाड़ी के भीतर से ही एसडीएम को घटनास्थल की ओर चलने का इशारा किया और गाड़ी नाक की सीध में आगे चल निकली। फिर क्या...! कलेक्टर की गाड़ी आगे-आगे और सारा प्रशासनिक अमला पीछे-पीछे चलता चला जा रहा था। सारा मंज़र देखकर एकबारगी ऐसा लगता था मानो आज ही फ़ुरसतगंज की तक़दीर बदल जाने वाली हो...!

प्रशासन की ये सारी गाड़ियाँ फ़ुरसतगंज में पहुँचकर सीधे उस स्थान पर जाकर रुकीं, जो वास्तविक घटनास्थल था—अर्थात् जिस जगह कुएँ में गिरकर परेशान अली नाम के निरीह इन्सान की मौत हुई बताई गयी थी। अब तक परेशान अली और उनके साथी बकरे का शव कुएँ से निकाला जा चुका था और इसके लिए गाँव के ही कुछ 'रस्सा-विशेषज्ञों' की मदद ली गयी थी।

कुएँ के एक ओर मृतक परेशान अली का शव रख हुआ था तो दूसरी ओर बकरे का। कलेक्टर साहब के आने के पहले ही परेशान अली के शव का पंचनामा कर लिया गया था और अब इसे पोस्टमार्टम के लिए ले जाने की तैयारी हो रही थी। इस समय मौक़े पर प्रिंट और इलेक्ट्रॉनिक मीडिया के लोग भारी संख्या में मौज़ूद थे और घटनाक्रम का तरह-तरह से विश्लेषण और लाइव-टेलेकास्ट करने में मशगूल थे। कलेक्टर साहब हड़बड़ी में बकरे को परेशान का शव समझ कर उसे देखने के लिए उसकी ओर लपके ही थे कि इतने में उनके चेले-चपाटियों ने उन्हें रोक लिया। ख़ैर...! उन्हें परेशान के शव के पास ले जाकर ज्यों ही उसके मुँह से चादर हटाई गयी, कलेक्टर साहब को चेहरा देखते ही अचानक से ग़श-सा आ गया और वे जितनी तेज़ी से आगे आये थे उससे दोगुनी तेज़ी से पीछे हट गये।

कहने की आवश्यकता नहीं कि इस स्थान पर भीड़ की उपस्थिति भी कम न थी और 'घटना कैसे हुई होगी', इसे लेकर सारी भीड़ स्वेच्छा से कई टोलियों में बँटकर आपस में निरन्तर बहस कर रही थी। इस बहस में तमाम गँवई फोरेंसिक विशेषज्ञों के अलावे वे जन भी हिस्सेदारी कर रहे थे जिन्हें कायदे से अभी भी मलत्याग के बाद धुलाई की कला में प्रवीणता हासिल न थी—मानो फ़ुरसतगंज वालों ने इस डिग्री के हासिल किये जाने के बाद ही किसी गम्भीर बहस में सम्मिलित होने की न्यूनतम शर्त मान रखी हो...! हालाँकि ये सभी जन अपने को इस बहस के लिए योग्य मान कर चल रहे थे। इस ग़ौरतलब बहस में सभी के अपने अलग-अलग वाजिब तर्क और मत-मतान्तर थे; साथ में यह दावे भी कि उनका अन्देशा ही सबसे सटीक है और वास्तविक भी। अब ज़रा भीड़ के इन मत-मतान्तरों पर तनिक ग़ौर फरमाइए। एक टोली के मुखिया ने कहा—

'अमाँ तुमहूँ समझे नै ना...! ई परेशनवा सरवा रात में भाँग-वाँग खावत रहा। ओही चक्कर माँ लुड़िस होइ गा...!'

इतना सुनते ही दूसरे टोली के मुखिया ने इसे अपनी खुफिया-क्षमता की चुनौती के रूप में स्वीकार करते हुए थोड़ी ऊँची आवाज़ में हाँक लगायी। बोला—'...कस में...! भाँग कबसे एतना सस्ता होइ गवा? नचनिया ससुरे नचनिये होत हैं। हमका तो इमां कउनो लौंडिया-वौंडिया का चक्कर लागत है...!'

तीसरा भी कहाँ चुप रहने वाला था...! बोला—'अबे इन सबका कउनो अकल-वकल है कि नाही...? अगला गिरा हैगा बकरे के साथ माँ, अऊर तुम सब बात करत हौ लौंडिया की...! आन्हर हो कस में...?? हमका तो एमा जिन्नवा कै बदमाशी देखात हैगा...!'

चौथे ने तीसरे के साथ अपनी आंशिक सहमति ज़रूर जताई पर एक प्रबल संशोधन के साथ अपना अभिमत रखा। उसने कहा—'हमहूँ का लागत है कि एमा हलकान चाचा के जिन्नवा के हाथ होइ सकत हैगा...! जब जिन्नवे भोंसड़ी के पगलात हैं तो सबसे पहिले जेके पास ओका चिराग होत है, ओही के घर का चिराग बुझावत हैं...! अब बुझि गा हलकान मियाँ के दुइनों चिराग...!! रोज़ रगड़ि-रगड़ि के गर्ध मचायेन रहें सरऊ...!'

लेकिन ज्यों ही जबर सिंह उनके तनिक नज़दीक पहुँचे और बारी-बारी से सभी ग्रामवासियों से घटना के कारणों की पड़ताल करने लगे; क्षण भर में ही इन सभी के सुर एकदम से बदल गये। दरअसल फ़ुरसतगंज वाले भी 'आपसी गप्प' और 'गम्भीर वार्ता' का अन्तर और महत्त्व बख़ूबी जानते थे। इसलिए कलेक्टर साहब द्वारा हवा में सवाल उछालते ही एक ने उनकी ओर मुख़ातिब होते हुए कहा—

'साहब...! गाँव में पीने के शुद्ध पानी की व्यवस्था तक तो है नहीं...! इस इकलौते कुएँ के भरोसे ही पूरा गाँव ज़िन्दा है। जब भी रात-बिरात पानी की ज़रूरत होती है तो सबको इसी कुएँ तक चलकर आना पड़ता है। शायद पानी निकालने के चक्कर में परेशान मियाँ जान से हाथ धो बैठे।'

तभी दूसरे ने तपाक से कहा—'दोस परेशान का नहीं है साहेब...! हम करें तो का करें...! यह कुआँ ही बीच रास्ते में पड़ता है। अगर कोई तनिक भी असावधानी बरते तो उसका यही हाल होता है। कइयों के हाथ-पाँव टूट चुके हैं इधर से गुज़रते हुए। परेशान मियाँ को इसी बहाने से जाना था, सो चले गये...!'

तीसरे ने लपककर उसकी बात बीच में ही छीन ली और अपने चेहरे पर थोड़ा गम्भीरता का भाव लाते हुए कहा—'ई देहात है साहेब...! इहाँ आदमी और जानवर एक ही घाट का पानी पीते हैं। परेशान का बकरा कुएँ में पानी पीने गया होगा और उसी में लुढ़क गया होगा। उसको निकालने के चक्कर में परेशान मियाँ अपनी भी जान गँवा बैठे।'

अभी यह वार्ता का क्रम चल ही रहा था, तभी एक बूढ़े ग्रामवासी ने आगे बढ़कर कलेक्टर साहब के सामने जबरन अपना अभिमत रखना चाहा और बोला—'ए गुरू...! कुछ लोग बतावत हैं कि कब्बो-कब्बो इमां से जहर वाली गैसिया भी निकलत है। होइ सकत है कि परेशनवा सार ओही कै लपेटा में आइ गवा हो...!'

कलेक्टर साहब अभी इन भोले-भाले ग्रामवासियों के ज़रिये सारा माजरा समझने की कोशिश ही कर रहे थे कि इतने में वहाँ पहले से ही मौज़ूद

मीडियावालों ने, न केवल उन्हें बाक़ायदा घेर लिया बल्कि उन पर सवालों की बेतहाशा बौछार भी कर दी। लेकिन जो लोग कलेक्टर जैसी 'सत्ता' को ठीक से जानते हैं वे बताते हैं कि ऐसे मौक़ों पर एक 'पक्का' कलेक्टर ग़ज़ब के धैर्य का परिचय देता है; न चाहते हुए भी चेहरे पर गम्भीरता का लबादा ओढ़े रखता है; अपने शब्दकोश से चुनिंदा शब्दों को ऐसे निकालता है जैसे कोई शूरवीर युद्ध के मैदान में अपने तरकश से तीर निकालता होगा। फिर एक-एक शब्द बोलने के बाद दो सेकेण्ड आसमान में देखता है और कुल जमा तीन सेकेण्ड का अन्तराल रखते हुए सामने वाले के साथ अपना संवाद कायम रखता है। फिर जबर सिंह के बारे में क्या कहना...! वे प्रशासन के 'पुराने घुटे हुए' और 'ख़ासे अनुभवी' आदमी थे। इसलिए मीडियाकर्मियों के इन सवालों के तीव्र आक्रमण पर उन्होंने तनिक भी अपना धीरज नहीं खोया और मीडिया की ओर से हो रहे सवालों का एक साथ सम्मिलित उत्तर देते हुए बोले–

'देखिये...! यह घटना अत्यन्त दुर्भाग्यपूर्ण है... एक अमनपसन्द इन्सान की यह मृत्यु अत्यन्त दुःखद है...! घटना की जाँच के आदेश दे दिये गये हैं और चौबीस घण्टे के भीतर जाँच आख्या मँगाई गयी है...! जाँच रिपोर्ट आने के बाद ही कुछ कहना सम्भव हो सकेगा।'

इतना कहते हुए और वहाँ खड़ी भीड़ को तनिक चीरते हुए जबर सिंह चल निकले। मीडिया के लोग माइक लेकर उनके पीछे भागते रहे लेकिन जबर सिंह भी हाथ उठाकर 'इन्तज़ार कीजिए-इन्तज़ार कीजिए', 'नो कमेंट्स-नो कमेंट्स' का उच्चारण करते हुए आगे बढ़ते रहे और सीधे अपनी गाड़ी में आकर बैठ गये। फिर क्षण भर में ही उनकी गाड़ी फर्राटे भरते हुए गणपत तेली स्मारक उच्चतर माध्यमिक विद्यालय, लखनलाल की गड़ही, फ़ुरसतगंज की ओर चल निकली और उनके पीछे-पीछे सारा प्रशासनिक अमला भी...!

3

कलेक्टर नामक कोई भारी-भरकम जीव पूरे लाव-लश्कर के साथ इस ऐतिहासिक विद्यालय की ओर चला आ रहा है, इसका शोर सुनते ही गणपत विद्यालय के अहाते में एकाएक मानो भगदड़-सी मच गयी। दरअसल इस समय जेठ की दोपहरी चल रही थी और विद्यालय में काफ़ी पहले से ही छुट्टियाँ घोषित हो चुकी थीं अथवा यों कहें कि कराई जा चुकी थीं। फ़िलहाल इस अवधि में हर वर्ष ही

फ़ुरसतगंज वाले विद्यालय की लगभग सारी सम्पत्ति का इस्तेमाल अपनी निजी सम्पत्ति समझकर किया करते थे और इस कारण विद्यालय अचानक से किसी विविधता भरे मेले में परिवर्तित हो जाया करता था। गंजेड़ी, नशेड़ी, जुआड़ी, शराबी, कबाबी, हरामी, चाकूबाज़, रंडीबाज़, दन्तचियार सभी एक साथ यहाँ इकट्ठे होते और पूरा इलाका इस मेले में सम्मिलित होने के लिए उमड़ पड़ता...!

ऐसा न था कि विद्यालय के ज़िम्मेदारों ने स्कूल की सम्पत्ति को, इस तरह से मेले के लिए बेजा इस्तेमाल किये जाने का प्रतिरोध न किया था। किया था और ख़ूब ढंग से किया था। मसलन, एक बार विद्यालय के प्राचार्य गिरधारीलाल जी ने गाँव के तमाम युवाओं को नैतिकता का सन्देश देते हुए अपने जीवन में कुछ नया कर गुज़रने की सलाह भर दी थी। फिर क्या...! फ़ुरसतगंज के तमाम युवाओं ने एक दिन मिलकर एक नये प्रयोग में उन्हें ही शामिल कर लिया और उन्हें कोई नशीला पदार्थ खिलाकर उनका भरपूर स्त्री शृंगार किया; फिर उन्हें खाट से बाँध दिया। अगले दिन जब वे अर्धचेतनावस्था में ददई की दुकान पर चाय पीने निकले तो सारा इलाक़ा उन्हें कोई भटकी हुई नर्तकी समझ कर देखने उमड़ पड़ा था। सभी ने उन्हें न केवल ख़ूब छुआ बल्कि भरपूर छेड़ा भी और इस प्रकार सभी ने किसी-न-किसी प्रकार से 'पत्थर में परमेश्वर' की अनुभूति प्राप्त की। हालाँकि जब गिरधारीलाल होश में आये और उन्हें अपने साथ हुए इस 'सामूहिक सद्व्यवहार' की जानकारी हुई तो उन्होंने गणपत तेली स्मारक उच्चतर माध्यमिक विद्यालय में पढ़ना-पढ़ाना तो छोड़ा ही, फ़ुरसतगंज का सारा इलाक़ा भी हमेशा के लिए त्याग दिया। बस तभी से विद्यालय के अनीजर-मनीजर से लेकर चपरासी-माली तक ने इन युवाओं को रोकने की कोशिश नहीं की। बल्कि सभी इन छुट्टियों में अपने मूल स्थान से अन्यत्र पलायन कर जाते थे ताकि उन्हें गिरधारीलाल की तरह किसी नये अनुसन्धान का सामना न करना पड़े।

बताते हैं कि इस अवधि में भी गणपत विद्यालय, जो भाषाविज्ञान के स्थानीय जानकारों की कृपा से 'गड़फट्ट विद्यालय' के लोकप्रचलित नाम से जाना जाने लगा था, से एक फर्लांग की दूरी पर स्थित चुम्मन मियाँ का खजूर के पेड़ के नीचे स्थित मदरसा ही चलता मिलता था जिसमें दीन और ईमान के साथ दुनियावी विषयों पर भी ढेर सारी बातें बतायी और सिखायी जाती थीं। असल में तो चुम्मन मियाँ कभी मदरसा खोलना ही नहीं चाहते थे। वे तो अपने पुश्तैनी मुर्गीबाड़े की देखरेख में ही खुश थे। उनके मुर्गीबाड़े में मुर्गियाँ दिन भर पास में ही स्थित गड़ही के आस-पास दाना चुगती थीं और सुबह-शाम उन्हें बाड़े में बन्द कर दिया जाता था। बाक़ी समय वे अपने घर के पिछवाड़े में बँधीं बकरियों

की देखभाल में ख़र्च करते थे। लेकिन दुर्भाग्य देखिये...! मुर्गियों की सुरक्षा के लिए बाड़े में लगे फाटकों को बारी-बारी से, इलाक़े के हाथ की सफ़ाई का खेल दिखाने वाले जादूगर उठा ले गये। और देखते-ही-देखते मुर्गीबाड़े की मुर्गियाँ इलाक़े के मांसभक्षी कहे जाने वाले साधुओं के द्वारा एक-एक करके ग़ायब कर दी गयीं। फिर क्या...! बेचारे चुम्मन मियाँ अचानक से एकदम बेरोज़गार और कंगाल हो गये।

तब उन्हें याद आया अपने अब्बू घुम्मन मियाँ का वह सपना, जिसमें वे इलाक़े के ग़रीब मुसलमान बच्चों के लिए एक मदरसा स्थापित करने की आस लिए ही इस दुनिया से विदा हो गये थे। चुम्मन मियाँ उस दिन चारपाई में लेटे-लेटे रज़ाई के भीतर अपना मुँह छुपाकर बहुत रोये थे। फ़िलहाल, मुर्गीबाड़े की ज़मीन ख़ाली थी इसलिए चुम्मन मियाँ को मदरसा स्थापित करने में देर न लगी। लेकिन इस बार उन्होंने अपने साथ हुए पिछले हादसों से सबक लिया और इस वजह से ही मदरसे के लिए न तो कोई दीवार खड़ी की और न ही कोई गेट लगाया; बल्कि मुर्गीबाड़े की ज़मीन में स्थित खजूर के दो-तीन पेड़ों के नीचे ही मदरसा स्थापित कर दिया।

हाँ...! मदरसे के नामकरण को लेकर उन्होंने अतिरिक्त सावधानी ज़रूर बरती और उसे एक आधुनिक नाम 'मदरसा लेडी फातिमा' दिया; जिसे इलाक़े के कुछ नासमझ लोगों द्वारा मदरसे के चिन्हित स्थान के इर्द-गिर्द चरने वाली बकरियों के शरीर से निकलने वाले वर्ज्य पदार्थों का प्रतीक मानकर, मदरसे को 'लेड़ी फातिमा' के नाम से बुलाना शुरू कर दिया गया था। लेकिन चुम्मन मियाँ को मदरसे के इस वैकल्पिक नाम से भी कोई ख़ास गुरेज़ नहीं था। क्योंकि जब उनके यहाँ खुले आसमान के नीचे, दीन और ईमान की कक्षाएँ चलती थीं तो उनके मोहल्ले की तमाम बकरियाँ भी आसपास बैठकर मिमियाती हुईं इस कथा का आनन्द लेती थीं और मारे ख़ुशी के मौक़ा-ए-वारदात ही अपना मल-मूत्र त्याग देती थीं। सो मदरसा भी किसी-न-किसी बहाने से अपने इस वैकल्पिक नामकरण को सार्थक करता ही था। गणपत विद्यालय और मदरसे की सीमाएँ एक-दूसरे की ओर खुलती थीं और इलाक़े के युवा इस साझी विरासत का सामूहिक इस्तेमाल करने को मजबूर थे।

इस साझी विरासत वाले विद्यालय के अहाते में पहुँचकर कलेक्टर साहब ने अधिकारियों के साथ गम्भीर बैठक शुरू की। चूँकि मामला सीधे तौर पर कुएँ से जुड़ा हुआ था, जिसका परम्परागत तौर पर गाँवों में इस्तेमाल पीने के पानी के मुख्य स्रोत के रूप में होता आया है; इसलिए संस्थागत तौर पर इसके जीर्णोद्धार

की ज़िम्मेदारी 'जल निगम' कही जाने वाली संस्था की बनती थी। लिहाजा सबसे पहले जलनिगम के अधिशासी अभियन्ता तलब किये गये। कलेक्टर साहब ने ज्यों ही मुँह में रखे हुए पान को चबाते हुए और इसे जिह्वा से उठाकर गाल के नीचे दबाने का उपक्रम करते हुए धीरे-से कहा—'जलनिगम...!' उनके अर्दली ने पाण्डाल में चारों और देखकर ऊँची आवाज़ में दो बार 'जलनिगम-जलनिगम' शब्द का उद्घोष किया। फिर क्या था...! अचानक से पूरे पाण्डाल में 'जलनिगम-जलनिगम' का उच्चारण होने लगा। सबसे पहले इसे एसडीएम साहब ने लपक लिया और बोले—

'जलनिगम के एक्सईएन हैं?'

अभी उनके मुखारबिन्दु से निकले इस शब्द का उच्चारण पूरा भी नहीं हुआ था, तभी 'सभी बैठकों में कलेक्टर साहब का तौलिया ठीक करने के लिए अधिकृत' तहसीलदार जुल्मीराम यादव ने इस शब्द पर अचानक झपट्टा मारा और भीड़ की ओर तनिक ज़ोर से मुख़ातिब होकर कहा—

'अरे भाई जलनिगम से कोई है...?'

तहसीलदार साहब तो एक नमूना भर थे। पूरा प्रशासनिक अमला ऐसे न जाने कितने नमूनों के भरोसे चलता है...! फिर जिसका मुखिया ही 'एवन मार्का नमूना' हो वहाँ बाक़ियों की गिनती कौन करे भला...! बहरहाल, तहसीलदार के बाद अब एनटी अर्थात् नायब तहसीलदार की बारी थी। नायब तहसीलदार राजस्व विभाग का एक ऐसा ओहदा है जिसके पदनाम को सारी कचहरी में शायद ही कोई पूरा-पूरा जानता हो। वकील हो या मुवक्किल—सभी उसे 'नायब' ही बुलाते हैं। एनटी उसके पदनाम का शार्टफॉर्म ज़रूर है लेकिन असल में वह है—तहसील स्तर पर सारे मर्जों की दवा; बल्कि यों कहें कि सौ तालों की एक चाभी...! इसलिए प्रशासन के कुछ शोधार्थी एनटी का फुल फार्म 'नूरानी तेल' भी बताते मिल जाते हैं।

जिस प्रकार नूरानी तेल का इस्तेमाल जलने, कटने, सिरदर्द, अधकपारी, मिर्गी, जी-मिचलाना, चक्कर आना, साँप काटने से लेकर फोड़े-फुंसी आदि जैसे घावों को ठीक करने में किया जाता है, ठीक उसी प्रकार से एनटी अर्थात् नायब का इस्तेमाल भी राजस्व के हर मर्ज़ की दवा के रूप में किया जाता है। कलेक्टर साहब के उठने-बैठने, खाँसने-पादने जैसे तमाम गतिविधियों पर सक्रिय रहने का जिम्मा इसी एनटी का माना गया है। कलेक्टर साहब को पेशाब लगे तो उन्हें शौचालय कक्षा तक ले जाने का जिम्मा एनटी का; पेशाब करने के बाद हाथ धुलने के लिए लोटे से पानी गिराने का जिम्मा एनटी का; कलेक्टर साहब के नाक से छींक आ गयी तो दौड़कर रूमाल प्रस्तुत करने का काम एनटी का;

चलते समय राह में यदि कलेक्टर साहब का जूता कीचड़ में फँस गया तो उसकी सफ़ाई का काम एनटी का; कलेक्टर साहब को मांसाहार खाना हुआ तो देशी मुर्गा उपलब्ध कराने का काम एनटी का; समारोहों में कलेक्टर साहब के मदिरा के गिलास में बर्फ़ के टुकड़े डालने का काम एनटी का—आदि आदि। ऐसे न जाने कितने ही काम एनटी के माने गये हैं, जिन्हें एक ज़माने से एनटी बिरादरी के सभी अधिकारियों ने अपने लिए शिरोधार्य समझकर इसका अनुपालन और सम्यक् निर्वहन किया है।

बहरहाल, इस समय सामने खड़े नायब साहब ने बड़ी नज़ाकत भरी नज़रों से एक बार तहसीलदार साहब की ओर देखा और दूसरी बार कलेक्टर साहब की ओर। वे जानते थे कि इस समय तहसीलदार साहब तौलिये के सिरे को छोड़कर हिल नहीं सकते और इस समय उन्हें अपने सिर के बालों से लेकर नीचे के बालों तक को खुजलाने की साफ़ मनाही है, इसलिए उन्होंने मन-ही-मन भीड़ में बैठे अधिकारियों में से एक्सईएन, जलनिगम को खोजने की अपनी स्वाभाविक ज़िम्मेदारी मान ली और अधिकारियों के बीच जाकर जलनिगनम के अधिकारी की तलाश में लग गये। उनकी हड़बड़ी और घबराहट देखकर हमेशा की तरह उनके साये के साथी 'लेखपाल-कानूनगो' जैसे कर्मचारी भी इस 'सर्च ऑपरेशन' में लग गये।

एक्सईएन बदरी प्रसाद ज़िले में अभी नये-नये आये थे और मौक़े की नज़ाकत का फ़ायदा उठाकर पीछे की कुर्सी पर तनिक उल्लर हो रहे थे। ज्ञानी जन बताते हैं कि जो काम बड़ी-से-बड़ी दवा और ख़ासकर दारू नहीं कर सकती, वह काम जिलों में आयोजित होने वाली इस तरह की मीटिंग्स या चौपालें कर देती हैं। मीटिंग्स में उल्लर होने अर्थात् सोने का भी अपना अलग मज़ा है। दस-पाँच मिनट की झपकी में घण्टों की थकान दूर हो जाती है और अधिकारी अपने को एकदम तरोताज़ा महसूस करते हैं। इस लिहाज़ से यदि देखा जाय तो अधिकारियों के लिए ये मीटिंग्स 'एंटी-डिप्रेसिंग डोज़' का काम करती हैं। अधिकारी इस तथ्य को बख़ूबी जानते हैं कि कलेक्टर्स की ये मीटिंग्स 'मूतो कम और हिलाओ ज़्यादा' के मूलभूत सिद्धान्त पर आयोजित की जाती हैं। इसलिए देश की कुछ बड़ी परीक्षाओं के साक्षात्कार की तरह न तो इन मीटिंग्स का कोई निश्चित विषय होता है, न तो इनकी कोई निर्धारित दिशा होती है और न ही पूछे जाने वाले प्रश्नों का कोई वास्तविक उद्देश्य ही। साक्षात्कारों की ही तरह इन मीटिंग्स में यह भी तय नहीं होता कि 'किससे पूछा जायेगा', 'किससे नहीं पूछा जायेगा', 'क्या पूछा जायेगा' और 'क्यों पूछा जायेगा'। इसलिए आप चाहे जितनी

भी तैयारी करके जायें, हो सकता है आपका नम्बर ही न आये। या आप पूरे पाठ्यक्रम की तैयारी करके जायें और सवाल सिलेबस के बाहर से पूछ लिए जायें।

उदाहरण के लिए मान लीजिए कि कलेक्टर साहब सुबह-सुबह शौचालयों के प्रयोग की वास्तविकता जानने निकले और किसी तालाब के किनारे मलत्याग के लिए खड़ी भीड़ को देखकर मौक़े पर मत्स्य विभाग के अधिकारी को खोजने लगे। तो ऐसे में पंचायत विभाग के सबसे बड़े साहब चाहे कितनी भी तैयारी करके जायें, उनकी तैयारी धरी-की-धरी रह जायेगी। फिर मत्स्य विभाग का अधिकारी यदि यह सोचकर कलेक्टर के क़ाफ़िले में शामिल नहीं हुआ कि 'कलेक्टर साहब तो शौचालयों का निरीक्षण करने निकले हैं और वहाँ मेरी कोई ज़रूरत नहीं होगी।' तो फिर समझिये कि वे जनाब आज ही किसी-न-किसी दुर्घटना के शिकार हो जायेंगे। और हाँ...! यदि वे महानुभाव किसी गफ़लत और अतिआत्मविश्वास के शिकार होकर चौपाल में पहुँच गये तो फिर तो कलेक्टर साहब द्वारा उनके विभाग से सम्बन्धित ऐसे-ऐसे सवाल पूछे जायेंगे कि वे भीषण जाड़े में भी पसीने से तर-बतर नज़र आने लगेंगे। इसलिए कलेक्टर की किसी भी मीटिंग में अमूमन सभी अधिकारी पहुँचते ज़रूर हैं लेकिन इनमें से जो अनुभवी अधिकारी होते हैं वे बिल्कुल निश्चिन्त होकर जाते हैं; क्योंकि वे अपने अनुभव से जानते हैं कि मीटिंग्स की तैयारी करने से कोई ख़ास फ़ायदा नहीं होता। फिर 'क्या पता किसका नम्बर आये और किसका न आये...!' इसीलिए उनमें से अधिकतर 'मूँदो आँखि, कतहूँ कछु नाहीं' के सिद्धान्त का अनुगमन करते हुए, पीछे की सीटों पर ऊँघते हुए अपनी थकान मिटाते हैं। एक्सईएन बदरी प्रसाद इन्हीं अनुभवी अधिकारियों में से थे।

ख़ैर...! अपने विभागीय नाम का कई बार लगातार उच्चारण होने से बदरी प्रसाद की तन्द्रा अचानक से टूटी और वे क्षणभर में ही अपने जूनियर इंजीनियर के हाथ में रखी फ़ाइल और डायरी लेकर कलेक्टर साहब की कुर्सी की ओर भागे और उनके सामने जाकर एकाएक ऐसे ठिठक गये मानो किसी तेज़ रफ़्तार वाहन में अचानक से ब्रेक लगा दिया गया हो...! कुछ देर तक कलेक्टर साहब, बदरी प्रसाद की आँखों-में-आँखें डालकर झाँकते रहे। फिर स्वाभाविक रूप से बदरी प्रसाद की आँखें नीची हो गयीं। ऐसा लगता था मानो पल भर में ही वे बिना किसी कारित अपराध के ही, गहन अपराध-बोध से ग्रसित हो गये थे।

बताते हैं कि ऐसा ज़िले के ज़्यादातर तेज़-तर्रार अफ़सरों के साथ हुआ करता था। जब भी उन्हें कलेक्टर के सामने अचानक से हाज़िरी के लिए बुलाया जाता था तो उनकी सारी तेज़ी अचानक से उड़न-छू हो जाती और ऐसा लगता था

जैसे 'बालि' जैसी पौराणिक शक्ति के समान, अचानक से किसी ने उनकी आधी शक्ति का हरण कर लिया हो...! हालाँकि लोक प्रशासन के स्थानीय विद्वानों का मत इससे तनिक इतर हुआ करता था। वे 'बालि शक्ति हरण सिद्धान्त' के बजाय 'वेश्यानुगामी समर्पण सिद्धान्त' के हामी थे। उनके अनुसार प्रशासन में अधिकारियों की स्थिति वेश्याओं से कत्तई बेहतर नहीं है। जो ही नया कलेक्टर आता है, नये प्रयोग करता है और काम के नये रास्ते तलाशता है। कुछ दिनों बाद मातहत अफ़सरों की हालत यह हो जाती है कि वे ज्यों ही ज़िले में कोई नया कलेक्टर देखते हैं, बिना किसी अतिरिक्त आदेश के उसके सामने निहुर जाते हैं मानो कहना चाहते हों कि 'बेटा बहुत ली गयी है; तुम भी ले लो...! क्या फ़र्क़ पड़ता है। लेने के लिए ही बनी है...!' प्रशासन के सारे मातहत अफ़सर इसी सिद्धान्त का अनुगमन करते देखे जाते हैं।

अब कलेक्टर साहब और एक्सईएन साहब के बीच सवाल-जवाब का सिलसिला शुरू हुआ। कलेक्टर साहब ने पूछा—

'क्यों भाई एक्सईएन साहब...! फ़ुरसतगंज के कुएँ का जीर्णोद्धार आपने अभी तक क्यों नहीं कराया? आपके विभाग की लापरवाही के कारण एक शख़्स की जान चली गयी...! क्यों न इसके लिए आपके विरुद्ध निलम्बन की संस्तुति की जाय?'

एक्सईएन साहब कुछ देर तक चुप रहे, फिर हिम्मत करके बोले—

'महोदय मैं आपको बताना चाहता हूँ कि यह गाँव 'लघुग्राम पेयजल योजना' से आच्छादित नहीं था; क्योंकि लघुग्राम पेयजल योजना में केवल उन्हीं गाँव के कुओं और जलाशयों को पुनः क्रियाशील कराया जाना है जिनकी आबादी पाँच हज़ार से कम हो। चूँकि फ़ुरसतगंज की कुल आबादी आठ हज़ार से अधिक है इसलिए इस कुएँ का जीर्णोद्धार मेरे विभाग से न होकर ग्राम्य विकास विभाग की 'दीर्घग्राम उन्नयन योजना' से कराया जाना था।' —इतना कहकर एक्सईएन साहब एक किनारे खड़े हो गये।

अब बारी जनपद के ग्राम्य विकास के सबसे बड़े अधिकारी डीडीओ साहब अर्थात् ज़िला विकास अधिकारी की थी। डीडीओ साहब ने कलेक्टर साहब के सामने आते ही योजना की फ़ाइल खोल ली और साथ ही इशारे से दूर बैठे बीडीओ साहब को भी बुलाया। फिर कलेक्टर साहब की ओर मुख़ातिब होकर बोले—

'सर...! इसके लिए आवश्यक धनराशि वित्तीय वर्ष के आरम्भ में ही सम्बन्धित बीडीओ को ट्रांसफर की जा चुकी है। नियमानुसार कुएँ की क्रियाशीलता का कार्य अभी तक सम्पादित हो जाना चाहिए था।'

अब तक बीडीओ साहब भी मंच के क़रीब आ चुके थे। कलेक्टर साहब, बीडीओ साहब की ओर देखकर बोले—'बताइये बीडीओ साहब...! अभी तक आप सो रहे थे या किसी दुर्घटना के घटित होने का इन्तज़ार कर रहे थे?'

बीडीओ साहब प्रशासन के ऐसे तर्कहीन प्रश्नों के जवाब देने के मर्मज्ञ माने जाते थे; लम्बे-चौड़े शासनादेश उन्हें जुबान पर याद हुआ करते थे। इसीलिए वे बहुतेरे सवालों का जवाब बिना फ़ाइल देखे, 'मुँहज़बानी' ही दिया करते थे। कदाचित् इसी कारण अपने कैडर के अफ़सरों के बीच उनकी गिनती विद्वान् और ज्ञानी अधिकारियों में होती थी; वे उनके बीच अत्यधिक सम्मान पाते थे और नये अधिकारियों के चलते-फिरते ट्रेनिंग-सेंटर सरीखे थे। उन्होंने बड़े ही शिष्ट तरीक़े से अपना जवाब प्रस्तुत किया। बोले—

'महोदय...! डीडीओ साहब जिस धनराशि के ट्रांसफर की बात कर रहे हैं, शासनादेशानुसार उसके उपयोग की प्राथमिक शर्त यह है कि इसका उपभोग केवल तभी किया जा सकेगा जबकि जिस कुएँ या तालाब के जीर्णोद्धार के लिए इसका उपयोग किया जा रहा हो उससे क्रमशः पचास या सौ न्यूनतम किसानों के भूमि सिंचित होने की सम्भावना हो। चूँकि प्रश्नगत कुआँ फ़ुरसतगंज गाँव के ठीक बीचों-बीच में अवस्थित है। इसलिए इससे कृषि भूमि के सिंचाई की सम्भावना शून्य होने के कारण इसका जीर्णोद्धार नहीं कराया गया।'

अभी बीडीओ साहब ने अपनी बात ख़त्म भी नहीं की थी तभी फ़ुरसतगंज के ग्रामप्रधान चिन्ता यादव ने उनके मुँह से बात छीन ली और बोले—

'सरकार ई पानी-वानी तो अलगै मसला हौ...! असल मामला तो ई हौ साहेब कि परेशान भाई के कउनो काम नाहीं मिलत रहा। ऊ बेरोजगारै जिन्दा रहै औ बेरोजगारै मरि गये। ब्लाक से कब्बो उनकै कउनो काम-वाम नाहीं मिला।'

प्रधान का इतना कहना भर था कि कलेक्टर साहब की भृकुटि फिर से तन गयी। उन्होंने एक नज़र ग्रामप्रधान की ओर देखा और दूसरी नज़र बीडीओ साहब की ओर। इसी बीच गाँव की ही एक अर्धविक्षिप्त बुढ़िया लछमिनिया देवी, जो काफ़ी देर से इस मजमे को फटी आँखों से देख रही थी, से नहीं रहा गया और वह प्रधान के सामने आते ही बीच बहस में एकाएक कूद पड़ी। बोली—

'साहब ई परधनवा की बात का कउनो भरोसा जिनि किहौ। हम सबका सारा सरकारी लैटरिन खा गवा अभगवा...!'

पाण्डाल में ठहाका गूँज पड़ा। कलेक्टर साहब प्रधान की ओर देखने लगे। प्रधान ने उस बुढ़िया की बातों में असहमति में अपना सर हिलाया और इशारे से उसे मानसिक विक्षिप्त भी बता दिया। डीएम साहब ने बुढ़िया से कहा—

'माता जी धीरज रखिये...! आपकी बात थोड़ी देर में सुनी जायेगी।'

कलेक्टर साहब अभी बीडीओ साहब से कुछ कहते कि उसके पहले बीडीओ साहब का जवाब हाज़िर था—

'महोदय...! रोज़गार कार्यालय द्वारा विकास खण्ड को उपलब्ध कराई गयी सूची में फ़ुरसतगंज के परेशान मियाँ का नाम बतौर मज़दूर दर्ज अवश्य है। लेकिन हमारा शासनादेश यह कहता है कि 'अनिवार्य मज़दूरी कार्यक्रम' के अन्तर्गत केवल उसी मज़दूर को भुगतान किया जायेगा जिसने कभी काम के लिए आवेदन किया हो और उसने एक वित्तीय वर्ष में कम-से-कम तीन कार्यदिवसों में फावड़ा चलाया हो। अभिलेखों के अवलोकन से यह विदित होता है कि परेशान अली ने कभी किसी सरकारी योजना में फावड़ा नहीं चलाया। मैंने इस बावत गाँव के लोगों से भी काफ़ी पूछ-ताछ की है। लेकिन किसी ग्रामवासी ने उसे कभी फावड़ा चलाते नहीं देखा। इसलिए उसे अनिवार्य मज़दूरी कार्यक्रम के अन्तर्गत कोई रोज़गार या भुगतान देना सम्भव नहीं हो सका।'

कलेक्टर साहब इस बार बीडीओ के जवाब से तनिक सन्तुष्ट दिखे। तदनन्तर उन्होंने फ़ुरसतगंज के ग्रामप्रधान की आँखों में विश्वास भरी नज़रों से देखा मानो कहना चाहते हों कि 'अब तो तुम्हारे सवालों का जवाब मिल गया होगा...!' लेकिन चिन्ता यादव भी कहाँ मानने वाले थे...! उन्होंने तपाक से बीडीओ साहब पर फावड़े के वितरण में गम्भीर अनियमितता का आरोप लगाया और बोले—

'साहेब...! परेशान भाई फावड़ा तो तबहीं चला पाते जब उनको 'बिलाक' से फावड़ा मिलि पाता। जब सर्कार की ओर से सारे किसानन के फावड़ा मिलत रहा, तो हम उनका कई बेर लेकर हूआं गवा रहेन। तबहूँ उनका फावड़ा नाहीं मिलि पाइस। तो जब सरकारे उनका फावड़े नाहीं दिहिस, तो ऊ फावड़ा कैसे चलैतें...?' कहते-कहते चिन्ता यादव एकदम से भावुक हो गये मानो अभी रो पड़ेंगे।

चिन्ता के मुँह से इतना सुनते ही कलेक्टर साहब ने एकबारगी घूरते हुए नज़रों से बीडीओ साहब को देखा—मानों उन्हें अभी कच्चा ही चबा जायेंगे। वस्तुतः प्रशासन में जब उच्चाधिकारी ग़ुस्से में होते हैं तो अपने अधीनस्थ अधिकारियों को ख़ूबसूरत गालियों से नवाजते हैं और ऊपर तक लिखा-पढ़ी की धमकी देते हैं। चाटुकार मण्डली की भाषा में इसे ही 'कच्चा चबा जाना' कहते हैं। इसमें कलेक्टर अपने अधीनस्थ अधिकारियों के सामने उनकी खाल खिंचवाने से लेकर खाल में भूसा भरवाने तक, ज़िन्दा गड़वाने से लेकर क़ब्र से निकालकर ज़िन्दा करने तक के तमाम ठोस दावे करता है और इसका उदाहरण भी देता चलता है कि कब और कहाँ-कहाँ उसने कितनों की खाल खिंचवायी;

कितनों की खाल निकलवाकर उसमें भूसे भरवाये। मक़सद यह कि अपने अधीनस्थों के बीच कलेक्टर का ख़ौफ़ वैसा ही बना रहे; जैसा कभी गुलामी के दौर में आम हिन्दुस्तानी पर फिरंगी सरकार का बना रहता था। कई बार जब कलेक्टर इस मनःस्थिति में पहुँचता है तो चाटुकार मण्डली के अफ़सर ही ऐसे मामलों का बीच-बचाव करते हैं और किसी प्रकार दे-दिलाकर मामला सुलटाते हैं। बहरहाल इसके पहले कि कलेक्टर साहब, बीडीओ साहब के भक्षण के लिए अपना मुँह खोलते, बीडीओ साहब ने मौक़े की नज़ाकत देखते हुए थोड़ा और विनम्र और झुकी हुई मुद्रा में अपना पक्ष रखना शुरू किया। बोले–

'महोदय...! सरकार की 'फावड़ा दिलाओ, किसान बचाओ' योजना के अन्तर्गत शासन द्वारा पूरे विकास खण्ड को जितने फावड़े प्राप्त हुए थे उसे लाभार्थियों को अंग्रेज़ी के वर्णाक्षरों के क्रम में वितरित किये जाने के निर्देश दिये गये थे। परेशान अली फ़ुरसतगंज की पात्रता सूची में सम्मिलित अवश्य थे, किन्तु सारे फावड़े '**E**' वर्णाक्षर के लाभार्थियों पर आकर ख़तम हो गये। इसलिए परेशान अली का नाम पात्रता सूची में सम्मिलित होने के बावजूद, उन्हें फावड़ा न दिया जा सका।'

कलेक्टर साहब का ग़ुस्सा शान्त हो गया था। उन्होंने इस बार सरपंच चिन्ता यादव की ओर बहुत स्थिर-भाव से देखा। चिन्ता चुप थे और नतमस्तक भी। कलेक्टर साहब ने इशारे से बैठक समाप्त करने का निर्देश दिया और उठकर चलने की मुद्रा में खड़े हो गये। फिर क्या था...! उनके खड़े होते ही उनका ड्राइवर भागते हुए गाड़ी तक पहुँचा, उनके अर्दली ने उनकी डायरी और चश्मा उठाया और गनर के साथ कलेक्टर साहब के पीछे-पीछे भागते हुए गाड़ी तक पहुँचा। ड्राइवर के दरवाज़ा खोलते ही कलेक्टर साहब गाड़ी में बैठे और गाड़ी फुर्र से ज़िला मुख्यालय की ओर रवाना हो गयी। बुढ़िया लछमिनिया देवी का सवाल अनुत्तरित रह गया था। इसलिए वह दूर तक कलेक्टर साहब की गाड़ी के पीछे भागती चली गयी और भागते हुए लुढ़क भी गयी।

रात होते-होते डीएम साहब की ओर से शासन को यह आख्या भेज दी गयी कि 'फ़ुरसतगंज में परेशान अली की जो मृत्यु हुई है वह वस्तुतः उसके अत्यधिक मदिरासेवन और मानसिक सन्तुलन खो देने के कारण। शासन की मंशा के अनुरूप परेशान अली को विकास खण्ड के बेरोज़गारों की सूची में स्थान दिया गया था किन्तु परेशान अली को शासकीय योजनाओं की सहभागिता में कोई रुचि नहीं थी। उसने विकास खण्ड के पूरे वित्तीय वर्ष के किसी भी कार्यदिवस में कभी कोई कार्य नहीं किया। यही नहीं, विकास खण्ड के कई वर्षों के इतिहास में

उसके नाम एक भी मज़दूरी का रिकार्ड अंकित नहीं है। ग्रामवासियों के अनुसार वह नियमित रूप से मदिरा का सेवन करता था और दिन-भर इधर-उधर घूमकर अपना समय काटता था। उसका मानसिक सन्तुलन भी ठीक होना नहीं बताया गया। घटना वाले दिन वह अपने पिता के आग्रह पर अपने बकरे को खोजने निकला था। प्रथमदृष्टया ऐसा प्रतीत होता है कि कुएँ में गिरे बकरे को निकालने की कोशिश में वह कुएँ में उतरा। किन्तु दम घुटने से उसकी मौत हो गयी। ज़िम्मेदार अधिकारियों की देख-रेख में उसकी लाश के पंचनामा और पोस्टमार्टम की कार्यवाही सम्पादित करा दी गयी है और मृतक के पिता हलकान अली को मुआवज़े का चेक भी प्राप्त करा दिया गया है। गाँव में शान्ति बनी हुई है। तद्नुसार अवगत होने का कष्ट करें।'

4

इसके पहले कि ज़िला प्रशासन की रिपोर्ट शासन तक पहुँचती, हर बार की ही तरह इस बात की भी ख़बर 'पोलो' के कानों तक पहुँच गयी। पोलो शुरुआत के संघर्ष के दिनों में, जबर सिंह के लँगोटिया यार थे और किसी समय उनके साथ मीरगंज में घूमने वालों में और पुलिस की लाठी चटकने पर सिर पर पैर रखकर भागने वालों में भी शामिल थे। हालाँकि वहाँ से भागने के बावजूद उन्होंने मैदान नहीं छोड़ा था और सिविल लाइंस के लोकल माफिया जुम्मन मियाँ को सबसे पहले जबर सिंह के धरे जाने की सूचना दी थी; जिसके बाद किसी तरह से मामला सलटाया जा सका था।

वैसे तो पोलो के पूर्वज फ़ुरसतगंज के मूल निवासी थे। यद्यपि अब कई पीढ़ियों से पोलो का परिवार शहर के सिविल लाइन और रेलवे जंक्शन के सटे स्थित रेलवे लाइन के बीच बनी अवैध कालोनियों में साधिकार रहता चला आ रहा था। इसी बस्ती के कुछ दूर आगे चलकर उत्तर दिशा में कॉफ़ी हाउस की वह मशहूर दुकान है जहाँ स्वतन्त्रता संग्राम के दौरान क्रान्तिकारियों की महत्त्वपूर्ण बैठकें हुआ करती थीं। आज़ादी के बाद भी यहाँ सरकार के पक्षधर और विपक्षी बैठकर रणनीतियाँ तय किया करते थे। बाद में कॉफ़ी हाउस विविध प्रकार के क्रान्तिकारी सम्प्रदायों के अनुयायियों का सम्मिलन स्थल बन गया। आज भी सिविल लाइंस की ढलती हुई शाम को एजी ऑफ़िस, हाईकोर्ट और बोर्ड ऑफ़िस से निकलती हुई भीड़ यहाँ पहुँचकर मुख़्तसर तीन सम्प्रदायों में विभक्त हो जाती है–

रायचन्दी, हुकुमचन्दी और करमचन्दी। इन तीनों सम्प्रदायों के वास्तविक प्रवर्तकों का ठीक-ठीक पता बताना असम्भव है। फिर भी ऋषियों-मुनियों के तप की धरती रही प्रयाग से ही इन तीनों सम्प्रदायों का उद्‌भव हुआ होगा और यहीं से यह पूरे देश में प्रसारित हुआ होगा, इसे लेकर कोई मतवैभिन्न्य नहीं हो सकता। और यदि इसे लेकर कोई अपना दावा ठोंकना भी चाहे तो रायचन्दी और हुकुमचन्दी सम्प्रदाय के अनुयायी न केवल उस पर अपने चमरौधे जूते लेकर पिल पड़ेंगे बल्कि उसके सात पुस्त की वंशावलियों का तुरन्त उद्‌घाटन भी कर डालेंगे।

यहाँ बैठकर चाय-समोसा-बन्द मक्खन चाँपते हुए इन तीनों सम्प्रदायों के अनुयायियों की किसी विषय को लेकर आपस में बहस भी कम नहीं होती। जहाँ तक वैचारिक मतवाद का प्रश्न है तो रायचन्दी मतानुयायी किसी भी विषय पर केवल अपनी राय या मत रखते हैं, उनका क्रिया में विश्वास नहीं होता। इस लिहाज़ से वे अक्रियावादी मत के पोषक हैं। हुकुमचन्दी, राय से अधिक क्रिया में विश्वास करते हैं किन्तु इस शर्त के साथ कि इस क्रिया में वे स्वयं कर्त्ता न होंगे। अर्थात् उनका आदेश सदैव दूसरों के अनुपालनार्थ ही होता है और इसमें आवेश और आक्रोश का मिश्रण तनिक अधिक होता है। करमचन्दी मत के अनुयायी केवल क्रिया में विश्वास करते हैं और वे स्वयं कर्त्ता भी होते हैं। हालाँकि इन करमचन्दियों की संख्या अपेक्षाकृत नगण्य है। क्योंकि रायचन्दियों और हुकुमचन्दियों के मत के व्यापक प्रसार ने उन्हें अपने भीतर समेट लिया है।

कहने का मतलब यह कि सिविल लाइंस के पिछवाड़े की और उसके आसपास की संस्कृति बहुत निराली और नायाब है। पोलो इसी माहौल में पले-बढ़े। लोगों की दृष्टि में वह बचपन से ही 'सींकिया पहलवान' हुआ करते थे। अर्थात् उनकी शारीरिक बनावट सींक जैसी थी और वह सामने से बिल्कुल बेदम वाले इन्सान लगते थे। शायद इसीलिए वे ग़ज़ब के फुर्तीले भी थे। इसमें उनका सींक जैसा शरीर उनका हमेशा साथ देता था। बताते हैं कि पोलो को बचपन से ही घुमक्कड़ी का भी शौक़ था और इलाहाबाद के गली-कूचों से उनका बड़ा ही गहरा रिश्ता-नाता हुआ करता था। वह अमूमन एक दिन में सायकिल से पूरे इलाहाबाद के चार-छह चक्कर मार लेते थे, जो बाद में भी जारी रहा।

पोलो पहनावे में पाजामे के ऊपर पूरी आस्तीन वाली बुश्शर्ट पहनना पसन्द करते थे, जिसके सिरे बटन के अभाव में हमेशा खुले मिलते और हाथ सदैव हवा में लहराते हुए...! पोलो इस पारम्परिक वेशभूषा में इलाके में इतना लोकप्रिय थे कि उनके इस अन्दाज़ में रात के धुँधलके में भी, न केवल अपने यार-दोस्त बल्कि दुश्मन भी दूर से ही पहचान लेते थे। पैरों में हवाई चप्पल ही उन्हें हमेशा

से रास आती थी। दरअसल उनके पैरों को जूतों से सख़्त नफ़रत थी। पोलो की मानें तो हवाई चप्पल धारण करने के कई फ़ायदे थे। एक तो शान्तिकाल में पैरों को बिना किसी अतिरिक्त कोशिश के मुफ़्त की ऑक्सीजन मिल जाती और युद्धकाल में इसे पहनकर भागने में सदैव आसानी होती।

बताते हैं कि पोलो युवावस्था से ही बहुत बड़े बकैत हुआ करते थे। मसलन, शहर के छुटभैये और टुटपुँजिया बदमाशों से लेकर आस-पास के दो-चार ज़िलों के नामी-गिरामी माफ़ियाओं के 'आँखों देखी कारनामों' का पूरा विवरण उन्हें इस क़दर जुबानी याद रहता था मानो वे इन सभी घटनाओं के इकलौते साक्षी रहे हों। इस प्रक्रिया में कई बार लम्बी-लम्बी हाँकते समय वे यह बताना कदापि न भूलते थे कि 'कैसे वे फलाँ माफ़िया डॉन के बुलावे पर नैनी जेल में उससे मिलने जाया करते थे।' वह दोस्तों से यह बताने में भी कदापि न हिचकते थे कि कैसे किसी ज़माने में इस या उस 'डॉन' के सारे ठेकों की देखरेख वही किया करते थे और कई बार 'फलाने' या 'ढिमाके' भाई ने उन्हें अपनी बेनामी सम्पत्ति से करोड़ों रुपये देने की पेशकश तक की थी। लेकिन तब शायद उनके ज़मीर ने ग़लत तरीक़े से कमाई गयी ऐसी किसी धनराशि को लेना गवारा नहीं किया था। यह दारुण-कथा बताते हुए पोलो का गला अक्सर ही भर आता।

यही नहीं, अपनी लंतरानी में वे शहर के तत्कालीन 'चढ़े हुए बदमाशों' से अपने ताल्लुक़ात का बखान करने में किंचित भी चूकते न थे। अपनी इसी बकैती के कारण वह कई बार शहर के अलग-अलग थानों में पुलिसिया बेंतों के प्रहार का लाभ भी उठा चुके थे। लेकिन साथी दोस्तों के दार्शनिक ज्ञान के प्रभाव में पोलो यह बख़ूबी जान चुके थे कि 'यह शरीर नश्वर है।' इसलिए इस प्रहार से बेपरवाह वे निरन्तर अपनी मेधा के प्रसार में लगे रहते थे।

बहरहाल विगत बीस वर्षों में न तो जबर सिंह को पता था कि पोलो किस हाल में हैं और न ही पोलो भाई को ही पता चल सका कि इस अवधि में जबर सिंह ने किन-किन नयी प्रेमिकाओं से अपने रिश्ते गाँठे...! हालाँकि शुरुआत में पोलो ने बहुत कोशिश की कि जबर सिंह से किसी तरह मुलाक़ात हो जाय। लेकिन 'परशासन' का भौकाल शायद इस 'भरत-मिलाप' को सम्भव नहीं होने दे सका। शुरुआती दौर में पोलो के लिए जबर सिंह से मिलना इसलिए भी ज़रूरी हो गया था क्योंकि मीरगंज की गलियों की राजकुमारी छम्मो रानी उर्फ़ छमियाँ पेट से थी और जबर सिंह ने उसे अपना नाम देने का वादा किया था। लेकिन न जबर सिंह को अन्दाज़ा था कि वे बिन माँगे डिप्टी कलेक्टर बन बैठेंगे और न छमियाँ को ही दूर-दूर तक इस बात का कोई इल्म...!

पोलो भाई ने दोनों को मिलाने की बहुत कोशिश की; एड़ी-चोटी का ज़ोर लगाया; लेकिन वह विफल रहे। फिर उन्होंने छमियाँ को मीरगंज की बदनाम गली से निकालकर अपना लिया। हालाँकि छमियाँ को अपनाने के कारण पोलो को कम ज़लालत नहीं झेलनी पड़ी। उन्हें समाज से एक प्रकार से बहिष्कृत ही कर दिया गया। लेकिन पोलो ने हार नहीं मानी और किसी योद्धा की तरह मैदान में डटे रहे। जब गली-मोहल्ले वालों ने उसे अपनी सामाजिक मर्यादा की ख़ातिर एकदम से बाहर कर दिया तो वह संगम किनारे एक कुटी बनाकर रहने लगे; लेकिन छम्मो का साथ उन्होंने कभी न छोड़ा। तब एक समय ऐसा आया कि पोलो भाई अचानक से पोलो बाबा बन गये।

लेकिन पोलो भाई की 'बाबा' बनने की यह यात्रा बहुत कठिन रही क्योंकि पोलो बाबा एक बार धोखे से संगम में शाही स्नान करने आये नागा साधुओं की टोली में शामिल हो गये थे। इस नागा टोली में शामिल होने की भी उनकी कहानी बड़ी ही दिलचस्प थी। बल्कि सच कहें तो यह उनके लिए एक बड़ी दुर्घटना सरीखी थी। दरअसल एक दिन संगम तीरे अपनी धूनी रमाते हुए, चिलम की कश्मकश के बीच उनके लहकटिया मित्रों के बीच नागा साधुओं को लेकर एक ज़ोरदार बहस छिड़ी हुई थी। एक ज्ञानी साधु ने फरमाया कि 'नागा साधु बिल्कुल निर्वस्त्र होकर गुफाओं-कन्दराओं में रहते हैं और कठोर तप करते हैं... संगम के शाही स्नान का आरम्भ नागा साधुओं के स्नान से आरम्भ होता है... उस दौरान प्रशासन द्वारा सारे रास्ते ख़ाली करा लिए जाते हैं... उनके रास्ते में कोई आ जाये तो वे हमला कर बैठते हैं...उनका यह स्नान बिल्कुल नग्न अवस्था में होता है... आदि-आदि।' इस अन्तिम तथ्य को सुनकर नये-नवेले बल्कि 'नौसिखिये' पोलो बाबा के हृदय में एक विचित्र-सा कौतूहल जाग उठा। वे मन-ही-मन यह प्रण कर बैठे कि वे सारी बाधाओं को पार करते हुए इस शाही स्नान का दर्शन अवश्य करेंगे।

बस फिर क्या था...! एक दिन कुम्भ मेले की रात के अँधियारे में पोलो बाबा ने प्रशासनिक और पुलिसिया अवरोधों को न केवल चकमा दे दिया, बल्कि लगभग उस प्रस्थान बिन्दु तक पहुँच गये जहाँ से नागा साधुओं को स्नान के लिए निकालने की तैयारी की गयी थी। अन्त में वह समय भी आया जब कुल सात संन्यासी अखाड़ों में से एक 'जूना अखाड़े' के नागा साधुओं की स्नान यात्रा आरम्भ हुई। पोलो बाबा भी बिल्कुल सतर्क होकर रास्ते से गुज़रने वाले एक बाड़े के छिद्र से यह सारा खेल देख रहे थे। इतने में सम्भवतः किसी काने नागा साधु की, जिसे पूरी दुनिया को एक आँख से देखने की विशेषज्ञता हासिल थी,

नज़र पोलो पर पड़ी। फिर क्या...! काने साधु ने अपनी बरछी को बाड़े में घोंपकर उसे फाड़ डाला और पोलो के बदन से लिपटे चन्द कपड़ों को भी। फिर उन्हें सस्नेह अपने कन्धे पर बिठाकर जूना अखाड़े के शाही स्नान की जमात में शामिल कर लिया। तब से पोलो बाबा सालों तक नागा साधु बने अपनी पहचान को तलाशते रहे और उनके नागाओं की सत्संगति से निकल भागने में कई साल लग गये।

नागाओं की संगत से लौटने के बाद पोलो को न जाने क्यों साधु शब्द से वितृष्णा हो गयी। लिहाज़ा उन्होंने इस अवधि में अपनी बढ़ी हुई दाढ़ी मुँड़वा ली; लेकिन मूँछ को यथावत् ही रहने दिया। और जब उन्होंने अध्यात्म को छोड़कर राजनीति को अपना अगला लक्ष्य बनाया तब से लोग उसे 'पोलो नेता' कहकर बुलाने लगे। पोलो की ख़ूबी यह थी कि उसने भोजन को हमेशा अपने दोनों कदमों के नीचे ही रखा। अर्थात् उसने जीवन में खाने को कभी कोई महत्त्व नहीं दिया। बताते हैं कि पोलो ने जब से विधायकी को अपना मिशन बनाया, तब से भोजन के प्रति यही लापरवाही उनकी ताक़त बन गयी। इलाहाबादी जनश्रुतियों के अनुसार जब अंगद इस धरती से विदा होने लगे तो उन्होंने अपना वह पाँव, जिसे उन्होंने रावण के राजदरबार में अड़ाया था, यहीं छोड़ गये थे। तब से हर युग में उनके सैकड़ों मानस पुत्र हुए—कुछ कमज़ोर और कुछ शक्तिशाली। पोलो उनके तमाम मानस पुत्रों में सबसे शक्तिशाली होने के लिए प्रयास कर रहे थे। शहर में जब भी कोई वारदात होती, पोलो किसी चौराहे पर चार लौंडों के साथ धरने पर बैठ जाते; क्योंकि भूख से उन्होंने अपना रिश्ता-नाता न जाने कब का ख़त्म कर लिया था। फिर तो प्रशासन के हाथ-पाँव फूलने लगते थे; क्योंकि प्रशासन के पुराने लोग यह बख़ूबी जानते थे कि पोलो का मरना इतना आसान नहीं; और उन्हें जीते जी धरने से उठाना और भी मुश्किल है...! इसलिए वे कोशिश करते थे कि पोलो को जैसे-तैसे ले-दे कर मना लिया जाय।

पोलो के भीतर इस तरह की जन्मजात प्रतिभा थी और ऐसे अवसरों पर वह स्वयं प्रस्फुटित होने के लिए बेताब होने लगती थी। बताते हैं इस मामले में वह झूँसी में रहने वाले एक संन्यासी 'अनशनकारी बाबा', जो किसी ज़माने में अनशन के ठेके लेने के लिए इलाहाबाद की गलियों की ख़ाक छाना करते थे, का अनुसरण करते थे जिनकी यह मूल मान्यता थी कि 'कोई भी सत्ता-सरकार जिसे जनता-जनार्दन का स्पष्ट जनादेश मिला होता है, एक जाग्रत और विद्रूप स्त्री की तरह होती है। लोग-बाग उसके हाव-भाव-आचरण और आदेशों से निरन्तर भयभीत रहते हैं।' अनशनकारी बाबा के अनुसार वस्तुतः अपने सामान्य काल में सत्ता मूलतः निर्लज्ज और अत्यन्त ढीठ स्वभाव की होती है किन्तु आपद-स्थिति

में उसका आचरण एक धीर-गम्भीर रूपवान-अलसाई स्त्री की तरह हो जाता है और वह अचानक से अत्यन्त लज्जाशील एवं भावुक भी हो जाती है। क्योंकि तब उसे अपने अस्तित्व पर ख़तरा मँडराते हुए दिखता है। ऐसे समय में वह सही मायनों में अपने पतन के ख़याल मात्र से बहुत डरती है। अनशन ऐसी सरकारों से लड़ने का सबसे सटीक उपाय है। इससे सत्ता के साथ चुम्मा-चुम्मी भी हो जाती है और रोटी-दाल का इन्तज़ाम भी चलता रहता है...! यही नहीं, कुरते की जेब में दायें-बायें से दानस्वरूप कुछ-न-कुछ गिरता रहता है और इसी बहाने बेरोज़गारी में पेंशनधारी होने का भरम भी बना रहता है।

इधर कई महीनों से पोलो को उपवास या धरने का कोई बहाना नहीं मिला था। इसलिए उन्हें जैसे ही यह पता चला कि फ़ुरसतगंज के हलकान चच्चा के बेटे की कुएँ में गिरकर मौत हो गयी है और 'परशासन' ने अपनी रिपोर्ट में घाल-मेल की है, वे तपाक़ से चुगुलख़ोर बाबा की मज़ार के सामने धरने पर बैठ गये। जब फ़ुरसतगंज और शहादतगंज वालों को पोलो के इस स्वाभाविक धरने की जानकारी मिली तो वे हलकान मियाँ को साथ लेकर, पूरे दल-बल के साथ और लाठी-भाला-बल्लम आदि हथियारों से लैस होकर, इलाहाबाद शहर की ओर चल पड़े। फिर क्या...! उनका तेवर और आक्रोश पहले से ही सातवें आसमान पर था। जब उन्होंने स्वयं को फ़ुरसतगंज और शहादतगंज वालों से घिरा हुआ पाया तो उनका उत्साह सौ गुना बढ़ गया।

शाम होते-होते चुगुलख़ोर बाबा के मज़ार के पास हज़ारों आदमी इकट्ठा हो गये। इस समय चुगुलख़ोर बाबा के मज़ार पर सालाना उर्स की तैयारियाँ चल रही थीं। इस धरने ने उर्स की तैयारियों को एकाएक रोमांचक बना दिया। ऐसा न था कि इस धरने में शामिल होने वाले सभी लोग फ़ुरसतगंज या शहादतगंज के ही निवासी थे; बल्कि यहाँ वे लोग भी इकट्ठे हो गये थे जिनके कानों तक किसी तरह यह बात पहुँच गयी थी कि आज कचहरी को फ़ुरसतगंज वालों ने घेर रखा है। दरअसल सारा इलाहाबाद यह जानता था कि जहाँ फ़ुरसतगंज वाले जुट जायें, वहाँ मनोरंजन के अतिरिक्त संसाधनों की ज़रुरत नहीं पड़ती। इसलिए क्या कटरा, क्या बेली रोड, क्या मम्फोर्डगंज, क्या रामबाग और क्या साउथ मलाका—हर ओर से लोग कचहरी की ओर भागते चले आ रहे थे।

इस धरने और भीड़ के इकट्ठे होने की ख़बर कलेक्टर जबर सिंह के कानों में भी पड़ी। हालाँकि तब तक यह धरना, धरना न रहकर 'पसरना' का पर्याय बन चुका था। क्योंकि सभी को मालूम था यह धरना तो एक बहाना है। फ़ुरसतगंज वालों का असली मक़सद तो 'परशासन' को चिढ़ाना है। शायद इसी विशिष्टता

के चलते इलाहाबाद के तमाम गली-मुहल्लों से सारा हुजूम लालटेन, मोमबत्ती, चटाई और कम्बल की सारी सुविधा के साथ मनोरंजन की आस लिए कचहरी की ओर उमड़ चला था। फ़ुरसतगंज वालों की ओर से भी पोलो के आन्दोलन के समर्थन में धोबिया नाच-कहरवा नाच-नौटंकी आदि की बाक़ायदा तैयारी कर ली गयी थी। हालाँकि इसे 'बाक़ायदा तैयारी' की संज्ञा से भी सम्बोधित नहीं किया जा सकता था क्योंकि फ़ुरसतगंज वाले इस तरह के अवसरों पर अपना हुनर दिखाने के लिए बिना किसी अतिरिक्त तैयारी के सिद्धहस्त माने जाते थे।

फ़िलहाल शहर का कचहरी चौराहा भीड़ से लबालब वैसे भर गया था जैसे कोई बरसाती नदी उफनने को आतुर हो...! कहीं पर तिल रखने की जगह नहीं.! क्या जवान-क्या बूढ़े-क्या स्त्रियाँ; चार-चार पाँच-पाँच बरस के गदेले तक इस उत्सव में ऐसे शामिल हुए जा रहे थे जैसे कोई बच्चा अपने बाप की दूसरी शादी में सहबाला बनाने पर दिखायी देता है...! धीरे-धीरे लोग-बाग कचहरी की दीवारों पर पंगत लगाये बैठ गये थे मानो मनकामेश्वर मन्दिर के बाहर वितरित होने वाले प्रसाद की आस लगाये बैठे हों...! थोड़ी ही देर में ज़ोर-शोर से फ़ुरसतगंज वालों की ओर से गाँधीजी के आवाहन के लिए यह प्रसिद्ध लोक गीत गाया जाने लगा—

सिर फूटत हौ, गला कटत हौ, लहू बहत हौ, गान्ही जी
देस बंटत हौ, जइसे हरदी धान बंटत हौ, गान्ही जी
बेर बिसवतै ररूवा चिरई रोज़ ररत हौ, गान्ही जी
तोहरे घर क रामै मालिक सबै कहत हौ, गान्ही जी
कथा कीर्तन बाहर, भीतर जुआ चलत हौ, गान्ही जी
माल गलत हौ दुई नम्बर क, दाल गलत हौ, गान्ही जी
चाल गलत, चउपाल गलत, हर फाल गलत हौ, गान्ही जी
ताल गलत, हड़ताल गलत, पड़ताल गलत हौ, गान्ही जी

अइसन चढ़ल भवानी सीरे ना उतरत हौ गान्ही जी
आग लगत हौ, धुवाँ उठत हौ, नाक बजत हौ गान्ही जी
करिया अच्छर भंइस बराबर बेद लिखत हौ गान्ही जी
एक समय क बागड़ बिल्ला आज भगत हौ गान्ही जी

सारा फ़ुरसतगंज पोलो के नेतृत्व में तथा पीड़ित पिता हलकान अली की मौज़ूदगी में इस गीत पर घण्टों झूमता रहा, नाचता रहा और गाता-बजाता रहा। फ़ुरसतगंज की संस्कृति की सबसे बड़ी विशिष्टता यही हुआ करती थी कि

यहाँ का हर इन्सान न केवल ख़ुशी के मौक़े पर बल्कि ग़म के अवसर पर भी गीत-संगीत और नृत्य का दामन न छोड़ता था।

इलाहाबाद के इतिहास में यह मजमा आर्थिक दृष्टि से भी बड़ा युगान्तकारी महत्त्व का साबित हुआ। शहर के जितने खोंमचे वाले, ठेले वाले और फेरी वाले दुकानदार थे, वे इस मजमे में शामिल होने वाले लोगों की संख्या का अन्दाज़ा लगाकर इस उम्मीद से आये थे कि वे अपना माल बेच सकेंगे। इस मजमे में उनका सारा माल रातों-रात बिका तो ज़रूर लेकिन अधिकांश में उधारी के रूप में। और वे फिर कोई ऐसी लिस्ट भी नहीं बना सके कि इन उधार के ग्राहकों के पते पर जाकर अपने बिके हुए माल के एवज़ में धनराशि की वसूली कर सकें। इस लिहाज़ से आज की रात इलाहाबाद की अर्थव्यवस्था में 'उधारी की सबसे बड़ी रात' बनकर उभरी।

इस मजमे की ख़बरें कलेक्टर साहब तक भी पहुँचीं। वे जानना चाहते थे की आख़िर इस आन्दोलन का नेता कौन है? ज्यों ही उन्हें पता चला कि कोई पोलो नाम का लोकल नेता इस आन्दोलन और धरने का नेतृत्व कर रहा है, उनको राह कुछ आसान लगने लगी। रातों-रात डीएम साहब के नाक के बाल वाले अधिकारी अपने काम में लगा दिये गये और सुबह होते-होते दोनों पक्षों के बीच न जाने ऐसा क्या घटित हुआ कि न केवल वहाँ लगा मजमा ख़त्म हो गया बल्कि पोलो का धरना भी समाप्त हो गया। सुबह-सुबह नेतराम की दुकान से पूरियाँ-कचौड़ियाँ आयीं और हीरा हलवाई के यहाँ से दही-जलेबी मँगाई गयी। फिर क्या था...! सबने जमकर पकवान उड़ाये और हलकान अली को लेकर सारा फ़ुरसतगंज वापस गाँव की ओर लौट पड़ा। फ़ुरसतगंज वाले दुनियादारी से भली प्रकार वाक़िफ़ थे। इसलिए अब वे धीरे-धीरे इस मत के समर्थक हो चले थे—'आना फ्री-जाना फ्री; पकड़ गये तो खाना फ्री।' इतने के लिए कोई उन्हें कहीं बुला ले, कैसे भी बुला ले...! आज उनका काम हो गया था इसलिए अब उन्हें ससम्मान वापस लौटने में कोई बुराई नज़र नहीं आयी।

5

पोलो धरने से तो उठ गये थे लेकिन उनकी कमर टूट-सी गयी थी। इस कारण नहीं कि धरने ने उन्हें शारीरिक रूप से कमज़ोर बना दिया था, क्योंकि वे शरीर से मज़बूत ही कब थे जो कमज़ोर होते; बल्कि वे जिस

फ़ुरसतगंज के वासी थे आज वहीं छम्मो देवी की सभा होने जा रही थी। बताते हैं अतीत में नागा संन्यासियों के साथ उनके अचानक से विलुप्त होने के बाद, छम्मो ने कदाचित् उन्हें मरा हुआ जानकर स्वयं संन्यास धारण कर लिया था और झूँसी के बूटी महाराज और दारागंज के पण्डों की पैरवी पाकर न केवल 'नगरवधू अखाड़े' के महामण्डलेश्वर की पदवी ग्रहण कर ली थी; बल्कि सत्संग और प्रवचन में लीन हो गयी थी। पोलो फिर से रँडुआ हो गये थे और इस कारण अपने गाँव-देश में तनिक अधिक चर्चित भी।

'देश' शब्द से याद आया। दरअसल फ़ुरसतगंज गाँव न होकर एक मुकम्मल देश जैसा ही था। और यदि देश के भीतर देश को मान्यता देने का चलन होता तो फ़ुरसतगंज कब का एक सम्प्रभु राष्ट्र का दर्जा हासिल कर चुका होता...! अपने तमाम ऐतिहासिक तथ्यों के अतिरिक्त फ़ुरसतगंज अन्य कई कारणों से एक सम्प्रभु राष्ट्र की सभी शर्तें पूरी करता था। उदाहरण के लिए भौगोलिक दृष्टि से यह एक ऐसे टापू पर स्थित था जो पूरे तौर पर रेत के धूल से निर्मित थी और यहाँ के उच्चतम बिन्दु पर खड़ा कोई व्यक्ति बड़े आराम से अकेले ही सारे गाँव की निगरानी कर सकता था और इस क़िले रूपी गाँव को सुरक्षा प्रदान कर सकता था।

हालाँकि अपनी इस भौगोलिक दृढ़ता के बावजूद फ़ुरसतगंज के निवासी व्यापारिक आवागमन और विदेश नीति को कम महत्त्व नहीं देते थे। उनकी इसी मेधा का यह परिणाम था कि फ़ुरसतगंज और उसके सर्वाधिक निकट के गाँव शहादतगंज के बीच कालान्तर में कई अघोषित सम्पर्क-मार्ग खुले। बताते हैं कि आरम्भ में सरकारी तौर पर इन दोनों गाँव के बीच आवाजाही का केवल एक ही मार्ग हुआ करता था जिसे इलाक़े की एक अत्यन्त पुरानी पुलिया जोड़ती थी; हालाँकि इसके कई हिस्से अब स्वयं जुड़ने की आस में न केवल बिखर रहे थे बल्कि यह सम्भावित था कि पुलिया आंशिक रूप में या समग्र रूप में कभी भी दगा दे जाती...! बावजूद इसके फ़ुरसतगंज की संस्कृति के ध्वंस के तमाम सर्जक इस पुलिया पर बैठकर निरन्तर यह आत्ममन्थन करते रहते थे कि कैसे दोनों गाँव के बीच के रिश्ते पर पड़ी धूल को हटाया जाय और उनमें नयी ऊर्जा भरी जाय।

इसे लेकर इन युवाओं के कई मतान्तर थे। जो युवा सुबह की वेला में पुलिया पर आसन जमाते थे उनका यह मानना था कि केवल सुबह-शाम पुलिया पर बैठकर मलत्याग के लिए आने वाली महिलाओं को गोपनीय ढंग से निहारते रहने भर से दोनों गाँवों के बीच सम्बन्धों का एक नया युग शुरू होगा और आगे

चलकर इसके परिणाम बहुत युगान्तकारी महत्त्व वाले होंगे। जबकि जो युवा दोपहर के समय भैंस या बकरी चराने के बहाने से पुलिया के पास स्थित पोखरे में स्नान करने जाया करते थे उनका मानना था कि केवल इतने भर से युगान्तकारी परिणाम की कल्पना करना प्रमाद के अलावा कुछ भी नहीं है। बल्कि दोनों गाँवों के बीच सम्बन्धों को और प्रगाढ़ करने के लिए, निहारने की क्रिया से आगे बढ़कर नये ख़तरे उठाने होंगे तथा कुछ मुकम्मल और ठोस प्रयास करने होंगे।

बताते हैं कि एक दिन इस मतभेद को सुलझाने के प्रयास में फ़ुरसतगंज के दोनों युवा पक्षों के बीच जमकर लात-घूँसे चले। इस मल्लयुद्ध में जो बचाने-समझाने या बीच-बचाव करने आये वे भी इस सद्प्रयास का हिस्सा बने और उनकी भी बाक़ायदा ख़ातिरदारी की गयी। हालाँकि यह ज़रूर हुआ कि इस भागम-भाग में दोनों गाँवों के बीच वास्तव में नये रास्ते भी खुल गये—कुछ खेतों के बीच से होकर, कुछ घने बँसवारी के बीच से होकर और कुछ 'हगनहा ताल' के बीच से होकर...!

अब जाकर फ़ुरसतगंज के ज़्यादातर युवा इस बात को लेकर एकमत हो गये थे कि नित्य ही प्रातःकालीन या सायंकालीन शौच के समय सामूहिक शौच के आयोजन से इस दिशा में ठोस प्रयास किये जा सकते हैं। उनका यह मानना था कि फ़ुरसतगंज की सीमा पर स्थित बड़े-बड़े खेतों में सामूहिक शौच की परम्परा से न केवल आपसी भाईचारे को मज़बूती मिलेगी बल्कि कई भटके हुए और गुमराह प्रेमी जोड़ों को भी आपस में मिलने का मौक़ा मिलेगा। इस प्रयोग का ही यह परिणाम था कि शहादतगंज की तमाम बेटियाँ लोटा लेकर खेत में गयीं और साल भर बाद अपनी गोद में बेटा लेकर लौटीं। तो फ़ुरसतगंज के अनुसन्धानी प्रकृति के युवाओं ने रिश्तों में नयापन लाने की अपनी प्रतिबद्धता के चलते, तमाम अनाम-गुमनाम और बदनाम माने जाने वाले रास्तों को आसान और लोकप्रिय रास्तों में तब्दील कर दिया। इस प्रकार दोनों गाँवों के बीच व्यापारिक आवाजाही, सांस्कृतिक आदान-प्रदान और विविध प्रवृत्तियों के प्रत्यर्पण के नये माध्यम खुले।

इस भौगोलिक सुरक्षा के अतिरिक्त, सामाजिक दृष्टि से भी फ़ुरसतगंज बहुत अधिक सुरक्षित था जिसे बहुतेरे असुरक्षित बताकर उसकी हेठाई करना चाहते थे। आसपास के गाँव के किसी रसूखदार की सपने में भी यह हिम्मत न पड़ती थी कि वह फ़ुरसतगंज के प्रतिभावान युवाओं के साथ अपनी पुत्री का विवाह करने की सोच सके। क्योंकि यहाँ के युवा तकनीकी रूप से इतने कुशल हुआ करते थे कि उनके मेल की लड़कियाँ मिलनी ही मुश्किल हो जाती थीं। चुनांचे सामान्य परम्परा के उलट फ़ुरसतगंज के निवासियों के परिवारों की ओर से लड़कियों के परिवारवालों के यहाँ विवाह का प्रस्ताव भेजा जाता था।

तब फ़ुरसतगंज का नाम सुनते ही लड़की वाले कई दिनों तक घर छोड़कर ग़ायब हो जाते थे। क्योंकि उन्हें मालूम था कि ग़ैर-तकनीकी शिक्षा प्राप्त उनकी कन्या वरपक्ष के अनावश्यक के तकनीकी कौशल में फँसकर दम तोड़ देगी। हालाँकि इसके कारण फ़ुरसतगंज वालों ने 'पकडुआ विवाह' की नयी परम्परा खोज ली और शादी के मण्डप में किसी दूसरे वर के साथ बैठी युवती को उठाकर ले भागने के साथ ही इलाक़े में विवाह करने की एक नयी परम्परा का आग़ाज़ किया। बावजूद इसके, फ़ुरसतगंज का हर तीसरा आदमी रँडुवा ही हुआ करता था। इस रँडुवागिरी की व्यापकता का आलम यह था कि फ़ुरसतगंज थाने की पुलिस ने इस व्यापक सांस्कृतिक धरोहर की सुरक्षा के लिए कालान्तर में 'रंडुआ रजिस्टर' मेंटेन करना शुरू कर दिया था।

गाँव के ठीक बीचों-बीच एक ऐतिहासिक बरगद का वृक्ष था और उसके चारों ओर एक चबूतरा। बरगद के पेड़ की उम्र साढ़े तीन सौ साल थी और चबूतरे की उम्र डेढ़ सौ साल से कुछ ज़्यादा। अर्थात् चबूतरा उम्र में बरगद के वृक्ष से लगभग दो सौ साल छोटा था। हालाँकि उसकी हालत देखकर यही लगता था कि वह वृक्ष से भी दो सौ साल बड़ा होगा। यह चबूतरा आजकल फ़ुरसतगंज के युवाओं, अधेड़ों और बूढ़ों की सम्मिलित बहसों-संगोष्ठियों के साथ विविध प्रकार के अनुसन्धानों का केन्द्र हुआ करता था।

इस वृक्ष का माहात्म्य कितना बखानें...! बस यों समझ लीजिए कि फ़ुरसतगंज के इतिहास में इस वृक्ष का बड़ा महत्त्वपूर्ण योगदान था। बताते हैं 1857 के ग़दर आन्दोलन में जब फिरंगियों ने क्रान्तिकारियों को खोजना और उन्हें फाँसी पर लटकाना शुरू किया तो फ़ुरसतगंज का यह एकमात्र ऐसा वृक्ष था जहाँ लटकाये गये सभी क्रान्तिकारी जीवित मिले, क्योंकि ज्यों ही अंग्रेज़ अफ़सर क्रान्तिकारियों को पेड़ की टहनियों पर लटकाते थे; दूसरी ओर फ़ुरसतगंज के मेधावी और होनहार, खेतों में छिपकर अपने तीर-धनुष से फाँसी की इन रस्सियों को काट डालते थे। परिणाम यह हुआ कि अंग्रेज़ अफ़सर इसे कोई दैवी प्रकोप समझकर वहाँ से भाग निकले और आज़ादी के दिन तक दुबारा किसी अंग्रेज़ ने फ़ुरसतगंज की ओर मुड़कर नहीं देखा। अतः हिन्दुस्तान को जो आज़ादी सन् सैंतालीस में मिली, क़ायदे से फ़ुरसतगंज वालों को वह ग़दर आन्दोलन के दौरान ही प्राप्त हो गयी थी।

आज इसी ऐतिहासिक बरगद के वृक्ष के नीचे छम्मो की बैठक होनी थी। संयोगवश यह बरगद का वृक्ष ठीक उसी कुएँ के सामने स्थित था, जिसके भीतर गिरने से चन्द रोज़ पहले परेशान अली की मृत्यु हो गयी थी और जिसके

कारण एक अच्छे-ख़ासे ख़ुशहाल गाँव में अचानक से मातम-सा पसर गया था। फ़ुरसतगंज के निवासियों को छम्मो देवी के आगमन की जानकारी 'तीन तुमड़ी वाले झण्डे' के पण्डा जी महराज द्वारा रात में ही दे दी गयी थी कि 'कल नगरवधू अखाड़े की महामण्डलेश्वर छम्मो देवी द्वारा न केवल मृतक परेशान अली के परिजनों से मुलाक़ात की जायेगी अपितु आगे फ़ुरसतगंज में शान्ति बनी रहे, इसके लिए ऐतिहासिक बरगद के वृक्ष के नीचे आध्यात्मिक सत्संग और परिचर्चा का कार्यक्रम भी किया जायेगा।'

जब साध्वी छम्मो देवी के आगमन की जानकारी फ़ुरसतगंज में फैली तो सारी जमात के लोग साध्वी के प्रवचन को सुनने की तैयारियों में लग गये। सुबह होते-होते बरगद के ऐतिहासिक वृक्ष के चारों ओर भारी भीड़ इकट्ठी हो गयी थी और जिन्हें जगह नहीं मिली वे वृक्ष की टहनियों पर आसन जमाकर बैठ गये। कम उम्र के होनहारों ने तो इसकी लटकती लटों से झूलते हुए ही इस मजमे का आनन्द लेना चाहा। ख़ैर...! वह समय भी आया जब फ़ुरसतगंज में साध्वी छम्मो देवी के रथ का प्रवेश हुआ। छम्मो देवी के आगमन के उत्साह में सारा फ़ुरसतगंज जयकारे से झूम उठा। साध्वी छम्मो प्रवचन स्थल के नज़दीक पहुँचकर रथ से नीचे उतरीं और चबूतरे की ओर बढ़ चलीं। सभी उन्हें देखने के बजाय छू लेने को आतुर हुए जाते थे। साध्वी किसी तरह से बचते-बचाते और छूते-छुआते चबूतरे के उस स्थान तक पहुँचीं जहाँ उनका आसन स्थापित किया गया था। वहाँ पहुँचकर वे आसन पर खड़ी हो गयीं और दोनों हाथ जोड़कर सबका अभिवादन करते हुए अपना स्थान ग्रहण किया।

इतने में पण्डा बाबा ने साध्वी के कान में धीरे-से आकर बताया कि मृतक परेशान अली के पिता हलकान अली भी सभा में मौज़ूद हैं और उनसे मुख़ातिब होने के बाद ही भक्तों से संवाद कार्यक्रम को आगे बढ़ाया जाना उचित होगा। पंडा बाबा की इतनी बात सुनते ही साध्वी बिजली की गति से अपने स्थान से उठीं और भीड़ को चीरते हुए हलकान मियाँ के पास जा पहुँचीं। भीड़ भी उनके पीछे मुड़ चुकी थी। हलकान मियाँ ने साध्वी को अपने पास खड़ा पाकर बैठे-बैठे ही अपने मुँह को दोनों घुटनों के बीच छुपा लिया और फफककर रोने लगे। परेशान अली के विदा होने के बाद से यह पहला अवसर था जब हलकान मियाँ इस क़दर अधीर हो गये थे और अब तक वे जिन आँसुओं को अपने ख़ून का घूँट बनाकर पीने की निरन्तर कोशिश कर रहे थे, वे आँसू ही रक्त के साथ अपने इस बेमेल गठबन्धन को अस्वीकार कर, उनकी आँखों की सतह पर आकर बहने को बेसब्र हुए जा रहे थे।

साध्वी ने अपने दोनों हाथ हलकान अली के कन्धे पर रख दिये और जब हलकान मियाँ ने एकबारगी अपने चेहरे को ऊपर उठाकर साध्वी की ओर देखा तो साध्वी ने भी उन्हें आँखों के इशारे से धीरज रखने को कहा। साध्वी की ओर से इस प्रकार की आश्वस्ति पाकर हलकान मियाँ अपने काँपते और लड़खड़ाते पैरों पर खड़े होने की कोशिश करने लगे और आस-पास खड़े लोगों का सहारा पाकर खड़े भी हो गये। फिर क्या था...! साध्वी ने उनका हाथ पकड़ा और कुएँ की ओर बढ़ चलीं। कुएँ के पास पहुँचकर उन्होंने वहाँ मत्था टेका और नगरवधू अखाड़े की ओर से कुएँ को 'शहीद स्मारक' के रूप में तब्दील कराये जाने की घोषणा की। सभा में साध्वी छम्मो देवी के नाम के जयकारे गूँजने लगे। इस शोर के बीच साध्वी पुनः अपने आसन पर आकर बैठी।

यहाँ यह बताना ज़रूरी नहीं कि फ़ुरसतगंज में विविध समुदायों का हुजूम इस कारण से एकत्रित नहीं हुआ था कि उन्हें साध्वी छम्मो से कोई अतिरिक्त आस थी। बल्कि इसलिए कि वह एक साध्वी को नहीं, एक नगरवधू को देखना चाहता था—उसके अनुभव सुनना चाहता था। साध्वी छम्मो के प्रवचन की भी अपनी सीमाएँ थीं। वे समाज और राजनीति पर कम बोलती थीं, आपबीती ज़्यादा सुनाती थीं। क्योंकि उनके पास अनुभव के रूप में आपबीती ही थी। वे आपबीती के बहाने से समाज की पीड़ा को समझने की कोशिश करती थीं। हालाँकि सत्संग करते-करते उनकी भाषा अपेक्षाकृत अधिक परिष्कृत हो गयी थी और उन्हें कुछ ऐसी कहानियाँ ज़रूर याद हो गयी थीं जो संसार और अध्यात्म के सम्बन्ध को समझाने के काम आ सकती थीं। बहरहाल साध्वी ने अपने आसन पर से ही एकत्रित भीड़ को सम्बोधित करना शुरू किया—

'भाइयो, माताओ एवं बहनो...! आप जानते हैं कि मैं एक सन्त समाज से ताल्लुक रखती हूँ। इस सन्त समाज में आने से पहले भी मेरा एक अतीत रहा है, जिसे मैं बताना ज़रूरी नहीं समझती। मैं बस इतना जानती हूँ कि एक स्त्री ही पुरुष को जन्म देती है और पुरुष उसे ले जाकर कोठे पर बिठा देता है। पुरुष ही इन्हें बेचने वाला है और पुरुष ही इनका ख़रीददार भी...! विडम्बना यह है कि एक वेश्या को मिलने वाले पैसे से बहुत लोगों के घर भरते हैं, फिर भी वे इस सभ्य समाज का हिस्सा बन जाते हैं लेकिन कोठे की स्त्रियाँ केवल बदनाम गलियों की रोशनाई बनकर रह जाती हैं। कोठे की स्त्री, पुरुष समाज के लिए केवल भोग की वस्तु है। लेकिन भोग की इस सर्वमान्यता के बावजूद वह ऐसे अछूत बनी रहती है—मानो उसने अपने लिए इस परिवेश की सृष्टि स्वयं की हो...! जबकि सच्चाई यह है कि वह एक ऐसा जीवन जीती है जिसको स्वयं उसने नहीं चुना।

इस दुनिया के भीतर एक ऐसी अस्पृश्य दुनिया की सृष्टि कर दी गयी है जिस तरफ़ देखना हेय है, जिस गली से गुज़रना पाप है। बावजूद इसके बहुतेरे यहाँ आकर अपनी थकान मिटाते हैं और ससम्मान पुनः उसी भीड़ में शामिल हो जाते हैं, जहाँ से निकलकर वे आये थे। उनके समाज की वेगवती धारा में पुनः शामिल होने पर कोई रोक नहीं है, कोई बन्धन नहीं है क्योंकि इस दुनिया की रीति उनकी ही बनायी हुई है। लेकिन कोठे की स्त्रियों के लिए इस उत्कृष्ट समाज में कहीं कोई जगह नहीं है।

पुरुष कहता है कि औरत चरित्रहीन है। मैं कहती हूँ कि अगर तू न चाहे तो औरत कैसे चरित्रहीन हो जायेगी? औरत को चरित्रहीन बनाने वाला तू ही तो है...! मैं आपको भगवान् बुद्ध की एक आपबीती सुनाती हूँ। आप ज़रा ध्यान से सुनिये–

संन्यास लेने के बाद गौतमबुद्ध ने अनेक क्षेत्रों की यात्रा की। एक बार वे एक गाँव गये। वहाँ एक स्त्री उनके पास आयी और बोली आप तो कोई राजकुमार लगते हैं। मैं जान सकती हूँ कि इस युवावस्था में गेरुआ वस्त्र पहनने का क्या कारण है? बुद्ध ने विनम्रतापूर्वक उत्तर दिया कि तीन प्रश्नों के हल ढूँढ़ने के लिए उन्होंने संन्यास लिया। बुद्ध ने कहा–हमारा यह शरीर जो युवा व आकर्षक है वह जल्दी ही वृद्ध होगा फिर बीमार व अन्त में मृत्यु के मुँह में चला जायेगा। मुझे वृद्धावस्था, बीमारी व मृत्यु के कारण का ज्ञान प्राप्त करना है। बुद्ध के विचारों से प्रभावित होकर उस स्त्री ने उन्हें भोजन के लिए आमन्त्रित किया। शीघ्र ही यह बात पूरे गाँव में फैल गयी। गाँववासी बुद्ध के पास आये और आग्रह किया कि वे इस स्त्री के घर भोजन करने न जायें क्योंकि वह चरित्रहीन है।

बुद्ध थोड़ी देर के लिए धर्मसंकट में पड़ गये। फिर थोड़ा सोच-समझकर उन्होंने गाँव के मुखिया को अपने पास बुलाया और पूछा–'क्या आप भी मानते हैं कि वह स्त्री चरित्रहीन है?' मुखिया ने कहा कि 'मैं शपथ लेकर कहता हूँ कि वह बुरे चरित्र वाली स्त्री है। आप उसके घर न जायें।' बुद्ध ने मुखिया का दायां हाथ पकड़ा और उसे ताली बजाने को कहा। मुखिया ने कहा–'मैं एक हाथ से ताली नहीं बजा सकता क्योंकि मेरा दूसरा हाथ आपके द्वारा पकड़ लिया गया है।' बुद्ध बोले–'इसी प्रकार यह स्वयं चरित्रहीन कैसे हो सकती है जब तक कि इस गाँव के पुरुष चरित्रहीन न हों। अगर गाँव के सभी पुरुष अच्छे होते तो यह औरत ऐसी न होती इसलिए इसके चरित्र के लिए यहाँ के पुरुष ज़िम्मेदार हैं।' यह सुनकर सभी लज्जित हो गये।

...लेकिन आजकल हमारे समाज के पुरुष लज्जित नहीं गौरवान्वित महसूस करते हैं। सच कहूँ तो एक वेश्या के शरीर पर ज़माने के न जाने कितने शरीफ़ों की दास्तानें लिखी होती हैं। अगर मीरगंज की तमाम वेश्याएँ अपनी आत्मकथा लिखने पर उतारू हो जायें तो शहर के बहुतेरे नवाबज़ादे आत्महत्या कर लेंगे। मैं आपको बताना चाहूँगी कि जब मैं मीरगंज में रोज़मर्रा के जीवन से निरन्तर जूझ रही थी तब एक इन्सान से मेरे प्रेम सम्बन्ध हुआ करते थे। उसने मुझे नरक से निकालने की हज़ारों कसमें खायी थीं। लेकिन उसके सारे कसमें-वादे झूठे निकले। मैं बिल्कुल टूट गयी थी। तब आपके ही भाई-बन्धु पोलो ने मुझे सहारा दिया। मैं पोलो की बहुत शुक्रगुज़ार हूँ कि उसने मुझे नरक से निकाला। लेकिन वह भी भगोड़ा निकला। नागा बन भाग निकला। मैंने उसे कहाँ-कहाँ नहीं ढूँढ़ा। लेकिन उसका कुछ भी पता नहीं चला। अन्त में मैं हार मान कर जोगन बन गयी।

...कोठे की औरतों का दो बार जन्म होता है—एक बार माँ के पेट से और दोबारा समाज में वेश्या के रूप में। लेकिन मेरा जन्म इस दुनिया में तीन बार हुआ है—एक बार स्त्री के रूप में, दूसरी बार वेश्या के रूप में और तीसरी बार साध्वी के रूप में...! आप लोग सोचते होंगे कि एक वेश्या सन्त कैसे हो सकती है? मैं पूछती हूँ कि क्यों नहीं हो सकती? वेश्या यदि भीतर से संन्यासी स्वभाव की है तो वह तमाम ढोंगी संन्यासियों से बेहतर है। मेरे गुरु महराज इसका उदाहरण देते थे। वे बताते थे कि एक बार वेश्या मरी और उसी दिन उसके सामने रहने वाला बूढ़ा संन्यासी भी मर गया। यमराज देवता दोनों को लेने आये और संन्यासी को नरक में और वेश्या को स्वर्ग में ले जाने लगे। संन्यासी एक दम अपना डण्डा पटक कर खड़ा हो गया। बोला—'तुम ये कैसा अन्याय कर रहे हो? मुझे नरक में और वेश्या को स्वर्ग में ले जा रहे हो...! ज़रूर कोई भूल हो गयी है तुमसे; कोई दफ़्तर की ग़लती रही होगी; पूछताछ करो...! मेरे नाम आया होगा स्वर्ग का सन्देश और इसके नाम नरक का...! मुझे परमात्मा का सामना कर लेने दो...! दो-दो बातें हो जायें, सारा जीवन बीत गया शास्त्र पढ़ने में—और ये परिणाम...! मुझे नाहक परमात्मा ने धोखे में डाला...!!'

उसे परमात्मा के पास ले जाया गया। परमात्मा ने कहा—इसके पीछे एक गहन कारण है। वेश्या शराब पीती थी, भोग में रहती थी; पर जब तुम मन्दिर में बैठकर भजन गाते थे, धूप दीप जलाते थे, घण्टियाँ बजाते थे तब वह सोचती थी कब मेरे जीवन में यह सौभाग्य होगा कि मैं मन्दिर में बैठकर भजन कर पाऊँगी। वह ज़ार-ज़ार रोती थी और तुम्हारे धूप दीप की सुगन्ध जब उसके घर में पहुँचती थी तो वह अपना अहोभाग्य समझती थी; घण्टियों की आवाज़ सुनकर मस्त हो जाती थी। लेकिन तुम्हारा मन पूजापाठ करते हुए भी यही सोचता कि वेश्या है तो सुन्दर;

पर वहाँ तक कैसे पहुँचा जाये? तुम हिम्मत नहीं जुटा पाये। तुम्हारी प्रतिष्ठा आड़े आयी। गाँव भर के लोग तुम्हें संन्यासी मानते थे। जब वेश्या नाचती थी, शराब बँटती थी, तुम्हारे मन में वासना जगती थी। तुम संन्यासी होकर भी खुद को अभागा समझते रहे। इसलिए वेश्या को स्वर्ग लाया गया और तुम्हें नरक में। वेश्या को विवेक पुकारता था तुम्हें वासना; वह प्रार्थना करती थी तुम इच्छा रखते थे वासना की...! वह कीचड़ में थी पर कमल की भाँति ऊपर उठती गयी और तुम कमल बनकर आये थे, कीचड़ में धँसे रहे। असली सवाल यह नहीं कि तुम बाहर से क्या हो? असली सवाल तो यह है कि तुम भीतर से क्या हो? भीतर ही निर्णायक है। इसीलिए तुम्हें नरक भेजा गया।

...इस आधार पर मैं यह कह सकती हूँ कि भले ही समाज वेश्याओं को तिरस्कृत समझे कि उनका कोई जाति-धरम नहीं क्योंकि उन्हें यह नहीं मालूम कि वे किस जाति या किस धरम में पैदा हुईं? बेशक समाज उन्हें अछूत माने क्योंकि वे समाज की एक घिनौनी सच्चाई हैं। लेकिन मैं तो कहूँगी कि चूँकि वेश्याएँ समाज के सभी जाति-बिरादरी और धरम के आगन्तुकों का समान भाव से सम्मान करती हैं, उनके लिए कोई भी अछूत नहीं है। इस लिहाज़ से वे समाज में इकलौती सेक्युलर और सोशलिस्ट हैं।

मैं आपको बताना चाहूँगी कि आपका संघर्षशील बेटा पोलो अपने को सोशलिस्ट होने का बहुत दम भरता है, लेकिन रात को मुर्गे, दारू और लड़की के सान्निध्य में उसका सारा सोशलिज़्म ग़ायब हो जाता है। कल रात को भी यही हुआ। उधर मुर्गे की टाँग खींची गयी और आप लोग केवल पूड़ी-तरकारी में मान गये। लेकिन इससे फ़ुरसतगंज का कितना नुक़सान हुआ है आप सोच भी नहीं सकते। परेशान अली की लाश की दुबारा बलि चढ़ाई गयी है इस पूड़ी-तरकारी के बदले में...! एक भूखे और निहत्थे आदमी की मौत को दुर्घटना में तब्दील कर दिया गया है। यह दोबारा हत्या की कोशिश है। एक परेशान अली को मारकर और दूसरे सच्चाई का गला घोंटकर...! पोलो के पीछे दूसरी शक्तियाँ लगी हुई हैं। इसे आप सबको समझना होगा।

मैं आप सभी से गुज़ारिश करूँगी कि मुझे केवल एक साध्वी न समझें; मैं आपकी बहू भी हूँ- एक ऐसी बहू जो अपने पति के घर छोड़ के चले जाने पर अपने सास-ससुर और परिवार वालों की ज़िम्मेदारी का बोझ अपने सिर पर उठा लेती है। मुझे आपका आशीर्वाद चाहिए। मैं आपकी खोज-ख़बर लेने आती रहूँगी। जल्दी ही परेशान अली के शहादत स्थल पर शहीद स्मारक बनना शुरू हो जायेगा।'

छम्मो मंच से उतर चुकी थीं और उनकी पालकी उन्हें ले जाने के लिए तैयार खड़ी थी। छम्मो पालकी में बैठीं और दारागंज स्थित अपने विश्राम-स्थल के लिए रवाना हो गयीं। फ़ुरसतगंज के तमाम निवासी उनकी पालकी के पीछे-पीछे तब तक भागते रहे जब तक पालकी आँखों से ओझल नहीं हो गयी।

6

इलाहाबाद से निकलने वाली दैनिक सान्ध्यकालीन पत्रिका 'खंजर न्यूज़' के प्रबन्ध सम्पादक विद्या बाबू उर्फ़ ढक्कन गुरू ने उसी दिन छम्मो देवी की फ़ुरसतगंज यात्रा पर एक विस्तृत सम्पादकीय लिखवाया, क्योंकि स्वयं लिखना उन्हें आता ही न था। सच कहें तो विद्या बाबू केवल नाम से ही विद्या थे—बाक़ी तो वे साक्षात् अविद्या देवी की सन्तान थे। स्कूल का मुँह उन्होंने कभी देखा ही नहीं था। ऐसा नहीं था कि उनके पिता तथा फ़ुरसतगंज-शहादतगंज ग्राम संकुल के इकलौते ज़मींदार लखनलाल तिवारी ने उन्हें स्कूल भेजने का बन्दोबस्त नहीं किया। किया और ख़ूब किया...! लेकिन विद्या बाबू का यह मानना था कि जब घर में ही पान-बीड़ी-सिगरेट-कसैली-गाँजा-मदिरा-मोदक की तमाम कक्षाएँ चल रही हों तो सिर खपाने के लिए एक्स्ट्रा क्लास क्यों लिया जाय...! सो उन्होंने स्कूली शिक्षा के बने-बनाये पारम्परिक ढाँचे में प्रवेश करने से इन्कार कर दिया।

उनकी इस लोकतान्त्रिक सोच ने उन्हें जीवन भर अविवाहित रखने को मजबूर कर दिया, लेकिन वे अपने विचारों से न डिगे। बताते हैं एक बार उनके दरवाज़े पर उन्हें देखने के लिए वरदेखुआ आये थे। वरदेखुआ दरवाज़े पर बैठे उन्हें देखते रहे और वे अपने पिताजी तथा अन्य दरबारियों के साथ ताश के साथ नगद चढ़ावे वाला अद्भुत खेल खेलते रहे। वरदेखुओं को यह बात बहुत अटपटी लगी। असल में वरदेखुआगण अबोध और नादान थे। अभी उनकी सांसारिक दृष्टि का इतना विस्तार न हुआ था। लखनलाल ने उन्हें समझाया कि 'यह खेल तो राजा-महराजाओं का है। इसे खेलने में क्या शर्म...!' वरदेखुआ वहाँ का वैभव देखकर वापस लौटे। लेकिन इस ऐतिहासिक घटना के बाद दुबारा उनके दरवाज़े पर कोई दूसरा वरदेखुआ चढ़ने की हिम्मत तक नहीं जुटा सका। सो वे जीवन भर रँडुआ ही रहे।

विद्या बाबू माँ की गोद में खेलने से लेकर मृत्यु-पर्यन्त 'बाबू' ही बने रहे। लखनलाल ने अपने जीते-जी न तो स्वयं को और न ही विद्या बाबू को किसी

भौतिक कष्ट का सामना करने दिया। सारे शहादतगंज में लखनलाल ही अकेले ऐसे शख़्स थे जिन्होंने शनिच्चर महराज का डटकर मुक़ाबला किया और उन्हें अपने चौखटे के भीतर नहीं घुसने दिया। भले ही इस संघर्ष में उनकी सारी ज़मीनें बिक गयीं; हाथी-घोड़े-घुड़साल बिक गये; तिजोरी की सारी अशर्फ़ियाँ बिक गयीं; औरतों के गहने सुनारों के यहाँ औने-पौने दामों में बेच डाले गये। बताते हैं कि न केवल लखनलाल बल्कि सारे शहादतगंज वाले ही इस तरह की अपनी किसी भी दुर्दशा के लिए अपनी अकर्मण्यता को दोष कभी नहीं देते थे बल्कि इसके लिए सीधे तौर पर फ़ुरसतगंज के सीवान के बाहर स्थित 'शनिच्चर महराज' के कोप को ज़िम्मेदार ठहराते थे। लखनलाल भी इन्हीं चिन्तकों में से एक थे।

कालान्तर में अपना सब कुछ लुटने के बाद, जब विद्या बाबू ने पत्रकारिता का पेशा अपनाया तो वे प्रकाशन जगत के इकलौते निरक्षर सम्पादक बनकर उभरे। मुद्रा उनकी कमज़ोरी थी सरकारी दफ़्तरों में पचास और सौ रुपये के नोट देखकर उनकी जिह्वा ऐसे लपलपाती थी जैसे अपने शिकार को देखकर छिपकली की जीभ मचल उठती है और अन्ततः उसका ग्रास करके ही दम लेती है। जब भी ऐसी स्थिति होती तो चाहे पूरा दिन निकल जाये, ढक्कन गुरू उस नोट को हासिल किये बग़ैर वापस घर नहीं लौटते थे। फ़िलहाल जब से उन्होंने हनुमानगंज थाने के सामने लगने वाले ठेले पर बिकने वाले अनासुत सिरके का नियमित सेवन शुरू किया था; वे साथियों के बीच 'ढक्कन गुरू' के नाम से विख्यात हो गये थे। दुर्भाग्यवश एक दिन अचानक से उनके साथ ऐसी घटना घटी कि वे जन्म से तो नहीं, लेकिन अपने कर्मों से 'एकान्ध' भी हो गये। यद्यपि पत्रकारिता जगत् के लोग उन्हें अब भी ढक्कन गुरू ही बुलाते थे। तथापि हनुमानगंज से लेकर हड़िया तक अब वे 'काना गुरू' या 'कनवाँ' के उपनाम से पहचाने जाने लगे थे।

दरअसल हुआ यूँ कि एक दिन फ़ुरसतगंज से हड़िया होकर इलाहाबाद तक चलने वाली गणेश टेम्पो के एक चालक से उनकी किराये को लेकर भिड़न्त हो गयी। विद्या बाबू हमेशा टेम्पो के पीछे लटककर मुफ़्त में आने-जाने के आदी थे। हालाँकि विद्या बाबू इस रूट पर नये नहीं थे लेकिन टेम्पो का ड्राइवर टोटी यादव बिल्कुल नया था। उसने एक दिन पहले ही सोराँव-फाफामऊ मार्ग छोड़कर अपने ननिहाल के संरक्षण में झूँसी-हड़िया मार्ग अख़्तियार किया था। ख़ैर...! पैसे की माँग और इन्कार के बीच बौखलाए टोटी ने अचानक से ढक्कन गुरू को ऐसा घूँसा मारा कि वे न केवल वहीं बीच सड़क पर दण्डवत् की मुद्रा में पसर गये

बल्कि क्षण भर में ही उनकी बायीं आँख पिघलकर बेपरवाह बहने लगी। फलस्वरूप ढक्कन गुरू सारी दुनिया को एक आँख से देखने को मजबूर हो गये।

इसी बीच उनके साथ एक और भी दुर्घटना हुई। एक दिन वे अपने गाँव की एक शादी की बारात में सम्मिलित होने के लिए अपने पसन्दीदा नाई पाखण्डी 'ठाकुर' के यहाँ दाढ़ी बनवाने के लिए बैठे हुए थे। पाखण्डी, ढक्कन गुरू को बहुत सम्मान देता था और उनके दुकान में आने पर, पहले से बैठे अपने ग्राहकों की दाढ़ी पर साबुन पुते होने के बावजूद, ढक्कन गुरू की सेवा में लग जाता था। जब वह उनसे निवृत्त होता, उसके बाद अपने किसी अन्य ग्राहक को हाथ लगाता था। इसका कारण यह था कि वह जिस वृक्ष के नीचे अपनी दुकान लगाता था, वह वृक्ष कभी ढक्कन गुरू के पिता लखनलाल ने पाखण्डी के पिता भिखारी शर्मा को दान की थी। इसलिए पाखण्डी, ढक्कन गुरू के प्रति बहुत एहसानमन्द हुआ करता था और उनसे विशेष स्वामिभक्ति रखता था। ढक्कन गुरू भी उसे अपना पक्का चेला मानते थे और जब भी दाढ़ी बनवाने आते, अपने सिर और गरदन का मसाज कराये बिना नहीं लौटते थे।

ख़ैर...! आज पाखण्डी ने उनकी दाढ़ी बनाने के बाद अपने गर्दन-मसाज को अन्तिम रूप देने के लिए ज्यों ही उसे आकाश की दिशा में घुमाया, न जाने उनकी गर्दन के किस मनबढ़ नस ने अचानक से धोखा दे दिया कि उनकी गर्दन एकाएक वहीं फिक्स हो गयी। ढक्कन गुरू ने बहुत इलाज कराया—कमला नेहरू, स्वरूपरानी, डफरिन से लेकर नैनी और झूँसी के सड़क के किनारे तम्बू ताने न जाने किन-किन नीम-हकीम-बैद्यों को दिखाया। लेकिन उनकी गर्दन ने उनसे जो आरम्भिक अकड़ दिखायी थी उसमें तनिक भी ढील देने से इन्कार कर दिया। चुनांचे ढक्कन गुरू सदा के लिए एक आँख से आकाश की ओर फिक्स अपनी गर्दन के सहारे सामने वाले को सम्बोधित करने को मजबूर हो गये। इस घटना का सबसे बड़ा परिणाम यह रहा कि ढक्कन गुरू को अपने गर्दन का मसाज कराने से हमेशा के लिए फुर्सत मिल गयी और पाखण्डी ने भी कुछ ही समय बाद अपना यह पैतृक व्यवसाय छोड़कर एक नाच-मण्डली खोल ली और 'मनीजर' के साथ उसमें स्वयं नचनिया का किरदार निभाने लग गया।

बहरहाल, 'खंजर न्यूज़' में साध्वी छम्मो की फ़ुरसतगंज यात्रा की ख़बर छापने के बाद अगले दिन सुबह-सवेरे ढक्कन गुरू का दूसरा धमाका हुआ—लाट साहब के जुलूस के रूप में...! बताते हैं कि एक ज़माने से लाट साहब का जुलूस इलाहाबाद के तमाम जुलूसों में सबसे व्यापक लोकप्रियता वाला जुलूस हुआ करता था। यह जुलूस चौक इलाके के मीरगंज मोहल्ले से आरम्भ होकर

जानसनगंज, सिबिल लैन, हनुमान चौराहा, परयाग संगीत समिति, कम्पनी बाग, हाथी पार्क, हिन्दू हॉस्टल, मनमोहन पार्क होते हुए कचहरी चौराहे पर स्थित चुगुलख़ोर की मज़ार पर जाकर समाप्त होता था। जुलूस में मीरगंज के नामी मोहल्ले की सभी कन्याएँ, रेलवे स्टेशन के तमाम छोटे-बड़े भिखमंगे, सिविल लाइन के कई हिजड़े, आसपास के ठेकों के नियमित दारूबाज़ और रास्ते में पड़ने वाले समस्त खोमचे और ठेले वाले सम्मिलित होते थे।

परम्परागत तौर पर इस जुलूस की अगुआई मीरगंज की कन्याएँ करती थीं। जुलूस की तैयारियों में सबसे पहले एक व्यक्ति को लाट साहब के रूप में चुना जाता था। फिर उसे छककर शराब पिलाई जाती थी। जब वह नशे में धुत होकर इस अवस्था में पहुँच जाता कि कुछ कहने-सुनने की मनोदशा नहीं रह जाती थी, तब उसे खच्चर या गधे पर बिठाकर, तत्समय सवारी की जैसी उपलब्धता होती, निर्धारित राजपथ पर घुमाया जाता। इस बीच जब कभी खच्चर-सवार की तंद्रा टूटने को होती, उसके ऊपर जूते पड़ने लगते। फिर उसके सिर के ऊपर से मदिरा-स्नान का कार्यक्रम चलने लगता। यह जुलूस अन्ततः चुगुलख़ोर की मज़ार पर जाकर रुकता था। वहाँ लाट साहब के लिए राजानुमा कुर्सी सजा कर रखी जाती थी। मीरगंज की कन्याएँ यहाँ लाट साहब का किरदार निभाने वाले शख़्स को उसकी सवारी से उतारकर अपनी अँकवारी में भरकर कुर्सी पर बिठाती थीं और अपने लिए उसे ही शहर का राजा या कलेक्टर मान लेती थीं। वह तब तक उनकी कलेक्टरी करता था जब तक कि अगले वर्ष किसी नये लाट साहब का चुनाव नहीं हो जाता था। संयोग देखिये कि विगत पाँच-छह सालों से ढक्कन गुरू निर्विरोध ही इस पद को धारित करते चले आ रहे थे।

इस बार भी ढक्कन गुरू इस पद के अकेले प्रत्याशी थे। परन्तु हर बार की तरह चयन की सारी प्रक्रिया को पूरा करना एक प्रकार से इस आयोजन की मजबूरी-सी थी। हालाँकि आज भी इस पूरी प्रक्रिया में ढक्कन गुरू को कम मुसीबत नहीं झेलनी पड़ी। बल्कि सच कहें तो पूरे रास्ते भर जिस ओर से भी उनका रथ निकला; परम्परानुसार उन पर सड़े गोबर के घोल, नाली के बदबूदार कीचड़, टूटी चूड़ियों और लिपस्टिक के टुकड़े, टूटे चप्पल और जूतों की ख़ूब बौछार की गयी। पर इस सारे उपक्रम के बावजूद ढक्कन गुरू के ऊपर इसका तनिक भी प्रभाव नहीं पड़ा। बल्कि वे सारी यात्रा में अपनी एक वास्तविक आँख के सहारे, ज़माने की इस निपट मूढ़ता पर मन्द-मन्द मुस्कुराते रहे। बताते हैं कि मनमोहन पार्क पर गाजे-बाजे के साथ उनके भीषण स्वागत के दौरान तो ऐसा अवसर भी आया कि ढक्कन गुरू का सारा शरीर लीद और गोबर से ढँक गया।

पल भर के लिए आयोजकों में उनके दिवंगत होने का डर तक समा गया था। जब कोशिश करके उनके चेहरे और शरीर से नश्वर तत्त्वों का यह आवरण हटाया गया तो इस आवरण के भीतर ढक्कन गुरू का वही मुस्कुराता हुआ चेहरा दिखायी पड़ा। तब अनायास ही आयोजकों के बीच ख़ुशी की लहर दौड़ गयी थी।

ख़ैर...! जब ढक्कन गुरू का डोला कलेक्ट्रेट के सामने स्थित चुगुलख़ोर के मज़ार के पास पहुँचा, तो वहाँ पहले से मौज़ूद आयोजक मण्डल की मुखिया साध्वी छम्मो देवी ने न केवल उन्हें डोले से उतारा बल्कि अपने साथियों के सहयोग से उन्हें राजगद्दी पर ले जाकर बिठा दिया। फिर कुछ मिनटों के अन्तराल पर ढक्कन गुरू के नख-शिख शृंगार का सिलसिला शुरू हुआ। सबसे पहले मीरगंज की नगरवधुओं द्वारा ढक्कन गुरू के बदन को केवड़े के जल से धोया गया। तदनन्तर उनके बिवाई फटे पैरों में आलता लगाया गया; उनकी हथेलियों में मेहँदी रची गयी; नगरवधुओं द्वारा अपने पसीने की कमाई से ख़रीदी गयी पीली साड़ी पहनाई गयी; उनके हाथों में बंगाली चूडियाँ डाली गयीं; माथे में गहरा सिन्दूर भरा गया; चाँदी-पीतल-गिलट के तमाम गहनों से बदन के खुले अंगों को ढँका गया। और हर बार की तरह सारी रोमांटिक प्रक्रिया से गुज़रने के बाद, ढक्कन गुरू को निर्विवादित रूप से लाट साहब की कुर्सी पर गद्दीनशीन किया गया।

चुगुलख़ोर की मज़ार के पास भारी भीड़ इकट्ठा हो गयी थी। और अब इस आयोजन का अन्तिम भाग भर अवशेष रह गया था। वह था—लाट साहब का उपस्थित जनता को सम्बोधन...! ढक्कन गुरू न तो अपनी वर्तमान अवस्था में और न ही किसी अवस्था में जनता को कोई सम्बोधन कर सकते थे। सो हर बार की तरह इस बार भी उनके लँगोटिया यार झारखण्डे राय ने उनके सम्बोधन को पढ़ा। झारखण्डे राय के पूर्वज मूलतः बलिया ज़िले के निवासी थे जो आज़ादी के काफ़ी समय पहले ही इलाहाबाद में आकर बस गये थे। बताते हैं किसी ज़माने में उनके दादा इलाहाबाद हाईकोर्ट के बड़े वकीलों में से हुआ करते थे और उनकी कमाई इतनी ज़्यादा थी कि उन्होंने एकबारगी जज बनने के ऑफर तक को ठुकरा दिया था। यद्यपि बड़े मान-मनव्वल के बाद उन्होंने जजी की कुर्सी ग्रहण भी कर ली थी। दादा की इस प्रसिद्धि के कारण उनके पिताजी की भी प्रैक्टिस ठीक-ठाक ही चलती रही। इसलिए घर में खाने-पीने की कमी कभी नहीं रही।

लेकिन जब झारखण्डे राय के पिताजी की मृत्यु हुई तो अचानक से आय के सारे स्रोत ख़त्म से हो गये। चाचा खोखा राय ने अपने को परिवार से पहले ही अलग कर सिविल लाइंस में दही बड़े की दुकान खोल ली थी, जो सौभाग्य से अच्छी चल निकली थी। झारखण्डे के पिताजी ने जो थोड़ी-बहुत जमा-पूँजी

इकट्ठी की थी वह उनकी बीमार माँ के दवा-दारू में ख़त्म हो गयी। अचानक से झारखण्डे राय पर परिवार का बड़ा बोझ आ पड़ा। लेकिन झारखण्डे तो झारखण्डे ही थे। वे किसी चीज़ की फ़िक्र क्यों करने लगे भला...! सुबह को चिलम की कश और शाम को ठेके का द्रव मिलता रहे तो फिर झारखण्डे राय के सामने दुनिया के सबसे अमीर आदमी की भी कोई हैसियत नहीं...!

कभी झारखण्डे राय के पिताजी चाहते थे कि झारखण्डे, जिसे प्यार से वे 'टुन्नू' बुलाते थे, भी एलएलबी की डिग्री ले लें और उनके साथ हाईकोर्ट में वकालत करें। लेकिन झारखण्डे को यह काम सबसे उबाऊ लगता। फिर उनके स्वभाव में यह नहीं था कि वे किसी बँधे हुए पेशे को अपनायें। और सबसे बड़ी बात थी कि एलएलबी पास कौन करता...! जिस आदमी ने बीए की डिग्री अपनी जगह किसी और को बैठाकर हासिल कर ली हो, अब वह एलएलबी के लिए कौन सी युक्ति अपनाये...? हालाँकि खानदानी परिवार से होने के कारण झारखण्डे राय के पास व्यवहार-विधि का ख़ूब ज्ञान था और वे गाहे-बगाहे लोगों को मुफ़्त की विधिक सलाह दिया करते थे। यह सलाह तब और चढ़ान पर होती जब झारखण्डे राय कच्चे ठर्रे को ग्रहण कर 'टुन्न' हो लेते थे। तब तो उनकी मेधा के सामने इलाहाबाद हाईकोर्ट के बड़े-बड़े वकील न टिकते थे। यहाँ वे अचानक से अपने पिताजी द्वारा दिये गये उपनाम को सार्थक भी करने लगते थे।

मुश्किल दिनों में उनके चचा खोखा राय के इकलौते दामाद और झारखण्डे के 'पितिआउत जीजा' बाल्टी राय उनकी मदद करते थे। जीजा और साले के इस सम्बन्ध के अतिरिक्त बाल्टी राय और झारखण्डे राय में एक दूसरा अन्तरंग सम्बन्ध भी था जिसके कारण झारखण्डे, बाल्टी राय की किसी बात को मना नहीं कर सकते थे। यह सम्बन्ध था गुरु-चेले का...! बाल्टी गुरु थे और झारखण्डे चेला...! झारखण्डे ने उनकी इस चेलाही को बहुत कम उम्र में ही अंगीकार कर लिया था। असल में जब झारखण्डे छोटे थे तो उन्हें भूत-प्रेत से बहुत डर लगता। नतीजतन वे रात में अकेले सोने में बहुत डरते थे। एक बार बाल्टी उनके घर गये और उनका डर ख़त्म करने का बीड़ा उठाया। बाल्टी सारी रात कोशिश करते रहे और झारखण्डे सारी रात छटकते रहे, उल्ह-मेल्ह होते रहे। बहुत कोशिश करने के बाद अन्ततः प्रातःकाल की वेला में वे झारखण्डे के भीतर का डर निकालने में सफल हुए। प्रातःकाल में घटित हुई इस ऐतिहासिक घटना को बाल्टी जीजा ने 'राग भैरवी' का नाम दिया। अब स्थिति यह हो गयी थी कि झारखण्डे को जब भी डर लगता बाल्टी उन्हें एकान्त में ले जाकर राग भैरवी सुना देते। उनका डर काफ़ूर हो जाता। इस प्रकार बाल्टी, झारखण्डे के लिए राग भैरवी के अमर गायक बनकर उभरे।

झारखण्डे, बाल्टी जीजा की इस कला के इस क़दर मुरीद हो गये थे कि जीवन भर अविवाहित रहकर इस कला को साधना चाहते थे। लेकिन गुरु ने उन्हें समझाया कि विवाहित रहकर भी इस कला का मर्मज्ञ बना रहा जा सकता है। चेले ने गुरु की बात मान तो ली लेकिन इसके बावजूद वे राग भैरवी का नियमित श्रवण करना कभी नहीं भूले।

झारखण्डे के व्यक्तित्व की एक बड़ी विशेषता यह भी थी कि उन्हें भाषण-कला में विशेषज्ञता हासिल थी। ख़ूबी यह कि नेता चाहें लोकल हो या राष्ट्रीय, उन्हें सबकी जीवनी या कहें चाल-चरित्र जुबानी रटी हुई थी और वे अपने उद्‌बोधन के दौरान निर्भीक भाव से चटख़ारे लेकर इन महानुभाओं के गुण-अवगुणों का बखान करते थे। कदाचित् इसीलिए यूनिवर्सिटी के छात्रसंघ के चुनाव हों या हाईकोर्ट के पदाधिकारियों के चुनाव या फिर विधानसभा अथवा संसदीय चुनाव—सभी में उनकी काफ़ी डिमांड रहती थी। इन दिनों अपने बढ़े हुए भाव के कारण झारखण्डे भाई 'देशी ठर्रे' के स्थान पर 'अँगरेज़ी' का ही सेवन करते थे। बहरहाल झारखण्डे ने माइक सँभाला और बोलना शुरू किया...!

'तो भाइयो...! जैसा कि आप सब जानते हैं कि हमने आज फिर से अपना लाट साहब चुन लिया है। हमारा लाट साहब अर्थात् हमारा कलट्टर...! ज़िले का कलट्टर कोई हो पर हमारा कलट्टर तो हमारा लाट साहब ही होता है। आप सोचते होंगे कि यह कैसी बेवकूफ़ी है...! यह कैसी नादानी है...!! मैं कहता हूँ कि यह बेवकूफी है-नादानी है...!! और सच पूछिये तो हम ऐसी बेवकूफ़ी और नादानी सदियों तक करते रहना चाहते हैं। आप फिर पूछेंगे कि आख़िर क्यों...? जवाब बड़ा साफ़ है। अगर तुम्हारे सालों-साल कलट्टर बने रहने के बावजूद हमारी सेहत में रत्ती भर भी सुधार नहीं होता तो हम तुम्हें अपना कलट्टर क्यों मानें? तुम मुगालते में रहना चाहते हो तो बेशक रहो; पर हम किसी मुगालते में नहीं जीना चाहते...! जब तुम हमारा कुछ बना नहीं सकते तो तुम्हें हमारा बिगाड़ने का क्या हक है...?

दोस्तो...! आज लाट साहब की कुर्सी पर जो आदमी पदासीन हुआ है वह कोई ऐरू-गैरू-नत्थू-खैरू नहीं है। वह हमारे संघर्ष का प्रतिनिधि है। वह आपके लिए ही जीता है और आपके लिए ही मरता है। मैं बताना चाहता हूँ कि 'खौलती ख़बरें' केवल सिविल लाइंस की विचलनशील संस्कृति का दस्तावेज़ भर नहीं हैं वह चौक के बदनाम मुहल्ले के पीड़ित-शोषित समाज के दरकते विश्वासों का आईना भी है। यह आईना हमें हमारे वर्तमान के प्रति आगाह करता है और भविष्य के प्रति सजग करता है। इस लिहाज़ से ढक्कन गुरू का योगदान किसी समाजोद्धारक से कम नहीं है। आश्चर्य है कि आज तक उनके योगदान का

सही मूल्यांकन नहीं किया जा सका। लेकिन आज हमारे सामने सन्त समाज की महिला प्रमुख छम्मो देवी जी विराजमान हैं जिनका चौक की उस बदमान गली से गहरा नाता रहा है और आज भी जिनका हृदय वहाँ रहने वाली नगरवधुओं के लिए निरन्तर तड़पता है। उसी का परिणाम है लाट साहब के चयन और राज्याभिषेक का यह आयोजन...!

मित्रो...! यह विलक्षण संयोग है कि आज इलाहाबाद के कलट्टर की कुर्सी पर जबर सिंह नाम का जो इन्सान बैठा है, कभी उसका छम्मो देवी से बड़ा ही आत्मीय सम्बन्ध रहा है। लेकिन यह भी एक विचित्र स्थिति है कि उसी के बिछोह ने छम्मो देवी को साध्वी भी बना दिया। आदमी जब टूट जाता है तो उसके भीतर वैराग्य जाग उठता है। आज छम्मो देवी की लड़ाई केवल साधु-समाज से ही नहीं है, केवल असामाजिक तत्त्वों से ही नहीं है—बल्कि प्रशासनरूपी खाल में छुपे हुए सियारों से भी है। जबर सिंह वही सियार है जो प्रशासन के नाम पर पूरे प्रशासनिक व्यवस्था को भरमाने में लगा हुआ है। यह इन्सान केवल चारित्रिक रूप से ही नहीं, बल्कि बाक़ी सारी दृष्टियों से कलट्टर स्वीकार करने योग्य नहीं है...

...सुना है कि कल पोलो ने प्रशासन को सियार कहा था और जबर सिंह को ललकारा था। लेकिन वे जनता के असली दुश्मनों को—राजनीति के हुक्मरानों को—ललकारना भूल गये। शायद इसलिए कि वे उसी जमात में शामिल होने की जद्दोजहद में हैं। शायद इसलिए भी कि कल ही राजा झूँसी के सामने उसकी चमड़ी उधेड़ ली जायेगी और क्षण भर में ही राजनीति करने का उसका नशा काफूर हो जायेगा। कदाचित् इसीलिए वे सियारों और शेरों के रिश्तों को भी ठीक से विश्लेषित नहीं कर सके। मेरे जाने प्रशासन वही करता है जो राजनीति चाहती है। राजनीति शेर है और प्रशासन सियार...! दोनों एक साथ एक ही प्राकृतिक वास में निवास करते हैं और ख़ूबी यह कि शेर से हज़ार गुना कमज़ोर होने के बावजूद सदियों से सियार का अस्तित्व बचा हुआ है। क्योंकि सियार और उसके सारे साथी यह बख़ूबी जानते हैं कि आज भले ही शेर का ज़माना है; लेकिन एक दिन उनका भी आयेगा। इसलिए वह शेर के क्षीण और निष्क्रिय होने की धैर्यपूर्वक प्रतीक्षा करते हैं और शेर की क्षीणता का एहसास होते ही स्वयं शेर की खाल ओढ़कर शेर की माफिक गुर्राने लगते हैं। जनतन्त्र में जनता की यह मजबूरी बन जाती है कि वह कभी राजनीति को और कभी राजनीति के सियारनुमा रहनुमाओं को अपना राजा और संरक्षक स्वीकार करती रहे। सो, वह इस दफा भी कोई प्रतिकार नहीं करती। शेर अपनी माँद में बैठा असहाय और किंकर्तव्यविमूढ़ होकर यह सब देखता रहता है...

...किन्तु जब जंगल के सारे सियार ऐसा कर रहे होते हैं तो शेर के भीतर जज़्ब मर्दानगी उसे फिर से उकसाती है। शेर जानता है कि एक बार यदि उसके शिथिल होने की ख़बर जंगल में फैली तो दुबारा से उसका समाज अपने खोये वैभव को हासिल नहीं कर पायेगा। फिर क्या...! शेर अपनी पूरी जान लड़ा देता है; वह अपमी माँद से निकलकर अँगड़ाई लेते हुए अपनी दहाड़ का व्यापक प्रदर्शन करता है। पूरे जंगल में शोर मच जाता है और सारे सियार एक बार फिर नतमस्तक मुद्रा में शेर की अधीनता स्वीकार कर लेते हैं। जनता को अपना खोया हुआ नरभक्षी पुनः वापस मिल जाता है।

...जब से राजनीति ने जन्म लिया है तब से शेर और सियार वाली यही कथा चरितार्थ होती चली आ रही है। फ़ुरसतगंजरूपी जनता का तो जो हाल है वह 'अकथनीय' है ही...!!

...कल की ही बात है फ़ुरसतगंज गाँव के लोगों ने अपने एक क्रान्तिकारी साथी की शहादत के बदले यहाँ धरना दिया था। लेकिन उन्हें भी बहला-फुसलाकर भगा दिया गया। जानते हैं क्यों? क्योंकि यह सरकार चुन-चुनकर क्रान्तिकारियों की हत्या करा रही है। परेशान अली अकेले उदाहरण नहीं हैं। हमारे सैकड़ों साथी गुमनाम मौतों के शिकार हुए है। हमें उन सभी की मौतों का हिसाब चाहिए। साध्वी जी की रुचि कभी इस तरह की मौतों या इस तरह की राजनीति में नहीं रही। लेकिन ढक्कन गुरू के निवेदन को वे अस्वीकार न कर सकीं। और जब वे फ़ुरसतगंज पहुँचीं तो सारा वाक़या जानकर दंग रह गयीं। तिस पर जबर सिंह का अत्याचारी शासन...! साध्वी जी ने मुझे निजी तौर पर सुझाया कि किसी क़ीमत पर इस लड़ाई को अन्त तक ले जाना होगा और दोषियों को दण्डित कराना होगा। मैं उनके अनुरोध को अस्वीकार न कर सका। दोस्तो...! इस लड़ाई को बेजा नहीं जाने देना है। यह शोषकों के विरुद्ध शोषितों के हक़ की लड़ाई है। मैं सदैव आप सब के साथ हूँ और रहूँगा।'

इतना कहकर झारखण्डे ने अपनी बात समाप्त की और मंच से नीचे उतर आये। कुछ बाक़ी औपचारिकताओं के साथ सभा मुल्तवी कर दी गयी।

7

झारखण्डे ने लाट साहब की गद्दीनशीनी के समय अपने भाषण में झूँसी के जिस राजा का ज़िक्र किया था, दरअसल वे बाबू जोखन सिंह थे

और मध्यकालीन प्रतिष्ठानपुर के राजा हरबेंग सिंह के राजवंश से थे। कहते हैं हरबेंग सनकी क़िस्म के राजा थे। इनके राज्य में सभी चीज़ें टका सेर बिकती थीं। इसीलिए कहावत चल गयी थी—'अन्धेर नगरी अनबूझ राजा, टका सेर भाजी-टका सेर खाझा।' बताते हैं एक बार त्रिवेणी संगम पर परम सिद्ध अवधूत मत्स्येन्द्रनाथ और गुरु गोरखनाथ स्नान करने आये। हरबेंग सिंह ने अपनी सनक में इन दोनों सन्तों का अपमान कर दिया था। दोनों सिद्ध योगी राजा के अपमान से आहत होकर क्रोधित हो उठे। और गुरु गोरखनाथ ने क्रोध से जलते हुए हाथ उठा कर कहा कि 'अभिमानी राजा...! सिद्धों के श्राप से तेरी राजधानी उलट जायेगी और तू नष्ट हो जायेगा।' ख़ैर...! राजा हरबेंग तो प्रजा से पहले ही स्वर्ग जाने की चाह में स्वेच्छा से फाँसी के फन्दे पर झूल गये। सन्तों के श्राप से राजा हरबेंग की राजधानी पर भी भारी वज्रपात हुआ। बस्ती में भयंकर आग लगी और वह बुरी तरह झुलस गयी। इस झुलसी हुई बस्ती का नाम ही आगे चलकर झूँसी हो गया। यद्यपि इस राजवंश की सम्पत्तियाँ इलाहाबाद से लेकर बनारस तक यहाँ-वहाँ फैली हुई थीं और उनके वंशज किसी-न-किसी रूप में कालान्तर तक इन्हें सँभालते रहे।

बाबू जोखन सिंह, राजा हरबेंग के उत्तराधिकारियों के अन्तिम अवशेष थे और अब सही मायने में उन्हें अवशेष कहना भी एक प्रकार से इस शब्द की असल गरिमा के ख़िलाफ़ ही होता...! जोखन सिंह अपना सब कुछ गँवा चुके थे और अब उनके पास गँवाने के लिए भी कुछ न था। इसके बावजूद वे कुछ-कुछ वैसे ही सनकी और तुनकमिज़ाज थे। हरबेंग सिंह के शासन के आदर्श वाक्य 'टके सेर भाजी-टके सेर खाजा' को वह अपने जीवन का भी आदर्श बनाना चाहते थे। और उनकी ही तरह प्रजा के कष्टों के निवारणार्थ स्वयं सबसे आगे बढ़कर फाँसी के फन्दे को चूम लेने की ज़िद को भी फिर से स्थापित होते देखना चाहते थे।

जानकारों के अनुसार बाबू जोखन सिंह न केवल देखने में बल्कि हाव-भाव-व्यवहार-विचार और संस्कार में भी ठेठ इलाहाबादी-संस्कृति की जीती-जागती मिसाल थे। उनके मुख से जब कभी इलाहाबादी अवधी निकलती थी तो सदैव किसी स्थानीय गालियों के धक्के से चोट खाकर ही। फिर हर वाक्य के पहले एक गाली और उस वाक्य के बाद एक गाली...! बल्कि यदि यह कहा जाय कि 'बाबू जोखन सिंह इन गालियों के बीच-बीच में छूटी जगहों में ही अपनी बात कह पाते थे'—तो कोई अतिशयोक्ति न होगी। वस्तुतः गालियाँ उनकी भाषा की शान थीं, अभिधान थीं और किंचित् उनका अभिमान भी...! जो उन्हें ठीक से जानते थे वे इसे आशीर्वाद मानकर ग्रहण करते थे और कई बार जब उन्हें

जोखन सिंह से ये गालियाँ सुनने को नहीं मिलती थीं तो वे अनायास ही किसी अनहोनी की आशंका से डर जाते थे।

बाबू जोखन सिंह क्षत्रिय थे—खाँटी क्षत्रिय...! इसलिए उनमें एक पैदाइशी अकड़ थी। वे अपनी बतकही में क्षत्रियों की शान में अक्सर यह लोकोक्ति उद्धृत किया करते थे कि 'बारह बरस लौं कुकुर जीवै, और सोलह लौं जीवे सियार। बरिस अठारह क्षत्रिय जीवै, आगे जीवन को धिक्कार...!' वे अपनी साथियों के साथ होने वाली बैठकों में बड़े ही गर्व से यह बताया करते थे कि इस अकड़ ने न केवल क्षत्रियों को बल्कि हिन्दुस्तान के इतिहास को कैसे बदल दिया...! मसलन यदि पृथ्वीराज चौहान ने चाहा होता तो तराइन के प्रथम युद्ध में भाग रहे गोरी को हमला करके नेस्तनाबूत कर दिया होता। लेकिन उन्होंने ऐसा नहीं किया। क्यों...? क्योंकि एक क्षत्रिय के लिए जीत-हार से ज़्यादा यह महत्त्वपूर्ण है कि उसे किसी के पीठ पर वार नहीं करना है; चाहे उसके जीवन का अन्त ही क्यों न हो जाय...! नतीजा यह हुआ कि हारने के बाद गोरी अगले साल पुनः वापस लौटा और उसने तराइन के दूसरे युद्ध में पृथ्वीराज को हराकर भारत में अपने राज्य की नींव डाली।

इसी तरह वे बताते थे कि जब बाबर, राणा सांगा के विरुद्ध युद्ध की तैयारियाँ कर रहा था तो उनके गुप्तचरों ने उन्हें इसकी जानकारी दी और कहा कि इसके पहले कि बाबर युद्ध छेड़े, उन्हें उस पर हमला कर देना चाहिए। लेकिन राणा सांगा ने कहा कि वे दुश्मन के युद्ध के सन्देश का इन्तज़ार करेंगे और उसके बाद ही हमला बोलेंगे। इसलिए उन्होंने बाबर को युद्ध की तैयारी का ख़ूब समय दिया। यही नहीं, जब उनके सेनानियों ने कहा कि बाबर तोपों का इस्तेमाल करने वाला है और हम क्यों न उसकी सेना पर पीछे से हमला कर दें। तो राणा सांगा बिल्कुल बिफ़र गये और हर हाल में सेना को सामने से ही आक्रमण का आदेश दिया। सारी सेना तहस-नहस हो गयी, लेकिन सांगा अपने सिद्धान्तों से नहीं डिगे।

बाबू जोखन सिंह का कहना था कि अगर पृथ्वीराज और राणा सांगा इन युद्धों में जीत गये होते तो आज भारत का इतिहास कुछ और होता...! लेकिन क्षत्रियों ने इतिहास बदलने की बजाय सिद्धान्तों की रक्षा को अपना धर्म माना। उनका यह भी कहना था कि आज उनकी अपनी दुर्दशा का मूल कारण भी ये सिद्धान्त ही हैं, और कुछ नहीं...! अन्यथा जिसके पूर्वजों के राज में भाजी और खाजा टका सेर बिकता रहा हो, उसके वंशज रोटी-रोटी के मोहताज हो जायें; यह कैसे सम्भव है भला...!!

अपनी बिरादरी के इस बखान के अलावा बाबू जोखन सिंह अपनी बिरादरी के पतन के लिए ब्राह्मणों को भी दोषी बताना नहीं छोड़ते थे। वे कहते थे कि 'ब्राह्मण का मतलब है—जो सच बोले...! वह नहीं जो बाहर-बाहर जनेऊ काते और अन्दर-अन्दर तिरियाचरित्तर में लगा रहे...! लेकिन ब्राह्मणों की वंशावली उठाकर देखो तो पता चले कि अपने तो सब-के-सब भोसड़ी के कुकर्मी रहे। पर अपने को ऊँचा दिखने के लिए समाज में एक वर्ण-व्यवस्था बना दी। और तो और, सभी जातियों के गोत्र ब्राह्मण ऋषियों के नाम पर रख दिये। अमें...! जब सभी जातियों के पुरखे तुम ही हो तो फिर समाज को बहत्तर तरह की जातियों में क्यों बाँटा बे...?

अपने तो जंगल में बइठि के धूनी रमाये बैठे रहे और निरबंसियों को बेटे का आसिरबाद भी देते रहे...! जरा हमका ई बताओ कि दुनिया में ऐसा कौन सा आसिरबाद है जिससे बच्चा पैदा हो जाता है...? साफ़-साफ़ क्यों नहीं कहते कि मुनि महराज ने कुटिया के पिछवाड़े ले जाकर लौंडिया को ठोंक दिया...! जंगल में मंगल कर दिया और उसे आसिरबाद का नाम दे दिया ससुरों ने...! सबसे बड़ा विश्वासघात तो हम क्षत्रियों के साथ किया। अपने राजगुरु बने रहे और हम को राजा बना दिया। कहा कि महराज...! आपका काम सीमाओं की सुरक्षा करना है। आप जायें और दुश्मन से युद्ध लड़ें और जीतें। यहाँ हम सम्हाल लेंगे। महराज जी ख़ुश हो गये। वे सीमा पर जाकर तलवार भाँज रहे हैं और इधर ब्राह्मण महराज, दरबार के भीतर महरानी के साथ पूजा के नाम पर न जाने क्या-क्या गुल खिला रहे हैं...! तो ऐसा है इनका चरित्तर...!!'

जोखन सिंह के बाप-दादाओं ने उनके लिए केवल मुसीबतें रख छोड़ी थीं। ढेर सारी सम्पत्तियाँ—लेकिन कब्ज़े में एक नहीं...! कई महल—लेकिन सबमें रेलवे वालों का या सरकारी संस्थानों का कब्ज़ा...! यहाँ कब्ज़ा—वहाँ कब्ज़ा—न जाने कहाँ-कहाँ कब्ज़ा...! बहुत से कब्ज़ेदार या कहिये कि 'कब्ज़ेदारिनियाँ' तो ऐसी मिलीं जिनके पास किसी सम्पत्ति पर कब्ज़े का केवल एक ही आधार था कि बाबू जोखन सिंह के दादा या परदादा ने किसी ज़माने में उनके दिल पर कब्ज़ा कर लिया था और उसके एवज़ में वह ज़मीन या मकान उन्हें बसने के लिए दे रखी थी। ऐसी तमाम निर्जन किन्तु 'यह मकान विवादित है' लिखी तख़्तियाँ झूँसी, अलोपी बाग, सोहबतिया बाग, मुट्ठीगंज, मीरगंज, साउथ मलाका, जार्ज टाउन, टैगोर टाउन, सिविल लाइंस और मम्फोर्डगंज मोहल्ले में देखी जा सकती थीं।

जोखन सिंह ने जब होश सम्हाला तो उन्होंने अपनी कुछ सम्पत्तियों को जबरन कब्ज़ा कराने की कोशिश की। लेकिन विधि का विधान देखिये...! इसी कोशिश में एक दिन उनके ही हाथों उनके एक क़रीबी दोस्त की जान चली गयी।

इसके चलते जोखन सिंह को अनायास ही लगभग सात साल नैनी जेल में काटने पड़े। जोखन सिंह के लिए यह घटना किसी हादसे से कम न थी। वह दोस्त, जो उनके साथ क़दम-से-क़दम मिलाकर उनकी ज़मीनों और महलों पर अवैध कब्ज़े हटवाना चाहता था; एक दिन उसके साथ बम फोड़ने की छीना-झपटी में बेमुरव्वत बम ने दगा दे दिया और वह दोस्त के हाथ में ही फूट गया। फिर क्या था...! जोखन सिंह अपने ही क़रीबी दोस्त की हत्या के षड्यन्त्र में धर लिए गये और उन्हें साल भर चली सुनवाई के बाद सज़ा दे दी गयी—उस अपराध की सज़ा जो क़ायदे से उन्होंने किया ही नहीं था...! हालाँकि बताते हैं कि जोखन सिंह के विरुद्ध पुलिसवालों को कोई साक्ष्य हाथ नहीं लगा था। लेकिन उस समय के उनके क्रूर दुश्मन और प्रयाग टेम्पो संघ के तत्कालीन अध्यक्ष बच्चा तिवारी ने उनके विरुद्ध अदालत में ज़ोरदार गवाही की थी और इसी गवाही के आधार पर जोखन सिंह को सज़ा हो गयी थी।

जोखन सिंह जब जेल से छूट कर वापस लौटे तो उनका इस नश्वर दुनिया और इसके तमाम सारे बने-बनाये ढकोसलों पर से विश्वास एकदम उठ-सा गया था। इसलिए वे लौटकर अपने घर या किसी घर की तलाश में नहीं गये बल्कि उन्होंने झूँसी रियासत की सीमा में आने वाले और फ़ुरसतगंज तथा शहादतगंज की सीमा से सटे गंगा के रेतीले मैदान में स्थित श्मशान को ही अपना स्थायी निवास स्थान बना लिया और श्मशान के समस्त कर्म को अपना कर्म और आजीविका का साधन भी...! कदाचित इसलिए जो काम कभी एक छोटी माने जाने वाली डोम नामक बिरादरी के लिए अनिवार्य और इसीलिए हेय मान लिया गया था उसे अब से एक राजवंश ने अंगीकार किया और आगे बढ़ाया। बताते हैं कि जोखन सिंह बेहद दिलदार आदमी थे और उन्होंने न केवल जेल में अपनी कठोर मेहनत से कमाई गयी समस्त धनराशि को बल्कि उसके बाद भी श्मसान से अर्जित सम्पदा को अपने पीड़ित मित्र के परिवार, पत्नी और बच्चों के जीविकोपार्जन पर ख़र्च किया।

इस नये धर्म को अंगीकार करने के बाद भी जोखन सिंह की बस एक ही कमज़ोरी थी- वह थी ठेठ राजनीति में प्रबल हिस्सेदारी...! जेल जाने से पहले और जेल जाने के बाद भी वे सक्रिय राजनीति में अपनी गहरी दिलचस्पी से कभी पीछा नहीं छुड़ा पाये। शायद जोखन सिंह को यह रक्तदोष उन्हें संस्कार में मिला था और वे हर समय इलाहाबाद की राजनीति पर न केवल कड़ी नज़र रखते थे बल्कि आवश्यक होने पर उसमें शामिल होने से भी न चूकते थे। अपनी इसी सक्रियता और त्याग के चलते वे जेल-गमन के पूर्व गंगापार से विधायक भी

रह चुके थे और आगे भी इस पद को सुशोभित करने की इच्छा रखते थे। उन्होंने आरम्भ में झजपा (झूँसी जनहित पार्टी) नामक एक राजनीतिक दल का गठन किया था जिसकी समस्त गतिविधियों के संचालन का केन्द्र अब श्मशान घाट हो गया था।

आज भी जब राजनीति में उनकी सक्रियता का यह अवसर आता, जोखन सिंह उतना अवधि के लिए श्मशान की ज़िम्मेदारी अपने क़रीबी साथी फ़साहत अली के ज़िम्मे रख छोड़ते थे। बताते हैं कि फ़साहत के पूर्वज कभी अमरोहा से आकर यहाँ बस गये थे। अब फ़साहत अली शहादतगंज के निवासी थे और इलाहाबाद से बनारस जाने वाली सड़क पर एक ख़ानदानी शफ़ाखाना चलाते थे। फ़साहत ज़िले में एनआरएमपी अर्थात् 'नॉन रजिस्टर्ड मेडिकल प्रैक्टिशनर असोसिएशन' के अध्यक्ष थे, जिसे लोग स्थानीय भाषा में 'झोला छाप' कहकर बदनाम करने की कोशिश करते थे। शायद सरकारी महकमे की नज़र में भी वे कोई अपराध कर रहे थे। फ़साहत और उनके असोसिएशन के बाक़ी साथियों का दोष बस इतना ही था कि उनमें से किसी ने भी किसी मेडिकल कॉलेज-वॉलेज से पढ़ाई नहीं की थी। फ़साहत अली की स्थिति इस मायने में थोड़ी भिन्न यूँ थी कि उन्होंने तो किसी स्कूल का मुँह भी न देखा था।

हुआ यों कि फ़साहत अली जिस दिन अपने टोले के बाक़ी साथियों के साथ पहली बार स्कूल जा रहे थे, उसी दिन स्कूल के रास्ते में पड़ने वाली नदी में मास्टरजी अपनी सायकिल के एक छोर को पकड़ने की कोशिश करते हुए 'बचाओ-बचाओ' की मुद्रा में डूबते हुए दिखायी दिये। बच्चों को पूरा भरोसा हो गया था कि आज मास्टरजी हर हाल में नदी के गहरे पानी की बलि चढ़ जायेंगे। सो उनके साथी बच्चे 'आज छुट्टी है'...'आज छुट्टी है' कहते हुए ज़ोर से चिल्लाये और तेज़ क़दमों से वापस गाँव की ओर भागे। मारे डर के फ़साहत अली भी भागे और कई दिनों तक नींद में उचककर-उचककर चीख़ते रहे। तभी से उनके भीतर स्कूल और स्कूली व्यवस्था का भय स्थायी रूप से घर कर गया था। इस प्रकार उनका इस प्रकार की शिक्षा पर से भरोसा ही ख़त्म हो गया। और उन्होंने स्वाध्याय को ही अपना मूलमन्त्र बना लिया।

फ़साहत अली का यह मानना था कि दुनिया के नक़्शे पर हिन्दुस्तान के पिछड़ने के केवल दो मूल कारण हैं—बवासीर और वीर्यक्षय। उनके अनुसार बवासीर एक ऐसा मर्ज़ है जो इन्सान को खान-पान और बाक़ी चीज़ों को शरीर में तनिक भी नहीं लगने देता। आदमी जितना खाता है, उससे कई गुना उसके मल द्वार से ख़ून बनकर निकल जाता है। धीरे-धीरे इन्सान का शरीर क्षीण होने

लगता है और वह मृत्यु को प्राप्त होता है। देश व्यक्तियों से मिलकर बनता है। बवासीर के आधिक्य के चलते जिस प्रकार एक व्यक्ति मृत्यु को प्राप्त होता है उसी प्रकार इस मर्ज़ से ग्रसित व्यक्तियों के आधिक्य से एक देश भी मृत्योन्मुखी होता जाता है और धीरे-धीरे उसका अस्तित्व समाप्तप्राय होने लगता है।

लेकिन हक़ीम साहब को वीर्यक्षय का रोग बवासीर के मर्ज से भी कई गुना भारी लगता था। उनके निजी अध्ययन के मुताबिक़ वीर्य समस्त मानवता की आधारभूमि है। इसका संचयन मानव-शक्ति का संचयन है और इसका क्षरण मानव-शक्ति का क्षरण...! फ़साहत का मानना था कि अतीत में हिन्दुस्तान की तमाम ऐतिहासिक लड़ाइयों में जितने में भी हार मिली उसके पीछे केवल वीर्यक्षय ही सबसे बड़ा कारण था। इसके विपरीत जिन लड़ाइयों में हिन्दुस्तान के राजाओं ने विजय हासिल की, उसके पीछे का मूल कारण वीर्यसंचय ही था और क़ुछ नहीं! उन्हें लगातार यह महसूस होता रहता था कि देश का युवा, जिसके कन्धों पर देश को आगे ले जाने की ज़िम्मेदारी है, वह इस मर्ज़ से बुरी तरह ग्रस्त है। जिसके कारण अनायास ही देश का विकास अवरुद्ध हो रहा है। वे देश की ताक़त और जवानी को, युवाओं घी ताक़त और जवानी से जोड़कर देखते थे। इसलिए उनका यह मानना था कि यदि वीर्यक्षय से बचने के प्रबल प्रबन्ध किये जायें तो देश अपनी खोयी हुई ताक़त और जवानी हासिल कर सकता है।

फ़साहत अली यह मानते थे कि दरअसल वीर्य से होने वाली यह क्षति अप्रत्यक्ष होती है इसीलिए यह किसी को दिखायी नहीं देती। यह धीरे-धीरे सारे पुरुष समाज की शक्ति सोख लेती है और पुरुष कुछ भी करने लायक नहीं रह जाता—सन्तान उत्पन्न करने लायक तो बिल्कुल भी नहीं...! देखते-ही-देखते सारा राष्ट्र नपुंसक हो जाता है और राष्ट्र की जनसंख्या तेज़ी से गिरने लगती है। अचानक से सारी सामाजिक संरचना छिन्न-भिन्न होने लगती है और स्त्रियाँ व्यभिचार में लिप्त होने लगती हैं। चकलाघरों की संख्या तेज़ी से बढ़ती है और राष्ट्र पर बाहरी आक्रमण का ख़तरा बहुत बढ़ जाता है। इसलिए यदि राष्ट्र को सुरक्षित करना है तो प्रत्येक दशा में वीर्यक्षय को नियन्त्रित करना होगा। अन्यथा राष्ट्र का अस्तित्व समाप्त होने में देर न लगेगी...!

कहते हैं फ़साहत अली और जोखन सिंह की दोस्ती नैनी जेल में हुई थी। दरअसल फ़साहत अली हकीम तो पक्के थे लेकिन किसी गम्भीर शल्य चिकित्सा के मर्मज्ञ बिल्कुल न थे। बावजूद इसके वे ऐसे किसी प्रकरण को चुनौती के रूप में लेने के लिए सदैव तैयार रहा करते थे। एक वाक़या ऐसा हुआ जब उन्होंने पेट में पथरी वाले किसी पुरुष मरीज़ के पेट में, बच्चा होने की आशंका के चलते उसका

विधिवत् ऑपरेशन कर दिया था। भीतर की पूरी मशीनरी ही खोल डाली थी। आपरेशन तो बेहद सफल रहा लेकिन लाख जद्दोजहद के बाद भी मरीज़ को बचाया न जा सका था। तब उनकी चिकित्सा-पद्धति के विरोधियों ने उन पर मुक़दमा दर्ज़ करा दिया था। अपनी असोसिएसन की तमाम कोशिशों के बावजूद वे जेल भेज दिये गये थे; जहाँ पहले से जेल की सज़ा काट रहे जोखन सिंह से उनकी दोस्ती हो गयी जो जेल से बाहर आने के बाद दिन-प्रतिदिन प्रगाढ़ होती गयी थी।

बाबू जोखन सिंह की इस मण्डली के दो और भी स्थायी सदस्य हुआ करते थे, जिसे मिलाकर यह पूरी टीम 'चाण्डाल चौकड़ी' के नाम से जानी जाती थी। इनमें से एक थे सुन्नर पाड़े और दूसरे आचार्य रामपलटदास उर्फ़ पल्टूराम। सुन्नर पाड़े की तो बात ही निराली थी। वे किसी ज़माने में ऑल इंडिया इंटर-यूनिवर्सिटी कुश्ती के चैम्पियन थे और पिछले बीस साल से विश्वविद्यालय के केपीयूसी हॉस्टल में मेहमान बनकर रह रहे थे। दोस्तों ने इनके सरनेम के अन्त में जुड़े 'ए' की मात्रा में आंशिक संशोधन करते हुए इसे 'आ' कर दिया था और अब सभी सुन्नर को 'पाड़े' की बजाय 'पाड़ा' ही बुलाते थे। कभी-कभी अत्यन्त आत्मीय क्षणों में यह शब्द 'पड़वा' भी हो जाता; पर पाड़े जी इस सम्बोधन को कभी बुरा नहीं मानते थे। सुन्नर की शादी को हुए भी अरसा हो गया था और उनके रोज़गार के तलाश में लगातार असफल रहने पर पिताजी ने उनका हुक़्क़ा-पानी भी बन्द कर दिया था। लेकिन पाड़े जी भी कुश्ती छोड़कर, खेल कोटे का सहारा लेकर कम्पीटीशन में हाथ आजमाने का मन बना चुके थे। इसलिए उनके ऊपर अपने पिताजी की इस नाकेबन्दी का कोई ख़ास असर नहीं हुआ था। फिर एक समय वह भी आया जब उनका बड़ा बेटा दिल्ली जाकर कमाने लगा था और उन्हें पढ़ाई के लिए हर महीने पैसे भेजने लगा था। फिर तो पाड़े जी का उत्साह कई गुना बढ़ गया था और उनके हृदय में जबर सिंह की तरह अफ़सर बनने के ख़्वाब उमड़ने-घुमड़ने लगे थे।

बताते हैं कि मुफ़लिसी के दिनों में भी पाड़े जी के हर दिन की शुरुआत किसी-न-किसी सिनेमाहॉल के सामने टिकट के लिए मारा-मारी से होती—कभी पैलेस, कभी राजकरन, कभी चन्द्रलोक, कभी मानसरोवर, कभी संगीत, कभी दर्पण और कभी लक्ष्मी टॉकीज...! पाड़े जी के बारे में इलाहाबाद का बच्चा-बच्चा यह जानता था कि वे पहलवानी के अलावा फ़िल्मों का बड़ा शौक़ रखते थे; प्रसिद्ध फ़िल्म अभिनेत्री माधुरी दीक्षित के बहुत बड़े दीवाने हुआ करते थे और 'नवभारत टाइम्स', 'हिन्दुस्तान', 'एनआईपी' और 'टाइम्स ऑफ इंडिया' के फ़िल्मी संस्करणों में छपी माधुरी के एक-एक फ़ोटो की कटिंग उनके कमरे की दीवारों पर चिपकी हुई थी। यही नहीं, आनन्द भवन के सामने फ़ुटपाथ पर बिकने

वाले माधुरी के कुछ पोस्टर तो रोज़ उनके बिछौने के काम आते थे। पाड़े जी रात में सोने के समय इन पोस्टरों को बारी-बारी से बिछाते और फिर सुबह उठकर इन्हें आदर के साथ मोड़कर एक किनारे रख देते। पाड़े जी यह बख़ूबी जानते थे कि माधुरी कभी उनकी नहीं हो सकती। पर वे माधुरी को इस क़दर दिलो-जान से चाहते थे कि अत्यन्त भावुक क्षणों में अपने दोस्तों से कहते कि 'यदि कभी मेरी मौत हो जाय तो धीरे से मेरे कान में आकर कह देना कि—उधर देखो माधुरी आ रही है—यार मैं सच में ज़िन्दा हो जाऊँगा...!'

इनके बीच एक अत्यन्त महात्मा प्रकृति के साथी पल्टूराम उर्फ़ आचार्य रामपलटदास हुआ करते थे। बात तब की है जब पल्टूराम अपने गृह जनपद देवरिया से इलाहाबाद में नये-नये आये थे। उन्होंने शहर के सलोरी, गोविन्दपुर, अल्लापुर, तेलियरगंज, मम्फोर्डगंज, बैंक रोड, कमला नगर, बेली रोड, जार्ज टाउन, टैगोर टाउन आदि मुहल्लों में एक छोटे से कमरे के लिए महीनों तक ख़ाक छानी। पर रहने का कोई इन्तज़ाम न हो सका। लगभग दो महीने के बाद बड़ी मुश्किल से उन्हें अल्लापुर में एक छोटा-सा कमरा मिल गया था। यह कमरा ही उसके जीवन-दर्शन को निर्णायक मोड़ देने वाला साबित हुआ। दरअसल पल्टूराम चेहरे से जितने मासूम थे, दिल से उससे भी कहीं ज़्यादा थे। बस इसी मासूमियत की बदौलत उनसे गम्भीर चूक हो गयी। घर की अधेड़ उम्र की मकान-मालकिन ने उसे अपने प्रेम-जाल में फाँस लिया। एक बार जब पल्टूराम जब इस नर्क-जाल में फँसे तो फिर फँसते ही चले गये। बड़ी मुश्किल से वे वासना के इस दुष्चक्र से निकल पाये थे।

संयोग देखिये...! उन्होंने 'पौराणिक चरित्रों का आधुनिक सन्दर्भों में लोकशास्त्रीय अध्ययन' विषय पर रिसर्च किया था जिसमें से उनके प्रतिद्वन्द्वियों ने 'लोक' के स्थान पर 'कोक' उच्चारित करना शुरू कर दिया था और क़ायदे से जिसे 'लोकशास्त्रीय' होना चाहिए था वह 'कोकशास्त्रीय' हो गया था। साहित्य में उनके इस महती योगदान को देखते हुए पल्टूराम की इलाहाबाद विश्वविद्यालय के एक अत्यन्त लोकप्रसिद्ध महाविद्यालय कुलभास्कर आश्रम डिग्री कॉलेज में बतौर हिन्दी प्रोफ़ेसर नौकरी लग गयी। तब से वे पल्टूराम की जगह आचार्य रामपलटदास हो गये।

अध्यापन कार्य करने के दौरान, उनके जीवन में एक छात्रा का प्रवेश हुआ जो बहुतों की दृष्टि में कैम्पस की सबसे ख़ूबसूरत कन्या थी। न जाने रामपलटदास के व्यक्तित्व में ऐसा कौन-सा आकर्षण था कि कन्या ने सभी युवाओं के दिल को तोड़ते हुए अकेले आचार्य को ही प्रेम के योग्य समझा। बढ़ती नज़दीकियों के बीच

रामपलटदास ने अपनी शिष्या को प्रेम का प्रस्ताव दिया। शिष्या ने इस प्रस्ताव को स्वीकार कर लिया। फिर दोनों के बीच मुलाक़ातें बढ़ने लगीं।

कई बार ऐसा होता था कि आचार्य रामपलटदास की बेचैनी बढ़ जाती और वे अपनी शिष्या से मिले बग़ैर क्षण भर भी नहीं रह पाते थे। एक बार ऐसा ही उद्वेलन-आलोड़न पैदा हुआ जब वे आधी रात को प्रियदर्शिनी छात्रावास में रहने वाली अपनी शिष्या से दीवार फाँद कर मिलने पहुँचे। फिर क्या...! आचार्य धर लिए गये और शिष्या के सामने ही आचार्य की विधिवत ठुँकाई हुई। फिर उन्हें लाद-फाँद कर कमला नेहरू अस्पताल पहुँचाया गया। वहाँ हालैंड हाल, हिन्दू हॉस्टल, के पी यू सी, पी सी बी, जी एन झा, सर सुन्दर लाल, ए एन झा आदि छात्रावास के लड़कों ने भी जमकर अपने हाथ धोये और आचार्य को विधिवत मरा जान कर ही छोड़ा। लेकिन विधि का विधान देखिये...! इस 'कुटाई महोत्सव' के बावजूद आचार्य रामपलटदास तमाम अंग-भंग के साथ जीवित रहे और प्रेम पर उनका विश्वास बना रहा। असल में जहाँ मामला प्रेम का होता है वहाँ विधाता भी नतमस्तक हो जाता है। आचार्य रामपलटदास ने अपने साथ हुए इस सत्कार का तनिक भी बुरा नहीं माना। शायद वे अपने पुरखों के अनुभव से यह जानते थे कि—'गाय कौन जे खाये ना/बाभन कौन जे नहाये ना/भौजाई कौन जे गरियाये ना/नेता कौन जे चोराये ना/और प्रेमी कवन जे कुटाये ना...!!'

बहरहाल आज इस चौकड़ी की दैनिक समीक्षा बैठक आयोजित हो रही थी। श्मशान घाट की बैठक में सारे सदस्यों ने बारी-बारी से अपना स्थान ग्रहण कर लिया था और बाबू जोखन सिंह के इन्तज़ार में थे। थोड़ी देर में बाबू जोखन सिंह भी लौटे और अपने आसन पर बैठ गये। फिर हमेशा की तरह वार्ता का क्रम शुरू हुआ। सबसे पहले फ़साहत ने बाबू जोखन सिंह को छेड़ा।

'ए गुरू...! सुना है छम्मो परेशान अली की समाधि बनवा रही है फ़ुरसतगंज में?'

बाबू जोखन सिंह ने माथे पर थोड़ा बल दिया और रुककर बोले—'फ़ुरसतगंज में परेशान की समाधि भले न बने, लेकिन छम्मो का मक़बरा ज़रूर बनेगा...! सारी उमर इधर-उधर मुँह मारती रही; अब बुढ़ापे में बैराग जाग गया है बुजरौ का...! ऊ कहते हैं न कि जोलहा अगर नमाजी है तो उसमें भी जालसाजी है...! वही हाल है छम्मो रानी का...!'

'मतलब?'

अबकी बाबू जोखन सिंह की आवाज़ में आश्वस्ति का भाव था—'...मतलब यह कि कोई पतुरिया अगर धोखे से भी भगवान का भजन करने लगे तो उसमें भी उसकी कोई साजिश ज़रूर होती है। छम्मो का मामला कुछ ऐसा ही है।'

सुन्नर ने पूछा–'आख़िर इसमें किसकी साजिश हो सकती है महराज?'

बाबू जोखन सिंह खिलखिलाये–'तुम ख़ुदे सोचो...! बुझक्कड़लाल हो...!!'

आचार्य रामपलटदास से नहीं रहा गया। बोले–'कहीं तुमहीं तो कोई गेम नहीं कर रहे हो गुरू?'

बाबू जोखन सिंह ख़ुद को आरोपित होता देख बिल्कुल तमतमा गये–'अमें चुग्गड़ हो का...! जब हम खेलेंगे तो तुमका नहीं बतायेंगे...? हो तो असल में तुम भी चूतिया ही...!'

फ़साहत ने बाबू जोखन सिंह को लिहाड़ी लेने के अन्दाज़ में टोका–'...चूतिया...??' –फिर रामपलट की ओर देखने लगे।

बाबू जोखन सिंह ने अपने वक्तव्य की पुष्टि करते हुए कहा–'...हाँ हाँ चूतिया...! हमरे राजा साहेब हमेशा कहते थे कि ग़रीबों की हाय और चूतियों की राय कभी नहीं लेना चाहिए। इसीलिए जब उन्होंने देखा कि अब प्रजा की हाय उन्हें लगने ही वाली है तो वे झट सबको हटाकर स्वयं फाँसी के फन्दे पर झूल गये। लेकिन दूसरी बात को जस्टीफाई करने के लिए कुछ नहीं किया। इसे हमारे जैसे लखेदुआ वंशजों पर छोड़ दिया। अमें जब तुम ससुर बैठोगे ही चूतियों के संग तो उनकी राय से बचोगे कैसे...?' इतना कहने के बाद बाबू जोखन सिंह ने इस बिरादरी के प्रकारों को समझाने का काम शुरू किया–

'देखो...! चूतिये चार प्रकार के होते हैं–नस्लन, शक्लन, अक़्लन और भक्लन। नस्लन वे होते हैं जो खानदानी होते हैं। उनके परिवार में लम्बे समय से चूतिये पैदा होते रहते हैं। और जब वे जन्म लेते हैं तो इसमें समाज को या किसी को इस बात को लेकर कोई आश्चर्य नहीं होता कि बेटा बाप पर गया है। परिवार वाले इसे जन्म-जन्मान्तर का वरदान मानकर ईश्वर के प्रति कृतज्ञ होते रहते हैं। चूतियों का दूसरा प्रकार है–शक्लन। इसमें आदमी जन्मजात तो चूतिया नहीं होता। पर उसकी मुखानी ऐसी होती है कि वह किसी परिचय का मोहताज नहीं होता और साधु समाज बिना किसी अतिरिक्त प्रयास के उसकी योग्यता को भाँप लेता है...'

बाबू जोखन सिंह अब अपने पूरे रौ में आ गये थे और अब उन्हें रोकना अपने लिए और बड़ी मुश्किल पैदा करना था। फ़साहत ने इस वर्गीकरण की व्याख्या को तेज़ी पकड़ाने की नीयत से चिलम सुलगा कर बाबू जोखन सिंह की ओर बढ़ा दिया। बाबू जोखन सिंह ने चिलम को दायें हाथ से पकड़ा, उसे मुँह से सटाया और बायीं हथेलियों से पकड़ बनाते हुए साँस अन्दर की ओर खींचा। फिर नाक से धुएँ को वातावरण में छोड़ते हुए, कनखी नज़रों से रामपलट की ओर देखकर बोले–

'...अक्लन वे होते हैं जिनके दिमाग़ में गोबर भरा होता है और वे पूरे तौर पर बुद्धि के भसुर होते हैं। बुद्धि उन्हें देखकर वैसे लजाती है जैसे भसुर को देखकर घर की बहुरिया...! और अन्त में भक्लन वे होते हैं जो देखने में पूरे तौर पर बुद्धिमान और आकर्षक दीखते हैं। लेकिन ज्यों ही मुँह खोलते हैं उनकी सारी प्रतिभा की पोल खुल जाती है और लोग उनके ज्ञान का स्तर देखकर अपना माथा पीट लेते हैं... अपना रामपलटवा भी भक्लन है... पूरा भक्लन...!!' —इतना कहकर बाबू जोखन सिंह ठहाका मारकर हँस पड़े। उनके साथ सुन्नर पाड़े और फ़साहत भी हँसे बिना न रह सके।

रामपलट भीतर-ही-भीतर तमतमा रहे थे। उन्होंने बाबू जोखन सिंह की ओर देखकर कहा—'गुरुदेव मैं आपके मतलब की बात कर रहा हूँ और आप मुझ पर ही ज्ञान बघार रहे हैं...!'

बाबू जोखन सिंह जान गये थे कि आचार्य को पर्याप्त डोज़ दिया जा चुका है। इसलिए वे रामपलटदास को पुचकारते हुए बोले—

'ज्ञानी तो मैं हूँ ही बे...! ज्ञानी न होता तो सारा राजपाट छोड़कर यहाँ श्मशान में बैठकर खाक छान रहा होता। ए बेट्टा...! पूरे सात साल नैनी में काटे हैं मैंने...! चक्की घिसी है सो अलग...! तुम्हारी तरह आज़ाद पार्क में इनवर्सिटी की शिष्या की गोद में बैठकर अपना दिमाग़ नहीं सहलवाया है...! तुम इनवर्सिटी में प्रोफ़ेसर क्या हो गये अपना कच्चा-पक्का ज्ञान लेकर मुझे ही समझाने लगे...!!'

इस बार सुन्नर ने आचार्य की ओर से मोर्चा सम्हाला। बोले—'ए गुरू...! बुरा न मानो तो एक बात बोलूँ? जब बेमौसम हवा चलती है या बरसात होती है तो उसका एक ख़ास मतलब होता है। छम्मो देवी के फ़ुरसतगंज जाने के पीछे स्वयं छम्मो नहीं कोई और है। मेरा तो सुझाव यह है कि बेवजह अपना समय जाया करने से बेहतर है कि छम्मो के फ़ुरसतगंज जाने के कारणों की तलाश कर ली जाय...!'

बाबू जोखन सिंह अब गम्भीर हो रहे थे। सुन्नर की ओर देखकर बोले—'सही कह रहे हो पाड़ेजी...! मुझे भी कुछ ऐसा ही लगता है। लेकिन पता चले तो कैसे कि आख़िर मामला क्या है...? कल तक जिस परेशान अली की कोई जात तक नहीं पूछता था, मरने के बाद उसके भाव अचानक से कैसे बढ़ गये...? लाओ फिर से चिलम सुलगाओ...! तब दिमाग़ दौड़ाते हैं। अब तो ऐसा समय आ गया है कि बिना चिलम चढ़ाये दिमाग़ की बत्ती जलती ही नहीं ससुरी...!!'

थोड़ी देर तक चिलम सुलगाने और उसके कश खींचने का दौर चलता रहा। इस दौरान पूरे वातावरण में असाधारण चुप्पी छायी रही। हाँ...! इस अवधि में श्मशान से कुछ दूर निविड़ अन्धकार में, 'संझा' के लिए आयी महिलाओं के बीच

आपसी बहस की आवाज़ें ज़रूर आ रही थीं। ऐसा न था कि इन महिलाओं की संझा के लिए, श्मशान के दूसरी ओर गंगा के सपाट मैदान के अलावा कोई अन्य जगह विकल्प के रूप में न थी। लेकिन इस स्थान के चयन के पीछे मूल कारण शायद इन महिलाओं का जीवन के असल सत्य से रोज़ ही रूबरू होना और अपने निजी जीवन में होने वाली घटनाओं को इसी नश्वर संसार का हिस्सा मानकर इन्हें सहते जाने की मजबूरी के बीच मानसिक तालमेल बिठाना था। ख़ैर...! आज के इस पावन मौक़े पर इन महिलाओं के वार्तालाप का स्वरूप कुछ यूँ था—

एक औरत ने कहा—'मरद जात रोज़ ही अउरत को पीटत हैं। एहिलिये जल्दी निपटि जात हैं। आजु बुलकिया कै आदमी चला गवा...! देखो ओहकर ल्हासि जरत है...!'

दूसरी ने टोका—'तो तुम कवन अमरित का गोला खाइके आई हो...! मरत तो तुमहूँ हो...!!'

पहली का जवाब कुछ यूँ आया—'हम कहाँ मरत हैं...! मरत तो तब नै जब जिन्दा होइत...! इहाँ तो मारि-मारि के खालि उधेरि लिया जात है... पते नाहीं चलत कि हम जिन्दो हैं... बुलकिया कै आदमी जब तक जिन्दा रहा तब तक ऊ बेचारी खाली पिटाति रही... आजु जाइकै निश्चिन्त होइ गयी...!!'

तीसरी स्त्री कुछ सामाजिकता का ख़याल रखने वाली प्रतीत होती थी। इसलिए हस्तक्षेप करते हुए बोली—'अइसन न कहो सखी...! मरद न हो तो अउरत कै समाज में मुँह देखाना मोस्किल होइ जाय...!'

पहली औरत अपने मत पर अडिग जान पड़ती थी। उसने बिना समय लिए जवाब दिया—'हाँ...! हाँ...! काहें नाहीं...!! समाज में मुहवै देखावै कै खातिर तौ हम्में जिनगी भर कै नरक झेले कै समझौता करेके पड़त है...! हमका तो इहे नाहीं समझि में आवत कि भगवान काहें अउरत के बनाइस...!'

दूसरी औरत ने उसे फिर समझाने की कोशिश की—'तुमहूँ गजबै बाति करत हौ सखी...! अउरत न होत तो ई दुनिया एक्को मिनट चलि पावत का...?'

पहली स्त्री के दिमाग़ का कब्ज़, और शायद पेट का भी, बहुत पुराना जान पड़ता था। इसलिए वह अब भी नहीं रुकी—'न चलै दुनिया...! दुनिया का ठेका हमरे है का...? मरद बइठि कै चिलम फूँकें अउर हम दिन राति चूल्हा...!! हमका ई बेवस्था बहुतै ख़राब लागत है...!'

संझा का टाइम समाप्त होने को था, इसलिए सभी महिलाएँ एकाएक उठ खड़ी हुईं और बहस को अगले दिन के लिए छोड़ देने की मौन सहमति के साथ अपने घरों की ओर चल निकलीं।

उधर चिलम से श्मशान का माहौल फिर से गरमाने लगा था। बाबू जोखन सिंह ने रामपलटदास की ओर मुख़ातिब होकर वार्ता का क्रम छेड़ा। बोले—

'अमें...! तुम काहें मुँह फुलाये हो...? चलो मान लिया कि तुम बहुत बड़े विद्वान हो...! अब हमका बताओ कि छम्मो के फ़ुरसतगंज जाने के पीछे कौन हो सकता है?'

आचार्य रामपलटदास ने बाबू जोखन सिंह की ओर देखे बिना ही धीरे-से कहा—'कुछ लोग कह रहे हैं कि ज़िले का नया कलट्टर जबर सिंह ही यह सब करा रहा है...! उसका पुराना आशिक़ है। हो सकता है कि...'

बाबू जोखन सिंह इस पर कुछ प्रतिक्रिया देते, इसके पहले ही सुन्नर आचार्य पर टूट पड़े। बोले—'बात तो तुम्हरी सही है कि जबर सिंघवा छम्मो का पुराना आशिक़ है। लेकिन जिसकी छम्मो से ख़ुदै फटी हुई हो वह ई सब काहें कराएगा बे...! हो-न-हो यह बूटी बबवा की करतूत हो। उसकी हर बात मानती है छम्मो...!'

वार्ता का कोई निष्कर्ष निकलता न देख बाबू जोखन सिंह ने बीच-बहस में हस्तक्षेप किया—'अखण्ड रामायण का पाठ करने से कुछ नहीं होगा। पोलो को हाज़िर कराया जाय। वही बताएगा कि छम्मो किसके इशारे पर नाच रही है...!'

फ़साहत बोले—'सही पकड़े हो गुरू...!! उसकी मेहरिया जो रही है...!'

आचार्य ने जम्हाई ली और चेहरे पर आश्वस्ति का भाव लाते हुए कहा—'केवल पोलो को बुलाने से कुछ नहीं होगा। ढक्कन और झारखण्डे को भी दबोचना होगा।'

फ़साहत ने आचार्य की इस बात में सहमति जताई और बोले—'सबसे बड़ी बात ई है कि तीनों बिना सोमरस के नहीं जुटेंगे...!'

बाबू जोखन सिंह ने तुरन्त ही सिर हिलाकर इस आयोजन को अपनी मौन सहमति दी और सोमरस के इन्तज़ाम का ज़िम्मा फ़साहत के मत्थे ठेल दिया गया। तीनों को न्यौतने का जिम्मा पाड़े और आचार्य को संयुक्त रूप से निभाना था।

8

सुन्नर पाड़े ने बाबू जोखन सिंह के सामने पोलो, ढक्कन और झारखण्डे को हाज़िर कराने की हामी तो भर दी थी, लेकिन इस हामी के बाद वे स्वयं तीन दिन तक इलाहाबाद की सड़कों से ग़ायब रहे। रामपलटदास ने पूरे शहर की एक-एक गलियाँ छान मारीं। लेकिन 'पड़वा' का कुछ भी पता न लग सका।

तभी किसी ने बताया कि उसने दो-तीन रोज़ पहले पाड़े को झूँसी के आस-पास देखा था। फिर क्या...! आचार्य को यह समझने में तनिक भी देर न लगी कि निश्चित रूप से पड़वा, बूटी महराज के शरण में गया होगा। आचार्य ने अपनी लम्बरेटा स्कूटर निकाली और बूटी महराज के आश्रम की ओर चल निकले।

बूटी महराज बनारस के राजातालाब के पास के किसी गाँव के निवासी थे और कभी आईटी बीएचयू में भौतिकी के प्रोफ़ेसर हुआ करते थे। भौतिकी, भौतिकता और भौतिकतावाद ही उनका जीवन दर्शन हुआ करता था। आरम्भ में उनके विचारों पर आचार्य रजनीश के विचारों का गहरा प्रभाव था। बताते हैं कि छात्र जीवन से लेकर अपने अध्यापन काल के आरम्भिक वर्षों तक वे विशुद्ध रूप से नास्तिक हुआ करते थे और इस अवधि में उनका कभी किसी आध्यात्मिक सत्ता पर विश्वास नहीं रहा। लेकिन एक बार जब वे इस नास्तिकता से विचलित हुए तो फिर अध्यात्म में इस क़दर डूबे कि घर-बार, रिश्ते-नाते, दुनियादारी-रिश्तेदारी सब कुछ छूट गये। वे नौकरी ही नहीं, अपना बसा-बसाया घर-बार और बीवी-बच्चे भी छोड़कर इलाहाबाद चले आये और झूँसी में गंगा के तट पर कुटिया डालकर अपने विचारों का प्रचार-प्रसार करने लगे। तदनन्तर उन्होंने सारे सांसारिक और मानवीय रिश्ते को एक आध्यात्मिक रिश्ते का नाम दे दिया। और अपना शेष जीवन अध्यात्म की सेवा के लिए समर्पित कर दिया।

दरअसल बूटी महराज के इस हृदयपरिवर्तन की कुछ ख़ास वजह थी। हुआ यूँ कि बूटी महराज एक दिन अपनी किसी शिष्या के साथ आध्यात्मिक प्रेमालाप में रत थे तभी उनकी धर्मपत्नी ने उन्हें इस अवस्था में धर लिया। पत्नी ने इस रिश्ते को सांसारिक नज़रिये से देखा जबकि बूटी महराज ने इसे आध्यात्मिक तरीक़े से समझाने की कोशिश की। बहरहाल बात नहीं बनी और जिस प्रकार कभी गौतम ऋषि ने इसी अवस्था में देखकर, अपनी पत्नी अहिल्या को शिला बन जाने का शाप दिया था, भौजाई ने कुछ वैसा ही शाप बूटी महराज की शिष्या को भी दे दिया। हालाँकि भौजाई ने बूटी महराज के शरीर पर एक हज़ार योनियाँ बन जाने का शाप तो नहीं दिया, पर बूटी महराज ने इसे अपना स्वाभाविक अभिशाप मानकर स्वीकार कर लिया। फिर क्या...! वे उसी दिन से केवल भौजाई के न रहे—सारे संसार के हो गये और सारा संसार उनका हो गया। बूटी गुरु, 'जगतगुरु' बन गये लेकिन भौजाई 'जगतगुरुआइन' न बन सकीं।

भौजाई ने अपने लिए कभी इस स्थिति की कल्पना नहीं की थी। इसलिए आरम्भ में उनका रो-रो कर बुरा हाल था। उन्होंने इस अवधि में बूटी महराज के संगी-साथियों के सामने ख़ूब हाथ-पैर भी जोड़े कि किसी तरह बूटी को

समझा-बुझा लिया जाय। तब बूटी महराज की इस तात्कालिक संसार-विमुखता की भावना को भंग कराने के लिए आईटी के तत्कालीन डायरेक्टर समेत उनके तमाम साथी-मित्र भी झूँसी आये। लेकिन बूटी महराज ने एक बार जो ठान लिया, फिर ठान लिया...! लाख कोशिशों के बावजूद वे अपने मार्ग से तनिक भी नहीं डिगे और झूँसी तट पर एक कुटिया डालकर वहीं ईश्वरत्व-प्राप्ति में लग गये।

बूटी महराज ने एक नये मत 'लभेड़ी सम्प्रदाय' का प्रवर्तन किया। उन्होंने अपने इस सम्प्रदाय में समाज को सभी वंचित स्त्री-पुरुषों के लिए खोल दिया। तब यह न केवल इलाहाबाद के इतिहास में, बल्कि सम्पूर्ण साधु-समाज के लिए अपने तरह की बड़ी घटना थी। क्योंकि 'अध्यात्म में स्त्री' और 'अध्यात्म में प्रेम'—ये दोनों बातें साधु-समाज के लिए एकदम से वर्जित हुआ करती थीं। इसलिए गंगा-पार और जमुना-पार के साधुओं द्वारा बूटी महराज के इस नये मतवाद का बहुत विरोध हुआ। लेकिन बूटी महराज अपने विचारधारा से पीछे नहीं हटे। फिर जिसके साथ अनुयायियों का एक बड़ा वर्ग झण्डाबरदार बनने के लिए तैयार हो—उसे भला किसका डर...! इस सम्प्रदाय के सर्जक की भूमिका में बूटी महराज प्रातःकाल में महात्मा, दिन में राजनीतिज्ञ, सन्ध्या में योगी और रात्रि में भोगी की भूमिका में होते थे।

बताते हैं कि इस मत की स्थापना के समय, जब पोलो गुरु नागाओं के संग अचानक से ग़ायब हो गये थे, तब छम्मो देवी ने बूटी महराज का आश्रय ग्रहण किया और बूटी महाराज ने भी उनको विधिवत स्त्री सन्यासियों का मार्गदर्शक नियुक्त किया। छम्मो देवी को साध्वी का दर्जा दिया गया और आगे चलकर उन्हें दारागंज के पण्डों के सौजन्य से नगरवधू अखाड़े के महामण्डलेश्वर की पदवी से विभूषित किया गया। छम्मो ने आगे से अपना सारा जीवन बूटी महराज के चरणों में समर्पित कर दिया और अपना शेष समय बूटी महराज के उपदेशों के अनुश्रवण में ही लगाया। बूटी महराज के आश्रम में महिला साधकों का सारा इन्तज़ाम साध्वी छम्मो देवी ही देखती थीं और उन्हें आश्रम की साधन-पद्धति में दीक्षित करती थीं। कालान्तर में जब ददई की दुकान पर प्रेम के कुछ दुश्मनों ने अन्तिम बाबा और गंगी की जमकर पिटाई कर दी थी तो वे दोनों फ़ुरसतगंज छोड़कर बूटी महराज के आश्रम में रहने चले आये और आगे से हमेशा उन्हीं के सान्निध्य में रहे। गंगी को बूटी महराज ने अपने नये मत में दीक्षित किया और अन्तिम बाबा को छम्मो देवी ने।

बूटी महराज की साधना-पद्धति अत्यन्त सरल थी। बूटी महराज ने भाँग को शिवत्व की प्राप्ति का सबसे सहज माध्यम बताया। उनका मानना था कि मोक्ष

वस्तुतः इसी जीवन में प्राप्त हो सकता है और इसका सबसे सहज मार्ग है—भाँग की बूटी। उनके मत के अनुसार शिव अर्थात् ईश्वर भाँग के प्रेमी हैं। वे सदैव इसके कब्ज़े में रहते हैं। इसलिए वे अपने भक्तों से भी यह अपेक्षा करते हैं कि वे भी इस बूटी का सेवन करें और कुछ समय के लिए ही सही अपने को बूटी के कब्ज़े में छोड़ दें। आरम्भ में जब भक्त को अभ्यास नहीं होता तो उसके द्वारा ली जाने वाली बूटी की मात्रा कम-ज़्यादा होने से शिवत्व-प्राप्ति में अवरोध आता है। इसलिए साधना में बूटी की मात्रा कितनी हो, इसके लिए बाकायदा गुरु की आवश्यकता होती है। योग्य गुरु के सान्निध्य में जब भक्त उतनी मात्रा में बूटी ग्रहण करता है कि वह बेसुध हो जाय, उसे सांसारिकता की तनिक भी परवाह न रह जाय—तब समझना चाहिए कि वह मोक्षावस्था में है।

हालाँकि बूटी महराज का यह भी मानना था कि जब तक बूटी का असर है तभी तक मोक्षावस्था है। वस्तुतः यह विखण्डित मोक्ष है क्योंकि बूटी का असर समाप्त होते ही साधक पुनः सांसारिक जीवन में लौट आता है। तब सांसारिक शक्तियाँ उसके इस प्रयास में तरह-तरह के रोड़े अटकाती हैं। अज्ञानी लोग उसकी इस तात्कालिक निष्क्रियता को गम्भीरता से नहीं लेते और उसे 'निकम्मा' और 'बिगड़ैल' आदि बताकर उसके आध्यात्मिक प्रयत्न को न्यून दिखाने की कोशिश करते हैं। लेकिन बूटी महराज का मानना था कि साधक को इस अवस्था में भी हिम्मत नहीं हारनी चाहिए और उसे निरन्तर योग्य गुरु के संसर्ग में रहते हुए अपनी चेतना का विस्तार करते रहना चाहिए। पूर्ण मोक्ष, सतत-बूटी-ग्रहण द्वारा आत्मनाश से ही सम्भव है। बूटी महराज के अनुसार जब एक बार बूटी का असर साधक के नश्वर शरीर पर होने लगता हैं तब उसका भोजन-वस्त्रादि से मोह जाता रहता है। धीरे-धीरे साधक बेख़ुद और बेसुध रहने लगता है। यह सांसारिक माया से मुक्ति की प्रक्रिया है। जिस दिन साधक की चेतना उसके क्षीण शरीर से पृथक् हो जाती है उसी दिन उसे सम्पूर्ण मोक्ष मिल जाता है। यही लभेड़ी सम्प्रदाय की मूल मान्यता थी, जिसका प्रचार-प्रसार बूटी महराज के आश्रम से बिना किसी अतिरिक्त प्रयास के निरन्तर होता रहता था।

बहरहाल, जिस समय आचार्य अपनी लम्बरेटा स्कूटर से बूटी महराज के आश्रम पहुँचे, उस समय बूटी महराज का नियमित कथा-वाचन आरम्भ हो चुका था और सारे भक्त लगभग अर्धचेतनावस्था में लेटकर या बैठकर बूटी महराज के प्रवचन का आनन्द ले रहे थे। सुन्नर की दशा और मनोदशा दोनों देखने लायक थी। तीन दिनों की अथक साधना में ही सुन्नर का सांसारिकता के प्रति मोहभंग होता दिखायी देने लगा था और बड़ी मुश्किल से उनके शरीर पर एक लाल रंग की लँगोट

भर शेष रह गयी थी। सुन्नर सत्संग की पहली पंगति में बैठकर अपने दोनों हाथ जोड़े बराबर ऊँघ रहे थे। क्षण भर के लिए जब कभी उनकी तन्द्रा टूटती तो उनके होंठ अनायास खुल जाते और वे नाहक ही मुस्कुरा उठते। या कभी खिलखिलाकर अकेले ही लोट-पोट होने लगते। शेष साधकों का भी कमोबेश यही हाल था।

आचार्य ने सुन्नर को एक ही नज़र में पहचान लिया। लेकिन वे सत्संग के वातावरण-भंग की गुस्ताखी नहीं कर सकते थे। सो वे भी पीछे की पंक्ति में चुप्पी मारकर बैठ गये। बूटी महराज का सत्संग जारी था। आज का विषय था—'काम-वासना और प्रेम'। बूटी महराज निरन्तर बोलते जा रहे थे—

'...कामवासना अंश है प्रेम का। अधिक बड़ी सम्पूर्णता का प्रेम उसे सौन्दर्य देता है। अन्यथा तो यह सबसे अधिक असुन्दर क्रियाओं में से एक है। इसलिए लोग अन्धकार में कामवासना की ओर बढ़ते हैं। वे स्वयं भी इस क्रिया का प्रकाश में सम्पन्न किया जाना पसन्द नहीं करते हैं। केवल पुरुषों का रस है देह देखने में; स्त्रियों की रुचि नहीं होती इसमें। उनके पास ज़्यादा सुरुचि संवेदना होती है। क्योंकि देह तो पशु की है, जब तक कि वह दिव्य नहीं होती, उसमें देखने को कुछ है नहीं। प्रेम, कामवासना को एक नयी आत्मा दे सकता है। जब ऐसा होता है तब कामवासना रूपान्तरित हो जाती है—वह सुन्दर बन जाती है।

तुम किसी व्यक्ति को प्रेम कर सकते हो, इसलिए क्योंकि वह तुम्हारी कामवासना की तृप्ति करता है। लेकिन यह प्रेम नहीं, मात्र एक सौदा है। तुम किसी व्यक्ति के साथ कामवासना की पूर्ति कर सकते हो इसलिए क्योंकि तुम प्रेम करते हो। तब काम भाव अनुसरण करता है—छाया की भाँति, प्रेम के अंश की भाँति—तब वह सुन्दर होता है; तब वह पशु-संसार का नहीं रहता। तब पार की कोई चीज़ पहले से ही प्रविष्ट हो चुकी होती है। और यदि तुम किसी व्यक्ति से बहुत गहराई से प्रेम किये चले जाते हो तो धीरे-धीरे कामवासना तिरोहित हो जाती है। आत्मीयता इतनी सम्पूर्ण हो जाती है कि कामवासना की कोई आवश्यकता नहीं रहती।

...असल में प्रेम स्वयं में पर्याप्त होता है। ऐसा नहीं है कि तब कामवासना को गिरा दिया गया होता है या उसका दमन किया गया होता है। वह तो बस तिरोहित हो जाती है। जब दो प्रेमी इतने गहरे प्रेम में होते हैं कि प्रेम पर्याप्त होता है और कामवासना बिल्कुल गिर जाती है, तब दो प्रेमी समग्र एकत्व में होते हैं। क्योंकि प्रेम जोड़ता है; कामवासना भेद बनाती है। जब तुम किसी व्यक्ति के साथ कामवासना की पूर्ति करते हो, स्त्री या पुरुष के साथ, तो तुम सोचते हो कि कामवासना तुम्हें जोड़ती है। क्षण भर को तुम्हें भ्रम होता

है एकत्व का; और फिर एक विशाल विभेद अचानक बन आता है। इसीलिए प्रत्येक काम क्रिया के पश्चात् एक हताशा, एक निराशा आ घेरती है। व्यक्ति अनुभव करता है कि वह प्रिय से बहुत दूर है। कामवासना भेद बना देती है। जब दो प्रेमियों की कामवासना तिरोहित हो जाती है तो जो आभा उतरती है तुम उसे देख सकते हो। वह दो शरीरों की भाँति एक आत्मा में रहते हैं। तुम इतने एकत्व में रहते हो कि तुम्हारी आन्तरिक ऊर्जाएँ बिना कामवासना के मिल सकती हैं।

लेकिन ऐसा बहुत कम घटता है। लोग कामवासना पर समाप्त हो जाते हैं। ज़्यादा-से-ज़्यादा जब दो लोग इकट्ठे रहते हैं; तो वे एक-दूसरे के प्रति स्नेहपूर्ण होने लगते हैं। लेकिन प्रेम कोई स्नेह का भाव नहीं है, वह आत्माओं की एकमयता है। यहाँ दो ऊर्जाएँ मिलती हैं और सम्पूर्ण इकाई हो जाती है। जब दोनों प्रेमी अपनी एकमायता में बहुत परितृप्त अनुभव करते हैं केवल तभी प्रार्थना सम्भव होती है। इस प्रकार प्रेम इस सम्पूर्ण अस्तित्व की सबसे बड़ी चीज़ है। यहीं से ईश्वरत्व प्राप्ति का मार्ग खुलता है...

...एक बार की बात है। रूमी को एक स्त्री से प्रेम हो गया। वह अपनी प्रेमिका के दरवाज़े पर गये और दरवाज़ा खटखटाया। अन्दर से एक महिला की आवाज़ आयी—'कौन है?' रूमी ने जवाब दिया—मैं रूमी, तुम्हारा प्रेमी...!' इस बार अन्दर से कोई आवाज़ नहीं आयी। रूमी ने रो कर दरवाज़ा खोलने की गुज़ारिश की, लेकिन दरवाज़ा फिर भी नहीं खुला। इसी तरह वह कई दिनों तक दरवाज़ा खुलवाने की कोशिश करते रहे, लेकिन दरवाज़ा कभी नहीं खुला। रूमी गहरी निराशा में डूब गये। उन्होंने अपना जीवन ख़त्म करने का फ़ैसला कर लिया और पहाड़ों पर चले गये। वहाँ उन्होंने एक-दो महीने गुज़ारे। फिर वे वहाँ से वापस आ गये, लेकिन अब वे बिल्कुल अलग तरह की अवस्था में थे। एक बार फिर वह अपनी प्रेमिका के दरवाज़े पर गये और दरवाज़ा खटखटाया। अन्दर से आवाज़ आयी—'कौन है?' इस बार रूमी ने कहा, 'तुम...! सिर्फ़ तुम...!! रूमी अब कहीं नहीं है।' अबकी दरवाज़ा खुल गया और रूमी को अन्दर बुला लिया गया। तो इस प्रकार प्रेम का दरवाज़ा केवल उन लोगों के लिए ही खुलता है, जो अपने को खो चुके होते हैं...!'

प्रवचन चल रहा था और लोग बेसुध हुए जा रहे थे। तभी बूटी महराज बोलते-बोलते अचानक से अपने आसान से उठे और शायद लघुशंका या किसी दीर्घशंका के लिए आश्रम के पीछे की ओर भागते चले गये। पीछे से उनका एक शिष्य भी उनके हस्तप्रक्षालन हेतु लोटे में जल लेकर भागा। आचार्य को समय मिल गया था। उन्होंने तुरन्त मंच की ओर क़दम बढाये और सुन्नर के पास

पहुँच गये। सुन्नर ने उन्हें पहचान तो लिया लेकिन बाबू जोखन सिंह द्वारा सौंपे गये कार्य की प्रगति के सम्बन्ध में कोई ख़ास प्रतिक्रिया नहीं दे पाये। आचार्य ने उनकी प्रतिक्रिया के इन्तज़ार के बिना ही पास में पड़े कुछ कपड़ों को, वे चाहे जिनके भी रहे हों, समेटा और सुन्नर को लेकर भैंसालोटन की ओर निकल गये।

भैंसालोटन, हड़िया और फ़ुरसतगंज के बीच स्थित एक अद्वितीय मनोरम स्थान है जहाँ आसपास के गाँव की भैंसें कदाचित् अपने मालिकों से विद्रोह करके रोज़ ही 'मड़ैया' मारने आती हैं और वहाँ स्थित भैंसाकुण्ड नामक एक तालाब की कीचड़नुमा मिट्टी में बेहिसाब रगड़-घस्स करती हैं। भैंसों को आख़िर चाहिए भी क्या—भरपेट भूसा और मन भर कीचड़...! वाचिक पुराणों में कहा भी गया है कि 'सुखी भैंस जहँ पंक अगाधा'। बताते हैं कि यहाँ उनकी इस प्रकार की अठखेलियाँ देखने, आसपास के आवारा और प्रेमोन्मत्त छुट्टा भैंसे भी आते हैं और देर तक तालाब के बाहर खड़े होकर उनकी क्रियाओं को वैसे ही देखने की कोशिश करते हैं जैसे कभी मथुरा की गोपियों के स्नान करते समय वहाँ के ग्वाल-बाल छिपकर किया करते थे। लेकिन 'इश्क़-मुश्क़-खाँसी-ख़ुशी'—यह भी कोई छिपने की चीज़ है भला...! इसलिए थोड़ी ही देर में तालाब के भीतर की भैंसें तालाब में लोटकर अपनी ख़ुशी का इज़हार करने लगती हैं और इस कारण बाहर खड़े भैंसों का भी मन-मयूर होने लगता है और वे बेहिचक भैंसों के इस उत्साह को देखकर तालाब में कूद पड़ते हैं।

कदाचित् इसी ऐतिहासिक तालाब से कुछ दूर ताड़ के वृक्षों का एक बगीचा भी है जहाँ रोज़ सुबह इन वृक्षों से ताड़ी नामक द्रव्य निकाला जाता है। गाँव की स्त्रियाँ अपनी साड़ी को मर्दों की धोती की तरह बख़ूबी खुँटिया लेती हैं और अपनी कमर पर गगरी बाँधे सरसराकर ताड़ के वृक्षों पर चढ़ जाती हैं। फिर दस मिनट के भीतर ही वे भरी गगरी लेकर उतर भी आती हैं। उनके हाथों का स्पर्श पाकर ताड़ी नामक द्रव्य तनिक अधिक मादक हो जाता है। मादक-द्रव्य के देशी जानकारों के अनुसार ताड़ी नामक यह हल्का मटमैला द्रव्य स्वाद और पौष्टिकता में सभी प्रकार के मादक-पदार्थों से अधिक पोषक और लाभकारी है। हालाँकि इस द्रव्य के ग्रहण करने से हल्का नशा ज़रूर होता है; किन्तु यदि इसका नियमित सेवन किया जाय तो बड़े-से-बड़ा अखाड़ेबाज़ दो मिनट में चित्त हो जाय और बड़े-बड़े सूरमा क्षण भर में ही पानी भरने लग जायें...!

बताते हैं कभी सुन्नर इसी द्रव्य का नियमित सेवन करते आये थे। और आचार्य को प्राप्त जानकारी के अनुसार आजकल पोलो, ढक्कन और झारखण्डे नियमित रूप से इसी का सेवन कर रहे थे। इसीलिए आचार्य, सुन्नर को लेकर

सीधे भैंसालोटन के बगीचे ही पहुँचे। संयोग से ये तीनों साथी ताड़ी की आस में ताड़ के वृक्षों के बीच बैठकर चिन्तन कर रहे थे। पोलो की मनोदशा थोड़ी भिन्न थी। दरअसल पोलो ने जब से जाना था कि छम्मो बूटी महराज के साथ चली गयी है और अब वह कोई छोटी-मोटी हस्ती नहीं रही बल्कि नगरवधू अखाड़े की महामण्डलेश्वर बन गयी है तो उनके होश फाख़्ता हो गये थे। वे अक्सर नशे में या अचेतावस्था में पाये जाते और 'आयेगी...! —आयेगी...!!' कहकर बुदबुदाते रहते। अभी वे इसी मनोदशा में थे और ढक्कन तथा झारखण्डे उन्हें होश में लाने के लिए तमाम कोशिशें कर ही रहे थे कि इतने में आचार्य का काफ़िला, जिसमें उनके अतिरिक्त केवल सुन्नर थे, वहाँ पहुँचा।

अपनी तरफ़ आचार्य और सुन्नर को आता देखकर उनकी बाँछें खिल गयीं और तीनों ने खड़े होकर उनका अपने तरीक़े से अभिवादन किया। फिर आचार्य की ओर मुखातिब होकर ताड़ी पिलाने की ज़िद करने लगे। आचार्य ने एक शर्त पर उनकी ज़िद पूरी करने की हामी भरी कि वे इस ताड़ी-पान के बाद बाबू जोखन सिंह के बैठके की ओर प्रस्थान करेंगे। सबने एक आरम्भिक झिझक के बाद आचार्य की यह ज़िद स्वीकार कर ली और फिर ख़ूब छककर ताड़ी पी। आचार्य ने अपना वायदा पूरा कर दिया था। अब बारी पोलो, ढक्कन और झारखण्डे की थी। आचार्य ने अबकी सुन्नर को आँख मारी और फिर सभी उनके एक इशारे पर फ़ुरसतगंज के मसान घाट की ओर निकल पड़े।

9

आचार्य रामपलटदास और पाड़े, बाबू जोखन सिंह के लिए वांछित तीनों अपराधियों को लेकर मसान घाट पहुँचे। इसके पहले कि इनका बाबू जोखन सिंह से आमना-सामना होता-फ़साहत अली ने कोढ़ियों के क़ब्रिस्तान के पिछले गेट पर पहले से तैयार सर्वप्रसिद्ध जन्मघूँटी को, जिसे वे अरसे से इलाक़े के तमाम मदिरासेवकों को पिलाते चले आ रहे थे, इन वांछितों के सामने परोसने का प्रस्ताव रखा। मक़सद यह था कि जब इन्हें बाबू जोखन सिंह के सामने पेश किया जाय तो इनका नशा अपनी जवानी पर हो ज़ुबान अपनी रवानी पर हो...! इससे भी बड़ी बात यह थी कि बिना नशे के बाबू जोखन सिंह के सामने बड़े-से-बड़ा बकैत भी हकलाने लगता था। इस मानसिक हकलाहट को दूर करने के लिए जन्मघूँटी का सेवन अनिवार्य मान लिया गया था।

यों तो क़ब्रिस्तान में मुर्दे दफ़न होते हैं। लेकिन ज़िन्दा कौमें उनका भी बँटवारा करती आयी हैं। बाबू जोखन सिंह के मसान घाट के ठीक पहले, ढलान की ओर कोढ़ियों का एक ऐसा ही क़ब्रिस्तान अवस्थित था जिसमें केवल कोढ़ी जमात के मुर्दे ही दफ़नाये जाते थे। इसके अलावा इसके दक्खिन की ओर वाल्मीकियों का एक क़ब्रिस्तान अलग था। इसमें क़ायदे से वे मुर्दे दफ़न होते थे जिन्होंने अपने जीवन में हुए जातीय भेदभाव के कारण हिन्दू धर्म को छोड़कर इस्लाम को अपना तो लिया था, लेकिन अभी वे इस्लाम द्वारा पूरी तरह से नहीं अपनाये जा सके थे। लिहाज़ा वे श्मशान और क़ब्रिस्तान की देहरी पर संशयग्रस्त नियति की अवस्था में ही दफ़न होने को मजबूर थे। बाक़ी औरों के लिए दूसरे अलग क़ब्रिस्तान थे।

ज़्यादातर मामलों में यह देखा गया है कि आम लोग जीवित और मृतक को लेकर चाहे जितना भेदभाव करें लेकिन तमाम व्यसनों के अनुयायी इस तरह के संकीर्ण बँटवारों का कत्तई ख़याल नहीं करते। इसलिए चाहे क़ब्रिस्तान हो, श्मशान हो, ब्रह्मस्थान हो, मुर्दों का टीला हो या फिर किसी शैतान की कुटिया—ये सभी अड़भंगी बिना किसी ख़ौफ़ के अपनी संगति बिठाते हैं। फिर पान हो, बीड़ी हो, सिगरेट हो, कसैली हो, गाँजा हो या फिर सोमरस हो—इनके लिए ऐसे स्थलों का कोई सानी नहीं है। बल्कि कई बार तो जब नशा इनके सिर चढ़ जाता है तो वे स्थानीय अप्राकृतिक सत्ता को दो-दो हाथ करने को ललकारते भी हैं। आज कोढ़ियों के क़ब्रिस्तान में भी कुछ ऐसा ही घटित हो रहा था। हालाँकि कुछ समय बाद सभी इस क़ब्रिस्तान से मसान की ओर चल निकले।

मसान घाट पर बाबू जोखन सिंह के बैठके में मजमा जम चुका था और बाबू जोखन सिंह अभी-अभी आकर बैठे ही थे कि तभी वहाँ एक दूसरा वाक़या हुआ। श्मशान घाट से ठीक पहले, शवयात्रा में जा रही एक वृद्ध व्यक्ति की लाश अचानक से उठकर बैठ गयी। फिर क्या...! देखते-ही-देखते शवयात्रा में शामिल सभी परिवारीजन और शुभेच्छु 'टिकठी' पटककर भाग खड़े हुए। 'राम नाम सत्त है' का उच्चारण करते हुए घण्टा बजाने वाले ने हड़बड़ाहट में घण्टा किसी के सिर पर दे मारा और हथौड़ा किसी दूसरे के सिर पर...! कई उल्टे पाँव भागते हुए बेमुरव्वत खुदे हुए गड्ढों में गिर पड़े और बहुतेरे अपनी शारीरिक अक्षमता के चलते न भाग पाने के कारण, वहीं बैठकर अपनी क़िस्मत को बेतहाशा कोसने लगे। असल में इस शवयात्रा में मृत व्यक्ति के कई ऐसे वृद्ध मित्र भी सम्मिलित हो रहे थे जो स्वयं मृत्यु के बेहद नज़दीक थे। उन बेचारों की तो आज शामत ही आ गयी थी। क्षण भर के लिए तो उन्हें ऐसा लगा जैसे मृत

व्यक्ति की प्रेतात्मा उन्हें अपने साथ ले जाने के लिए वापस लौटी हो...! कुल मिलाकर चन्द मिनटों में ही श्मशान घाट का दृश्य पहले से अधिक कारुणिक और ग़मगीन हो गया था।

यह पूरा वाक़या केवल फ़ुरसतगंज और शहादतगंज के उन चुग्गड़ टाइप लौंडों के लिए मज़ाक़ जैसा था जो असल में इस शवयात्रा के साथ होकर भी इसके साथ नहीं थे और केवल मज़े के लिए अक्सर इस तरह की शवयात्राओं में शामिल होते थे। ये असल में बाबू जोखन सिंह के वे शागिर्द थे जो अवैतनिक तौर पर बाबू जोखन सिंह को तमाम तरह की सेवाएँ देने को उद्यत रहते थे। बदले में उन्हें शवदाह करने आये परिवार वालों की ओर से कुछ दान-दक्षिणा दे दी जाती थी। ज्यों ही यह घटना घटी, बाबू जोखन सिंह के इन शागिर्दों ने शवयात्रा में शामिल होने वालों को पास जाकर समझाया तब जाकर वे थोड़ा संयत होकर वापस लौटे। बाबू जोखन सिंह ने भी बैठके में से ही पूरा वाक़या घटित होते देखा। वे बैठक छोड़कर लाश के नज़दीक गये और वहाँ मौज़ूद सभी भक्तजनों को समझाकर शान्त किया। बोले–

'इसमें डरने वाली कोई बात नहीं है। जब मुर्दे के शरीर में गैस अधिक बन जाती है तब ऐसा अक्सर हो जाता है। ऐसे मामलों में हम मुर्दे को फिर से बैतरनी दिलाते हैं ताकि जलती चिता के समय ऐसी कोई घटना न हो और भविष्य में वह आत्मा अपने चाहने वालों को और अधिक परेशान न करे...!'

इतना कहकर बाबू जोखन सिंह ने अपने शागिर्दों से मुर्दे को बैतरनी दिलाने को कहा और स्वयं बैठके की ओर चल पड़े। बैतरनी की प्रक्रिया में देखते-ही-देखते बाबू जोखन सिंह का एक शागिर्द पण्डित की भूमिका में आ जाता था और दूसरा अपने एक हाथ से गाय की पूँछ तथा दूसरे हाथ से शव के शरीर से बँधे कपड़े को पकड़ता था। फिर तीसरा शागिर्द शव के मुँह में गंगा जल डालता जाता था। पहले शागिर्द के मुँह से तमाम टूटे-फूटे और लड़खड़ाते मन्त्रोच्चारों के बीच यह प्रक्रिया सम्पन्न कराई जाती थी। इस पूरी प्रक्रिया का मक़सद था–तमाम पापकर्मों के बावजूद प्रेतात्मा को इस सांसारिक जीवन-चक्र से मुक्ति मिले और वह सीधे स्वर्ग पहुँचे। बहरहाल शागिर्दों के यत्न से थोड़ी ही देर में यह बैतरनी क्रिया सम्पन्न हो गयी और सभी लाश को दहकाने की क्रिया में लग गये।

इधर बैठके में भी आग लग चुकी थी। जोखन सिंह ने सबसे पहले अपनी ही सेना के सेनानी सुन्नर पाड़े को घेरा। बोले–

'तुम तो हमरी मदद करने गये थे...! बूटी बाबा के यहाँ कौन-सी बूटी सूँघ रहे थे...? जनम के हरामी हो तुम...! हमसे ज़्यादा जानत हौ ओकरे बारे में...?

राजातालाब वालन कै सारी कुण्डली है हमरे पास...! दूर के रिश्तेदार है हमार...! बच्चा तिवारी और ओह्कर खानदान मिलिकै पाँच सौ बीघा हड़पे है झूँसी वालन कै...! और-तो-और, जब प्रतिष्ठानपुर कै सिंहासन डोले लगा तो ई सारे मिलिकै ओहके हिलावै लागै। बूटिया तो कंजा है...! एक तो चोट्टा दूजे कंजा... तुम कंजन कै कथा नाहीं सुनेउ...? 'सौ में सूर, हज़ार में काना / सवा लाख में ऐंचक ताना / ऐंचक ताना करै पुकार / मैं कंजे से गयो रे हार...!''

फ़साहत ने माहौल बनाने के लिए बीच में छोटा-सा प्रश्न किया—'मतलब मैनुफैक्चरिंग डिफेक्ट है?'

जोखन सिंह का बोलना जारी था—'हाँ में ओहके भगवानै किहाँ से कंजा बनाकर भेजा गवा है...! एहीलिए कंजन से सबै हार मानत हैं—चाहे सूर हो, काना हो, भेंगा हो—सब के सब...! और जैसे सबै हार मानत हैं तुम हुआँ जाकर माथा टेकबो तो जमाना हमरे बारे में का कही...? अमें भकोलदास...! तुम अइसनन के इहाँ जाकर दरबारी करत हौ जिनके ठगी कै कहानी से इतिहास भरा है...! जवने बूटी ज्ञान की तलाश में तुम उहाँ जात हौ, ऊ तो तुमका फ़ुरसतगंज में ददई की दुकान किहाँ फिरी में मिली जाइगा।'

फिर थोड़ा रुक कर बोले—'अच्छा तो तुम छम्मो के चक्कर में जाये रहे हो हुआँ...!! कस में छम्मो अबहीं बहुत हसीन है का...? जवानी में तो ओका बहुतै किस्सा सुने रहा...! अब्बो किस्सा करिति है का में...? एकाध किस्सा हमरो साथै कराइ देओ...!'

तब तक नज़र पड़ी कि यहाँ तो पोलो भी बैठे हैं। पोलो पहले से ही भावुक थे। छम्मो का नाम सुनकर पोलो इतनी देर में 'आयेगी-आयेगी...!' —चिल्लाने लगे थे। फ़साहत ने स्थिति की संवेदनशीलता को देखते हुए जोखन सिंह को आँख मारी और विषय को तनिक मोड़ देने का आग्रह किया। जोखन सिंह ने क्षण भर में ही अपनी बात को सम्हाल लिया। बोले—

'अमे पोलो...! पूरे चूतियम सल्फेट हो क्या...? औरत के चक्कर में जान देइ रहे हो...! औरत आज तक किसी की हुई है जो तुम्हरी होगी? तुमका ई समझै कै रहा कि जब ऊ जबरवा के न भई तो तोर का होगी में...! जबरवा जनम का लफंडूस है। पहिले हियाँ बम वगैरा चलावत रहा। अब कलट्टर बनिगा...! उहै हालि है—लड़चट्टा सियार खरबुज्जा कै मालिक...! यही हाल तोहरे बच्चा तिवारी का है...! कभी चेलाही करता था हमारा...! लेकिन अब मुखमन्तिरि बनिगा...!! गुरु गुड़ रह गयेन, चेला चिन्नी होइ गवा...! का करिहौ...!!'

फिर सभी को एक किस्सा सुनाया। किस्से का मजमून कुछ यूँ था–'एक बार एक हंस और हंसिनी सुरम्य वातावरण से भटकते हुए, उजड़े वीरान और रेगिस्तान के इलाक़े में आ गये। रात हुई तो जिस पेड़ के नीचे हंस और हंसिनी रुके थे, उस पर एक उल्लू बैठा था। वह ज़ोर से चिल्लाने लगा। हंसिनी ने हंस से कहा–'अरे यहाँ तो रात में सो भी नहीं सकते। ये उल्लू चिल्ला रहा है।' हंस ने फिर हंसिनी को समझाया कि 'किसी तरह रात काट लो, मुझे अब समझ में आ गया है कि ये इलाक़ा वीरान क्यूँ है? ऐसे उल्लू जिस इलाक़े में रहेंगे वो तो वीरान और उजड़ा रहेगा ही...!'

पेड़ पर बैठा उल्लू दोनों की बातें सुन रहा था। सुबह हुई; उल्लू नीचे आया और उसने कहा कि 'हंस भाई, मेरी वजह से आपको रात में तक़लीफ़ हुई, मुझे माफ़ कर दो।' हंस ने कहा–'कोई बात नहीं भैया, आपका धन्यवाद...!' यह कहकर जैसे ही हंस अपनी हंसिनी को लेकर आगे बढ़ा, पीछे से उल्लू चिल्लाया–'अरे हंस मेरी पत्नी को लेकर कहाँ जा रहे हो...!' हंस चौंका। उसने कहा–'आपकी पत्नी...? अरे भाई...! यह हंसिनी है। मेरी पत्नी है। मेरे साथ आयी थी, मेरे साथ जा रही है...!' उल्लू ने कहा–'ख़ामोश रहो, ये मेरी पत्नी है।' दोनों के बीच विवाद बढ़ गया। पूरे इलाक़े के लोग एकत्र हो गये। पंचायत बुलाई गयी।

लम्बी बैठक और पंचायत के बाद पंच लोग किनारे हो गये और कहा कि 'भाई बात तो यह सही है कि हंसिनी हंस की ही पत्नी है, लेकिन ये हंस और हंसिनी तो अभी थोड़ी देर में इस गाँव से चले जायेंगे। हमारे बीच में तो उल्लू को ही रहना है। इसलिए फ़ैसला उल्लू के ही हक़ में ही सुनाना चाहिए...!' और अन्त में हंसिनी को उल्लू की बीवी ठहरा दिया गया।

जब हंस दुखी मन से वहाँ से जाने लगा तो उल्लू ने उसे रोका और कहा–'मित्र...! ये हंसिनी आपकी पत्नी थी, है और रहेगी...! मैंने यह ड्रामा केवल इसलिए किया कि मैं जब चिल्ला रहा था तो आपने अपनी पत्नी से कहा था कि यह इलाक़ा उजड़ा और वीरान इसलिए है क्योंकि यहाँ उल्लू रहता है। मित्र...! ये इलाक़ा उजड़ा और वीरान इसलिए नहीं है कि यहाँ उल्लू रहता है, बल्कि यहाँ पर ऐसे पंच रहते हैं जो उल्लुओं के हक़ में फ़ैसला सुनाते हैं...!'

इतना कहने के बाद जोखन सिंह ने अपना निष्कर्ष सुनाते हुए कहा कि 'पर्याग की दुर्दशा का मूल कारण यही है कि पर्याग वालन ने हमेशा अपना फ़ैसला उल्लुओं के ही पक्ष में सुनाया है। जब नेतृत्व ऐसे लोगों के हाथों में रहेगा तो जनता को न्याय कैसे मिलेगा...?' फिर पोलो को पुचकारते हुए बोले–

'दिल छोटा न करो पोलो...! जोखन सिंह नाम है हमरा...! जवने दिन चाहब खींचि कै ले आइब तोहरे छम्मो कै...! ओहि दिन बूटी बाबा हमरे पाँव पर नाकि रगड़ि के गिड़गिड़इ हैं...! समझै कि नै ना...!'

पोलो को कहानी और उसकी यह नयी संरचना समझ में तो नहीं आयी, फिर भी उन्होंने बात समझ में आने की झूठी सहमति में सिर हिलाया और दुबारा से सिसकने लगे। ढक्कन और झारखण्डे बिना देर किये उनके आँसू पोंछने लगे। अब बात गम्भीर होने वाली थी। रामपलट अचानक से उठे और जोखन सिंह के कानों के नज़दीक जाकर बोले–

'महराज पहिले ई तो पूछौ कि छम्मो फ़ुरसतगंज काहें गयी थी। ओकर आवै कै मकसद का रहा...?'

सभा में एक बार फिर सन्नाटा छा गया। जोखन सिंह ने ढक्कन की ओर मुँह घुमाया। ढक्कन को मानो इस आक्रमण का एहसास हो गया था। इसलिए वे पहले से ही आक्रमण झेलने की तैयारी किये बैठे थे। जोखन सिंह का तेवर देखकर ढक्कन बिना कुछ पूछे ही बोल पड़े–

'ऊ शहीद स्मारक बनवावै गयी रही गुरू...!'

जोखन सिंह झल्ला गये। उनका तेवर देखने लायक था।–'हुँह...! बड़े-बड़े बहे जाँय, गदहा पूछै केतना पानी...!! हमसे लंतरानी न पेलो ढक्कन गुरू...! हम इहाँ मसान में बइठा हईं तो हमसे बुझौनी मति बुझाओ...! हम सब बूझित है कि कउन सरवा कै कदम उत्तर चलीगा तो ओहकर का मतलब होई; अउर कै कदम दक्खिन चलीगा तो ओहकर का मलतब होई...! दाई से पेट नाहीं छुपत है ए बेट्टा...! ओहका सपना आवा था का में कि परेसान अली कुआं में गिरि के मरिहैं...! साफ़-साफ़ काहें नाहीं कहत हौ कि राजनीति कै रोटी सेकें गयी रही हुआँ...! बूटिया सारा पगलान है...! ओही के चाल है ई सब...! आपन माहौल बनावै कै खातिर गयी रही छम्मो...! तुम सरऊ लाट साहब का बनि गये, अपने को कलट्टर की झाँटि समझि रहे हो...! अमें भडुअन कै सरदार बनावा गवा है तोहका...! एहसे ज़्यादा तोहार औकात नाहीं है...! साल भर ख़ूब छककर पियो अउर इहाँ से लेइ कै पर्याग टेसन तक कै सगरौ नाली-नाबदान की गहराई नापौ...! एहसे ज़्यादा उड़िहौ तो तोहार पर कतर दिहा जाई...! जबर सिंघवा छम्मो का पुराना आशिक है। रोज़-रोज़ चुगुलख़ोर बाबा किहाँ धरना देबो तो कउनो दिन बधिया बना दिहा जाबो...!'

जोखन सिंह का इतना प्रवचन सुनने के बाद ढक्कन मानो स्थितप्रज्ञ हो गये थे। अब नम्बर झारखण्डे का आने वाला था। हिन्दुस्तान में बुद्धिजीवियों का एक ऐसा भी संवर्ग है जो प्रायः अपने आस-पास होने वाले हर बीच-बहस में उपस्थित

रहता है, सबकी समस्याएँ इस क़दर ध्यानमग्न होकर सुनता है जैसे ये समस्याएँ उसकी अपनी हों–बेहद धीर, गम्भीर, संवेदनशील और कदाचित् चिन्तनशील मुद्रा में। कई बार ऐसे लोगों को देखकर नाहक ही यह भ्रम होने लगता है कि वे सामने वाली की पीड़ा को निजी स्तर पर जीने की कोशिश कर रहे हों...! लेकिन सच मानिये उनकी बौद्धिकता की पोल तब खुल जाती है जब उनकी अतिशय संवेदनशीलता के मद्देनज़र किसी ख़ास प्रकरण में उनका हाल-चाल जानने की कोशिश की जाती है। तब उनका हाव-भाव और उनकी शारीरिक हरकत देखकर ऐसा लगता है जैसे आज ही उनकी अम्मा मर गयी हो...! बिल्कुल रुआँसे हो जाते हैं बिचारे...! कुछ भी बोलने की स्थिति में नहीं होते...! बड़ी मुश्किल से उनके मुखारबिन्दु से जो शब्द फूटता है वह होता है–'आंय...!' –जिसे सुनकर सामने वाला शर्मशार हुआ जाता है और उसे भी बस यही महसूस होता है कि 'हे धरती मइया...! काश कि तुम आज ही अभी फट जाती तों मैं इसमें समा जाता...!' जब बाबू जोखन सिंह ने झारखण्डे की ओर देखते हुए पूछा तो झारखण्डे की पहली प्रतिक्रिया 'आंय' ही थी। झारखण्डे के मुँह से इसका उच्चारण सुनने के बाद जोखन सिंह आपे से बाहर हो गये। कहने लगे–

'कस में झारखण्डे...! पूरे इलाहाबाद कै वकालत के ठेका तुम्हरे है का...? इहाँ तो आंय-आंय कर रहे हो, लेकिन शहर में जब जहाँ देखो फिलास्फी पेलने पहुँच जाते हो...! तुमसे नीक तो तुम्हरे चच्चा खोखा राय हैं...! आपन दही बाड़ा बेचि के मस्त रहत हैं...! घर से कम्पनी बाग अउर कम्पनी बाग से घर...! लेना एक-न देना दो...! तुम ही लहकट निकल गये। जहाँ ढाई सौ ग्राम मिला नहीं कि चढ़ जाते हो माइक पकड़ के...! दुइ-चार लोग कामरेड-कामरेड का कहि दिहिन तोर माथा फिरि गा...! अइसा लागित है कि लोहिया के बाद सबसे बड़े समाजवादी तुम ही निकले हो...! लागत हौ मजूर-मजूर कहि कै चिल्लानेन–जैसे कउनो टेप फिट है तुम्हरे शरीर माँ...!

...भोसड़ी के तोहके परेसनवा मजूर देखात हैगा...? पियक्कड़ रहा सरवा एक नम्बर कै...! हमसे ज़ियादा जानत हौ का ओकरे बारे माँ...! अब तुम ओहके मजूर बनाय दिहौ...!! काल्हे हम ओहका किसान साबित करके देखाइब...! दिमाग एकदम से भन्ना गवा है हमरा...! अमां बलिस्टर के लड़के हो...! दादा तोहरे जज रहें...! कुछ तो परिवार की मरजादा का खयाल करो...! का कहत रहे ओहि दिन कि परशासन सियार है...! होई ऊ सियार...! लेकिन तोहरे जइसे लपोकियन से निपटे खातिर बहुते ताकत है परसासन मां...! जेहि दिन कमर पै एक डंडा पड़ि गा ना, ओहि दिन सारा समाजवाद तुम्हरे पिछवाड़े में घुसि जाई...!'

बाबू जोखन सिंह का प्रवचन थोड़ा लम्बा होने लगा था और इस कारण झारखण्डे का नशा भी तनिक काफूर होने लगा था। फ़िलहाल झारखण्डे ने गुस्ताखी करते हुए बाबू जोखन सिंह की बात को बीच में ही काटा। कहा—

'ए गुरू...! अब बस करौ...! हम अभी से का अपना बखान करें। का लगे तो हमको परखना...! धरती हिल जायेगी लेकिन झारखण्डे को कोई एक इंच भी हिला नहीं पायेगा। बस एक गुजारिश है की हियाँ बैठा के बूटी कै साथै हमरो खानदान के नरिया-खपड़ा मति उघारौ...! तनिक हमरो इज्जत का खयाल करो...! दोस्तन-यारन के बीच में इतना जलील करबो तो ई सारे काल्हि से लोड लिहा बन्द करि दीहें हमार...! गरिअइहैं अलगै...! इनके ही बीच उठना-बैठना है। थोड़ा तो खयाल करो...! जो दण्ड दो हम भोगै खातिर तइयार हईं...!'

सुनते ही बाबू जोखन सिंह की मन माँगी मुराद पूरी हो गयी। बोले—'अमें तुम हो भुइँहार...! अउर हम भुइँहारान से बड़ा सतर्क रहिति है। कउनो कहत रहा कि अगर साँप और भुइँहार दुइनौ मिली जाये तो साँप को छोड़ि के भुइँहार के मारेके चाहीं...! काहें कि साँप के डँसा तो बचि भी जाइगा लेकिन भुइँहार के डँसा हुआ पानी भी नाहीं माँगेगा...!

...खैर ई सब तो तफरी है बेट्टा...! असल बात ई है कि काल्हि जीटी रोड जाम होइहें...! काहें कि आगे कहानी ई गढ़े के हौ कि परेशान कौनों मजूर-वजूर नाहीं रहा...! ऊ तो एक सीधा-साधा किसान रहा...! दुइ बीघा के सिरवारी रही ओकर...! खेत-मेड़ के अलावा कउनो दुनिया देखबे नाहीं किहा...! किसानिन से फुरसत मिलै पर आपन बकरी चरावत रहा और ओकर दूध बेचि के आपन पेट पालत रहा...! सासन-परसासन ओहके मजूर बनाइ के हम किसानन के बेइज्जती कर रहा है...! हम सभ कल से किसानन के हक की लड़ाई लड़बे...! काल्हि के लिए मजबूत भाषण के तैयारी करि लिहो...! शायरी-वायरी रटि ल्यौ तनिका... काल्हिये से पोलो के अनशन पर भी बइठेके है...! पोलो कमर कसि ल्यौ...! अबकी लम्बा बइठेके परी तोहका...!'

इतना कहकर बाबू जोखन सिंह ने एकाएक सभा विसर्जन की घोषणा कर दी। सभी अपनी-अपनी तैयारियों के मद्देनज़र मन्थर गति से मसान घाट से वापस चल निकले।

10

इन सारी तैयारियों से बेख़बर जबर सिंह बहुत दिनों बाद आज सुबह-सुबह अपने ऑफ़िस में बैठकर फरियादियों को सुन रहे थे। तभी शहादतगंज से बेचन भारतीय नाम का एक फ़रियादी उनके ऑफ़िस के बाहर चीख़ता-चिल्लाता हुआ आया और हमेशा की तरह दीवारों पर, पेड़ों की हरी पत्तियों से 'मुझे बोरिंग चाहिए' लिखते हुए बेतहाशा बोरिंग की माँग करने लगा। बताते हैं कि एक ज़माने से वह ऐसा ही करता चला आ रहा था। और उसकी इस मानसिक हालत के लिए भी, किसी ज़माने में सरकार द्वारा दी जाने वाली निःशुल्क बोरिंग की प्रबल चाह ही ज़िम्मेदार थी। हालाँकि अब वह कचहरी की गलियों में अपने असल नाम बेचन से कम और 'बेचैन भारत' उपनाम से ज़्यादा जाना जाता था। आज जब लोगों ने उसे रोकने की कोशिश की तो वह उन पर बिल्कुल 'फायर' हो गया और सीधे सरकार को गरियाने लगा। कलेक्टर साहब ने शोर सुना और वे झट बाहर निकल आये। फिर उसे समझाने की कोशिश करने लगे। फ़रियादी उनके ऊपर भी भड़क गया। बोला–

'बहुत कलट्टर देखे हैं मैंने...! एक बोरिंग तक नहीं दे पाये मुझे...! मुझे आपसे भी कोई उम्मीद नहीं...!' –इतना कहते हुए फ़रियादी फिर चिल्लाने लगा और सरकार को कोसने लगा। जबर सिंह को क्षण भर में ही पूरा मामला समझ में आ गया। उन्होंने अपने मातहत अफ़सरों से कहा–'जाओ पहले इसी स्साले की ढंग से जाँच करो...! खाना भी सरकार का और गरियाना भी सरकार को...! आज ही जाँच करके इसकी फैल के बोरिंग कराते हैं.!!'

जाँच शुरू हुई। जाँच दरअसल एक ऐसा यन्त्र है कि सरकारों को जिसे फँसाना हो, उसकी भी जाँच करा लेती हैं और किसी को बचाना हो तो उसकी भी जाँच करा लेती हैं। फिर अपनी ज़रूरत के मुताबिक़ रिपोर्ट लगवा ली जाती है। कदाचित् इसीलिए आम हिन्दुस्तानी की जाँच का नाम सुनते ही फट कर हाथ में आ जाती है। बहरहाल फ़रियादी के घर के एक-एक कोने से लेकर उसके खेत-मेंड़ की विधिवत जाँच की गयी। अन्ततः जब जाँच पूरी हुई तो यह पाया गया कि 'फ़रियादी ने अपने खेत के मेंड़ को खलिहान की ओर कुछ इंच तक बढ़ाकर जोत लिया है और इस कारण उसने न केवल खलिहान अर्थात् सार्वजनिक सम्पत्ति को जानबूझकर नुक़सान पहुँचाया है बल्कि मालगुजारी की भी चोरी की है।'

फिर क्या...! आनन-फानन में फ़रियादी के ख़िलाफ़ एफआईआर के आदेश हुए। एफआईआर का नाम सुनते ही फ़रियादी का सारा पागलपन क्षण भर में काफ़ूर हो गया। वह सरकार का नाम भूलकर 'माई-बाप' चिल्लाने लगा; बिन माँगे सफ़ाई देने लगा और कहने लगा कि 'वह आइन्दा खेती करना छोड़ देगा; अपने खेत की ओर झाँकने तक नहीं जायेगा।' लेकिन जाँच टीम ने उसकी एक न सुनी। ज्यों ही रिपोर्ट जबर सिंह के सामने पेश हुई; तमाम नेता-नगरी फ़रियादी के हक़ में सिफ़ारिश करने लगे। कहने लगे कि 'इस बेवकूफ़ से बहुत बड़ी ग़लती हो गयी; इसे छोड़ दिया जाय। इसने तो केवल बोरिंग माँगा था। ग़लती की उसने। नहीं माँगना चाहिए था...!' कलेक्टर साहब का जवाब था—'भाई इसने बोरिंग माँगा था और मैंने इसे बोरिंग देने का वादा किया। लेकिन बोरिंग के पहले जब उसके करतूतों की बोरिंग की गयी तो वह खुद बड़ा ज़ालिम निकला। सरकारी मुलाज़िमों के चरने-खाने वाली चीज़ों को खुद डकार गया। इसलिए एफआईआर के आदेश करने पड़े।'

अभी जबर सिंह इस मामले को ठीक से निबटा भी नहीं पाये थे कि हड़िया और बड़ौत के बीच किसी स्थान पर जीटी रोड के जाम होने की ख़बरें उनके कानों तक पहुँचीं। जानकारी मिली कि 'फ़ुरसतगंज के निवासियों के नेतृत्व में हज़ारों की संख्या में आस-पास के गाँवों के किसानों ने जीटी रोड के आवागमन को बन्द कर रखा है। वे कुछ दिन पहले फ़ुरसतगंज में कुएँ में गिरकर मरने वाले परेशान अली को मजूर बताकर उसे अपमानित करने के प्रशासन के निर्णय के विरोध में हैं और चाहते हैं कि परेशान अली को किसान का सम्मान और हक़ मिले।'

यह भी जानकारी मिली कि जाम के दोनों तरफ़ कई किलोमीटर लम्बी क़तारें लगी हुई हैं। देखते-ही-देखते प्रशासन और पुलिस के अधिकारियों में हड़कम्प मच गया। उनके हाथ-पाँव फूल गये। क्योंकि जीटी रोड के जाम होने का मतलब था—इलाहाबाद और बनारस को जोड़ने वाली मुख्य सड़क के आवागमन का बन्द होना। यह वह सड़क थी जो न केवल दो सांस्कृतिक शहरों को जोड़ती थी बल्कि यह पूरे उत्तर भारत को बिहार-बंगाल से जोड़ती थी। बहरहाल इलाहाबाद के प्रशासन ने अपनी पूरी ताक़त झोंक दी। लेकिन मौक़े पर हालात नियन्त्रण के बाहर हो रहे थे। जबर सिंह ने मौक़े की नज़ाकत को भाँपते हुए अपने नुमाइन्दों को सख़्त निर्देश दिया कि स्थानीय स्तर पर सभा के सम्पन्न होने तक उनसे किसी प्रकार की छेड़-छाड़ न की जाय और उन्हें पल-पल की ख़बर से अवगत कराया जाय।

फ़िलहाल बाबू जोखन सिंह के सौजन्य से बीच सड़क पर ही एक अस्थायी मंच तैयार करा लिया गया था जिस पर एक ओर से हलकान मियाँ, मोहम्मद सुखारी, फ़साहत अली और दूसरी ओर से राधेश्याम पाड़े, आचार्य रामपलटदास, ढक्कन भाई, स्वयं बाबू जोखन सिंह और झारखण्डे राय बैठे थे। पोलो गुरु मंच से तनिक दूर अपनी एक दरी और एक हस्तलिखित बैनर लगाकर 'आमरण अनशन' पर आराम से लेटे हुए थे। मोहम्मद सुखारी को विशेष तौर पर मुख्य अतिथि के रूप में मऊनाथ भंजन से बुलाया गया था जो अपने साथ सैकड़ों कार्यकर्ता और लगभग इतनी ही संख्या में बकरियाँ लादकर ले आये थे। हलकान मियाँ के साथ लछिमिनियाँ देवी को विशेष आमन्त्रित सदस्य का दर्जा दिया गया था और सभा की अध्यक्षता स्वयं बाबू जोखन सिंह कर रहे थे।

बाबू जोखन सिंह के मिर्जापुरी साथियों के सौजन्य से, एक ओर ढोलक की थाप पर क्रान्ति के गीत गाये जा रहे थे जिसके बोल कुछ यूँ थे—

उमड़लि बाटै जनता कै पलटनिया
कि अब त बिदरोह होइ ना
बिदरोह होई ना
कि बिदरोह होई ना
बिकि गइलीं हमरी सगरौ जमीनियाँ
कि अब त बिदरोह होइ ना...

नेता जी पहिले जब घर मोरा अइलें
कहलें फसलिया कै दमवा दिअइबें
जाइकै सहरिया में भूलि गइलें हमका
कि एहका परतिरोध होई ना
उमड़लि बाटै...

दोसरा चुनाव जब फिरि घिरि आइल
नेताजी कहलें अबकी कुआँ खोदवाइबि
लौटि के खरीदलें महलि आपन पक्का
कि जमिकै गतिरोध होई ना
उमड़लि बाटै...

अबकी दुअरिया पर जब ऊ अइहें
खटिया उलटि देबें पानी ना पिअइबें
कहबें कि एही हाथे वोटवा तू लिहला
लूटला तू देसवा के कुछू नाहीं दिहला
तोहका भेजवाइब हम, जेहल अबकी पक्का
कि अबकी बरदास होई ना
उमड़लि बाटै...

बहरहाल...! तमाम औपचारिकताओं के बाद सम्बोधन का सिलसिला शुरू हुआ। सबसे पहले फ़साहत अली बोले; फिर पाड़े जी और तदनन्तर आचार्य का नम्बर आया। लेकिन जिसके सम्बोधन की सभी को प्रतीक्षा थी, वे थे—झारखण्डे राय। झारखण्डे राय ज्यों ही अपना गमछा लपेटते हुए माइक पकड़कर खड़े हुए, सभा में तालियों की ज़ोरदार गड़गड़ाहट ने उनका स्वागत किया। उन्होंने बोलना शुरू किया—

'भाइयों...! आज हम यहाँ एक किसान के हक़ की लड़ाई लड़ने के लिए इकट्ठा हुए हैं। जैसा कि हम सभी जानते हैं फ़ुरसतगंज के परेशान मियाँ किसान के रूप में ही पैदा हुए और किसान के रूप में ही मरे। परेशान की मौत एक आम किसान की मौत है। वही आम किसान जिसके कन्धों पर भारत की सौ करोड़ जनता को रोटी खिलाने का भार है...! वही किसान जो अपना पेट और तन काटकर अपने ही खेत में दिन-रात मजूरी करता है ताकि वह दूसरे लोगों का पेट भर सके...! लेकिन सवाल यह है कि एक आम किसान को उसकी हड्डी तोड़ मेहनत का नतीजा क्या मिलता है? उत्तर बहुत साफ़ है—मौत और केवल मौत...!

प्रशासन ने परेशान अली को मजूर बताकर पूरे किसान समाज का अपमान किया है। परेशान मियाँ एक सच्चे किसान थे। उन्हें जब किसानी से तनिक फुर्सत मिलती थी तो वे अपना बाक़ी समय बकरी पालन में बिताते थे। यह दुर्भाग्य है कि उनकी मृत्यु भी अपनी बकरी बचाने के लिए कुएँ में उतरने से हुई। बकरी किसान संस्कृति का अभिन्न अंग है। बकरी के लिए प्राण न्यौछावर करना किसान संस्कृति के लिए प्राण न्यौछावर करना है। आज हमें बहुत खुशी है कि इस विरोध-प्रदर्शन में बकरा पालक संघर्ष पार्टी (बकपा) की भी नुमाइन्दगी हो रही है। मंच पर हमारे दायीं ओर हमारे मेहमान-ए-खुसूसी और इस तंजीम के सदर आली जनाब मोहम्मद सुखारी जी बैठे हैं। उनकी पूरी तंजीम इस घटना पर प्रशासन के रवैये से बेहद दुखी और उत्तेजित है और वे इस आन्दोलन को पूरे प्रदेश में ले जाना चाहते हैं।'

इस बात पर फ़साहत ने एक बार बाबू जोखन सिंह की ओर देखा और दूसरी बार जनता की ओर। फिर ज़ोर से चिल्लाये–'तालियाँ...!' –सभा में ज़ोर की तालियाँ बजने लगीं। झारखण्डे का बोलना जारी रहा–

'...मित्रो...! यह दुर्भाग्य है कि आज तक इस लोकतन्त्र में किसान को बकरी ही समझा गया है। नेता यह जानते हैं कि किसान को सालों-साल बातों का नरम-नरम चारा खिलाते रहो और चुनाव आने पर उसे हलाल कर डालो। फिर पाँच साल के लिए फुर्सत...! आगे की फिर आगे देखी जायेगी...! नेताओं का विज़न बहुत क्लीयर है। उनको मालूम है कि लोकतन्त्र में हम और आप केवल भीड़तन्त्र का हिस्सा भर हैं। वे यह भी जानते हैं कि सत्ता का रास्ता समाज कीं दरारों से होकर जाता है। इसलिए समाज को बाँटकर रखो। उनका सिद्धान्त है–'चला एही देसवा के मिलि के सभे बाँटीं/तूँहूँ गरी काटा अउर हमहूँ गरी काटीं।' मतलब हर हाल में गरी कटनी चाहिए, देश और देश के लोग चाहें जाये भाड़ में...! क्योंकि यदि देश में ख़ुशहाली आ गयी तो मुद्दे ख़त्म हो जायेंगे और यदि मुद्दे ही ख़त्म हो जायेंगे तो चुनाव और सत्ता का क्या होगा...?

मुझे यहाँ एक छोटी-सी घटना याद आ रही है जिसे कभी आदरणीय बाबू जोखन सिंह ने मुझे सुनाया था–एक बार की बात है दो पड़ोसियों के बच्चे अँगूठा बहुत चूसते थे। दोनों पड़ोसी बहुत परेशान...! यहाँ-वहाँ बहुत दिखाया–कोई फ़ायदा नहीं। डाँट-डपट का भी कोई असर नहीं। झाड़-फूँक सब करवाया–फिर भी स्थिति जस-की-तस...! तभी एक दिन दूसरे पड़ोसी ने देखा कि उसके पहले पड़ोसी के बच्चे ने अँगूठा चूसना छोड़ दिया है। वह भागते हुए अपने पड़ोसी के यहाँ गया। बोला–

'गुरू...! तेरे बेटे ने अँगूठा चूसना कैसे छोड़ा...?'

सुनते ही पहला पड़ोसी मुस्कुराया कहा–'कनफुँकवा मन्त्र है गुरू...! किसी और को न बताना। मैंने स्साले को ढीली चड्ढी पहना दी। अब पूरा दिन दोनों हाथों से चड्ढी ही सम्हालता रहता है। अँगूठा चूसना याद ही नहीं आता ससुरे को...!'

यही हाल हमारा और आपका है। हमें असल मुद्दों से भटकाने के लिए शासन-सत्ता के शीर्ष पर बैठे लोग रोज़ नयी-नयी चालें चलते हैं और हम उन चालों में उलझकर रह गये हैं। अपने असल मुद्दों के लिए हक़ की आवाज़ उठा ही नहीं पा रहे।

दरअसल हम बँटे हुए हैं और अपने घरों में दुबके हुए भी...! जिसका परिणाम है कि जिन सड़कों पर सत्ता के विरुद्ध कोलाहल शुरू हो जाना चाहिए था वे आज सूनी हैं। लोहिया जी ने कहा था कि जब सड़कें सूनी हो जाती हैं तो संसद

आवारा हो जाती है। इसलिए दोस्तो...! संसद को आवारा होने से बचाने के लिए यह ज़रूरी है कि सड़कों को रणस्थल में बदल दिया जाय। असल में संसद में हम जिन्हें अपना नुमाइन्दा बनाकर संसद और विधानसभा में भेजते हैं वे वहाँ जाकर हमारे-आपके हक़ के लिए नहीं लड़ते; अपने-अपने हितों के लिए लड़ते हैं। हमारे वोटों के बल पर वे बड़ी-बड़ी अट्टालिकाएँ खड़ी करते हैं, बड़े-बड़े सौदे करते हैं और एक-दूसरे के विरुद्ध लड़कर जाने के बाद, सत्ता की ख़ातिर हाथ मिला लेते हैं। नाम हमारा बेचते हैं। हम समझते हैं कि वे हमारे हक़ की लड़ाई लड़ रहे हैं। लेकिन ऐसा कत्तई नहीं है। यदि वे हमारे-आपके हक़ में आवाज़ बुलन्द कर रहे होते तो एक किसान की आवाज़ यूँ न दबा दी जाती और हमें इस क़दर सड़कों पर न उतरना पड़ता...!

दोस्तों...! हमारे देश की आबादी का अधिकांश किसान है। लेकिन किसान को दो जून की रोटी भी मयस्सर भी नहीं हो रही। जब कभी वह मर रहा होता है तो उसके मुँह में गंगा जल की तरह दो बूँदें भर चुआ दी जाती हैं। आप और हम ख़ुश हो जाते हैं कि शासन-प्रशासन हमारी सुधि ले रहा है। वह हमारी सुधि नहीं ले रहा, हमें निश्चिन्त होकर मौत के मुँह में जाने के लिए विवश कर रहा है। और यदि ख़ुदा-न-खास्ता किसी किसान की मौत हो गयी, जैसे परेशान अली की हुई, तब तो शासन-सत्ता के लिए यह घड़ी उत्सव का अवसर दे जाती है। देखिये...! जिसने परेशान के जीवित रहते कभी एक गिलास पानी तक नहीं पूछा, वही हलकान मियाँ को कैसे चेक बाँट रहा है...!'

हलकान मियाँ भावुक होने लगे थे। फ़साहत अली ने उनके गमछे को उनकी आँखों के नज़दीक बढ़ाया जिसे हलकान मियाँ पकड़कर अपनी आँखों से रगड़ने लगे और फिर अचानक से उसे अपने दोनों होंठों तले दबा लिया। बाबू जोखन सिंह ने इस भावुक क्षण में झारखण्डे की ओर देखा मानो कहना चाहते हैं कि 'दवा असर कर रही है बेट्टा...!' इस क्षणिक नैन-मटक्के से झारखण्डे के आवाज़ की खनक अचानक से बढ़ गयी। अब उन्होंने एक नया खुलासा किया। कहा—

'...भाइयो...! यह जो आपके ज़िले का कलट्टर है—जबर सिंह, उसके तार सीधे सूबे के मुख्यमन्त्री से जुड़े हुए हैं। यहाँ जो कुछ भी हो रहा है—उसी के इशारे पर...! आदमी मर गया और आप उसके दरवाज़े पर चेक दे आये...! यही है आपकी राजनीति...! यही है आपकी सियासत...! आपके लिए जीते-जी आदमी की कोई क़ीमत नहीं...! किसी शायर का शेर याद आ रहा है—

सियासत इस क़दर अवाम पे अहसान करती है,
पहले आँखें छीन लेती है, फिर चश्में दान करती है।

मैं पूछना चाहता हूँ कि क्या चेक से हलकान मियाँ के आँसू पुछेंगे...? यहाँ मंच पर लछिमिनिया देवी भी बैठी हैं। उन्होंने एक हादसे में अपना पूरा परिवार गँवा दिया। दुनिया का कौन-सा चेक उनके दर्द को कम कर देगा...? मैं कहता हूँ चेक आदमी की जगह नहीं ले सकता...! हमारे आँसुओं को रुपयों से न तौलिये जनाब...! अगर ऐसा होने लगा तो एक दिन देश में किसानों की जगह केवल चेक ही बचेंगे...! कोई चेक लेने वाला भी न बचेगा...! तब न देश बचेगा न समाज...! चारों तरफ़ गृहयुद्ध जैसे हालत होंगे...! नेता लोग दौड़ा-दौड़ा कर मारे जायेंगे।'

जनता उग्र होती जा रही थी और चारों ओर से 'मारो-मारो-मारो' की आवाज़ें आने लगी थीं। बाबू जोखन सिंह उठ खड़े हुए और दोनों हाथ जोड़कर घूमते हुए बोले—'आप लोग शान्त हो जाइये...! फ़ैसला होकर रहेगा...! कृपया धैर्यपूर्वक सुनिये...!' फिर कनखी आँखों से झारखण्डे को भाषण जारी रखने का इशारा किया। झारखण्डे भी मानो अपने पुरखों से अर्जित सारा ज्ञान आज ही उड़ेल देना चाहते थे। बोले—

'...साथियो...! हमारे शास्त्रों में राजनीति को वेश्या कहा गया है। वेश्या इसलिए कि उसका कोई चरित्र नहीं होता। या इसलिए भी कि वेश्यावृत्ति आदिम समाज का सबसे पुराना व्यवसाय रहा है। लेकिन राजनेता तो उससे भी गये गुज़रे हैं। एक तो उनका कोई स्थिर चरित्र नहीं। दूसरे वे लाशों पर राजनीति करते हैं। बल्कि सच कहा जाय तो वे लाशों पर रोटी सेंकते हैं। ज़्यादा देर नहीं लगेगी। हमारी आवाज़ सत्ता के कानों तक पहुँचती ही होगी। फिर देखिये कि कैसे कल से ही सभी नेता-नगरी हमारे आपके बीच मण्डराना शुरू करते हैं...!

भाइयो...! हमें और कुछ भी नहीं चाहिए। केवल दो जून की रोटी और इज़्ज़त के साथ जीने का अवसर...! नेता यह भी नहीं देना चाहते...! क्यों? क्योंकि उन्हें शायद यह मालूम है कि जिस दिन देश की जनता सुकून की रोटी और इज़्ज़त के साथ रहना सीख लेगी उसे भले-बुरे का अन्तर मालूम हो जायेगा। फिर वे हमें आपस में लड़ाकर अपनी रोटी कैसे सेकेंगे...?'

इतना बोलने के बाद झारखण्डे मंच से ही 'इंक़लाब ज़िन्दाबाद', 'जय जवान-जय किसान', 'किसान एकता ज़िन्दाबाद', 'ओट हमारा-राज तुम्हारा / नहीं चलेगा-नहीं चलेगा', 'तख़्त बदल दो-ताज बदल दो/बेईमानों का-राज बदल दो' आदि नारे लगाने लगे और उत्साहित जनता इन नारों को पूरे जोश के साथ दोहराने लगी। फिर न जाने यह जोश कब होश खो बैठा, किसी को पता न चला। मौक़े पर जमा दस-बीस सिपाही न जाने कब पीट दिये गये और न जाने कब उनकी गाड़ियों में आग लगा दी गयी। फिर क्या...! पुलिस वालों ने इकट्ठे होकर वहाँ जमा

भीड़ को दौड़ा-दौड़ा कर बल भर पीटा। कई खेतों से होकर भागे और इलाहाबाद से आने वाली ट्रेनों में चढ़कर दूसरी ओर निकल गये। बमुश्किल दस-बीस लोग धरे गये जिनमें आमरण अनशन पर बैठे पोलो भी शामिल थे। साथ में धरे गये—बाबू जोखन सिंह, झारखण्डे, ढक्कन गुरु, हलक़ान अली, मोहम्मद सुखारी और लछिमिनिया...! सभी को लाद-फाँदकर स्वरूपरानी अस्पताल ले आया गया और प्राथमिक उपचार और मेडिकल के बाद मुक़दमा दर्ज कराकर ससम्मान नैनी जेल भेज दिया गया।

11

नैनी जेल की उस रोज़ की रात और अगली सुबह बहुत हंगामेदार रही। पोलो सारी रात अपनी महबूबा की याद में न केवल 'आयेगी-आयेगी' चिल्लाते रहे बल्कि जेलर के ऑफ़िस के गेट पर ही धरना दे बैठे। हालाँकि जेलकर्मियों द्वारा कुछ बेंतों की सेवा और घसीट-क्रिया के बावजूद वे यह बताने की स्थिति में भी न बचे कि उन्हें कहाँ रखा जाय। फ़िलहाल उन्हें एक बैरक के आगे फेंक दिया गया। किन्तु अगले दिन सुबह जब उन्हें होश आया तो वे फिर से भूख हड़ताल पर बैठ गये। रात में मोहम्मद सुखारी को अलग बैरक दी गयी तथा झारखण्डे, ढक्कन गुरु और बाबू जोखन सिंह को भी विद्रोह की आशंका के मद्देनज़र अलग-अलग बैरकों में रखा गया। केवल हलकान अली और लछिमिनियाँ को एक बैरक में रखा गया था।

रात तो जैसे-तैसे बीती लेकिन सुबह-सवेरे ही बाबू जोखन सिंह पेशाब करने के बहाने से अपनी बैरक से बाहर निकले और क़ैदियों को रोज़ाना योग सिखाने आने वाले एक गुरु की सीट पर लगभग जबरन कब्ज़ा कर लिया। तदनतर अपने तमाम साथियों को सज़ा काटते हुए देखकर न केवल भावुक हो गये बल्कि झारखण्डे को उन्हें सम्बोधित करने के लिए तैयार भी कर लिया। झारखण्डे ने भी मानो उसी तेवर में सभी को सम्बोधित करना शुरू किया, जहाँ उन्हें कल अपना भाषण रोकना पड़ा था। वे देखते-ही-देखते अपने लय में आ गये। बोले—

'साथियो यह जेल आदमी को अपराधी बनाने की सबसे मुफ़ीद जगह है। एक बार किसी निर्दोष को यहाँ आ जाने भर दीजिए, फिर देखिये कैसे उसे यह सिस्टम अपराधी बना देता है...! सही मायनों में यह जेल अपराधियों की प्राथमिक पाठशाला है। यदि आपने अपने पूरे जीवन में कभी कोई अपराध

न किया हो लेकिन पुलिस अपने किसी अज्ञात वांछित अपराधी के स्थान पर आपको भर्ती कर ले तो समझ लीजिए कि आपकी पहली कक्षा का ककहरा शुरू हो गया है। पहले तो पुलिस की मार से आपके भीतर मार खाने का भय हमेशा के लिए जाता रहेगा और जेल पहुँचने के बाद आपको बाहर की दुनिया की अपेक्षा जेल की दुनिया अधिक आकर्षक और चमकदार लगने लगेगी।

...कुछ ही समय में यहाँ बड़े-बड़े अपराधियों से आपके रिश्ते अधिक गझिन हो जायेंगे। फिर बाहर निकलते ही उनके शागिर्द पलक-पाँवड़े बिछाकर आपका इन्तज़ार करते मिलेंगे जो आपको एक नयी दुनिया से रूबरू कराएँगे। इस दुनिया से मिलने वाली छोटी-छोटी सुविधाएँ आपको बड़ा सुख दे जायेंगी और ज्यों-ज्यों आपका भौकाल टाइट होता जायेगा, आपको सलामी ठोंकने वालों की संख्या में भी इज़ाफा होता जायेगा। फिर कुछ ही दिनों में आपकी गिनती शहर के माफ़िया टाइप लोगों में होने लगेगी। पुराने माफ़िया आप से घबराएँगे और नये-नये माफ़िया आपसे टकराने की कोशिश करेंगे।

...लेकिन दोस्तो कई बार यहाँ आकर नये-नये विद्रोहियों का बख़ूबी बधियाकरण भी हो जाता है और यहाँ से निकलने के बाद पुलिस और कोर्ट-कचहरी के चक्कर में ऐसा फँसते हैं कि किसी भी लायक नहीं बचते। बहुतेरे तो पागल या विक्षिप्त भी हो जाते हैं और सारा दिन कचहरी की गलियों में निरुद्देश्य घूमते रहते हैं। बहुतों का घर-बार छूट जाता है और अच्छे भले परिवार से होने के बावजूद, वे कभी कचहरी के एक नम्बर गेट पर और कभी नौ नम्बर गेट पर अपने ही साथियों से दस-दस रुपये माँगकर अपना पेट भरते हैं। उनका परिवार बेबस और असहाय नज़र आता है और समाज किंचित दुखी भी। लेकिन न तो पुलिस या जेल प्रशासन को और न ही न्यायपालिका को अपने नागरिकों को इस कदर बर्बाद और नष्ट होते देखकर, अपने ऊपर कोई घिन आती है और न ही देश के नेताओं को इस व्यवस्था को बदलने में कोई रुचि है। क्योंकि यह क़ानून उन्हीं की सबसे ज़्यादा मदद करता है।

...दरअसल क़ानून की प्रकृति कुत्ते जैसी होती है। वह भौंकता तो सभी पर है लेकिन काटता केवल बेसहारा और ग़रीबों को है। यदि वह सब पर न भौंके तो उसके क़ानून होने पर ही प्रश्नचिह्न खड़ा हो जायेगा। इसलिए बाहर से उसकी यह भौंक-क्रिया सभी के लिए समान दिखायी देती है। क़ानून की अपनी दृष्टि में सभी के लिए भौंकना शायद इसलिए ज़रूरी है कि लोगों में क़ानून का भय बना रहे। लेकिन सच यह है कि वह शक्तिशाली लोगों को देखते ही दाँत निपोरने लगता है और झुककर उनके तलवे चाटने लगता है।

यदि ऐसा न होता तो आज देश के अस्सी प्रतिशत नेता जेलों में सड़ रहे होते...! लेकिन सड़ रहे हैं आप और हम; जिनकी कोई सुनवाई नहीं है, कोई पुरसाहाल नहीं है...!

...साथियो...! आप सब ध्यान दीजिए। आम आदमी को पागल बनाने का कुचक्र रचा जा रहा है। मुझे एक कहानी याद आ रही है। हिन्दुस्तान के बँटवारे के समय—हिन्दुस्तान पाकिस्तान की सीमा पर एक पागलख़ाना हुआ करता था। बँटवारे के समय यह भी सवाल उठा कि इस पागलख़ाने को कहाँ जाने दें—हिन्दुस्तान में या पाकिस्तान में? दोनों में से भी कोई देश इसमें तनिक भी उत्सुक न था कि वह पागलख़ाना कहाँ ले जाया जाये। जेल के अधिकारियों ने पागलों से ही पूछा कि 'तुम कहाँ जाना चाहते हो—हिन्दुस्तान में या पाकिस्तान में?'

उन पागलों ने कहा—'हम तो जहाँ हैं, वहाँ बड़े आनन्द में हैं। हमें कहीं जाने की कोई इच्छा नहीं है।'

अधिकारियों ने कहा कि 'यह इच्छा का सवाल नहीं है। जाना तो पड़ेगा ही...! लेकिन तुम लोग घबराओ मत। तुम हिन्दुस्तान में चाहो तो हिन्दुस्तान में चले जाओ, पाकिस्तान में चाहो तो पाकिस्तान में चले जाओ। तुम जहाँ हो, वहीं रहोगे। यहाँ से हटना भी न पड़ेगा।'

तब तो वे पागल बहुत हँसने लगे। उन्होंने कहा कि 'हम तो सोचते थे कि हम ही पागल हैं। लेकिन ये जेल के अधिकारी तो और भी पागल मालूम पड़ते हैं। क्योंकि ये यह भी कहते हैं कि जाना कहीं न पड़ेगा और फिर पूछते हैं कि जाना कहाँ चाहते हो? जब जाना ही नहीं पड़ेगा तो जाना चाहते हो, का सवाल क्या है?'

आख़िरकार आधा पागलख़ाना बीच से दीवार उठाकर पाकिस्तान में चला गया और आधा हिन्दुस्तान में। सुना है अभी भी वे पागल एक-दूसरे की दीवार पर चढ़ जाते हैं और आपस में सोचते है कि बड़ी अजीब बात है...! हम वहीं के वहीं हैं, लेकिन तुम पाकिस्तान में चले गये हो और हम हिन्दुस्तान में चले गये हैं...!

...सियासत की यही चाल है। वह सिरफिरा बनने की हद तक हमें, आदमी-आदमी में बाँटकर रखना चाहती है। मक़सद है कि यदि कोई व्यक्ति या संगठन, सत्ता के ख़िलाफ़ खड़ा होना चाहे तो उसे इस क़दर मसल दो कि उसकी सात पीढ़ियाँ दुबारा यह गुस्ताख़ी करने से डरें...! जो एक बार इस चकरघिन्नी में फँस जाता है उसका हाल वही होता है जो हमारा-आपका हो रहा है। पहले पुलिस फिर कोर्ट-कचहरी...! वकील साहब और जज साहब...! दरख़ास्त और तारीख़...!

जमानत और पैरोल...! अदालतों के चक्कर काटते-काटते जूते घिस जाते हैं पर न्याय नहीं मिलता...! यदि यही हाल रहा तो एक दिन पूरा देश पागलख़ाने में तब्दील हो जायेगा...!'

झारखण्डे की इस कथा से उत्साहित होकर बाबू जोखन सिंह अपनी भावनाओं को रोक न सके और झारखण्डे के भाषण को बीच में ही रोकते हुए और यह कहते हुए कि 'अमें हटिहौ कि...! कुछु हमहूँ कै गला साफ़ करैके है'; माइक छीनकर बोले—

'क्या गुनाह किया था मैंने आज से पन्द्रह साल पहले—यह केवल मैं जानता हूँ या ऊपरवाला जानता है...! सरकार ने सज़ा दी लेकिन मेरे भीतर के प्रायश्चित्त को नहीं ख़त्म कर सकी। मैं उस अपराध का प्रायश्चित्त अभी भी कर रहा हूँ...! श्मशान में रहकर लोगों के उद्धार में अपना जीवन होम कर रहा हूँ...! फ़साहत का गुनाह भी कुछ ख़ास नहीं था...! पर फँसा दिया गया...! नतीजा यह हुआ कि जो इन्सान समाज को दिशा दिखाने की तकरीरें करने की क्षमता रखता था वह आज जंगल में जड़ी-बूटी खोजता फिर रहा है...! और जिस इन्सान को सलाखों के पीछे होना चाहिए था वह कलट्टर बनकर सब पर राज कर रहा है।

...कहाँ-कहाँ बम नहीं फेंका ससुरे ने...! हिन्दू हॉस्टल, केपीयूसी, हालैंड हाल, बेली रोड, मम्फोर्डगंज, कर्नलगंज—कोई ऐसी जगह छूटी नहीं जहाँ इसके ख़िलाफ़ मुक़दमा न हुआ हो...! पूरा इलाहाबाद जानता है इसे। लेकिन ऐश हैं हरामखोर के...! हम लोग शान्ति से सभा कर रहे थे और हमें ही टँगवा लिया। क्या गुनाह था हमारा...? यही कि हम एक किसान के हक़ की लड़ाई लड़ रहे थे। अब इस मुल्क में किसानों के हक़ की आवाज़ उठाना भी अपराध हो गया। कौन लड़ेगा अब हमारे किसानों के लिए और क्यों लड़ेगा? यहाँ मुझे 'लंठकवि' की एक कविता याद आ रही है—

मन करता है आग लगा दूँ
तेरे सरे सुशासन में
मुझको तो अन्तर न लागै
कृष्ण में हो या दुःशासन में...!

भूखा अब भी भूखा सोवत है
लूट की लागि है बड़ी बीमारी
कहाँ धरें और कहाँ छिपायें
बस एहका है मारामारी

नेता रोवै साधु बतावै
हल खोजेव शीर्षासन में
मन करता है...!

पढ़ा लिखा बकचोद यहाँ पै
अँगूठे का मान बड़ा
एक जमानत बचा न पाये
दूजा सीना तान खड़ा
कहै कि हमको जिता दो भइया
तुम जाओ चाहे रसातल में
मन करता है...!

बोवै जो हर खेत में रोटी
ओहका पेट तो ख़ाली है
भागि में उसके ज़हर बदा है
छाती पीटै घरवाली है
जीते जी कोई जाति न पूछै
फिर चेक बँटे है शासन में
मन करता है...!

...आज हम इसलिए जेल में हैं क्योंकि हमने परेशान मियाँ की हत्या को आत्महत्या में तब्दील कर देने के कुचक्र के ख़िलाफ़ आवाज़ उठाई, क्योंकि हमने एक किसान को मज़दूर बताकर बेमौत मरने के शासन-सत्ता के निर्णय पर प्रश्नचिह्न खड़ा किया...! आततायी और भ्रष्ट कलट्टर को हमारी कोशिश नागवार गुज़री...!

भाइयो...! इसे बूटी महराज की कारस्तानी नज़र नहीं आती, जो इलाक़े के सारे लभेड़ियों का ओस्ताद है...! झूँसी किनारे बगुला भगत बनकर बैठा है और रंगरेलियाँ मना रहा है...! इसकी अपनी ही मेहबूबा को साध्वी का चोला ओढ़ाकर मेहरिया बनाये हुए है। जेल में तो इस बूटिया स्साले को होना चाहिए था...! लेकिन साधु-महात्मा का चोला ओढ़कर बैठा है न...! इसलिए सबकी फटती है कि कहीं सारे महात्मा एक होकर हुआँ-हुआँ करने लगेंगे फिर क्या होगा...! दुर्भाग्य देखिये की शासन-सत्ता हमसे-आपसे नहीं डरती, बाबाओं से ज़्यादा डरती है। जबकि दोनों की सत्ता हमसे है। लेकिन हम सीन में कहीं नहीं हैं...!

दोस्तो...! इस जबर सिंह की अकेले की औकात नहीं है कि वह हम पर हाथ डाल सके...! इस सारे षड्यन्त्र के पीछे केवल एक आदमी है—बच्चा तिवारी...! मैं बार-बार कहता हूँ कि जबर सिंह को प्रदेश के मुख्यमन्त्री बच्चा तिवारी का वरदहस्त प्राप्त है। इसलिए यह हम पर अत्याचार-पर-अत्याचार करता चला जा रहा है—सच बोलने वालों और सच सुनने वालों की आवाज़ को दबाता चला जा रहा है। लेकिन दोस्तो...! यह दौर बहुत लम्बा नहीं चलेगा। चुनाव सामने है। हमारा भी समय लौटने वाला है। हम आपको विश्वास दिलाते हैं कि हम अपने सभी साथियों के साथ होने वाले एक-एक अपमान का बदला लेकर रहेंगे...!'

झारखण्डे और बाबू जोखन सिंह के इस हंगामाख़ेज भाषण के बाद कुछ और कहने-करने की आवश्यकता नहीं रह गयी थी। सभी नत-नयनों से अपने-अपने बैरकों में चले गये और कुछ काना-फूंसी में लग गये। खैर...! जेल के भीतर दोपहर के भोजन के समय एक बेहद हसीन वाक़या हुआ। नये-पुराने जितने क़ैदी थे, सब अचानक से विद्रोह कर बैठे और आस-पास के सभी जेलकर्मियों पर बेतहाशा टूट पड़े। सारे क़ैदियों ने मिलकर कम्बल-परेड के माध्यम से उनके शरीर की विधिवत् सेवा की। देखते-ही-देखते अचानक से चारों ओर चीख़-चिल्लाहट मच गयी और स्थिति को नियन्त्रित करने के लिए बाहर से पुलिस-बल बुलाना पड़ा। तमाम जेलकर्मी और क़ैदी लाद-फाँदकर मेडिकल कॉलेज लाये गये और कुछ घण्टों में उनकी मरहम-पट्टी करके पुनः उन्हें अपने ठिकाने पर पहुँचा दिया गया। जेल के भीतर और बाहर सुरक्षा कड़ी कर दी गयी और घटना की संवेदनशीलता को देखते हुए जबर सिंह द्वारा एक आपात् मीटिंग बुलाई गयी।

12

इससे पहले कि जबर सिंह की बैठक सम्पन्न हो पाती और इस बैठक का कुछ निष्कर्ष निकल पाता, जबर सिंह रातों-रात राजधानी तलब कर लिए गये। भोर में जब वे राजधानी के लिए निकले तो रास्ते में उन्हें यह ख़बर मिली कि आज विधानसभा में इस बात को लेकर घोर हंगामा मचा हुआ है कि इलाहाबाद प्रशासन ने जीटी रोड पर सभा कर रहे निर्दोष और निहत्थे लोगों को जबरन जेल में डाल दिया है और वहाँ जेल में भी उनको जमकर मारा-पीटा गया है। दरअसल रंगमण्डल जनशक्ति पार्टी (रजपा) के प्रदेश अध्यक्ष पाखण्डी ठाकुर इसी क्षेत्र से चुनकर आते थे। इसलिए उन्हें ज्यों ही घटना की जानकारी

मिली वे अपने तमाम निर्दल साथियों के साथ सभाध्यक्ष की कुर्सी के सामने ही अनशन पर बैठ गये।

ये वही पाखण्डी ठाकुर थे जो कभी फ़ुरसतगंज में पीपल के वृक्ष के नीचे लोगों के बाल बनाया करते थे और ढक्कन गुरू के पारिवारिक स्वामिभक्त हुआ करते थे। पिछली बार ही हड़िया से निर्दलीय विधायकी का चुनाव जीत कर आये थे और आजकल विधानसभा में विपक्ष के मुखर वक्ता हुआ करते थे। उनका रग-रग जनसमस्याओं से वाक़िफ़ हुआ करता था। इसलिए वे इस तरह के किसी मुद्दे के प्रतिरोध का कोई अवसर छोड़ते न थे। सदन में निरन्तर आते-जाते उठते-बैठते उन्होंने अपेक्षाकृत बेहतर बोलना भी सीख लिया था और सदन में या बाहर, जब कभी अवसर मिलता, वे अपनी नौटंकी की अभिनय शैली में माइक पर झूम-झूमकर ख़ूब बोलते थे।

ख़ैर...! सदन की कार्यवाही प्रारम्भ हुई और पाखण्डी ने सभाध्यक्ष की अनुमति से बोलना शुरू किया। तभी हवा में उड़ता हुआ एक जूता उनके गालों को ज़ोर से चूमता हुआ नीचे जा गिरा। सदन में ठहाके गूँज उठे। लेकिन पाखण्डी को मानो अपने भाषण का प्रस्थान बिन्दु मिल गया। उनकी वाणी किसी बुलेट मोटरसाइकिल की तरह झट से स्टार्ट हो गयी। बोले—

'साथियो...! एक बात जान लीजिए कि सदन में कुछ भी असंसदीय नहीं है—न जूता मारना, न अपशब्द बोलना, न कुर्ता फाड़ना और न ही रिश्वत में अपना हिस्सा माँगना...! यही एक जगह तो ऐसी है कि जिसके भीतर कोई भी कारनामा हो, हमारे विद्वान संविधानवेत्ताओं ने इस पर रोक के लिए कोई प्राविधान नहीं बनाया। वे जानते थे कि देश के लोकतन्त्र को पैदा हुए जुम्मा-जुम्मा चार दिन हुए हैं। आने वाले दिनों में सदन में भाँति-भाँति के हरामख़ोर आयेंगे। इनमें से बहुतों को न गाँड़ धोने का शऊर होगा न खाँसने या पादने का...! अब ऐसी दशा में यदि सदन में आचार-विचार की मर्यादा तय कर दी गयी तो सदन, सदन न रहकर शोक-सभा में तब्दील हो जायेगा...! फिर कोई यहाँ क्यों आना चाहेगा?

...सदन में आने वाली प्रतिभाओं की विविधता बनी रहे इसलिए संविधान के जानकारों ने यहाँ आने वालों के लिए न तो पढ़े-लिखे होने की शर्त लगायी और न ही शराबी-कबाबी या अपराधी होने की...! मक़सद यह था कि साधू हो-संन्यासी हो, लहकट हो-गिरहकट हो, मदारी हो-जुआरी हो, चोर हो-डकैत हो, हाकिम हो-हुक्काम हो, मुंसिफ हो-दलाल हो—सदन के दरवाज़े सभी के लिए चौबीसों घण्टे खुले रहें...! दोस्तो यह गाँधी का देश है—बापू का देश है...!

बापू अक्सर हृदयपरिवर्तन की बात करते थे। क्योंकि वे जानते थे कि इन्सान समय का मारा हुआ है। बुराई समय के बुरे होने के कारण है। यदि सूखे पेड़ को भी खाद-पानी मिले तो वह अपने को बदल सकता है। इन्सान भी ऐसा ही है। उसमें बदलाव सम्भव है—उसका हृदय बदल सकता है। मैं कहता हूँ कि यदि व्यक्ति बदलेगा तभी समाज बदलेगा। इस बदलाव की शुरुआत इसी सदन से होती है।

ख़ैर...! बात मुद्दे से भटक गयी। हम कुछ नहीं चाहते—केवल आपकी रिश्वत में अपना कमीशन चाहते हैं। आप सोच रहे होंगे यह क्या बात हुई? यह पाखण्डी तो रिश्वत को क़ानून का रूप देना चाहता है। मैं पूछता हूँ कि इसे क़ानून का रूप क्यों नहीं देना चाहिए? अगर नहीं दे सकते तो बन्द करा दीजिए रिश्वतखोरी...? है हिम्मत बन्द कराने की...! जिस दिन आपका कमीशन बन्द हो जायेगा, सरकार चलाना मुश्किल हो जायेगा आपका...! अब आप जानना चाहते हैं कि हम कमीशन में हिस्सा क्यों चाहते हैं?

...अरे जनाब...! हमारी भी तो पार्टी है, हमारे भी तो कार्यकर्ता हैं...! बेचारे रोज़ जगह-जगह पोस्टर बैनर चिपकाते हैं, दरी बिछाते हैं, पूड़ी-तरकारी परोसते फिरते हैं, मौक़ा पड़ने पर हाथ-पाँव भी दबाते हैं। हज़ारों-लाखों की संख्या में हैं वे। उनका ख़र्चा कैसे निकालें हम...? पटरी कलाकारों का एक बड़ा वर्ग रोज़ी-रोटी के लिए संघर्ष कर रहा है। उनका भी कोई पुरसाहाल नहीं...! बड़े-बड़े ठेकों पर आप लोग कुण्डली मारकर बैठ जाते हैं, नाली-पुलिया-सड़क-खड़ंजा आपके चेले-चपाटियों के हिस्से चला जाता है। हम विपक्ष वाले कहाँ डूब मरें? ध्यान रखिए जितना ज़रूरी है सरकार का ज़िन्दा रहना उतना ही ज़रूरी है विपक्ष का भी बचा रहना...! हम नहीं रहेंगे तो आपको गरियायेगा कौन? और अगर गरियाने वाले न हुए तो आप धुनेंगे किसको? क्या आम जनता को...?? आम और अवाम को केवल चूसा जा सकता है, उसको गन्ने की तरह पेरा नहीं जा सकता; नहीं आपका स्वाद, बेस्वाद हो जायेगा...! एक बार हमारी जगह आम जनता को धुन कर देखिए—तख़्तापलट न हो जाय तो कहिएगा...!'

मुख्यमन्त्री ने बीच में टोका—'आप ज़ज़्बाती हो रहे हैं सरमा जी...! इस तरह की बातें आपको शोभा नहीं देतीं।'

जवाब भी हाज़िर था—'आप हमें समझा रहे हैं...! हमें...!! दोष आपका नहीं है, समय का है बच्चा बाबू...! क्या करिएगा मुर्गे की टाँग चबाते हुए शाकाहार पर भाषण देने का दौर है...! आप भी कर लीजिए ऐसा ही...!'

मुख्यमन्त्री बिफर गये। उन्होंने सदन के अध्यक्ष से अनुरोध किया कि 'पाखण्डी बजट की चर्चा में व्यवधान पैदा करना चाहते हैं। उन्हें रोका जाय।'

इतना सुनते ही सदन में सरकार के ज़िन्दाबाद और मुर्दाबाद के नारे लगाये जाने लगे और देखते-ही-देखते सदन में बजट की गम्भीर चर्चा रोक देनी पड़ी। बावजूद इसके पाखण्डी और उनके रजपा के सहयोगी दलों आपा, पापा, झापा, कापा, नापा आदि के तमाम साथी रंगीलाल, फिरंगीलाल, चिरौंजीलाल, पकौड़ीलाल, करियाराम, चिखुरीराम, घूरफेंकनराम, इच्छाराम, हरेराम, जीउतराम, चेतराम आदि लगातार आक्रामक बने रहे और 'सरकार मुर्दाबाद' के नारे लगाते हुए अध्यक्ष की कुर्सी तक चढ़ आये। फिर क्या...! मार्शल्स ने उन्हें बारी-बारी से कन्धे पर लादा और बाहर गलियारे में पटक आये। गतिरोध होता देख अध्यक्ष महोदय ने सदन की कार्यवाही लंच तक स्थगित कर दी।

लेकिन लंच के बाद सदन की स्थिति और बेकाबू हो गयी। कुछ विशेष प्रकार के समाजविज्ञानियों ने यह माना है कि वस्त्र किसी भी समाज को बाँटने की सबसे सभ्य साजिश है। राजनेताओं से बेहतर इस साजिश के मर्म को कौन समझ सकता है भला...! इसलिए जब भी अवसर मिलता है वे इस साजिश का अपने तरीक़े से विरोध करना कभी नहीं चूकते। आज लंच के बाद विधानसभा में भी यही कुछ चल रहा था। पाखण्डी के नेतृत्व में तमाम साथी दुबारा घुसकर अपने कुर्ते फाड़ने लगे जिसे देखकर प्रतिपक्ष के और सदस्य भी विरोध के इस नये तरीक़े पर उतर आये। फिर क्या...! सभी ओर कपड़े फटने की आवाज़ें आने लगीं और लोग अपने अवशेष वस्त्र बचाने के लिए इधर-उधर भागने लगे। ख़ैर...! सत्य-असत्य की इस लड़ाई में सब पूरी तरह निर्वस्त्र हो पाते, सभाध्यक्ष द्वारा सभा की कार्यवाही अनिश्चितकाल के लिए मुल्तवी कर दी गयी।

इसके पहले कि आज के सदन की यह हंगामेदार ख़बर मीडियावालों के लिए मसाला बन पाती, सदन के बाहर थोड़ी दूर पर नेटुओं की एक टोली एक सांकेतिक गीत गाकर आज के सदन की कार्यवाही की कारुणिक दशा-दिशा का बयान कर रही थी—

आइए संसद में मचा है ज़ोर का हंगामा देखिए
किसी मंतिरी का फटा है पाजामा देखिए
इंडिया गेट पर कोई चतुरी बेहाल पड़ा है
हजम कर गया सब कुछ, ऐसा ख़ानसामा देखिए...!

थे पक्के गिरहकट जो, चढ़े हैं आजकल अटारी पर
अपना तो पी गये, अब नज़र लगी ठेका सरकारी पर

खुदा-न-खास्ता अब उनका कारनामा देखिए
आइए संसद में मचा है ज़ोर का हंगामा देखिए...!

न तो ढँकने को तन है, न सोने को बिछौना
कैसे मान लें कि इस देश का, अभी हुआ है गौना
था गड़खुल्ला जो जग में, बना है सबका मामा देखिए
आइए संसद में मचा है ज़ोर का हंगामा देखिए...!

संयोगवश इसी समय जबर सिंह की गाड़ी वहाँ से गुज़री। वे आज की सदन के भीतर चलने वाली ऐसी किसी कार्यवाही से पूरी तरह अनभिज्ञ थे। लेकिन सदन से निकल रही भीड़ और उनके भीतर के आक्रोश को देख उनको इस गीत का मर्म समझते देर न लगी। वे थोड़ी देर ठिठक कर यह गीत सुनते रहे और फिर गाड़ी में बैठे ही बैठे ड्राइवर को मुख्यमन्त्री आवास की ओर चलने का इशारा किया। गाड़ी मुख्यमन्त्री आवास के भीतर प्रविष्ट हुई और जबर सिंह वेटिंग रूम की ओर बढ़ गये।

मसले चाहे जितने गम्भीर हों और मुलाक़ाती भीतर से चाहे जितना हिला हुआ हो, शासन के सरकारी बँगलों में तैनात बाबुओं के लिए यह अवसर केवल कमाई का अवसर होता है, और कुछ नहीं। अक्सर इन बँगलों में हमें तीन तरह के बाबुओं के दर्शन होंगे—दास बाबू, पास बाबू और ख़ास बाबू। दास बाबू मुख़्तसर दीन-हीन टाइप के लोग होते हैं और जब देखिए आपके सामने बीस-बीस रुपये के लिए दाँत निपोरते और रिरियाते मिल जायेंगे। अगर उन्हें मौक़े पर यह धनराशि नहीं भी मिलती तो भी वे आपको खुशी-खुशी उधारी पर छोड़ देंगे और बुरा तनिक भी नहीं मानेंगे। यही नहीं, यदि आपने उन्हें दान की यह धनराशि क़िश्तों में भी चुकता की तो भी वे इसे ग्रहण करने में कोई संकोच नहीं करेंगे। बल्कि आगे से जब आपसे मिलेंगे तो और दूर से देखकर ही बड़ी गर्मजोशी से आपके 'ग्यारह नम्बर की सलामी' ठोंकेंगे और आपके हाथ की डायरी को अपने संरक्षण में लेकर, आपके हाथों के नाहक़ बोझ को बख़ूबी कम करने की कोशिशों में लग जायेंगे।

लेकिन पास बाबू का मामला इनसे थोड़ा भिन्न है। वस्तुतः मुलाक़ाती या मुवक्किल इनकी आँखों के इशारों से यह समझ लेता है कि काम होगा या नहीं; साहब से मुलाक़ात होगी या नहीं; या साहब का मूड अभी मिलने लायक है अथवा नहीं। कदाचित् इसीलिए इन्हें 'पास' बाबू कहा जाता है। क्योंकि यदि इन्होंने पास दे दिया तो समझिए मामला 'ग्रीन-ग्रीन' है। इनके आँखों के ग्रीन सिग्नल के बाद साहब से आपके मुलाक़ात की सम्भावना बुरी तरह बढ़ जाती है।

चूँकि पास बाबू बिरादरी के लोग अपने को दासों के ऊपर की जाति मानते हैं और तमाम अंक-ज्योतिषियों के मुताबिक़ भी इनकी क़ीमत तीन अंकों में आँकी गयी है। इसीलिए दो अंकों में किए गये किसी दान को ये अपना अपमान समझते हैं, क्षणभर में ही आत्मग्लानि और हीनता से भर जाते हैं और या तो इस दान को स्वीकार नहीं करते या तो 'क्या महराज...??' का उच्चारण करते हुए दान की क्षुद्र राशि को मुँह बिचकाकर सरपट अपनी थैली में घुसेड़ लेते हैं।

और ख़ास बाबू के क्या कहने...! मेज़ के ऊपर से, मेज़ के नीचे से और दायें-बायें सभी ओर से उनके ऊपर लक्ष्मी बरसती रहती हैं। दोनों हाथ थक जाते हैं तो वे दाँत से रुपये पकड़ लेते हैं पर बिना पूर्व भुगतान के कोई साहब से मिल नहीं सकता, यह पक्का है। इन बाबुओं के नाक के नीचे एक तबक़ा अर्दलियों का भी होता है, जो असल में साहब के सबसे ख़ास होते हैं क्योंकि वे साये की तरह हमेशा साहब के साथ रहते हैं। इन सभी से पार पाने के बाद ही मुलाक़ात सम्भव हो पाती है। हालाँकि ये तीनों प्रजातियाँ स्वयं कलट्टर के आवास पर भी वास करती हुई बताई गयी हैं, यद्यपि वहाँ उनका क्रम थोड़ा भिन्न है।

ख़ैर...! जबर सिंह ने बारी-बारी से इन सभी बाधाओं को पार किया और अब जाकर उनकी बच्चा तिवारी से मुलाक़ात का वक़्त आया। बच्चा भी उसी विश्वविद्यालय की उपज थे, जहाँ से जबर सिंह जैसे लोग निकले थे। हालाँकि उनमें और जबर सिंह में एक बारीक़ अन्तर यह था कि जबर सिंह जहाँ दुर्घटनावश प्रशासन में आ गये थे वहीं बच्चा तिवारी बाक़ायदा नेता बनने का हौसला लेकर इलाहाबाद आये थे। यह ज़रूर हुआ था कि वे विश्वविद्यालय के छात्रसंघ में प्रकाशन मन्त्री जैसे महत्त्वहीन पद से ऊपर नहीं जा पाये। लेकिन बाद में वे लक्ष्मी चौराहे और कचहरी बस स्टैंड के चालकों के सहयोग से इलाहाबाद टेम्पो संघ के कई वर्षों तक अध्यक्ष बने रहे। इस पद पर रहते हुए उन्होंने अपने राजनीतिक जीवन की वह बारीक़ियाँ भी सीखीं जो वे विश्वविद्यालय के दौरान कभी नहीं सीख पाये। फिर क़िस्मत ने पलटी मारी। टेम्पो संघ के अध्यक्ष के बाद वे नगर निगम के पार्षद का चुनाव लड़ बैठे और जीत भी गये। फिर तो उन्होंने दो-तीन धक्कों के बाद मेयर की कुर्सी पर कब्ज़ा जमा लिया। कुछ समय में ही इलाहाबाद की स्थानीय राजनीति में उनका इतना दबदबा हो गया कि वे विधायकों की ख़रीद-फरोख़्त में पार्टियों को बाक़ायदा फाइनेंस भी करने लगे। विधायक हो या सांसद, इनिस्टर हो या मिनिस्टर, डीएम हो या सीएम, इधर का हो यह उधर का, सीधा हो या टेढ़ा, राजी हो या पाजी, निरोग हो या खाजी—बच्चा हर मर्ज़ की दवा बन गये थे। इसलिए एक बार जब प्रादेशिक चुनाव में किसी को

बहुमत नहीं मिला तो सोलह दलों के साथ सरकार बनाने के लिए बच्चा ही आगे आये। तब से वे लगातार दूसरी बार मुख्यमन्त्री का पद सम्हाल रहे थे। जबर सिंह बच्चा तिवारी का इन्तज़ार कर रहे थे। तभी उनका आगमन हुआ।

बच्चा तिवारी ने वेटिंग रूम में प्रवेश करते ही जबर सिंह से पूछा—'कैसे हो गया भाई...?'

जबर सिंह दोनों हाथ जोड़कर खड़े हो गये और बोले—'सर...! बस विद्रोहियों को पकड़ा गया था। उन्होंने जेल में भी मारपीट शुरू कर दी।'

'सम्हालो भाई सम्हालो...! बहुत सोच समझ कर तुम्हें यह ज़िला दिया गया था कि तुम यहाँ के रंग-ढंग से वाक़िफ़ हो... चीज़ों को बेहतर तरीक़े से समझोगे।'

'कोशिश तो कर रहा हूँ सर...!'

'कोशिश करने पर यह हाल है...!'

'जी सर...!'

'कलट्टर साहब...! आज आपके कारण सदन में हमारा कुर्ता फटते-फटते बचा है। सारे पाखण्डियों ने घेर लिया था आज हमें...! ख़ूब कुकुर झौं-झौं हुई...! तुमने शायद सुना न हो...! गाँव-देहात में जब बकरे की मीट पार्टी होती है तो सारे देशी कुत्ते एक कोने में चुप मारकर इस आस में बैठे रहते हैं कि जब बकरे की टाँग और सुरुआ खींचने वाले, हड्डी उनकी ओर फेंकेंगे तो वे इस चूसी गयी हड्डी से भी कुछ-न-कुछ रस निकाल ही लेंगे। अब इस हड्डी से भी रस न निकले तो वे कुकुर झौं-झौं भी न करें, पार्टी करने वालों पर भौंकें भी न तो क्या करें...! यही हाल पाखण्डी और सारे विपक्षी विधायकों का है...! पाँच साल बेचारे हमारी लूट और हमारा जश्न देखते आये हैं...! अब क्या हमारे सम्मान में कजरी गायें...? बस इसी की भड़ास है कि सबके कुर्ते फाड़े जा रहे हैं...! तिस पर तुमने उनके समर्थकों को गिरफ्तार करवा के उन्हें मौक़ा दे दिया...!!

...बहरहाल...! एक बात कान खोलकर सुन लो डियर...! रोज़ मैं कुर्ते नहीं फड़वाऊँगा। विधानसभा के चुनाव सामने हैं। और हम अपनी साख बचाने के लिए जद्दोजहद कर रहे हैं। क्या मुँह लेकर जायेंगे जनता के सामने?'

जबर सिंह कुछ देर तक चुप रहे। फिर कोशिश करते हुए बोले—'सर आन्दोलनकारी सत्ता के ख़िलाफ़ आवाज़ बुलन्द कर रहे थे। वे पार्टी की खामियों को सरेआम उधेड़ रहे थे। सरकार की समस्याएँ गिना रहे थे सो अलग...! बहुत मजबूरी में यह क़दम उठाना पड़ा।'

बच्चा बिफर गये। बोले—'अरे रे रे रे...! शासन की मजबूरी तो समझ में आती है लेकिन प्रशासन की क्या मजबूरी हो सकती है भाई...? जब सब मजबूर ही हो

जायेंगे तो सरकार कैसे चलेगी...? अंग्रेज़ों ने नौकरशाही इसलिए बनायी ताकि हम नेतागण अपने माथे का ठीकरा नौकरशाही के ऊपर फोड़ते रहें और जनता को चूतिया बनाते रहें...! जब हमें अपनी असफलता को कोसना हो तो हम नौकरशाही को कोसें और जनता हमारे इस कारनामे को देखकर ख़ूब तालियाँ बजाये कि आज नेता जी ने फ़लाँ अफ़सर को क़ायदे से हौंका...! मक़सद था कि तुम्हारे भरोसे हमारी भी साख़ बची रहे...! लेकिन अब तुम भी मजबूरी गिनाने लगे...! कैसे काम चलेगा? हमारी तो कल से राजनीति की दुकान ही बन्द हो जायेगी...!'

जबर सिंह समर्पण में कमर से नीचे झुक गये और बोले—'आगे से कोई मजबूरी नहीं आयेगी सर...! आप आदेश करें...!'

समर्पण देखकर बच्चा तिवारी अचानक से दार्शनिक की मुद्रा में आ गये। कहा—'कलट्टर साहब तुम अनुभवी आदमी लगते हो। सरकार कैसी भी चल रही हो पर जनता को यह समझाना प्रशासन का काम है कि सरकार बहुत अच्छा काम कर रही है। वैसे भी हर देश की जनता को वैसी ही सरकार मिलती है जिसके वो लायक होती है...! जहाँ तक जनता की समस्याओं का सवाल है, तुम जानते हो कि लोकतन्त्र में कभी समस्याओं के स्थायी समाधान नहीं खोजे जा सकते और न ही खोजे जाने चाहिए; क्योंकि तब तो हमारी राजनीति ही ख़त्म हो जायेगी। जब मुद्दे ही नहीं बचेंगे तो हमें पूछेगा कौन? हाँ...! पर मुद्दों का अस्थायी समाधान ज़रूर खोजकर रखना चाहिए।'

जबर सिंह मुख्यमन्त्री जी के इस पूरे उद्‌बोधन को सुनकर हतप्रभ थे। बच्चा तिवारी के साँस लेते ही उन्होंने तपाक से पूछा—'यह अस्थायी समाधान कैसा होना चाहिए सर...?'

बच्चा तिवारी का बोलना जारी रहा। बोले- 'देखो...! जनता को मुफ़्तख़ोरी की आदत लग चुकी है। इसलिए उन्हें समय-समय पर कुछ-न-कुछ मिलते रहना चाहिए। 'लेमनचूस' जनता की समस्याओं का सबसे मुफ़ीद अस्थायी समाधान है।'

जबर सिंह बोले—'लेमनचूस...??'

बच्चा तिवारी का ताव चढ़ आया था। वे बोलते रहे—'अरे भाई...! शायद तुम्हें न पता हो कि लेमनचूस लकड़ी के एक छोटी डंडी पर लिपटे एक मिठाई की तरह की चीज़ है। जब हम लोग छोटे थे तो गाँव में साइकिल पर एक लेमनचूस बेचने वाला आया करता था और सारे लड़के उसके पीछे ऐसे भागते थे जैसे कई दिनों के भूखे हों...! मतलब पेट भरे होने के बावजूद लेमनचूस हमारे लिए बहुत मायने रखता था। लेमनचूस एक प्रतीक है ऐसी किसी चीज़ की जिसके पीछे जनता अपना सब कुछ भूलकर बेपनाह दौड़ती रहे...! जनता जब भी अपना हक़ माँगे तो

बिना विलम्ब किये उसे यह लेमनचूस पकड़ा दो। वह जब थोड़ी देर लेमनचूस को चूसेगी तो इसके प्रभाव में वह अपना हक़ भूलकर हमारे हक़ में नारे लगाने लगेगी, हमारे लिए अपनी आन-बान-शान और कई बार अपनी जान तक गिरवी रख देगी।

...ध्यान दो...! जब तक कि उस पर से लेमनचूस का असर क़ाफूर हो, तब तक हमें जनता के टुकड़े-टुकड़े करने पर विचार करना शुरू कर देना चाहिए। दरअसल जनता की एकजुटता हमारे दीर्घकालीन राजनीतिक जीवन के लिए घातक है। सत्ता का रास्ता जनता की दरारों से होकर जाता है। राजनीति में जब चुनाव आता है तब इस दरार को कुरेदने की आवश्यकता पड़ती है। चुनावी जुए की चाल में जाति और धर्म दो पासे की तरह हैं। अगली बार जब हम जनता को जाति-धर्म के नाम पर विभाजित करेंगे तो वे इस बात के लिए कदापि नहीं लड़ेंगे कि हमने उनका हक़ नहीं दिया, बल्कि अब वे इस बात के लिए लड़ेंगे कि उनमें से कुछ को लेमनचूस नहीं मिला। अब हमें इन बाक़ियों को भी लेमनचूस पकड़ाना है। ध्यान रखो...! किसी भी दशा में लेमनचूस और जनता के निरन्तर बँटवारे की यह प्रक्रिया रुकनी नहीं चाहिए अन्यथा जनता अपने असल हक़ के लिए खड़ी हो जायेगी और हमारे पिछवाड़े पर दौड़ा-दौड़ा कर जूते मारेगी।'

थोड़ा-सा अवकाश पाकर जबर सिंह ने कुछ पूछने की गुस्ताख़ी की–'अभी के लिए क्या आदेश है सर?'

बच्चा तिवारी लम्बी साँस लेकर बोले–'सबसे बढ़िया तरीक़ा है जितने भी विद्रोही गिरफ़्तार किये गये हैं उन्हें आपस में बाँट कर रखो। गिरफ़्तार लोगों में से आधे लोगों को छोड़ दो और उन्हें कुछ लालच दे दो ताकि वे हमारे पक्ष में आ जायें...! जो जेल में रह जायें उन्हें समझा दो कि यह तुम्हारे अपने साथियों की वजह से हुआ है। बस उनमें आपस में फूट पड़ जायेगी। जो बाबा-साबा रास्ते में आयें उनका भी इलाज कर दो। बाबा औक़ात में आ जायेंगे और सेकुलर विरोधी खुश हो जायेंगे। ऐसे में बाबा के सनातनी समर्थकों का आक्रोश बढ़ेगा। तब बाबा को ससम्मान बरी करा दो। लेकिन निर्विघ्न किसी को न छोड़ो, अन्यथा वह हमारे ख़िलाफ़ षड्यन्त्र करने लगेगा।'

जाते-जाते बच्चा तिवारी ने जबर सिंह को चेताया। बोले–'देखो...! चूहे अब समझदार हो चुके हैं। केवल चूहेदानी के भीतर रोटी का टुकड़ा लटकाने भर से वे पकड़ में नहीं आने वाले...! कुछ दूसरे इन्तज़ाम भी करने होंगे।'

जबर सिंह 'समझ गया सर...!' –कहते हुए बाहर निकले और गाड़ी में आकर बैठ गये। गाड़ी तेज़ी से चल निकली। मुख्यमन्त्री जी दूसरे आगन्तुकों से मिलने में जुट गये।

13

मुख्यमन्त्री से मुलाक़ात के बाद जबर सिंह इलाहाबाद वापस लौटे और उन्होंने उसी दिन ज़िले के बड़े पुलिस अधिकारियों के साथ एक गोपनीय तथा अत्यन्त महत्त्वपूर्ण बैठक की। चूँकि अगले दिन सभी गिरफ़्तार अभियुक्तों की कोर्ट में पेशी होनी थी, इसलिए रात में ही सभी अभियुक्तों के घर खँगाले गये और थानेदार ने सारी रात जागकर अपनी केस डायरी और अन्य रिकार्ड तैयार किये, जिन्हें अगले दिन कोर्ट के समक्ष प्रस्तुत किया जाना था।

ख़ैर...! अगले दिन अलस्सुबह सभी अभियुक्त नैनी जेल से एक वैन में भरकर ज़िला कचहरी लाये गये और कोर्ट के बैठने तक उन्हें कुछ पुलिसवालों के संरक्षण में गेट के बाहर बिठा दिया गया। संयोगवश इसी समय कचहरी रोड पर जमूरे और ओस्ताद का एक पारम्परिक खेल चल रहा था और आने-जाने वाले लोग अपना सारा काम भूलकर वहाँ एक-दूसरे को घेरकर खड़े थे। ओस्ताद एक कोने में ईंट के टुकड़ों से सजी एक तथाकथित कुर्सीनुमा आकृति पर बैठा हुआ था और अपने फटे कुर्ते के पैबन्द को बार-बार वैसे ही ठीक कर रहा था जैसे न्यायालयों में जज साहबान अपनी टाई ठीक करने में किया करते हैं। कहने की आवश्यकता नहीं कि वह जज साहब की ही भूमिका में था। सामने खड़ा एक शख़्स लगातार चीख़े जा रहा था और वह शायद इसी ओस्ताद का जमूरा था, जो इस खेल में वकील साहब की भूमिका निभा रहा था। जमूरे का एक दूसरा साथी, जो शायद भविष्य में एक पूर्णकालिक जमूरे की भूमिका पाने के लिए संघर्षरत था, खेल में फ़रियादी की भूमिका निभा रहा था। सबसे पहले वकील साहब ने नतनयन जज साहब की ओर देखकर ज़ोर से कहा–

'मेरी तबीयत ठीक नहीं है हुज़ूर... इसमें कोई अगली तारीख़ देना मुनासिब होगा...!'

जज साहब बोले–'देखिये इसमें पहले ही छिहत्तर बार तारीख़ पड़ चुकी है। अब और तारीख़ न माँगिये; अन्यथा न्याय की मंशा प्रभावित होगी।'

वकील साहब ने फिर ज़ोर देकर कहा–'कौन साला ऐसा कहता है...?'

जज साहब ने आँखें तरेरीं–'ये क्या बदतमीज़ी है...?'

वकील साहब बोले–'कैसी बदतमीज़ी हजूर...! मैंने तो लॉ की बात की है...!'

जज साहब का टेम्परेचर अचानक डाउन हो गया–'वही तो...! ऐसे मत बोला कीजिए नहीं तो मैं किसी दिन सच में नाराज़ हो जाऊँगा...!'

वकील साहब ने मस्का मारा—'हुकुम नाराज़ हो जायेंगे तो न्याय कैसे होगा...? न्याय तो बेमौत मारा जायेगा। न्याय को ज़िन्दा भी तो रखना है हजूर...!'

सुनते ही जज साहब भीतर तक गीले हो गये—'हम्म...! सो तो है...!! कौन-सी तारीख़ दे दूँ...?'

तभी वहाँ खड़े एक फ़रियादी ने अपना पक्ष रखने की कोशिश करते हुए दबी आवाज़ में कहा—'अब तारीख़ और आगे न बढ़ाएँ माई-बाप...! रोज़ तारीख़ पड़ने के कारण ही हमें बाईस बरस से न्याव नहीं मिल पा रहा है...!'

कोर्ट—'मिलेगा-मिलेगा...!'

'मिल जायेगा हजूर...??'

'हम अपना काम तो मुस्तैदी से कर रहे हैं...! हर तारीख़ पर फ़ाइल पेश हो रही है। न्याय देने में समय तो लगता ही है...! देख नहीं रहे आज वकील साहब की तबीयत बहस करने की नहीं है...!'

'सो तो है हजूर...! पर तबीयत तो हमारी भी कई साल से ख़राब है सरकार...!'

'न्याय तबीयत देखकर नहीं मिलता...!'

'तब कैसे मिलता है हजूर...?'

'समय आने पर...!'

'मुआफ़ी हजूर...! समय कब तक आवेगा हजूर...?'

'आयेगा-आयेगा...! न्याय कोई जलेबी थोड़े ही है कि छानकर और चाशनी में डुबोकर आपके हवाले कर दिया जाय...!'

'तब न्याव कइसा है हजूर ...?'

इस बार वकील साहब ने जज साहब को निरुत्तर होता देख उनकी ओर से सफ़ाई दी—'न्याय सिरके की तरह है। उसके लिए रस निकालना पड़ता है; उसे ख़ूब सड़ाना पड़ता है। इसके बाद इसमें नमक-मिर्च-तेल मिलाकर फेंटना पड़ता है...! समय लगता है भाई...!'

वकील साहब का यह नैतिक समर्थन पाकर जज साहब ने फ़रियादी की ओर इस तरह देखा मानो कहना चाहते हों कि 'भरोसा कीजिए...! वकील साहब बिल्कुल सही फ़रमा रहे हैं।'

गुस्ताख़ फ़रियादी ने प्रतिवाद किया—'माज़रत चाहूँगा...! ज़्यादा समय लगने पर यदि मैं बीच में ही निपट गया तो क्या होगा हजूर...?'

'आप चिन्ता न करें। न्याय हर हाल में मिलेगा...! आपको नहीं तो आपके नाती-पोतों को मिलेगा...!'

'लेकिन मेरा तो कोई इस दुनिया में है ही नहीं हजूर...!'

'आ जायेगा कोई दावेदार आपके मरने के बाद...! हम उसे ही दे देंगे...!'

'और जो कोई नहीं आया तो हजूर...?'

'तो आपको न्याय ऊपरवाले के यहाँ ज़रूर मिल जायेगा...!'

'ऐसा होगा हजूर...?? लेकिन हजूर मैं जब ऊपर पहुँच जाऊँगा तो मुझे कैसे पता चलेगा कि मेरे साथ न्याव हुआ कि नहीं...?'

'आप परेशान न हों...! यमदूत के चेलों को परवाना दे दिया जायेगा; वे जाकर वहाँ रजिस्टर में आदेश की अमलदरामद करा देंगे और आपको फ़ौरन इत्तिला भी कर देंगे...!'

'ऐसा हो जायेगा न हजूर...?'

'ऐसा ही होगा...!'

'तब तो मैं निश्चिन्त होकर मर सकूँगा हजूर...! हजूर की जय हो...!! हजूर और उनके बाल-बच्चे जुग-जुग जियें...!!! न्याव ज़िन्दाबाद...!!!! हम इसे अल्लाह-ताला के यहाँ ले लेंगे...!!'

जमूरे और ओस्ताद का खेल लगभग समाप्त हो गया था। और अब कोर्ट के असल खेल शुरू होने की नौबत आ गयी थी। एक सिपाही ने आकर बताया कि कोर्ट बैठ गयी है—मानो कोर्ट का बैठना भी कोई ऐतिहासिक घटना हो...! अब सारे अभियुक्तों को न्यायालय में पेश किया जाना था। सभी बारी-बारी से कोर्ट में दाख़िल हो गये और एक ओर हाथ जोड़कर खड़े हो गये। कोर्ट क्या था, समझिये एक रंगमंच था जहाँ हर दस मिनट के बाद पात्र बदल जाते थे और उनके आपसी संवाद भी...! बस नहीं बदलता था तो जज साहब की कुर्सी पर बैठने वाला वह शख़्स, जो एक नज़र इन निरन्तर बदलने वाले पात्रों की ओर तो दूसरी नज़र इनके साथ सवाल करने वाले काले वस्त्रधारी जीवों की ओर टुकुर-टुकुर देखता रहता था।

कोर्ट में कुल जमा एक ही मेज़ थी और इसके चारों ओर बेतरतीब रखी गयीं लगभग साढ़े तीन कुर्सियाँ...! मेज़ पर गहरे कत्थई रंग की एक चादर बिछी हुई थी जो अपने बिछने के बाद से ही सालों से धुलने की प्रत्याशा में थी और इस अवधि में ही इस पर कभी नीली स्याही की शीशी लुढ़क गयी थी। जिसके कारण इसका आकार ग्लोब पर अंकित किसी देश के मानचित्र जैसा प्रतीत होता था। इससे भी उल्लेखनीय बात यह कि मेज़ पर एक तीन कोने वाला मोटा शीशा बिछा हुआ था वह प्रथमदृष्टया किसी मुग़लकालीन धरोहर का हिस्सा प्रतीत होता था। शीशे के ऊपर रखे लकड़ी के हथौड़े की बनावट और इसके सतह पर पुती

हुई मैल की मोटी परत देखकर कोई भी यह कह सकता था कि यह तो निश्चित रूप से लॉर्ड कार्नवालिस के समय ही डिज़ाइन की गयी होगी, जब हिन्दुस्तान में पहली बार उस क़ानून को लिपिबद्ध किया गया था, जिसके बल पर आज हमारा सारा सिस्टम इतराता चलता है।

हाँ...! मेज़ पर थोक के भाव जो दम तोड़ती पत्रावलियाँ रखी हुई थीं, निश्चित रूप से काफ़ी बाद के समय की मालूम पड़ती थीं जिनके सिले हुए हर पन्ने, सम्पूर्ण रूप से या टुकड़ों में आज़ाद होने के लिए बेताब हुए जाते थे। इन्हें कोर्ट का मुंशी रोज़ ही जज साहब के आने के ठीक पहले, लाल कपड़े के गट्ठर में बाँधता और खोलता था। ऐसे न जाने कितने और गट्ठर न्याय की चाह में, दीमकों की कई पीढ़ियों की प्रबल वासना का शिकार होते आ रहे थे; और जिसे न्याय माना गया था, वह मिले बग़ैर ही या तो चाक हो गया था या कि दाख़िल दफ़्तर...! एक ख़ूबसूरत तस्वीर एक कोने में खूँटी पर टँगी हुई थी जिसमें एक महिला अपने आँखों पर सफ़ेद पट्टी बाँधे तराजू लिए दिखायी देती थी। ऐसा लगता था यह निश्चित रूप से ईस्ट इंडिया कम्पनी के किसी महिला व्यापारी की तस्वीर रही होगी जिसे बाद में किसी जल्दीबाज़ी में बिना सोचे-समझे न्याय-व्यवस्था के लिए प्रतीक के रूप में अपना लिया गया।

फ़िलहाल कोर्ट ने सरकारी वकील से जिरह करना शुरू किया। कोर्ट ने कहा–

'आप सरकार की ओर से क्या कहना चाहते हैं...?'

'मी लार्ड...! केस डायरी के मुताबिक़ मुख्य अभियुक्त हलकान अली के घर की तलाशी ली गयी है जहाँ से भारी मात्रा में ईंट, पत्थर, काँच की गोलियाँ आदि बरामद हुईं। पुलिस रिपोर्ट के अनुसार हलकान मियाँ का पुत्र परेशान अली, सरकार के ख़िलाफ़ एक खुफ़िया षड्यन्त्र में शामिल था। और स्वयं हलकान अली माहौल बनाने के लिए सरकार के ख़िलाफ़ नारेबाज़ी कर रहे थे।'

कोर्ट ने कठघरे में खड़े हलकान अली की ओर तनिक ग़ौर से देखा और पूछा–'आपको अपनी सफ़ाई में कुछ कहना है...?'

हलकान अली बोले–'सब साफ़-साफ़ तो है माई-बाप...! तबहूँ सफाई देवे कै परी...?'

'हाँ...! यह न्यायालय की प्रक्रिया का हिस्सा है।'

हलकान अली को कुछ समझ नहीं आया कि वे इसका क्या जवाब दें। तब सरकारी वकील ने उन्हें टोका–

'कुछ तो बोलिये...!'

हलकान अली फिर भी चुप रहे और कोर्ट में ही सिसकने लगे। सरकारी वकील ने कोर्ट को समझाया कि दरअसल 'उन्हें अपने किये पर पछतावा है और वे अपने ऊपर लगे आरोपों के खण्डन में कुछ नहीं कहना चाहते।' कोर्ट मान गयी।

अब लछिमिनिया की बारी थी। सरकारी वकील ने कोर्ट को फिर बताया कि 'लछिमिनिया के घर से एक छापे वाला पुराना कपड़ा मिला है जिस पर कोई नक़्शा बना हुआ है। यह नक़्शा कभी नक्सलियों के यहाँ पाये गये नक़्शे से काफ़ी मिलता है। लछिमिनिया के परिवार के नक्सलियों से सम्बन्ध की गहन जाँच की जा रही है। इसे फोरेंसिक जाँच के लिए भेजा जाना उचित होगा।'

सरकारी वकील का आगे कहना था—'...केस डायरी के अनुसार लछिमिनिया की बेटी किसी बलात्कार का शिकार नहीं हुई थी बल्कि वह भी षड्यन्त्रकारियों के साथ मिली हुई थी। पहचान खुलने के डर से उसने और उसके माँ-बाप ने सामूहिक आत्महत्या कर ली थी। हलकान और लछिमिनिया सभी मिलकर आन्दोलन के माध्यम से एक नये षड्यन्त्र को अंजाम देने की कोशिश में जुटे हुए थे। इसलिए उन्हें गिरफ़्तार करना पड़ा।'

कोर्ट ने लछिमिनिया की ओर वैसे ही देखा जैसे कुछ देर पहले हलकान अली की ओर देखा था; फिर पूछा—'आपको अपनी सफ़ाई में कुछ कहना है...?'

लछिमिनिया रुआँसी हो गयी उसने एक नज़र बाबू जोखन सिंह की ओर दूसरी नज़र हलकान अली की ओर देखा, फिर बोली—'बहुतै कष्ट है सरकार...! कहने में कछु है नाहीं...!'

कोर्ट ने कहा—'आपको जो कहना है खुलकर कहिये। आपको किसी से डरने की ज़रूरत नहीं है।'

लछिमिनिया काँपती हुई आवाज़ में बोली—'उप्परवाला सब देखत है। हम केहू से का कहीं...?'

कोर्ट ने ढाढस बँधाया—'कहिये-कहिये...! डरिये मत...!'

'हम केहू से नाहीं डेरात.! जाओ हमका फाँसी देइ दीहौ...!'

सरकारी वकील ने कोर्ट को समझाया—'लछिमिनिया बिना किसी डर-भय के बयान दे रही हैं और फ़िलहाल उन्हें कुछ नहीं कहना है।'

कोर्ट ने 'ओक्के' कहकर रिपोर्ट के अवशेष हिस्से को पढ़ने को कहा। सरकारी वकील ने रिपोर्ट को पढ़ते हुए सुनाया—'...शेष अभियुक्तों के बारे में पुलिस रिपोर्ट कहती है कि बाबू जोखन सिंह, ढक्कन गुरू, झारखण्डे राय, मोहम्मद सुखारी आदि ये सभी सामाजिक कार्यकर्ता हैं तथा स्थानीय पुलिस की

शान्ति कमेटी के सदस्य हैं और समाज की बेहतरी के लिए काम करते हैं। वे केवल एक शान्ति सभा के आयोजन की सूचना पर भाग लेने आये थे, उन्हें सभा के पीछे रचे जा रहे गुप्त षड्यन्त्र की कोई जानकारी नहीं थी।'

कोर्ट ने लम्बी साँस ली और बोली—'ओक्के...!'

कोर्ट की कार्यवाही समाप्त हो गयी थी। सभी को कोर्ट रूम के बाहर बैठा दिया गया। लंच के ठीक बाद हलकान अली और लछिमिनिया को छोड़कर सभी को सशर्त जमानत दे दी गयी। बाक़ी सभी आदेश की कॉपी लेने के लिए दौड़े लेकिन हलकान अली और लछिमिनिया हथकड़ी पहनकर फिर उसी वैन में जा बैठे। फ़ुरसतगंज से आये उनके कई शुभेच्छु निराश होकर लौटने लगे थे।

शाम होते-होते जेल की वैन रोज़ की ही तरह अपने तमाम क़ैदियों को भरकर वापस निकल पड़ी। हलकान और लछिमिनिया बिल्कुल ऐसे जड़ हो चुके थे जैसे उन्हें काठ मार गया हो...! उनके भीतर एक विचित्र क़िस्म का कोलाहल मचा हुआ था। इलाहाबाद शहर और नैनी को जोड़ने वाले जमुना नदी के पुल को पार करते समय, वैन की मकड़जालनुमा जाली को अपने दोनों हाथों की सख़्त उँगलियों से कसकर पकड़े हुए वे दोनों सहयात्री, कदाचित् अपनी निरीह नज़रों से जमुना के अथाह जल की गहराई नापने की कोशिश रहे थे। हमेशा से लछिमिनिया के आँसू पोंछने वाले हलकान की आँखों से आज झर-झर निर्झर बूँदें ढुलक रही थीं और बदहवास लछिमिनिया उसे अपने साड़ी के पल्लू से पोंछने में लगी हुई थी।

दोनों नैनी जेल में रात भर सोये लेकिन जगे-जगे ही...! रात भर सपने देखे लेकिन जगे-जगे ही...! हलकान मियाँ को समझ नहीं आ रहा था कि उनके साथ क्या और क्यों हो रहा है...! आज की रात उनके कई रातों पर भारी पड़ रही थी। अपने इकलौते पुत्र का अचानक इस दुनिया को छोड़ कर चले जाना; फिर रोज़ ही किसी-न-किसी सरकारी अमले का फ़ुरसतगंज में आना, रोज़ नेता-नगरी, कोर्ट-कचहरी और अब जेल...! आख़िर क्यों.? क्या गुनाह है उनका...? अभी वे यही सब गुन रहे थे कि इतने में हलकान मियाँ ने देखा कि खिड़की से एक मद्धिम प्रकाश आ रहा है। अचानक से उन्होंने पाया कि गाँधी जी बैरक के एक कोने में बैठे हैं और उन्हें देखकर मन्द-मन्द मुस्कुरा रहे हैं...!

'क्या हुआ हलकान मियाँ...! इतने में सब्र जवाब दे गया तुम्हारा...?'

हलकान मियाँ भौचक हैं और गाँधी जी के इस प्रश्न के जवाब में, इन्कार में अपना सिर हिला रहे हैं—'आप कहें तो हम देश की ख़ातिर अपना सिर कटाइ दें महात्मा जी...!'

'धीरज रखो हलकान मियाँ...! परीक्षा की घड़ी है...!'

'कैसे रक्खूँ महात्मा जी...? बेटवा हमका छोड़ि कै चलि गवा...! अउर अब हम बिना कउनो अपराध के जेहल काट रहे हैं...!'

बापू बोले—'तुमको एक बात उदाहरण से समझाता हूँ। 1917 में जब मैं चम्पारण गया था तो ठीक ऐसा ही धर्मसंकट बतख मियाँ के सामने भी आया था। चम्पारण प्रवास के दौरान नील के खेतों के तत्कालीन अंग्रेज़ मैनेजर इरविन ने मोतिहारी में मुझे रात्रिभोज पर आमन्त्रित किया। तब बतख मियाँ इरविन के रसोइया हुआ करते थे। इरविन ने मेरी की हत्या के लिए बतख मियाँ को ज़हर मिला दूध का गिलास देने का आदेश दिया। लेकिन बतख मियाँ की अन्तरात्मा को इरविन का यह आदेश क़बूल नहीं हुआ। उन्होंने दूध का गिलास देते हुए मेरे मित्र राजेन्द्र बाबू के कानों में यह बात डाल दी। राजेन्द्र बाबू ने समय रहते मुझे सचेत कर दिया। नतीजा यह हुआ कि मेरी जान तो बच गयी लेकिन बतख मियाँ और उनके परिवार को बाद में इसकी भारी क़ीमत चुकानी पड़ी। अंग्रेज़ों ने उन्हें बेरहमी से पीटा, सलाखों के पीछे डाला और उनके छोटे से घर को ध्वस्त कर क़ब्रिस्तान बना दिया...!

...कभी सोचता हूँ कि अगर बतख मियाँ न होते, या उनके भीतर देश के लिए इतना प्यार न होता तो शायद मैं भी ज़िन्दा न होता। तुम्हारे सामने भी बतख मियाँ जैसी ही चुनौती है। अंग्रेज़ नहीं रहे लेकिन अपना क़ानून छोड़ गये। उनका इस्तेमाल इस देश की ग़रीब जनता के लिए हो रहा है। तुम धीरज रखो...! एक दिन तुम्हें न्याय मिलेगा...! हिम्मत मत हारना...!,—कहते-कहते गाँधी जी अन्तर्धान हो गये। हलकान अली के हाथ उन्हें छूने के लिए हवा में उठे और उठे ही रह गये।

14

बूटी महराज अपने आसन पर बैठ गये थे। उनकी दायीं ओर तनिक नीचे छम्मो देवी का आसन लगा था। छम्मो देवी के ठीक बगल में अन्तिम बाबा बैठे थे और बूटी महराज के श्रीचरणों में अभागी गंगी बैठी हुई थी, जो अब बूटी महराज के गुरुमन्त्र से गंगी देवी हो गयी थी। साधकों की मानें तो इन दोनों नये समागमियों के आगमन के बाद, आश्रम का माहौल तनिक अधिक लोकतान्त्रिक और अधिक उन्मुक्त हो गया था। इस उन्मुक्तता का सबसे बड़ा

कारण स्वयं बूटी महराज और स्वयं छम्मो देवी थीं। दरअसल बूटी महराज ने गंगी को और छम्मो देवी ने अन्तिम बाबा को नये आध्यात्मिक पन्थ में दीक्षित किया था। ख़ैर...! इस समय अन्तिम बाबा चिलम में गाँजा ठूँस रहे थे, जिसे हाथों-हाथ लेकर गंगी ने उसमें आग सुलगा दिया था और टेस्टिंग की पहली फूँक मारकर उसके आस्वादन के लिए इसे छम्मो देवी की ओर बढ़ा दिया था। छम्मो देवी ने हमेशा की तरह इसका एक ज़ोरदार कश खींचकर बूटी महराज की ओर बढ़ाया। और फिर बूटी महराज के मुँह में लगते ही, इस प्रसाद को भक्तों में पाने की होड़ लग गयी थी।

धीरे-धीरे बूटी महराज का प्रवचन भी आरम्भ हो गया था। विषय था–'अमरता की चाह'। बूटी महराज का कहना था कि 'अमरता की चाह मानवमात्र की इच्छा है। लेकिन क्या इस अमरता को किसी ने नज़दीक से देखा है, महसूस किया है...? शायद नहीं...! जिस दिन हम अमरता को नज़दीक से देख लेंगे, हमें अपनी मरणशीलता अधिक आकर्षक लगने लगेगी।' अपनी बात साबित करने के लिए उन्होंने एक लोककथा सुनायी, जिसका मज़मून कुछ यूँ था–

'सिकन्दर उस जल की तलाश में था, जिसे पीने से लोग अमर हो जाते हैं। दुनिया भर को जीतने के जो उसने आयोजन किये, वह अमृत की तलाश के लिए ही थे। काफ़ी दिनों तक देश-दुनिया में भटकने के पश्चात आख़िरकार सिकन्दर ने वह जगह पा ही ली, जहाँ उसे अमृत की प्राप्ति होती...! वह उस गुफा में प्रवेश कर गया, जहाँ अमृत का झरना था। वह आनन्दित हो गया।

जन्म-जन्म की आकांक्षा पूरी होने का क्षण आ गया। उसके सामने ही अमृत जल कल-कल करके बह रहा था। वह अंजलि में अमृत को लेकर पीने के लिए झुका ही था कि तभी एक कौआ जो उस गुफा के भीतर बैठा था, ज़ोर से बोला–

'ठहर, रुक जा, यह भूल मत करना...!'

सिकन्दर ने कौवे की तरफ़ देखा। बड़ी दुर्गति की अवस्था में था वह कौआ...! पंख झड़ गये थे, पंजे गिर गये थे, अन्धा भी हो गया था, बस कंकाल मात्र था। सिकन्दर ने कहा–

'तू मुझे रोकने वाला कौन...?'

कौवे ने जवाब दिया–

'सिकन्दर...! तू मेरी कहानी सुन ले, फिर जो चाहे करना। कभी मैं भी तुम्हारी तरह अमृत की तलाश में था और यह गुफा मुझे भी मिल गयी थी। मैंने यह अमृत पी लिया। अब मैं मर नहीं सकता, पर मैं अब मरना चाहता हूँ। देख मेरी हालत...! अन्धा हो गया हूँ, पंख झड़ गये हैं, उड़ नहीं सकता, पैर गल गये हैं।

एक बार मेरी ओर देख ले फिर मर्ज़ी हो तो अमृत पी ले...! देख अब मैं चिल्ला रहा हूँ, चीख़ रहा हूँ कि कोई मुझे मार डाले; लेकिन मुझे मारा भी नहीं जा सकता। अब प्रार्थना कर रहा हूँ परमात्मा से कि प्रभु मुझे मार डालो। एक ही आकांक्षा है कि किसी तरह मर जाऊँ। इसलिए सोच ले एक दफ़ा, फिर जो मर्ज़ी हो सो करना...!'

कहते हैं कि सिकन्दर सोचता रहा। फिर चुपचाप गुफा से बाहर वापस लौट आया; बगैर अमृत पिये...! सिकन्दर समझ चुका था कि जीवन का आनन्द उस समय तक ही रहता है जब तक हम उस आनन्द को भोगने की स्थिति में होते हैं। इसलिए हमें अमरत्व की तलाश में नहीं भटकना चाहिए। हमें यह देखना चाहिए कि हम अपने कर्मों से समाज को कितना कुछ दे सकते हैं कि हमारे न रहने पर भी यह समाज हमें अच्छे रूप में याद करे...!

आज यही तो नहीं हो पा रहा। चौतरफ़ा गिरावट है। शिक्षा हो, राजनीति हो, प्रशासन हो, अर्थव्यवस्था हो—हर ओर लूट मची हुई है। लोग अधिकाधिक धन-संचय में लगे हुए हैं। भ्रष्टाचार ने बीमारी का रूप धर लिया है। हर कोई इतना संग्रह कर लेना चाहता है कि उसकी सात पुस्तें बिना हाथ-पैर हिलाये मौज करती रहें। यह एक नये प्रकार की अमरता की ख़्वाहिश है। राजनीति इसमें सबसे आगे है। लोगों ने राजनीति को फ़ायदे का सौदा बना लिया है। धनपशु चुनाव में पैसे ख़र्च करते हैं। फिर जब जीतकर संसद में जाते हैं तो वहाँ लूट-खसोट को अंजाम देते हैं। राजनीति में अपराधियों के आने से लोकतन्त्र का भविष्य ही संकटमय हो गया है। आज हम उस व्यवस्था में जीने को बाध्य हैं जहाँ हम उन अन्धों की तरह व्यवहार कर रहे हैं जिनका नेतृत्व अन्धे नहीं तो काने ज़रूर कर रहे हैं।'

महराज का प्रवचन चढ़ान पर था। तभी बूटी महराज के एक योग्य शिष्य ने प्रवचन के बीच में ही खड़े होकर सवाल किया—

'महराज...! बात तो ठीक है। लेकिन इन राजनीतिक लुच्चों-लफंगों से देश को छुटकारा कब मिलेगा...?'

बूटी महराज ने जवाब दिया—'बहुत कठिन है...! क्योंकि प्रश्न राजनेताओं से छुटकारे का नहीं है; प्रश्न तो तुम्हारे अज्ञान के मिटने का है...! तुम जब तक अज्ञानी हो, कोई-न-कोई तुम्हारा शोषण करता रहेगा। कोई-न-कोई तुम्हें चूसेगा। पण्डित चूसेंगे, पुरोहित चूसेंगे, मौलाना चूसेंगे—'पण्डित-मुल्ला-काजी, तीनौ बहुतै पाजी।' —इनका तो जन्म ही हुआ है शोषण की व्यवस्था को बनाये रखने के लिए...! राजनेता इन शोषकों का नया वर्ग है और यह अधिक संगठित और मज़बूत है। इसके शोषण के पंजे से बच पाना मुश्किल है। तुम जब तक जाग्रत नहीं होंगे,

तब तक लुटोगे ही। फिर किसने लूटा, क्या फ़र्क़ पड़ता है...? किस झण्डे की आड़ में लुटे, क्या फ़र्क़ पड़ता है...? समाजवादियों से लुटे कि साम्यवादियों से...? क्या फ़र्क़ पड़ता है...! तुम लुटोगे ही...! बस, लुटेरों के नाम बदलते रहेंगे और तुम लुटते रहोगे...! इसलिए यह मत पूछो कि राजनीतिक लुच्चों-लफंगों से देश को छुटकारा कब मिलेगा...? यह प्रश्न ही अर्थहीन है। यह पूछो कि मैं कब इतना जाग सकूँगा कि झूठ को झूठ की तरह पहचान सकूँ और इस शोषण के कुचक्र को समझ सकूँ और स्वतन्त्र होकर निर्णय ले सकूँ। जब तक सारी मनुष्य जाति झूठ को झूठ की भाँति नहीं पहचानती, तब तक इस शोषण से छुटकारे का कोई उपाय नहीं है।'

अभी बूटी महराज का यह प्रवचन चल ही रहा था कि इतने में आश्रम के बाहर ज़ोर से कुत्तों के भूँकने की आवाज़ आयी। दरअसल स्थानीय थाने के दो इंस्पेक्टर, चार सब इंस्पेक्टर और लगभग एक दर्जन सिपाहियों का जत्था बूटी महराज के झूँसी स्थित आश्रम पर आ धमका था और कुत्ते बिना किसी पूर्व सूचना के इस पुलिसिया आगमन को स्वीकार करने के लिए तैयार न थे। सभी पुलिस वाले किसी तरह गिरते-पड़ते आश्रम के द्वार के भीतर प्रविष्ट हो सके और थोड़ा सुस्ताने के लिए नीचे ज़मीन पर ही लेट गये।

हमारी यह आम धारणा है कि किसी गली-मोहल्ले में देशी-आवारा कुत्ते प्रायः किसी फटेहाल को देखकर ही उसका पीछा करते हैं, झुण्ड बनाकर उसके पीछे दौड़ते हैं या काटते हैं। लेकिन यह सिद्धान्त हर दशा में सही हो, ऐसा कत्तई ज़रूरी नहीं है। झूँसी के बूटी महराज के आश्रम के आसपास रहने वाले कुत्ते इस मान्यता को झुठलाते प्रतीत होते थे। वे अक़्सर अपने इलाक़े में साफ़-सुथरे कपड़े और वेशभूषा वालों को ही देखकर उन्हें दौड़ा लेते थे। इसमें उनका कोई ख़ास दोष भी न था। आख़िर हम रोज़मर्रा के जीवन में जिस तरह के जीवों को मुसलसल आते-जाते देखते हैं उन्हें ही सामान्य मान लेते हैं। और यदि कोई उनसे इतर वेशभूषा और आचरण के साथ दिखायी देता है तो वह हमें अटपटा लगता है। बूटी महराज के आश्रम के इर्द-गिर्द मँडराने वाले कुत्तों का भी कमोबेश यही हाल था। और सबसे बड़ी बात है कि यदि इन कुत्तों को मठ की तरफ़ से नियमित रूप से अलाव पर भुने हुए बाटी का आनन्द मिल रहा हो तो फिर स्वामिभक्ति भी कोई चीज़ होती है या नहीं...!

बहरहाल थोड़ी देर संयत होने के बाद पुलिसवालों ने वहाँ उपस्थित सभी सज्जनों को चारों ओर से घेर लिया और उन्हें अपने स्थान पर ही बैठे रहने को कहा। फिर बूटी महराज से आश्रम की तलाशी देने में सहयोग का अनुरोध किया।

बूटी महराज यह सब देखकर तमतमा गये। बोले–'तलाशी...! लेकिन मैंने कौन-सा अपराध किया है?'

तब एक इंस्पेक्टर क़ागज़ दिखाते हुए बोला–'अपराध का पता तो बाद में चलेगा। फिलहाल ऊपर के सख़्त आदेश हैं। आप केवल तलाशी में सहयोग कीजिए वरना हमें आपसे सख़्ती करनी पड़ेगी...!'

बूटी महराज अपने अनुयायियों के सामने सरेआम बेइज़्ज़त हो रहे थे। आज तक पूरे इलाहाबाद में किसी पुलिस अधिकारी की इतनी हिम्मत न हुई थी कि लभेड़ियों को हाथ भी लगा सके। लेकिन विद्वत्‌जन कहते हैं कि जब आदमी का बुरा समय आता है तो ऊँट पर बैठे इन्सान को भी कुत्ता काट लेता है। और अगर वह न भी काटे, केवल ससुरा चाट ले, तो उसका यह कर्म भी कम ख़तरनाक नहीं–'काटे-चाटे श्वान के, दुहूँ भाँति विपरीत...!' आज बूटी महराज भी कुछ ऐसा ही महसूस कर रहे थे। वे असहाय थे। कुछ कर न सकते थे। सो उन्होंने सहयोग की मौन सहमति दी।

सबसे पहले वहाँ उपस्थित सभी अनुयायियों को वापस जाने दिया गया। केवल बूटी महराज, उनके कुछ नज़दीकी संन्यासी और साध्वी छम्मो देवी साथ रहे। तदनन्तर आश्रम की एक-एक चीज खँगाली गयी–बूटी महराज के झण्ड-कमण्डल में रखे गये द्रव्य से लेकर उनके बिस्तर के नीचे रखा गया साहित्य तक; उनके धूनी रमाने के स्थान के आसपास भाँग और गाँजे की चुनौटी के साथ पास में रखी चिलम की अधबुझी राख तक; आश्रम के झोंपड़े में जगह-जगह खोंसे गये चिरकुटनुमा कपड़े से लेकर आश्रम के कोनों में खोदकर गाड़े गये हड्डियों के टुकड़े तक–सब कुछ...!!

तलाशी का यह सिलसिला लगभग ढाई-तीन घण्टे तक चलता रहा। अन्त में सारी वस्तुओं की एक सूची बनायी गयी जो केमिकल एक्जामिनेशन के लिए विशेषज्ञों के पास भेजी जानी थीं। फिर आश्रम में रोके गये संन्यासियों से एक-एक करके पूछताछ शुरू हुई। उनके मूल निवास, उनके प्रवास का समयान्तराल, उनका अध्यवसाय, उनकी उम्र, उनके ब्रह्मचर्य आदि से जुड़े तमाम सवाल पूछे गये। अन्त में साध्वी छम्मो देवी का नम्बर आया। इसके पहले कि उनसे सवाल पूछे जाते, बूटी महराज ने स्वयं मोर्चा सम्हाल लिया।

एक इंस्पेक्टर ने पूछा–'ये साध्वी कौन हैं...?'

बूटी महराज बोले–'आश्रम की महिला साध्वी हैं...!'

'क्या करती हैं यहाँ पर?'

'क्या करती हैं मतलब? साध्वी का कोई दूसरा काम भी होता है क्या? साधना करती हैं...!'

'आपके साथ करती हैं या अलग से?'

'साथ में भी और अलग से भी...!'

'आपकी और इनकी मण्डली में कौन-कौन लोग हैं?'

'सभी के लिए दरवाज़े खुले हैं। यहाँ गिनती नहीं की जाती...!'

'अपने प्रवचन के विषय बताइये।'

'कल स्वयं आकर सुन लीजिए...!'

'साध्वी जी कबसे हैं यहाँ पर?'

'आश्रम की स्थापना के कुछ समय बाद से...!'

'उसके पहले किस आश्रम में थीं?'

'रही होंगी किसी आश्रम में...! तुम जाँच कर रहे हो या इन्सान की कुण्डली बना रहे हो...!'

'कुण्डली ही समझ लीजिए। सवाल का जवाब तो देना पड़ेगा...!'

साध्वी से न रहा गया और उन्होंने एक ही साँस में अपना पूरा इतिहास बता डाला। पुलिस वाले दंग रह गये और बूटी महराज सहित वहाँ उपस्थित जनों के होश उड़ गये। फ़िलहाल बूटी महराज को उनके साथियों संग गहन पूछताछ के लिए पुलिस हिरासत में लिया गया और साध्वी छम्मो देवी को ससम्मान अन्यत्र शिफ़्ट कर दिया गया। आश्रम अन्तिम बाबा और गंगी के भरोसे छोड़ दिया गया।

बूटी महराज के गिरफ़्तारी की ख़बर ज्यों ही बाबू जोखन सिंह के कानों तक पहुँची, वे अत्यधिक उत्साहित हो गये। पल भर में ही मसान के पीछे फ़साहत अली के औषधालय में दो दिन से अपनी थकान उतार रहे शंकर जी के बारातियों को तत्काल तैयार होकर उपस्थित होने के निर्देश दिये गये। सभी हाज़िर हुए। पोलो बहुत ख़ुश थे। बाबू जोखन सिंह ने टोका—

'कस में पोलो...! देख्यौ हमार दिमाग कै खेला...! तोहरे बूटी भित्तर चले गये कि नाहीं...! अबहीं छम्मो के तोहरे बाँह में बिठावेके बाकी है...! घबराओ जिनि...! बाबू जोखन सिंह जवन कसम खात हैं ओहके पूरा करके दम लेत हैं...! आजु मस्ती करो। फिरि बिहने से दूसरे काम पर लागौ...!'

फ़साहत ने जोखन सिंह को इस कदर बेतहाशा हाँकते देख उन्हें बीच में ही टोका। बोले—'लेकिन गुरु...! बूटिया गिरफ़्तार हुआ है; एहमें तोहार कवन जुगति लागी है जो आपन पीठ थपथपाइ रहे हो...!'

जोखन सिंह तमतमा गये और कहा—'अमाँ...! तुम बहुतै बेवाहियात इन्सान हो...! हर समय लकड़ी लगावै लागत हौ...! जब अपने पिछवाड़े में खूँटा पड़ा हो न तो ओहकै निकारि कै दूसरे कै पिछवाड़े में खोंसे के ही आपने जुगति समझै कै चाहीं...!'

फ़साहत चुप लगा गये। मसान में जश्न का माहौल था। सुन्नर, आचार्य रामपलटदास, झारखण्डे, पोलो, ढक्कन, मोहम्मद सुखारी आदि सहित तमाम साथी मिलकर गाने में व्यस्त थे तथा भाँग के असर में नाच-नाच कर लहालोट हो रहे थे—

खेलें मसाने में होरी
दिगम्बर, खेलें मसाने में होरी...!

भूत-पिसाच बटोरी
दिगम्बर, खेलें मसाने में होरी...!!

गोप न गोपी न श्याम न राधा
ना कोई रोक न कोई बाधा
ना कोई साजन न गोरी
दिगम्बर, खेलें मसाने में होरी...!

लख सुन्दर फागुनी छटा के
मन से रंग गुलाल हटा के
चिता-भस्म भर झोरी
दिगम्बर, खेलें मसाने में होरी...!!

नाचत-गावत डमरूधारी
भाँग पिलावत गौरा प्यारी
पीटें प्रेत ढपोरी
दिगम्बर, खेलें मसाने में होरी...!!

भूतनाथ की मंगल होरी
देख-देख के रीझें गौरी
धन्य-धन्य नाथ अघोरी
दिगम्बर, खेलें मसाने में होरी...!!

15

बूटी महराज के आश्रम से कलट्टर साहब की पुरानी जान-पहचान वाली साध्वी छम्मो देवी के बरामद होने की ख़बर जबर सिंह के कानों तक पहुँची। इसके पहले कि ख़बर इधर-उधर फैलती, कलट्टर साहब ने स्वयं मोर्चा सम्हाल लिया और पुलिस के अधिकारियों को फ़ोन करके साध्वी को अपने कैम्प ऑफ़िस के पीछे स्थित गेस्ट हाउस में ठहराने का निर्देश दिये। छम्मो देवी को कुछ समझ में नहीं आया कि आख़िर पुलिस वाले उन्हें इतने सम्मान के साथ यहाँ क्यों लेकर आये हैं और एकाएक उनकी इतनी आवभगत क्यों की जा रही है...!

ख़ैर...! साध्वी अभी इन्हीं दुविधाओं में गुम थीं कि उन्हें थकान के कारण न जाने कब नींद-सी आ गयी। फिर वे वहीं बिस्तर पर ही लेट गयीं। आश्वस्ति और सुकून भरे माहौल में, वे पल भर में ही अतीत के गहरे सपने में भी डूब गयीं।

'आई...! कोई आया है बाबा से मिलने...!'

'अरे देवा...!' कहते हुए माँ आने वाले के चरणों में लेट गयी थी।

'आपने क्यूँ कष्ट किया? सन्देसा भिजवा देते, हम तुरन्त हाज़िर हो जाते...!'

तब तक बाबा भी आ गये थे। बाबा भी वही कह और कर रहे थे, जो माँ ने किया था। आने वाले ने एक नज़र मुझे देखा और बोले—'बहुत भाग्यशाली हो। बड़े महन्त ने तुम्हारी दूसरी बेटी को भी ईश्वर की पत्नी बनाने का सौभाग्य तुम्हें दिया है...!'

यह सुन कर मैं भी प्रसन्न हो गयी। इसका मतलब मैं दीदी से मिलूँगी...! तब मैं केवल ग्यारह बरस की थी और दीदी तेरह बरस की...! माँ और बाबा ने जाने की सारी तैयारी रात को ही कर ली। अगली दोपहर हम मन्दिर के बड़े से प्रांगण में थे। भव्य मन्दिर और ऊपरी हिस्सा सोने से मढ़ा था। माँ बाबा मुझे झूठ बोलकर छोड़ चुपके से चले गये थे।

गर्भगृह से एक विशालकाय शरीर और तोंद वाला महन्त बाहर निकला तो पल भर में ही वहाँ उपस्थित सभी लोग सिर झुका कर घुटने के बल खड़े हो गये थे। मुझे भी वैसा करने को कहा गया। उस रात एक बूढ़ी अम्मा के साथ रही मैं...! अगली सुबह मुझे नहला कर दुल्हन जैसे कपड़े पहनने को मिले, जिसे उसी बूढ़ी अम्मा ने पहनाया जो रात में मेरे पास थी। अब मुझे अच्छा लग रहा था। सब मुझे ही देख रहे थे। मेरी ख़ूबसूरती की बलाएँ ले रहे थे।

मेरा विवाह कर दिया गया भगवान की मूर्ति के साथ...! जिसे दुनिया पूजती है, अब मैं उसकी पत्नी...!! सोच कर प्रसन्नता की लहर दौड़ जाती थी पूरे शरीर में...!

मुझे रात दस बजे एक साफ़-सुथरे कमरे में, जहाँ पलँग पर सुगन्धित फूल अपनी ख़ुशबू बिखेर रहे थे, बन्द कर दिया गया।

'आज ईश्वर ख़ुद तेरा वरण करेंगे, ध्यान रखना...! ईश्वर नाराज़ न होने पायें...!!' –उसी बूढ़ी अम्मा ने मेरे कमरे में झाँकते हुए कहा; पर अन्दर नहीं आयी। एक डेढ़ घण्टे बाद दरवाज़ा बन्द होने की आहट से मेरे नींद खुली। मैं तुरन्त उठ कर बैठ गयी। सामने वही बड़े शरीर वाला था। लाल आँखें और सिर्फ़ एक धोती पहने मुझे और भी डरा रहा था...!

'ये क्यूँ आया है...?' –मेरे मन ने सवाल किया...! 'मुझे तो भगवान के साथ सोने के लिए कहा गया था।'

सवाल बहुत थे पर जवाब एक भी नहीं था। वह सीधा मेरे पास आ कर बैठ गया और मैं ख़ुद में सिकुड़ गयी। मेरे चेहरे को ऊपर उठा कर बोला–

'मैं प्रधान महन्त हूँ इस मन्दिर का...!' फिर कोने में रखी विष्णु की मूर्ति की तरफ़ इशारा करता हुआ बोला–'ऊपर आसमान का भगवान ये है और इस दुनिया का मैं...!'

फिर मेरे मुँह के बहुत पास आ कर बोला–

'आज मैं तेरा और ईश्वर का मिलन कराऊँगा...! ईश्वर के साथ आज तेरी सुहागरात है। और ये मिलन मेरे ज़रिये होगा। इसलिए चुपचाप मिलन होने देना। व्यवधान मत डालना...!'

मैंने बिना कुछ समझे सिर हिला दिया। महन्त मुस्कुराया और फिर मेरी भयंकर चीख़ निकली। मैं दर्द से छटपटा रही थी। बहुत देर तक साँस नहीं लौटी। दुबारा चीख़ निकली तो महन्त ने मेरा मुँह दबा दिया। बाहर ढोल-मंजीरों की आवाज़ें आने लगीं। कुछ देर बाद मैं पूरी तरह बेहोश हो गयी। मुझे नहीं पता वह कब तक मेरे शरीर के ऊपर रहा; कब तक ईश्वर से मेरे शरीर का मिलन कराता रहा। अगली सुबह चेहरे पर पानी के छींटों के साथ मेरी बेहोशी टूटी। मेरे ऊपर एक चादर थी और वही बूढ़ी अम्मा मेरे घाव को गर्म पानी से सँभाल कर धो रही थीं।

'तूने कल महन्त को नाख़ूनों से नोच लिया...? समझाया था न तुझे कि ऐसा नहीं करते...! फिर...?' –मैं कुछ बोल न सकी। दुःख और पीड़ा की वजह से शब्द गले में ही अटक गये थे।

'महन्त को नाराज़ नहीं कर सकते। न तुम और न मैं, न कोई और...!' कहकर अम्मा मेरे सिर पर हाथ फेरकर चली गयी।

ख़ैर...! समय बीता। मेरी आँखें इस बीच मेरी बहन को ढूँढ़ती रहीं। पर वह नहीं मिली। किसी को उसका नाम भी नहीं पता था क्योंकि विवाह के समय एक नया नाम दिया जाता है और उसी नाम से सब बुलाते हैं। इसके बाद मैं जब भी किसी नयी लड़की को मन्दिर प्रांगण में देखती तो सिहर जाती थी। डर और दहशत की वजह से सो नहीं पाती थी। मैंने इसी बीच नृत्य सीखा। भगवान की मूर्ति के समक्ष ख़ूब झूम-झूम कर नृत्य करती। साल में एक बार माँ बाबा मिलने आते। क्या कहती उनसे...? वे स्वयं भी मुझे अब भगवान की पत्नी के रूप में देखते थे। मैंने भी कुछ समय के लिए अपनी नियति से समझौता कर लिया था। किसी और के लिए जीना सीख लिया था। पर मन यह मानने को तैयार नहीं था।

एक दिन मेरा सब्र बिल्कुल ही जवाब दे गया और मैं मन्दिर से निकल भागी। भागकर सीधे रेलवे स्टेशन पहुँची और वहाँ से दिल्ली जा रही ट्रेन में बैठ गयी। रास्ते में एक भले आदमी मिल गये। उन्होंने मुझे बनारस में काम दिलाने का वादा किया और मैं उनके साथ बनारस चली आयी। लेकिन यह क्या...! वह भी हवस का पुजारी निकला। एक रात को मैं उसके घर के पिछवाड़े से भागी और वहाँ से ट्रेन पकड़कर सीधे इलाहाबाद चली आयी। सोचा कि यहाँ परदेश में मुझे कौन जानता होगा...! कुछ काम-धन्धा करके अपना पेट पालूँगी। लेकिन एक ही नज़र में चौक के दलालों ने मेरा सौदा कर लिया और मुझे मीरगंज ले आये। मैं अब एकदम से हार चुकी थी। इसलिए अब और भागना नहीं चाहती थी। मान लिया था कि अब ज़िन्दगी में कोठे पर ही नरक काटना बदा है...!

तभी एक दिन अचानक से मुझे तुम मिल गये—निश्छल और निर्भीक...! लगा कि जैसे थके हुए जीवन को उसकी साँस मिल गयी हो...! आस ज़गी कि एक स्त्री को उसका आत्मगौरव दिलाने वाला एक इन्सान इस धरती पर बचा है...! पर ऊपर वाले को यह भी मंजूर न हुआ। एक दिन तुम मुझे छोड़कर न जाने कहाँ चले गये। हमने पोलो के साथ मिलकर तुम्हें कहाँ-कहाँ नहीं ढूँढ़ा...! पर तुम मिलकर भी नहीं मिले। तब पोलो ने ज़माने से विद्रोह करके मुझे अपनाया। लेकिन एक दिन वह भी अचानक से ग़ायब हो गया। लोगों ने तमाम तरह की बातें कीं। किसी ने कहा कि उसको गंगा मैया ने लील लिया; किसी ने कहा कि उसके दुश्मनों ने उसे मारकर जमुना में फेंक दिया। अब मेरे सामने एक ही चारा था कि मैं स्वयं को गंगा मैया के हवाले कर देती...! और मैं शायद करना भी चाहती थी। लेकिन उस रात के अँधेरे में भगवान ने बूटी महराज का रूप धरकर मुझे बचाने के लिए भेज दिया। बस मैं उसी दिन से सब कुछ भुलाकर सत्संग में लीन हो गयी।

इस देश की एक औरत ने खुशी चुननी चाही थी। मैंने वही चुना, जो किसी भी आज़ाद सम्पूर्ण मनुष्य को चुनना चाहिए। जो इस दुनिया में हज़ारों सालों से मर्द चुनते आ रहे हैं। एक औरत के बनिस्बत तो मर्द ज़्यादा आसानी से यह सब चुन लेते हैं...! लेकिन कभी किसी ने उनके चुनाव पर सवाल नहीं उठाया। किसी ने यह नहीं कहा–'तुम्हारे कइयों से सम्बन्ध रहे हैं। तुम चरित्रहीन मर्द हो।' शायद चरित्रहीनता का सारा भार औरतों के ऊपर है। फिर हम जैसी औरतों की बिसात ही क्या...! हम तो उस पत्तल की तरह हैं, जिसमें लोग खाते भी हैं और हमें ही जूठा कहकर फेंक भी देते हैं...!'

साध्वी की आँखें भर आयी थीं और वे सिसकने लगी थीं। तभी साध्वी की तन्द्रा अचानक से टूटी। न जाने क्यों ऐसा लगा किसी जानी-पहचानी आवाज़ ने उनके कानों पर दस्तक दी हो...! साध्वी ने आँखें खोलीं तो कोई बिल्कुल अपना-सा शख़्स सामने खड़ा था। वही मुस्कराहट, वही रौब, वही क़द, सब कुछ वही...! केवल सिर के बाल कुछ कम हो गये से लगते थे और गालों पर सफ़ेद दाढ़ी की खूँटी दिखने लगी थी। साध्वी ने अपने को भीतर से झिंझोड़ा और पल भर में लपककर जबर सिंह के गले से लिपट गयीं। जबर सिंह देर तक उन्हें अपने सीने से चिपकाये रहे। एकबारगी छम्मो देवी की आँखों से आँसुओं की धार बह चली थी और जबर सिंह भी अपनी भावनाओं को रोक पाने में असमर्थ हो रहे थे। समय बिल्कुल थम-सा गया था। ऐसा लग रहा था मानो दो नदियाँ मिलकर एक हो जाना चाहती हों...!

जबर सिंह ने जब छम्मो देवी का साथ छोड़ा था तो वे बमुश्किल सत्तरह-अठारह साल की रही होंगी। पाँच फ़ीट सात इंच के आसपास लम्बा क़द, पपीते की तरह बिल्कुल भरा हुआ गठीला बदन, समुन्दर की-सी गहराइयों और मादक ख़ामोशी वाली बड़ी-बड़ी आँखें; रक्तिम-रसीले होंठ जैसे अभी शहद बनकर टपक पड़ना चाहते हों; नाक-नक्श ऐसे जैसे अजन्ता की गुफाओं के मूर्तिकारों ने फिर से तराशे हों; शरीर के अंगों का कटाव ऐसे जैसे कोई उफनती नदी तटबन्ध तोड़कर बहने को आतुर हुई जाती हो...! छम्मो देवी स्वयं में एक सम्पूर्ण संसार थीं जिसके क़रीब आने पर हवा भी महक उठती, चारों तरफ़ का वातावरण मादक तरंगों में झूमने लगता...!

ख़ैर...! थोड़ी देर बाद दोनों के बीच बातचीत का सिलसिला शुरू हुआ। छम्मो ने चुप्पी तोड़ी–

'कंहाँ चले गये थे तुम...?'

जबर सिंह ने झुकी मुद्रा में ही कहा—'नियति ने मुझे तुमसे बहुत दूर कर दिया छम्मो...!'

'नियति को दोष देने का चलन हम जैसों को है, तुम्हारे जैसे गबरू जवान मर्द को नहीं...!!'

'ये बीते ज़माने की बातें हैं...! अब मैं न गबरू रहा और न जवान...! शायद ऊपरवाले को भी हमारा साथ मंजूर न था...!'

'बस यही सौ ग्राम का कलेजा लेकर तुम हमारे मोहल्ले की सीढ़ियाँ चढ़ कर आये थे...? तुम तो बहुत बड़े फट्टू निकले जबरू...! हम नगरवधुएँ इस चीज़ को तो बख़ूबी जानती हैं कि ज़माने में अपनी देह को छोड़कर कोई दूसरा हमारा साथ न देगा...! हमारी कोख से जन्मा सन्तान भी नहीं...! लेकिन याद करो कि तुम अपने इन्हीं पैरों से चलकर मेरे पास आये थे; मैं तुम्हारे पास नहीं गयी थी...! मुझे जाना भी नहीं था क्योंकि हमें अपनी सीमा बख़ूबी मालूम है...! हमें मालूम है कि उस बदनाम बस्ती में रहकर किसी पुरुष से प्रेम करना कितना ख़तरनाक हो सकता है। इसे केवल मैं समझ सकती हूँ या मेरी जैसी कोई और...! लेकिन तुमने ही तो मेरे भीतर जीने की आस जगाई थी। मुझे जीवन के सपने दिखाये थे...!

...याद करो वह दिन जब हाथी पार्क में बैठकर हथगोलों और कट्टों से निकलने वाली गोलियों की तड़तड़ाहट के बीच अपने साथी दोस्तों के सामने गरजते हुए तुमने मेरा हाथ थामा था...! कहा था कि हम साथ जियेंगे और साथ मरेंगे...! कह दो कि वह सब झूठ था...! कह दो कि दूसरे मर्दों की तरह तुम्हें भी केवल मेरे जिस्म से प्यार था...! चुप क्यों हो बोलो...!!'

'कुछ भी झूठ नहीं था छम्मो...! पर मैं सच का साथ नहीं दे पाया...!'

'क्यों नहीं दे पाये सच का साथ...? इसलिए कि तुम्हें ज़माने से बैर लेना पड़ता या इसलिए कि जिस समाज में तुम रह रहे थे वहाँ हम अछूत हैं और तुम्हें हमें अपनाने में अछूत बनना पड़ता...!'

जबर सिंह चुप रहे। छम्मो बोलती रहीं—

'जबरू...! हम अछूत ज़रूर हैं। लेकिन हमें अछूत तुम जैसे लोगों ने बनाया है, जो अपनी शरीर की भूख शान्त करने के लिए हमारे पास आते हैं, हमारे बन्द पड़े दिल के देहरी पर ज़ोर की दस्तक देते हैं और फिर एक दिन हमें लात मारकर चल देते हैं; क्योंकि तुम्हें डर है कि ज़माना तुम्हें भी अछूत बना देगा। मेरा सवाल यह है कि ज़माना तुम्हें उस समय अछूत क्यों नहीं बना देता जब तुम उसी ज़माने की भीड़ से निकलकर छुपते-छुपाते हमारे पास आते हो और अपनी वासना शान्त करके फिर उसी भीड़ में शामिल हो जाते हो...!'

'बस करो छम्मो...!' जबर सिंह ने धीरे-से कहा।

छम्मो रुकीं नहीं, बल्कि उसी भाव में बोलती रहीं–

'क्यों बस करूँ...! इसलिए कि सच सुनते-सुनते तुम्हारे कान के परदे फट जायेंगे...? जबरू...! मैं आज भी उसी मोड़ पर खड़ी हूँ जहाँ तुमने मुझे छोड़ा था–आज भी उसी तरह तुम्हारे लौटने के इन्तज़ार में कि एक दिन मेरा गबरू आयेगा और ज़माने की परवाह किये बग़ैर मुझे अपना बना लेगा...! लेकिन यह मेरे जीवन की शायद सबसे बड़ी भूल है...! जबरू...! यह शरीर तो आवारा पशु है, इसलिए मैं इसका तो नहीं कह सकती; पर यह दिल आज भी उसी भाव को जी रहा है जो तुमने कभी सरस्वती पार्क, कभी मनमोहन पार्क, कभी टण्डन पार्क, कभी नेहरू पार्क और कभी भरद्वाज आश्रम में मुझसे इश्क़ करते हुए जगाया था। याद करो जब मैं तुम्हारी बाँहों में लेटकर यह शेर कहती थी–'सोना दिया सुनार को पायल बना दिया/दिल दिया दिलदार को घायल बना दिया।' मैं आज भी तुम्हारे प्रेम में घायल हूँ और अपना सब कुछ छोड़ने के लिए तैयार हूँ। क्या अपना सकोगे मुझे...? जी सकोगे मेरे साथ वही जीवन-वही वादे...??'

'तुम बहुत भावुक हो रही हो छम्मो...! हम अब अतीत को लेकर नहीं जी सकते। मेरा एक भरा-पूरा परिवार है। एक समाज है। एक सम्मानित नौकरी है...! इन सबके होते हुए मैं शायद तुम्हारे साथ न्याय नहीं कर पाऊँगा...! मेरी मजबूरी समझो...!'

'यह तुम्हारी मजबूरी नहीं, कमज़ोरी है...! सारे मर्द समाज की कमज़ोरी...! वही कमज़ोरी जिसके कारण तुम मुझे छोड़ गये थे। अपनी नाकामियों को मजबूरी का नाम न दो जबरू, नहीं तो मेरा इश्क़ पर से विश्वास उठ जायेगा। कम-से-कम मेरे सीने में तो यह अलख जलते रहने दो; ताकि भविष्य में कोई और नगरवधू इश्क़ के नाम पर इस तरह न गुमराह हो...!'

बातचीत चल ही रही थी कि बीच में ही गेस्ट हाउस के एक कोने में रखी टेलीफ़ोन की घण्टी बज उठी। जबर सिंह भारी क़दमों से उस ओर गये और रिसीवर उठाकर अपने कानों से लगा लिया। रिसीवर पर दूसरी ओर से कुछ देर तक आवाज़ें आती रहीं और इस ओर से जवाब में जबर सिंह 'हूँ-हाँ' करते रहे। फिर कुछ ही मिनटों में रिसीवर रखकर छम्मो की ओर लौटे और 'मुझे तुरन्त जाना होगा' कहकर तेज़ क़दमों से कमरे के बाहर निकल गये।

16

अभी जबर सिंह और साध्वी छम्मो का आपसी मामला निपटा भी न था कि इसी बीच शहर में पाखण्डी ठाकुर का आगमन हुआ—साथ में उनके साथी विधायकों की एक कोर टीम का भी...! दरअसल जबसे पाखण्डी ने यह सुना था कि पुलिस ने फ़ुरसतगंजवालों को जबरन पकड़ कर जेल में डाल दिया है तभी से वे विधानसभा से लेकर सड़क पर हर जगह न केवल सरकार को कोस रहे थे बल्कि मौक़ा मिलने पर सत्ता में बैठे लोगों को सबक़ सिखाने की धमकी देने से भी परहेज नहीं कर रहे थे। और उन्हें ज्यों ही तनिक फुर्सत मिली वे इलाहाबाद निकल आये।

बहरहाल, आज बाबा चौराहे के पास स्थित सर्किट हाउस में बैठे-बैठे अपने साथी विधायकों के साथ चिन्तन-मनन में लगे हुए थे तभी बोतल का ढक्कन खोलते वक़्त, उन्हें अपने गुरुघराने के श्रेष्ठ स्वजन ढक्कन गुरू की याद हो आयी और साथ में उनसे मिलने की तीव्र इच्छा भी जाग्रत हुई। फिर क्या...! साथीगण इस काम में लगा दिये गये कि ढक्कन गुरू की तलाश की जाय...! हालाँकि सिविल लाइंस के सुभाष चौराहे के आस-पास स्थित उनके तमाम हिट्ठों पर पता कराने पर भी ढक्कन का पता न लग सका। तभी किसी ने बताया कि आजकल उनकी बैठकी निरन्तर मसान घाट पर बाबू जोखन सिंह के यहाँ हो रही है। मसान घाट का नाम सामने आते ही जैसे पाखण्डी के शरीर में एक करेंट-सा दौड़ गया। उनके मन-मस्तिष्क में मसान घाट का सारा नज़ारा एक झटके में ही कौंध गया। उन्होंने तुरन्त अपने ड्राइवर चिखुरी परसाद से बाबू जोखन सिंह के मसान की ओर चलने का इशारा किया और देखते-ही-देखते उनकी गाड़ी उसी ओर चल निकली।

अगर ढक्कन, पाखण्डी के गुरुघराने से आते थे तो बाबू जोखन सिंह पाखण्डी के लिए सब कुछ थे—आध्यात्मिक गुरु से लेकर राजनीतिक गुरु तक...! बाऊजी से लेकर पापा तक, अब्बू से लेकर अब्बा तक...! ढेरों लोग तो पाखण्डी को जोखन सिंह का 'दत्तक पुत्र' तक कहते थे। जबकि स्वयं पाखण्डी अपने को उनका 'मानस पुत्र' कहलाने में संकोच न करते थे।

संयोग देखिये...! इस बात का इल्म न होते हुए भी कि आज पाखण्डी का आगमन इसी दिशा में हो रहा है; बाबू जोखन सिंह और उनकी मण्डली पाखण्डी के आरम्भिक जीवन और राजनीतिक जीवन में उनके आकस्मिक प्रवेश के

छिद्रान्वेषण करने में मशगूल थी। ढक्कन आज बहुत दिनों बाद पाखण्डी की हरक़तों पर फ़िदा हो रहे थे और फ़ुरसतगंज के बरगद के वृक्ष के नीचे अक्सर होने वाली चकल्लसों के बहाने उन्हें याद करने में लगे थे। हालाँकि न तो पोलो, न झारखण्डे, न फ़साहत, न सुन्नर और न ही आचार्य रामपलटदास उनके तर्कों से सहमत हो रहे थे। ढक्कन फ़साहत की ओर उन्मुख होकर बोले–

'...कुछ भी कहो लेकिन पखण्डिया से बड़ा भक्त और यारबाज़ आदमी ढूँढ़े से भी नहीं मिलेगा...! उसने तो हमारे दादा-परदादा से लेकर हमारे बाउजी और हमारे दाढ़ी-बाल तक बनाये। लेकिन मजाल क्या कि कभी उस्तरा गलत चला हो...!'

झारखण्डे से न रहा गया। बोले–'उस्तरा गलत चलता तो गरदन ही न उतर जाती तुम्हारी...! लेकिन तुम्हारे गरदन का तो स्थायी इन्तज़ाम कर ही दिया ससुरे ने...! ऐसा घुमाया कि आसमान के अलावा कहीं और देख ही नहीं सकते तुम...!'

पोलो ने मज़ा लेने के लिए झारखण्डे की हाँ-में-हाँ मिलाया। कहा–'एक नम्बर का पाजी है। कौन नहीं जानता है हरामखोर को...! अगर उसके यहाँ एक साथ आठ आदमी दाढ़ी बनवाने आयें तो आठों को एक साथ साबुन लगा देगा ताकि जब तक वह बारी-बारी एक-एक का काम-तमाम न कर दे तब तक कोई उसकी दुकान को छोड़कर कहीं और न जाने पाये...! गाँव वालों से पूछो तो पता चले कि तुम्हारे जिस खानदानी पेड़ के नीचे हजामत बनाता था, वहीं आगे खेतों में काम करने वाली औरतों से अक्सर भद्दे मज़ाक़ किया करता था...! तंग आ गयी थीं सब-की-सब...! एक दिन मिलकर सबने उसकी ऐसी हजामत बनायी कि बस उसी दिन से हजामत बनाना छोड़ दिया...!'

अब सुन्नर पाड़े ने भी पोलो की कथन से सहमति जताते हुए उसमें आगे जोड़ा–'पूरी बात काहें नाहीं बताते हो के...? बताओ कि हजामत का काम छूटने के बाद पाखण्डी ने कितने काम-धन्धे अपनाये...! पहले चूड़िहारा बनकर गाँव-गाँव घूमता था और औरतों को चूड़ियाँ पहनाता फिरता था। साथ में टिकुली-सिन्दूर-लिपस्टिक अलग बेचता था। वहाँ भी कई ख़ानदानी औरतों के नाजुक हाथ पकड़ने में पिटा। जब इससे भी उसका मक़सद पूरा न हुआ तो अन्त में उसने एक नाच-मण्डली खोल ली। नाच-मण्डली में नचनिये का रोल स्वयं ही करता था। उस समय नाच-मण्डली में उसका केवल एक ही जोड़ीदार हुआ करता था–तुम्हारा परेशान अली...! दोनों जब साड़ी पहन कर मंच पर लौंडा नाच करते थे तो पूरा इलाक़ा उमड़ पड़ता था। फिर एक दिन क़िस्मत

पलटी और विधायकी का चुनाव लड़ बैठा। शुरू में लोग उसकी उम्मीदवारी को केवल मज़ाक़ में ले रहे थे। लेकिन गाँव-गड़ा में नवधा और रेखियाउठान क़िस्म के लौंडे दीवाने थे उसकी नाच के...! बस उन्हीं के बल पर चुनाव जीत गया और विधायक बन बैठा...! आज भी शासन-सत्ता में उसकी हैसियत किसी नचनिया-पदनिया से ज़्यादा नहीं है...!'

ढक्कन से न रहा गया। झुँझलाकर बोले–'अमें...! राजनीति में सब तो नचनिये घुसे पड़े हैं...! खुद भी नाच रहे हैं और हमें भी नचा रहे हैं...! कम-से-कम पाखण्डी के होने से शासन-सत्ता में हमारी आवाज़ तो बुलन्द होती है...! जब पाखण्डी ने सदन में हंगामा किया तभी कलट्टर को राजधानी में तलब किया गया। तभी हम सब लोग जेल से छूटे...! इतना जल्दी एहसान भूल गये तुम लोग...?'

ढक्कन अपनी बात पूरी भी नहीं कर पाये थे कि इतने में पीछे से बाबू जोखन सिंह का आगमन हुआ। उन्हें वार्ता का मज़मून मालूम हो गया था। इसलिए वे बिना किसी अतिरिक्त सूचना के बैठक में शामिल होते हुए बोले– '...बात एहसान की नहीं है हो ढक्कन...! बात साहस की है। नाऊ साहसी बहुत होता है और अगर अपने पर आ जाय तो अच्छे-अच्छों को धूल चटा सकता है।' फिर उन्होंने बैठक में उपस्थित सभी को एक क़िस्सा सुनाया जिसका मज़मून इस प्रकार था–

'कभी इसी फ़ुरसतगंज में एक शिखण्डी नामक नाई हुआ करता था। वह घोर आलसी था। कोई काम-धाम नहीं करता था। पर बातों में उससे कोई जीतने वाला न था–पूरा बकैत और फेंकू...! अच्छे-अच्छे उससे हार मानते थे। पूरे दिन वह पुराने आईने के सामने बैठकर टूटे कंघे से बाल सँवारता रहता और मौक़ा मिलने पर गाँव वालों के साथ बैठकर लम्बी-लम्बी फेंकता रहता था। उसकी बूढ़ी माँ और पत्नी दोनों उसे इसके लिए दिन भर फटकारती रहती थीं क्योंकि घर में खाने के लिए एक दाना न होने के बावजूद वह टस-से-मस न होता था। एक दिन उसकी पत्नी ने आजिज़ आकर उसे झाड़ू से बेतहाशा पीटा। शिखण्डी ने उस दिन अपने को बहुत अपमानित महसूस किया और घर छोड़कर चला गया। उसने कसम खायी कि जब तक कुछ कमा नहीं लेगा घर नहीं लौटेगा।

चलते-चलते वह गंगा पार के उस ओर स्थित जंगल में पहुँचा। वहाँ उसने सहायता के लिए भगवान् से प्रार्थना करने का विचार किया। लेकिन वह प्रार्थना के लिए बैठता, इसके पहले ही उसका ब्रह्मराक्षस से सामना हो गया। ब्रह्मराक्षस वह राक्षस होता है जो अपने पूर्वजन्म में ब्राह्मण होता है। ब्रह्मराक्षस बेतहाशा नाच रहा था। उसे देखकर शिखण्डी के होश उड़ गये। लेकिन उसने अपना डर

ज़ाहिर नहीं होने दिया। उसने साहस बटोरा और ब्रह्मराक्षस के साथ नाचने लगा। थोड़ी देर बाद उसने ब्रह्मराक्षस से पूछा–

'तुम क्यों नाच रहे हो बेऽ...? तुम्हें किस बात की ख़ुशी है??'

ब्रह्मराक्षस ज़ोर से हँसा और बोला–'इसलिए कि आज मुझे तुम्हारा नरम-नरम मांस खाने को मिलेगा...! लेकिन तुम क्यों नाच रहे हो...?'

शिखण्डी मुस्कुराया। बोला–'अबे हमारे देश का राजकुमार सख़्त बीमार है। चिकित्सकों ने उसे एक-सौ-एक राक्षसों के हृदय का रक्त पिलाने को कहा है। महाराज ने मुनादी करवाई है कि जो कोई यह दवा लाकर देगा उसे वे अपना आधा राज-पाट दे देंगे। साथ ही उससे अपनी बेटी का विवाह भी करेंगे। बड़ी मुश्किल से मैंने एक सौ ब्रह्मराक्षस पकड़े हैं। तुम्हें मिलाकर एक-सौ-एक की संख्या पूरी हो जायेगी। तुम्हारी आत्मा को मैंने पहले ही कब्ज़े में कर लिया है। तुम मेरी जेब में हो...!'

यह कहते हुए शिखण्डी ने अपनी जेब से छोटा आईना निकालकर उसके सामने किया। ब्रह्मराक्षस ने आईने में अपनी शक्ल देखी। चाँदनी रात में उसे अपना प्रतिबिम्ब साफ़ नज़र आया। उसे लगा कि वह वाक़ई नाई की मुट्ठी में है। ब्रह्मराक्षस ने काँपते हुए शिखण्डी से स्वयं को छोड़ देने का अनुरोध किया। लेकिन शिखण्डी राजी नहीं हुआ। तब ब्रह्मराक्षस ने उसे सात रियासतों के बराबर धन देने के बदले में छोड़ने का अनुरोध किया। शिखण्डी ने झुकने को अनिच्छुक होने का स्वाँग करते हुए कहा–

'लेकिन यह धन है कहाँ...? और इतनी रात गये इस धन को मेरे घर कौन पहुँचायेगा...??'

ब्रह्मराक्षस ने कहा–'ख़ज़ाना तुम्हारे पीछे वाले पेड़ के नीचे गड़ा है। पहले तुम इसे अपनी आँखों से देख लो फिर मैं इस ख़ज़ाने को पलक झपकते ही तुम्हारे घर पहुँचा दूँगा।'

इतना कहने के साथ ही उसने पेड़ को जड़ समेत उखाड़ दिया और हीरे-मोतियों से भरे सोने के सात कलश बाहर निकाले। फिर शिखण्डी के कहने पर ख़ज़ाने को उसके घर पहुँचा दिया। अब एक बार फिर ब्रह्मराक्षस ने नाई से खुद को मुक्त करने का अनुरोध किया। शिखण्डी ने इसके पहले उससे अपने खेत की फ़सल काटकर लाने को कहा। फिर क्या...! ब्रह्मराक्षस ने इत्मीनान से पूरी फ़सल काटी और शिखण्डी के पास गया। शिखण्डी ने इस बार उसे उल्टा शीशा दिखाया। इस बार शीशे में अपनी छवि न पाकर उसने रहत की साँस ली और नाचता-गुनगुनाता वहाँ से चला गया।'

साथियों को इस लम्बी कथा को सुनाने के बाद जोखन सिंह ने लम्बी साँस लेकर अपना मन्तव्य रखना चाहा और बोले—'...पाखण्डी ठाकुर उसी शिखण्डी के खानदान का है।'

अभी यह सब चल ही रहा था कि इतने में मसान में बैठे बाबू जोखन सिंह और साथियों ने चिलम की फूँक के बीच देखा तो सड़क की ओर धूल के गुबार के साथ किसी गाड़ी के आने की आवाज़ आयी। सभी सतर्क हो गये। धीरे-धीरे वातावरण की धूल छँटने लगी और उसके बीच से दो-तीन लोगों की आकृतियाँ उभरीं। सबने नज़र गड़ाकर ध्यान से उस ओर देखा। तभी ढक्कन के मुँह से आवाज़ निकली—'ई तो पखण्डिया आवत है...!'

पाखण्डी चलकर तनिक नज़दीक आये और ग़लती से सबसे पहले ढक्कन का पैर छू लिया। तदनन्तर बाबू जोखन सिंह के पैर छुए। जोखन सिंह का माथा गरम होने के लिए इतना बहुत था। वे पाखण्डी की इस बेरुख़ी से बिल्कुल ही तमतमा गये और फ़साहत की ओर देखते हुए गियर बदलते हुए बोले—

'...तो मैं तुम्हें समझा रहा था कि बेहया कुल तीन तरह के होते हैं—बेहया, बज्र बेहया और निघरघट...! जो बेहया और बज्र बेहया होते हैं वे दरअसल हमारे इसी समाज के ढीठ और मनबढ़ क़िस्म के लोग होते हैं। और लाख समझाने पर भी अपना रास्ता नहीं छोड़ते। लेकिन निघरघट तो ऐसे होते हैं जिनकी ढिठाई का लेवल कुछ ऐसा होता है कि वे जूता खाकर भी शान्त नहीं होते। आजकल की राजनीति में जाने वाले अक़्सर वही लोग होते हैं। अपनी औक़ात भूल जाते हैं; अपने बाप को बाप नहीं समझते और यदि इन्सान कहीं सुकून से बैठा हो तो उसकी टाँग पकड़ के खींच देते हैं...! अभी मैं तुम्हें शिखण्डी की कथा सुना रहा था न...! उसका पूरा खानदान पानी भरता था कभी हमारे यहाँ...! हालत यह थी कि अगर एक दिन काम न करें तो भर पेट भोजन न मिले...! लेकिन आजकल उसके वंशज हमें देख कर मुँह फेर लेते हैं...! विधायक बन गये हैं न ससुरे...! अब उनका हाल यह है कि 'अपना काम बनता/माँ चुदाए जनता...!' और हम लोग ठहरे ग़रीब-गुरबे जनता के लोग...! लेकिन यही जनता तुम्हारी ख़ैर लेगी बेट्टा...! घबड़ाओ जिनि...!!'

अभी बाबू जोखन सिंह अपनी बात पूरी भी नहीं कर पाये थे कि पाखण्डी ने अपने मुँह का पान दायीं ओर थूका, आँखों से काला चश्मा हटाया और लपककर बाबू जोखन सिंह के पैरों को पकड़ कर सहलाने लगे। दाँत निपोरने लगे सो अलग...! पाखण्डी ज्यों-ज्यों उनका पैर सहलाने की कोशिश करते; बाबू जोखन सिंह उतनी ही ताक़त से उसे छुड़ाने की...!

हालत यह हो गयी कि पाखण्डी कहते कि 'ई हमरा पैर है। एहपे हमरा अधिकार है...!' और बाबू जोखन सिंह झटककर इसे छुड़ाते हुए कहते कि 'ई ग़रीब-गुरबन के पैर है। एहका छोड़ो...!' —पर पाखण्डी इसे किसी क़ीमत छोड़ने को तैयार न थे। पूरी सभा इस दृश्य को देखने और इसका आनन्द उठाने में मशगूल थी। ख़ैर...! बड़ी मुश्किल से और सभा में उपस्थित सज्जनों की मदद और सहयोग से बाबू जोखन सिंह और पाखण्डी का मामला हल हो सका। तब से लेकर सभा की समाप्ति तक पाखण्डी उनके पैरों को न केवल पकड़ कर बैठे रहे बल्कि उसे निरन्तर सहलाते भी रहे।

पाखण्डी और बाबू जोखन सिंह के बीच सट्टे-पट्टे हो गयी थी और बाबू जोखन सिंह पाखण्डी को दुलराने लगे थे। सभा स्तब्ध थी। अब बाबू जोखन सिंह ने पाखण्डी ठाकुर को जबर सिंह के आततायी शासन के सम्बन्ध में बढ़ा-चढ़ाकर बताना शुरू किया। उन्होंने पाखण्डी की पीठ पर ज़ोर से मारते हुए कहा—

'अमें...! तुम तो पेल्हड़ की झाँट बनते हो बड़के...!! सालो-साल हुआँ दारुल-शफ़ा में पड़े रहत हौ और हम सब हियाँ मरिति जात हईं। ई जबरवा जबसे इलाहाबाद कै कलट्टर बनि कै आवा है; ससुरा न केहू कै ढंग से जीए देत है और न मरे देत है...! साँस फँसी है सबकी समझि ल्यौ...! जउन तोहार नौटंकी वाला दोस्त रहा परसनवा...! ओहका मरै के बाद सासन के उल्टा-पुल्टा रिपोर्ट भेजि दिहिस...! कहिस कि परेसान बेरोज़गार रहा और कुआँ में कूदि कै आपन जान देई दिहा...! हम सबका ई बाति बहुतै नागवार गुज़री कि एक किसान के बेटा के बारै में अइसन रिपोर्ट हम सबकै सम्मान के ख़िलाफ़ है। तो एक दिन हम सब मिलि कै हाइवे जाम करै गये रहें...! ओही में हम सबका ख़ूब मरवाइसि और पकड़ि के जेहल में डारि दिहिसि। हम सब तो कउनो तरह बाहरि आई गयेन...! लेकिन उहाँ जेहल मां तोहरै हलकान चच्चा अउर लछिमिनियाँ चच्ची कै बहुतै दुरदसा होत है। कउनो तरह से उनकै बाहरि निकारै कै परबन्ध करौ नाहीं तौ उनकर जेहलिये में मकबरा बनवावै कै पड़ी...!'

'लेकिन अपराध तो सबका बराबर था...! फिर उनको क्यों नहीं छोड़ा?' —पाखण्डी ने हवा में सवाल उछाला।

बाबू जोखन सिंह ने तनिक लम्बी साँस ली और फ़साहत की ओर कनखी नज़र से देखते हुए बोले—'अमें तुम तो राजनीति में हो...! हमहूँ राजनीति किये हैं। लेकिन आज तक हमका पुलिस का मिज़ाज़ नाहीं समझि में आवा। जेके मन करत है धरि लेत हैं ससुरे और जेके मन करत है फाँसि देत हैं...!

जेकै फाँसे कै रहत है ओकर अइसा-अइसा कहानी बनावत हैं कि हियाँ इन्वरसीटी कै बड़े-बड़े कहानीकारन के बुद्धी फेल होइ जात है...!'

कहते-कहते जब बाबू जोखन सिंह हाँफने लगे तो आचार्य रामपलटदास ने जोखन सिंह की बात पूरी करते हुए कहा–'...पुलिस वालों ने कोर्ट में अपना साक्ष्य दिया है कि परेशान, सरकार के ख़िलाफ़ किसी खुफ़िया षड्यन्त्र में शामिल था और स्वयं हलकान अली माहौल बनाने के लिए सरकार के ख़िलाफ़ योजना बना रहे थे। पुलिस का यह भी कहना है कि लछिमिनिया के परिवार के भी नक्सलियों से सम्बन्ध थे। लछिमिनिया की बेटी किसी बलात्कार का शिकार नहीं हुई थी बल्कि वह भी षड्यन्त्रकारियों के साथ मिली हुई थी। पहचान खुलने के डर से उसने और उसके माँ-बाप ने सामूहिक आत्महत्या कर ली थी। इस कारण न हलकान चच्चा को जमानत मिली और न लछिमिनिया चच्ची को...!'

बाबू जोखन सिंह की साँसें स्थिर होने लगी थीं। वे तमतमाये–'अमें पुलिस माने का...? कुच्छो नाहीं...! परसासन के हाथ कै खिलौना समझो बस...! सारा झगड़ा ई ढक्कनवा का है...! एहके लाट साहब बनै के चक्कर में सारा मामिला गड़बड़ावा है...! ई ससुरा जबसे लाट साहब बना है तबसे कुछ न कुछ बवाल होइ रहा है...! रोज़ै कउनो न कउनो नवा झंझटि...!! मीरगंज कै टोली लै के चुगुलखोर किहाँ मत्था टेके गये रहें सरऊ...! हराम की औलाद...! चले थे कलट्टर बनने...! जब गाँड़ि में नाहीं गूदा तो काहें लंका में कूदा...! जब्बरवा कै आँखि में गड़ि गये...!! तब्बे से सबके सर पर शनीच्चर चढ़ा है...! अब लेंड़ी तर हो गयी न तुम्हरी...!'

झारखण्डे बोले–'एक और नया झगड़ा शुरू होखे वाला है ए गुरू...!'

बाबू जोखन सिंह चौंके–'शुभ-शुभ बोलो में...! तुम्हारे मुँह से कोई अच्छी ख़बर आज तक नहीं सुनी हमने...!'

झारखण्डे का बोलना जारी रहा–'शुभ बोलै से शुभ हो जाता तो कोई काहें अशुभ बोलता...!'

जोखन सिंह के माथे पर बल पड़ गये। बोले–'मामिला का है साफ़-साफ़ बताओ...!'

झारखण्डे ने तफ़्सील से उनको पूरी बात बताई। कहा–'मामला यह है कि बूटी गुरू भी धरा गये हैं और छम्मो देवी जबर सिंह की गिरफ़्त में हैं। दोनों फिर से इश्क़ लड़ा रहे हैं। उधर बूटी की गिरफ़्तारी के विरोध में परियाग से लेकर काशी तक सारे मण्डलेश्वर, मठाधीश, पुजारी और बाबा संगम पर इकट्ठा हो रहे हैं। उनकी माँग है कि बूटी महराज को तुरन्त रिहा किया जाय।'

अभी झारखण्डे अपनी बात पूरी करते, इसके पहले ही ढक्कन ने उसमें अपनी ओर से जुटाई गयी सूचना जोड़ी। बोले–'कलेक्टर ने प्रशासन के किसी बड़े अधिकारी को बाबाओं से बात करने के लिए भेजा था। लेकिन सारे बाबा एकजुट हैं और वे मुख्यमन्त्री से नीचे किसी से बात करने पर राज़ी नहीं हैं।'

इतना सुनते ही पोलो रुआँसे हो गये और बेतहाशा सुबकने लगे। नाक-मुँह से फिचकुर फेंकने लगे सो अलग...! फिर बाबू जोखन सिंह की ओर देखकर 'आयेगी-आयेगी' कहकर लगातार फफकने लगे। बाबू जोखन सिंह उठकर पोलो के पास गये और उन्हें ढाढस बँधाया। फिर उनके आँसू पोंछते हुए बोले–

'घबराओ जिनि पोलो...! चाहे हमकै कोरट जावै कै पड़ी, चाहे छम्मो के स्त्रीत्व के बँटवारा करेके खातिर जेतना लड़ै कै पड़ी; हफ़्ता में दुइये दिन कै खातिर सही-तोहरे हक में फैसला आई ज़रूर...!'

ढक्कन गुरू की बात पाखण्डी के जेहन में करंट की तरह दौड़ गयी थी। उन्हें अब किसी चीज़ में रस नहीं मिल रहा था। हालाँकि बाबू जोखन सिंह के स्थानीय भक्तों ने चिलम में गाँजा भरना और उसे सुलगाना शुरू कर दिया था। लेकिन पाखण्डी अचानक से उठ खड़े हुए और हलकान चाचा से मुलाक़ात के बहाने ढक्कन गुरू को साथ लेकर वहाँ से चलते बने। उनके जाते ही बाबू जोखन सिंह ने भी सभा-विसर्जन की विधिवत् घोषणा कर दी और विश्राम करने चले गये।

17

मंगलवार का दिन था और आज ही के दिन इलाहाबाद में साधु-समाज के विरोध-प्रदर्शन की तारीख़ तय की गयी थी। इन तैयारियों के मद्देनज़र दारागंज से संगम की ओर जाने वाली सड़क पर एक बड़ा-सा पाण्डाल सज गया था और न केवल काशी बल्कि इसके दूर-दराज के क्षेत्रों से लेकर इलाहाबाद-कौशाम्बी और फतेहपुर तक के तमाम साधु-संन्यासी अपनी लकुट-कामरी और झण्ड-कमण्डल के साथ सन्त-समागम स्थल की ओर चल निकले थे। हालत यह हो गयी थी कि इलाहाबाद स्टेशन, प्रयाग स्टेशन, दारागंज स्टेशन, झूँसी स्टेशन और सिविल लाइंस तथा जीरो रोड बस अड्डे से लेकर संगम की ओर जाने वाले सड़क पर साधुओं का ऐसा रेला दिखायी देता था मानो आज ही कुम्भ-स्नान का आगाज़ हो रहा हो...! दरअसल पूरे सन्त-समाज में सत्ता पक्ष के ख़िलाफ़ घोर आक्रोश था और बूटी महराज के साथ तमाम सहमति-असहमति के बावजूद,

सभी को यह लग रहा था कि कहीं ऐसा न हो कि भविष्य में बूटी महराज के साथ होने वाली घटना का विस्तार पूरे साधु-समाज में होने लगे। इसलिए समय रहते इसका प्रबल विरोध आवश्यक है ताकि कोई और सन्त, सत्ता की षड्यन्त्रकारी नीतियों का साधन न बने।

साधुओं का हुजूम विविध टोलियों में बँटकर तरह-तरह के मन्त्रों का उच्चारण करता हुआ अपने गन्तव्य की ओर जाता दिखायी देता था। हालाँकि तमाम लोकप्रियता के बावजूद, कुछ स्थानीय साधु बूटी बाबा के अतीत के व्यवहार और उनकी विचारधारा से क्षुब्ध भी थे और इस कारण वे संगम के बिल्कुल पास रहकर भी आज के इस समागम से कुछ वैसे ही निर्लिप्त थे जैसे पानी के साथ तेल की बूँदें...! उनका आक्रोश सत्ता के विरुद्ध कम और बूटी बाबा के प्रति कुछ अधिक था। इसलिए वे अपनी मड़ई में बैठे-बैठे तमाम आते-जाते उल्लसित साधुओं को निरीह भाव से लगातार देख रहे थे और पास में रखे हुक़्क़े की आग को धुएँ में परिवर्तित करने की कोशिश करते हुए, बूटी बाबा और इस समागम के प्रति अपनी भावनाओं का बेख़ौफ़ इज़हार भी कर रहे थे।

असल में इलाहाबाद में साधुओं का एक ऐसा भी समुदाय है जो हुक़्क़ा को भोले शंकर के सबसे क़रीब मानते हैं। वे भाँग की बूटी, गाँजा, सोमरस जैसे तत्त्वों तथा गाँजे की चिलम या अन्य अवसाद-खींचक यन्त्रों को हुक्के के मुक़ाबले अधिक श्रेयस्कर कदापि नहीं मानते। उनके अनुसार अन्य तत्त्वों और यन्त्रों में या तो पवन देवता का प्राधान्य है अथवा जल देवता का। लेकिन हुक्का एक ऐसा यन्त्र है जिसके निचले हिस्से में जल देवता, मध्य में पवन देवता और शीर्ष भाग में अग्नि देवता का वास होता है। इन तीनों तत्त्वों के सम्मिलित प्रभाव से जब गाँजे का आमेलन होता है तो उससे निकलने वाला तत्त्व एक विचित्र क़िस्म की आध्यात्मिक ऊष्मा से आप्लावित होता है, जिसे ग्रहण करने वाला शख़्स कुछ समय के लिए दुनियावी भव-बाधा से परे चला जाता है। इसी आध्यात्मिक ऊष्मा की तलाश में साधुओं की एक टोली अपनी कुटी में हुक़्क़े की गुड़गुड़ के बीच आज के सन्त-समागम पर अपनी टिप्पणी कर रही थी। इनमें से एक साधु ने बाक़ियों की ओर गुड़गुड़ की ध्वनि के बीच पूछा–

'अमें ई बूटिया कबसे इतना बड़ा सन्त होइ गवा कि काशी से लेकै पूरा इलाहाबाद एकरे समर्थन में उतरि आवा...?'

तब दूसरे साधु ने नाक से धुआँ बाहर करते हुए, पहले साधु की ज्ञानवृद्धि करने की कोशिश करते हुए कहा–'सब कहत हैं कि बूटिया भविस्स का बहुत बड़ा महात्मा बनै वाला है...!'

तभी तीसरे साधु ने, दूसरे को टोकते हुए कहा—'अमें तुमहूँ लोग गजबै बात करत हौ...! कइसन भविस्स और कइसन महात्मा...! बूटिया अपनी मउत का इन्तजाम बनाइ रहा है ससुरा...! आगे सुनबो कि एक बूटी बाबा था जिसके साथ क़िस्मत ने कैसा बुरा ब्यौहार किया...!!' इतना कहने के बाद तीसरे साधु ने वहाँ मण्डली में शामिल सभी को सम्बोधित करते हुए एक कथा सुनायी जिसका मज़मून कुछ यूँ था—

'एक पण्डित जी को एक बार किसी गाँव के बाहर एक कपाल पड़ा मिला जिस पर एक कुत्ता पेशाब कर रहा था। उस कपाल के माथे पर लिखा था—'ऊषण मरण विदेश अभी कुछ होनी है।' पण्डित जी को बड़ा ताज्जुब हुआ कि आत्मीय जनों से दूर, परदेश में मरने वाले इस व्यक्ति की इतनी दुर्दशा तो पहले ही हो गयी है; अब इसके साथ और भी दुर्दशा होना बाक़ी है क्या...? फ़िलहाल यह जानने की उत्सुकता में उन्होंने वह कपाल अपने भिक्षा के थैले में रख लिया और ले जाकर इसे अपने कमरे के एक कोने में छिपा दिया ताकि वे देख सकें कि नियति ने इसके साथ अभी और क्या होनी-अनहोनी सोच रखी है...! पण्डित जी जब घर पहुँचे तो उन्होंने पाया कि पण्डिताइन उनके आने के पहले ही सो चुकी थीं। इसलिए पण्डित जी ने उन्हें जगाना उचित नहीं समझा और थके-हारे केवल घड़े में रखा पानी पीकर सो गये।

सुबह के अँधेरे मुँह ही पण्डित जी को घर के आँगन में कुछ कूटने की आवाज़-सी सुनायी पड़ी। उन्होंने पास जाकर देखा तो पण्डिताइन चौके के पास बैठकर एक बर्तन में कुछ कूट रही थी। पण्डित जी ने आश्चर्य से पूछा—'इतनी सुबह क्या कूट रही हो पण्डिताइन?' पण्डिताइन ने अपने माथे का पसीना पोंछते हुए कहा—'महराज...! आप कल जो भिक्षा लाये थे, उसे ही कूट-पीसकर उसकी रोटियाँ बनाने की सोच रही हूँ। आज घर में बनाने के लिए कुछ और था नहीं...!' पण्डित जी बिल्कुल अवाक् रह गये। वे समझ गये कि यही नियति का लेखा है जिसे मिटाया नहीं जा सकता। नियति के आगे सभी बेबस और असहाय हैं। कपाल के ऊपर 'ऊषण मरण विदेश अभी कुछ होनी है।' लिखे जाने का शायद यही मतलब था।'

इतना सुनाने के बाद तीसरे साधु ने अपना मत जोड़ते हुए कहा कि—'ई बूटिया कै वही हाल होइगा जो कब्बो ऊ खोपड़ी का हुआ। जो लोग ओहके भविस्स का सन्त बतावत हैं उनकर ख़ुदै का हाल होइगा, उनकै नाहीं मालूम...!'

बहरहाल समागम स्थल पर एक मंच सजाया गया था जहाँ तमाम साधू-संन्यासी मंचासीन थे और सभी बारी-बारी से अपनी भावनाओं का इज़हार कर रहे थे।

पर अभी भी मंच से सत्ता के विरुद्ध वह तेवर नहीं देखा जा सका था जो बच्चा तिवारी को सीधे चुनौती देने की भाषा में बात कर सकता; उन्हें ललकार सकता और आगामी चुनाव के मद्देनज़र उनके लिए कोई संकट पैदा कर सकता। लेकिन वह तो भला हो बाबू जोखन सिंह का जिन्हें दारागंज के किसी महात्मा ने आमन्त्रित किया था और वे बूटी से अपने तमाम मतान्तर को भुलाकर अपने सभी साथियों के साथ मंच के सामने खचाखच भरे पण्डाल में अगली पंक्ति में विराजमान थे। अपनी मण्डली की उपस्थिति के बावजूद उन्हें यह बख़ूबी अन्दाज़ा था कि इस विकट समय में यदि कोई मंच से बच्चा तिवारी को ललकार सकता है तो वह है पाखण्डी शर्मा...! क्योंकि वह दूध का जला है और सामने का आसन्न चुनाव आग में घी का काम करेगा। इसलिए उन्होंने मंच संचालक को इशारे से इसका संकेत भी कर दिया था कि पाखण्डी के आते ही उन्हें न केवल मंच पर स्थान प्रदान किया जाय बल्कि जितना जल्दी हो सके उन्हें माइक पर आमन्त्रित किया जाय। ऐसा ही हुआ। पाखण्डी शर्मा के आते ही उनका फूल मालाओं से भव्य स्वागत किया गया और उनके न चाहते हुए भी साधुओं के बीच उन्हें मंचासीन कराया गया। कुछ ही क्षण बाद जब मंच संचालक ने उनको वर्तमान सरकार के दमनकारी रवैये के ख़िलाफ़ बोलने के लिए आमन्त्रित किया तो वे झट से उठ खड़े हुए और हाथ जोड़कर सबका अभिवादन करते हुए इस क़दर बोलना शुरू किया, जैसे 'महाभारत' के नाटक में स्वयं धर्मराज युधिष्ठिर बोल रहे हों–

'भाइयो...! मुझे आज यह सौभाग्य मिला है कि मैं आप साधु-महात्माओं के बीच दो शब्द बोल सकूँ, आपका दुःख-दर्द बाँट सकूँ, अपना दर्द बयान कर सकूँ और संकट की इस घड़ी में आप सब का साथ दे सकूँ। लेकिन आज जब यह अवसर आया है तो सच कहूँ बोलने के लिए शब्द नहीं फूट रहे...!

...साथियो...! मैं आपको बताना चाहता हूँ कि यह केवल प्रयाग या काशी का ही नहीं बल्कि पूरे सन्त समाज का दुर्भाग्य है कि क्रान्तिकारी विचारधारा वाले एक साधु को अकारण पकड़कर जेल में ठूँस दिया गया। सत्ता का चरित्र इस हद तक दमनकारी हो गया है कि कुछ भी कहने, सुनने, बोलने या करने पर पाबन्दी लगा दी गयी है। शायद आप सब को पता हो कि मुख्यमन्त्री बच्चा तिवारी जिस जगह से आते हैं कदाचित् उसी जगह से बूटी जी महराज भी...! बूटी महराज के दमन के पीछे यह भी एक बहुत बड़ा कारण है। बच्चा तिवारी को लग रहा है कि उसके जीते-जी, उसके अपने इलाक़े का कोई आदमी इतनी प्रसिद्धि कैसे हासिल कर सकता है...? सो एक सोची-समझी रणनीति के तहत बूटी बाबा को गिरफ़्तार करा लिया गया।

...दोस्तो...! यह सरकार केवल साधु-संन्यासियों की ही नहीं, कलाकारों तक के ख़िलाफ़ षड्यन्त्र रच रही है और उनकी हत्या करवा रही है। कलाकारों पर तरह-तरह के जुल्म ढाये जा रहे हैं। फ़ुरसतगंज का परेशान अली इसका सबसे बड़ा उदाहरण है। परेशान मेरा दोस्त था। कभी हम दोनों एक साथ नौटंकी में काम करते थे। महाभारत के 'खेला' में वह धर्मराज युधिष्ठिर का रोल करता था और मैं दुर्योधन का...! रामायण के खेला में वह राम का रोल करता था और मैं भरत का...! बाद में परिस्थितियाँ बदलीं। मैं अभिनेता से नेता बन गया और वह काम के अभाव में भूखों मरने लगा। फिर भी मेरी उसकी दोस्ती कृष्ण और सुदामा वाली बनी रही। स्वाभिमानी होने के कारण वह मुफ़लिसी में जीवन गुज़ारता रहा लेकिन उसने मुझसे कभी किसी चीज़ के लिए मुँह नहीं खोला।

...एक दिन पता चला कि धोखे से उसकी जान ले ली गयी। मौत के बाद प्रशासन द्वारा लीपापोती की गयी सो अलग...! मैं पूछता हूँ कि क्या गुनाह किया था उसने...? यही कि वह दो जून की रोटी न मिलने पर सरकार पर उँगलियाँ उठा रहा था...! या यह कि चन्द रुपयों की ख़ातिर उसने सत्ता के नुमाइन्दों के सामने झुकने से इनकार कर दिया...! मैं इस मंच के माध्यम से सत्ता-सरकार में बैठे हुए हुक्मरानों से पूछना चाहता हूँ कि बेरोज़गार होना गुनाह है या अपनी रोज़ी-रोटी के लिए आवाज़ उठाना गुनाह है...? ग़ज़ब तमाशा चल रहा है साहेब...! यह सरकार ग़रीबी और बेरोज़गारी ख़तम करने के बजाय ग़रीबों और बेरोज़गारों के खात्मे पर तुली हुई है। अपने हक़ के लिए आवाज़ उठाने वालों पर मुक़दमे लादे जा रहे हैं। एक ऐसी नज़ीर पेश की जा रही है कि आइन्दा से फिर कोई अपने दमन के ख़िलाफ़ आवाज़ उठाने की जुर्रत न कर सके। कितना मुश्किल समय आ गया है...!

...असल में दमन तो चौतरफ़ा हो रहा है। पूरे प्रदेश में एक भी ऐसा नागरिक नहीं है, जिसके ख़िलाफ़ सच्चा-झूठा केस बनाकर उसे गिरफ़्तार नहीं किया जा सके—आप भी नहीं और मैं भी नहीं...! दुःखद यह है कि अपराधी खुलेआम घूम रहे हैं और आम जनता को जेलों में ठूँसा जा रहा है। इसके पहले भी सरकारें आयी-गयी हैं लेकिन आम जनता और बुद्धिजीवियों का इतना दमन पहले कभी नहीं हुआ। और अब तो बात साधु-महात्माओं तक आ पहुँची है...! साधु-संन्यासियों ने इस देश को कितना दिया है और क्या-क्या दिया है, यह किसी से छिपा है क्या...? आज दुनिया के सामने हमारे देश की जो तस्वीर है वह केवल इन्हीं सन्त-महात्माओं की बदौलत...! ऐसे सन्तों की इतनी दुर्गति...?

...इस सरकार को अपनी जवाबदेही की कोई फ़िक्र नहीं...! कोई भी सत्ता अपने नागरिकों के सामने जवाबदेह होती है और इसलिए अगर वह अपने नागरिकों से डरे तो जम्हूरियत के लिए यह बिल्कुल उचित ही होगा। इसके उलट वर्तमान सत्ता नागरिकों को, तरह-तरह से डराने में लग रही है। यहाँ सच्चाई को अपनी जान के लाले पड़े हुए हैं। झूठ का क़द इतना बड़ा हो गया है कि सच अपना पिछवाड़ा बचाता फिर रहा है...!

...मैं अभी नैनी जेल में बूटी महराज, परेशान अली के अब्बू हलकान मियाँ और लछिमिनिया काकी से मिलकर आ रहा हूँ। बूटी महराज तो जैसे अचेत पड़े हुए हैं। ऐसा लगता है कि उनका सारा अर्जित यश पल भर में ही किसी ने छीन लिया हो...! उधर हलकान मियाँ और लछिमिनिया काकी का कष्ट भी शब्दों में बयान नहीं किया जा सकता। दोनों ने अपना सब कुछ गँवा दिया और अब बिना किसी गुनाह के जेल की कालकोठरी में बन्द हैं। मैं आपको एक पक्की बात बताना चाहता हूँ कि यह सब कुछ सत्ता में ऊपर बैठे लोगों के इशारे पर हो रहा है। प्रशासन के लोगों को बाक़ायदा ऊपर से निर्देश हैं कि कोई भी ऐसा इन्सान जो हमारे ख़िलाफ़ आवाज़ उठाये उसे बख्शो मत...! मान जाये तो सीधे-सीधे वरना उसकी अकल कैसे भी ढीली करनी पड़े-करो...!

...मक़सद यह है कि सूबे में एक भी आदमी सत्ता के ख़िलाफ़ बोलने वाला नहीं दिखायी देना चाहिए। आज मैं जेल से निकलकर सीधे ज़िला कलट्टर से मिलने पहुँचा। सोचा कि इतना दमनकारी रास्ता अपनाया जा रहा है, कम-से-कम अपना प्रतिरोध तो दर्ज कराता चलूँ...! लेकिन जुर्रत देखिये जबर सिंह की...! जब मैं उसके आवास पर पहुँचा तो उसने मुझसे मिलने से साफ़ मना कर दिया। बाहर खड़े अर्दली से कहलवा दिया कि 'बता दो साहब सो रहे हैं...!' मुझे लगा कि 'अरे ये तो सरासर बदमिज़ाजी है...! एक जनप्रतिनिधि तुमसे मिलकर जनता की समस्याओं से तुम्हें रूबरू कराना चाहता है और तुम चैन की नींद सो रहे हो...!'

...मुझसे न रहा गया। मैंने अर्दली से कहा कि 'तुम्हारे साहब चाहे सो रहे हों चाहे जाग रहे हों, जाकर बता दो मैं उनसे बिना मिले और अपनी बात रखे वापस नहीं जाऊँगा।' जब अर्दली ने उसे दुबारा बताया तो उसने गुंडई भरे अन्दाज़ में ज़ोर से चिल्लाते हुए कहा—'जाकर कह दो कि यहाँ नौटंकी का सट्टा नहीं लिखा जाता। अपनी नौटंकी कहीं और जाकर दिखाएँ।' मैंने बाहर खड़े होकर उसकी बात सुन ली। फिर मुझे भी ताव आ गया और मैंने उसके चैम्बर

में जबरिया घुसकर अपनी बात रखनी चाही तो वह मेरे साथ हाथ–पाई पर उतर आया। कलट्टर न हो गया भगवान् हो गया ससुरा...! उसने मुझे एक हाथ मारा तो मैंने उसे जमकर दो घूँसे मारे। आज अपने थोबड़े पर नूरानी तेल मलवायेंगे सरऊ; तभी रात में नींद आयेगी...! नेता-नगरी के साथ यह सब चलता रहता है। आज बच्चा तिवारी का चट्टू बना है। कल हमारी पार्टी की सरकार बनेगी तो यही कलट्टर हमारी ओर से बच्चा तिवारी के कुर्ते भी फाड़ेगा।

ख़ैर...! असल बात जो मैं कहना चाहता हूँ वह यह कि आप अपने हक़ और आत्मसम्मान के लिए लड़ रहे हैं और हमारी लड़ाई भी आपको यह हक़ और सम्मान दिलाने की है। लेकिन मदारियों के सामने हमारे सारे प्रयास विफल हो जा रहे हैं। हमारा सबका दुर्भाग्य है कि इस सूबे के मुख्यमन्त्री का असल पेशा मदारी का है। वह मुख्यमन्त्री की कुर्सी पर बैठकर भी आपके भले के लिए नहीं सोच रहा; दिन-प्रतिदिन आपको अपने कारनामों में उलझाकर-भरमाकर आपके वोट हसिल करना चाहता है। लोगों को बेवकूफ़ बनाना और ठगना उसका खानदानी पेशा है।

...उसकी ठगी अब बड़े भ्रष्टाचार का रूप ले चुकी है। पूरी सरकार संगठित लूट में लगी हुई है। चुनाव के समय यही लोग भ्रष्टाचार पर लम्बे-लम्बे भाषण दे रहे थे और अब सभी मिलकर लूट का माल खा रहे हैं। भ्रष्टाचार विरोधी आन्दोलन, सरकार और नौकरशाही के लिए मनोरंजन का माध्यम भर है। जब चुनाव आते हैं तो इसके कैसेट प्ले कर दिये जाते हैं और जनता इसकी धुनों पर मगन होकर नाचना शुरू कर देती है। सत्ता को केवल चुनाव के समय हिस्टीरिया का रोग सताता है और वह जनता के चरणों में लोटती नज़र आती है। बाक़ी समय में जनता को ही सत्ता के चरणों में लोटने के लिए विवश किया जाता है।

...जनता समझती है कि सरकार भ्रष्टाचार को लेकर बहुत संजीदा है। लेकिन सरकार अच्छी तरह जानती है कि जनता कितनी बेवकूफ़ और भुलक्कड़ है और उसे इस कैसेट को कितनी देर तक प्ले करना है। इसलिए सरकार बनाने के बाद पुराने मुद्दों से ध्यान हटाने के लिए दूसरे नये मुद्दे उछाले जाते हैं और जनता पुराने सारे मुद्दे भुलाकर उस ओर लपकने लगती है। जनता के बीच से ही अपने समर्थक तैयार किये जाते हैं जो समय-समय पर इस बात का शोर मचाएँ कि इससे बेहतर सरकार हो ही नहीं सकती। यह शोर धीरे-धीरे अधिकांश की आवाज़ बनने लगता है और सरकार अपने मक़सद में सफल हो जाती है। जनता के सामने सत्ताधारियों के साथ नाचने या मूकदर्शक बनकर टुकुर-टुकुर देखने के अलावे कोई विकल्प नहीं है।

...यदि बच्चा तिवारी के वर्तमान सरकार की बात करें तो इससे भ्रष्ट और कमीशनखोर सरकार आज़ाद भारत के इतिहास में कभी नहीं बनी। क्या-क्या बताएँ आपको...? यह सरकार किसानों के ऋण में कमीशन खाती है, ग़रीबों के पेंशन में कमीशन खाती है, ग़रीब बच्चों को बँटने वाले दलिया में कमीशन खाती है, सिपाहियों को दिये जाने वाले मूँछ के भत्ते में कमीशन खाती है; और-तो-और लावारिस लाशों को जलाने के लिए लकड़ी की सप्लाई में कमीशन खाती है...! विरोध करने पर हमें सरेआम सदन से टँगवा कर बाहर फिंकवा देती है। और हमसे अपेक्षा करती है कि हम चुप रहें...!

...क्यों चुप रहें हम...? हमारी भी अन्तरात्मा है। यदि वे रोज़ अन्तरात्मा के नाम पर ख़रीद-फरोख़्त करेंगे तो हम अपनी अन्तरात्मा के धिक्कारने पर उनका विरोध भी न करें...! जनता जब किसी विधायक-मंतरी के चौखटे पर अपने काम की उम्मीद लेकर जाती है तो उससे रिश्वत माँगी जाती है...! चुनाव के समय जिसके दरवाज़े पर तुम नाक रगड़ रहे थे, उसी से रिश्वत्...! ऐसी सरकार को जो चुन-चुनकर सन्त-महात्माओं, साधु-संन्यासियों, कलाकारों, बुद्धिजीवियों, ग़रीबों, मजलूमों-बेकसों पर जुल्म ढा रही हो; झूठे वायदे के बल पर सत्ता में बैठकर भ्रष्टाचारियों के गोद में खेलने के लिए लालायित हो, जनता के पैसे से जनता का ही हक़ मार रही हो—उसे एक मिनट भी सत्ता में रहने का हक़ नहीं।

...जनता की मानसिकता भेड़ के झुण्ड जैसी होती है। संविधान निर्माताओं ने यह सोचा था कि शिक्षा से आम आदमी अपने मानस को स्वयं बना सकेगा। लेकिन शिक्षा से आम आदमी को बुद्धि नहीं मिली है। उसे मिली है केवल एक रबड़ की मोहर। जिसका इस्तेमाल वह चुनावों में ज़ोर से ठप्पे लगाने में करता है। इस ठप्पे को ही वह अपना सारा अधिकार मान लेता है। लेकिन वह भुलावे में है। उसका काम केवल ठप्पा लगाना भर नहीं है, गाहे-बगाहे नेताओं के पिछवाड़े पर लात मारना भी है ताकि नेताओं को अपना दायरा मालूम रहे और वे आपके अधिकारों का ग़लत इस्तेमाल न करवा सकें।

...लेकिन यहाँ ऐसा हो रहा है कि नेता 'क' कहता है आप कलकत्ता समझ लेते हैं। नेता थोड़ा आँसू बहाता है आप उसके जनसमर्थन में सामूहिक चीत्कार करने लगते हैं। अपने अधिकारों के प्रति सचेत होइए। दमनकारी सत्ता के विरोध में खड़े होना सीखिए। नहीं तो एक दिन वह अवसर भी आयेगा जब आपको साँस लेने के लिए भी सरकार से अनुमति लेनी पड़ेगी और आप विरोध में कुछ भी नहीं कर पायेंगे। इसलिए आप सभी से अनुरोध है कि बच्चा

जैसों की बातों में न आयें। आगामी विधानसभा चुनावों में भी अपने मत का बेहतर इस्तेमाल करें और बच्चा को सत्ता से उखाड़ फेंकें।'

इतना कहते हुए पाखण्डी शर्मा ने सामने बैठे लोगों की ओर हाथ जोड़े, तनिक पीछे मुड़कर अभिवादन की मुद्रा में मंच की ओर मुड़े और अन्ततः मंच से नीचे उतरकर जाने लगे। इतने में बाबू जोखन सिंह और उनकी मण्डली के साथियों ने उन्हें बेइन्तहा घेर लिया और उनका हाथ चूमने लगे। ढक्कन गुरू की ख़ुशी का ठिकाना न था। बहरहाल कार्यक्रम आगे भी जारी रहा लेकिन पाखण्डी शर्मा ने आज का मैदान मार लिया था।

18

पाखण्डी शर्मा रातों-रात हीरो बन गये थे और इलाहाबाद के सभी नुक्कड़-चौराहों पर मसलन कटरा, सिविल लाइंस, बालसन, टैगोर टाउन, जार्ज टाउन, चौक, घण्टाघर, अल्लापुर, ममफोर्डगंज, सलोरी, गोविन्दपुर, धूमनगंज, मुट्ठीगंज में उनके नेतृत्व-क्षमता को लेकर तरह-तरह की चर्चाएँ होने लगी थीं। कोई उन्हें राजनीति का नया उभरता सितारा बता रहा था तो कोई उन्हें भविष्य का मुख्यमन्त्री; कोई उन्हें सच्चे दोस्त के रूप में परिभाषित कर रहा था तो कोई उन्हें बुराई के ख़िलाफ़ अच्छाई की आवाज़ कहने से नहीं चूक रहा था। सभी के मन में पाखण्डी को लेकर नयी-नयी भावनाएँ हिलोरें ले रही थीं। स्वयं पाखण्डी से मिलने-जुलने वालों का ताँता लगा हुआ था और वे अचानक से बिल्कुल ही व्यस्त हो गये थे।

हालाँकि अपनी इस परफॉर्मेंस से आह्लादित पाखण्डी अगले दिन सुबह ही बाबू जोखन सिंह और उनकी मण्डली का आशीर्वाद लेने मसान घाट की ओर निकल गये थे। उधर जोखन सिंह द्वारा भी पाखण्डी के सम्मान में इस बावत एक पूरी बैठकी रखी गयी थी। ढक्कन गुरू, सुन्नर पाड़े, आचार्य रामपलटदास, फ़साहत अली, पोलो और सबसे बढ़कर बाबू जोखन सिंह ने एकमत होकर उन्हें यह सुझाव दिया कि तुम्हें अपने भविष्य की योजनाओं का खाका खींचने के लिए बिना किसी विलम्ब के मीडिया से मुख़ातिब होना चाहिए और मीडिया के माध्यम से जनता के सामने अपनी बात रखनी चाहिए ताकि आम जनता को भी तुम्हारी दूरदृष्टि का पता लग सके और जब आगामी चुनाव हों तो उसे अपने वोटों के सदुपयोग-दुरुपयोग को लेकर कोई मतिभ्रम न रहे।

पाखण्डी को यह बात बिल्कुल समझ में आ गयी और उन्होंने ढक्कन गुरू से इसके लिए हाथ जोड़े कि वे कैसे भी करके मीडिया के साथ एक प्रेस कान्फ्रेंस रखवाएँ। ढक्कन गुरू ने उनसे आज ही शाम को यह प्रबन्ध कराने का आश्वासन दिया और फिर जोखन सिंह द्वारा बैठक समाप्ति की घोषणा के बाद सभी अपने-अपने काम पर निकल पड़े।

सायं पाँच बजे प्रेस क्लब में पाखण्डी शर्मा की प्रेस कान्फ्रेंस रखी गयी। पाखण्डी इस प्रेस कान्फ्रेंस को लेकर बहुत उत्साहित थे। ढक्कन गुरू ने अपने मिज़ाज के मुताबिक़ चार-पाँच नौसिखिये पत्रकारों को किसी तरह यह लालच देकर मैनेज किया था कि आज शाम को वे उन्हें चुक्कड़ से मदिरा-पान कराएँगे। हालाँकि साथी पत्रकार, ढक्कन गुरू के इस तरह के, पूर्व के कई आश्वासनों पर द्रव्य पाने में असफल रहे थे लेकिन इन सबके बावजूद उन्हें आज यह शर्त स्वीकार करने में कोई बुराई नहीं नज़र आयी। सो सभी प्रेस क्लब पहुँच गये।

पाखण्डी समय से काफ़ी पहले ही प्रेस क्लब पहुँच गये थे और प्रेस रिपोर्टर्स के इन्तज़ार में पत्थर वाले गिरजाघर के इधर-उधर ख़ूब मसखरी कर रहे थे। वे कभी गुड्डू की पान की दुकान पर पान खाते और कभी पीपल के वृक्ष के नीचे आसीन ज्योतिषाचार्य 'पण्डित चोखेराम शास्त्री करछना वाले' के यहाँ अपनी हस्तरेखा दिखवाते और चोखेराम की बातें सुनकर गद्गद हो जाते। यह क्रम लगभग दो घण्टे तक चलता रहा। इतने में ढक्कन गुरू ने उन्हें ज़ोर से पुकारा। कानों में आवाज़ पड़ते ही पाखण्डी भागते हुए प्रेस क्लब की ओर चले गये। वहाँ माइक-साइक का मामला एकदम फिट था। केवल वार्त्ता का आगाज़ होना था। सो वह भी शुरू हुआ। सबसे पहले 'आधी हक़ीक़त' के मार्तण्ड सिंह ने बड़े प्रखर अन्दाज़ में सवाल दागा। बोले–

'आपके बारे में ज़्यादातर लोगों की राय है कि आप एक्सीडेंटल नेता हैं। इसलिए आपका तरीक़ा दूसरे नेताओं से अलग है। आप इस पर क्या कहेंगे?'

पाखण्डी ने माइक को हाथ में पकड़ा और अपनी जुल्फों को ऊपर की दिशा में झटकते हुए अपने ही अन्दाज़ में बोले–

'ग़ज़ब बात करते हो गुरू...! तुम तो मुझे ऐसे एक्सीडेंटल बता रहो हो जैसे मुझे छोड़कर बाक़ी नेता अपनी माँ के पेट से नेता बनने का ठप्पा लगवाकर निकले हैं...! अबे कौन है जो राजनीति में एक्सीडेंटल नहीं है; ग़लती से नहीं आ गया? सब स्साले इधर-उधर धक्के खाते रहे हैं। मुझसे सबकी पोल न खुलवाओ...! कोई लहकटई करता था; कोई गिरहकटई करता था;

कोई कुम्भ में माल उड़ाने का ठेका लेता था तो कोई बम बाँधता था—सबने बारी-बारी से खद्दर पहन लिया। और राजनीति में आकर गद्दी पर ऐसे अपना चूतड़ रख लिया जैसे सरऊ के बाप कुरसी बनवा कर गये हों कि 'ए बेटा...! जब भी बैठना इसी विधायकी वाली कुरसी पर बैठना...!' —आएंऽ...!! ...अमें फालतू बात न किया करो हमसे...!! तुम ख़ुदै एक्सीडेंटल पत्रकार हो...! भूल गये जब इनवर्सिटी रोड पर एक कप चाय और बन्द मक्खन के भरोसे दिन भर आइसा और एसएफआई वालों के पोस्टर चिपकाते रहते थे...! आज बच्चा ने तुम्हें मान्यता प्राप्त पत्रकार क्या बनवा दिया; लगे उसकी शान में तुरही बजाने...! ढंग का सवाल पूछना सीख लो तब बात करो हमसे...!!'

अब बारी 'बम-बम न्यूज़' के प्रधान सम्पादक करियाराम की थी। उन्होंने पाखण्डी की बात ख़त्म होते ही अगला सवाल दागा—

'बूटी महराज की सभा में शामिल होने को आपकी राजनीति का नया पैंतरा बताया जा रहा है। आख़िर राजनीति को अध्यात्म का सहारा लेने की क्या ज़रूरत आ पड़ी?'

सवाल सुनते ही पाखण्डी की वाणी को जैसे संजीवनी मिल गयी। वे मुस्कुराकर बोले—'तुम जिसको राजनीति समझ रहे हो न गुरू, न तो वह राजनीति है और न ही जिसे तुम अध्यात्म कह रहे हो उसमें अध्यात्म जैसी कोई बात है...! बस अइसे समझ लो कि ये दो सगे चोट्टे भाई हैं जो कभी संगम मेले में सेंधमारी करते हुए बिछड़ गये थे और अब जाकर मंच पर हाथ मिला रहे हैं। राजनीति और अध्यात्म तो हमारा बाहरी चोला भर है, जिसे ओढ़कर हम जनता के सामने जाते हैं। बेवकूफ़ जनता हमें अपना हितैषी समझती है। लेकिन असल में हम दोनों बहुरुपिया हैं। अगर जनता हमारे असली रूप को जान ले न बेटा...! तो सरेआम पत्थर लेकर दौड़ा ले। भागने को आड़ न मिले किसी को...!!'

अबकी 'इलाहाबादी कतरन' के ठलुआ पत्रकार चचा गज़नफर अली ने मोर्चा सम्हाला। अपनी लम्बी दाढ़ी को सहलाते हुए बोले—

'मियाँ...! नेता तो तुमहूँ हो...! तो क्या तुमको भी बहुरुपिया माना जाय...?'

पाखण्डी ने अपने को तनिक सम्हाला। बोले—'चचा...! इसमें मानने वाली कौन-सी बात है.! मैं तो पैदाइशी नौटंकी का आदमी हूँ; बहुरुपियों की जमात से हूँ...! बाक़ियों को तो तनिक समय भी लगेगा, लेकिन मैं तो पल-पल में अपना रंग बदल सकता हूँ। बस औरों की तरह ठगी की कला नहीं सीख पाया हूँ, नहीं तो बच्चा की तरह सत्ता के शिखर पर होता आज...! बहुत बड़ा वाला करप्ट है तुम्हारा सीएम...!!'

अब तक मार्तण्ड सिंह सम्हल चुके थे। उन्होंने पाखण्डी को फिर से निशाने पर लेना चाहा–

'आप भ्रष्टाचार पर सीएम को घेर तो रहे हैं, लेकिन आप पर आरोप लगा कि आपने भरे सदन में सरकार से कमीशन में अपना हिस्सा माँगा था?'

पाखण्डी स्वयं को सम्हाल न सके और बिल्कुल बिफ़र गये। तमतमाकर बोले–'माँगा था बे और ताल ठोंककर माँगा था...! अब बता ही रहे हो तो पूरी बात तो बताओ न भाई...! मैंने सदन में यह कहा था कि या तो कमीशनखोरी बन्द करा दो या फिर हमारे कार्यकर्ताओं को इस कमीशन में से मासिक भत्ता दो...! क्या ग़लत कहा भाई...? उनके विधायक बिना पैसे के चुनाव लड़ नहीं सकते तो हमारे कार्यकर्ता किस गड़ही में कूदकर अपनी जान दे दें...! आप सत्ता-सरकार में हैं तो पब्लिक का पैसा खायें और हम घर से माल लगाकर नेतागिरी करें...! खाओ तो खिलाओ; नहीं तो बन्द करो...! ऊ कहत हैं न कि 'मजा मारें गाजी मियाँ, धक्का खायें मुजाविर।' –दो तरह की व्यवस्था नहीं चलने देंगे इस देश में...!'

जवाब ख़त्म होते ही अभी तक कोने में एक ओर बैठे, 'कट्टा न्यूज़' के सबसे वरिष्ठ पत्रकार रामनिहोर 'साहिल' ने बड़े अदब से अगला सवाल पूछा। उन्होंने कहा–

'बच्चा तो राज परिवार से है। राजातालाब वालों के वंशज हैं। कहा जा रहा है कि आप कुछ लोगों के बहकावे में आकर एक संवैधानिक पद पर बैठे योग्य और सम्मानित व्यक्ति को अपमानित करने की कोशिश कर रहे हैं?'

पाखण्डी शर्मा ने लगभग अदब से ही जवाब भी देना शुरू किया। बोले–'साहिल साहब...! किसने कहा कि राजपरिवार से हैं...! झूँसी वालों का अँगूठा चूसकर राजा बन गये। मैं क्यों किसी के बहकाने में आऊँगा...? गोद में खेलने वाला गदेला हूँ क्या...?...आप शायद जोखन सिंह की ओर इशारा कर रहे हो...! अमें उन दोनों के बीच पाँच सौ बीघे की सीरदारी का झगड़ा है। जोखन सिंह कहते हैं कि बच्चा के पूर्वजों ने धोखे से उँगली चाट कर पाँच सौ बीघा लिखवा लिया। वो उनको वापस चाहिए। उधर बच्चा, जोखन सिंह को अपना मौसेरा भाई मानते हैं। जबकि एक पण्डित है दूसरा ठाकुर...! ये उन दोनों के बीच का लफड़ा है। इस लफड़े से मेरा क्या लेना-देना...?'

तभी करियाराम ने माहौल को लपकना चाहा। पूछा–'कल के साधुओं की सभा में अपने भाषण में आपने बच्चा जी को मदारी तक कह डाला। जबकि लोग उनके शासन से बेहद ख़ुश हैं और उनको आगे भी मुख्यमन्त्री के रूप में देखना चाहते हैं...!'

पाखण्डी अब तक अपने पूरे रौ में आ चुके थे। उन्होंने पहले आराम से टेबल पर गिलास में रखा पानी पिया और फिर अपने माथे को तनिक सहलाते हुए बोले–

'ल्यौ इनकै सुनौ...! अमें घोंघाबसन्त...! अब मदारी को मदारी भी न कहें तो क्या कहें...? पहले गाँव-गाँव घूमकर अपने खेल दिखाता था, अब विधानसभा और सचिवालय में दिखाता है। दर्शक बदल गये हैं और खेला दिखाने के तरीक़े बदल गये हैं लेकिन अन्दाज़ नहीं बदला है ससुरे का...! अब कमीशनखोर विधायक अलग से मिल गये हैं ताली बजाने के लिए...! मदारी दरअसल इस पतनशील राजनीतिक-व्यवस्था के ही बाइप्रोडक्ट हैं। बल्कि यदि कहा जाय कि ये राजनीति की नाजायज़ सन्तानें हैं, तो इसमें कुछ ग़लत नहीं। मदारी जिस तरह से छोटे-छोटे समूह को भरमाकर और चमत्कृत कर सालों-साल अपनी दुकानदारी चलाते रहते हैं, कुत्सित–राजनीति उस कार्य को निरन्तर राष्ट्रीय और अन्तर्राष्ट्रीय स्तर पर आजमाती रहती है। दोनों का चरित्र एक ही है। पहले कौन आया और बाद में कौन आया, यह मुर्गी और अंडे जैसा झगड़ा है। समझे...!! और मियाँ एक बात बताओ ज़रा...! तुम बच्चा के शासन से जनता की सन्तुष्टि की बात ऐसे बता रहे हो जैसे तुम उसके बाक़ायदा एजेंट हो...! अमें सरकारें आती जाती रहती हैं...! चन्द पैसों के लिए अपनी ज़मीर नहीं बेचा करते। गाँठ बाँध लो मेरी बात...! अमल करोग़े तो बहुत आगे जाओगे...!'

इस बीच चचा गज़नफर ने फिर अपनी दाढ़ी सहलाई–'पिछले दिनों आपकी ज़िले के कलट्टर जबर सिंह से हाथापाई हुई। एक सम्मानित राजनेता के लिए यह शोभा नहीं देता।'

'चचा...! कइसा सम्मानित और कइसा शोभा...! जूता हर बार पाँव में ही शोभे, ज़रूरी नहीं है। कई बार वह किसी के थोबड़े की शान बनता है तो भी बहुत सुहाता है...! अब तुम मुझे यह न बताओ कि किस समय क्या शोभा देता है और क्या नहीं...! कलट्टर को पतुरिया के साथ रास रचाना शोभा देता है कि सीएम की गोद में खेलना शोभा देता है...? ऊ कहावत है न कि 'सज्जन से सज्जन मिलें, होवै दो-दो बात। और गदहा से गदहा मिलै, खावैं दो-दो लात।' –बस यही समझि ल्यौ कि हमारे उसके बीच कुछ लेन-देन और उधारी बची थी जो इस मुलाक़ात के बाद पूरी हो गयी।'

रामनिहोर 'साहिल' ने एक बार फिर बड़े अदब से अपना अगला सवाल पूछा–

'बहुत सारे लोगों का कहना है कि आप राजनीति में नवधा हैं। और राजनीति अनाड़ियों का खेल नहीं है। उसके लिए अनुभव चाहिए और इसके अलावा भी बहुत कुछ-जो आपके पास नहीं है...!'

'गुरू अइसा है कि हम हैं सर्वहारा समाज से...! हमारे पास खोने के लिए कुछ नहीं है। हमारा तो सब कुछ दाँव पर लगा ही है। हम अनाड़ी हैं तो केवल इस मामले में कि हमारे पास संख्या बल है लेकिन हम अभी संगठित नहीं हैं। जिस दिन यह अनाड़ीपन दूर हो गया न...! समझो जहाँ चाहेंगे किल्ली ठोंक देंगे...! इहाँ से लेके दिल्ली तक...!!'

सवाल अभी भी बहुतेरे थे और जवाब भी...! लेकिन समय इसकी इजाज़त नहीं दे रहा था। प्रेस क्लब में शायद किसी दूसरी बैठक का समय हो गया था। इसलिए क्लब के प्रशासनिक अधिकारी का इशारा पाते ही ढक्कन ने पाखण्डी शर्मा को आँख मारी और वे सभी पत्रकार साथियों को साथ लेकर कॉफ़ी हाउस की ओर चाय पीने और समोसा चाँपने निकल गये।

19

यह स्वाभाविक ही था कि संगम तट पर आयोजित विरोध-सभा की अनुगूँज सत्ता के गलियारों में पहुँचती और ख़ूब खलबली मचाती...! ऐसा ही हुआ भी। मुख्यमन्त्री बच्चा जी, कलेक्टर साहब से पल-पल की ख़बरें लेते रहे; खीझते रहे; अपने सलाहकारों से मशविरा करते रहे और रात में बिस्तर पर जाने के बाद सारी रात करवटें बदलते रहे। इन करवटों के दौरान उन्हें लगातार इस बात का अफ़सोस होता रहा कि कहाँ-से-कहाँ उन्होंने जबर सिंह को स्थानीय राजनीति को नियन्त्रित करने के मन्त्र सुझा दिये। और कैसे अब उनका ही सुझाया हुआ दाँव स्वयं उनके लिए उल्टा पड़ गया है...! फिर सदन में पाखण्डी शर्मा की भावनाओं की क़द्र न करना भी उनके लिए मुश्किलें खड़ी कर रहा है। इसके अतिरिक्त स्थानीय अख़बारों में पाखण्डी शर्मा के बड़े-बड़े इंटरव्यू और भी खलबली मचा रहे थे। दरअसल हम जब अपने किसी प्रतिपक्षी को गम्भीरता से नहीं लेते; और वही प्रतिपक्षी अचानक से एक दिन हमारे अस्तित्व के लिए संकट बनकर खड़ा हो जाता है तो हमारी मानसिक दशा वैसी ही होती है जो आज बच्चा तिवारी की हो रही थी।

फ़िलहाल सुबह होते-होते यह तय किया गया कि अपने इस डैमेज़ को कंट्रोल करने के लिए बच्चा जी दो दिन बाद इलाहाबाद जायेंगे और वहाँ एक दिन पहले आयोजित की गयी साधु-सभा से भी कई गुनी बड़ी सभी करेंगे जिसमें न केवल बड़ी संख्या में असन्तुष्ट साधु-महात्मा को मनाकर वापस एक साथ बिठाया जायेगा बल्कि इस सभा में बड़ी संख्या में सामाजिक और राजनीतिक कार्यकर्ता भी सम्मिलित होंगे। यह भी तय किया गया कि इलाहाबाद की इस सभा के ठीक पहले, पूर्व से ही जेलों में बन्द बूटी महराज, लछिमिनियाँ और हलकान अली को न केवल छोड़ दिया जायेगा बल्कि पूरे प्रकरण में शासन की निष्पक्षता प्रदर्शित करने के लिए, इस घटना के लिए ज़िम्मेदार कुछ पुलिस अधिकारियों को निलम्बित और लाइन हाज़िर भी कर दिया जायेगा।

ऐसा ही किया गया। बूटी महराज, लछिमिनिया और हलकान अली अगले ही दिन नैनी जेल से छोड़ दिये गये। उधर छम्मो देवी भी स्वेच्छा से कलट्टर साहब के बँगले से वापस बूटी बाबा के आश्रम लौट गयीं। अख़बारों में इस आशय की ख़बरें प्रमुखता से छपीं कि मुख्यमन्त्री ने प्रशासन की इस लापरवाही को गम्भीरता से लिया है और बूटी महराज सहित तमाम निर्दोष लोगों को छोड़ने के निर्देश दिये हैं। मुख्यमन्त्री द्वारा दोषी पुलिस अधिकारियों के विरुद्ध कठोर कार्यवाही किये जाने की ख़बर भी अख़बार का हिस्सा बनी। इसके साथ ही मुख्यमन्त्री का यह सन्देश भी कि वे इलाहाबाद का सामजिक सद्भाव क़ायम रखने के लिए फलाँ तारीख़ को एक वृहद् जनसभा करेंगे और सरकार द्वारा आपसी भाईचारे और सौहार्द बनाये रखने की अपनी प्रतिबद्धता को भी ज़ाहिर करेंगे। यही नहीं मुख्यमन्त्री का यह सख़्त सन्देश भी छपा था कि किसी को भी सौहार्द बिगाड़ने की अनुमति नहीं दी जायेगी और जो असामाजिक तत्त्व ऐसा करते पाये जायेंगे, सरकार उनके साथ सख़्ती से निपटेगी।

स्थानीय स्तर पर सारी तैयारी के लिए कलट्टर जबर सिंह को लगाया गया जिसे समय-समय पर मुख्यमन्त्री कार्यालय के वरिष्ठ अधिकारी मॉनीटर कर रहे थे और जनसभा के लिए भीड़ जुटाने की ज़िम्मेदारी मुख्यमन्त्री द्वारा अपनी पार्टी के स्थानीय पदाधिकारियों, विधायकों तथा कार्यकर्त्ताओं को दी गयी थी। सम्भावित कार्यक्रम के लिए बूटी महराज का विरोध जगज़ाहिर था। इसलिए वे कार्यक्रम के दिन कोई अवरोध पैदा न कर सकें, इसके लिए उन्हें मनाने की ज़िम्मेदारी ख़ास तौर पर उनके आध्यात्मिक गुरु हेलीकाप्टर बाबा को सौंपी गयी थी जिन्हें मुख्यमन्त्री के चार्टर विमान से सीधे हरिद्वार से इलाहाबाद में उतारा गया था। पाखण्डी और उनके समर्थकों को रोकने-ठोंकने की ज़िम्मेदारी स्थानीय पुलिस को दे दी गयी थी।

फ़िलहाल सिविल लाइन का पीडी टण्डन पार्क मुख्यमन्त्री की इस सभा के लिए चयनित किया गया था। कार्यक्रम वाले दिन राजधानी से इलाहाबाद की सड़कों को बैनरों-पोस्टरों से ख़ूब पाटा गया था। तमाम चौराहों पर मुख्यमन्त्री के स्वागत में बड़े-बड़े गेट लगाये गये थे और इलाहाबाद को जोड़ने वाली सड़कों पर जगह-जगह आम जनता के लिए पूरी-तरकारी और पीने के पानी की व्यवस्था की गयी थी ताकि मुख्यमन्त्री की जनसभा में आने वालों को किसी प्रकार की कोई असुविधा न हो। पूरे इलाहाबाद और आस-पास के ज़िलों की जनता बसों, ट्राली-ट्रैक्टर और अन्य साधनों से अपने मुख्यमन्त्री को देखने-सुनने के लिए उमड़ पड़ी थी।

इस कार्यक्रम के मद्देनज़र हनुमान मन्दिर सहित शहर के तमाम अन्य मन्दिरों में नियमित रूप से भीख माँगने वाले भिखमंगे भी पार्क के इर्द-गिर्द मँडराने लगे थे। इलाहाबाद जंक्शन सहित पैलेस, निरंजन, संगीत, गौतम और दर्पण सिनेमा के आसपास सक्रिय रहने वाले जेबकतरे कार्यक्रम की जानकारी मिलते ही अपने मूलस्थान से विस्थापन की तैयारियों में लग गये थे। और तमाम खोमचे-ठेले वालों ने आधी रात से ही यहाँ अपना डेरा जमा लिया था।

बहरहाल, मुख्यमन्त्री का काफ़िला पीडी टण्डन पार्क तक पहुँचा और वे भारी सुरक्षा के बीच मंच की ओर बढ़ चले। आशा के अनुरूप मंच पर उनका भव्य स्वागत हुआ और वे देखते-ही-देखते फूल मालाओं से लाद दिये गये। स्वागत के इस कार्यक्रम में तमाम ऐसे नेता भी उन्हें गले लगाते दिखे जो किसी और दल के स्वयंसेवक थे, पर अब चुनावों के मद्देनज़र मुख्यमन्त्री जी का हाथ थाम लेना चाहते थे। बहरहाल स्वागत के बाद सम्बोधन का सिलसिला शुरू हुआ और मंच पर बैठे कई नेताओं ने अपने मुख्यमन्त्री जी के सम्मान में कसीदे पढ़े ताकि माहौल जम जाये...! अब मुख्यमन्त्री जी का नम्बर आया। उनके माइक सम्हालते ही पूरा पार्क तालियों की गड़गड़ाहट से गूँज उठा। तब उनका भाषण शुरू हुआ—

'भाइयो और बहनो...! आपका यह अतिशय प्रेम पाकर अभिभूत हूँ...! मेरा दुर्भाग्य है कि मैं अपने मुख्य-मन्त्रित्वकाल में आप सभी से पहली बार मुख़ातिब हो रहा हूँ। लेकिन मुझे आपकी चिन्ता बराबर बनी रहती है। इसीलिए हमने आपकी सुविधा के लिए जबर सिंह जैसे योग्य कलेक्टर को तैनात कर रखा है। आप सबकी निरन्तर ख़ैरियत लेता रहता हूँ और कोशिश करता हूँ कि शासन-प्रशासन के कारण आप सभी को कोई हक़तल्फी न हो...! लेकिन पिछले कुछ दिनों की घटनाओं ने हमारे माथे पर चिन्ता की लकीरें खींच दी हैं। हम जिस इलाहाबाद को जानते आये हैं उसका यह स्वरूप कभी नहीं रहा।

हम मानते हैं कि प्रशासन के कुछ लोगों से गलतियाँ हुईं। बूटी महराज जैसे महात्मा को बिना वजह गिरफ़्तार करने के स्थानीय पुलिस के निर्णय को शासन ने अत्यन्त गम्भीरता से लिया है। साधु-सन्तों का समाज में शान्ति और सद्भाव क़ायम करने में कितना योगदान रहा है, यह किसी से छिपा नहीं है। वे समाज के पथ-प्रदर्शक हैं। उनके साथ एक समाज का एक बड़ा समुदाय जुड़ा हुआ है। ऐसी दशा में समाज के इन पथ-प्रदर्शकों के साथ किसी प्रकार का दुर्व्यवहार अक्षम्य है।

...हम आपको बताना अपना कर्तव्य समझते हैं कि जिन लोगों ने बूटी महराज और उनके अनुयायियों को अपमानित करने का उपक्रम किया था, शासन ने उन्हें दण्डित करने का निर्णय लिया है। आज मेरे पारिवारिक आराध्य और मेरे आध्यात्मिक गुरु हेलीकाप्टर बाबा ने बड़ी मुश्किल से हमारा आतिथ्य स्वीकार किया है। सामान्य तौर पर वे किसी राजनीतिक कार्यक्रम में नहीं जाते। लेकिन अपने इस नाचीज़ शिष्य का निवेदन वे अस्वीकार नहीं कर सके। बूटी महराज भी मंच पर विराजमान हैं। अपने साथ हुई दुर्घटना के कारण वे किसी क़ीमत पर इस कार्यक्रम में सम्मिलित होने को तैयार नहीं थे। लेकिन वे मेरे गुरु-भाई हैं। यह एक ऐसा रिश्ता है जो सभी सामाजिक सम्बन्धों से ऊपर है। इस रिश्ते में इन्कार की गुंजाइश नहीं है। इसलिए आज उनकी उपस्थिति यहाँ हुई है। उनके साथ विगत दिनों में जो भी घटित हुआ है, शासन की ओर से हम उनसे क्षमा माँगते हैं और आश्वस्त करते हैं कि बच्चा के जीते-जी आगे से ऐसी कोई अनहोनी नहीं होने पायेगी।

...दोस्तो...! यहाँ एक लतख़ोर क़िस्म का विधायक है—पाखण्डी शर्मा। नाम से ही सब जगज़ाहिर है। अलग से कुछ भी बताने की ज़रूरत नहीं। वह परेशान अली को अपना साथी बताता है। उसे कलाकार कहता है। पूर्व विधायक बाबू जोखन सिंह और उनके साथी उसे किसान कहते हैं। मैं आपको बताना चाहता हूँ कि परेशान चाहे जो कुछ था, लेकिन आदमी हमारा था। वह हमारी पार्टी का सक्रिय कार्यकर्ता था। वह हमारे झण्डे ढोता था; हमारी रैलियों में सायकिल से ही बनारस, बलिया, गाज़ीपुर, मऊ और गोरखपुर तक चला जाता था। उसकी मौत से जितने सदमे में होने का दिखावा जोखन सिंह और पाखण्डी कर रहे हैं; उससे ज़्यादा सदमा हमें और हमारी पार्टी को लगा है। हमने सच्चे अर्थों में अपना एक समर्पित कार्यकर्ता खो दिया है।

...जिस दिन से परेशान की मौत हुई है उस दिन से हमने एक गोपनीय जाँच बिठा रखी है। आप जानना चाहते हैं कि परेशान की मौत कैसे हुई?

एलआईयू की रिपोर्ट कहती है कि पाखण्डी के साथियों ने नौटंकी की किसी महिला साथी के जुनून में उसे ज़हर देकर मार डाला। पोस्टमार्टम रिपोर्ट से भी परेशान के शरीर में ज़हर की पुष्टि हुई है। इस मंच पर हलकान मियाँ मौज़ूद हैं। मैं आपको आश्वस्त करता हूँ कि पाखण्डी के षड्यन्त्रकारी साथी जल्दी ही सलाख़ों के पीछे होंगे और यदि पाखण्डी की भूमिका किसी भी प्रकार से सन्दिग्ध पायी गयी तो वे भी पुलिस की गिरफ़्त से बच नहीं पायेंगे।

...सुना है पाखण्डी ने दो दिन पहले सन्तों की सभा में बड़ा लम्बा-चौड़ा भाषण दिया था। मेरे पास उस भाषण का डिटेल मौज़ूद है। और मैंने यहाँ आने के पहले उसका अध्ययन किया है। दोस्तो...! विपक्ष में बैठकर शासन-सत्ता को गरियाना और जनता को बरगलाना आसान होता है। लेकिन जब कोई ख़ुद सत्ता में बैठे तो आटे-दाल का भाव मालूम हो जायेगा। विपक्ष जनता को ख़ूब सपने दिखाता है। क्योंकि उसके पास करने को कुछ है नहीं। वो अपने को मसीहा के रूप में पेश करने की कोशिश करेगा, जैसा कि पाखण्डी ने दो दिन पहले किया। ऐसे ठगों पर भरोसा करने की ज़रूरत नहीं है। मैं आपको एक वाक़या सुनाता हूँ–

'...एक गाँव में कई बरसों से सूखा पड़ा था। क्या इन्सान, क्या जानवर और क्या परिन्दे...! सब प्यास की वजह से एक-एक कर मरने लगे। दरख़्त सूख कर काँटा हो गये, गुल मुरझाकर टूट गये और ज़मीन जगह-जगह दरक गयी। किसी को कुछ समझ नहीं आ रहा था कि आख़िर करें तो क्या करें? तमाम उपाय करने के बाद भी बारिश नहीं हो रही थी। फिर एक रोज़ एक आदमी स्वयं को मसीहा बताते हुए प्रकट हुआ। उसने देखा लोग प्यास की वजह से मर रहे हैं, दरख़्त सूख कर काँटा हुए जा रहे हैं, गुल मुरझा रहे हैं और ज़मीन दरकी जा रही है। यह देखकर उसका मोम दिल पसीज गया। उसे लोगों पर तरस और बादलों पर बहुत ग़ुस्सा आया। फिर उसने आव देखा न ताव, और एक खेत में लगे बाँस को तोड़कर बादलों में खोंस दिया। और फिर वह गाने लगा–'दुनिया-चमन सब हम से है... दुनिया-चमन सब हम से है'। लेकिन लोगों ने देखा कि उसके इस क्रिया के बावजूद स्थिति जस-की-तस है। मसीहा ने बादलों में बार-बार बाँस को हिलाया, पर कुछ न हुआ। लोगों ने उसे पहचान लिया और उसे दौड़ा लिया। फिर अन्ततः उसे गाँव के बाहर खदेड़ दिया।'

...कुछ ऐसा ही मसीहा बनना चाहता है यह आपका पाखण्डी...! मुझे मदारी कहने वाला ख़ुद कितना बड़ा मदारी है, इसे समझने में आप सभी को थोड़ा वक़्त लगेगा। कहने की ज़रूरत नहीं कि पाखण्डी और उनके तमाम सहयोगी केवल

सत्ता की दलाली करने वाले लोग हैं। जिसे हम विकास कहते हैं उसे ये भ्रष्टाचार का नाम देते हैं। इन्हें शायद अर्थशास्त्र का एबीसीडी भी नहीं मालूम...! दुनिया के जितने भी बड़े अर्थशास्त्री हुए हैं वे सभी मानते हैं कि विकास और भ्रष्टाचार दोनों जुड़वाँ भाई हैं। जहाँ विकास होगा वहाँ थोड़ा-बहुत भ्रष्टाचार होगा ही...! कोई सरकार इसे एक-दो दिन में नहीं रोक सकती। ये सदन में कुरता फाड़ कर कहते हैं कि सरकार द्वारा विकास के नाम पर भ्रष्टाचार की गंगा बहाई जा रही है। हमें कमीशनख़ोर बताते फिरते हैं। लेकिन आपको असली बात नहीं बताते कि इन्हें सरकार की हर योजना में कमीशन चाहिए। हम मानते हैं कि हम भ्रष्टाचार पर पूरी तरह क़ाबू नहीं पा सके हैं। लेकिन देखने वाली बात यह है कि पिछली सरकारों की अपेक्षा हमने भ्रष्टाचार पर कितना लगाम लगाया है...! आज पाँच साल में हमारी सरकार में एक भी बड़ा घोटाला सामने नहीं आया है। आप सभी को इनसे सावधान रहने की ज़रूरत है। ये आपसे वोट लेकर जीत कर जाते हैं और सरकारी योजनाओं में बन्दरबाँट करना चाहते हैं। हमसे यह नहीं हो सकता। हम जनता के हितों से कोई समझौता नहीं कर सकते।

...मैं आज ज़्यादा नहीं कहूँगा। मुझे आज फ़ुरसतगंज जाना है, हलकान मियाँ के साथ भोज का कार्यक्रम रखा गया है। हम उनके दुःख में शरीक होने आये हैं। मंच पर मौजूद मेरे साथी आपकी समस्याएँ सुनेंगे और आपकी मदद करेंगे। जय हिन्द-जय भारत...!'

इतना कहते हुए मुख्यमन्त्री जी ने मंच पर बैठे हुए हेलीकाप्टर बाबा और बूटी महराज के पैर छुए और उनका आशीर्वाद लेकर मंच से नीचे उतरते हुए गाड़ी में बैठ गये। उनके साथ हलकान मियाँ को भी बैठाया गया। फिर सारे प्रशासनिक अमले सहित गाड़ियों का लम्बा क़ाफ़िला उनके साथ फ़ुरसतगंज की ओर चल पड़ा।

यह पहला अवसर था जब प्रदेश के किसी मुख्यमन्त्री के क़दम साक्षात् रूप से फ़ुरसतगंज में पड़ रहे थे—वह भी बिना किसी पूर्व सूचना के...! मुख्यमन्त्री का क़ाफ़िला सीधे हलकान अली के घर पहुँचा। वहाँ लछिमिनिया देवी को पहले से बुलाकर बैठा लिया गया था। खाने के नाम पर थाली में रोटी-दाल और थोड़ा-सा चावल परोसा गया था जिसे खाकर मुख्यमन्त्री जी धन्य-धन्य हुए जा रहे थे। बहरहाल चलते-चलते मुख्यमन्त्री जी ने दो घोषणाएँ कीं—एक, परेशान अली की मौत की तह तक जाने के लिए उनके शव का दुबारा पोस्टमार्टम कराया जायेगा। और दूसरा, परेशान अली की याद में फ़ुरसतगंज में एक भव्य मक़बरा बनाया जायेगा। साथ ही यह भी कि हलकान मियाँ और लछिमिनियाँ

के देख-रेख की ज़िम्मेदारी शासन की होगी। इतना होने के बाद उनका क़ाफ़िला लौट चला। आज इस ऐतिहासिक दृश्य को देखकर फ़ुरसतगंज वाले भौचक थे। उनकी आँखें फटी रह गयीं जब उन्होंने आज हलकान अली का जलवा देखा। बहुतों को तो इस बात का अफ़सोस हो रहा था कि काश आज कोई उनके घर का बड़ा-बुज़ुर्ग इस तरह के किसी हादसे का शिकार हुआ होता तो उनका भी जलवा कुछ ऐसा ही होता...!

20

मुख्यमन्त्री का क़ाफ़िला राजधानी लौट चुका था और उनके दिये गये निर्देशों पर रातों-रात अमल की कार्यवाही भी शुरू हो गयी थी। इधर फ़ुरसतगंज में लगातार हो रही गहमा-गहमी और शासन-प्रशासन की आवाजाही से, इलाक़े के तमाम असंगठित व्यवसायी-व्यापारी और क़ानून की दृष्टि में अवैधानिक कार्य करने वाले कहे जाने वाले रोज़गार-सेवक, न केवल बेहद सतर्क हो गये थे बल्कि उन्होंने अपना दिन का सारा कार्य-व्यापार एक तरह से स्थगित कर रखा था। केवल रात के समय कहीं-कहीं चोरी-चकारी या जुएबाज़ी की घटना होती थी और चोरी-छिपे कच्ची-पक्की शराब बेच ली जाती थी। लेकिन दिन का माहौल एकदम रामराज्य-सा बना रहता और लोग अपने-अपने घरों में क़ैद रहते।

हालाँकि दिन की इस शराबबन्दी की घटना के कारण तमाम व्यसनी-साधकों की जान पर बन आयी थी और ऐसा लगता था कि यदि उनके लिए इस अघोषित बन्दी में एक-दो दिन में ढील न दी गयी तो वे असमय ही दम तोड़ देंगे। इनमें से कइयों की हालत तो ऐसी हो गयी बताते हैं कि वे अपने इस प्रिय द्रव की-सी सुगन्धि की चाह में सड़कों के किनारे बहने वाली बदबूदार नालियों के किनारे घण्टों बैठे रहते और ठीक उसी प्रकार लम्बी-लम्बी साँस लिया करते थे, जैसे बहुतेरे योगी-साधक योग सिखाने के समय लेते हैं। इस प्रकार बमुश्किल वे अपनी जिह्वा और उदर की तृषा, नथुनों के माध्यम से शान्त करने की कोशिश करते थे।

बहरहाल, अगले दिन सुबह होते-होते ही पुलिस और फ़ोरेंसिक टीम फ़ुरसतगंज पहुँच गयी। इस टीम के पीछे-पीछे गाँव के तमाम रुहेल्ले क़िस्म के लड़के, जो दिन भर रामा और ददई की दुकानों के इर्द-गिर्द और कभी हनुमान मन्दिर के

आसपास मँडराते रहते थे, बिन बुलाये फ़ोरेंसिक टीम के कार्य में हाथ बँटाने के लिए मौक़े पर पहुँच गये थे। हालाँकि फ़ोरेंसिक टीम के सहयोग के लिए पुलिस वालों ने क़ब्रिस्तान को चारों ओर से घेर रखा था ताकि टीम को परेशान अली के क़ब्र की खुदाई में किसी प्रकार की असुविधा न हो। लेकिन तमाम घेरेबन्दी के बावजूद दूर से ही सही, पुलिस वाले वहाँ मौज़ूद रुहेल्लों को अपना सुझाव देने से नहीं रोक सके। उनके इस बिन माँगे और अतिशय सुझाव के चलते फ़ोरेंसिक टीम ने परेशान की क़ब्र खोदने के पहले, क़ब्र में आराम से सोये कइयों के क़ब्र खोद डाले। नतीजा यह हुआ कि दोपहर तक यही पता नहीं चल सका कि असल परेशान मियाँ की क़ब्र कौन सी है...! तदनन्तर हलकान मियाँ बुलाये गये और तब जाकर किसी तरह से परेशान की क़ब्र खोदकर पोस्टमार्टम के लिए कुछ गली हुई हड्डियाँ जुटाई जा सकीं। फ़ोरेंसिक टीम इसे लेकर वापस रवाना हो गयी।

सारी रात परेशान की हड्डियों का विश्लेषण होता रहा। प्रयोगशाला में जितने भी तरह की नयी-पुरानी प्रयुक्त-अप्रयुक्त मशीनें थीं, सभी में परेशान की हड्डियों का चूरमा बना कर डाला गया। उसमें ऐसे-ऐसे तत्त्वों की तलाश की गयी जो न केवल परेशान ने बल्कि यदि उसके बाप-दादाओं ने भी कभी ग़लती से ग्रहण किया हो तो उसकी जानकारी भी इस परीक्षण से मिल जाय...! और जब किसी घटना के मूल में इस हद तक, तह तक जाने की तैयारी कर ली गयी हो तो परिणाम कभी नकारात्मक नहीं हो सकता। अन्त में गहन परीक्षणोपरान्त बन्द लिफ़ाफ़े में फ़ोरेंसिक रिपोर्ट पुलिस के उच्चाधिकारियों को सौंप दी गयी और फिर उसे लेकर स्वयं डीजीपी साहब मुख्यमन्त्री आवास पर पहुँचे।

मुख्यमन्त्री बच्चा तिवारी इलाहाबाद से लौटने के बाद से ही अपनी सारी व्यस्तताओं के बावजूद, हर गतिविधि पर पल-पल नज़र रखे हुए थे। क्योंकि वे जानते थे कि आसन्न चुनावों के मद्देनज़र इस रिपोर्ट के खुलासे से एक तीर से ढेर सारे शिकार किये जा सकते थे; बहुतों को चुनाव के पहले ही चित किया जा सकता था और कइयों का समय से पहले ही बधियाकरण किया जा सकता था। इसलिए वे सतर्क भी थे और तनिक आश्वस्त भी। डीजीपी साहब के आने की ख़बर करते ही उन्हें बिना किसी प्रतीक्षा के मुख्यमन्त्री आवास के गोपनीय कक्ष में बुला लिया गया और थोड़ी देर में बच्चा जी प्रगट हुए। उनके कक्ष में घुसते ही डीजीपी साहब अपनी कुर्सी से उठ खड़े हुए और उनका अभिवादन करते हुए तपाक से बन्द लिफ़ाफ़ा उनकी ओर बढ़ा दिया। बच्चा जी ने एक नज़र लिफ़ाफ़े की ओर देखा ओर दूसरी नज़र डीजीपी साहब की आँखों में। फिर गहरी साँस लेते हुए पूछा—

'रिपोर्ट में क्या निकला...?'

डीजीपी साहब ने संजीदगी से उत्तर दिया—'सर...! पूरी रिपोर्ट आपके निर्देश के अनुसार तैयार की गयी है।'

बच्चा जी का अगला सवाल था—'वो तो ठीक है। लेकिन इससे पुलिस को कितनी मदद मिलेगी...?'

डीजीपी साहब बोले—'सर...! हमारी टीम द्वारा नयी थ्योरी तैयार कर ली गयी है। हम आपके आदेश के इन्तज़ार में हैं। प्रेस कान्फ्रेंस में सारे षड्यन्त्र का खुलासा किया जायेगा। आपका आशीर्वाद चाहिए।'

बच्चा के अधरों पर हल्की-सी मुस्कान दौड़ पड़ी और उन्होंने बिना कुछ बोले ही अपनी दोनों आँखें बन्द कर इस तरह का भाव प्रकट किया मानो डीजीपी साहब से कहना चाहते हों—'तथास्तु...!' डीजीपी साहब ने भी मन-ही-मन इस आशीर्वाद को ग्रहण किया और 'थैंक्यू सर' कहते हुए कक्ष से बाहर निकल गये।

इस मुलाक़ात के बाद प्रेस कान्फ्रेंस भी महज़ एक औपचारिकता रह गयी थी। डीजीपी साहब मुख्यमन्त्री आवास से लौटे और सीधे प्रेस क्लब पहुँचे। वहाँ पर सारे इन्तज़ामात पहले से ही कर लिए गये थे। मीडिया के लोग पल-पल के घटनाक्रम पर नज़रें गड़ाये बैठे थे और डीजीपी के आने का इन्तज़ार कर रहे थे। पूरा-का-पूरा हाल खचाखच भरा हुआ था। कहीं भी तिल रखने की जगह भी न बची थी। शोर इतना कि जितना भरी दोपहरी में मछली-मण्डी की गहमा-गहमी में भी न होता होगा। तभी अचानक से डीजीपी साहब का प्रवेश हुआ। क्षण भर में ही सारा शोरगुल अचानक से थम गया। अब जाकर डीजीपी साहब अपनी कुर्सी पर बैठे। सभी की नज़रें उनकी ओर टिक गयीं। डीजीपी साहब कुछ क्षण तक मौन रहे फिर अपने पास रखे फ़ाइल को खोला और उसमें से एक सीलबन्द लिफ़ाफ़ा निकाला। फिर एक नज़र उठाकर मीडियाकर्मियों की ओर देखा और माइक को सहेजकर बोलना शुरू किया—

'साथियो आप सभी सरकार की मंशा से वाक़िफ़ हैं। सरकार का मक़सद है—समाज के अन्तिम व्यक्ति को न्याय मिले। पिछले दिनों माननीय मुख्यमन्त्री जी का इलाहाबाद का दौरा हुआ था। उसमें फ़ुरसतगंज के परेशान अली की मृत्यु को लेकर ढेर सारे प्रश्न खड़े हुए थे। माननीय मुख्यमन्त्री जी ने स्वयं फ़ुरसतगंज गाँव का दौरा किया और परेशान अली के शव के दुबारा पोस्टमार्टम किये जाने के निर्देश दिये। इस क्रम में हमारी फ़ोरेंसिक टीम ने गहन परीक्षणोपरान्त कुछ निष्कर्ष निकाले हैं। रिपोर्ट कहती है कि परेशान के शरीर में ज़हर की मात्रा पायी गयी है। यह ज़हर परेशान को किसने दिया और किनके इशारे पर दिया,

इसकी जानकारी कर ली गयी है। इस रिपोर्ट के आधार पर पुलिस जाँच और तेज़ की जायेगी और जल्दी ही असली षड्यन्त्रकारी सलाख़ों के पीछे होंगे।'

इतना कहकर डीजीपी साहब ने माइक का स्विच ऑफ़ किया और उठ खड़े हुए। मीडियाकर्मियों ने तमाम सवाल हवा में उछाले लेकिन डीजीपी साहब 'नो कमेंट्स-नो कमेंट्स' कहते हुए कक्ष से बाहर निकले और अपनी गाड़ी में आकर बैठ गये। गाड़ी पुलिस मुख्यालय की ओर चल निकली।

शाम होते-होते इलाहाबाद पुलिस ने परेशान अली के मामले में दर्ज एफआईआर में नयी कहानी यह जोड़ी कि 'पाखण्डी के पुराने साथियों ने उसके इशारे पर नौटंकी की महिला साथी और लछिमिनिया की बेटी के एकतरफ़ा प्यार के जुनून में परेशान को ज़हर देकर मार डाला और घटना को दुर्घटना का रूप देने के लिए उसे अन्धे कुएँ में धकेल दिया।' फिर पुलिस ने कुछ नये आरोपियों को नामज़द करते हुए सुबह होते-होते पाखण्डी को बाबू जोखन सिंह के मसान घाट से रंगे हाथ गिरफ़्तार कर लिया। यही नहीं, निर्देश हुआ कि परेशान अली की हड्डियों के साथ पाखण्डी की महत्त्वाकांक्षाओं को भी गहरे गाड़ दिया जाय।

तय किया गया कि पाखण्डी की हिस्ट्रीशीट खोली जाय। लेकिन सबसे बड़ा सवाल यह था कि राजनीति में होने के बावजूद, अभी तक पाखण्डी के ख़िलाफ़ किसी थाने में एक मुक़दमा तक दर्ज न था। इसलिए हिस्ट्रीशीट खुलती भी तो कैसे...!! लेकिन हमारी हिन्दुस्तानी पुलिस के पास हर मर्ज़ की दवा है। बल्कि यों कहें कि उनके लिए कोई भी काम असम्भव नहीं है। चूँकि यह तय हो चुका था कि हिस्ट्रीशीट खोली ही जानी है, इसलिए इलाहाबाद और उसके आसपास के थानों में जितने मुकदमे अज्ञात अपराधियों के ख़िलाफ़ दर्ज थे, उनमें पाखण्डी को बाक़ायदा नामजद किया गया और देखते-ही-देखते वे बड़े माफ़िया बन गये। यह हमारी पुलिस की अतिरिक्त मेधा ही है कि वह जब चाहे किसी आम आदमी को बड़ा माफ़िया और किसी बड़े मॉफ़िया को बहुत बड़ा सामाजिक कार्यकर्त्ता बना दे...!!

ख़ैर...! पाखण्डी पर यह आरोप लगाया गया कि वे मृतक परेशान अली की हत्या का षड्यन्त्र रचने के साथ-साथ उसे राजनीतिक रंग देने की कोशिश कर रहे थे और समाज के अल्पसंख्यक समुदाय के लोगों को सरकार के ख़िलाफ़ भड़काने की भी कोशिश कर रहे थे। खुफ़िया एजेंसियों की रिपोर्ट मँगाई गयी जिसमें यह स्पष्ट कहा गया था कि 'यदि समय पर पाखण्डी को रोकने का प्रयत्न नहीं किया गया तो इससे प्रदेश का साम्प्रदायिक सौहार्द बिगड़ सकता है और प्रदेश साम्प्रदायिक हिंसा की आग में भी झुलस सकता है।' फिर क्या...!

उनके ऊपर गैंगेस्टर, रासुका जैसे अधिनियमों की उचित धाराओं का भी प्रबल इस्तेमाल किया गया। नतीजा यह हुआ कि पाखण्डी लम्बे समय तक नैनी जेल में केवल हवा-पानी के भरोसे जीवन काटने के लिए मजबूर कर दिये गये।

उधर देखते-ही-देखते फ़ुरसतगंज में परेशान अली के मक़बरे का निर्माण भी शुरू हो गया और हलकान अली तथा लछिमिनिया देवी के रोज़मर्रा के नून-तेल-तरकारी का ज़िम्मा तहसीलदार जुल्मीराम यादव के मत्थे लगा दिया गया।

21

कहने के लिए भले पाखण्डी शर्मा को अन्दर कर दिया गया था; लेकिन यह असल में उनके समकालीन समस्त पाखण्डियों और उनके पाखण्डों के एक-एक कर बाहर आने का सबसे अनुकूल समय साबित हुआ। चूँकि स्वयं बच्चा तिवारी द्वारा दुष्चक्र में फँसाकर पाखण्डी को जेल में डाला गया था, इसलिए यह उचित अवसर था कि बच्चा जी पाखण्डी के बहाने अपने पापों के प्रायश्चित् और शुद्ध-बुद्धि यज्ञ जैसा कोई आध्यात्मिक कार्यक्रम करते...! वैसा ही हुआ भी। बनारस, हरिद्वार, इलाहाबाद और गया के तमाम पण्डितों सहित कई पण्डों को एकत्रित किया गया और मुख्यमन्त्री आवास पर ही शुद्ध-बुद्धि यज्ञ का आयोजन आरम्भ कराया गया। असल में बच्चा कुल मिलाकर थे तो ब्राह्मण ही...! बस सत्ता मिल जाने से आध्यात्मिकता तनिक नेपथ्य में चली गयी थी और कूटनीति सतह पर आ गयी थी। इसलिए वे अवसर मिलने पर कभी भी न तो आध्यात्मिकता का चोला धारण करने से और न ही राजनीति का छल-छद्म इस्तेमाल करने से हिचकते थे। दरअसल, उन्हें हार किसी भी दशा में स्वीकार्य न थी—चाहे वह अपने बैठके में ताश के खेल की हो या फिर राजनीति में शतरंज के चालों की-सी शह-मात के पैंतरे की...!

फ़िलहाल ज्यों ही सारे पण्डित इकट्ठे हुए, आनन-फानन में यज्ञ की सारी तैयारियाँ पूरी की गयीं और देखते-ही-देखते सारा मुख्यमन्त्री आवास और आसपास का वायुमण्डल वैदिक ऋचाओं से गुंजायमान हो गया। यह प्रक्रिया लगातार नौ दिनों तक चलती रही और इस अवधि में बच्चा जी अपना अधिकाधिक समय पूजा-पाठ और सात्विक परिचर्चा में व्यतीत करते थे। केवल सुबह-शाम मीटिंग्स के लिए अपने आवास पर उच्चस्तरीय अधिकारियों से मन्त्रणा करते...!

हालाँकि इस अवधि में भी वे अपने नज़दीकी पार्टी कार्यकर्ताओं के साथ आगामी चुनाव की रणनीतियों पर चर्चा करना नहीं भूलते थे। असल में वे किसी मँजे हुए खिलाड़ी की तरह बख़ूबी जानते थे कि जैसे हर मैच एक नया मैच होता है वैसे ही हर चुनाव भी एक नया चुनाव...! इसलिए वे हर बार चुनाव के पहले, किसी नये खिलाड़ी के माफ़िक़ सतर्क रहते थे।

उनका दो बार का मुख्यमन्त्री होना केवल इसलिए सम्भव नहीं हो पाया था कि वे बहुत क़ाबिल और सबके चहेते थे; बल्कि इसलिए क्योंकि उन्हें चुनाव के पहले अपने सारे प्रतिद्वन्द्वियों को धराशायी करना ख़ूब आता था। इसके बाद बँटे-छितरे विधायक समूह को लड़ाना-भिड़ाना-मिलाना-जुलाना-खिलाना-पिलाना उन्हें मानो इन शक्तियों पर सिद्धहस्तता-सी हासिल थी। अब तो स्थिति यह हो गयी थी कि शान्तिकाल में वे दूसरे राज्यों में भी सरकार बनवाने और गिराने का ठेका ले लेते थे। और आश्चर्य की बात यह कि उन्हें अपने इस तरह के अभियान में कभी पराजय नहीं मिली। इन तमान सफलताओं के बावजूद वे कभी अति-आत्मविश्वासी नहीं होते थे। सम्भवतः उनकी सफलता का यही सबसे बड़ा राज़ भी था।

इस बार पाखण्डी उनकी इस योजना के सबसे पहले शिकार थे। लेकिन पाखण्डी जैसे आस्तीन के सर्प को बिल के अन्दर करने पर ढेर सारे पुराने अजगर बिलबिलायेंगे, यह बात भी बच्चा तिवारी बख़ूबी जानते थे। इसलिए इसके पहले कि इस बिलबिलाहट की शुरुआत हो, बच्चा ने अपना दूसरा दाँव खेला। अपने कार्यकर्ताओं के साथ निरन्तर मन्त्रणा के बाद उन्होंने यह तय किया कि कैसे भी करके झारखण्डे राय को अपनी ओर मिलाना होगा। झारखण्डे को मिलाना कई कारणों से आवश्यक था। एक तो वह भाषण-कला के मर्मज्ञ थे। मंच से किस बात को कैसे कहना है और जनता को कैसे मोड़ना है, इसका उनके पास ख़ूब अनुभव था। दूसरे, रणनीतियाँ बनाने में उनका कोई सानी नहीं था। वे बचपन से ही अपने जज दादा की गोद में बैठने से लेकर बड़े होने तक केवल इन्हीं रणनीतियों पर चर्चा होते देखते आये थे। और अब एकदम पक्के रणनीतिकार हो गये थे। तीसरी और सबसे बड़ी बात, उनको अपने साथ मिलाना बाबू जोखन सिंह के लिए एक बहुत बड़ा झटका होता, जिससे वे शायद ही कभी उबर पाते...!

इसके लिए बाक़ायदा योजना बनायी गयी और बच्चा तिवारी ने रातों-रात गाड़ी भेजकर झारखण्डे राय को राजधानी बुलवा लिया। इस काम के लिए लगाया गया—झारखण्डे के चचा खोखा राय के इकलौते दामाद बाल्टी राय को,

जो तब हाईकोर्ट में वकालत करते थे। हालाँकि उनकी वकालत बहुत अच्छी न थी लेकिन झारखण्डे के ज़िला कचहरी से लेकर हाईकोर्ट तक जितने भी मुक़दमे थे, सब वही देखते थे। अधिकतर मामलों में उन्होंने झारखण्डे को जेल जाने से बचाया था। इसलिए एक बार झारखण्डे अपने सगे बाप की बात को तो टाल भी देते, पर उनके लिए बाल्टी की बात को टालना सीधे मौत को दावत देना था...!

बहरहाल झारखण्डे ढक्कन गुरू से, बाल्टी जीजा की माता जी की तबीयत देखने का बहाना लेकर इलाहाबाद से राजधानी पहुँचे और अगले दिन सुबह ही उनकी बच्चा जी से एक गोपनीय मीटिंग फिक्स कराई गयी। झारखण्डे अक्खड़ आदमी थे लेकिन बहुत काम के थे—यह बच्चा तिवारी बख़ूबी जानते थे। इसलिए मुलाक़ात के समय बच्चा जी ने अपने ऊपर, अपने मुख्यमन्त्रित्व को कहीं भी हावी नहीं होने दिया। वे आवास के गेट पर झारखण्डे के इन्तज़ार में देर तक खड़े रहे और उनके गाड़ी से उतरते ही आगे बढ़कर उन्हें गले से लगा लिया। फिर वे बड़े आदर और प्यार से झारखण्डे को अपने भीतर वाले बैठके में ले गये और देर तक उनके जज दादा और पिताजी के बारे में बातें करते रहे। इस बीच देहाती क़िस्म के नाश्ते से वातावरण रससिक्त होता रहा और वे भोजपुरी के भिखारी ठाकुर के रचे और मोहम्मद ख़लील के गाये गीतों के बज रहे संगीत के बीच, देश-दुनिया की बातें करते रहे। बाल्टी राय पूरे समय झारखण्डे के साथ होने के बावजूद ऐसे मूकदर्शक बने रहे जैसे वास्तव में उनकी माताजी की तबीयत ख़राब हो और वे इस मुलाक़ात का असल मक़सद जानते ही न हों...!

उधर झारखण्डे भी एक ऐसी शख़्सियत थे कि लिफ़ाफ़ा देखकर ख़त का मजमून भाँप लेते थे। उन्होंने जीवन भर घाट-घाट का ही पानी पिया था और बहुतों को पीना सिखाया भी था। इसलिए भूल से भी उनके कन्धे पर हाथ रखना किसी मँजे-मँजाये पहलवान को चुनौती देने जैसा था। ख़ैर...! तमाम औपचारिकताओं के बाद, बात मुद्दे पर लायी गयी। अब तक बैठके में यात्रा की थकान से ऊँघते रहने की लगातार कोशिश कर रहे बाल्टी राय ने अपनी चुप्पी तोड़ी और बोले—

'झारखण्डे बाबू...! कुल मिलाकर इस सारी क़वायद का मतलब ये है कि तुमको इस बार के विधानसभा चुनाव में बच्चा जी की मदद करना है...! तुम्हारी इलाहाबाद के हर वर्ग के लोगों में अच्छी पकड़ है। सबके साथ उठना-बैठना है। तुम वक्ता भी अच्छे हो। और इससे भी बड़ी बात कि इस चुनाव में बच्चा जी को तुम्हारी ज़रूरत है...!'

बाल्टी का इतना कहना भर था कि एक पल के लिए ऐसा लगा मानो झारखण्डे की आँखों के सामने से चुनाव का सारा मंज़र गुज़र गया हो...! उन्होंने लम्बी साँस ली और अगले ही पल अपनी कुर्सी छोड़ कर खड़े हो गये। एक नज़र बच्चा जी की ओर देखा और दूसरी नज़र बाल्टी की ओर। फिर बोले—

'का गुरू...! बहुत सस्ते में सौदा कर दिहौ हमार...! एक बार हमसे पूछ तो लिए होते...!! अरे हम तो तोहरे साथ इसलिए चले आये कि हमार गुरू का आपन कोई संकट होगा। का करिहौ जमाना अइसहीं है...! बलवान का कभी बाल भी बाँका न हुआ, बकरे ही हमेशा बलि पर चढ़ाये गये। अगर हम ये जानते कि हमें ही बलि का बकरा बनाया जायेगा तो हम वहीं नेतराम चौराहे पर तुमका नमस्ते कर लेते...!'

बाल्टी ने बीच में ही झारखण्डे को हौंका—'रंडी की तरह नख़रा न दिखाओ...! पहिले बैठि जाओ...!'

बाल्टी का इतना कहना था कि झारखण्डे झट से अपनी कुर्सी पर बैठ गये। बाल्टी ने बोलना जारी रखा—'अमें...! तोहरे जइसन-जइसन पचहत्तर जने इहाँ रोज़ नाकि रगड़त हैं...! आपन भागि समझ्यौ कि बच्चा जी तुमका हियाँ गाड़ी भेजि के बुलवाइन हैं...! होइन झूँसी में टँगवा लेते तो न अउते का...? दिन भर कच्ची के जुगाड़ में मारा-मारा फिरत हौ और हियाँ आकै अँगरेजी पेले लागै...! जमीर जाग गवा तुम्हार...!!'

झारखण्डे ने बाल्टी को रोकने की कोशिश की—'बस करौ जीजा, नाहीं तो हमार करेजा अबहीं फाटि जाई.!!'

लेकिन बाल्टी कहाँ रुकने वाले थे। बोले—'अमें लौड़े में गये तोहार जीजा...! स्साले नाक कटवा रहे हो हमार...! कवन मजा के चक्कर में...? जोखन सिंह के चक्कर में कि छम्मो के चक्कर में...?'

झारखण्डे ने झुँझलाते हुए जवाब दिया—'कोई नाक-वाक नहीं कट रही जीजा आपकी...! और न मैं किसी मज़े के चक्कर में ऐसा कह रहा हूँ। बस एक बात जान लीजिए जीजा कि मैं दोगला नहीं हूँ...! जोखन सिंह तो वैसे ही दिन भर भुइंहारों को गरियाते रहते हैं। हम अपनी ही नज़र में नीचे नहीं गिर सकते। बाक़ी तुम जो कहो...!!'

बाल्टी उखड़ गये—'तो तुम क्या समझते हो कि तुमको छोड़कर यहाँ सब दोगले हैं...! मैं तुमको दोगला लगता हूँ...कि बच्चा जी दोगले लगते हैं...

कि राजनीति में बड़े-बड़े नेता-मन्तिरि सब दोगले हैं...! बेहूदा कहीं का...! बेशरम...!! भाषण दे रहे हैं इहाँ...! अगर एक बार मैं दोगलई पर आ जाता न तो कई साल चक्की पीसते जेल की...! कोई जमानत लेने वाला भी न मिलता तुमको...! जितने तुम्हारी आगे-पीछे घूमते हैं और जिनके आगे-पीछे तुम घूमते हो—कोई साथ नहीं देता तुम्हारा...!'

बच्चा जी ने माहौल को थोड़ा हल्का करने की नीयत से बाल्टी को पुचकारा—'अरे बाल्टी भाई...! पूरी बात तो सुन लीजिए झारखण्डे जी की...!'

बाल्टी ने बच्चा जी की इस सलाह को सिरे से टाल दिया। कहा—'अगर इनकी सुनने लगोगे न गुरू तो कई दिन लग जायेंगे, मामला न निबटेगा। बहुत बड़े ज्ञानी हैं ये...! इनके पास सबकी कुण्डली है... केवल अपनी छोड़ के...!'

झारखण्डे सिर झुकाये बैठे थे। बाल्टी ने बच्चा जी को आँख मारी और इशारों में ही थोड़ी देर के लिए उन्हें अन्दर जाने को कहा। बच्चा किसी बहाने से अन्दर चले गये। अब बाल्टी ने अपनी कुर्सी तनिक झारखण्डे के नज़दीक खींची और उनकी तरफ़ झुकते हुए बोले—

'अमें पूरे मुँहचिदोर हो का...? जिन छुटभैयों के चक्कर में सारा दिन अपनी टुटहिया चप्पल घिसते रहते हो न, उनके अध्यक्ष बनावै के प्रस्ताव है तुमका...! कल से तुम पार्टी प्रवक्ता की कुर्सी पर बैठोगे...! जिनके लिए यहाँ-वहाँ माइक लेके गाते रहते हो, कल से वे तुम्हारे आगे-पीछे घूमेंगे, तुम्हारा तेल लगायेंगे...! शासन-सत्ता बहुत मज़बूत चीज़ होती है। एक बार राजनीति ने तुम्हारे लिए अपना दरवाज़ा खोल दिया न तो कई पुस्तें सुधर जायेंगी तुम्हारी...! रहने को घर हो जायेगा, बीवी को खाने-पहनने को शुद्ध भोजन और कपड़ा मिलने लगेगा, बच्चे पढ़-लिख लेंगे। चार आदमी दण्ड-पैलगी अलग से ठोंकेंगे तुम्हारी...!'

झारखण्डे ने एक नज़र बाल्टी की ओर देखा फिर लम्बी साँस भरकर कहा—'लेकिन जीजा हमसे वो नहीं होगा जो तुम चाहते हो...!'

बाल्टी ने झारखण्डे को फिर से कुरेदा—'मैं समझ रहा हूँ कि साले तुमको अपने पियक्कड़ साथियों की चिन्ता खाये जा रही है...! अमें घामड़दास कब तक उनके साथ गड़—घिसौवल करोगे...? लंतरानी से कब तक भोजन चलेगा तुम्हाराऽ...?? एक बार जो यहाँ से आशीर्वाद मिल गया न तो रोज़ पीने को मिलेगा—अंग्रेज़ी, हिन्दी, फेरेंच, जर्मन सब...! सिबिल लैन में पैलेस के बगल में अपना बैठका खोल लेना और जी भर कर सबको पीते-पिलाते रहना...!'

अबकी झारखण्डे ने तनिक समझ वाली बात रखनी चाही—'बात तो तुम सही कह रहे हो जीजा...! लेकिन सोचता हूँ कि ज़माना क्या कहेगा...! लोग कहेंगे कि झारखण्डे को पूरा इलाहाबाद नै खरीद पावा...! और ऊ हुआँ जाकर बिकि गवा...! बड़ी बदनामी होगी जीजा...! माफ़ करो हमका...! आधी उम्र तो कट ही गयी है...! बाक़ी भी घिस-घिस के काट लेंगे...!'

बाल्टी भी कहाँ मानने वाले थे। एकदम से बिफ़र पड़े—'अमें तोहरे मुँह में बवासीर है का...? एकदम से बकबकाते रहते हो—बिना सोचे-समझे...! कोई बात सुनने के लिए तैयारे नहीं होते हो...! पंचों की बतिया भी मानोगे और खूँटा भी वहीं गाड़ोगे...!! हम हियाँ तोहरे मतलब की बात कर रहे हैं और तुम बकैती पे बकैती पेले जा रहे हो...! बिना मन्त्र के तुम्हारा भी कोई इलाज नहीं होगा.!'

झारखण्डे सहमे—'मन्त्र...!!'

बाल्टी ने कहा—'हाँ मन्त्र...!'

फिर उन्होंने झारखण्डे को मन्त्र का एक छोटा-सा किस्सा सुनाया। बोले—

'मेरे एक साथी वकील थे—बाबू साहब...! जानते तो होगे ही उनको—वही मंझनपुर वाले...!! उनको असली वाला बवासीर था। न सीधे चल पाते थे और न मोटरसायकिल पर सीधे बैठ पाते थे। कोर्ट में भी एक पैर पर खड़े रहकर बहस करते थे। जहाँ जाते वहीं इसकी दवा ढूँढ़ लेते थे। लेकिन मर्ज़ ख़त्म होने का नाम ही न लेता था। अन्त में छब्बीस रुपये की दवा ने उनका काम किया—जिसमें से तीन रुपये की डोरी, पन्द्रह रुपये की दवाई और आठ रुपये का मन्त्र शामिल था। जिसकी वजह से बाबू साहब मोटरसायकिल पर सीधे बैठ सके और सीधे खड़े हो सके। जानते हो कौन-सा मन्त्र था वो...? उनके हाथ-पैर को रस्सी से बाँध के ऑपरेशन किया गया था। क्योंकि एनिस्थीसिया का कोई असर ही नहीं हो रहा था उनके ऊपर...! इस बाँधने की कुल क़ीमत दी गयी थी आठ रुपये...! बस तुम्हें भी ऐसे ही बाँधना होगा...! दो-चार दिन बन्द कमरे में यूँ पड़े रहोगे तो अपने-आप ही इलाहाबादी लड़हेरों का भूत भाग जायेगा। मुँह के बवासीर का भी कोई और इलाज नहीं है...!'

झारखण्डे को मन्त्र का मर्म समझ आ गया था। वे बुदबुदाने लगे थे। इतने में बच्चा वापस लौटे। सभी ने एक—दूसरे की ओर देखकर हल्की मुस्कान बिखेरी और खाने की मेज़ की ओर बढ़ गये। वहाँ रोटी के साथ बोटी चली; और चली 'गोटी'...! वही—शतरंज वाली...!!

22

बाल्टी राय को इलाहाबाद हाईकोर्ट का महाधिवक्ता और झारखण्डे राय को बच्चा जी की सर्वजन उद्धार पार्टी का प्रदेश प्रवक्ता और मण्डल प्रभारी बनाये जाने की ख़बर जिस गति से इलाहाबाद पहुँची उससे भी तेज़ गति से झारखण्डे और बाल्टी को ससम्मान इलाहाबाद पहुँचाया गया। इस बीच बच्चा जी द्वारा स्थानीय नेताओं और पार्टी कार्यकर्ताओं को सख़्त निर्देश दिये गये कि दोनों की आवभगत में कोई कमी न की जाय और उनका भव्य स्वागत किया जाय ताकि शहर में इसका मेसेज पहुँचे कि झारखण्डे जैसे समाजवादी चिन्तक ने मुख्यमन्त्री जी के सराहनीय कार्यों को देखकर उनसे आगे बढ़कर हाथ मिलाया है और अब प्रदेश के चहुँमुखी विकास को कोई रोक न पायेगा।

अगले दिन प्रदेश के और इलाहाबाद के सभी अख़बारों में यह ख़बर प्रमुखता से छपी। ढक्कन को ख़बर की जानकारी आधी रात को ही हो गयी थी। और वे सुबह-सुबह इस ख़बर की जानकारी लेकर मसान घाट की ओर निकल पड़े। इतनी सुबह-सुबह इस स्वघोषित यात्रा के लिए उनको वाहन कहाँ से मिलता...! इसलिए वे इस स्थिति को पहले से ही भाँपकर दारागंज पुल से सीधे नीचे उतरकर गंगा मैया के रेतीले मैदान से होकर पैदल ही झूँसी स्थित जोखन सिंह के मसान घाट पहुँचे। रोज़ की ही भाँति सूरज की किरणें मसान घाट के चहुँओर चादरनुमा फैले स्याह-सफ़ेद सतह पर अपनी किरणीली आभा बिखेर रही थीं। लेकिन बावजूद इसके, घाट पर अजीब-सा सन्नाटा पसरा हुआ था। सबसे आश्चर्य की बात यह कि यह वाक़या तब घटित हो रहा था जब स्वयं जोखन सिंह की अध्यक्षता में 'चाण्डाल-चौकड़ी' की मीटिंग चल रही थी। फ़साहत, सुन्नर पाड़े और आचार्य रामपलटदास सभी चिन्तामग्न मुद्रा में बैठे थे। कुछ देर पहले ही पोलो ने भी सभा को ज्वाइन किया था।

ढक्कन ने पहुँचते ही बाबू जोखन सिंह का अभिवादन किया और एक ओर मोढ़ा लेकर बैठ गये। बाबू जोखन सिंह के आदेश पर चिलम सुलगा ली गयी थी और सभी बारी-बारी से इसे प्रसादस्वरूप ग्रहण कर रहे थे। पर वातावरण की चुप्पी टूटती न थी। थोड़ी देर में बाबू जोखन सिंह ने इस पूरे घटनाक्रम पर आचार्य रामपलटदास से उनकी राय जाननी चाही। आचार्य प्रोफ़ेसर थे। इसलिए वे कभी-कभी गम्भीर बातें भी कर लेते थे। उन्होंने अपना मत रखना शुरू किया—

'लक्षण ठीक नहीं हैं गुरू...! अक्सर जब व्यवस्था अपने चरित्र की क्रूरता दिखाना शुरू करती है तो हम समझते हैं कि यह जिसको ध्यान में रखकर लायी गयी है वह इसे झेलेगा; हमसे क्या मतलब...! लेकिन सच्चाई केवल इतनी होती तो कोई बात न होती। इस क्रूरता का नुक़सान उस व्यवस्था में जी रहे सभी लोगों को उठाना पड़ता है...!'

अभी आचार्य बोल ही रहे थे कि बाबू जोखन सिंह ने उन्हें इशारे से रोका और बोले—'एकदम सही कह रहे हो पलटू...! यह एक बड़े ख़तरे का संकेत है। मुझे एक कहानी याद आ रही है...!' फिर उन्होंने कहानी सुनानी शुरू की, जिसका मज़मून कुछ यूँ था—

'एक बार की बात है कि मियाँ अब्दुल्ला अपने घर में चूहों के आतंक से बचने के लिए चूहेदानी ख़रीद कर ले आये। वे ज्यों ही घर में घुसे; घर में जो मोटा-ताज़ा चूहा विराजमान था उसने अपने ख़िलाफ़ हो रहे इस षड्यन्त्र को नग्न आँखों से देख लिया। फिर क्या...! उसने घर में रहने वाले शेष जीवों मसलन मुर्गे और बकरे को भी सतर्क करना उचित समझा कि 'बेटा...! घर में चूहेदानी आ गयी है। आप सभी सतर्क रहें।' सुनते ही सभी हँसने लगे। मुर्गे और बकरे का तो हँस-हँस कर बुरा हाल हो रहा था। वे बोले—'अरे मियाँ...! चूहेदानी से हमारा क्या लेना-देना...! इन्तज़ाम तुम्हारे लिए किया जा रहा है और तुम सतर्क हमें कर रहे हो...! अमाँ अपनी चिन्ता करो। हम अपनी चिन्ता कर लेंगे। वैसे भी मालिक हमारा ज़्यादा ख़याल करते हैं। हमें समय-समय से खाना-पीना सब देते हैं। एक तुम ही हो जो चोरी का माल उड़ाते रहते हो...!' चूहा अपना-सा मुँह लेकर रह गया और वहाँ से चला गया।

किसी दिन मियाँ अब्दुल्ला ने चूहेदानी में रोटी फँसाकर उसे कोने में छिपाकर रख दिया। रात हुई और चूहेदानी के भीतर किसी के दबे होने की आवाज़ आने लगी। अब्दुल्ला गहरी नींद में थे। सो उनकी मोहतरमा सरवरी बेगम ने सोचा कि क्यों न चूहेदानी को चूहे सहित गली की ओर छोड़ आयें...! उन्होंने रात के अँधेरे में ज्यों ही चूहेदानी को हाथ लगाया, किसी जीव के गहरे काटने के परिणामस्वरूप वे चिल्ला उठीं। सरवरी बेग़म के चिल्लाने की आवाज़ सुनकर मियाँ अब्दुल्ला की गहरी तन्द्रा टूटी और वे लालटेन लेकर चूहेदानी की ओर भागे। लेकिन वहाँ का नज़ारा देखकर वे दंग रह गये। चूहेदानी के एक हिस्से में एक साँप की पूँछ दब गयी थी और उसने इस घबराहट में सरवरी बेगम को काट लिया था। मियाँ अब्दुल्ला स्वयं हक़ीम थे। लेकिन जब अपने पर आती है तो सारी हक़ीमी पिछवाड़े में घुस जाती है। सारा मन्त्र उड़न-छू हो जाता है।

बहरहाल, मियाँ अब्दुल्ला ने सब्र दिखाया और रातों-रात नीम-हक़ीम और तमाम झाड़-फूँक वालों को इकट्ठा कर लिया। बड़ी मेहनत-मशक्कत के बाद किसी तरह सरवरी बेगम की जान बच पायी।

अब अगले दिन से मियाँ अब्दुला की ननिहाल-ददिहाल, ससुराल-सढ़ूआन, फुफ्फी-फूफा, खाला-साला और न जाने किन-किन रिश्तों से लोग सरवरी बेगम का पुरसाहाल लेने आने लगे। यह क्रम कई दिनों तक चलता रहा। सरवरी बेगम बिस्तर पर लेटी रहतीं और कभी खजूर और कभी गुड़ से मेहमानों की आवभगत करके उन्हें विदा करती। लेकिन जब उनके अपने मायके से भाई-बहन आ गये और उन्होंने रुकने का मन बना लिया तो केवल खजूर और गुड़ से काम नहीं चलाया जा सकता था। इसलिए पाल-पोसकर बड़े किये गये मुर्गे पर गाज गिरी और वे उसी दिन हलाल कर दिये गये। तब बकरे को चूहे की बात याद आयी। लेकिन इस मनःस्थिति में भी बकरा केवल यही सोचता रहा कि 'जो हुआ सो हुआ। और वह ख़ूब सुरक्षित है।'

लेकिन बकरे को किसी मनौती के बारे में ज़्यादा मालूम नहीं था। एक दिन उसने देखा कि मोहल्ले का सबसे बड़ा कसाई दरवाज़े पर आकर बैठा हुआ है और सभी आज की तारीख़ के ख़ास होने का ज़िक्र कर रहे हैं। यह शुभ घड़ी सरवरी बेगम के पूरी तरह स्वस्थ होने के बाद आया है। और इस दिन बृहद् भोज का कार्यक्रम रखा गया है जिसमें मियाँ अब्दुल्ला के ज़्यादातर शुभेच्छु शिरकत करने वाले हैं। ख़ैर...! इतनी ही देर में अचानक से दो-तीन लोगों ने बकरे के पैरों और गर्दन को पकड़कर धरती में गहरे धँसा दिया। संयोगवश इस समय चूहा अपनी बिल से यह सब कुछ होता देख रहा था। पल भर के लिए बकरे की नज़रें उसके साथ एक हो गयीं। बकरे की आँखों से आँसू ढुलक पड़े। ऐसा लगा मानो वह कहना चाहता हो—'तुम सही कहते थे दोस्त...! यदि हम सभी सतर्क हो गये होते तो आज हम भी तुम्हारी तरह सुरक्षित होते...! अलविदा...!!' क़साई के चाक़ू की तेज़ धार से बकरे की गर्दन उतर गयी और चूहा मूक-भाव से यह सब कुछ वैसे ही देखता रहा जैसे उसने मुर्गे के साथ होते देखा था।'

जोखन सिंह की यह कहानी ख़त्म होते ही सबके चेहरे पर चिन्ता की लक़ीरें तैर गयीं। असल में स्वयं बाबू जोखन सिंह जीवन में कभी इतने चिन्तित नहीं हुए जितने वे आज दिखायी दे रहे थे। एक समय 'न खाता न बही, जो जोखन सिंह कहें वही सही' का दम्भ भरने वाले स्वयं जोखन सिंह भी कुछ कहने-बोलने की स्थिति में न थे। फिर सत्ता की ताक़त वे भी जानते थे। राजा तालाब वालों

से उनकी पुश्तैनी दुश्मनी, बूटी महराज के साथ बच्चा का आकस्मिक समझौता, उनके चहेते पाखण्डी का मसान घाट से गिरफ़्तार किया जाना और सबसे बढ़कर दुनिया को जूते की नोक पर रखकर फांकेमस्त ज़िन्दगी जीने वाले झारखण्डे को प्रलोभन देकर अपनी ओर मिलाने की चाल–बाबू जोखन सिंह को यह सब कुछ किसी चक्रव्यूह से कम न लगता था।

ख़ैर...! जोखन सिंह ने तनिक चुप्पी के बाद अपनी बात को और विस्तार देते हुए कहा–'देखौ...! शासन-परसासन का सीधा-सा सिद्धान्त है कि मारौ मेहरारू कै; अउर पादैं पड़ोसी...! जब किसी जबर को निशाने पर लेना हो तो अबर को लतिया देना चाहिए। इससे अबर की अबरता बनी रहती है और जबर की जबरई उसके पिछवाड़े में घुस जाती है...! बच्चा इसी सिद्धान्त को फॉलो कर रहा है।'

सुन्नर पाड़े ने अपनी बात रखनी चाही। बोले–'महराज...! एक चीज़ समझ में नहीं आयी कि अबहीं तो बच्चा के यहाँ पूजापाठ हो रहा था–दान हो रहा था। ई झारखण्डे को कब और कैसे फाँस लिया उसने...?'

जोखन सिंह बिफर पड़े–'जब शेर शाकाहारी होने का दिखावा करने लगे और मच्छर रक्तदान की बात कहने लगे तो समझ लो कि ख़तरा और बड़ा होने वाला है...! उनके जीजा ले गये थे–वहाँ चुम्मा चाटी कराने...! काहें हो ढक्कन...! तुमका तो सब मलूमै हैगा...!!'

ढक्कन ने चुप्पी तोड़ी। बोले–'गुरू...! जाते समय बस इतना ही बताया था कि जीजा की अम्मा की तबीयत ख़राब है। दो दिन में लौटूँगा...!'

बाबू जोखन सिंह के नथुने फूलने लगे थे–'बड़े भोले निकले तुम तो चोट्टादास...! उसके लौटते ही तुम्हारे जेब में बीड़ी की जगह सिगरेट के डिब्बे ने ली। काहें में...! ई नाहीं बतावा का कि लकड़बग्घी पर चढ़ कर लौटूँगा...!'

क्षण भर में ही ढक्कन अपने कुरते की जेब में रखे सिगरेट के डिब्बे को अन्दर धकेलने लगे। आचार्य रामपलट ने माहौल को तनिक दार्शनिक बनाने की कोशिश की। उन्होंने आसमान की ओर देखते हुए और तनिक लम्बी साँस लेते हुए कहा–

'आदमी का उसूल, वक़्त का गुलाम होता है। इसलिए वक़्त और हालत सबसे पहले आदमी का उसूल ही ख़रीदते हैं। चतुर राजनीतिज्ञ इन लोगों का इस्तेमाल ऐसे करते हैं जैसे बकरे के मांस पकाने में तेज़पत्ते का इस्तेमाल होता है। अब देख लेना गुरू बच्चा तिवारी अपने झारखण्डे का इस्तेमाल राजनीतिक लड़ाई में तेज़ी लाने के लिए करेगा...!'

इस बीच फ़साहत ने अपने दिमाग़ में चल रहे सवाल को हवा में उछाला—'आख़िर लड़ाई होगी कैसे...? पाखण्डी तो पहले से ही जेल में है...!'

इसके पहले कि कोई फ़साहत के सवाल का जवाब देता, पोलो ने बाबू जोखन सिंह की ओर मुखातिब होकर और लम्बी साँस लेकर कहा—'अब चुनौती बड़ी हो गयी है गुरू तोहार...!'

फ़साहत ने पोलो को टोकना चाहा—'चुप रहा करो बे...! हमेशा लबर-लबर नहीं किया करते...! फटे ढोल की हैसियत है तुम्हारी...! 'आयेगी-आयेगी' का मन्तर जपने के अलावा कुछ और भी आता है तुमको...? कौन सुनता है तुम्हें...? गली के दुइ ठो कुत्ता भी पीछे नहीं भौंकते हैं तुम्हारे...! और यहाँ चुनौती पर व्याख्यान दे रहे हो...!'

जोखन सिंह शान्त थे और उन्होंने शान्त भाव से ही फ़साहत को रोकते हुए कहा—'तनिक उसको भी तो बोलने दो ऐ रजा बनारस...!'

फ़साहत शान्त हो गये। पोलो ने वहीं से बोलना शुरू किया—'...गुरू...! मानों-न-मानों ई सब तोहके घेरे खातिर होइ रहा है...! पाखण्डी के रास्ता से हटा के तोहके मैदान में कूदे खातिर रास्ता बनाया गया है...! एक चेलेंज है कि आओ बेट्टा तुमहूँ आजमा लो...! और झारखण्डे के बहाने से तोहार दाहिना हाथ काटने की कोशिश की गयी है...!'

बाबू जोखन सिंह ने एक नज़र से पोलो की ओर देखा और दूसरी कनखी नज़र से फ़साहत की ओर। फिर फ़साहत से पूछा—'कुछ समझे कि नाहीं...!'

फ़साहत कुछ बोल न सके। उन्होंने बस सहमति में सिर हिला दिया। जोखन सिंह ने अपनी कुर्सी तनिक फ़साहत की ओर खिसका ली और कहा—'पाखण्डी को जेल में एहलिए डाला गया है कि बच्चा मुझे उकसा रहा है—आओ बेट्टा तुमहूँ आजमा लो...!'

सुन्नर तपाक से बोल पड़े—'तो हमरे गुरू अबकी अजमइहें का...?'

जोखन सिंह मुस्कुराये—'अबहीं तो खेल शुरू हुआ है हो पाड़े जी...! कैसे कहि दें कि हम का—का अजमाइब...! बस ई समझि ल्यौ कि उधर सारे प्यादे राजा कै बचावै खातिर दाँव पर लगाये जायेंगे और हमसे चाल चलने की अपेक्षा की जायेगी...! चालि हम चलेंगे ज़रूर; लेकिन खिलाड़ी बनि कै नै ना...! अमें जवन मज़ा रेफरी बनि कै औरों को खेलाने में है ऊ अपने खेलने में कहाँ...?'

23

कहते हैं कि गधा-तो-गधा, अगर धोबी अपने कुत्ते पर भी एकाध गठरी रख दे तो वह गधे जैसी ज़िम्मेदारी से भर जाता है और थोड़ी दूर तक ही सही गधे का-सा अनुसरण ज़रूर करता है। इसलिए फ़ुरसतगंज के स्थानीय शोधकर्ताओं की मानें तो पुरानी स्थापित मान्यता के मुक़ाबिले उनकी यह नवीन अवधारणा अधिक स्वीकार्य होनी चाहिए जिसके अनुसार 'अतीत में धोबी के कुत्ते को बेवजह ही बदनाम किया जाता रहा है। उसकी तुलना स्वयं उसी से करने के बजाय धोबी की बेटी से की जानी चाहिए जिसके विषय में यह कहा गया है कि 'धोबी की बिटिया को न नइहरे में सुख, अउर न ससुरारी में...!' उसे दोनों ही जगह कथरी धोना है और रोज़ अम्मा के साथ खटना है। लेकिन कोई उसे सराहता तनिक भी नहीं। अगर धोबी का कुत्ता किसी काम का न होता तो धोबी उसे मुफ़्त का भोजन देता ही क्यों...!' लब्बोलुआब यह कि हर किसी की अपनी सामाजिक उपयोगिता और अपना प्रदेय है। और उसकी निर्भरता को इस सामाजिक उपयोगिता से अलग करके कदापि नहीं देखा जाना चाहिए।

बहरहाल कोई झारखण्डे के बारे में जो कुछ भी कहे, सच्चाई यह थी कि सर्वजन पार्टी के प्रवक्ता बनाने के दिन से ही वे तनिक ज़िम्मेदार-से हो गये थे। गधापन उनमें भले न हो; परन्तु अपने भीतर के कुत्तेपन को वे निरन्तर तराशने में लग गये थे। 'सिबिल लैन' के हनुमान मन्दिर से शुरू करके संगम तीरे लेटे हुए हनुमान जी के यहाँ जाकर माथा टेकना; पार्टी के कार्यकर्ताओं और पदाधिकारयों की धड़ाधड़ बैठकें करना; बूटी महराज के आश्रम पर जाकर उनका और छम्मो देवी का कुशल-क्षेम पूछना; कलट्टर जबर सिंह से शहर के हालत पर औपचारिक-अनौपचारिक चर्चा करना; फ़ुरसतगंज जाकर वहाँ के निवासियों की खोज-ख़बर लेना, शहर के पत्रकार साथियों के सवालों का गम्भीरतापूर्वक जवाब देना—ये कुछ ऐसे काम थे जिन्हें झारखण्डे लगातार निबटा रहे थे।

अगर झारखण्डे कुछ नहीं कर पा रहे थे तो बस यह कि वे जोखन सिंह के खेमे के साथ कोई छेड़-छाड़ नहीं कर रहे थे। हालाँकि इससे जोखन सिंह और उनके सहयोगी साथियों में बौखलाहट तनिक बढ़ गयी थी। लेकिन इस बौखलाहट के बावजूद सभी स्थिति पर नज़र रखने और जोखन सिंह के अगले आदेश तक मौन रहने के लिए बाध्य थे। क्योंकि सभी को इस बात का इल्म हो गया था कि अब झारखण्डे, विश्वविद्यालय के महिला छात्रावास के सामने के

लल्ला चुंगी के आस-पास टहलने वाले उन असफल प्रेमियों की तरह कोरे खंजड़ी-वादक बनकर नहीं रह गये थे कि हर कोई उन्हें ठुकरा या दुत्कार देता; बल्कि वे अब शासन-सत्ता का एक महत्त्वपूर्ण हिस्सा थे जिसके पेशाब से चिराग़ जलने की सम्भावना से इन्कार नहीं किया जा सकता था। इसलिए न चाहकर सभी को उनका 'लोड' लेना ही पड़ता...!

ख़ैर...! चिराग़ रौशन करने की अपनी आरम्भिक कोशिशों में से झारखण्डे ने आज सबसे पहले कचेहरी का रुख़ किया और कलेक्टर जबर सिंह से मिलने की ठानी। जबर सिंह भी मानो उनसे मिलने के लिए पालक-पाँवड़े बिछाए बैठे थे...! संयोगवश यह अभूतपूर्व मिलन ठीक उसी जगह सम्पन्न हो रहा था, जहाँ अभी कुछ दिन पहले ही पाखण्डी और कलट्टर साहब के बीच ख़ूबसूरत लातम-मुक्कम हुई थी। बहरहाल डीएम साहब के अर्दली ने ज्यों ही झारखण्डे को आवास में अन्दर की ओर आते देखा वह भागकर चैम्बर की ओर गया और साहब को ख़बर कर आया कि राय साहब का आगमन हो रहा है। राय साहब अपने चार-पाँच भुक्खड़-टाइप कार्यकर्त्ताओं के साथ बरामदे में पहुँचे और सीधे कलट्टर साहब के चैम्बर में घुस गये। बाक़ी साथी बाहर पड़े बेंचों पर इन्तज़ार में पसर गये, क्योंकि उन्हें इस बात का पक्का भरोसा न था कि भीतर उनके साथ किस तरह से पेश आया जायेगा...! झारखण्डे के साथ इन कार्यकर्ताओं में बेचैन भारत नाम का वह सक्रिय कार्यकर्ता भी था जिसके ख़िलाफ़ बोरिंग के बहाने, जबर सिंह ने उसके अस्तित्व की ही बोरिंग करा डाली थी।

बहरहाल राय साहब के अन्दर आते ही कलट्टर साहब ने कुर्सी पर खड़े होकर उनकी ओर हाथ बढ़ाया और झारखण्डे ने भी उसी गर्मजोशी से लपककर उनका हाथ थाम लिया। दोनों महानुभाव एक-दूसरे की ओर देखकर तनिक मुस्कुराये और फिर अपनी-अपनी कुर्सियों पर बैठ गये।

पल भर में ही जबर सिंह को अपने यूनिवर्सिटी के दिनों की याद ताज़ा हो गयी और वे दिन भी याद आये जब झारखण्डे, ढक्कन गुरू और छम्मो देवी के साथ इसी कलेक्ट्रेट के सामने चुगुलख़ोर बाबा के मज़ार पर सारी रात भाषणबाज़ी करते रहे थे और जिसका जबर सिंह द्वारा सबसे बड़ा पुरस्कार झारखण्डे और उनके तमाम साथियों को, बड़ौत में चले सड़क-जाम के उनके हंगामे और भाषणबाज़ी के बाद नैनी जेल में डालकर दिया गया था। हालाँकि यह अलग बात थी कि अब उनमें से बहुतेरे झारखण्डे के साथी न रह गये थे या कि स्वयं झारखण्डे ने उनसे किनारा कर लिया था। इसलिए अब बीते कुछ दिनों में स्थितियाँ बिल्कुल बदल-सी गयी थीं।

जबर सिंह प्रशासन के आदमी थे और अपनी रोज़मर्रा की नौकरी में वे नेताओं के इस तरह के तुरत-फुरत वाले बदलाव से अच्छी तरह से वाक़िफ़ हो गये थे; जबकि झारखण्डे का राजनीतिक तौर पर पहली बार हृदय-परिवर्तन हो रहा था, इसलिए वे तनिक लजाये-शरमाये से नज़र आ रहे थे। हालाँकि असलियत तो यह थी कि यूनिवर्सिटी के दिनों में इन दोनों ने, न जाने कितनी बार एक-दूसरे को नंगा देखने की कोशिशें की थीं। क्योंकि तब नंगापन ही इनका मूल धर्म हुआ करता था। लेकिन तब की बात और थी और अभी की और...! अब दोनों ने अपने-अपने पसन्द के चोले धारण कर लिए थे इसलिए एक-दूसरे के मूल नंगेपन को जानने के बावजूद, स्वयं को वस्त्रधारी दिखाना उनकी एक प्रकार की पेशेगत मजबूरी भी थी।

बहरहाल जबर सिंह ने झारखण्डे की मनःस्थिति भाँपकर उनके शुरुआती झिझक को तोड़ने की कोशिश की और बोले—

'सर...! बहुत अच्छा किया आपने माननीय मुख्यमन्त्री जी की पार्टी ज्वाइन करके...! आप जैसे तेज़-तर्रार प्रवक्ता की ज़रूरत थी उन्हें...!'

झारखण्डे बोले—'माननीय मुख्यमन्त्री जी तो कई सालों से अपने साथ लाना चाहते थे। लेकिन आप सब तो जानते ही हो कि मैं समाजवादी आदमी हूँ...! अपने उसूलों से कोई समझौता नहीं करता। किसी का साथ तभी तक दे पाता हूँ जब तक उसूलों को कोई चोट नहीं पहुँचे...!'

जबर सिंह ने सहमति जताते हुए कहा—'मुझे तो आपकी हर चीज़ मालूम है महोदय...! जब मैं हिन्दू हॉस्टल में रहता था तो आप उस समय आइसा और एसएफआई वालों के साथ दिन-रात सड़कों पर प्रदर्शन करते रहते थे। कई बार हम आमने-सामने भिड़े भी...! पर आपकी सेहत का ख़याल हमें बराबर रहा। इसलिए आपको कभी कोई नुक़सान नहीं होने दिया। अगर कभी बम भी फूटा तो छुच्छी वाला ही, कोई ख़तरनाक टाइप का नहीं। हमारी वैचारिक टकराहट तब से जगज़ाहिर है। मैं तब से आपके उसूलों का क़ायल रहा हूँ...! लेकिन परसासन की भी कुछ मजबूरियाँ होती हैं। पिछले दिनों आपके साथ जो हुआ वह कोई मेरे निजी वजहों से नहीं हुआ। परसासन तो सत्ता-सरकार के हाथ का खिलौना है। जैसे वह खेलने को कहती है वैसे हम खेलते हैं। सत्ता रेफरी है और हम खिलाड़ी...! वो कहती है कि हाथ जोड़ो तो हम हाथ जोड़कर खड़े हो जाते हैं; वो कहती है कि लाठी भाँजो तो हम लठैती पर उतर आते हैं और अगर वो कहे कि बन्दे को जेल में डालना है तो हम कहीं से करके अगले को उठवा लेते हैं...! शासन और परसासन का यह खेल केवल

वही जानता है जो खेलता है—बाक़ी सबको कहाँ पता होता है कि अन्दरखाने में क्या चल रहा है...!'

झारखण्डे भी अब खुलने लगे थे। उनके चेहरे पर धीरे-धीरे आश्वस्ति का भाव लौटने लगा था। इसके पहले कि जबर सिंह की पूरी बात ख़त्म हो उन्होंने बीच में ही अपनी बात रखते हुए कहा—

'बात तो सोलह आने सही कह रहे हो कलट्टर साहब...! लेकिन अपने अनुभव से खेल के कुछ नियम मैं भी तुम्हें बताये देता हूँ। याद रखना, काम आयेंगे। चूँकि इलाहाबाद की कलट्टरी तुम्हारी पहली कलट्टरी है और अभी तक माननीय मुख्यमन्त्री जी तक तुम्हारी रिपोर्टिंग ठीक-ठाक है। इसलिए तुम अभी तक जो करते रहे हो सब जायज़ है। लेकिन यूँ समझ लो कि अब तुम्हारा हनीमून पीरियड ख़त्म ही होने वाला है। ज्यों-ज्यों विधानसभा चुनाव नज़दीक आता जायेगा, तुम्हारी कठिनाइयाँ बढ़ती जायेंगी। शासन कहेगा कि बैठो और इसका मतलब होगा कि लेट जाओ; अब अगर तुम बैठे और उकड़ूँ नहीं बैठे तो भी दिक़्क़त; और अगर तुम लेटे और करवट नहीं लेटे तो और भी बड़ी दिक़्क़त...!

सबसे बड़ी बात यह कि चुनाव नज़दीक आने पर तुम्हें लगेगा कि फलाने की सत्ता अब जाने वाली है, क्यों इनकी बात का इतना ख़याल करूँ...! अब अति-आत्मविश्वास में तुम ढिमाके की तरफ़दारी करने लगे। तब तक पता चलेगा कि फलाने ने ढिमाके को पटखनी देखकर फिर से गद्दी हथिया ली...! अब अगर तुम यह सोचो कि ढिमाके तो सत्ता से बाहर हैं, हमारा क्या कर लेंगे तो अन्दरखाने की बात यह है कि फलाने और ढिमाके दोनों एक ही हैं...! चोर-चोर मौसिआउत भाई...! इसलिए मेरे भाई...! आने वाले समय में हिन्दू-हॉस्टल वाली बमबाज़ी के स्टाइल में काम नहीं चलेगा कि किसी के सामने भौकाल बनाना हो तो दुइ ठो देसी बन पटक कै भागि गये...! यहाँ मैं तुम्हारा विकलांगता सर्टिफ़िकेट दिखाने के लिए भी नहीं खड़ा रहूँगा। बस ये समझ लो कि ख़ूब टाँग भी अड़ानी पड़ेगी और ज़रूरत पड़ी तो पिछवाड़ा खोल के झुकना भी पड़ेगा। ख़ैर...! इस नेक काम में तो तुम्हारे सीनियर अफ़सरान ख़ुद ही इतने माहिर हैं कि यदि किसी दिन सत्ता के शीर्ष पर बैठे हुक्मरानों की ओर से, गड़मरव्वल की खुली प्रतियोगिता के आयोजन की घोषणा हो जाय तो वे 'पहले हम-पहले हम' की ऐसी गदर मचा दें कि इसे कंट्रोल करने के लिए पीएसी लगानी पड़ जाये...! तुम्हारे लिए बस एक नेक सलाह है कि कभी इस फेर में न पड़ना कि तुम सही हो या ग़लत...! यह तय करना सासन का काम है तुम्हारा नहीं...! तुम्हारा काम केवल हिजड़ों की तरह सासन की तारीफ़ में ताली बजाना है। समझ गये गुरू...!!'

जबर सिंह ने खीझते हुए सहमति में सर हिलाया और सायास विषय-परिवर्तन करना चाहा। बोले—'और बताएँ नया-ताज़ा...!'

झारखण्डे बोले—'ताज़ा छोड़ो...! ई बताओ कि तोहरे छम्मो का क्या हाल-चाल है...?'

जबर सिंह खिसिया गये—'अब रहने दीजिए गुरुदेव...! दुखती रग पर हाथ न रखा कीजिए...!'

लेकिन झारखण्डे भी कहाँ मानने वाले थे। बोले—'अमें का रहने दें...! इतना जिनि शरमाओ हमसे...! भसुर हम उसके लगेंगे तुम्हारे नहीं...! और बुद्धि के भसुर तो हम बिल्कुल नहीं है...! कल ही हम गये थे बूटी बाबा के आश्रम...! चौड़े से लेटी रही वहाँ—बाबा के पास...! हमको देखी तो लपककर उनका पैर दबाने लगी...! मन तो यही किया कि आज ही ससुरी का गला दबा दें और आजीवन कारावास की तैयारी कर लें...! पचपन की उम्र में तीसरा मरद कर रही है और चौथे को देखते ही दासिन बन गयी बुजरी...!'

छम्मो के बारे में इतना सुनते ही जबर सिंह सफ़ाई देने की मुद्रा में आ गये। कहने लगे—'उस पर तोहमत न लगाइये गुरुदेव...! वो आज भी हमारी है और हमेशा हमारी रहेगी...! मैं उससे दिलो-जान से इश्क़ करता हूँ...! लेकिन भगई खोल के उसके पीछे नहीं घूम सकता...! जहाँ तक बूटी महराज का ताल्लुक़ है; उनसे उसका सम्बन्ध केवल आध्यात्मिक है...! वह उनके साथ सत्संग करती है; क्योंकि इसे भी न करे तो ज़माना उसे चैन से जीने नहीं देगा...!'

झारखण्डे भी आज अपने पूरे रौ में थे बोले—'अमें हमहीं से फिलासफी पेलने लगे तुम तो...! इतने बड़े दूरदर्शी बनते हो तो क्यों छोड़ के भाग गये उसको...? पोलो ने तो अपनाया था उसको...! तुम्हारा ही दोस्त था...! घर-बार सब छोड़ दिया उसके चक्कर में...! आज पगलाये-पगलाये घूम रहा है इधर-उधर...! तीन चौथाई समय उसका 'आयेगी-आयेगी' कहते हुए बीत जाता है...! ज़माने की बात करते हो...! अमें ज़माने की इतनी परवाह है तो तुम्ही काहें नहीं अपना लेते उसको फिर से...?'

जबर सिंह की सफ़ाई जारी रही—'कहना आसान है लेकिन करना मुश्किल...! अपनाना होता तो आज तक आपकी सलाह का इन्तज़ार थोड़े करता गुरू...! मुश्किल समझिये मेरी...! सरकारी आदमी हूँ...! बहत्तर औरतों के साथ फेरे नहीं ले सकता...! एक दिन आयी थी मेरे पास...! मैंने उसको बहुत समझाया लेकिन मानी नहीं ...! चली गयी...! ज़िद्दी भी है और स्वाभिमानी भी...!'

झारखण्डे जान गये थे कि जबरवा उनकी ही तरह पुराना ढीठ है। चलते-चलते वे एक ज़िम्मेदारी उनके मत्थे लगा देना चाहते थे। इसलिए बोले–'हमसे ज़्यादा भाषण मत पेलो...! चाहें जो करो लेकिन उसे मिला-जुला कर रखो...! किसी दिन संगठन के काम आयेगी...!'

इतना कहने के बाद झारखण्डे अपनी कुर्सी से उठे, जबर सिंह से हाथ जोड़ा और बाहर इन्तज़ार कर रहे कार्यकर्ताओं को लेकर वापस चलते बने। आज ही झारखण्ड को फ़ुरसतगंज भी जाना था और परेशान के मक़बरे की निर्माण की जानकारी भी लेनी थी। सो वे अपने कार्यकर्त्ताओं के साथ फ़ुरसतगंज की ओर निकल गये। फ़ुरसतगंज में उनके कुछ कार्यकर्त्ता पहले से मौज़ूद थे और उन्होंने वहाँ उनके पहुँचने पर उनका अपने तरीक़े से भव्य स्वागत किया। उन्हें देखते ही फ़ुरसतगंज के लौंडों ने घेर लिया और ग्यारह तोपों से सलामी की तैयारी करने लगे। फिर कार्यकर्त्ताओं की बहुत कोशिशों के बाद ही माने।

कार्यकर्त्ताओं के इस मार्मिक स्वागत के बाद झारखण्डे सबसे पहले हलकान मियाँ और लछिमिनियाँ का कुशल-क्षेम लेने उनके घर पहुँचे। संयोगवश आजकल हलकान मियाँ और लछिमिनियाँ अपना सुख-दुःख बाँटने के चक्कर में एक साथ ही बैठे मिल जाते थे। झारखण्डे हलकान मियाँ के दरवाज़े पर पहुँचे और काका-काकी को सलाम करके पास में बिछे खाट पर पाँव फैलाकर बैठ गये। उनके साथी कार्यकर्ता भी यहाँ-वहाँ पसर गये। फिर दोनों पक्षों के बीच वार्तालाप शुरू हुआ–

'पालागीं हो काकी...! कैसी हो तुम...? जेहल में बड़ा कष्ट बीता तोहरे पर...!'

'जीवन में कष्टे तो है बबुआ...! अब हम एहकर चिन्ता नाहीं करिति है...! हम तो मोटरी-गठरी जइसे हैं...! चाहे हियाँ रक्खो-चाहे हुआँ रक्खो...! रखबो तो जेतना कष्ट हमका होई ओहसे कम तोहके भी नाहीं होई...! फेरू कहीं से बुलावा आवा है...? कहीं चलेके है का...?'

'अब कहीं नाहीं चलेके हौ काकी...! एहीं बइठो और दूनों टाइम रोटी तूड़ो...! मुख्यमन्तिरी जी हमका तोहन सभन के हाल-चाल लेवे बदे भेजे हैं...! कहेन हैं कि देखि लिहौ, लछिमिनिया काकी और हलकान चच्चा के कउनो दिक्कत-परेसानी न होखे पावै ...!'

'बहुत नीक मनई हयेन ऊ...! हियाँ आवा रहेन तो सब बेवस्था करिके गयेन हैं...! तहसीलदार कै मनई आइ कै राशन-पानी सब पूछि जात हैं...! लेकिन बेटवा तनी हमका तू ई बताओ कि मुखमन्तिरि से तोहार कबसे सट्टे-पट्टे होई गवा...!

जेहल में तो ओहका बहुत गरिआवै रहा तू...! मौक़ा देखे तो अपने बहरै निकरि आवा अउर हम सभी हुआँ साँसति में पड़ि गये...! फेर मुखमन्तिरि जी हमका बहरै निकलवाएन...!'

'काकी...! एका खातिर हम लड़ेन हुनसे...! असल मा मुख्यमन्त्री जी हमार पुरान दोस्त हैं। बीच में हमार उनसे कुछ मनमुटाव भवा रहा...! अबहीं फेर हमका बुलाये रहेन और बोलेन कि हुआँ फ़ुरसतगंज चलि जायो और काका-काकी के हालि लेइ ल्यौ...! एही बदे आये रहे हियाँ तोहरे लगै...!'

काकी झारखण्डे से अभी और भी बतियाना चाहती थीं। लेकिन मौक़ा देखकर झारखण्डे हलकान मियाँ को साथ लेकर कुएँ की ओर चल पड़े, जहाँ मुख्यमन्त्री जी के आदेश पर परेशान अली के मक़बरे का निर्माण हो रहा था। फिर मक़बरे की गुणवत्ता का अवलोकन करते हुए थोड़ी देर बाद अपने साथियों समेत वापस शहर लौट आये।

24

कहते हैं लोकतन्त्र और चुनाव में पाजामे और नाड़े का-सा सम्बन्ध है। लोकतन्त्र पाजामा है और चुनाव उसका नाड़ा...! जैसे नाड़े के बिना पाजामे का होना-न-होना सब बराबर है वैसे ही चुनाव के बिना लोकतन्त्र का होना-न-होना सब बेमानी है। इसलिए जैसे दर्ज़ी पाजामा सिलते समय ही नाड़े का प्रबन्ध कर लेता है वैसे ही संविधानवेत्ता अपना ग्रन्थ लिखते समय उसमें चुनाव के लिए आवश्यक उपबन्ध का...! ऐसा नहीं है कि चुनाव के बिना लोकतन्त्र जीवित नहीं रह पायेगा या नाड़े के बिना पाजामे का कोई उपयोग नहीं हो पायेगा। लेकिन अगर बने-बनाये पाजामे से कोई पोंछा लगाये और रचे हुए संविधान के पन्नों का ठोंगा बनाकर कोई उसमें मूँगफली बेचे तो क्या उसे वास्तव में उपयोग करना कहा जायेगा...? शायद नहीं...! इसलिए यह चुनाव ही है जो लोकतन्त्र को ज़िन्दा रखता है; उसमें जीवन्तता बनाये रखता है; उसे उत्सवधर्मी बनाये रखता है और उसमें समय-समय पर नये कोंपल-नये फूल-नये सृजन के लिए अवकाश बनाये रखता है। फिर हमारे लिए तो यह प्राण-वायु है जिससे हम हर पाँच साल के लिए ऑक्सीजन ग्रहण करते हैं। और अगर समय पर या समय से पहले चुनाव न हों तो हम और हमारे रहनुमा—सभी वैसे ही मुरझाने लगते हैं जैसे समय से खाद-पानी न मिलने के कारण पेड़-पौधे...!

बहरहाल...! इधर झारखण्डे फ़ुरसतगंज से इलाहाबाद शहर लौटे और उधर राजधानी में देर रात चुनाव आयोग ने विधानसभा चुनाव की तिथियाँ घोषित कर दीं। मुख्यमन्त्री बच्चा तिवारी को चुनाव आयोग के गोपनीय बैठक की तो जानकारी हो गयी थी लेकिन इतनी जल्दी चुनाव की तारीख़ों का ऐलान हो जायेगा, इसे लेकर वे थोड़े सशंकित थे और कदाचित् इसीलिए तनिक लापरवाह भी...! शायद उन्हें इस बात का इल्म था कि चुनाव की कोई तिथि घोषित करने से पहले आयोग उनसे एक बार उनकी राय ज़रूर लेगा। लेकिन ऐसा न हुआ। इसलिए अचानक तिथियों की घोषणा होते ही उनके माथे पर बल पड़ गये। अभी बहुत कुछ करने को बाक़ी रह गया था—सरकार के मुखिया के तौर पर भी और एक राजनेता के तौर पर भी। पर अब स्थितियाँ सामने थीं और केवल पैंतालीस दिनों में अपनी लड़ाई शुरू करके उसे अंजाम तक पहुँचाना था। फ़िलहाल बच्चा तिवारी ने आनन-फानन में समस्त लम्बित पत्रावलियों को अन्तिम रूप दिया और रात में ही अपने कार्यकर्ताओं से चुनाव की तैयारियों पर मशविरा करने बैठ गये।

विगत वर्षों में बच्चा जी के बहुतेरे नये दुश्मन पैदा हो गये थे। दरअसल जब कोई व्यक्ति कुछ समय तक सत्ता के शीर्ष पर रह लेता है तो अनावश्यक ही उसके ढेर सारे दुश्मन बन ही जाते हैं। राजनीतिक दुश्मनों की तो बात ही छोड़िये...! बचपन में गुल्ली-डंडे के खेल में आपसे हमेशा 'पादने' वाला आदमी भी आपकी तरक़्क़ी देखकर आपसे खुन्नस रखने लग जाता है और अब आपको बल भर पदाने का कोई अवसर नहीं जाया होने देना चाहता; चिक्का के खेल में जो आदमी 'हरदी' कहने के बाद बमुश्किल आपसे पिंड छुड़ाता होगा वह भी इन दिनों आपके पिछवाड़े में हल्दी लगाने का शौक़ लेकर चलने लगता है; कुश्ती के दाँव में आपसे हर बार पटखनी खाने वाला 'अखाड़े का लतमरुआ' भी अब आपको देखते ही अपने दोनों पुट्ठों पर बाँह फेरने लगेगा। सब छोड़िये...! यदि आप मुफ़लिसी के दिनों में पान खाने के शौक़ीन हुए तो उन दिनों पान की दुकान पर बैठे तमाम लहकट अब आपसे इस बात की दुश्मनी रखने लगेंगे कि उन दिनों आपके पान के बीड़े में चूना क्यों अधिक हुआ करता था। और यदि आपने भूले से भी किसी पर कोई उपकार किया होगा, जैसा कि अक्सर ही अनजाने में आदमी कर बैठता है, तो वह आदमी आपसे अधिक उपकार की अपेक्षा में आपका सबसे आलोचक बन जायेगा।

इन वर्षों में बच्चा जी के साथ यही हुआ था। इधर परेशान अली की मौत की घटना से उनके कुछ नये विरोधी भी पैदा हो गये थे जो ज़्यादा ताक़तवर न होने के बावजूद संख्या में अधिक थे और जिनके 'हुआँ-हुआँ' के शोर से

एकबारगी चुनाव का माहौल बिगड़ सकता था। सबसे बड़ी बात कि जोखन सिंह उनके पुराने शत्रु और जानी-दुश्मन थे और वे बच्चा को नीचा दिखाने का कोई अवसर कभी चूकते नहीं थे। हालाँकि बाबू जोखन सिंह के लिए बच्चा के विचार भी कुछ ऐसे ही थे। लेकिन जोखन सिंह इस मायने में तनिक ज़्यादा बेलगाम थे क्योंकि वे ठहरे संन्यासी...! उनकी स्वयं के अतिरिक्त किसी के प्रति कोई ज़िम्मेदारी न थी और बेधड़क बोलने में उनका दूर-दूर तक कोई सानी न था। फिर परेशान अली की घटना ने जोखन सिंह को बच्चा के विरुद्ध माहौल बनाने का पर्याप्त अवसर दे दिया था और वे तभी से निरन्तर सक्रिय तथा उचित अवसर की ताक में थे।

ख़ैर...! बच्चा की पार्टी के भीतर विचार-विमर्श का दौर अगले दो-तीन दिनों तक चलता रहा...! पार्टी कार्यालय और मुख्यमन्त्री आवास पर उम्मीदवारों के चयन और उनके सीट-परिवर्तन को लेकर ख़ूब गहमा-गहमी होती रही। तमाम नये लोग अवसर की ताक में थे और भारी-भरकम चन्दे के साथ पार्टी में शामिल होना चाहते थे। ये चन्दे मूलतः 'जनता के प्रतिनिधियों का, जनता के प्रतिनिधियों के लिए, जनता के प्रतिनिधियों द्वारा' लूटे गये धन अत्यन्त छोटा-सा हिस्सा थे, जिसे पुनः प्रयोग कर जनता का प्रतिनिधि बनने की कोशिश की जा रही थी। जनता से ही लिया और उसमें से थोड़ा जनता के नाम पर ही वापस चला गया तो इससे क्या फ़र्क़ पड़ने वाला है...! फिर सत्ता में आयेंगे; फिर लूटेंगे...!!

बहुतेरे ऐसे थे जो पार्टी के लिए जितने भारी थे उतना ही भारी नुक़सान विगत पाँच वर्षों में पार्टी का किया था। वे अपनी सीट बचाये रखने के लिए मरे जा रहे थे। पाँच सालों तक जनता के बहू-बेटियों की ऐसी-तैसी करने वाले ऐसे सभी नेता इस बार अपनी सीट बचाने के लिए जनता के समक्ष अपनी बहू-बेटी तक समर्पित करने पर आमादा थे। ये नेतागण लाख लतियाने के बाद भी किसी और पार्टी में जाने की हिम्मत नहीं जुटा पा रहे थे। कहते हैं कि कुत्ता दुरदुराते रहने पर और नेता लतियाते रहने पर पक्का स्वामिभक्त हो जाता है। इस समय, इस श्रेणी के नेताओं में भी कुछ ऐसी ही स्वामिभक्ति जाग्रत हो गयी थी।

कुछ ऐसे लोग थे जो राजनीति के सबसे कम सक्रिय लोगों में से थे किन्तु हमेशा से सत्ता के सबसे क़रीब हुआ करते थे और जोड़-तोड़ की राजनीति के ख़ासे विशेषज्ञ माने जाते थे। क्योंकि ये राजनीति के असल तारनहार थे। व्यवहार-राजनीति के शोधार्थियों की मानें तो पैसा, शराब और स्त्री—ये तीन चीज़ें राजनीति में हर काम को सहज बना देती हैं। और ये खेवनहार सालों-साल इन वस्तुओं की तात्कालिक व्यवस्था के लिए तत्पर रहते थे।

यही नहीं, बच्चा की पार्टी को सरकार बचाने के लिए या किसी और की बनी-बनायी सरकार गिराने के लिए जब भी दस-बीस विधायकों आवश्यकता पड़ी तो हमेशा इन्होंने ही साथ दिया। इस 'भसड़' में उनकी सिफ़ारिशों को भी नज़रअन्दाज़ करना मुश्किल हो रहा था।

इन सबके बीच सबसे बड़ी चुनौती यह थी कि स्वयं बच्चा तिवारी कहाँ से चुनाव लड़ेंगे...? वैसे तो अभी तक बच्चा अपनी पारम्परिक सीट राजातालाब से ही चुनाव लड़ते आये थे। लेकिन इस बार के लिए उनकी पार्टी की इंटरनल कोर कमेटी की रिपोर्ट राजातालाब के लिए बहुत अनुकूल न थी। बूटी महराज के साथ हुई घटना ने राजातालाब वालों को बच्चा के विरुद्ध कर दिया था और सब कुछ के बावजूद वे पूरे प्रकरण में, अभी भी बच्चा को ही कुसूरवार मानते थे। यही नहीं, हेलीकाप्टर बाबा के कहने पर बूटी महराज इलाहाबाद की उनकी सभा में सम्मिलित ज़रूर हो गये थे लेकिन दोनों के बीच मनमुटाव स्थायी था और बूटी महराज उन्हें कभी भी गच्चा दे सकते थे। इसलिए अब अतिरिक्त सतर्कता आवश्यक थी। ऐसी दशा में आन्तरिक कमेटी का यह सुझाव था कि या तो मुख्यमन्त्री जी किसी नयी सीट का चयन करें या राजातालाब के साथ-साथ एक अतिरिक्त सीट पर भी हाथ आजमाएँ।

पार्टी के लिए इंटरनल कोर कमेटी का सुझाव हमेशा से बहुत मायने रखता था और उसे किसी भी दशा में नज़रअन्दाज़ करना आत्मघाती हो सकता था। इसलिए बच्चा ने सभी से विचार-विमर्श के साथ यह तय किया कि यद्यपि वे राजातालाब की अपनी सीट नहीं छोड़ेंगे लेकिन इसके साथ एक दूसरी सीट से भी अपनी क़िस्मत आजमाएँगे। इसकी जानकारी होते ही प्रदेश भर के ढेर सारे प्रत्याशियों ने मुख्यमन्त्री जी के लिए अपनी सीट क़ुर्बान करने का अनुरोध किया। लेकिन सबसे अन्त में बच्चा जी ने इलाहाबाद की हड़िया की उसी सीट से परचा दाख़िल करना तय किया जिस सीट से अभी पाखण्डी शर्मा निवर्तमान विधायक थे और फ़िलहाल जेल में थे।

इसके पीछे बच्चा, झारखण्डे सहित उनके समर्थकों की यह सोच थी कि परेशान अली की घटना और इस सम्बन्ध में मुख्यमन्त्री जी द्वारा की गयी त्वरित कार्यवाहियों को लेकर बच्चा जी के प्रति जनता में भरपूर सहानुभूति और ग़ज़ब का उत्साह दिखायी दे रहा है। इसलिए इसको भुनाने का इससे अच्छा अवसर नहीं हो सकता। और फिर पाखण्डी के जेल जाने से रास्ते से एक बड़ा काँटा अपने-आप हट गया है। इस कारण आगामी चुनाव में बच्चा जी को न केवल समाज के निचले तबक़े का बल्कि अल्पसंख्यक समुदाय का भी भारी सहयोग मिल सकेगा।

फिर उनकी अपनी बिरादरी के वोट तो साथ होंगे ही...! इसलिए मुख्यमन्त्री जी के हड़िया से चुनाव लड़ने के निर्णय के बहुतेरे निहितार्थ थे।

अब विरोधी खेमे का हाल देखिये...! बच्चा तिवारी और उनके लोग, हड़िया से उनकी उम्मीदवारी को अपनी आरम्भिक सफलता के रूप में देख रहे थे तो बाबू जोखन सिंह के लिए यह बच्चा को नीचा दिखाने का सबसे सुनहरा अवसर हो सकता था। इस बहाने से वे बच्चा को चारों खाने चित कर वे न केवल अपनी पुश्तैनी रंजिश को तनिक और धार देना चाहते थे बल्कि स्वयं के सज़ा पाये मुक़दमे में बच्चा द्वारा की गयी साजिश का बदला भी ले लेना चाहते थे। दरअसल बच्चा की गवाही के ही कारण जोखन सिंह को अपने मित्र की हत्या के षड्यन्त्र में सज़ा हुई थी। बाबू जोखन सिंह इसे कभी भूल नहीं सकते थे।

वैसे भी राजनीति में ईंट का जवाब पत्थर से नहीं बल्कि विष्ठा से देने का चलन है। इसलिए शायद ही कभी कोई मँजा हुआ नेता, किसी मुद्दे पर यह डायलॉग मारता हो कि 'फलाने को ईंट का जवाब पत्थर से दिया जायेगा।' क्योंकि वह बख़ूबी यह जानता है कि इस डायलॉग के ख़तरे हज़ार हैं। उसे पता होता है कि ज्यों ही वह पत्थर का नाम भर लेगा, सामने वाला विरोधी राजनेता अपनी विष्ठा की तैयारी मुकम्मल करना शुरू कर देगा। और इसके पहले कि वह पत्थर को हाथ भी लगाये, उसके शरीर को तमाम प्रकार के मलमूत्रादि से पाट दिया जायेगा। इसलिए चालाक राजनीतिज्ञ विपरीत परिस्थिति में भी आक्रमण की बात नहीं करते। ऐसा नहीं है कि वे आक्रमण नहीं करते; करते हैं और ख़ूब करते हैं। लेकिन वे ज़ुबान से इस आक्रमण का खुलासा कभी नहीं करते। क्योंकि वे जानते हैं कि आक्रमण शब्द का नाम लेते ही उसके विरोधी नेता तुरन्त ही सक्रिय हो जायेंगे और उसकी ऐसी ख़िदमत करेंगे कि उसकी सात पीढ़ियाँ भी राजनीति के नाम से अफ़सोस करेंगी। इसलिए सब कुछ जानते हुए भी वे चुप्पी साधे रहते हैं और मौक़ा मिलते ही स्वयं आगे बढ़कर सामने वाली फ़ौज को मलमूत्रादि से पाट देते हैं।

इसलिए जब बच्चा तिवारी के हड़िया से उम्मीदवारी की घोषणा हुई और बाबू जोखन सिंह को इसकी भनक मिली; तो इस सम्बन्ध में जोखन सिंह के खेमे से कोई ख़ास प्रतिक्रिया सामने नहीं आयी। कई बार शहर के स्थापित और टुटपुँजिया पत्रकार उनकी बाइट लेने मसान घाट तक ज़रूर पहुँचे; लेकिन फ़साहत अली ने जोखन सिंह की किसी सघन-साधना का हवाला देकर पत्रकारों को टरका दिया। वस्तुतः यह सब कुछ एक सोची-समझी रणनीति के तहत किया जा रहा था।

जोखन सिंह ख़ूब जानते थे कि तनिक भी 'घेरो-घारो' की रणनीति की चर्चा होने पर 'बच्चा' अविलम्ब अपने निर्णय से सौ क़दम पीछे हट जायेगा। लेकिन इसके एवज़ में उनकी मण्डली का वो हाल करेगा कि सब-के-सब ज़िले के बाहर भागते हुए नज़र आयेंगे। इसके अतिरिक्त, वे शायद यह भी चाहते थे कि पहले बच्चा हड़िया से अपनी विधायकी के प्रति आश्वस्त हो जाय और अपने को निर्विघ्न मान ले; तब उसे अभिमन्यु की तरह चारों ओर से घेरा जाय।

ख़ैर...! जब बात स्वयं सूबे के मुख्यमन्त्री की हो तो ऐसी ख़बरें कहाँ छुपती हैं भला...! पार्टी कार्यालय पर मीटिंग के बाद बाक़ायदा इस बात की प्रेस कान्फ्रेंस बुलाई गयी। मीडियाकर्मियों से भरे खचाखच हाल में बच्चा जी ने सभी को सम्बोधित करते हुए कहा कि 'पार्टी ने मुझे राजातालाब के अलावा हड़िया से भी प्रत्याशी बनाने का निर्णय लिया है।' तब मीडियाकर्मियों की ओर से ढेर सारे सवाल उछाले गये।

सबसे पहला सवाल था कि 'क्या मुख्यमन्त्री जी अपनी पारम्परिक सीट पर अपनी पकड़ खो चुके हैं?'

बच्चा तिवारी ने इस सवाल का बहुत सधा हुआ जवाब दिया। बोले—

'राजातालाब मेरी केवल पारम्परिक सीट ही नहीं है बल्कि वह मेरी जन्मस्थली भी है। जन्मस्थली माँ के समान होती है। माँ कभी अपने बेटे से नाराज़ होती है क्या...? और बेटा भी अपनी माँ का भरोसा कैसे तोड़ सकता है...? इसलिए जनता का ध्यान मुद्दे से न भटकाइए। कोई अपनी जन्मस्थली से अलग कैसे हो सकता है...? रहा सवाल इस सीट पर मेरी पकड़ होने या पकड़ खोने का—तो अभी इस पर कुछ भी कहना जल्दीबाज़ी होगी। चुनाव सिर पर हैं। इसलिए उतावले न होइए। धीरज रखिये...! आने वाले समय में वहाँ की जनता आपके इस सवाल का जवाब देगी।'

दूसरा सवाल यह पूछा गया—'क्या हड़िया से चुनाव लड़ने का निर्णय केवल स्थानीय जनता की सहानुभूति को भुनाना है?'

बच्चा बाबू इस सवाल का जवाब देते हुए भी सहज बने रहे और कहा—'मुख्यमन्त्री किसी एक क्षेत्र का नहीं होता। वह सारे प्रदेश का होता है। आपके लिए स्थानीय जनता की सहानुभूति होना या न होना मायने रखता है; लेकिन एक मुख्यमन्त्री की सहानुभूति पूरे प्रदेश की जनता के प्रति होती है और इसी प्रकार मुख्यमन्त्री के लिए भी पूरे प्रदेश की जनता की सहानुभूति मायने रखती है। सहानुभूति का स्थानीयकरण या इसका बँटवारा हमारे वर्तमान राजनीति की नग्न सच्चाई बन गयी है। शायद इसीलिए आपकी दृष्टि भी सहानुभूति को

एक ख़ास चश्मे से देखने की आदी हो गयी है और आप हमारे प्रयासों को बहुत सीमित करके देखना चाहते हैं। कोई ऐसा अवसर बताइये जब हमने किसी घटना पर कोताही बरती हो या किसी घटना को लेकर जनता के मन में हमारे प्रति कोई आक्रोश पनपने पाया हो...! मैं आपको बताना चाहता हूँ कि इस प्रदेश की जनता ने हमें दस वर्षों तक यूँ ही प्यार और सम्मान नहीं दिया है; इसके पीछे हमारी मेहनत और सर्वसमाज के प्रति की गयी बराबरी की हमारी कोशिशें हैं। मुझे पूरा विश्वास है कि आने वाले चुनाव में भी हमें जनता का यह विश्वास हासिल होगा।'

और अन्तिम सवाल था—'क्या पाखण्डी को जेल भेजने के पीछे अपने लिए सुरक्षित सीट करने की तैयारी थी?'

इस सवाल के जवाब में बच्चा बाबू के चेहरे पर तनिक शुरुआती झुँझलाहट ज़रूर दिखी। लेकिन उन्होंने झट अपने को सम्हाल लिया और लम्बी साँस लेते हुए बोले—

'मैं आपको स्पष्ट करना चाहता हूँ कि राजनीति में बदले की भावना का खेल बहुत लम्बा नहीं चलता। पाखण्डी बहुत छोटे नेता हैं और अभी राजनीति का ककहरा सीख रहे हैं। लेकिन बहुत जल्दी ऊँचाइयों तक जाने की महत्त्वाकांक्षा भी पाले हुए हैं। वे इसी महत्त्वाकांक्षा का शिकार हो गये। मैं स्वयं तीस वर्षों तक एड़ी-चोटी घिसकर इस मुक़ाम तक पहुँचा हूँ। बहुत से ऐसे लोग भी हैं जो मुझसे पहले से पार्टी का दीया ढो रहे हैं, लेकिन उनको वो मुक़ाम हासिल नहीं हो पाया जिसके वे हक़दार थे। असल बात यह है कि राजनीति एक जुआ है। कोशिश करते रहिये। लेकिन यहाँ केवल आपके चाहने भर से कुछ नहीं होता। मुक़द्दर बड़ी चीज़ है। पाखण्डी अपना मुक़द्दर सँवारने के चक्कर में इन्सानियत भूल गये, अपराध करने पर उतारू हो गये। इसका ख़मियाज़ा वे भोग रहे हैं। हालाँकि यह पूरा मामला कोर्ट में है इसलिए मेरा इस विषय पर कुछ भी और कहना उचित नहीं होगा। लेकिन आपसे इतना ज़रूर कहना चाहूँगा कि आपकी यह शंका पूरी तरह से निराधार है हड़िया से चुनाव लड़ने के लिए पाखण्डी को रास्ते से हटाया गया।'

अभी मीडिया के पास पूछने के लिए बहुतेरे सवाल थे। और बच्चा जी को प्रेस कान्फ्रेंस के बीच में ही खड़े होकर जाते देख इन सवालों की तीव्रता एकाएक बढ़ भी गयी। लेकिन पार्टी के प्रदेश अध्यक्ष लगातार इन सवालों के जवाब में केवल यह कहते रहे कि 'धीरज रखिये...! आपके इन सारे प्रश्नों का जवाब आगामी चुनाव में जनता स्वयं देगी...!' इसके बाद प्रेस कान्फ्रेंस के औपचारिक समापन की घोषणा कर दी गयी।

25

अब जाकर बाबू जोखन सिंह के खेमे में हरकत शुरू हुई। जोखन सिंह यह ख़ूब जानते थे कि मीडिया में बयान आने के बाद बच्चा किसी क़ीमत पर अपने निर्णय से पीछे नहीं हटेगा। क्योंकि यह एक प्रकार से उसकी बेइज़्ज़ती होगी। और वे अपने अनुभव से यह भी जानते थे कि बच्चा अपनी बेइज़्ज़ती किसी दशा में स्वीकार नहीं कर सकता। दरअसल सत्ता का मद इन्सान को झूठी ताक़त के अहंकार से भर देता है। वह बेवजह गुब्बारे की तरह फूला रहता है और लोग उसकी इस दशा को देखकर उससे डरे-सहमे रहते हैं। वे यह कत्तई नहीं जानते कि जो इन्सान सामने से इतना फूला हुआ है, वह उसका मानसिक-मर्ज़ भी हो सकता है और उसे, उसकी असल शक्ति का एहसास कराने के लिए सूई की एक इकलौती चुभन ही काफ़ी हो सकती है। हालाँकि सत्ता के क़रीब रहने वाले और अतीत में सत्ता का सुख भोगने वाले बहुतेरे इस यथार्थ को ठीक-ठीक जानते और समझते भी हैं। फिर बाबू जोखन सिंह से बेहतर इस मर्म को कौन जानता था भला...!

फ़िलहाल बिसात की अपनी चाल के रूप में जोखन सिंह ने आचार्य और ढक्कन को इस बात के लिए सहेजा कि 'वे दोनों किसी और से मिलने के बहाने नैनी जेल तक जायें और वहाँ क़ैद पाखण्डी तक उनका यह सन्देश पहुँचायें कि वह बच्चा की साज़िश को ठीक प्रकार से समझे और अपनी गिरफ़्तारी को लेकर तनिक भी परेशान न हो। उसकी यह गिरफ़्तारी उसके जीवन में एक बड़ा सुअवसर बनकर आयी है।' साथ ही वे दोनों मिलकर उसे इस बात के लिए भी राजी करें कि 'चूँकि बच्चा ने राजातालाब के साथ-साथ हड़िया से चुनाव लड़ने का फ़ैसला किया है, इसलिए वह स्वयं हड़िया के साथ-साथ राजातालाब से चुनाव लड़ने के लिए तैयार हो जाय।'

बहरहाल अगले ही दिन छिपते-छिपाते आचार्य और ढक्कन अपनी लम्ब्रेटा पर सवार होकर नैनी कारागार पहुँचे और वहाँ बाहर खड़े सन्तरी से कुछ ले-देकर किसी बहाने से पाखण्डी से मिलने का समय लिया। थोड़ी देर में मुलाक़ातियों और क़ैदियों के मिलने का कार्यक्रम शुरू हुआ। कुछ समय बाद दोनों पाखण्डी के सामने थे। जेल में आने के बाद पाखण्डी की मेधा खण्ड-खण्ड हो गयी लगती थी। उनका आत्मविश्वास तितर-बितर सा हो गया था। जान बची हुई थी परन्तु उसके भी लाले थे। पहले ढक्कन ने आँखों-ही-आँखों में पाखण्डी का हाल-चाल पूछा और कहा—

'तुम्हारे लिए एक सन्देश ले के आये हैं...!'

पाखण्डी चौंके—'सन्देश...!!'

आचार्य ने ढक्कन की बात की पुष्टि की। बोले—'हाँ सन्देश...! चुनाव की घोषणा हो गयी है।'

पाखण्डी जैसे इन सब चीज़ों से निर्लिप्त हो चले थे। बोले—'अब हम का करब ई सब जानि कै...! चुनाव हो चाहे अपनी माँ चुदाये...!'

ढक्कन ने समझाने की कोशिश की—'अमें पूरी बात तो सुनो...! बच्चा अबकी राजातालाब के अलावा हड़िया से लड़िहें...!'

पाखण्डी की आवाज़ में खनक ग़ायब थी। उन्होंने लम्बी साँस लेते हुए कहा—'हमके तो हियाँ बन्द करा दिहिस है...! अब चाहे तो सारे हिन्दुस्तान से लड़ै ससुरा.!'

ढक्कन ने ललकारा—'ऊ चाहे सारे हिन्दुस्तान से लड़ै, लेकिन तोहके खाली ओहसे लड़े के है...! तू डाल-डाल मैं पात-पात वाली स्टाइल में...!'

पाखण्डी की झुँझलाहट बढ़ गयी। बोले—'एह टाइम बुझउनी न बुझाओ गुरू...! माथा आजकल ओइसहीं भन्नावा है। अकिलि काम नहीं करत है...! साफ़-साफ़ बताओ का करै के है...?'

अबकी आचार्य ने ज़ुबानी सन्देश सुनाया—'बाबू जोखन सिंह का सन्देश है कि तुमको अबकी हड़िया के साथ-साथ राजातालाब से भी चुनाव लड़ना है...!'

ढक्कन ने आचार्य के सन्देश का हूबहू समर्थन किया—'हाँ...! दोनों जगह से परचा भरने के लिए तैयार हो जाओ...!'

लेकिन पाखण्डी जैसे टस-से-मस होने को तैयार न थे बोले—'गुरू...! तुम लोग चाहते का हो कि किसी दिन यहीं बैरक में अपनी भगई खोलकर फाँसी लगा लूँ...!'

ढक्कन बोल पड़े—'अबे...! फाँसी लगावें तोहरे दुश्मन...! कमर कसि ल्यौ...! जैसे कब्बो हमार गर्दन मरोड़े रह्यो, वैसे अबकी बार बच्चा के गर्दन मरोड़े के है...!'

पाखण्डी ने अपना दुखड़ा बयान करने की गरज़ से कहा—'गर्दन तो तब न मरोड़ पाउब जब हमार अउर ओहकर भेंट होई...! अभिन तो गैंगस्टर और रासुका लगवाये बैठा है हमरे उप्पर...! हियाँ रोज़ हमार रोज़नामचा बनवावत है कि हम दिन में कै बार हगै गये रहेन और कै बार मूते...! साल-डेढ़ साल तो कउनो कोर्ट भी हमार फाइल नाहीं पूछिहै...!'

आचार्य ने हस्तक्षेप किया—'ओहकर चिन्ता तुम बाबू जोखन सिंह पर छोड़ि दो...!'

पाखण्डी की शंका अभी मिटी न थी—'छोड़ि तो दें लेकिन जान तो हमार साँसत में है हियाँ...!'

तब ढक्कन ने धमकाया—'अमें बकैती न करो ज़्यादा...! महराज कहलवाएन हैं कि साफ़-साफ़ बता देना कि अगर तुम चुनाव लड़बो तो ज़िन्दा बचबो और नहीं लड़बो तो बच्चा द्वारा हेइन ज़िन्दा गाड़ि दिहा जइबो...! अब निर्णय तोहके करेके है...!'

पाखण्डी शरणागत हो गये—'हमसे निरनय-उरनय नाहीं हो पाईगा...! साफ़-साफ़ बताओ हमके कि करेके का पड़ी...?'

आचार्य ने फिर सहारा दिया—'अमें इतना सवाल काहें पूछत हौ बे...? कउनो पहिली बार चुनाव लड़त हो का...? तुमका केवल बइठे-बइठे पेपर पर साइन करते रहना है...! बाकी अबकी तोहार लड़ाई हम सबके लड़े कै है...!'

पाखण्डी ने अपना निवेदन कहना चाहा—'ठीक है...! मगर महराज से कहि देना कि सम्हारे रहेंगे सब...! कउनो दिक्कत-परेशानी में अब उनहीं कै आसरा हौ...!'

आचार्य ने पाखण्डी के टूटते सम्बल को थामने की कोशिश की—'महराज तो महराज हैं...! जब कोई चीज ठानि लेत हैं तो ओहके करिकै देखावत हैं...! अबकी उन कर सपना है तोहके मुख्यमन्त्री की कुर्सी पर बइठाना...!'

पाखण्डी की आँखें चमकने लग गयी थीं। वे भावुक हो गये थे। तभी पीछे से सिपाही ने टोका। सम्भवतः मुलाक़ात का वक़्त ख़त्म हो गया था। दोनों ने पाखण्डी का अभिवादन स्वीकार किया और वहाँ से चलते बने।

ढक्कन और आचार्य ने कोशिश तो बहुत की थी कि उनके मुलाक़ात की किसी को कानों-कान ख़बर न हो। लेकिन ऐसे संवेदनशील मौक़ों पर ऐसी मुलाक़ातें कहाँ छिपती हैं भला...! न जाने किस माध्यम से होकर यह बात जबर सिंह तक पहुँची और फिर जबर सिंह के माध्यम से मुख्यमन्त्री जी तक...! फिर क्या...!! आलाकमान की ओर से झारखण्डे और बाल्टी राय को तत्काल इस काम की ज़िम्मेदारी दी गयी कि चाहें कैसे भी हो, डरा-धमका कर या कोई प्रलोभन देकर, पाखण्डी को लड़ाई के इस मैदान से बाहर किया जाना निहायत ज़रूरी है अन्यथा मुख्यमन्त्री जी का सारा दाँव धरा-का-धरा रह जायेगा और आगे बहुत मुश्किल आयेगी। दोनों को यह भी नसीहत दी गयी कि पाखण्डी से इस तरह से मुलाक़ात की जाय कि किसी को भनक न लगे कि उसके साथ कोई मुलाक़ात हुई भी या नहीं; और यदि हुई तो इस मुलाक़ात का असल मक़सद क्या था...!

काम बहुत छोटा था लेकिन चुनौती बहुत बड़ी थी। झारखण्डे की साख़ दाँव पर थी। वे और बाल्टी पूरी रात मन्थन करते रहे कि किस विधि से पाखण्डी से मुलाक़ात की जाय कि उससे खुलकर बात भी हो सके और किसी को कानों-कान ख़बर भी न हो...! बहुत मन्थन के बाद दोनों ही इस निष्कर्ष पर पहुँचे कि पाखण्डी से जेल में मुलाक़ात करना ठीक नहीं रहेगा। क्योंकि यदि किसी स्रोत से यह ख़बर चुनाव आयोग तक पहुँच गयी तो लेने के देने पड़ जायेंगे। न जाने आयोग क्या निर्णय ले और उन्हें डराने-धमकाने के किस मामले में अन्दर का रास्ता दिखा दे...!

फ़िलहाल कलट्टर जबर सिंह के माध्यम से नैनी जेल के अधीक्षक सौदागर सिंह के साथ सेटिंग बनायी गयी और उनसे डाक्टरी रिपोर्ट के आधार पर पाखण्डी को अचानक सीने में दर्द की शिकायत के बहाने स्वरूपरानी हॉस्पिटल में दाख़िल कराया गया। वहाँ पहुँचते ही उनका इस क़दर वीआईपी ट्रीटमेंट शुरू कराया गया मानो वे चिकित्सा-अधीक्षक के सगे दामाद हों...! कुछ समय पहले तक जेल में जिस पाखण्डी के दसियों बार माँगने पर बुख़ार की एक गोली तक न मिलती थी, आज उनके खाँसने या पादने पर पूरा-का-पूरा वार्ड उनके साथ खड़ा था। मिनट-मिनट पर उनके थूक और दस मिनट पर पेशाब की जाँच की जा रही थी। स्वयं पाखण्डी अपने साथ होने वाले इस चिकित्सकीय-व्यवहार से अभिभूत थे और इस परिवर्तन का असल कारण नहीं समझ पा रहे थे।

कुछ समय बाद ही उनका वार्ड ख़ाली कर दिया गया और उनसे आराम करने के लिए कहा गया। लेकिन जेल काटने वाले आदमी को नींद कहाँ आती है भला...! फिर भी, वार्ड ख़ाली होते ही पाखण्डी को तनिक झपकी-सी आ गयी और वे अपना मुँह खोलकर बेतहाशा खर्राटे लेने लगे। तभी अचानक से कमरे में किसी के प्रवेश की आहट से उनकी आँखें खुल गयीं। आँखें खुलते ही उन्होंने देखा कि सामने हाथों में फूल का गुलदस्ता लिए झारखण्डे खड़े हैं और उन्हें देखकर कुटिल मुस्कान के साथ मुस्कुरा रहे हैं। पाखण्डी को सारा माजरा समझते देर न लगी। इसके पहले कि वे अपने ज़ेहन को और कुरेदते, कमरे में फलों का टोकरा लिए हुए बाल्टी राय का प्रवेश हुआ। फिर क्या...! पाखण्डी की शंका एकदम निर्मूल हो गयी। कुछ क्षण वे झारखण्डे की ओर देखते रहे मानो वे उनके इस क़दर दल-बदलने या कहें कि दिल-बदलने को लेकर अपनी नाराज़गी जता रहे हों। फिर उन्होंने अपनी आँखें मूँद लीं और अपना मुँह दूसरी दिशा में फेर लिया। झारखण्डे ने मज़ाक़िया अन्दाज़ में उन्हें भीतर से कुरेदना चाहा—

'काहें एतना लरुआए हो ए पड़रू...?'

'जब तुम्हारे जैसे पालाबदल पहलवान साथ में रहेंगे तो लरुआना तो पड़ेगा ही...!'

'गुरू बच्चों जैसी बात न करो...! राजनीति का नियम है कि पाला बदलने से आदमी की पूछ बनी रहती है।'

'तुम्हारे जैसे लोगों की ज़्यादा दिन तक पूछ नहीं होने वाली है राजनीति में...!'

'मेरी मजबूरी समझो सरमा जी...!'

'अमें छोड़ो...! अपनी मजबूरी जाके किसी और को सुनाना...! इतना भी मजबूर होने की क्या ज़रूरत है कि अपना-पराया भूल जाओ...!'

'राजनीति में कौन-सा अपना-पराया होता है...! यहाँ तो केवल मतलब के उसूल चलते हैं...!'

'वाह बेट्टा...! बहुत जल्दी सीख गये नये उसूल...! अभी तुम बच्चा को ठीक से जानते कहाँ हो...? औरों की तरह तुम्हारा भी कंडोम की तरह इस्तेमाल करेगा और एक दिन सड़क के किनारे फेंक देगा...! तब रोते हुए आओगे हमारे पास...!'

झारखण्डे सकते में आ गये। उन्होंने एक नज़र बाल्टी राय की ओर देखा मानो पाखण्डी की बात की उनसे तस्दीक़ करना चाहते हों...! बाल्टी ने असहमति में सिर हिलाया और अब स्वयं मोर्चा सम्हाला–

'समय की नज़ाकत को समझो विधायक जी...! और चढ़ते सूरज को सलाम करना सीखो...!! तुम्हारे लिए मुख्यमन्त्री जी का एकमुश्त समाधान का प्रस्ताव है–एक झटके में तुम्हारे सारे मामले रफ़ा-दफ़ा...! अगली सरकार में मन्त्रीपद...! न सियरा जानेगा और न कुकुरा भौंकेगा...! किसी को कानों-कान ख़बर न होगी इस समझौते के बारे में...!'

पाखण्डी एक बार ऐंठे तो अन्त तक ऐंठे ही रहे। तमतमाकर बोले–

'ए बाल्टी बाबा...! बड़ी लमहर कुर्सी पाये हो अबकी...! इसीलिए ज्ञान सिर चढ़कर बोल रहा है। एक बात गाँठ बाँध लो कि बच्चा हमारा जन्मजात प्रतिद्वन्द्वी है। उसके सामने झुकना मतलब अपनी मौत को स्वीकार करना है...! जा के बता देना बच्चा से कि पाखण्डी को अब न तो किसी पद का लालच है और न अपनी जान की परवाह...! हमारा और रंगमण्डल हितकारिणी संघ के तमाम साथी का अब एक ही मक़सद है–बच्चा को सत्ता से उखाड़ फेंकना...!'

'अपना अच्छा-बुरा सोच लेना सरमा जी...! बाद में न कहना कि रायसाहब ने बताया नहीं...!'

'अमें छोड़ो...! अब कहाँ कै राय और कहाँ कै साहेब...? जब थे-तब थे...!! ई सब गीदड़-भभकी जाकर कहीं और देना...! जब तुमसे इतना तन के कह रहे हैं तो इसका मतलब है कि हियाँ पहिले से आगा-पीछा सोचकर बैठे हैं...!'

बाल्टी और झारखण्डे जान गये थे कि पाखण्डी अपने रास्ते से डिगने वाला नहीं है। फिर क्या झारखण्डे ने अपना गुलदस्ता उठाया और बाल्टी ने अपना फलों का टोकरा...! और दोनों अपना-सा मुँह लिए वापस लौट गये। पाखण्डी को चन्द घण्टों बाद ही स्वस्थ बताकर नैनी के उसी बैरक में वापस भेज दिया गया।

26

राजनीति में चली गयी कोई भी चाल अन्तिम नहीं होती। और प्रायः विरोधी द्वारा चली गयी पिछली चाल से ही अगली चाल निकलती है। लेकिन यहाँ समस्या तनिक दूसरी आ खड़ी हुई थी। पाखण्डी को झुकाने की अपनी कोशिशों के नाकाम होने के बाद बच्चा को ही दुबारा नयी चाल भी चलनी थी और जोखन सिंह को अगली चाल चलने के लिए बाध्य भी करना था। इस बीच बाल्टी और झारखण्डे के ख़ाली हाथ वापस आने के बाद बच्चा की पार्टी की थिंक टैंक भी सक्रिय हो गयी थी। लगातार बैठकें हो रही थीं और सुझाव माँगे जा रहे थे। बाल्टी कोई भी सुझाव देने की स्थिति में न थे। लेकिन झारखण्डे ने अभी भी हार न मानी थी।

पार्टी कार्यालय और मुख्यमन्त्री जी के आवास पर बैठकों का सिलसिला लगातार चलता रहा। मुख्यमन्त्री जी को ख़ुश करने के चक्कर में हर बार की बैठक में कोई एक पदाधिकारी कुछ सुझाता तो दूसरा पदाधिकारी कुछ और...! पर सब कुछ के बावजूद कोई बात नहीं बन पा रही थी और मुख्यमन्त्री जी की झुँझलाहट का स्तर बढ़ता ही जा रहा था। असल में अब मसला केवल यह नहीं रह गया था कि हड़िया का चुनाव कैसे जीता जायेगा बल्कि पाखण्डी के राजातालाब के चुनाव लड़ने के फ़ैसले से तैयारी दोहरी करनी पड़ेगी; इसलिए मुख्यमन्त्री जी का संकट और दोहरा हो गया था।

हालाँकि पार्टी के वरिष्ठ पदाधिकारी भी इस संकट को लेकर ख़ासे गम्भीर थे और वे अविलम्ब इस गुत्थी को सुलझा लेना चाहते थे। क्योंकि उनको इसके अलावा प्रदेश की बाक़ी पाँच सौ सीटों पर भी रणनीति बनानी थी और प्रत्याशियों की अन्तिम सूची तैयार करनी थी। फिर इस चुनाव के लिए अधिकाधिक फंड का जुगाड़ करना; पार्टी के ज़मीनी कार्यकर्ताओं को सक्रिय करना;

विधानसभावार जाति-धर्म के आधार पर जोड़-तोड़ की रूपरेखा तैयार करना; पार्टी के चिह्न के प्रचार-प्रसार के लिए झंडी-बैनर-पैम्फलेट छपवाना और जनता में बँटवाना; जनता का मनोरंजन करने के लिए आल्हा-बिरहा-कजरी जैसे लोकगायकों को चुनाव-प्रचार में लगाना; स्थान-स्थान पर नौटंकी और कठपुतली-नाच के बहाने विरोधियों के कच्चे चिट्ठा खोलना और चुनाव के अन्तिम दिन के लिए साड़ी-कम्बल-सायकिल-कच्ची दारू जैसे संसाधनों का अतिरिक्त स्टॉक बनाना जैसे बहत्तर इन्तज़ाम भी उन्हें ही देखने और करने थे।

बैठकों के बीच बच्चा जी कई बार आक्रामक हो जाते। वे अब मन-मनव्वल के पक्ष में कत्तई न थे। उन्हें बार-बार अपने पिताजी की बताई गयी वह कहावत याद आती थी कि 'बाँधे बनिया बाज़ार नहीं लगती...!' इसलिए अब वे पाखण्डी के साथ चुम्मा-चाटी के बजाय सख़्ती के पक्ष में थे। एक दिन अपने आवास पर ही बैठक का नेतृत्व करते हुए उबल पड़े—

'भाई...! आप लोगों को जितना मथना था, मथ लिया। मेरी मानिये और यदि आप सभी सहमत हों तो क्यों न पाखण्डी को जेल में ही ठीक से रगड़ दिया जाय...! सुबह-शाम उसे बेंतों की इतनी सेवा दिलवाई जाय कि ससुर को छठी का दूध याद आ जाय...! जब ठीक से रेले जायेंगे तो अपने आप ही होनिहार गरम हो जायेगा बेट्टे का...! तब इनके जितने सलाहकार हैं न जोखन सिंह टाइप के, सब भोसड़ी के अपने-आप बिल में घुस जायेंगे। कोई साथ देने नहीं आयेगा। एक बार धोखे से बिधायक का बनि गये, अपने बाप की बपौती समझि लिहे ससुर...!'

लेकिन राजनीति के पुराने जानकार और पार्टी के पुरोधा इस तरह की अमानवीय कार्यवाहियों के पक्ष में न थे। तत्समय बैठक में उपस्थित पार्टी के पूर्व अध्यक्ष और मार्गदर्शक मण्डली के प्रमुख रामपुकार सिंह का कहना था कि 'इस क़दम से पाखण्डी को अनावश्यक की चर्चा और बेवजह की सहानुभूति हासिल होगी, और इसका अपनी पार्टी को कोई ख़ास फ़ायदा न होगा। यही नहीं रंगमएडल हितकारिणी सभा के जितने निवर्तमान विधायक और प्रत्याशी हैं वे पूरे प्रदेश में ग़रीब और पिछड़े विधायक के उत्पीड़न का रोना रोयेंगे और इससे जनता के आक्रोश को सम्हालना एकदम से मुश्किल हो जायेगा।'

अभी यह बातचीत चल ही रही थी कि तभी बैठक में उपस्थित झारखण्डे को एक सुझाव सूझा और वे अपने बगल में बैठे जीजा बाल्टी राय के कानों में कुछ फुसफुसाने लगे। बच्चा जी की नज़र उन पर पड़ी। बोले—

'झारखण्डे जी...! आप पार्टी के प्रवक्ता हैं और मण्डल प्रभारी भी...! अब फुसफुसाने का नहीं; गरजने का समय है। आपको जो भी कहना है सबके बीच में कहिए।'

झारखण्डे खड़े हो गये। बोले—'अभी पाखण्डी के पिछड़े और ग़रीब होने की बात चल रही थी; जिसके आधार पर वह आम जनता की सहानुभूति हासिल कर सकता है...! लेकिन हमारे पास एक और शख़्स है जो पाखण्डी के इस हुनर की काट हो सकता है...!'

बच्चा जी चौंक गये। कहा—'साफ़-साफ़ बताइये राय साहब...! किससे संकोच कर रहे हैं...?'

राय साहब बोले—'संकोच नहीं कर रहा सरकार...! बस यह सोच रहा हूँ कि इसके परिणाम कैसे होंगे...!'

बच्चा जी ने कहा—'राजनीति में हर निर्णय परिणाम देख कर नहीं लिया जाता; कुछ निर्णय बस ले लिए आते हैं...! आपद-काल में राजनीति की सबसे बड़ी नीति यह है कि इसकी कोई नीति नहीं है। आप अपना सुझाव सामने रखिये। बाक़ी इसका नफ़ा-नुक़सान क्या होगा; यह मेरे और पार्टी के ऊपर छोड़ दीजिए।'

झारखण्डे आश्वस्त हो गये थे। इसलिए एक बार कनखी नज़र से बैठक में शामिल लोगों की ओर देखते हुए और लम्बी साँस लेकर बोले—'मेरा एक छोटा-सा सुझाव यह है कि पाखण्डी के बरअक्स हड़िया से हलकान मियाँ को खड़ा किया जाय...!'

इतना सुनते ही वहाँ बैठे पार्टी के प्रदेश अध्यक्ष मुरारीलाल जी तमतमा गये—'अरे...! कैसी बहकी-बहकी बातें कर रहे हैं आप...? आपको मालूम है कि वहाँ से स्वयं मुख्यमन्त्री जी प्रत्याशी हैं...! हलकान को जो वोट मिलेगा, उससे नुक़सान तो बच्चा जी को ही होगा...! अपने ही पाँव पर कुल्हाड़ी मरवाएँगे क्या आप...?'

मुख्यमन्त्री जी ने टोका—'अध्यक्ष जी...! अपनी बात तो पूरी कर लेने दीजिए झारखण्डे को...!'

मुरारीलाल जी ने रामपुकार जी की ओर देखा और आँखों से न बोलने की सहमति पाकर चुप हो गये। झारखण्डे ने बोलना जारी रखा—

'असल में पाखण्डी का जो वोट बैंक है वो वही है जो परेशान अली और उसकी बिरादरी का था...! थोड़ा बहुत वोट पाखण्डी की अपनी बिरादरी का भी है। कभी दोनों एक साथ नौटंकी में काम करते थे और ठुमके लगाते थे।

बाद में जब पाखण्डी विधायक बना तो उसमें परेशान अली और उसके चाहने वालों का बहुत योगदान था। अब बेहतर है कि परेशान के कारण मिलने वाले पाखण्डी के ये वोट बँटें...! चूँकि हम सभी जानते हैं कि लाख मान-मनव्वल के बाद भी पाखण्डी ने चुनाव में बैठने से इन्कार कर दिया है। इसलिए अब हमारे पास एक ही विकल्प है कि उसे चुनाव में कैसे कमज़ोर किया जाय...! ये तभी सम्भव है जब हलकान अली को चुनाव में निर्दल खड़ा किया जाय और वे पाखण्डी को घूम-घूम कर ख़ूब गरियाएँ...! वे पाखण्डी को जितना गरियायेंगे, स्वयं उतना ही मज़बूत होंगे...! और वे जितना मज़बूत होंगे उतना ही पाखण्डी कमज़ोर होगा। और ये दोनों आपस में एक-दूसरे को जितनी अच्छी टक्कर देंगे; बच्चा जी के जीतने की सम्भावना उतनी ही बढ़ेगी...! यह मेरा निजी मत है। यदि मेरा सुझाव पार्टी के वरिष्ठ पदाधिकारियों को ठीक न लगा हो तो आप सब मुझे क्षमा कीजियेगा...!'

झारखण्डे की बात समाप्त होते ही बच्चा उनकी ओर दौड़े और उन्हें गले लगा लिया। बोले—'जीत-हार अपनी जगह है। लेकिन आज मुझे लग रहा है कि मैंने तुम्हें पार्टी में शामिल करके कोई ग़लत नहीं किया...!'

अब असल समस्या यह थी कि हलकान अली तक मुख्यमन्त्री जी का यह सन्देश कौन पहुँचाये और कौन उन्हें चुनाव लड़ने के लिए मनाये...! दूर-दूर तक कोई दूसरा प्रतिद्वन्द्वी न देखकर यह काम फिर से झारखण्डे के मत्थे लगा दिया गया और उनके साथ सहयोग के लिए बाल्टी राय को साथ में लगा दिया गया। ख़ैर...! दो दिन बाद दोनों राजधानी से ज़िम्मेदारी भरी यह गठरी लिए इलाहाबाद के प्रयाग जंक्शन पहुँचे और अगले दिन से ही अपने नये अभियान में लग गये। अभी कुछ ही दिन पहले झारखण्डे फ़ुरसतगंज गये थे। इसलिए बाल्टी का सुझाव था कि स्वयं फ़ुरसतगंज जाने की बजाय हलकान मियाँ को ही पार्टी कार्यालय पर बुलवा लिया जाय और सारी बातें तय कर ली जायें...!

ऐसा ही किया गया। पार्टी के स्थानीय कार्यकर्ता और सरपंच चिन्ता यादो को ख़बर किया गया और इस काम को अंजाम तक पहुँचाने का निर्देश भी। शाम के धुँधलके में चिन्ता यादो, हलकान मियाँ को लेकर सिविल लाइन स्थित पार्टी कार्यालय पर पहुँचे। पहले थोड़ी देर तक पालागन और आशीर्वाद का दौर चला; शुरुआती हाल-चाल हुई। फिर बात असल मुद्दे पर आ गयी। झारखण्डे ने चचा को कुरेदा—

'चचा...! अबकी तोहके विधायकी के चुनाव में हड़िया से खड़ा होना है...!'

सुनते ही हलकान मियाँ ने अपना दर्द बयान किया—'बात तो ठीक है बेटा...! लेकिन हमरे पैर में गठिया है अउर बवासीर कै मरज अलग से है...! हम जादा देर तक खड़ा नहीं रह पाउब...!'

बाल्टी ने समझाया—'अरे आपको केवल पेपर पर साइन करके घर पर बैठना है...!'

'लेकिन सुना है कि हड़िया से तो अबकी बच्चा बाबू खड़े हो रहे हैं...!'

'आपने सही सुना है...! लेकिन आपको यह ख़बर कैसे मिली...?'

'काल्हि बाबू जोखन सिंह के कुछ आदमी आये थे। कह रहे थे कि अबकी चुनाव लड़ना है...!'

'और क्या कह रहे थे...?'

'कह रहे थे कि आपको मुख्यमंतिरी के ख़िलाफ़ खड़ा होना है...! जो खरचा-बरचा होगा सब मिलेगा...!'

झारखण्डे, बाल्टी का मुँह ताकने लगे। बाल्टी ने पूछा—'तो आपने क्या जवाब दिया...?'

'अब का कहते...! वही घुटना अउर बवासीर वाली बाति बताय दिहिन। अउर कह दिया कि जहाँ मुख्यमंतिरी जी खड़े हो रहे हैं वहाँ हम कैसे खड़े होइ सकत हैं...!'

'बिल्कुल सही फ़रमाया आपने...! फिर आपने क्या जवाब दिया उनको...?'

'कहि दिहा कि कहो तो हम हैं फ़ुरसतगंजवे में खड़े होइ जायें...! तो कहेन लागै कि फ़ुरसतगंज कउनो विधानसभा नाहीं है...!'

'तब...?'

'तब हमने साफ़-साफ़ कहा कि खड़ा करना है तो फ़ुरसतगंज में खड़ा करो...! इसके बाहर हम न तो कब्बो कदम डारे हैं और न डारेंगे...!'

'तो आपने क्या निर्णय किया है...?'

'अब जब तोहार बात है भइया तो निरनय का करना है...! कहो तो आजु से यहीं खड़े हो जायें...!'

'इतनी जल्दी नहीं है चचा...! अभी आप आराम से जाइये...! आपको केवल घर पर बैठे रहना है...! काग़ज़ में सारा काम होगा...! कोई पूछे तो बता दीजियेगा कि आप खड़े हैं...! बाक़ी हम लोग सब देख लेंगे...! बस इस बीच किसी के बहकावे में नहीं आना है...!'

'अरे कइसन बात करत हो भइया...! जब तोहके जुबान दे दिहा तो काल्हि से केहू के अपने दुआरे नाहीं फटकने देंगे...! जवन होई तवन देखा जाइगा...!'

झारखण्डे और बाल्टी इस बातचीत से लगभग आश्वस्त हो गये थे। फ़िलहाल हलकान मियाँ ने भी आधी बात समझी और आधी समझे बिना ही परचा भरने के लिए हामी भर दी थी। चिन्ता यादव फिर हाज़िर कराये गये और हलकान मियाँ को वापस फ़ुरसतगंज छोड़ने का प्रबन्ध किया गया। यह ख़बर राजधानी मुख्यमन्त्री जी तक पहुँचा दी गयी। फिर आगे की तैयारियाँ शुरू कर दी गयीं।

27

राजनीति में जब चुनाव सिर पर हों तो कोई भी राजनेता छोटा या बड़ा नहीं होता; बड़े-से-बड़े हैसियत वाले नेता की हैसियत घटकर आधी-तिहाई रह जाती है। ऐसे समय में केवल सटीक राजनीतिक चालों की हैसियत बड़ी होती है—वह चाहे जिसकी ओर से चली गयी हों...! लेकिन चालों के हिसाब से कौन कब भारी पड़ेगा, इसका अन्दाज़ा लगाना थोड़ा मुश्किल होता है। फिर चुनाव के समय और भी बहुत से फ़ैक्टर काम करते हैं—मसलन पालाबदल और भितरघात आदि। पालाबदल और भितरघात का यह खेल अन्त-अन्त तक चलता रहता है और कई बार इसके हिसाब से रोज़ ही सीटों का गणित लगातार बनता-बिगड़ता रहता है। राजनीति के पुरोधाओं की मानें तो जिस पार्टी में पालाबदल और भितरघात सबसे ज़्यादा होता है उसके आसन्न चुनाव में हारने की सम्भावना सबसे प्रबल होती है। फिर पालाबदल और भितरघात उस पार्टी में अधिक संख्या में होते हैं जिसमें पहले से खाये-पिये-अघाये लोग ज़्यादा होते हैं। इसलिए स्वाभाविक तौर पर उस पार्टी में खाये-पिये-अघाये लोग ज़्यादा होते हैं जो सत्ता में सबसे अधिक समय तक रहती है या जो हाल के वर्षों में सत्ता में रहती आयी है।

इस लिहाज़ से बच्चा तिवारी की पार्टी को इस बार इन समस्याओं से जूझना ही था। लेकिन बच्चा तिवारी अपनी एडवांस तैयारियों के मद्देनज़र भितरघात और पालाबदल के बने-बनाये सिद्धान्त को मात देने में लगे हुए थे और भितरघात को दूसरी ओर ठेलने की कोशिश में भी थे। झारखण्डे को अपनी ओर मिलाने के बाद वे भले ही पाखण्डी को शान्त कराने की कोशिश में सफल न हो पाये हों; लेकिन हलकान अली को पाखण्डी के मुक़ाबिले खड़ा करने की उनकी आरम्भिक सफलता उनके आगामी राजनीतिक भविष्य के विषय में अभी से बहुत कुछ बयाँ कर रही थी। लेकिन बच्चा तिवारी भी छोटे-मोटे प्रयासों से

ख़ुशफ़हमी पालकर बैठ जाने वालों में से न थे। वे जानते थे कि लोकतन्त्र की असली ताक़त होती है—जनता; ख़ासकर भूखी-नंगी जनता...! इस असल ताक़त को अपनी ताक़त में तब्दील करने का फ़लसफ़ा उन्हें ख़ूब मालूम था। फिर पिछले दो बार के मुख्यमन्त्रित्वकाल में उन्होंने अकूत सम्पत्ति बना ली थी और यह तय कर लिया था कि इस सम्पत्ति का एक हिस्सा चुनावों में ज़रूर ख़र्च करते रहना है। इस लिहाज़ से वे लोकतन्त्र की ताक़त और लोकतन्त्र की दोगली शक्तियों को एक साथ साधने का हुनर हासिल कर चुके थे।

बच्चा तिवारी का एक बड़ा मक़सद इस धन का प्रयोग कर पार्टी की भितरघाती शक्तियों को न्यूट्रल करना भी था। असल में ये वे शक्तियाँ थीं जो कभी पालाबदल तो नहीं करती थीं; लेकिन वे साथ रहकर ऐन मौक़े पर खड़ी फ़सल की जड़ों में मट्ठा डालने भी से नहीं चूकती थीं। मसलन विधानसभा के जितने भी ब्लाक प्रमुख, क्षेत्र प्रमुख और सरपंच हुआ करते थे उन्हें सालों-साल सत्ता की चाटुकारिता की आदत-सी हो जाती थी और इसके एवज़ में वे सत्ता से मोटी रक़म भी हासिल करते थे—कभी विकास योजनाओं के नाम पर; कभी इन योजनाओं के प्रसार के नाम पर और कभी जनता की सेवा के नाम पर। हालाँकि सच्चाई यह थी कि इस रक़म का अधिकांश उनके अपने विकास में ख़र्च हो जाता था। फिर भी उनका पेट न भरता था। सत्ता के साथ अपनी नज़दीकियों का सबसे बड़ा दुरुपयोग वे जनता के ख़िलाफ़ करते थे—ख़ासकर उनके ख़िलाफ़ जो उनके अपने विरोधी हुआ करते थे। इसका दुष्परिणाम यह होता था कि उनके ये विरोधी सत्ता के समर्थक होने के बावजूद केवल उनके कारण सत्ता का विरोध करने के लिए बाध्य हो जाते थे। बच्चा तिवारी इन असल भितरघातियों से भी बख़ूबी वाक़िफ़ थे। इसलिए वे हर बार इनके द्वारा पैदा किये घावों पर निजी प्रयासों से मरहम लगाने की कोशिश करते थे।

इन सभी को सालों-साल साथ लेकर चलना होता था। अगर सालों-साल न भी चल सके तो चुनाव के समय तो ज़रूर ही...! इसलिए इनको कंट्रोल करने के लिए चुनाव के ठीक पहले इन गाँवों के सरपंच पकड़े जाते थे—पहले वे सरपंच जिनकी अपनी जनता में साख अच्छी होती थी। फिर वे जिनकी साख तो उतनी बेहतर न होती थी लेकिन वे अपने मिलनसारिता से बिगड़ती चीज़ों को भी मैनेज कर लेते थे। तीसरे वे थे जिनका कुछ भी ठीक न था लेकिन जिनकी उपेक्षा करना भी ख़तरे से ख़ाली न था। ये बना तो कुछ भी न पाते लेकिन बिगाड़ने में उन्हें सिद्धहस्तता हासिल थी। फ़िलहाल सभी को जनता को रिझाने-भरमाने की बाक़ायदा ज़िम्मेदारियाँ सौंप दी जातीं...!

अपनी आरम्भिक रणनीतियों की गोटी सेट करने के बाद बच्चा तिवारी अपनी धुआँधार यात्राओं की तैयारियों में लग गये। सबसे पहले पूरे प्रदेश में सभी ज़िलों के अलग-अलग प्रभारी बनाये गये; उन प्रभारियों के भी मण्डलीय प्रभारी बनाये गये और सभी को ठीक प्रकार से उनकी ज़िम्मेदारियाँ बता दी गयीं। फिर विधानसभावार, ब्लाक लेवल से बूथ लेवल तक के कार्यकर्त्ताओं को अच्छी प्रकार से सहेज दिया गया। यही नहीं, उनकी स्वामिभक्ति चुनाव के अन्त तक बनी रहे, इसके लिए अभी से पार्टी फंड से सहायता राशि का इन्तज़ाम किया गया। असल में बच्चा तिवारी और पार्टी के रहनुमाओं का मानना था कि 'ये बूथ लेवल के कार्यकर्ता ही चुनाव के असल कर्त्ता-धर्त्ता होते हैं। वे पब्लिक का मूड भाँपते हैं और उन्हें हर समय मोटिवेट करने की कोशिश में रहते हैं। उन्हें इस बात की भी पूरी जानकारी होती है कि किस बूथ के वोटर्स के दिमाग़ में पार्टी को लेकर क्या चल रहा है। इसलिए यदि बूथ लेवल के ये कार्यकर्त्ता सही ढंग से जनता के बीच काम करें तो पार्टी हमेशा फ़ायदे में रहती है। और इसके लिए ज़रूरी है—उनके लिए सही समय से सही खुराक...! यह खुराक उन्हें अविलम्ब भेज दी जानी चाहिए।'

इन कार्यकर्ताओं की सक्रियता के साथ ही हर ज़िले में एक कोर कमिटी का गठन किया गया जो केवल यह देखेगी कि जब बच्चा तिवारी उस ज़िले का दौरा करेंगे और रैलियों को सम्बोधित करेंगे तो वहाँ कौन-कौन उनके प्रमुख सलाहकार होंगे, उनकी अगवानी कौन लोग करेंगे, उनका पालागन कौन लोग करेंगे, गाड़ी का दरवाज़ा कौन लोग खोलेंगे, पान थूकने के लिए पीकदान कौन लोग लेकर चलेंगे, मंच तक कौन लोग साथ जायेंगे और उनके साथ मंच पर कौन लोग बैठेंगे, मंच पर कौन लोग बोलेंगे और किस क्रम से बोलेंगे—आदि-आदि।

लेकिन यह भी स्वाभाविक ही था कि इतने बड़े प्रदेश में बच्चा तिवारी अकेले यह काम नहीं कर सकते थे। पाँच सौ विधान—सभाएँ और कुल मिलाकर चालीस-पैंतालीस दिन...! एक दिन में बमुश्किल तीन से चार सभाएँ...! बैठकें अलग—लोगों से मिलना-जुलना अलग—रोड शो अलग और तमाम चूतियापे अलग...! इसलिए बच्चा तिवारी के अलावा पार्टी के वरिष्ठ नेताओं रामपुकार सिंह, मुरारीलाल जी सहित बब्बन तिवारी, इच्छाराम चौबे, लवकुश ओझा, माधो सिंह, बाबू लोचन गिरी, झूरी सिंह आदि लगभग एक दर्जन नेताओं की 'स्टार प्रचारक' के नाम से एक टीम बनायी गयी और यह तय किया गया कि जिन विधानसभाओं में स्वयं बच्चा तिवारी का कार्यक्रम न लग सके, वहाँ पार्टी के वरिष्ठ नेता स्थानीय पदाधिकारियों से वार्ता करके अपना कार्यक्रम लगायें और

पार्टी एवं सरकार की उपलब्धियों को जन-जन तक पहुँचायें। इसके अतिरिक्त बच्चा तिवारी के रोड शो में अधिकाधिक लोगों के शामिल होने का आग्रह भी करते रहें। इस होमवर्क का नतीजा यह हुआ कि दो-तीन दिन की कसरत के बाद ही पूरे प्रदेश की चुनावी लड़ाई का ख़ाका मात्र एक पन्ने पर सिमट कर आ गया था। ज़रूरत थी उसे अमल में लाने की...!

अब बच्चा तिवारी और उनकी यात्राओं का दौर शुरू हुआ। बच्चा तिवारी एक दिन में तीन-तीन जनसभाएँ कर रहे थे और कई बार रात में शहर के चौराहों पर भी लोगों की भीड़ को सम्बोधित कर रहे थे। बताते हैं कि ऐसे समय में बच्चा तिवारी के पास न जाने कहाँ से अतिरिक्त ऊर्जा आ जाती थी। उनके जो साथी उन्हें कचेहरी टेम्पो संघ के अध्यक्ष बनने के समय से जानते थे, उन्हें उनकी इस मेधा पर कोई ख़ास आश्चर्य न होता था क्योंकि उन्होंने उनकी मेहनत-मशक्कत और ज़िन्दादिली देखी थी। लेकिन जो कार्यकर्ता उन्हें इधर के वर्षों से जानते थे वे उनके साथ चलने में हाँफने लगते थे और कई बार तो किसी परुआ बैल की तरह थककर एक जगह बैठ जाते थे और फिंचकुर फेंकने लगते थे। तब उनके लिए बाक़ायदा सोमरस का प्रबन्ध किया जाता। फिर जाकर उनके शरीर में कुछ ताक़त आती और वे अगले दिन से कुछ चलने-फिरने-दौड़ने लायक़ हो पाते...! इसके बावजूद बच्चा तिवारी हर बार ऐसे लड़कों और लड़ाकों को अपनी टीम में शामिल करना नहीं भूलते थे क्योंकि उन्हें इनके साथ बात करने और अपना दिमाग़ी तनाव दूर करने में आसानी होती थी। इस बार उनके साथ की यात्राओं में इन लड़ाकों की फ़ौज फिर से सक्रिय हो गयी थी।

फ़िलहाल वे अपनी हर सभा में लगातार सरकार की उपलब्धियाँ गिना रहे थे और इन उपलब्धियों के साथ तमाम क्षेत्रीय दलों और छुटभैयों से सतर्क रहने की हिदायत देना नहीं भूल रहे थे। पब्लिक उनकी अदा की दीवानी हो गयी थी। वे जहाँ भी जाते लोगों का हुजूम उमड़ पड़ता। भीड़ देखकर विरोधियों की तो मानो हवा निकल जाती। वे कहते—

'अमाँ...! सब किराये की भीड़ है.! ट्राली-ट्रैक्टर, जीप-बस, बैल-गाड़ी में लोग इतने दूर-दूर से भरे चले आ रहे हैं। ये कोई इन्दिरा गाँधी थोड़े हैं कि पब्लिक इनके लिए अपने आप खिंची चली आयेगी। वैसे भी आज का वोटर ज़्यादा चालाक है। अपनी चवन्नी गलाकर मुफ़्त में आपका भाषण नहीं सुनने जायेगा। हाँ...! अगर कोई नगद अठन्नी दे दे तो वह सब काम छोड़कर चला आयेगा। फिर दिन में तीन बार आयेगा और अलग-अलग पार्टियों के खेमे में भजन गायेगा। लेकिन मजाल क्या कि आप जान पायें कि वह किसे वोट देगा।

सुबह से शाम तक तेरह लोग उसके दरवाज़े पर रिरियाते हुए और दाँत निपोरते हुए आयेंगे और वह सबके सामने अपना दुखड़ा रोयेगा। सबको वोट के लिए हामी भर देगा—लेकिन देगा किसी को झाँट उखाड़कर भी नहीं...! केवल वहीं ठप्पा लगायेगा जहाँ उसका दिल करेगा...!'

कुछ विरोधी कहते—'अरे ये सत्ताधारी लोग हैं। इनके झाँसे में न आइयेगा। सबको पहले से मैनेज किया जा रहा है—गाड़ी घोड़ा-खाना पीना-पूड़ी तरकारी-अद्धा पौव्वा-नगद दिहाड़ी—सब दिया जा रहा है पब्लिक को...! अगर ऐसा नहीं है तो हर जगह टेंट-कनात कौन लगा रहा है, बसों में गाड़ियों में तेल कौन भरवा रहा है, पूड़ी-तरकारी कौन बनवा रहा है...! क्या जनता...? नहीं...! ठेकेदार...! हर जगह ठेकेदार सेट हैं इनके...! कुछ जगहों पर बनिया-बक्काल और कुछ धन्नासेठ भी साथ दे रहे हैं...! वे पीछे के दरवाज़े से पार्टी में घुसेंगे या जब इनकी सरकार बनेगी तो उनसे कुछ बड़े फ़ायदे लेंगे—फैक्ट्री का लाइसेंस, फ्रीहोल्ड ज़मीन, टैक्स में छूट आदि...!'

बच्चा तिवारी इन सारी आलोचनाओं से बेपरवाह अपने अभियान में लगे हुए थे और क़ायदे से इस समय उन्हें पादने तक की फुर्सत न थी। वे जब भी किसी रैली में पहुँचते तो वहाँ से निकलने के बाद जनता के बीच में ज़रूर जाते। जनता उनको एक नज़र देखने के लिए पागल हुई जाती थी। कई बार जब किसी रास्ते से होकर उनका क़ाफ़िला गुज़र रहा होता तो वे बरबस चौराहों पर खड़ी जनता की भीड़ देखकर अपनी गाड़ी रोक देते और दस-पाँच मिनट ही सही, सबको सुनकर और उनको आश्वस्त कर ही आगे बढ़ते थे। एकाध बार वे सड़क के किनारे बसे पास के किसी गाँव में घुस जाते और लोगों से उनका हाल-चाल लेने लगते; किसी के घर गुड़ खाते-किसी के घर मट्ठा पीते और किसी के यहाँ अमरूद या बेर खाकर उन्हें धन्य कर देते थे। इतना ही नहीं, वे लोगों से उनकी समस्याओं के बारे में भी पूछते और अपने साथ चल रहे अधिकारियों की टीम से इन समस्याओं को बाक़ायदा नोट करने के लिए कहते और एक तय समय में उनका समाधान करके अवगत कराने को भी...!

लेकिन सबसे बड़ी बात यह कि लाख व्यस्तता के बावजूद, हर तीसरे-चौथे दिन वे हड़िया और राजातालाब ज़रूर पहुँच रहे थे। असल में ये दोनों सीटें उनकी नाक से जुडी हुई सीटें बनी हुई थीं और वे किसी क़ीमत पर यहाँ कोई ढील नहीं देना चाहते थे। उनकी रणनीति यह थी कि परचा दाख़िले से पूर्व ही इन दोनों विधानसभाओं में इतना ज़्यादा गरदा उड़ा दिया जाय कि पाखण्डी, जोखन सिंह

और उनकी पूरी टीम परिणाम आने के पहले ही धराशायी हो जाय। राजातालाब को लेकर वे फिर भी निश्चिन्त थे क्योंकि एक तो यह उनका होमग्राउंड था और दूसरे जमी-जमाई सीट...! फिर वहाँ घर-घर में उनके कार्यकर्त्ता...! लगभग आधा राजातालाब उनकी उँगलियों पर नोट था और बाक़ी जेब की थैली में...! लेकिन हड़िया को लेकर वे कोई कोताही नहीं बरतना चाहते थे और इस बीच वे जब भी हड़िया से बाहर होते तो झारखण्डे राय और उनकी पूरी टीम को इसका उत्तरदायित्व सौंप देते। क्योंकि बड़ी मुश्किल से उन्होंने यहाँ अपनी गोटी सेट की थी और अपनी इस ऊर्जा को वे यूँ ही नष्ट नहीं होने देना चाहते थे। फिर वे जोखन सिंह को बहुत नज़दीक से जानते थे कि वे उन्हें लंगी मारने का कोई भी अवसर जाया नहीं होने देंगे।

हड़िया में अपनी विधानसभा में उन्होंने अभी तक कुल दो ही प्रवास किये थे। लेकिन इतने में ही उनकी धाक़ जम गयी थी। उन्हें 'ग़रीबों के मसीहा', 'किसानपुत्र', 'अल्पसंख्यकों के इकलौते रहनुमा' जैसी उपाधियों से नवाज़ा जाने लगा था। हालाँकि सच्चाई यह थी कि इन उपाधियों को न तो आम जनता ने गढ़ा था और न ही आम पब्लिक ने इसका शोर ही मचाया था। बल्कि मुख्यमन्त्री जी के साथ चलने वाली पीआर टीम ने इसकी बाक़ायदा मार्केटिंग की थी। फ़िलहाल सच्चाई यह भी थी कि इन दो दिनों में बच्चा तिवारी जहाँ भी गये वहाँ अपने व्यवहार से उन्होंने हड़िया वालों का दिल जीत लिया।

यद्यपि इस बीच कई बार बच्चा तिवारी को जोखन सिंह की चुप्पी खटकती। लेकिन चुनाव के लिए समय कम होने और समर्थकों के अतिउत्साह के कारण वे इस विषय पर ज़्यादा सोच नहीं पा रहे थे। फ़िलहाल वे अपने चुनाव प्रचार के नये-पुराने तौर-तरीक़ों को आज़माने में ही मशगूल थे और एक प्रकार से जीत के पहले ही जश्नमय माहौल को एंज्वॉय कर रहे थे।

28

जो लोग बाबू जोखन सिंह को ठीक से जानते थे वे उनकी राजनीति के संस्कार, इसकी समझ और गहराई को भी बख़ूबी जानते थे। वे यह भी जानते थे कि जोखन सिंह ने अपनी राजनीति जहाँ छोड़ी थी, बच्चा तिवारी ने वहाँ से अपनी राजनीति शुरू की थी। यह अलग बात थी कि इधर के वर्षों में जोखन आर्थिक और राजनीतिक मोर्चे पर बच्चा तिवारी से बुरी तरह से पिछड़ गये थे।

लेकिन वे ज़मीनी राजनीति और राजनीति के दाँव-पेंच सीखने-सिखाने की अभी भी एक चलती-फिरती पाठशाला ही थे। मसान घाट में ही बैठे-बैठे अपने दाँव चलते थे और वहीं बैठे-बैठे ही विरोधी के दाँव की काट भी खोज लेते थे। सबसे बड़ी बात यह कि यहीं बैठे-बैठे प्रतिपक्षी के ढेरों राज़ भी जान लेते थे।

बच्चा तिवारी का यह सोचना बिल्कुल ठीक था कि जोखन सिंह हड़िया विधानसभा पर ही अपना सारा ज़ोर लगाना चाहते थे। लेकिन जोखन सिंह राजातालाब में भी उनको वॉकओवर देने के मूड में कत्तई न थे; इसका अन्दाज़ा शायद उन्हें अभी न हो पाया था। जोखन सिंह के पास इस लड़ाई के लिए जो कुल जमा पूँजी थी, वह थी—उनके बाप-दादाओं के छोड़े गये खट्टे-मीठे रिश्ते; अपनी विधायकी के दौरान बनाये गये राजनीतिक सम्बन्ध; नैनी जेल में सज़ा काटने के दौरान जोड़े गये ऊँचे-नीचे ताल्लुक़ात; मसान घाट पर आने-जाने वाले ग़रीब-गुरबा लोगों से, उनकी मदद के आधार पर जुड़े तमाम सम्बन्ध आदि-आदि। इसके अतिरिक्त ब्राह्मणों में बच्चा के विरोधियों को आपस में जोड़कर रखना और ठाकुर बिरादरी के लोगों को ऐसे संवेदनशील मौक़ों पर उनके स्वाभिमान और आत्मसम्मान को जगाकर रखना—यह भी उनकी तमाम पूँजी-सम्पत्ति में से एक थी।

फिर पाखण्डी के सान्निध्य से समाज के तमाम पिछड़ी और अनुसूचित जातियों के काडर वोट भी एक-साथ आ सकते थे। और यदि पाखण्डी जेल के बाहर होते तो हड़िया के बहुतेरे मुसलमानों के अधिकांश वोट भी समेटे जा सकते थे। लेकिन फ़िलहाल इसकी कोई दूर-दूर तक सम्भावना न थी। चुनांचे जोखन सिंह अपनी चाण्डाल-चौकड़ी सहित पाखण्डी के पुराने दिनों के कुछ सहयोगियों के सहारे ही सारी रणनीतियों को अंजाम देने के लिए बाध्य थे।

लेकिन इन तमाम वोटों को एकजुट करने के लिहाज़ से पाखण्डी का 'गोपनीय पिटारा' शायद उनकी सबसे बड़ी सम्पत्ति थी। इस पिटारे में वे लोग शामिल थे जो मूलतः कलाकार थे और अपनी कलाओं के माध्यम से जनता का मनोरंजन करते थे। इनमें समाज के छोटे-बड़े सभी बिरादरी के लोग शामिल थे और वे एक प्रकार से जाति-पाँति के भेदभाव को नहीं मानने वालों में से थे। पाखण्डी ने अपने नौटंकी के दिनों में इन सभी कलाकारों का गाँव-गाँव एक संगठन-सा खड़ा कर दिया था। इसका मक़सद इन कलाकारों की प्रतिभा को आगे ले आना और उनके हितों के लिए संघर्ष करना था। यह अलग बात थी कि उस समय तो क्या, आगे भी कभी इनकी प्रतिभा सामने लाने का कोई मंच नहीं बन सका। लेकिन इस क़वायद में ये सभी कलाकार एक सांस्कृतिक इकाई न सही,

एक राजनीतिक इकाई के रूप में तो संगठित हो ही गये थे और उनको कला के नाम पर जब चाहे अपने संघर्ष के लिए इस्तेमाल किया जा सकता था। बताते हैं पाखण्डी ने अपना पिछला चुनाव केवल इन्हीं कलाकारों के दम पर जीत लिया था।

अब जाकर बाबू जोखन सिंह ने अपने पत्ते खोलने शुरू किये। उन्होंने पाखण्डी की उम्मीदवारी और जेल में उसके उत्पीड़न के हवाले से इन संगठन के कुछ सदस्यों को बुलाकर अपनी रणनीति भर बताई फिर क्या देखते ही देखते पूरे विधानसभा में आग-सी लग गयी। एक-दो दिन के भीतर ही हड़िया के दाउदपुर, फ़रीदपुर, दरोगापुर, सैदाबाद, दमगढ़ा, चिन्तामनपुर, कनकपुर, परतीपुर, बरियारी, अजबैगा, बरौत, मियाँपट्टी, अतरसुइया, मसजिदिया, औसानपुर, चिलरा, इनायतपट्टी, ज़लालपुर, कबीरउद्दीनपुर, मदारीपुर, रहीमपट्टी और फ़ुरसतगंज जैसे सैकड़ों गाँवों के असंख्य कलाकार चार-चार पाँच-पाँच की दस-बारह टोलियाँ बनाकर, अपने ढोल-मजीरे और नाच-मण्डली लेकर गाँव की गलियों और मुख्य सड़कों पर उतर आये और भाँति-भाँति तरीक़े से पाखण्डी के चुनाव के प्रचार और साथ में बच्चा तिवारी के दुष्प्रचार में लग गये। इन कलाकारों का उत्साह देखते ही बनता था। मसलन कलाकार अपने गाँव के हर टोले-मोहल्ले में यह झूमते-गाते हुए निकल पड़ते थे–

छूटे ना रंग ऐसी रंग दे अंगुरिया
बच्चा धोवैं चाहे सारी उमरिया
मोहे भाये ना हरजाई, मोहे भाये ना
मोहे भाये ना हरजाई, रंग भर दे
लहरा के जरा बांसुड़ी
पोलिंग आयी रे-आयी रे पोलिंग आयी रे...!

कई बार ये कलाकार आस-पास के गाँवों में धान की रोपाई करते हुए स्त्रियों को देखकर रुक जाते थे और उन्हें तनिक लजाते हुए देखने पर उनसे गाकर कुछ यूँ कहते थे–

ओ गाले पर से हथवा हटावा ननगुटकी
के आइल बा बरतिया में चोर हो
आपन-आपन टिकुरी सँभारा मेहररुआ
के आइल बा बरतिया में चोर हो...!

इस बीच स्थानीय नचना थाने के पुलिसवालों ने जब इस मुख्यमन्त्री जी के विरुद्ध जेल में बन्द पाखण्डी के इस स्वतःस्फूर्त चुनाव प्रचार को आरम्भ होते

देखा तो उन्होंने बिना किसी ऊपरी आदेश के ही, अपने स्वतःस्फूर्त अन्दाज़ में इस चुनाव-प्रचार को दबाने की कोशिश शुरू कर दी। कई इलाक़ों में कलाकार ठीक से धोये भी गये। पुलिसिया-उत्पीड़न के दौरान फ़ुरसतगंज में ददई की दुकान पर चलने वाले रामायण-पाठ का स्वरूप भी बदल-सा गया था। जब झाल-मंजीरे के बीच एक कथाकार गाते हुए यह कहता—

बाहर निकल भ्रमण जिन कीन्हाँ। खाकी-गण दारुन दुःख दीन्हाँ।।
लम्ब डण्ड से होत ठुँकाई। करहु नियन्त्रण मन पर भाई।।
एहि बीचहिं रहहु गृह माहीं। भ्रमण फिजूल करहु तुम नाहीं।।

तो दूसरा कथाकार भी कुछ इसी अन्दाज़ में आगे की कथा का पाठ करते हुए कुछ यूँ कहता—

सत्य सखा तव सुन्दर वचना। भेदि न जाइ पुलिस की रचना।।
खाकीधारी अति बलशाली। मारहि लाठि देहिं बहु गाली।।
पृष्ठ भाग खलु करहिं प्रहारा। चहूँ ओर मच्यौ हहकारा।।
जदपि सखा इच्छा मन माहीं। तदपि कदापि न टहलन जाहीं।।

ख़ैर...! पुलिस का यह व्यवहार पहले से अपेक्षित था। शायद इसीलिए इसे भाँपकर जोखन सिंह ने पहले ही सख़्त हिदायत दे दी थी कि किसी भी दशा में शासन-प्रशासन के प्रति हिंसक नहीं होना है; अन्यथा हड्डियाँ चूर कर दी जायेंगी। बस जब भी प्रशासन सख़्ती दिखाये, गाना-बजाना छोड़कर अहिंसक नारों पर उतर आना है। कलाकारों का मनोबल न टूटे, इसके लिए उन्होंने अपने चाण्डाल-चौकड़ी और पोलो गुरू को स्लोगन गढ़ने का आदेश दिया था। और नतीजा यह हुआ कि जब नचना थाने की पुलिस ने कलाकारों पर लाठियाँ भाँजनी शुरू कीं तो ये कलाकार वहीं सड़कों पर लेट जाते और गाना-बजाना छोड़कर यह नारे लगाने लगते—'पुलिस हमारा भाई है, उससे नहीं लड़ाई है।' या 'हमला चाहे जैसा होगा, हाथ हमारा नहीं उठेगा' या 'सच कहना अगर बग़ावत है, तो समझो हम भी बाग़ी हैं।'

तीन-चार दिन तक पूरे इलाक़े में अफ़रा-तफ़री का यह माहौल बना रहा। लेकिन कहीं से किसी हिंसा की ख़बर नहीं मिली। भीड़ का भी अपना अनुशासन होता है बशर्ते उसे कोई हाँकने वाला हो...! पहले जबर सिंह ने झारखण्डे और बाल्टी के मशविरे से स्थिति को अपने तरीक़े से नियन्त्रित करने की कोशिश की। लेकिन बाद में यह देखकर कि कहीं बात बिगड़ न जाय और उनकी अपनी कुर्सी ख़तरे में न पड़ जाये, पूरी ख़बर जबर सिंह के माध्यम से बच्चा तिवारी तक पहुँचाई गयी। बच्चा तिवारी इस समय हड़िया से बाहर थे और पश्चिम के

किसी ज़िले में प्रचार के लिए गये हुए थे। बच्चा तिवारी और उनके साथ चल रहे पार्टी के शुभचिन्तकों को तो एकबारगी यह समझ में ही नहीं आया कि यह क्या हो रहा है और वे इसके ख़िलाफ क्या रणनीति अख़्तियार करें...! इस यात्रा के बीच में ही बच्चा तिवारी की झारखण्डे से कई दौर की बात हुई तब जाकर झारखण्डे उन्हें समझाने और शान्त करने में सफल हुए कि हो-न-हो इस आग को लगाने में जोखन सिंह की चाल हो...! उन्होंने यह भी बताया कि ये सभी पाखण्डी से कला के नाम पर जुड़े हुए हैं। इसलिए इस समय इन कलाकारों के ख़िलाफ़ हमारी पार्टी और प्रशासन की किसी भी प्रकार की आक्रामकता, उनके आक्रोश को बढ़ाएगी और फिर उन्हें कंट्रोल करना और भी मुश्किल होगा। इसलिए कोशिश यही की जाय कि इनको किसी भी दशा में न छेड़ा जाय जब तक कि वे हिंसा की कोई बड़ी वारदात न करें।

झारखण्डे का यह भी कहना था कि नेतृत्व के अभाव में धीरे-धीरे इनका आक्रोश कम होगा और चुनाव के दिन तक शायद ख़त्म भी हो जाय। बच्चा तिवारी को झारखण्डे की यह बात समझ में आ गयी और उन्होंने जबर सिंह सहित पुलिस प्रशासन को यह हिदायत दी कि यदि ये शान्तिपूर्ण तरीक़े से गाते-बजाते हैं तो इन्हें किसी भी प्रकार से परेशान न किया जाय। यही नहीं, जब तक वे स्वयं लौट नहीं आते तब तक किसी संवेदनशील मुद्दे पर झारखण्डे और बाल्टी से भी राय-विचार-विमर्श-मश्वरा करते रहा जाय। हालाँकि इस अवधि में हड़िया के घुमन्तू कलाकारों पर कड़ी नज़र रखने के भी निर्देश दिये गये और मसान घाट के आसपास और पाखण्डी के बैरक के पास की चौकसी भी बढ़ा दी गयी।

29

चुनाव की सरगर्मी चाहे जब शुरू हो जाय लेकिन इसका असल ताप तो तब बढ़ता है जब पार्टियाँ अपने अधिकृत प्रत्याशी घोषित करती हैं; तब ज़्यादातर प्रत्याशी, पार्टी का टिकट लेकर राजधानी से अपनी विधानसभा में ऐसे लौटते हैं मानो उन्होंने दुश्मन देश के ख़िलाफ़ कोई बड़ी जंग जीत ली हो...! ऐसे समय में इन पर फूल-मालाओं की वर्षा करने वाले लोगों और उनके साथ घूमने-खाने-पीने वालों का उत्साह भी अपने उत्कर्ष पर होता है। क्योंकि उन्हें आगामी महीनों में जीवन-उत्सव मनाने का एक बहुत शानदार मंच मिलने की सम्भावना बढ़ जाती है। हालाँकि सच पूछा जाय तो इन नवघोषित प्रत्याशियों में

से बहुतों के लिए यह टिकट, किसी फाँसी के फन्दे से कम नहीं होता। क्योंकि पाँच सौ सीट के लिए पचास हज़ार अपनी क़िस्मत आजमाते हैं। और अन्त में जीतते केवल वही पाँच सौ हैं—अधिकतर पुराने, कुछ नये और कुछ क़िस्मत वाले...! इनमें से जो सत्ता का सुख भोग चुके होते हैं वे इस सुख को बनाये रखने की लालसा में लड़ते हैं; कुछ ऐसे होते हैं जो दूसरों को सत्ता का सुख भोगते देखकर इसके पीछे भागते हैं और अपनी बनी-बनायी इज़्ज़त-प्रतिष्ठा को नये सिरे से दाँव पर लगा बैठते हैं; और बहुतेरे बेचारों को तो यही नहीं मालूम होता कि वे अपना सारा राज-पाट ज़मीन-जायदाद बेचकर या गिरवी रखकर किस मक़सद के लिए लड़ रहे हैं और जीतने के बाद देश के लिए कौन-सा नया ताजमहल बनवायेंगे...! लेकिन एकबारगी चुनाव के दौरान, इनमें से किसी एक से उनकी जीत की उम्मीद के बारे में पूछ कर देखिये—ऐसा लगेगा जैसे आप इनसे यह सवाल पूछकर, इनकी पक्की जीत छीनने जा रहे हों...!

बहरहाल बच्चा तिवारी की सजपा (सर्वजन उद्धार पार्टी), पाखण्डी शर्मा की रजपा (रंगमण्डल जनशक्ति पार्टी), बाबू जोखन सिंह की झजपा (झूँसी जनहित पार्टी), मोहम्मद सुखारी की बकपा (बकरापालक संघर्ष पार्टी) सहित प्रदेश के तमाम दलों ने अपने-अपने उम्मीदवार घोषित कर दिये थे। सभी पार्टियों के बैनर और पम्फलेट छपने भी शुरू हो गये थे। चुनाव आयोग के अनुसार आधिकारिक तौर पर पाखण्डी शर्मा की पार्टी रजपा का चुनाव चिह्न 'नगाड़ा बजाता हुआ पुरुष', बाबू जोखन सिंह की पार्टी झजपा का चुनाव चिह्न 'मछली मारता हुआ मछुआरा', बच्चा तिवारी की पार्टी सजपा का चुनाव चिह्न 'बैलगाड़ी हाँकता हुआ किसान', मोहम्मद सुखारी की पार्टी बकपा का चुनाव चिह्न 'बकरी चराता हुआ चरवाहा' था। बहुतेरे प्रत्याशी जो इन दलों में से किसी से भी टिकट नहीं पा सके थे वे निर्दलीय प्रत्याशियों के रूप में भाग्य आजमा रहे थे।

इस बीच चुनाव आयोग ने तीन दिन उम्मीदवार का परचा दाख़िल करने के लिए; एक दिन नाम वापसी के लिए; एक दिन पर्चे के परीक्षण के लिए और अन्तिम दिन चुनाव चिह्न आवंटन के लिए निर्धारित कर रखा था। इसके बाद कुल चौदह दिन मतदान के लिए...! इसी बीस दिन की अवधि में जो जितना जमा ले—जो जितना उखाड़ ले...!!

अभी आयोग ने यह समय-सारिणी घोषित भर की थी कि तभी ख़बर मिली कि छम्मो देवी की पार्टी नगपा (नगरवधू उत्थान पार्टी) भी इन चुनावों में उतरने की तैयारी कर रही है। हालाँकि यह पता नहीं चल पा रहा था कि उनकी पार्टी कुल कितने सीटों पर चुनाव लड़ेगी और स्वयं छम्मो देवी कहाँ से लड़ेंगी अथवा

लड़ेंगी भी या नहीं। बाबू जोखन सिंह इस अफ़वाह पर बिल्कुल भी ध्यान नहीं दे रहे थे और बच्चा तिवारी सहित झारखण्डे और अन्य नेता 'जब मैदान में आयेगी तब देखा-सोचा जायेगा' के सिद्धान्त पर चल रहे थे। हालाँकि अन्दरख़ाने की बात यह थी कि बच्चा तिवारी को इसमें जोखन सिंह की कोई चाल नज़र आ रही थी। लेकिन इन शक्तियों में आपसी संवादहीनता के कारण असल स्थिति का पता नहीं लग पा रहा था।

इस बीच राहत भरी ख़बर यह थी कि अभी तक चुनाव आयोग ने छम्मो देवी की पार्टी को कोई सिम्बल ही अलॉट नहीं किया था। ऐसी दशा में अगर नामांकन की प्रक्रिया के आरम्भ होने के पहले उनकी पार्टी को सिम्बल न मिलता तो नगपा प्रदेश के जितनी सीटों पर लड़ती; उसे उतने अलग-अलग चुनाव-चिह्नों का इस्तेमाल करना पड़ता। यह एक प्रकार से अपने सभी प्रत्याशियों को निर्दलीय चुनाव लड़ाने जैसा था। और छम्मो ऐसा कदापि नहीं चाहती थीं। इसलिए उनके अधिवक्ता लगातार आयोग के उच्चाधिकारियों के सम्पर्क में थे और पैरवी कर रहे थे। संयोगवश परचा दाखिले के दो दिन पहले आयोग ने उनकी पार्टी नगपा को 'धान ओसाती हुई स्त्री' का चुनाव-चिह्न आवंटित कर दिया और इस प्रकार उनकी पार्टी की स्थिति तनिक स्पष्ट हुई। हालाँकि उनकी अपनी विधानसभा के चयन को लेकर संशय अभी भी बरकरार था।

अब जाकर नामांकन का दौर शुरू हुआ। हड़िया इस बार पूरे प्रदेश की सबसे हॉट सीट बन गयी थी। लेकिन संयोग देखिये कि पहले दिन यहाँ से किसी सड़कछाप नेता ने भी कोई नामांकन नहीं किया। हालाँकि प्रदेश की दूसरी विधानसभाओं में ज़ोर-शोर से नामांकन की प्रक्रिया आरम्भ हो गयी थी। बच्चा तिवारी ने इस दिन के शुभ मुहूर्त के हिसाब से राजातालाब में अपने लाव-लश्कर के साथ परचा भरा। नामांकन के दूसरे दिन हड़िया विधानसभा से सुबह हलकान अली का परचा भरा गया और शाम को पाखण्डी का...! छम्मो देवी ने इन दो दिनों में न तो हड़िया से परचा भरा और न राजातालाब से और न ही कहीं और से...! प्रदेश की दूसरी विधानसभाओं में उनकी पार्टी के कुछ प्रत्याशियों ने पर्चे ज़रूर भरे थे लेकिन इन दो दिनों में छम्मो की कोई हलचल न सुनायी देने के कारण बच्चा तिवारी निश्चिन्त से हो गये थे तथा मन-ही-मन इलाहाबादी अफ़वाहों पर मुग्ध भी हो रहे थे।

तीसरे दिन हड़िया से कुछ इक्के-दुक्के चिड़ीमार निर्दलियों को छोड़कर किसी बड़े नेता का नामांकन अवशेष नहीं रह गया था। तीसरे और अन्तिम दिन बच्चा तिवारी हड़िया से अपना नामांकन करने पहुँचे। आज हड़िया के लिए बच्चा

तिवारी का नामांकन उसी जोश-ख़रोश के साथ हो रहा था जैसे दो दिन पहले बनारस में राजातालाब से परचा भरने के लिए हुआ था। आज पूरा इलाहाबाद जैसे थम- सा गया था। जिसके मुँह पर देखो केवल बच्चा तिवारी की बातें...! जितने मुँह उतनी तारीफ़ें...! आयोग की रोक के बावजूद गाड़ियों और क़ाफ़िलों का रेला...! हर कोई विकास की नयी ऊर्जा की सम्भावनाओं से लबरेज़...! एक तरफ़ कचेहरी चौराहे से लेकर बैंक रोड तक, दूसरी तरफ़ नेतराम से होते हुए यूनिवर्सिटी रोड तक, तीसरी ओर बेली रोड से आगे राजापुर तक और चौथी ओर म्योहाल होते हुए सिविल लाइंस तक केवल समर्थकों का रेला था और बहुतेरे तड़ीपार पत्रकार तो यह भी बता रहे थे कि इस भीड़ में शामिल लोगों की संख्या इतनी थी जितनी हड़िया विधानसभा के कुल मतदाताओं की भी नहीं रही होगी। इस बात की प्रबल आशंका भी जताई जा रही थी कि मतदान का दिन आते-आते हड़िया कहीं एक नया और आदर्श ज़िला घोषित न हो जाय; जहाँ चहुँओर 'नहिं दरिद्र कोउ दुखी न दीना' जैसा माहौल हो...!

बहरहाल अभी बच्चा तिवारी नामांकन करके कलेक्टर जबर सिंह के यहाँ से निकल ही रहे थे कि ख़बर मिली की छम्मो देवी राजातालाब से परचा दाख़िल करने बनारस पहुँची हैं। ख़बर पक्की थी और चौंकाने वाली भी...! क्योंकि राजातालाब में छम्मो को कोई ठीक से जानता भी न था। गाड़ी में बैठते हुए बच्चा तिवारी असमंजस में पड़ गये कि आख़िर छम्मो वहाँ से चुनाव क्यों लड़ना चाहती है...? किसके उकसावे पर ऐसा कर रही है...? क्या बूटी महराज के कहने पर या अपने पुराने आशिक़ पोलो के कहने पर...? या फिर लाट साहब ढक्कन गुरू के कहने पर...? कहीं ऐसा तो नहीं कि इन सबके पीछे अकेले जोखन सिंह की कोई चाल हो और वह अतीत में अपने साथ हुए अपमान का उनसे बदला लेना चाहते हों...!

इसी आत्ममन्थन से गुज़रते हुए उनकी गाड़ी सर्किट हाउस पहुँची। फिर थोड़ी देर गुसलख़ाने में बिताने और खाना खाने की औपचारिकता निभाने के बाद वे झारखण्डे, बाल्टी और कुछ अन्य सहयोगियों के साथ आगे की रणनीतियों की तैयारी में लग गये। तब तक एक और बम फूटा और पूरे सर्किट हाउस में अफ़रा-तफ़री सी मच गयी। ख़बर मिली कि सुबह साढ़े नौ बजे राजातालाब से नामांकन करने के बाद छम्मो देवी वापस इलाहाबाद के लिए निकल गयी थीं। और अभी-अभी यह ख़बर आ रही है कि वे हड़िया विधानसभा से नामांकन करने कचेहरी पहुँची हैं। उनके साथ बीस-पच्चीस नगरवधुओं सहित कुछ अधिवक्ताओं का हुजूम है। फ़िलहाल उनका नामांकन-पत्र जमा हो गया है और वे वापस बूटी महराज के आश्रम झूँसी पहुँच रही हैं।

बना-बनाया माहौल और मूड एकाएक बिगड़ गया था। आज शाम को बड़े हनुमान जी के दर्शन करने जाने का कार्यक्रम तय किया गया था और लौटकर बकरे की बलि के उपरान्त उसके अग्निगर्भ-संस्कार का भी...! लेकिन अब हनुमान-दर्शन कार्यक्रम को अगले दिन के भरोसे छोड़ दिया गया और आज केवल शाम को मदिरादेवी के नाम समर्पित किये जाने का निश्चय किया गया। झारखण्डे को पहले वाले कार्यक्रम में भी कोई बुराई नज़र नहीं आयी थी और इस संशोधित कार्यक्रम में तो और भी नहीं...! उनकी ख़ुशी हद से बेहद हो गयी थी और बाल्टी को भी उनकी इस ख़ुशी में सहभागी बनने में कोई दोष नज़र नहीं आया। बाक़ी बच्चा तिवारी के सदा साथ रहने वाले लौंडे, अर्दली-ड्राइवर-चपरासी और सर्किट हाउस के आस-पास मँडरा रहे पार्टी कार्यकर्ताओं ने तो केवल बच्चा तिवारी के चेहरे का उतरता रंग देखकर ही इस शराबी माहौल को ही भाँप लिया था और अब शाम होने तक, उनके मुँह से टपकते लार के अजस्र-प्रवाह को रोकना लगभग नामुमकिन हो रहा था।

शाम को महफ़िल सजी और उसमें बच्चा के अलावा केवल झारखण्डे और बाल्टी को साथ में बैठने की अनुमति दी गयी। बाक़ी मिलने-जुलने वालों को गम्भीर मन्त्रणा के बहाने अगले दिन पर टाल दिया गया था। बोतल खुली, गिलास खुली, उसमें सोडा और बर्फ़ के टुकड़े डाले गये। व्हिस्की की बोतल को गिलास में ढरकाया गया और पेग बनने शुरू हुए। दो पेग तक तो लगभग चुप्पी-सी छाई रही। फिर वातावरण तनिक मदहोश होना शुरू हुआ। बच्चा तिवारी ने बातचीत का क्रम शुरू किया। झारखण्डे से बोले–

'आपके जोखन से अब कैसे सम्बन्ध हैं?'

झारखण्डे ने कहा–'पार्टी ज्वाइन करने के बाद से गया नहीं उसकी तरफ़...! मुलाक़ात का मन भी नहीं हुआ.!!'

'जब अभी तक नहीं मुलाक़ात हुई तब छोड़िये जाने दीजिए...!'

'आप जो भी कहना चाहते हैं खुलकर कहें...! सन्देश उस तक पहुँच जायेगा...!!'

'सन्देश से काम नहीं चलेगा...! अब धमकी भरे अन्दाज़ में निवेदन करना होगा...!'

बाल्टी समझ गये थे कि आज की घटना से बच्चा महराज के दिल में गहरा ज़ख़्म बन गया है। वे मलहम लगाने की कोशिश करते हुए बातचीत में हस्तक्षेप करते हुए बोले–'देखिये...! उससे बात तो किसी भी समय और किसी भी अन्दाज़ में की जा सकती है। लेकिन मेरी मानिये यह तो उससे बात करने का उचित समय नहीं।'

झारखण्डे ने भी बाल्टी के साथ अपनी सहमित दी—'हाँ...! इस समय बात करना कत्तई मुनासिब नहीं होगा। तुरन्त समझ लेगा कि बच्चा तिवारी दबाव में आ गये हैं। फिर लगेगा दर्शन बघारने...! अपने को संन्यासी की झाँट समझता है...! केवल अपनी वाली ही पेलेगा और हमारी सुनेगा तो बिल्कुल नहीं...!'

बाल्टी ने बात पूरी की—'वैसे भी कहने पर धोबी कभी गदहे पर नहीं चढ़ता है...!'

झारखण्डे ने लम्बी साँस लेते हुए, बच्चा तिवारी की गिलास में सोडा और बर्फ़ का टुकड़ा डालते हुए, थोड़ा गम्भीर होते हुए कहा—'अभी अपने पास दूसरे विकल्प भी हैं। यदि बात करनी ही होगी तो आगे देखा जायेगा...!!'

बच्चा तिवारी ने गिलास हाथ में उठा लिया और अपने मुँह के पास ले जाकर थोड़ा रुकते हुए पूछा—'क्या विकल्प हैं अपने पास?'

'सबसे पहले तो पाखण्डी को जेल से छोड़ना होगा...!'

बाल्टी राय सहम गये और इसके पहले कि बच्चा तिवारी कुछ पूछते, वे बोल पड़े—'अमें ज़ियादा चढ़ गयी क्या तुमको...? ग़ज़ब बात करते हो भाई...! इससे क्या होगा...?'

तब तक झारखण्डे राय ने अपने हिस्से का सोमरस भीतर गटक लिया था। वे आँखें बन्द करते हुए बोले—'होगा...! होगा...!!'

बच्चा तिवारी को भी झारखण्डे की यह राय गले न उतरी—'लेकिन यह तो थूक कर चाटने जैसा होगा...!'

मदिरा की तासीर धीरे-धीरे सिर चढ़ने लगी थी। झारखण्डे ने मुस्कुराते हुए कहा—'यह तो केवल हम जानते हैं न सरकार...!'

बच्चा तिवारी अभी भी बेतक़ल्लुफ़ नहीं हो पाये थे। बोले—'लेकिन अब तो वो भी अपने हाथ में नहीं रायसाहब...! रासुका लगी है ससुरे पर। अब तो बोर्ड ही इस पर कोई फ़ैसला ले सकता है। और इसमें तारीख़ भी शायद कल की ही लगी है।'

झारखण्डे ने सिगरेट सुलगा ली थी और उसे चिलम की तरह मुँह में लगाकर हवा में छल्ले निकाल रहे थे। बच्चा तिवारी को इस क़दर असहाय देखकर वे एकदम से गम्भीर हो गये। बोले—

'पैरवी करना तो अपने हाथ में है न सर...! जब बोर्ड के सामने मामला पेश हो तो पैरवी हल्की कर दी जाय। बहुत होगा तो बोर्ड डाँटेगा ही तो...! जीजा आप डाँट सहने के लिए तैयार हो जाइये।'

बाल्टी राय ने तल्ख़ होकर कहा—'अमें डाँट तो हम तुम्हरे अब्बा की भी सह लेंगे; और सहते आ रहे हैं—राग भैरवी के नाम पर; लेकिन ये तो बताओ कि पाखण्डी को छोड़ने से फ़ायदा क्या होगा...?'

झारखण्डे उस्ताद की मुद्रा में आ गये थे। कहा—'अरे जीजा...! ज़रा दिमाग़ लगाया करो। ये जो गली-गली घुमन्तू कलाकार नाच रहे हैं न...! इनके ये तमाशे रातों-रात बन्द हो जायेंगे। जेल में रहने पर पाखण्डी के साथ जो हमदर्दी दिखा रहे थे, अब उसे ये फर्ज़ी की सहानुभूति मिलनी बन्द हो जायेगी। फिर अपने हलकान चच्चा को गाड़ी में बैठा कर विधानसभा में दो चक्कर घुमा दिया जायेगा। रही-सही सहानुभूति भी तेल लेने चली जायेगी।'

थोड़ी देर रुकने के बाद उन्होंने फिर कहा—'...इसके साथ ही एक दूसरा काम भी करना होगा...!'

बच्चा तिवारी ने लम्बी साँस लेते हुए तनिक चिन्तित मुद्रा में पूछा—'वो क्या...?'

झारखण्डे का बोलना जारी रहा—'...इस समय आन्दोलन कर रहे दिहाड़ी कलाकारों के अगुआ को आगे लाने के लिए कोई आश्वासन दे दीजिए। हमारे जज दादा की नीति तो यही कहती है कि जब किसी एक नेता का वजूद ख़त्म करना हो तो उसे मारने के बजाय, उसी की जमात से उसके बरअक्स एक दूसरा नेता खड़ा कर देना चाहिए। वे खुद ही एक-दूसरे को ख़त्म कर देंगे। बस अपना काम ख़त्म...!!'

बच्चा तिवारी झारखण्डे की इन तमाम बातों से सन्तुष्ट होते हुए भी, सन्तुष्ट नहीं दिखायी दे रहे थे। उनकी चिन्ता अभी भी बनी हुई थी। उन्होंने कहा—

'वो सब तो ठीक है झारखण्डे जी...! मैनेज हो जायेगा। नहीं भी मैनेज होगा तो देख लेंगे। लेकिन इस छम्मो का कुछ करना पड़ेगा। राजातालाब से अपना परचा वापस ले ले बस...! हड़िया तो मैं कैसे भी सँभाल लूँगा...!'

झारखण्डे ने मुँह पर अपनी तर्जनी उँगली रखते हुए कहा—'न-न महराज...! अब ये बात दोबारा किसी और से भूल कर भी न कहिएगा कि आप असल में क्या चाहते हैं। जो चाहते हैं उसका उल्टा बोलिए, उसका सीधा अपने आप हो जायेगा।'

'मतलब?'

'मतलब यह कि आप सीएम हैं। आपकी खाँसी-खँखार भी छुपने वाली चीज़ नहीं है। इस वक़्त तो बिल्कुल भी नहीं। आज नहीं तो कल, किसी-न-किसी माध्यम से जोखन तक यह बात पहुँचेगी ही। और जब वह जानेगा कि आप भीतर से क्या चाहते हैं तो वह जानबूझकर उसका उल्टा ही करेगा या करने की सोचेगा...!'

'तब क्या करना है ये भी तो बताइये.?'

'अब आपको आगे से यह कहना है कि छम्मो किसी तरीक़े से केवल हड़िया से परचा वापस ले ले...! बाक़ी राजातालाब में आप उसे पानी पिला ही देंगे। देखिएगा अगर कल ही उसका राजातालाब से परचा वापस न हो जाय तो कहिएगा। यदि ऐसा न हुआ तो उसी दिन मैं आपके पेशाब से मूँछ मुँड़वा लूँगा...!'

झारखण्डे की व्यूहरचना सुनकर बाल्टी अपनी कुर्सी पर ही कूदने लग गये थे। आह्लादित होते हुए बोले—'वाह बेट्टा...! इसी बहाने यह भी पता चल जायेगा कि इस खेल के पीछे का असल खलनायक कौन है?'

बच्चा तिवारी ने बाल्टी की इस बात को कोई तवज्जो नहीं दिया। हालाँकि वे झारखण्डे से सहमत तो थे लेकिन तनिक असहमति के साथ। बोले—'अरे कहाँ इतना दिमाग़ लगा रहे हैं...! कहिए तो राजातालाब में मड़ुआडीह की पूरी टोली उतार दूँ उस रंडी के ख़िलाफ़...!! मैदान छोड़ के भाग जायेगी वहाँ से...!!'

झारखण्डे भी अपने रौ में आ गये थे और बच्चा तिवारी की आक्रामक नीति को इस समय के लिए उपयुक्त नहीं मान रहे थे। गिलास में अवशेष मदिरा को मुँह से लगाकर हटाते हुए बोले—

'तनिक धीरज रखिये महराज...! आप सीएम हैं...! सरकार हैं...! आप चाँद-तारे भी तोड़ना चाहेंगे तो भी मुनासिब हो जायेगा...! लेकिन यहाँ चुनाव का मामला है...! ऐसा कोई काम नहीं कीजिएगा कि आपकी फज़ीहत हो, मरजादा का उल्लंघन हो...! और हाँ आगे से कभी इस पूरे चुनाव में उसे रंडी कदापि न कहिएगा बल्कि, साध्वी जी कहकर ही पुकारिएगा; नहीं तो मीडिया और तमाम नारीवादी संगठन आपको घेर लेंगे और जवाब देते नहीं बनेगा...! उसे ज़्यादा तवज्जो देने पर उसे ही ज़्यादा चर्चा मिलेगी और आपका नुक़सान होगा...! वैसे भी पब्लिक के लोग तमाशबीन और मज़े लेने के आदी होते हैं...! खाते किसी और का बजाते किसी और का हैं...! फिर इन रंडियों का कोई भरोसा नहीं है...! इलाहाबाद से बनारस तक पूरे जीटी रोड पर अपनी दुकान लगा देंगी साली...! और मुँह मारने वालों की कमी तो है नहीं धरती पर...! औरत का मुँह और मरद की गाँड़ ढँकी रहे तो वह कुछ भी करने पर उतारू हो जायेगा...!!'

बच्चा बोले—'फिर...??'

झारखण्डे ने आत्मविश्वास भरे लहजे में कहा—'लड़िहैं साँढ़, कचरइहैं बूढ़ा...! मान-मर्दन तो होना ही है; चाहे जैसे हो...! कल सुबह तक का समय दीजिए...! बजरंगबली से चलकर आशीर्वाद लिया जायेगा। कोई-न-कोई मार्ग सुझाएँगे ही...!'

बकरा पककर बिल्कुल तैयार हो गया था और उसके शरीर के तमाम तले-भुने हिस्से, डायनिंग टेबल पर अपने भक्षण का इन्तज़ार कर रहे थे। खानसामे ने परदे के पीछे से ही, फुसफुसाहट भरी आवाज़ में इस बात का संकेत किया और कुछ ही देर में सभी वार्त्ताकार अपना-अपना पेग ख़त्म कर उठे; फिर हाथ-मुँह धोकर खाने की मेज़ पर बैठ गये। खाने में बच्चा तिवारी को बकरे की टाँगें परोसी गयी थीं और उसकी कलेजी के कुछ भुने हुए टुकड़े अलग से...! बताते हैं उनको हमेशा से ही अपने खाने में ये दोनों अंग विशेष प्रिय हुआ करते थे—चाहे वे किसी भी जीव के हों...! लेकिन आज इन अंगों को चूसते-चाभते हुए उन्हें कोई ख़ास मज़ा नहीं आ रहा था। उनके सामने रह-रह कर उस मरियल बकरी की तस्वीर तैर रही थी जो कुछ महीने पहले ही फ़ुरसतगंज में कुएँ में गिर कर मर गयी थी और उसके साथ उसका मालिक परेशान भी...! फिर न जाने किस मनःस्थिति में उन्होंने जबर सिंह को विस्तृत जाँच के लिए कह दिया था। कोई एक महत्त्वहीन घटना किसी इन्सान के इतने बड़े राजनीतिक जीवन को इस क़दर बेस्वाद कर सकती है, आज उन्हें यह पहली बार समझ में आ रहा था।

30

अगले दिन सुबह चार बजे ही बाल्टी राय को बोर्ड के सामने पेश होने के लिए राजधानी रवाना कर दिया गया था और आठ बजते-बजते बच्चा तिवारी और उनकी पूरी टीम संगम तट पर लेटे हनुमान जी के पास मान-मनव्वल के लिए निकल गयी थी। रास्ते में झारखण्डे राय द्वारा ढक्कन गुरू के एक पत्रकार दोस्त को इस बात को प्रसारित करने की ज़िम्मेदारी दे दी गयी कि वे किसी भी प्रकार यह ख़बर ढक्कन के माध्यम से जोखन सिंह तक पहुँचाये कि 'वे छम्मो को चाहे जहाँ से लड़ायें, बच्चा बाबू उसे मज़बूती से हरायेंगे। हाँ...! चूँकि हड़िया उनके लिए नयी सीट है इसलिए वे अन्दर से यह चाहते हैं कि अगर छम्मो को कोई एक सीट छोड़नी पड़े तो वह राजातालाब की बजाय हड़िया की सीट छोड़ दे। तब बच्चा बाबू को तनिक आसानी होगी।' बात बिजली की-सी गति से मसान घाट पहुँची और वहाँ जोखन सिंह के निर्देशों पर आगे की रणनीतियों पर अमल शुरू हो गया। ढक्कन और पोलो को बुलाकर कुछ सख़्त निर्देश दिये गये और इन निर्देशों के अमल होने तक इसकी गोपनीयता बनाये रखने के भी...!

उधर बच्चा तिवारी की टीम संगम से वापस लौट रही थी और लौटते समय सभी सिविल लाइंस के हनुमान जी का भी दर्शन कर लेना चाहते थे। बहरहाल यहाँ भी जमकर शीश नवाये गये और शिवमन्दिर में स्थापित शिवलिंगों पर फूल-माला-प्रसाद और धतूरे चढ़ाये गये। इन दो स्थानों पर मत्था टेकने के बाद बच्चा तिवारी के मन में विचित्र क़िस्म की दार्शनिकता घर कर गयी थी। पल भर में ही उन्हें संसार की नश्वरता का-सा एहसास होने लगा था। ऐसा लगा जैसे कोई शक्ति उन्हें जीत-हार की मनःस्थति से बहुत ऊपर उठा रही हो—बहुत ऊपर...!! वे पीपल के पेड़ के नीचे थोड़ी देर तक एकान्त की मुद्रा में बैठे रहे और वहाँ से उठकर गाड़ी की ओर बढ़े।

गाड़ी में बैठते हुए उन्हें मनकामेश्वर जी की याद हो आयी। सो पलक झपकते ही सारा क़ाफ़िला उधर की ओर निकल पड़ा। मनकामेश्वर मन्दिर के दर्शन के बाद अब सभी को वापस सर्किट हाउस लौटना था। लेकिन साथ में चल रहे पार्टी के प्रवक्ता झारखण्डे राय ने बच्चा तिवारी को सरस्वती घाट पर नौका विहार का विकल्प सुझाया। उन्हें उम्मीद थी कि नौका विहार से लौटते समय तक छम्मो के राजातालाब से परचा वापस लेने की ख़बरें आ ही जायेंगी। और यह भी सम्भव है कि इसी बीच पाखण्डी पर रासुका लगाने के शासन के फ़ैसले पर भी बोर्ड कोई निर्णय ले ले। असल में वे नहीं चाहते थे कि तीन-तीन धर्मस्थलों का दर्शन करने के बाद बच्चा तिवारी बिना कोई प्रसाद लिए वापस सर्किट हाउस लौटें।

फिर क्या...! मनकामेश्वर मन्दिर से निकलते हुए बच्चा तिवारी का काफ़िला सरस्वती घाट की ओर बढ़ चला। घाट के किनारे एक मल्लाह को आवाज़ दी गयी। वह तेज़ी से तट की ओर बढ़ चला और तट के निकट पहुँचकर अपनी डोंगी लगा दी। बच्चा बाबू सुबह से भावुक हो रहे थे। तिसपर यमुना के जल की अथाह शान्ति उन्हें अपनी ओर बेहद आकर्षित कर रही थी। न जाने क्यों...! वे आज अकेले ही इस निविड़ शान्ति का आनन्द लेना चाहते थे। उनका इशारा पाते ही झारखण्डे ने क़ाफ़िले में चल रहे सभी साथियों को घाट पर ही इन्तज़ार करने को कहा और पल भर में ही सभी साथी इधर-उधर की सीढ़ियों पर वापसी के इन्तज़ार में बैठ गये। स्वयं झारखण्डे भी बच्चा तिवारी को डोंगी में बैठाने के बाद वापस लौट आये और तट के किनारे बैठ कर बच्चा तिवारी के लौटने का इन्तज़ार करने लगे।

ज्यों-ज्यों डोंगी की पतवार यमुना के जल को चीरती हुई आगे बढ़ती, नदी की शीतलता बच्चा तिवारी के हृदय को शान्ति प्रदान करती। इसकी गहराई एक विचित्र क़िस्म की गम्भीरता का आभास कराती। गंगा और यमुना के संगम पर

सारस और सफ़ेद कबूतरों का झुण्ड एक अलग क़िस्म के कौतूहल का सृजन कर रहा था। थोड़ी देर में ही डोंगी यमुना के मध्य में पहुँचने लगी थी। बीच धारा से दूर स्थित अकबर का क़िला दिखायी देने लगा था जिसकी दीवारों से गंगा की लहरें निरन्तर टकराकर वापस हो रही थीं और किसी संगीतमय वातावरण का सृजन कर रही थीं। बीच-बीच में नैनी पुल से गुज़रती हुई कोई ट्रेन बच्चा तिवारी का ध्यान अपनी ओर आकर्षित करती। लेकिन उनका ध्यान यमुना के उस पार कुछ महिलाओं के झुण्ड की ओर टिक गया था जो सम्भवतः किसी धार्मिक आयोजन के लिए वहाँ बैठी हुई थीं। बच्चा तिवारी ने मल्लाह से डोंगी को उसी दिशा में ले चलने का इशारा किया। अब डोंगी उन महिलाओं के झुण्ड के बेहद क़रीब पहुँच गयी थी और उनके द्वारा गाये जाने वाला गीत बच्चा तिवारी के कानों में साफ़ सुनायी देने लगा था। एक स्त्री गाती थी—

अब ना अइबै ए गंगा! अब ना अइबै हो!!

तो बाक़ी स्त्रियाँ सस्वर गातीं—

फिरू अइबू ए तिरिया! फिरू अइबू ना!!

तब कोई दूसरी स्त्री गाती—

अब ना अइबै ए गंगा! अब ना अइबै हो!!

तो बाक़ी स्त्रियाँ सस्वर गातीं—

गोदिया लै के बालकवा! फिरू अइबू ना!!

तब कोई तीसरी स्त्री गाती—

अब ना अइबै ए गंगा! अब ना अइबै हो!!

तो बाक़ी स्त्रियाँ सस्वर गातीं—

सइयाँ लै के ऐ तिरिया! फिरू अइबू ना!!

तब कोई चौथी स्त्री गाती—

अब ना अइबै ए गंगा! अब ना अइबै हो!!

तो बाक़ी स्त्रियाँ सस्वर गातीं—

गोदिया लै के होरिलवा! फिरू अइबू ना!!

गीत गाती हुई ये स्त्रियाँ वापस नैनी के अपने गाँवों की ओर लौटने लगी थीं। सूने तट पर सिन्दूर से बालू के रेत पर बनी आकृतियाँ, कुछ चूड़ियाँ, केले के पत्ते, जलती हुई अगरबत्ती, पूड़ी और आटे का हलवा, सेब के कटे हुए कुछ टुकड़े रह गये थे। बच्चा तिवारी यह गीत सुनते हुए न जाने किस दुनिया में खो गये थे। ऐसा लगा जैसे वे इन स्त्रियों के स्वर-में-स्वर मिलाकर, गंगा मैया से स्वयं की कुर्सी की सलामती के लिए भी कोई मनौती माँग रहे हों...!

थोड़ी देर में उनकी तन्द्रा टूटी और उन्होंने मल्लाह से वापस घाट की ओर लौटने का इशारा किया। कुछ ही देर में डोंगी सरस्वती घाट के किनारे लगा दी गयी। तट पर इन्तज़ार कर रहे झारखण्डे और दूसरे साथियों ने बच्चा बाबू का हाथ पकड़कर उन्हें डोंगी से उतरने में मदद की; मल्लाह को नज़राना-शुकराना देने के बाद सभी अपनी-अपनी गाड़ियों में बैठे और वापस सर्किट हाउस की ओर चल निकले।

ख़ैर...! बच्चा तिवारी को रास्ते में बाल्टी राय की ओर से बड़ी ख़ुशख़बरी सुनने को मिली। बोर्ड ने पाखण्डी शर्मा पर से रासुका लगाने की सिफ़ारिश रद्द कर दी थी और इस सम्बन्ध में सरकार को कड़े निर्देश भी दिये थे कि 'किसी भी जनप्रतिनिधि पर इस तरह के क़ानून का प्रयोग करते समय संवेदनशीलता का परिचय दिया जाय।' इस निर्णय के बाद पाखण्डी बमुश्किल एक-दो दिन में बाहर आ जाने वाले थे। ख़बर सुनकर बच्चा तिवारी ने इस आशय से झारखण्डे राय की पीठ थपथपायी मानो कहना चाहते हों कि उन्हें आरम्भिक सफलता मिल ही गयी...!

सर्किट हाउस तक पहुँचते-पहुँचते दूसरी धमाकेदार ख़बर भी मिली। छम्मो का हड़िया से परचा वापस हो गया था। लेकिन यह क्या...! रणनीति तो राजातालाब से परचा वापस कराने की थी...! बच्चा तिवारी और झारखण्डे सहित सभी रणनीतिकारों के माथे पर बल पड़ गये। यह कन्फ़्यूजन कहाँ हुआ...? क्या सन्देश पहुँचने में कोई ग़लती हुई...? यह दाँव तो बिल्कुल उल्टा हो गया...! अब आगे क्या होगा...? कैसे सम्हलेगा सब कुछ...? बाल्टी राय द्वारा दी गयी ख़ुशी क्षण भर में ही मातम में बदल गयी और देखते-ही-देखते सर्किट हाउस के प्रांगण में दोबारा सन्नाटा-सा छा गया।

उधर संझा होते-होते मसान घाट में चाण्डाल चौकड़ी, पोलो और ढक्कन गुरू की बैठक जम गयी थी और बाबू जोखन सिंह अपनी पीठ थपथपाने में मशगूल थे। फ़साहत ने पूछा–

'गुरू ई पाखण्डी पर तो रासुका लगवाया था जबर सिंह ने...! और पीछे से बच्चा तिवारी ज़ोर लगाये हुए थे। सुना है आज बोर्ड ने ख़ारिज कर दिया इस आदेश को ...?'

'सही सुना है...!'

फ़साहत ने फिर से मस्का मारा–'कैसे हुआ यह चमत्कार...! सीएम से बढ़कर कौन-सा पावर है पाखण्डी के पास...?'

बाबू जोखन सिंह का ताव चढ़ आया था–'अमें...! पाखण्डी कै सबसे बड़ा पावर हियाँ मसान घाट में बइठा है...! एक दर्जन जज साहब लोग हियाँ माथा रगड़ने आते हैं–हर सनिच्चर-अतवार को...! अन्तरी-मन्तरी-सन्तरी की तो कउनो गिनतिये नहीं है...! एक दिन एक जज साहब से इशारा कर दिहा रहा कि हमरे नाक का सवाल है...! बस काम होइ गा...!'

सुन्नर पाण्डे कहाँ चुप रहने वाले थे। उत्साहित होकर पूछा–'वाह गुरू...! धन्न हो तुम...! तो अबहीं पाखण्डी कै केतना दिन लगिहैं नैनी से निकले में...?'

जोखन सिंह लम्बी साँस खींचते हुए बोले–'बस चौबीस घण्टा...!'

अबकी बारी आचार्य रामपलटदास की थी। पूछा–'लेकिन एक बात समझ में नहीं आ रही गुरू...! हियाँ हड़िया से परचा काहें वापस कराय दिहौ छम्मो का...? हम तो सुनत रहै कि बच्चा बाबू चाहत रहें कि छम्मो राजातालाब से लड़ें...! अब तो उनके मन वाली बात हो गयी...!'

अब बाबू जोखन सिंह का तेवर और अपनी रणनीति का बख़ान देखने लायक था। बोले–'अमें पूरे लड़बहेर हो का...? झारखण्डे बइठा है हुआँ...! भुइंहार की बुद्धि चल रही है तोहरे तिवारी पर...! भाई-भतीजा-भांजा-भांड़-भूत-भुइंहार-ई सब जब अपने पर उतरि आवत हैं तो सबसे पहिले ओही पेड़ के जड़ में सिरका डारत हैं जेकरे छाया से बाहर निकले रहत हैं...! अउर भुइंहार तो हर चाल उलटा चलिता है...! जाये के होगा नैनी तो बताएगा फाफामऊ...! जब ढक्कन हमका बतावा कि बच्चा छम्मो कै राजातालाब से चुनाव लड़ावेके चाहत है तब्बे हम समझि गयेन कि एहमें भुंइहरवा कै कउनो चाल है...! आदमी ओह जगह कब्बो नाहीं हारना चाहत है जहाँ ऊ जनम लिया होत है...! बस बात हमरे खोपड़ी के समझ में आ गयी...! तय किया कि छम्मो अब राजातालाब से लड़िहैं...! पोलो और ढक्कन को लगा दिया...! फिर अपना पाखण्डी भी तो है हियाँ से...! अपने दोनों कैंडीडेट हियाँ से लड़ेंगे तो क्रास-कनेक्शन हो जाइगा में...! पाखण्डी का परचा हुआँ राजातालाब से वापस कराए दिहेन हैं...! अब कल से ल्यौ मजा बाइस्कोप कै...!'

आचार्य ने जोखन सिंह की पूरी रणनीति सुनने के बाद उनसे अपनी सहमति जताते हुए कहा–'गुरू दिमाग तो बहुत लगाया है आपने...! अभी तक बच्चा तिवारी पूरे प्रदेश में शेर बनि के टहल रहे थे : अब हियाँ हड़िया में ही आटे-दाल का भाव मालूम हो जायेगा...!'

बच्चा तिवारी के लिए शेर शब्द का सम्बोधन सुनकर जोखन सिंह एकदम से उखड़ गये। बोले–'अमें कइसन शेर बे...! रंगा सियार है ऊ...!!'

सुन्नर पाड़े मानो इस नये जानवर के बारे में कुछ विस्तार से जानने की जिज्ञासा लिए तपाक से बोल पड़े–'रंगा सियार...!!'

'हाँ-हाँ रंगा सियार...! ल्यौ अब जानिहि लो रंगा सियार की कहानी...!' इतना कहते हुए जोखन सिंह ने रंगा सियार की कहानी सुनानी शुरू की–

'एक समय वन में कोई गीदड़ अपनी इच्छा से नगर के पास घूमते-घूमते नील के हौद में गिर गया। और उसमें से निकल नहीं सका। प्रातःकाल स्वामी के आने पर उसने अपनी साँस खींच ली और हौद में ही अपने को मरे के समान दिखलाने की कोशिश करने लगा। नील के हौद के स्वामी ने उसे मरा हुआ जान कर, उसे हौद से बाहर निकालकर दूर ले जाकर फेंक दिया। तब सियार वहाँ से भाग गया। उसने वन में जाकर और अपनी देह को नीले रंग की देखकर विचार किया कि 'मैं अब उत्तम वर्ण हो गया हूँ, तो मैं अपनी प्रभुता क्यों न स्थापित करूँ?' यह सोचकर उसने सियारों को बुलाकर कहा कि श्रीभगवती वन की देवीजी ने अपने हाथ से वन के राज्य पर सब औषधियों के रस से मेरा राजतिलक किया है, इसलिए आज से आप सभी को मेरी आज्ञा से काम करना चाहिए। अन्य सियार भी उसका अच्छा वर्ण देख कर साष्टांग दण्डवत प्रणाम करके बोले–'जो महाराज की आज्ञा...!'

धीरे-धीरे सब वनवासियों में उसका राज्य फैल गया। फिर उसने अपनी जाति के सियारों को चारों ओर बैठा कर अपना अधिकार फैलाया। बाद में उसने व्याघ्र, सिंह आदि उत्तम मन्त्रियों को पा कर; अपनी सभा में सियारों को देख कर लाज के मारे अनादर से अपने सभी जात-भाइयों को दूर कर दिया। तब सियारों को विकल देख कर किसी बूढ़े सियार ने यह प्रतिज्ञा की कि तुम खेद मत करो। जैसे इस मूर्ख ने नीति तथा भेद के जानने वाले हम सभी का अनादर किया है, वैसे ही जिस प्रकार यह नष्ट हो सो करना चाहिए। ये बाघ आदि केवल रंग से धोखे में आ गये हैं और सियार न जान कर इसको राजा मान रहे हैं। इसलिए जिससे इसका भेद खुल जाये सो करो; सन्ध्या के समय उसके पास जाकर सभी एक साथ चिल्लाओ। तब उस शब्द को सुनकर अपने जाति के स्वभाव से वह भी चिल्ला उठेगा। सभी सियारों ने वैसा ही किया और रंगा सियार की व्याघ्र आदि के सामने पोल खुल गयी।'

कहानी के अन्त में जोखन सिंह ने अपना अभिमत जोड़ते हुए कहा कि 'जाति स्वभाव न छूटै, कुत्ता टाँग उठा कै मूते...!' अर्थात् कुत्ते को कितना भी संस्कारी बना दिया जाय वह टाँग उठाकर ही मूतेगा; हमारी-तुम्हारी तरह नतनयन मुद्रा में कभी पेशाब नहीं करेगा। इसलिए आगे से मेरे सामने उसे शेर कभी न कहना...! जब वह टेम्पो संघ का अध्यक्ष बना तो मैं उसके पहले,

उससे अपनी गाड़ियों को स्टार्ट करने के लिए धक्के मरवाता था...! पूरे दिन वह खलासियों के साथ 'जोर लगा के हइसा-जोर लगा के हइसा' करता रहता था। मेरे लिए आज भी उसकी हैसियत केवल इतनी ही है...!

इतना कहने के बाद बाबू जोखन सिंह द्वारा सभी उपस्थित जनों के बीच चिलम के धुआँधक्क प्रसाद का वितरण कराया गया और सभा की बैठक अग्रिम आदेशों तक मुल्तवी कर दी गयी।

31

जब किसी दर्ज़ी से पायजामा गलत कट जाये तो वह ग्राहक को जांघिये के फ़ायदे गिनाने लगता है। पिछले दिनों झारखण्डे राय के साथ भी यही हुआ था। उनके द्वारा बच्चा तिवारी को उनके दोनों विधानसभाओं में सुनिश्चित सफलता के लिए कुल जमा दो दाँव बताये गये थे, जिसमें से एक तो तुरन्त फेल हो गया था और दूसरे की सफलता-असफलता के लिए अभी कुछ और समय का इन्तज़ार करना था...! लेकिन झारखण्डे अपने इन दोनों निर्णयों को सही ठहराने में बच्चा बाबू को भाँति-भाँति के तर्क दे रहे थे। उधर बच्चा बाबू की मजबूरी यह थी कि उन्होंने इस अवधि में अपनी दोनों विधानसभाओं की रणनीतियाँ सिवाय बाल्टी के, किसी और से साझा न की थीं; और अब इसे साझा करने का मतलब स्वयं के ऊपर थूकने के बराबर होता। इसलिए वे झारखण्डे के इन तर्कों को, न चाहते हुए भी सुनने के लिए मजबूर थे।

बच्चा तिवारी ने सोचा था कि अपने इन दोनों विधानसभाओं की गोटी सेट करने वे प्रदेश की दूसरी चुनौतीपूर्ण सीटों पर पार्टी के प्रचार के लिए निकल जायेंगे। आगामी तीन दिनों तक उन्हें प्रदेश के धुर पूर्वी ज़िलों कुशीनगर, महराजगंज, देवरिया, गोरखपुर, बस्ती, सिद्धार्थनगर आदि में कुछ कमज़ोर दिख रहे अपने प्रत्याशियों के लिए सभा करनी थी; लेकिन वर्तमान हालात इसकी तनिक भी गवाही नहीं दे रहे थे। जब अपनी ही विधानसभा की पोजीशन बिगड़ी हुई हो तो औरों की कौन पूछे...! औरों की दशा तो देख लेंगे दूसरे लोग...! लेकिन अपनी दशा किसके भरोसे छोड़ी जाय...? इसलिए उन्होंने अपने सारे कार्यक्रम स्थगित कर दिये और आगामी दो दिनों के लिए अपने पारम्परिक सीट को मैनेज करने के लिए राजातालाब के लिए निकल गये। हालाँकि इस अवधि में उन्होंने झारखण्डे को कुछ गोपनीय रणनीतियाँ बतायीं और इस पर

अमल के बाद, बदले हालत पर नियन्त्रण के लिए ज़िले के कलेक्टर जबर सिंह को भी सतर्क किया।

उधर तीसरे ही दिन पाखण्डी जेल से छूट गये और अपने साथियों के साथ नैनी से सीधे निकलकर, सिविल लाइंस के कॉफ़ी हाउस में कुछ घण्टे बिताने के बाद ढक्कन के साथ मसान घाट चले आये। वहाँ जोखन सिंह की भरी-पूरी चाण्डाल-चौकड़ी पहले से ही विराजमान थी। सभी बाबू जोखन सिंह के बैठके में आने का इन्तज़ार कर रहे थे। इस बीच आचार्य रामपलटदास ने अपनी तिलिस्मी चुनौटी से भरपूर मात्रा में तमाखू निकाल लिया था और उसे पाखण्डी से बातचीत के दौरान ही बाक़ायदा मसलकर बारी-बारी से सबकी ओर बढ़ा रहे थे। जब उनकी हथेली सुन्नर पाड़े के सामने से गुज़री तो पाड़े जी ने उसे चुटकियों में उठाने के बजाय, मुँह में पहले से ठूँसे पान के कारण, अपना सिर हिलाकर प्रसाद को ग्रहण न करने का संकेत दिया। पाड़े के इस व्यवहार से आचार्य को अपनी सारी मेहनत पर पानी फिरता हुआ नज़र आया और साथ ही एक गुणकारी औषधि के सरेआम न ग्रहण करने से उसका अपमान होता भी दिखा। फिर क्या...! आचार्य एकदम लँगोट से बाहर हो गये। बोले–

'ऐ पाड़े बाबा...! ये जो प्रसाद है न, बैकुण्ठ में भी उपलब्ध नहीं है...! ब्रह्मा ने केवल मनुष्यों के लिए इसका सृजन किया है। एक कवि ने इसकी प्रसंशा में लिखा है कि–

कृष्ण चले बैकुण्ठ को, राधा पकड़े बाँह
इहाँ तमाखू खाय लो, उहाँ तमाखू नाँय

और ऐसे परमतत्त्व को तुम दो रुपिल्ली के पान के लिए ठुकरा रहे हो...! ल्यौ उठाओ...!'

इधर पाड़े जी ने पान थूका और तमाखू उठाया; उधर से बाबू जोखन सिंह का आगमन हुआ। सभी उठकर खड़े हो गये और बारी-बारी से उनका पालागन किया। पाखण्डी ने बाक़ायदा दण्डवत मुद्रा में बाबू जोखन सिंह के पैर छुए और इस बात के लिए हृदय से आभार प्रगट किया कि उन्होंने बड़े ही मुश्किल समय में उनका हौसला बढ़ाये रखा और एक गुरु के समान उनके राजनीतिक भविष्य को लेकर लगातार चिन्ता करते रहे। बातचीत के क्रम में उन्होंने यह भी बताया कि जेल जाने के बाद उनका हौसला एकदम से टूट गया था और कई बार जेल में ही आत्महत्या तक के ख़याल आये। लेकिन वे अपने ईश्वर को और बाबूजी को याद करते रहे और अपने संघर्ष करने के जज़्बे को बचाये रखा।

जोखन सिंह सभी के सामने अपनी तारीफ़ सुनकर फूलकर कुप्पा हुए जाते थे और इस चारण-वार्ता के क्रम में लगातार अपनी बाँहें फड़काते रहे।

कुछ समय तक इस तरह की औपचारिक वार्ता के बाद अब बातचीत धीरे-धीरे चुनावी पटरी पर आ गयी थी। पाखण्डी यह जानते थे कि चुनाव की तैयारियों के लिए अब समय बहुत कम रह गया था और जितना रह गया था उसमें भी अभी बहुत सारा काम बाक़ी था। उन्हें समझ में नहीं आ रहा था कि वे कहाँ से शुरू करें और किस ओर जायें...! लेकिन अब वे किसी भी क़ीमत पर तुरन्त अपना प्रचार आगे बढ़ाना चाहते थे। यद्यपि उनकी यह दमित इच्छा थी कि इस बार के प्रदेश और ख़ासकर हड़िया के माहौल को देखते हुए चुनाव-प्रचार बड़े ही गोपनीय और शान्त तरीक़े से किया जाना उचित होगा। क्योंकि इस बार हड़िया में बच्चा तिवारी के अलावा किसी और का शोर-शराबा नहीं चलेगा। उनके मन का यह भाव जानने के बाद जोखन सिंह बिल्कुल ही उखड़ गये। बोले–

'अमें चुनाव लड़े जात हो, केहू के हरवाही करने नहीं जा रहे...! कउने बात की गोपनीयता और कउने बाति कै शान्ति में...? ऊँटे कै सवारी निहुरे-निहुरे करिहौ...! अखाड़े के पहलवान की तरह ताल ठोंकि के मैदान में कूदो...! अबकी बार तुम हमरे ओर से मुख्मंतिरी पद कै दावेदार हौ...! बस ई समझि ल्यौ कि कउनो मुख्मंतिरी के चुनाव लड़े जाये के है तोहरा...! अबकी तोहका मुख्मंतिरी बनावै के प्रण हौ हमार...! अगर नाहीं बना पावा तो हेइन गंगा जी में जल-समाधि ले लेबें...! का समझत हौ हमका...!!' अमें एक ज़माने में हमरे राजासाहब ने बिना कुछ आगा-पीछा सोचे फाँसी के फन्दे को चूम लिया और इतिहास में अपना नाम दर्ज करवा लिया...! हम लोगन के लिए ज़िद हमेशा से कुरसी से बड़े चीज़ रही। अब अगर तोहके हमका जिन्दा देखना है तो आजै से कुरसी की खातिर भिड़ि जाओ...! बस...!!'

पाखण्डी को बात समझ में आ गयी थी। उन्होंने चलने के पहले बाबू जोखन सिंह का आशीर्वाद लिया और शेष सभी उपस्थित जनों का अभिवादन करते हुए ढक्कन के साथ वापस सिविल लाइंस लौट आये।

पाखण्डी के जाने के बाद भी मसान घाट में आने-जाने वाले राजनीतिक मरीज़ों का ताँता लगा रहा। असल में यह एक ऐसा अवसर होता था जब पूरे इलाक़े में राजनीतिक संक्रमण प्लेग की बीमारी की तरह फैलता और बाबू जोखन सिंह का उपचार आगामी पाँच सालों तक के लिए मर्ज़ को एक्स्टेंड कर देता था। लोगों को भी फ़ौरी तौर पर राहत मिल जाती और बाबू साहब को तो जनसेवा

करने में असीम आनन्द मिलता ही था। ख़ैर...! आज मिलने वालों में से बहुतेरे बुलाये गये थे और कुछ चुनाव के मद्देनज़र स्वयं चलकर आये थे। जो बुलाये गये थे उनमें से मुख़्तसर वे थे जो किसी-न-किसी समय बच्चा तिवारी के सताये हुए थे। इनमें कुछ उनकी अपनी जाति-बिरादरी के थे और कुछ दूसरे भी...! जोखन ने दोनों के ज़ख़्मों को भरने के लिए अलग-अलग क़िस्म के बाम, लोशन और मलहम बनवा रखे थे। फिर मर्ज़ की तीव्रता के आधार पर उसकी मात्रा का इस्तेमाल कर रहे थे।

मसलन अगर कोई ऐसा था जो बच्चा की ही बिरादरी का था, बच्चा की ही पार्टी का था और बच्चा की ही हैसियत वाला था; तो उसके लिए दवा और उसका डोज़ बिल्कुल अलग निर्धारित था। बल्कि कई बार उस पर दवा के बजाय टीके की ज़रूरत पड़ती थी। क्योंकि जोखन सिंह जानते थे ब्राह्मण अपनी बिरादरी द्वारा सबसे अधिक सताया जाता है–'बाभन-कुक्कुर-नाऊ, आपन जाति देख गुर्राऊ।' इसलिए ऐसे गम्भीर केसेस में तनिक भी शिथिलता घातक हो सकती है। फिर यदि कोई ऐसा था जो बच्चा की बिरादरी का तो नहीं था लेकिन अपने राजनीतिक कैरियर की बर्बादी के लिए सम्पूर्ण तौर पर केवल उन्हें ही ज़िम्मेदार मानता था तो उसके लिए अलग से टीके की व्यवस्था की गयी थी। बहुतेरे ऐसे भी थे जो न तो बच्चा को जानते थे और न बच्चा उन्हें; लेकिन उनके नाम पर पिछले दस वर्षों में जो ढेरों 'बच्चा' पैदा हो गये थे–उनके सताये हुए थे। ऐसे लोगों के लिए बाबू जोखन सिंह के पास दूसरे प्रकार की मेडिकेटेड दवाएँ थीं। ये सभी दवाएँ ऐसी थीं जो मरीज़ के मर्ज़ के साथ स्थायी सम्बन्ध और मर्ज़ के कारक के साथ स्थायी दूरी–दोनों एक साथ बनाने की सलाह देती थीं।

इस चिकित्सकीय कन्वेसिंग के दौरान बाबू जोखन सिंह कई बार मिलने आये मरीज़ों से अपने अन्दाज़ में रूबरू हो रहे थे। जैसे किसी एक ने कहा–'कि महाराज जी ऊ अपने को हाथी बतावत है और हमको अपने पीछे-पीछे भोंकने वाला सियार समझत है...! अब एह हाथी से कैसे लड़ा जायेगा...?'

तो बाबू जोखन सिंह तमतमाकर कहते–'अमें...! हाथी आयल-हाथी आयल। पदलसि भों...! वही हाल होने वाला है अबकी तुम्हारे इस हाथी का...! तुमने वो सियारों और हाथी वाली कथा सुनी है। फिर बिना किसी प्रतिउत्तर की प्रतीक्षा के ही कथा सुनाने लगते–

'एक जंगल में कुछ सियार रहते थे। उसी जंगल में एक हाथी भी रहता था। अपनी ही दुनिया में मस्त...! उसे यह भी गुमान था कि वह तो इतना

ताक़तवर है, विशालकाय है... ये सियार उसका क्या बिगाड़ लेंगे...!! इधर सियार सोचते थे कि जंगल में जब तक यह हाथी है, तब तक जंगल में उनका साम्राज्य स्थापित नहीं हो सकता...!! पर भई करें तो करें क्या...?? इन सियारों में जो सबसे सयाना था, उसने कुछ सोच कर कहा कि रुको मुझे सोचने दो। मैं इस हाथी का इन्तज़ाम करता हूँ। अगर यह हाथी निबट गया तो अपना साम्राज्य तो कायम तो होगा ही, साथ ही अपन लोगों के लिए बहुत दिनों तक भोजन का भी प्रबन्ध हो जायेगा...!! तब यह सयाना सियार पहुँचा अपनी ही दुनिया में खोये हाथी के पास। उसे देख हाथी चौंका...!! चिंघाड़ा–

'यहाँ का करने आये हो बे...??'

सियार ने इज़्ज़त में पूँछ सटकायी और लगा हाथी की जम कर तारीफ़ करने। बोला–

'महाराज...! आप इतने ताक़तवर हैं कि सभी आपसे डरते हैं। आप जब एक बार चिंघाड़ते हैं तो दूर-दूर तक लोग दहल जाते हैं। इसलिए मैं चाहता हूँ कि हे गजराज...! आप चलकर जंगल के राजा का दायित्व सँभालें। आपके राज्यारोहण की पूरी तैयारी कर रखी है हम सबने...!!'

यह सुन कर मारे ख़ुशी के हाथी झूमने लगा। मन-ही-मन हाथी ख़ूब ख़ुश हुआ और बिना आगा-पीछा सोचे, चल पड़ा राजा बनने सियार के साथ...! इधर सियार हाथी को उसी रास्ते से ले गया, जिस रास्ते में एक दलदल था। दलदल की जानकारी हाथी को नहीं थी। साथ ही सियार ने चलने से पहले उस दलदल को कुछ पत्तों से ढँक दिया था ताकि अहसास न हो कि वहाँ दलदल है। बस फिर क्या था, चलते-चलते हाथी महोदय गिर गये दलदल में और उनकी सारी हेंकड़ी गयी निकल...! लगे चिल्लाने–

'अरे प्रिय मित्र, मुझे पहले इस दलदल से निकालो तब तो मैं राजा बनूँगा...!!'

इतना सुन सयाना सियार ज़ोर-ज़ोर से ताली पीटने लगा...! बाक़ी सारे सियार भी वहाँ जमा हो गये और मारे ख़ुशी के नाचने लगे...!! हाथी मियाँ धीरे-धीरे दलदल में फँसते गये और फिर जान गँवा बैठे। उसके बाद सारे सियारों ने मिलकर बहुत दिनों तक उनके मास को खा-खाकर पार्टी मनाई और उस सयाने सियार को अपना राजा चुना।

तो यह जान लो कि ख़ुद को हाथी कहने वाले का वध करना है अबकी बार...! तुमको सियार कहता है तो कहे...! लेकिन अबकी चूको मत बरख़ुरदार...!!'

इन कोशिशों के अलावा बाबू जोखन सिंह इलाक़े के ठाकुर बिरादरी के लोगों की चूल-गाँठ अलग से जोड़ने की कोशिश कर रहे थे। किसी से एक ही

मूल परिवार से वंशज होने के नाम पर; तो किसी से अपने परिवार से दोस्ती के नाम पर; किसी से गोत्र की एकता के नाम पर तो किसी से केवल बिरादरी वाले सरनेम के नाम पर...! वे इन सभी के आक्रोश का इस्तेमाल इनकी अन्तरात्मा को कुरेद कर करना चाहते थे। मसलन वे इनसे कहते–

'देखो...! तुम हो राजपुत्र...! शासन तो तुम्हें करना चाहिए था; लेकिन कर कौन रहा है–जिसके ज़िम्मे भिक्षा माँगने का काम था...! आज हमारी-तुम्हारी आपसी फूट और गड़मरौवल का ही परिणाम है कि उन्होंने अपना कटोरा भी तुम्हें पकड़ा दिया और ख़ुद राज़ कर रहे हैं...! वर्णव्यवस्था में भी सबसे ऊपर और राजव्यवस्था में भी सबसे ऊपर...!! तिसपर मूर्खता में हमारा कोई सानी नहीं...! वो अपनी खोपड़ी लगाते रहे और हम मूँछों पर ताव देते रहे, इसे बल भर ऐंठते रहे–मानो हम मूँछों को खोपड़ी बना कर ही मानेंगे...! वे हमें चूतिया समझते रहे और हम पर अन्दर-ही-अन्दर हँसते रहे कि देखो इन सालों को आपस में ही उलझा रखा है...! उन्होंने हमारे बारे में समाज में यह भ्रम भी फैला दिया कि ठाकुर का बच्चा-कभी न सच्चा...! कहाँ तो हम इसका विरोध करते; लेकिन हमने बिना परखे इसे भी सच मान लिया और लगे जश्न मनाने...! फिर अपनी रही-सही साख भी खो बैठे...! अब चुनौती सामने है। सबको एक होकर उनको गद्दी से उतारना है और फिर से कटोरा पकड़ाना है। अपने को सच्चा साबित करने दिखाना है...!!'

कभी कहते–'अबकी भगई खोल देनी है बच्चा की...! एक नम्बर का झुट्ठा और पाजी है। जब मंच पर चढ़ कर भाषण देगा तो कहेगा है कि भाइयो आपस में कोई भेदभाव न करो...! सरकार सबकी है...! और जहाँ पण्डितों को देखेगा जीभ लपलपाने लगेगा। अबे भेद तो तुम अपने शरीरे में करत हौ...! दाहिना हाथ से पूजा करत हौ और बायाँ हाथ से गाँड़ धोते हौ...! खतम कर पइबो एहका...? तब जाति-धर्म कै लेइ कै काहें पब्लिक को चूतिया बना रहे हो...!! ठगी भी नहीं करनी है और तराजू में डाँड़ी-पसंगी भी मारनी है...!'

इन प्रयासों के बीच, कुछ लोग दबी ज़ुबान से यह भी कहते पाये गये कि बच्चा तिवारी के अस्तित्व को ख़त्म करने के लिए बाबू जोखन सिंह और बूटी महराज के बीच गोपनीय वार्त्ता चल रही है। हालाँकि अभी इसकी पुष्टि नहीं हो पायी थी। जो भी हो, बाबू जोखन सिंह ने भी अब अपने तरीक़े से कमर कस लिया था और खुलकर मैदान में आ गये थे।

उधर, पाखण्डी ने अगले दिन से अपने कुछ पुराने साथियों के साथ हड़िया विधानसभा में भ्रमण करना शुरू किया और सबसे पहले इलाक़े के उन सताये हुए कलाकारों से सम्पर्क साधना शुरू किया जो उनके जेल में बन्द होने के

दौरान उनका हौसलाअफ़जाई करने के लिए सड़कों पर उतर आये थे। इनमें ज़्यादातर नयी उम्र के लड़के थे और किसी तरह से नाच-नौटंकी करने अपना जीवन गुज़ार रहे थे। वे अपने बहाने से पाखण्डी का दर्द समझते थे। और अब पाखण्डी को उनका दर्द समझना था। असल में कच्ची उमर में जो शौकियाये हुए लौंडे नाच-नौटंकी में नये-नये भरती होना चाहते हैं, नौटंकी का मास्टर पहले उनका स्क्रीन टेस्ट या 'स्किन टेस्ट' लेता है। अगर यह नवधा कलाकार वहाँ टिक गया तो समझ लो नौटंकी में टिकेगा—नहीं तो जल्दी ही सब छोड़-छाड़कर भाग जायेगा। बस पहले दिन ही उसका भविष्य तय हो जाता है। फिर उसके सामने बारी-बारी से तबलची के, नगाड़े वाले के, ठकइचा मास्टर के, हारमोनियम वाले के—सभी के परीक्षण में पास होने की चुनौती होती है। इस बहुस्तरीय परीक्षण में सम्पूर्णतः उत्तीर्ण होने के बाद उसे 'पक्के' होने का सर्टिफ़िकेट मिलता है।

तब गाँव-जवार में आयोजित होने वाले ड्रामों में वह कलाकार मंच पर चढ़ता है और जब कमर मटका कर फ़िल्मी गानों पर नाचता है तो नाच देख रहे बहुतेरे ज़मींदारों सहित इलाक़े के अँडुआ-रँडुवा-भँडुवा-गँडुवा की तमाम टोलियों के लोगों को, उसमें अपनी खेत-खलिहान वाली खोयी हुई प्रेमिका नज़र आती है जिसे वे बिना किसी विलम्ब के तत्काल आलिंगनबद्ध कर लेना चाहते हैं; उसके अंग-अंग को गेहूँ की डंठल की तरह तुरन्त मसल कर रख देना चाहते हैं; उस पर अपना सब कुछ न्यौछावर कर देना चाहते हैं; और कई बार जब लुंगी के भीतर मरोड़कर रखी गयी अपनी गाढ़ी कमाई को उसपर लुटा देने का इशारा भर करते हैं तो वह उनके इस प्यार को पाकर माइक में मुँह लगाकर ज़ोर से चिल्लाता है—'यों म्मारा...!!'

साथ में काम कर रहा विदूषक पब्लिक में जाकर इस उछाले हुए पैसे को पकड़ लेता है और माइक से बाक़ायदा यह ऐलान करता है कि इस धनराशि का उपयोग केवल नचनिये की ढोंढ़ी में तेल डालने के लिए किया जायेगा, और कहीं नहीं...! मानों नचनिये की ढोंढ़ी न हो कोई हिन्द महासागर हो जहाँ देश का सारा फुटकर प्रवाहित हो जाना चाहता हो...! धन्य है यह तन्मयता और धन्य है ऐसा समर्पण...! बहरहाल दर्शकों के इस सामूहिक-समर्पण पर नचनिये का आत्मसमर्पण देखने लायक होता है। नचनिये का अपने दर्शकों के प्रति आभार प्रकट करने का तरीक़ा कुछ यूँ होता है—

'जिन बाबूजी ने दिया रुपइया...! मैं उनका लाहे-लाहे, हौले-हौले, धीरे-धीरे दिल की गहराइयों से शुक्रिया आधा करती हूँ...!'

लेकिन सच्चाई यह है कि समाज कभी उनका शुक्रिया अदा नहीं कर पाता। अब यदि पाखण्डी भी न करते तो कौन करता भला...! फिर उन्हें आगे भी अपने इन कलाकार दोस्तों की आवश्यकता थी। सो वे इन्हें जोड़ने और सक्रिय करने में लग गये। कुछ बाग़ियों को छोड़कर पाखण्डी को इनको एकजुट करने में सफलता मिली और वे सभी नये जोश-ख़रोश के साथ पाखण्डी के चुनाव-प्रचार में लग गये।

इसके बाद पाखण्डी ने समाज के निरंकारियों और भगतों से स्वयं को जोड़ना शुरू किया। ये सभी भगत और निरंकारी मुख़्तसर समाज के पिछड़े और दलित समुदाय से आते थे और इनके पास हर गाँव में प्रत्येक घर से कम-से-कम एक सदस्य ज़रूर होता था। हर सप्ताह कुछ ख़ास निर्धारित स्थानों पर इनकी स्वतःस्फूर्त बैठकें होती थीं जिनमें नौजवानों के अलावा बड़ी संख्या में महिलाएँ और बूढ़े भी सम्मिलित होते। इन निरंकारियों की बैठकें देर शाम से शुरू होतीं और देर रात तक चलतीं। इन बैठकों में राजनीतिक बातें कम और आध्यात्मिक बातें अधिक होती थीं। बल्कि यों कहें कि इनमें आध्यात्म के बहाने राजनीतिक चेतना का सन्देश देने की कोशिश होती...! ऊँच-नीच, भेद-भाव, अस्पृश्यता को ग़लत सिद्ध करने की कोशिशें होतीं और यह सन्देश देने का प्रयास किया जाता यदि कोई ईश्वर है तो उसकी दृष्टि में सभी बराबर हैं। वही निर्गुण और निरंकार है। वह सभी से बराबर प्रेम करता है।

चमरटोली में इस तरह की बैठकों में सत्संग के साथ चमरौआ नाच भी हुआ करता था जिसमें किनारे-किनारे चारों तरफ़ लोग झोलदार खटिया में बैठकर इस नाच का आनन्द लिया करते थे। नचनिया के एकबारगी लौकी लहराने पर, नाच में काम करने वाला जोकर जब निर्गुण-निरंकार ब्रह्म को, काया के इन अंगों के आधार पर समझाने का प्रयास करता था कि—

सूरदास जब भीतर पहुँचे, द्वार खड़े दो तपसी।
सूरदास जब बाहर निकले भर मुँह फेंटे लपसी ॥

तो वहाँ पर उपस्थित जनता भावातिरेक में आत्मविस्मृत हो जाती थी और एकाएक चारों ओर 'धन्न निरंकार-धन्न निरंकार' या 'सेत्ताराम-सेत्ताराम' की आवाज़ें उठनी शुरू हो जातीं। बेहद सहज-भाषा और सहज जीवन-शैली में समझाये गये इस लौकिक प्रसंग में ही उपस्थित जनता अपने आध्यात्मिक सन्दर्भ तलाश लेती थी। और जो नहीं तलाश पाते थे वे इसे अपनी समझ-शक्ति की सीमा मानकर अतिशय भावविभोर हो उठते।

बहरहाल पाखण्डी ने जल्दी ही इन निरंकारियों के साथ गति पकड़ ली और उन्होंने इन बैठकों में अपने भाषण का जोश दिखाना शुरू किया।

कभी इस गाँव तो कभी उस गाँव; कभी इस चौराहे तो कभी उस चौराहे; कभी इस डीह पर तो कभी उस डीह पर; कभी इस बाग़ में तो कभी उस खलिहान में...! जहाँ देखो पाखण्डी-ही-पाखण्डी...! चार-पाँच दिन में ही पाखण्डी के सन्देश गाँव-गाँव घर-घर में गाये जाने लगे। इन सन्देशों में केवल एक ही बात होती जिसका लब्बोलुआब कुछ यूँ था–

'जो भी कुरीतियाँ बनीं, वे निरंकार ने नहीं, इस धरती के कुछ ताक़तवर लोगों ने बनायी हैं। निरंकार इस कुरीति को देख रहा है और इसे दूर करना चाहता है। जब तक सामाजिक समरसरता कायम नहीं होती तब तक सभी की मुक्ति सम्भव नहीं है। यह समरसता ही कमज़ोर का ताक़तवर के विरुद्ध हथियार है। लेकिन इसे समाज के ताक़तवर लोगों ने झटक लिया है और इसका इस्तेमाल केवल कमज़ोरों को बहकाने के लिए कर रहे हैं। इस हथियार को अपने हाथ में वापस लेना होगा और इसके लिए राजनीतिक शक्ति का अपने हाथ में होना निहायत ज़रूरी है। यह ताक़त आयेगी कमज़ोरों की सामाजिक एकजुटता से...!'

उधर बच्चा तिवारी भी अपने अभियान में किसी से पीछे नहीं थे। पूरे हड़िया विधानसभा में बच्चा तिवारी के गाँव-गाँव टेंट-कनात गिरने शुरू हो गये थे और पूड़ी-तरकारी का लंगर चालू हो गया था। कार्यकर्ताओं का हुजूम सुबह साढ़े पाँच बजे केवल चाय की चुस्की लेकर आस-पास के टोले-मुहल्लों में निकल जाता। इनमें से दो-तीन स्टाइलिश कार्यकर्ता हाथ जोड़े आगे चलते; हर बाबू-भइया, काका-काकी, दादा-दादी, बप्पा-बप्पी का पालागन करते और बच्चा तिवारी के चुनाव चिह्न 'बैलगाड़ी हाँकता हुआ किसान' पर मुहर लगाकर उनको जिताने का अनुरोध करते। तदनन्तर सभी मतदाताओं से बच्चा तिवारी के अब तक के विकास कार्यों के–नाली-खड़ंजा, बोरिंग, सीसी रोड, पक्की रोड, बिजली-पानी आदि के उदाहरण देते और कहते कि 'झूठों के झाँसे में न आइयो काका...! अबकी बच्चा बाबू जितिहें तो सबको भर पेट रोटी मिलेगी और रहने को घर मिलेगा...!' पीछे से साथी कार्यकर्ताओं के नारे लगते–

भूल न जाना हड़िया वालो, किसी की होड़ा-होड़ी में।
देख भाल कर मुहर लगाना, दो बैलों की जोड़ी पे ॥

सभी कार्यकर्ता दोपहर तक लौटते और लंगर में बैठकर पूड़ी-तरकारी चाँपते; फिर दोबारा से उसी जोश के साथ प्रचार के लिए निकल पड़ते। लेकिन शाम होते-होते उनका शरीर बिल्कुल जवाब दे जाता। और तब उन्हें पूड़ी-तरकारी के बजाय 'ठेका सरकारी' की दरकार होती।

चूँकि यह अभियान लगातार और बिना थके हुए चलाना था इसलिए थकान की दुरुस्ती के लिए 'लैला', 'मजनूँ', 'नूरी', 'झूरी', 'पूरी', 'अधूरी' जैसी तमाम दर्द निवारक तरल औषधियाँ इनकी सेवा में प्रस्तुत की जातीं और वे अगले दिन सुबह तक की बेसुधी के साथ यथास्थान लंबलेट हो जाते। बताते हैं इनकी ऐसी ख़ातिरदारी जानकर, इन तमाम कार्यकर्त्ताओं के घरवाले भी इस अवधि में, उनके लिए बहुत फ़िक्रमन्द न रह गये थे।

32

सबसे आश्चर्यजनक दृश्य तो राजातालाब का था। छम्मो अभी तक यहाँ कोई ख़ास हलचल नहीं मचा पायी थीं। कहने के लिए विधानसभा में उनका आगमन तो हो गया था लेकिन उनकी आरम्भिक क्रिया-प्रतिक्रिया देखकर ऐसा लगता था मानो वे चुनाव लड़ने नहीं, इलाक़े की महिलाओं के साथ धान की रोपाई करने आयी थीं। जो बच्चा तिवारी राजातालाब में छम्मो देवी की उम्मीदवारी को लेकर डर से गये थे और एकबारगी पूरा मड़ुआडीह वहाँ उतार देना चाहते थे, वहाँ तो छम्मो अपने बीस-बाईस स्त्री-पुरुष कार्यकर्ताओं के साथ धान रोपती हुई मज़दूर स्त्रियों के साथ रोपाई-गीत गा रही थीं–

आहो रामा रिमझिम बरसे पनियाँ, कि आवा चलीं धान रोपे धनियाँ।
लहरत बा तलवा में पनियाँ, कि आवा चलीं धान रोपे धनियाँ।
सोने के थारी मं ज्योना परोसैं, पिया कां जेंवाईं आईं धनियाँ। कि आवा चलीं...
झंझरे गेरुआ मं गंगा जल पनियाँ, पिया कां घुटावैं आईं धनिया। कि आवा चलीं...
लौंगा-इलाची के बीरा जोरावैं, पिया कां कूँचावैं आईं धनियाँ। कि आवा चलीं...
धान रोपि कर जब घर आयों, नाच्यो गायो खुसी मनायो।
भरि जइहैं कोठिला ए धनियाँ, कि आवा चलीं धान रोपै धनियाँ।

लेकिन ऐसा भी न था कि राजातालाब वालों ने छम्मो को उनके वर्तमान साध्वी रूप में पूरी तरीक़े से अपना ही लिया था। बनारस के भोलेनाथ के सेवक होने के कारण उनके रगों में आध्यात्मिकता थी ज़रूर; लेकिन साध्वी के अतीत को एकदम से दरकिनार कर सभी उन्हें सिर-माथे पर चढ़ा लें–ऐसा भी न था।

फ़िलहाल छम्मो को जो कुछ भी सहानुभूति मिल रही थी वह एक तो इसलिए कि बूटी महराज यहीं के मूलनिवासी थे और उनकी चेलहटी यहाँ अधिक विस्तृत थी। और दूसरे, हमेशा की तरह युवाओं और अधेड़ उम्र के पुरुषों में उनको देखने और सुनने की ललक अपेक्षाकृत अधिक थी। यह ललक भी अभी तक केवल देखने-सुनने के स्तर पर ही थी और अभी इसका वोट में परिवर्तित होना एक दुःस्वप्न जैसा ही था।

बल्कि महिलाओं का एक वर्ग तो उनके पीछे बेतहाशा भागते अपने मर्दों को देखकर, उनसे बिदक भी रहा था। उनमें कई महिलाएँ साध्वी पर 'नौ सौ चूहे खाकर, छम्मो चली हज पर'—जैसी टिप्पणियाँ करके आत्मतोष का अनुभव करतीं और कई बार उन्हें अपने दरवाज़े के सामने से गुज़रते देखने पर अपना किवाड़ ज़ोर से बन्द कर लेती थीं ताकि उनका साया भी उनके बच्चों पर न पड़े। लेकिन बच्चे ऐसे अवसर पर कहाँ मानते हैं भला...! कुछ छत पर चढ़ जाते और सीटियाँ बजाते और कुछ घर के पिछवाड़े से निकलकर चुपके से उनके जुलूस में शामिल हो जाते। कुल मिलाकर, चाहे जैसे भी हो, राजातालाब में छम्मो के साथ चलने वालों का क़ाफ़िला भी धीरे-धीरे बढ़ने लगा था।

उधर बच्चा तिवारी हर बार अपने चुनाव-अभियान की शुरुआत माँ विंध्यवासिनी देवी के दर्शन से ही करते आये थे। सो इस बार भी उनके द्वारा वही प्रक्रिया अपनायी गयी। वे भोर में चार बजे उठे और आठ बजे तक दर्शन करके घर वापस लौट आये। इस बार उनकी धर्मपत्नी ने इलाक़े के तमाम छोटे-बड़े देवी-देवताओं के नाम से भी ढेरों मनौतियाँ मान ली थीं कि यदि तिवारी जी फिर से चुनाव जीते तो वे जगह-जगह हलुआ-पूड़ी चढ़ायेंगी, खीर बाँटेंगी, सत्यनारायण भगवान की कथा सुनेंगी, रुद्राभिषेक करायेंगी आदि-आदि। बताते तो यह भी हैं कि उनके द्वारा इलाक़े के ही एक सूफ़ी सन्त के मक़बरे पर मन्नत के रूप में बकरा और मुर्गा चढ़ाने तक की तैयारी कर ली गयी थी और इसके लिए बाक़ायदा एक मौलवी साहब को मन्नत चढ़ाने के दिन तक, एक बकरे को ख़ूब खिलाने-पिलाने और मोटा करने के एडवांस तक दे दिये गये थे।

राजातालाब की विधानसभा ब्राह्मण बाहुल्य थी और अकेले यही बिरादरी बच्चा तिवारी के जीत-हार का फ़ैसला कर सकती थी। लेकिन ऐसा कहाँ होता है भला...! पण्डित कबसे एक होने लग गये...? आधा इधर-आधा उधर...! आधा तीतर-आधा बटेर...! थोड़े वामपन्थी-थोड़े दामपन्थी...! कुछ इनामपन्थी-कुछ चामपन्थी...!, थोड़े रामपन्थी-थोड़े हरामपन्थी...!!,

इसीलिए तो इनकी कहीं तवज्जो नहीं हुई। बौद्धिकता के चक्कर में हर जगह ठीहा लगाये हुए हैं; पान मुँह में घुलाये हुए दाँत चियार रहे हैं और सभी बिरादरी के लोगों को जागरूक कर रहे हैं...! ख़ुद कब जागरूक होंगे किसी को पता नहीं...! कोई एकता नहीं; किसी एकता के लिए कोई क़वायद भी नहीं...! फुटबाल की-सी गति हो गयी है...! मगर शर्म है कि आती नहीं...!

कदाचित् इसीलिए बच्चा तिवारी के लिए यह बात कभी भी महत्त्वपूर्ण नहीं रही थी। वे पूरी विधानसभा में समाज के सभी वर्गों का साथ हासिल करते आये थे। इसलिए इलाक़े के ढेर सारे ब्राह्मण उनसे नाराज़ भी चल रहे थे और बहुतेरे तो अवसर की ताक़ में भी थे कि कब मौक़ा लगे और कब बच्चा को लँगड़ी मारी जाय...! अब यह अवसर उनके सामने था। सभी आपस में बिखरे हुए थे लेकिन बच्चा को ठिकाने लगाने के लिए एकजुट हुए जाते थे। ऐसा भी न था कि वे बूटी या उनकी सहयोगी साध्वी को बहुत पसन्द करते थे। बल्कि वे हर क़ीमत पर बच्चा तिवारी को झुकाना चाहते थे; उन्हें उनकी औक़ात बता देना चाहते थे। यह जता देना चाहते थे कि चुनाव जीतने के लिए चाहे बहत्तर जातियों को जोड़ लो लेकिन अगर अपनी बिरादरी को ठेंगा दिखाओगे तो वह तुम्हें ठिकाने लगा देगी। अपनी बिरादरी को रोटी-कपड़ा-मकान नहीं चाहिए; उसे सम्मान चाहिए। तुम अपने होकर उसे यह सम्मान नहीं दे पाये तो वह तुम्हारे सम्मान की फ़िक्र क्यों करेगी भला...!

असल में बहुत बार जिसे दुनिया सिर-माथे पर रखना चाहती है, उसे अपने लोग झुका हुआ देखकर प्रसन्न होते हैं। इसलिए होशियारी इसी में है कि दुनिया के सामने आप चाहे जितना तन के चलें, अपनों के सामने थोड़ा झुककर चलने का दिखावा करना ज़रूर सीख लें। बच्चा बाबू को अभी तक यह होशियारी न आती थी। या यों कहें कि उन्हें इस होशियारी की ज़रूरत नहीं पड़ी। लेकिन आसन्न संकट बड़े-बड़ों की होशियारी के कपाट खोल देता है। फ़िलहाल बच्चा बाबू ने अपने कुछ स्थानीय कार्यकर्ताओं के साथ मश्वरा करके यह निर्णय किया कि बारी-बारी से सभी सम्मानित ब्राह्मण परिवारों से बड़े-बूढ़ों से मुलाक़ात की जाय और स्नेहस्वरूप उन्हें जनेऊ दिया जाय। कोशिश यह थी कि सभी बिखरे पण्डितों को यह जनेऊ बाँध सकेगा और बिगड़ी परीस्थतियों में उन्हें संकट से उबार सकेगा। यही नहीं, जो लोग बिरादरी के नाम पर हर बार बच्चा के साथ नगद लेकर खड़े होने का दिखावा करते थे और ऐन मौक़े पर उन्हें गच्चा देकर किसी और के साथ हो जाते थे; उनको इस बार नगदी देकर और जनेऊ के साथ गंगाजल हाथ में लेकर उनके जीवित बेटों की क़सम भी खिलाई गयी।

इन सारी कोशिशों का परिणाम यह हुआ कि अब बच्चा आन्तरिक विद्रोहियों को लेकर काफ़ी मुतमईन से हो गये थे।

इसलिए राजातालाब में साढ़े चार दिन बिताने के बाद वे हड़िया पार्टी कार्यालय पर वापस लौट आये। यहाँ चुनौतियाँ एकदम नयी थीं। राजातालाब के चुनाव का निर्णय तो पण्डित करते थे लेकिन हड़िया के चुनाव का निर्णय न पण्डित करते थे और न ठाकुर और न ही कोई और...! यहाँ पण्डित बिरादरी की जनसंख्या बमुश्किल आठ-दस परसेंट...! कहाँ ठहरेंगे वे...? फिर ठाकुरों का वोट उन्हें मिलने से रहा; क्योंकि जब तक झूँसी में जोखन सिंह बैठे हैं वे ऐसा कभी न होने देंगे। ऐसा नहीं कि उन्होंने ठाकुरों के लिए काम नहीं किया लेकिन जब चुनाव की बारी आती है तो ये बिरादरी उनका एहसान भूल जाती है और जोखन के गोद में जाकर बैठ जाती है। ऐसे मौक़ों पर ठाकुरों में यह सर्वप्रचलित सिद्धान्त है कि अपनी बिरादरी का आदमी कितना भी लात मारे कष्ट नहीं होता लेकिन ग़ैर-बिरादरी के आदमी का पालागन भी बेंत की मार जैसा असर करता है...! तो ऐसे में ठाकुरों के भी वोट मिलने से रहे...! इनसे जो बचेंगे वे होंगे—तेली, तमोली, ठठेरा, कोहाँर, कुम्हार, गड़ेरी, पासी, नोनिया, चमार, धोबी, लोहार, धुनिया...! फिर उन्हें चुनाव जिताएगा कौन...? वही मुसलामानों में शेख, सैयद, पठान, मिल्की, अंसारी, जुलाहा, चिकवे और थोड़े-बहुत शिया...!

बताते हैं अपनी गंगा-जमुनी संस्कृति और मिली-जुली मजहबी पहचान के कारण हड़िया पूरे जनपद में एक नमूना था—विविधता का, सौहार्द का, सहनशीलता का...! पूरे इलाक़े में हिन्दू और मुस्लिम जातियाँ ऐसे मिलकर रहती थीं जैसे किसी बगीचे में भाँति-भाँति के फूल-पौधे...! मजाल क्या कि लाख चुनौतियों के बावजूद कभी यहाँ का साम्प्रदायिक सौहार्द बिगड़ा हो...! हालाँकि बताते हैं कि पिछले कुछ वर्षों में चुनावों के दौरान यहाँ की जनता भी अब दो फाँक में नज़र आने लगी थी। लेकिन साल के बाक़ी के महीनों में सब कुछ सामान्य तरह से ही चलता था।

दो-तीन बार से हड़िया के चुनाव का निर्णय मुसलमान करते आये थे। कुल वोटों का अकेले एक तिहाई वोट उनके पास हैं और वे जिधर गिरते हैं एक साथ गिरते हैं—धम्म से...! सुबह एक बार बुर्क़े में जो इनकी महिलाएँ बूथों पर लाइनों में लगना शुरू होती हैं तो शाम तक उनका रेला नहीं टूटता...! हाफकट पाजामा और सिर पर गोल टोपी धारण किये अठारह साल के रेखियाउठान लौंडों से लेकर एक पैर क़ब्र में लटकाये लुकमान चाचा तक के वोट पूरे के पूरे पोल होते हैं। इस दिन उनके लिए कोई भी दूसरा काम मायने नहीं रखता।

सभी मतदान-केन्द्र तक ऐसे भागे चले जाते हैं जैसे ईद के दिन ईदगाह के मैदान में नमाज़ पढ़ने जा रहे हों...! वोट इनके लिए इबादत बन गयी है शायद। हो भी क्यों न...! यह क़ौम जान गयी है कि उनके पास चाहे लोकतन्त्र का दिया हुआ कुछ न हो, लेकिन कम-से-कम उसके पास इस लोकतन्त्र को देने के लिए वोट है। फिर उनको 'इस देश में रहना है' और 'दोयम बनकर नहीं रहना है'—यह बात भी बख़ूबी समझा दी गयी है। वे यह भी जान गये हैं कि सरकारें केवल आती-जाती रहती हैं। लेकिन देता-करता कोई कुछ भी नहीं...! सब वादों वाली सरकारें हैं। इसलिए जो उनके लिए अच्छे वादे करे वो सरकार सबसे अच्छी...!

हड़िया आते ही बच्चा तिवारी ने सबसे पहले झारखण्डे और बाल्टी सहित स्थानीय कार्यकर्ताओं के साथ पार्टी कार्यालय पर बैठक की और विधानसभा क्षेत्र में अब तक के क्रियाकलापों की समीक्षा के साथ आगे की रणनीतियों पर चर्चा में मशगूल हो गये। तय किया गया कि समय की कमी को देखते हुए, अब कई स्तरों पर एक साथ काम किया जाना ज़रूरी है। मसलन, एक तो डोर-टू-डोर कैम्पेनिंग के लिए चार-छह टीमें बना दी जायें जिनमें से एक का नेतृत्व स्वयं बच्चा बाबू करें और बाक़ी टीमों के साथ भी कुछ समर्थ कार्यकर्ता लगा दिये जायें। इन सभी टीमों को अलग-अलग क्षेत्र बाँट दिये जायें और कोशिश यह हो कि बच्चा बाबू के चरण सभी ग्राम-सभाओं में एक बार ज़रूर पड़ें। फिर बच्चा बाबू के साथ ऐसा कोई कार्यकर्ता न घूमे जिसकी इलाक़े में दाग़दार छवि हो। इसके अतिरिक्त स्वयं अपनी पार्टी से बिदके या छिटके कार्यकर्ताओं को वापस पार्टी में लाने की कोशिश हो।

इलाक़े में जोखन सिंह के धुर-विरोधियों को पार्टी से जोड़ने की सतत कोशिश की जाय। जोखन के विरोधियों की एक लिस्ट बना ली जाय; ख़ासकर जो उसकी अपनी बिरादरी के हैं। उनका 'माथा फेरने' पर गहराई से काम हो और इस काम में पार्टी के वे कार्यकर्ता लगाये जायें जो उसी टोले-मोहल्ले से आते हों...! ऐसे विरोधियों की अलग सूची तैयार की जाय जिनके साथ जोखन की बदसलूकी का कोई पुराना रिकार्ड हो...! यदि जोखन के ये विरोधी इस ज़ख़्म को भूलने की दशा में पहुँच गये हों तो इसको कुरेद कर और हरा-भरा बनाया जाय और इसके मरहम-पट्टी की ज़िम्मेदारी अपने ऊपर ले ली जाय। यही नहीं, विधानसभा या इसके बाहर भी यदि जोखन की किसी के साथ उधारी हो तो उसे अपने साथ जोड़ने की कोशिश हो और उसे चुनाव-प्रचार में ज़रूर इस्तेमाल कर लिया जाय। उन्हें अगली मोहड़ी पर बिठाया जाय, जहाँ से वे रोज़ कुरता फाड़ के चिल्लाएँ कि—

'कौन राजा और कइसा राजा...! जोखनवा केवल नाम का राजा है, बाक़ी उसकी हालत भिखमंगे से भी गयी-गुज़री है। पिछली विधायकी के चुनाव में पैसे लिए थे कि चुनाव जीतते ही वापस कर दूँगा...! साढ़े तेरह साल हो गये...! आज तक एक चवन्नी भी वापस नहीं किया...! आज के राजा तो बच्चा बाबू हैं...! दिल खोलकर मिलते हैं और दिल खोलकर लेते-देते हैं...! जोखन ठहरा मरघट का डोमड़ा...! अगर अपने कैंडीडेट को चुनाव में जितवा भी ले गया तो हर बार की तरह वहीं मसान घाट में बैठ के दलाली करेगा...! बस...!!'

इसके बाद झारखण्डे राय और बाल्टी राय की एक अलग टीम बना दी गयी जिन्हें सामने आये बिना, केवल हलकान अली के लिए काम करना था। हलकान के साथ उन्हीं की बिरादरी की मज़बूत कार्यकर्ताओं की एक टीम जोड़ी गयी जिसका काम यह तय किया गया कि वह हलकान को लेकर मुख़्तसर उन मुस्लिम बस्तियों में जायें जहाँ स्वयं हलकान मियाँ के जिन्न से फ़ायदा उठाये हुए लोग हों, परेशान अली की कला के तमाम चाहने वाले लोग हों; वहाँ हलकान मियाँ अपने लिए वोट माँगने के बजाय पाखण्डी को उसकी दोगलई एवं नीचता के लिए जी भर गरियाएँ और गाहे-बगाहे मौक़ा देखकर परेशान के केस में मदद करने के लिए बच्चा तिवारी की तारीफ़ भी करते रहें, साथ ही बच्चा बाबू द्वारा परेशान के बनाये नये मक़बरे की ख़ूबसूरती देखने के लिए अपने दरवाज़े पर भी बुलायें; यह कहते रहें कि–

'भइया...! हम तो समय के मारे हैं...! मन करे तो वोट देना चाहे न देना...! लेकिन ई पखण्डिया को वोट कबहूँ न देना; भले वोट को कुएँ में फेंक देना...! और फिर वोट फेंकने के लिए थोड़े न मिला है...! इसका नुक्सान करने से का फायदा...! अन्त तक देखते रहना और कोशिश करना कि जो पाखण्डी को हराये उसे ही वोट दे देना...!' कुल मिलाकर मतलब यह कि बच्चा तिवारी को वोट कर देना...!

फिर पाखण्डी के आचरण से बिदके कलाकारों की टीम को भी सक्रिय करने की ज़रूरत भी समझी गयी। ढेर सारे कलाकार तो पाखण्डी के साथ ही चल रहे थे लेकिन; इस बीच स्वयं नेता बनने की तमन्ना लिए बहुतेरे उनसे अलग भी हो गये थे। असल में अब वे केवल 'शामिल बाजा' बनकर नहीं रहना चाहते थे। वे अपनी ढपली अलग बजाना चाहते थे और अपना राग भी अलग सुनाना चाहते थे कि 'आख़िर हमें पाखण्डी की विधायकी से मिला भी क्या था अभी तक...? केवल कलाकारी के नाम पर सन्तोष करने का आश्वासन और कभी-कभार राजधानी जाने पर दो जून की पूड़ी-तरकारी...! बस...!! चलो मान लिया कि इसके लिए ट्रेनों में फ्री में सफ़र करते थे; लेकिन इसमें पाखण्डी का क्या योगदान...!

केवल हमारा शोषण हुआ है अभी तक...! ऐसी फाकेमस्त कलाकारी से क्या फ़ायदा कि अपने लिए दो जून की रोटी भी मयस्सर न हो सके...! बच्चा बाबू कम-से-कम कलाकारों की क़द्र करना तो जानते हैं। हमारे लिए फ़िक्रमन्द दिखते हैं। पेंशन की बात कर रहे हैं। कुर्सी पर बैठेंगे तभी तो दे पायेंगे...! इसलिए उन्हें कुर्सी पर वापस बैठाना ज़रूरी है।' इन कलाकारों के इस हृदय-परिवर्तन के बाद उन्हें बाक़ायदा सहेज दिया गया था कि वे जब गाते-बजाते गाँव और क़स्बों की गलियों में निकलें तो रह-रह कर बच्चा तिवारी की तारीफ़ में रचित अपने गीत गाते रहें।

नतीजा यह हुआ कि ये नौजवान कलाकार कई टोलियाँ बनाकर अपने ढोलक-झाल लेकर बैलगाड़ियों में बैठ गये थे और पूरे गाँव सहित आसपास के क़स्बे का चक्कर लगाते हुए लगातार यह गीत गा रहे थे–

हड़िया कै जनता अबकी करिहें कमाल
झमकोइया मोरे लाल
बच्चा लगइहें पखण्डी कै धक्का
पंचर होइ गाड़ी निकल जाई चक्का
जनता भी ठट्ठा लगावे कमाल
झमकोइया मोरे लाल...!

जोखन कहें ई तो बड़ा बुरा पटका
कद्दू जो कटता तो आपस में बँटता
फाटि पड़ा जाने कहाँ से बवाल
झमकोइया मोरे लाल...!!

घूरे भी ताड़े भी पर नहीं पाये
अपने ही घर की ख़बर नहीं पाये
घरहिन माँ मुरगी होइगै हलाल
झमकोइया मोरे लाल...!!!

वारे हो टुन्नू वारे-वारे परेशनवा
वारे हलकान वारे-वारे लछिमिनिया
धोती कै फाड़ कर दीन्हा रूमाल
झमकोइया मोरे लाल...!!!!

इस बीच बच्चा तिवारी ने भी अपनी पदयात्रा तनिक तेज़ कर दी थी। वे गाँव में पहुँचते, चौपाल लगाते; जिनमें सभी बिरादरी के लोग होते—ठाकुर-बाभन-भूमिहार-लाला-जादो-अहीर-गड़ेरी-नोनिया-मल्लाह-धोबी-पासी-शेख-सैयद-अंसारी-रिज़वी सब...! फिर एक-एक से पूछते कि आपको क्या चाहिए—सड़क, नाली, कुआँ, तालाब, मन्दिर, मस्जिद, श्मशान, क़ब्रिस्तान, कर्बला, खलिहान, मैदान, चरागाह, ईदगाह...! या तेल, चीनी, राशन, केरासिन...! या राशनकार्ड, लाइसेंस, पट्टा, सट्टा...! सब मिलेगा...! किसी को निराश नहीं किया जायेगा...! कोई कहता पानी नहीं मिल रहा...! वे तुरन्त उस गाँव के प्रधान से कहते—ऐ फलाने सिंह...! ऐ ढिमाके जादो...! ओय भुक्खल मिसिर...! आज ही हैंडपम्प गड़ जाना चाहिए काकी के दरवाज़े पर...!! कोई कहता राशन नहीं घर में...! तुरन्त बीडीओ साहब को कहते कि आज ही मुआइना कीजिए और राशन दिलवाइये...! कोई भूखा नहीं सोना चाहिए...! कोई कहता कि खतौनी में वरासत नहीं हो रही...! तहसीलदार साहब और लेखपाल साहब को वहीं बैठा देते कि पूरे गाँव का इगारै नम्बर का परचा दुरुस्त करो...!

बच्चा तिवारी के भ्रमण के एक-एक दिन और एक-एक पल की ख़बर बाबू जोखन सिंह तक पहुँचती...! वे मसान में बैठे-बैठे खीझते और कहते—'अमें बहुत बड़ा लतमरुआ है...! अभी चुनाव आया है तो हियाँ रात्रि-प्रवास कर रहा है; राशन बँटवा रहा है; हैंडपम्प गड़वा रहा है...! पब्लिक चूतिया है। पिछली बार भी यही किया था इसने राजातालाब में...! बाद में पता चला कि जिसने इसे वोट नहीं दिया उनका पुश्तैनी हैंडपम्प भी उखड़वा ले गया था...! अभी हड़िया वाले इसके मिज़ाज से वाक़िफ़ नहीं हैं। जिस दिन इसकी हक़ीक़त जान जायेंगे उसी दिन हैंडपम्प का हत्था लेकर दौड़ा लेंगे इसे...!'

ज़्यादा कुरेदने पर झल्लाकर कहते—'अमें...! ई सब कउनो नेता हैं...! आज चुनाव आया है तो चारों ओर हेलीकाप्टर उड़ा रहे हैं, घूम-घूम के राशन और पम्फलेट बाँट रहे हैं सरऊ...! नेता मतलब ज़मीनी...! जो ख़ुदै खेत जोते-ख़ुदै हल चलावै; बुवाई-कटाई-दंवाई-निराई-गोड़ाई सब अपने हाथ से करे: सालों-साल पब्लिक के बीच रहे, उनका हर्ज-गर्ज समझे; उनके शादी-ब्याह में पहुँचे; मरन-जियन में पहुँचे; मारपीट की ज़रूरत पड़े तो तुरन्त लँगोटी कसके तइयार रहे; आस-पास के थाने में कम-से-कम दस-पाँच क़तल उसके नाम से दर्ज हो...! यह नहीं कि अपने तो खादी के कुरते में टीनोपाल और माड़ी लगाकर घूम रहे हैं और नौजवानों को कतल-मर्डर के लिए उकसा रहे हैं...! नेतागिरी अपने दम पर की जाती है लौंडे-लफाड़ियों के बल पर नहीं...!!

अब कौन समझाये कि बेटा यह मरदों का धन्धा है, मौगड़ों का नहीं...! इसमें छिनरपन की नहीं, जाँबाज़ी की ज़रूरत होती है...! कर सको तो करो...!' लेकिन सच्चाई यह थी कि वे अभी स्वयं मसान घाट के बाहर मरदों वाली कोई गतिविधि नहीं शुरू कर पाये थे। हालाँकि वे फिर भी आश्वस्त थे कि उनके द्वारा इसका जवाब 'सोनरा कै ठुक-ठुक, लोहरा कै घम्म' वाले अन्दाज़ में दिया जायेगा।

33

असल में चाहे धरती उलट-पुलट हो जाये; चाहे ज़लज़ला आ जाये; चाहे सारी दुनिया इधर की उधर हो जाये—लेकिन बाबू जोखन सिंह मसान घाट कत्तई नहीं छोड़ेंगे; वहीं बैठे-बैठे सब कुछ मैनेज कर लेंगे। यदि कहीं कुछ उन्नीस-बीस रह भी गया तो आगे-पीछे ठीक कर लेंगे; लेकिन कोई उनको मसान घाट से हिला सके—ऐसा माई का लाल अभी ज़माने में पैदा नहीं हुआ। वे ऐसे शेर के समान थे जो भूख लगने पर भी अपनी माँद से बाहर नहीं निकलता; उसके गुर्राने के अन्दाज़ और दहाड़ से, उसके लघुशावकरूपी शागिर्द उसका मन्तव्य जान लेते हैं और फिर कैसे भी उसके लिए वांछित आहार का इन्तज़ाम करते हैं। शायद यही उनकी अब तक की सबसे बड़ी कमाई थी; या यों कहें कि उनका सफल आत्मविश्वास था जिसके बल पर वे अपना सब कुछ गँवाने के बाद भी मैदान में टिके हुए थे। बच्चा जैसे कितने आये और कितने गये; लेकिन उसके इस आत्मविश्वास को कभी कोई डिगा नहीं सका। पूरा इलाहाबाद और आस-पास का सारा इलाक़ा इस सच्चाई को बख़ूबी जानता था; और कदाचित् इस बात से भी वाक़िफ़ था कि यदि किसी दिन जोखन सिंह को मसान घाट से बाहर निकलना पड़ा तो इसका मतलब कि या तो अब बाबू जोखन सिंह का अन्त समय आ गया है; या जिस किसी के शिकार के लिए वे बाहर निकले होंगे; उसका अन्त समय आ गया है। इसका तीसरा कोई अर्थ न तो था और न ही हो सकता था।

राजातालाब से लौटने के बाद विगत तीन-चार दिनों में ही बच्चा तिवारी ने हड़िया विधानसभा में जो चौतरफ़ा गर्ध मचाई थी, उससे बाबू जोखन सिंह का सिंहासन वास्तव में डोल गया था। वे यह बख़ूबी जानते थे कि बच्चा के साथ उनकी यह लड़ाई अन्तिम है। इस बार चाहे उसे ख़त्म कर देना है चाहे ख़ुद ख़त्म हो जाना है। वैसे भी यदि बच्चा तिवारी किसी तरह से बचा रह गया तो उनको

ख़त्म करने में देरी नहीं लगायेगा। फिर उसे ख़त्म करने का उनका सपना, सपना ही रह जायेगा। इसलिए वे बहुत आत्ममन्थन के दौर से गुज़र रहे थे। जिस तरह से बच्चा तिवारी द्वारा एक चक्रव्यूह-रचना करके पाखण्डी के पारम्परिक वोटों में सेंधमारी की रणनीति अपनायी गयी थी और उनके अपने चारों ओर लक्ष्मण-रेखा खींचने की जुगत बिठाई जा रही थी, वह जोखन सिंह का सारा खेल बिगाड़ सकती थी। यद्यपि जोखन सिंह द्वारा आनन-फानन में हलकान मियाँ के प्रभाव को न्यूट्रल करने के लिए मऊ से मोहम्मद सुखारी को ज़रूर बुला लिया गया था। लेकिन चुनावों में बाहरी आदमी को हर कोई सन्देह की नज़र से देखता है—चाहे वह वहाँ का दामाद ही क्यों न हो...! इसलिए इस अवधि में सुखारी जी चाहकर भी मुस्लिम बस्तियों से कोई अपेक्षित परिणाम नहीं दे पा रहे थे; और चौबीस घण्टे में ही उन्होंने जोखन सिंह के सामने जाकर अपने हथियार डाल दिये थे।

उधर शहर के तमाम बड़े अख़बारों में रोज़ ही जोखन सिंह के पुराने दुश्मनों के अलग-अलग बहाने से मैदान में आने की ख़बरें होतीं...! कोई उन्हें ठग बताता तो कोई लुटेरा; कोई कुछ तो कोई कुछ...! इन्हें मैनेज करना ढक्कन जैसे टुटपुँजिया पत्रकारों के बस के बाहर की बात थी। तमाम बैंक वालों की ओर से उन सम्पत्तियों पर उनके बेदख़ली के विज्ञापन आने लगे थे, जिन पर पहले से ही कोई दूसरा काबिज़ था। कुल मिलाकर, स्थिति विस्फोटक हो गयी थी और हर कोई इस 'बिना मुकुट वाले राजा' का बाक़ायदा बाजा बजाने पर तुला हुआ था। कदाचित् इसके पीछे बच्चा तिवारी की टीम के रणनीतिकारों का हाथ था। और जोखन सिंह इस बात को बख़ूबी समझ भी रहे थे। उधर राजातालाब में अभी भी उनकी एक जर्जर हवेली थी, लुटी-पिटी हुई जागीर थी, कभी इस जागीर में काम करने वालों के वंशज थे और कदाचित् इस जागीर पर बिना किसी लिखा-पढ़ी के बसने वाले और खेती-किसानी करने वाले बहुतेरे लोग थे; जो आज भी दुआ-सलाम के लिए उनकी राह ताकते रहते थे। लेकिन वहाँ जोखन सिंह का आना-जाना कब का छूट गया था। छम्मो वहाँ अकेले अपने दम पर संघर्ष कर रही थीं। कुल मिलाकर जोखन सिंह के लिए, कहीं से भी स्थिति नियन्त्रण में नहीं दिखायी देती थी।

बाबू जोखन सिंह बड़ी मुश्किल से देर रात दो बजे सो पाये थे और सुबह साढ़े चार बजे ही जाग गये थे। फिर दिशा-फराग़त से निपटने के बाद पूरे दिन तनिक परेशान से दिखे और शाम होते-होते फ़साहत अली को लेकर फ़ुरसतगंज की ओर निकल गये। बमुश्किल सात-सवा सात बज रहे होंगे। वे फ़साहत के साथ सीधे परेशान अली के मक़बरे पर पहुँचे। मक़सद था कि इस बहाने वे

स्थानीय मुस्लिम मतदाताओं को इधर-उधर बहकने से रोक सकेंगे। वहाँ पाखण्डी भी बुला लिए गये थे और सुखारी भी। मौक़े पर लछिमिनिया देवी भी मौज़ूद थीं। हालाँकि हलकान मियाँ कहीं इलाक़े में ही गये थे। सो उनसे भेंट नहीं हो पायी। जोखन सिंह पहुँचे और सबसे पहले परेशान के मक़बरे पर मत्था टेका। चुनावी राजनीति का माहौल था और रमज़ान का पाक महीना...! थोड़ी ही देर में वहाँ ढेर सारे लोग इकट्ठा हो गये थे। लगभग सभी बिरादरी के लोग...! फिर भी ज़्यादातर मुस्लिम और थोड़े हिन्दू...!! जोखन सिंह ने खड़े-खड़े ही भावनात्मक लहजे में केवल दो टूक बात की। बोले–

'अस्सलामअलेकुम...! आदाब...!! नमस्कार...!!! मैं आज यहाँ आपके बीच राजनीति करने नहीं आया हूँ। परेशान हमारा भाई था। आज उसकी बरसी है। उसकी याद आयी तो टहलते हुए यहाँ चला आया। जो परेशान को लेकर राजनीति कर रहे हैं उन्हें न तो इसकी बरसी याद है और न इसका संघर्ष–उन्हें केवल इसकी क़ब्र पर रोटी सेंकना याद है। यह काम तेज़ी से चल रहा है। इसी रविवार को वोट पड़ेंगे। आज से ठीक चौथे दिन...! दो दिन बाद आपको ढेर सारे तोहफ़े दिये जायेंगे; और शराब की बोतल अलग से–शायद इन ज़ख़्मों को भुलाने के लिए...! चाहे तो ले लीजियेगा–दस्तूर समझकर...! लेकिन यह ज़रूर ध्यान रखिएगा कि यह दस्तूर ही आपकी क़िस्मत लिखेगा। आने वाली पीढ़ियाँ जब आपसे पूछेंगी कि आपने अपने समय के रहनुमाओं से उनके लिए क्या माँगा था तो केवल सिर नीचे कर लीजियेगा; क्योंकि उस समय दिखाने के लिए आपके पास न तो ये नोट होंगे और न शराब की बोतलें; और न ही कुछ और...! बल्कि आपके पास कुछ भी न होगा...! लेकिन ध्यान रखियेगा आप इस कोशिश में देश को बेच रहे होंगे...! आपको भले फ़र्क़ न पड़े लेकिन देश को फ़र्क़ पड़ेगा और वह आपको कभी माफ़ नहीं करेगा...!' –इतना कहकर जोखन सिंह ने वहाँ उपस्थित लोगों से फिर से हाथ जोड़े और धीरे-से भीड़ को चीरते हुए वापस झूँसी निकल गये।

जोखन सिंह के वापस जाने के तत्काल बाद वहाँ एक विचित्र वाक़या हुआ। न जाने जोखन सिंह ने ऐसा क्या कह दिया था कि वहाँ के निवासियों को उनकी बात तीर की तरह चुभ गयी थी। वहीं बैठे-बैठे परेशान अली के मक़बरे के सामने ही, फ़ुरसतगंज के तमाम ग्रामवासियों ने अल्लाह को याद करते हुए यह प्रण किया कि अब चाहे कोई लाख कोशिश कर ले; वे इस बार के चुनाव में किसी प्रत्याशी के बहकावे में नहीं आयेंगे और जिस पार्टी के लोग उनके वोटों को तरह-तरह के प्रलोभनों से रिझाने की कोशिश करेंगे, वे उनका खुलकर बहिष्कार भी करेंगे।

पूरे विधानसभा में यह बात जंगल में आग की तरह फैली और देर रात तक यह ख़बर बच्चा तिवारी के कानों में पड़ी। वे इलाक़े में ही कहीं वोटों के गुणा-गणित में लगे हुए थे। इस बात की भी पुख़्ता जानकारी मिली कि जोखन सिंह द्वारा किसी बहाने से फ़ुरसतगंज और आसपास के गाँवों के इकट्ठे मुस्लिम वोटों को बिखेरने के लिए ऐसा किया गया है। बच्चा तिवारी को समझ में नहीं आया कि वे क्या प्रतिक्रिया करें...! पल भर में ही उन्हें चौसर पर बिछाई गयी अपनी बिसात बिखरती हुई नज़र आने लगी। वे फूट-फूट कर रोना चाहते थे लेकिन न जाने क्यों उन्हें हँसी आ रही थी। वे शायद इसलिए रोना चाहते थे क्योंकि एकबारगी उन्हें बड़ी मुश्किल से सँजोये अपने मुस्लिम वोटों के बिखरने का ख़तरा महसूस होने लगा था। लेकिन उन्हें हँसी भी आ रही थी कि सम्भवतः उनके प्रचार की आँधी ने आज जोखन सिंह को मसान घाट से बाहर निकलने के लिए मजबूर कर दिया...!

कुल मिलाकर वे अपनी इस सफलता पर अकेले में ही सही, थोड़ी ख़ुशी तो मना ही सकते थे। लेकिन ऊँचाई पर बैठे शख़्स के नीचे गिरने का डर उसे भीतर से बेहद कमज़ोर बना देता है। उसे किसी पर भरोसा नहीं रह जाता—कदाचित् अपने साये पर भी नहीं...! कहते हैं कि ऐसे माहौल में स्वयं को बचाने की जद्दोजहद में, कई बार सयानी कुतिया गू भी खा लेती है। अब देखिये न...! जिस मक़बरे को बने हुए अभी चन्द महीने भी न बीते थे और जिस पर बीती शाम ही जबर सिंह माथा टेक कर गये थे; अगले दिन सुबह उसके बुरी तरह तोड़े जाने की ख़बर मिली। किसी ने जोखन सिंह का नाम लिया तो किसी ने छम्मो का; किसी ने पाखण्डी का नाम लिया तो किसी ने दबी ज़ुबान से स्वयं इसके निर्माता बच्चा तिवारी का...! जितने मुँह-उतनी बातें...!! अफ़वाहों का बाज़ार गर्म...! चारों ओर केवल एक ही चर्चा कि 'किसने किया होगा और क्यों किया होगा...? ऐसा कौन कर सकता है भला...??'

ख़ैर...! सरपंच चिन्ता यादो ने नचना थाने में एक लम्बी-चौड़ी तहरीर दी कि कैसे 'कुछ लोग चोरों के वेश में रात के दो-ढाई बजे फ़ुरसतगंज में घुस आये थे; सबसे पहले मक़बरे को तोड़ा; फिर पास में ही बैठकर चोरी की योजना बना रहे थे। तभी किसी ने उन्हें देख लिया। तब चोर जान बचाकर भाग निकले। जानकारी मिलने पर उन्होंने अपने दो-तीन साथियों के साथ लुक्कारा लेकर दूर तक उनका पीछा किया। वे भागते हुए हगनहा ताल के पास जाकर रुक गये और उनसे लड़ने के मूड में आ गये। हमने भी ताल ठोंकी और उन्हें धरने की कोशिश की। लेकिन उनके शरीर पर भरपूर मात्रा में कडुआ तेल लगे होने के

कारण वे हाथ से फिसल गये और छुड़ाकर भाग गये; उन्हें पकड़ा न जा सका।' बहरहाल, थाने में अज्ञात के ख़िलाफ़ मुक़दमा दर्ज कर लिया गया और तफ़्तीश चालू हो गयी।

दूसरे दिन फ़ुरसतगंज के हर गली में और हर चौराहे पर इस घटना की चर्चा चलती रही; चिन्ता के साथियों द्वारा पूरे दिन फ़ुरसतगंज के हर गली-चौराहे पर घटना की जानकारी दी जाती रही। वे लोगों को यह बताते कि कैसे वे इन चोरों के बेहद क़रीब पहुँच गये थे। कोई बताता कि उसने तो चोर की कमर भी पकड़ ली थी। लेकिन ये चोर भी न बड़े शातिर दिमाग़ के होते हैं...! वे अँधेरे में बिल्ली की तरह देख लेते हैं और सन्नाटे में कुत्ते की तरह सुन लेते हैं। उन्हें रात में कोई भी नहीं पकड़ सकता। फिर ये चोर कोई कपड़ा-वपड़ा भी नहीं पहनते; सिर्फ़ कच्छा पहनते हैं। अपने शरीर पर कालिख़ की ऐसी पुताई कर लेते हैं कि कोई देख भी ले तो पहचान नहीं सके। इतना ही नहीं, कालिख़ से शरीर पुतने के बाद उसपर चभक्क के कड़ुआ तेल उड़ेल देते हैं ताकि कोई उन्हें पकड़ भी ले तो उसका हाथ फिसल जाये। अगर ऐसा न होता तो कल ये सारे चोर उनकी पकड़ में होते और थाने के अन्दर भी...!

उधर सभी के माथे पर बल पड़ गये थे। जोखन सिंह के अलग और पाखण्डी के अलग...! बच्चा तिवारी को तो सबसे अधिक चिन्ता सताने लगी थी। हालाँकि बच्चा तिवारी और उनकी साथियों के लिए यह महत्त्वपूर्ण नहीं था कि ये चोर कौन थे और कहाँ से आये थे...! ये पता करना तो पुलिस का काम है। उनके लिए ज़्यादा महत्त्वपूर्ण यह था कि चुनाव के इस कठिन समय में, आख़िर किसी का मक़बरा तोड़ने का क्या मक़सद हो सकता है...? दुनिया में हर घटना के पीछे कोई मक़सद हो, यह ज़रूरी नहीं है। लेकिन राजनीति ने हमें यह सिखाया है कि हमें मक़सद तलाशने पर ज़ोर देना चाहिए। इस लिहाज से राजनीति की प्रवृत्ति मक़सदवादी है। जैसे विज्ञान कहता है कि हर कार्य का कोई कारण होना ज़रूरी है। कोई भी कार्य अकारण नहीं हो सकता। वैसे ही राजनीति का यह फ़लसफ़ा है कि हर घटना के पीछे कोई-न-कोई मक़सद होता है। कोई भी घटना बिना मक़सद के नहीं हो सकती। और यदि कोई घटना ऐसी घटित हुई हो जिसके पीछे कोई ख़ास मक़सद ज्ञात न हो; तो उस घटना के पीछे इस ख़ास मकसद को अनिवार्य तौर पर जोड़ दिया जाना चाहिए। इससे घटना का रूप-रंग और निखर आता है। राजनीति की इस मक़सदवादी प्रवृत्ति ने समाज और धर्म के रेशे-रेशे को उघाड़ कर रख दिया है। उसके इतने बहुआयामी रंग-बेरंग तलाशे हैं, जितने की कल्पना नहीं की सकती।

ख़ैर...! मक़सद की तलाश में तफ़्तीश शुरू हुई। प्रायः ऐसे नाजुक मौक़ों पर पुलिस कोई जोखिम नहीं लेती। जैसे आलाकमान के सिग्नल होते हैं उसी हिसाब से कहानी गढ़ ली जाती है और उसे प्रसारित कर दिया जाता है। कौन ससुर इस फ़ज़ीहत में पड़े कि सही क्या है और ग़लत क्या है...? दोषी कौन है और निर्दोष कौन...? मान लीजिए पुलिस सही-सही जाँच शुरू कर भी दे तो वह कितनी दूर तक सही-सही चल पायेगी या उसे कितनी दूर तक सही तरीक़े से चलने दिया जायेगा; इसका भरोसा कौन दे पायेगा उसे...? अब मान लीजिए कि अगर पुलिस कह दे कि अभी मुआमले की जाँच चल रही है। तो उससे पूछा जायेगा कि जाँच कहाँ तक पहुँची...? यदि यह कह दे कि जाँच अपने अन्तिम चरण में है तो फिर उसे बताना पड़ेगा कि यह अन्तिम चरण कब पूरा होगा...? यदि जाँच पूरी हो जाय तो भी पूछा जा सकता है कि अपराधी कब तक सलाख़ों के पीछे होंगे...? लेकिन यदि पुलिस ने अपराधियों को पकड़ भी लिया और सलाख़ों के पीछे भी डाल दिया तो भी उसका पिंड न छूटेगा। तब उसे यह भी बताना होगा कि उन्हें सज़ा कब तक होगी...? अब सज़ा-वज़ा भी इतनी आसान तो है नहीं...! बावजूद इसके, यदि ख़ुदा-न-ख़्वास्ता अपराधी को सज़ा हो ही जाय तो एक आख़िरी सवाल फिर भी रह जाता है कि फाँसी क्यों न हुई...? एक जाँच और इतने सवाल...?? इसलिए क्यों न जो यह सारा एकमुश्त सवाल करने वाला है, उसके हिसाब से ही जाँच पूरी कर दी जाय...! सारा मामला ही ख़त्म...!! सारा टेंशन ही ख़त्म...!!

जानकारी मिली कि दो दिन पहले पोलो, ददई की दुकान पर चिलम फूँकते देखे गये थे। इसके एक दिन पहले वे शहादतगंज में भी देखे गये थे। इस दौरान उनके साथ अलग-अलग अपरिचित क़िस्म के लोग भी दिखे। हालाँकि बताते हैं कि स्मैक्सोप्रॉक्सीवान के चक्कर में वे पूर्व में भी ददई के यहाँ आते-जाते रहे थे लेकिन उनका इस बार का आना मानो कोई गुनाह हो गया...! पूरे दिन नचना पुलिस ददई और रामा के यहाँ आने-जाने और बैठने वालों से पूछताछ करती रही। किसी ने कहा कि वे अन्तिम बाबा और गंगी का पता पूछने आये थे; किसी ने कुछ बताया और किसी ने कुछ...! पूछताछ बूटी महराज के आश्रम तक पहुँची—कदाचित् अन्तिम और गंगी की तलाश में; और सम्भवतः बूटी और छम्मो को उनके ऊपर आसन्न राजनीतिक ख़तरे का संकेत देने के लिए भी...!

चुनाव का मौसम; चुनाव आयोग की सख़्ती और मुख्यमन्त्री का विधानसभा क्षेत्र...! फिर भी ऐसी दुस्साहसिक घटना...!! कई बार ज़िले के कलट्टर जबर सिंह और पुलिस कप्तान को मीडिया वालों ने घेरने की कोशिश की;

लेकिन दोनों ही अधिकारी लगातार यह कहकर बचते रहे कि 'पुलिस अपना काम कर रही है।' 'दोषियों को बख़्शा नहीं जायेगा।' 'यह प्रदेश के साम्प्रदायिक सौहार्द को बिगाड़ने की साज़िश है।' बात केवल इतनी भर नहीं थी। यह प्रदेश के निवर्तमान मुख्यमन्त्री का विधानसभा क्षेत्र था और बच्चा तिवारी अभी भी मुख्यमन्त्री की हैसियत से काम कर रहे थे। फिर उनके अगली बार मुख्यमन्त्री चुने जाने की भी प्रबल सम्भावना थी। मक़बरा टूटने के बाद से ही बच्चा तिवारी पोलो को गिरफ़्तार करने और उनकी तथा उनके अज्ञात साथियों की मज़म्मत कराने का आदेश जबर सिंह को दे रहे थे। जबर सिंह हिल गये थे। क्योंकि आचार संहिता लागू है और सत्तापक्ष का इस क़दर खुलेआम साथ देने पर चुनाव आयोग उन्हें बख़्शेगा नहीं। इसलिए वे चाहकर भी बच्चा तिवारी की कोई मदद करने में हिचक रहे थे। सबसे बड़ी हिचक यह थी कि पोलो उनके पुराने दोस्त रहे थे और छम्मो के दिल में पोलो के लिए अभी भी स्थान था। अगर वे अब कुछ दाँव लगाकर पोलो के विरुद्ध मुक़दमा दर्ज करा ही देते तो छम्मो उनके बारे में भला-बुरा सोचती; जो वे कतई नहीं चाहते थे। वे बेहद असमंजस में थे लेकिन मजबूर भी। ऐसे समय में उन्हें झारखण्डे याद आये और कुछ दिन पहले शासन-प्रशासन के रिश्तों के सम्बन्ध में उनकी कही गयी गहरी बातें भी...!

तो क्या पोलो गिरफ़्तार होंगे...? बच्चा तिवारी के लिए यह कत्तई घाटे का सौदा नहीं था। बल्कि स्वर्णिम अवसर था—एक बार फिर से राजनीति के शीर्ष तक पहुँचने का...! पोलो का पकड़ा जाना मतलब सत्ता की चाभी का हाथ लगना। कैसे? अरे भई...! पोलो का हाथ मतलब जोखन सिंह का हाथ मतलब पाखण्डी शर्मा का हाथ...! मतलब साज़िश...! मतलब दंगा भड़काने की साज़िश...!! मतलब प्रदेश को साम्प्रदायिक दंगों की आग में झोंकने की साज़िश...! मतलब हिन्दू वोटों को एकजुट करने की साज़िश...! मतलब मुसलमानों के सामूहिक नरसंहार की साज़िश...! मतलब मुसलमानों को क़त्लेआम मचाने की छूट देने की साज़िश...! मतलब मुसलमानों का अपने संरक्षक को एकमुश्त वोट करने की साज़िश...! मतलब अधिसंख्य मुस्लिमबहुल सीटों पर जीत...! मतलब विधानसभा चुनाव में भारी जीत...! मतलब सरकार बनाने के लिए आवश्यक आँकड़ा...! मतलब लगातार तीसरी बार मुख्यमन्त्री बनने की राह सुनिश्चित...! मतलब आगामी पाँच सालों तक फिर ग़रीबी-बेरोज़गारी-भुखमरी-अशिक्षा से लड़ने की जद्दोजहद...! मतलब ढेर सारे मतलब-ही-मतलब...!!

जब जीत के समीकरण ज्यामिति की रेखाओं की तरह इतने सीधे-सरल हों तो फिर देरी किस बात की...! चुनाव आयोग हमेशा थोड़े न रहेगा और न

हमेशा साथ देगा...! साथ देंगे अन्त में बच्चा तिवारी ही...! और फिर आयोग में उनके ही लोग तो बैठे हैं...! किसकी हिम्मत है कि आँखें तरेरे...? आगे-पीछे उसे भी तो पोस्टिंग चाहिए होगी...! इसलिए बच्चा जी की बातों को मान लेने में ही भलाई है। वे हमेशा से संरक्षक रहे हैं और आगे भी बने रहेंगे...! और यदि आगे नहीं रहे तो...? तो फिर जो आगे आयेगा उसके सामने घुटने टेके जायेंगे...! फ़िलहाल अभी तो केवल बच्चा तिवारी और उनके आदेश...!!

नचना थाने की पुलिस ने अपनी जाँच में यह सिद्ध पाया कि कभी छम्मो देवी ने परेशान अली के समाधि स्थल पर शहीद-स्मारक बनवाना चाहा था। लेकिन इसके पहले कि वे इसे बनवा पातीं, बच्चा तिवारी ने लोगों की भावनाओं का ख़याल करते हुए वहाँ भव्य मक़बरा बनवा दिया। पोलो को छम्मो का यह अपमान बर्दाश्त नहीं हुआ। इसलिए उन्होंने अपने साथियों के साथ, एक सुनियोजित षड्यन्त्र के तहत रात के अँधेरे में यह मक़बरा तोड़ दिया कि इस बहाने से वे न केवल छम्मो को ख़ुश कर सकेंगे; बल्कि साम्प्रदायिक कारणों से पूरी चुनावी फ़िज़ा बच्चा तिवारी के ख़िलाफ़ हो जायेगी। इसका फ़ायदा छम्मो देवी और बाबू जोखन सिंह के महागुट के प्रत्याशी पाखण्डी शर्मा को मिल सकेगा।

अन्त में लोगों के बयान और ऊपर के दबाव के आधार पर पोलो और उनके कई अज्ञात साथियों का नाम थाने में दर्ज एफआईआर में नामज़द किया गया और पोलो को गिरफ़्तार कर लिया गया।

34

बाबू जोखन सिंह फज़ीहत में पड़ गये थे। अपना प्रण भी तोड़ा और शर्मिन्दा भी हुए। हासिल कुछ भी न हुआ...! पोलो का धरा जाना, उनके लिए बच्चा तिवारी का एक संकेत भर था कि 'बेटा...! जिस चाल को चल कर तुम बाज़ी अपने पक्ष में कर लेना चाहते थे; वह बाज़ी तुम्हारे लिए ही उलटी पड़ गयी न...!' वे सारी रात सो न सके। जब भी उनकी आँख झपकती, बच्चा तिवारी सपने में आ खड़े होते, मुस्कुराते और कहते–

'तुम क्या समझते थे कि पुण्यतिथियों पर अकेले तुम्हें ही सहानुभूति बटोरना आता है...! हमसे ज़्यादा कौन पुण्यतिथियाँ मनाता है और कौन पीठ सहलाता है ए गुरू...! राजनीति के असली खिलाड़ी हैं हम...! हमीं जान भी मारते हैं और हमीं कन्धा भी देते हैं...! हमारा तो धन्धा ही है–सुबह जनाज़े में शामिल

होना और शाम को बरमभोज में...! तुम सोच रहे थे कि मैंने मक़बरा इसलिए बनवाया कि तुम जाकर वहाँ राजनीति करो...! लो तुड़वा दिया मैंने इसे; और फाँस दिया तुम्हारे लम्पटों को...! अभी आगे भी जितना फड़फड़ाओगे उतना ही रगेदे जाओगे...! होनिहार गरम हो जायेगा तुम्हारा...! भूल गये क्या कि जब मैंने ही तुम्हें जेल भी कराया था और तुम्हारे जेल जाते समय स्वागत के लिए फूल-माला लेकर नैनी पहुँच गया था...! राजातालाब की सम्पत्ति की लड़ाई एक दिन तुम्हारा कन्धा भी दिलवाएगी मुझसे...! इसी मसान घाट में तुम्हें फूँकने आयेंगे सब लोग...! तैयार रहना...!!'

जोखन सिंह सपने में से अचकचाकर उठ कर बैठ जाते। फिर थोड़ा-बहुत टहल कर लेट जाते।

शुभ मतदान में केवल दो दिन बाक़ी थे और पोलो सरेआम धर लिए गये थे—एक ऐसे अपराध के लिए जो क़ायदे से उन्होंने किया ही नहीं था। शुभ शब्द से याद आया कि अपने देश में हर सर्जनात्मकता प्रायः बलिदान-अपेक्षी होती है। यहाँ हर सृजन किसी-न-किसी शहादत की माँग करता है। मानो बिना शहादत के कोई सृजन हो ही नहीं सकता। यह इसके रगों में है—संस्कार में है...! इसीलिए कई मौक़ों पर ये जो नारियल फोड़े जाते हैं न; सच पूछिये तो ये भी एक क़िस्म की शहादत के ही प्रतीक हैं। यह भी सम्भव है कि अतीत में ये किसी-न-किसी जीव के स्थानापन्न के रूप में आये हों...! ख़ैर जो भी हो...! इस शहादत का सबसे बड़ा फ़ायदा यह होता है कि जिस काम को सम्पन्न किये जाने के लिए कोई शहादत दी जाती है, कालान्तर में उसके सारे दोष-पाप भी इसी पर स्थानान्तरित हो जाते हैं। अब पोलो भी इस शहादत के प्रतीक बन रहे थे। हालाँकि उनकी शहादत से किसका मनोरथ पूरा होता और किसका दोष-पाप कटता; इस बारे में अभी से कुछ नहीं कहा जा सकता था।

बताते हैं किसी समय पोलो के गुरु अनशनकारी बाबा इलाक़े में इस शहादत के सबसे बड़े उदाहरण बनकर उभरे थे। बात उन दिनों की है जब इलाहाबाद और झूँसी के बीच गंगा नदी के ऊपर कोई स्थायी पुल न था, जैसा कि आज है। पूरे साल पीपे के पुल से काम चलाया जाता और जब गंगा जी का पानी बढ़ जाता तो महीनों तक बनारस और आगे जाने वाले सभी रास्तों का आवागमन बाधित रहता। तभी एक ऐसा वाक़या हुआ कि फ़ुरसतगंज के अनशनकारी बाबा की पत्नी बीमार पड़ गयीं। नदी का पानी पूरे उफ़ान पर था और अनशनकारी बाबा की पत्नी को शहर ले जाकर नहीं दिखाया जा सका। नतीजा यह हुआ कि वे बिना इलाज के ही परलोक सिधार गयीं।

बाबा तो थे ही बाबा...! परम दयालु भी और परम क्रोधी भी...! एक ओर पत्नी को श्मशान घाट तक विदा कर लौटे और दूसरी ओर बिना क्रिया-करम पूरा किये ही झूँसी के किनारे आमरण अनशन पर बैठ गये। एक दिन बीता-दो दिन बीते; धीरे-धीरे हफ़्ता बीता। तब शासन-प्रशासन की नींद खुली। लगा कि कहीं बाबा इसी अनशन में निपट गये तो एक तो बाक़ी सारे बाबा आफ़त में डाल देंगे और दूसरे अनशनकारी बाबा न जाने किन-किन को ब्रह्मराक्षस बनकर सताते फिरें...! इसलिए आनन-फानन में उनकी सुरक्षा और नियमित जाँच आदि की व्यवस्था की गयी कि बाबा अनशन करते रहें लेकिन केवल जीवित रहने तक...! ख़ैर...! प्रशासन अपना काम करता रहा और बाबा अपना...!! दोनों के बीच लुका-छिपी चलती रही और कुछ दिन बीते। इस बीच स्थानीय ग्रामवासियों ने बाबा के आन्दोलन के नैतिक समर्थन के साथ ही साथ, उनके लिए शाम और रात्रि के लिए नाच आदि के मनोरंजन का भी इन्तज़ाम कर लिया था ताकि बाबा की साधना बिना किसी बोरियत के लगातार चलती रहे। प्रकाश आदि के लिए दूर स्थित किसी पम्पिंगसेट से बिजली भी खींच ली गयी थी। बाबा वहीं नदी के बीचों-बीच अपनी गद्दी पर लेटे रहते और नाच का आनन्द लेते रहते। बिना भोजन-पानी के दिन भर की उनकी तपस्या के लिए, शाम और रात का यह इन्तज़ाम बड़ा ही सुकूनदेह होता था।

बाबा चूँकि कुछ भी ग्रहण नहीं करते थे; इसलिए वे दिन-प्रतिदिन कमज़ोर होते जा रहे थे। डॉक्टरों की टीम लगातार उन पर निगरानी कर रही थी और ज़िला प्रशासन को अपनी रिपोर्ट दे रही थी। कल रात की रिपोर्ट चौंकाने वाली आयी थी। बाबा का ब्लडप्रेशर-शुगर सब कुछ बहुत नीचे जा चुका था और अब यदि उनका अनशन नहीं तुड़वाया गया तो उनके जीवन को ख़तरा हो सकता था। लेकिन बाबा अनशन तोड़ें कैसे...? पुल के लिए आश्वासन कौन दे...?? तभी एक निर्णय किया गया कि जब बाबा ग्रामवासियों के साथ रात में नाच देखने में मशगूल हों तो धीरे-से बिजली गुल करके उनको उठा लिया जाय और हस्पताल में भर्ती करके उनको जबरन जूस इत्यादि पिलाकर अनशन तोड़ने का प्रबन्ध कर लिया जाय। स्थानीय प्रशासन के पास दूसरा कोई विकल्प भी न था।

इसी योजना के तहत शाम के समय स्थानीय पुलिस और एसडीएम साहब पहुँचे और मौक़ा देखकर एकाएक बिजली गुल कर दी गयी। अँधेरे में किसी को कुछ समझ ही नहीं आया कि क्या हुआ। लेकिन गाँव वाले इतना तो समझ गये कि हो-न-हो यह प्रशासन की कोई नयी चाल हो...! उन्होंने अँधेरे में ही पुलिस और प्रशासन की टीम पर पत्थर बरसाने शुरू कर दिये। इतने पत्थर कि सबकी

जान पर बन आयी। भागते हुए पुलिस और प्रशासन के लोग खेतों में छुप गये और किसी तरह अपनी जान बचाकर वहाँ से भाग निकले। थोड़ी देर में जब वहाँ बिजली के तार फिर से जोड़े गये तो देखा गया कि बाबा तो सही-सलामत थे लेकिन आस-पास तीन नचिदेखुआ युवकों की लाशें बिखरी पड़ी थीं, जिनके शरीर पर बन्दूक़ की गोलियों के गहरे घाव थे। फिर क्या...! इलाक़े के तमाम नेता-नगरी, विधायक-मन्त्री वहाँ पहुँचने लगे और सुबह होते-होते घटना की न्यायिक जाँच बिठा दी गयी। एसडीएम और थानेदार सहित कई पुलिसवाले सस्पेंड कर दिये गये। लेकिन इस घटना का सबसे बड़ा फ़ायदा यह हुआ कि शासन स्तर से चौबीस घण्टे के भीतर ही, अनशनकारी बाबा की पत्नी के नाम से गंगा पर पुल बनाने की घोषणा कर दी गयी। तो ऐसा है अच्छे कार्यों के पीछे छिपे शहादत का असल इतिहास...! सारा-का-सारा इतिहास ऐसे क़िस्सों से भरा पड़ा है।

बहरहाल पोलो की इस शहादत के तीसरे दिन ही मतदान का कार्यक्रम निर्धारित था। बमुश्किल अड़तालीस घण्टे का अन्तराल...! मतदान-पूर्व के अड़तालीस घण्टे किसी भी लोकतन्त्र के लिए सबसे अहम होते हैं। क़ायदे से इस अवधि में चुनाव प्रचार का शोर थम जाता है और वातावरण में केवल सन्नाटे रह जाते हैं। इस व्यवस्था का असल मक़सद शायद यह होगा कि इस सन्नाटे में आम जनता विगत बीस-पच्चीस दिन में अपने स्मृतिपटल पर बार-बार पोते गये स्याही को मिटा सकेगी और निश्चिन्त भाव से ख़ूब सोच-समझकर योग्य प्रत्याशी के हक़ में निर्णय कर सकेगी। लेकिन ऐसा कहीं होता है भला...! यह तो वह समय होता है जब इस सारे सन्नाटे को चीरती हुई विश्वास और भरोसे की दीवारें स्वयं भरभराकर गिरने लगती हैं—किसी पहाड़ पर होने वाले भू-स्खलन की तरह...! अन्तर बस यह कि एक स्वतःस्फूर्त होता है और दूसरा प्रायोजित...! इस स्खलन में कौन दबेगा और कौन बचेगा—किसी को भी पता नहीं होता...! बहुतेरे चेहरे बेनक़ाब होने लगते हैं। अभी तक साधु से दिखने वाले चरित्र एकाएक खलचरित्र बन जाते हैं और ढेर सारे खलचरित्र अपनी विद्रूपता के बावजूद साधु-से नज़र आने लगते हैं। यही तो वह असली समय होता है जब बहुतेरे पानी छानकर पीनेवाले भी लहू बिना छाने पी जाते हैं। सब कुछ गड्ड-मड्ड सा नज़र आने लगता है। सारे सिद्धान्त विगलित होने लगते हैं। यह स्खलन और विगलन सर्वव्यापी होता है। इस समय हर ओर चुनावी फ़सल को ज़हर से सींचा जाता है। एक ऐसे ज़हर से, जो कदाचित् पेड़ों को रोपते समय ही उनकी जड़ों में बहुत चालाकी से स्थापित कर दिया गया होता है; और जो बाद में चुनावी खाद-पानी पाते ही पेड़ों की फूल-पत्तियों में रगों की माफ़िक तरल बनकर लहलहाने लगता है।

बहरहाल इस बार का पूरा चुनावी परिदृश्य सत्ता पक्ष और एकजुट या बिखरे विपक्ष में नज़र आने लगा था। सत्तापक्ष अपना सब कुछ फिर से बटोरने में लगा हुआ था। और बाक़ी विपक्षी सब कुछ तोड़ने में...! हालाँकि यह सिद्धान्त सर्वव्यापी नहीं था। जहाँ सत्तापक्ष को वोटों को बटोरने में कामयाबी नहीं मिल रही थी वहाँ वह भी विपक्षियों से कम नहीं तोड़ रहा था। बल्कि तनिक ज़्यादा ही तोड़ रहा था। असल में विपक्षियों के पास केवल एक ही हथियार था–सरकार की नाक़ामी...! सरकार की इस नाक़ामी को हत्या-लूट-डकैती-अपहरण-बलात्कार-अराजकता-चोरी-चकारी-बीमारी-ग़रीबी-बेरोज़गारी-भुखमरी और न जाने कितने रूपों में दिखाकर जनता को डराने का प्रयास किया जा रहा था।

उधर सत्तापक्ष के पास वोटरों को बटोरने के बहुविध यन्त्र थे और वह इन्हें लगातार आजमा रही थी। जाति और धर्म तो बाहरी और बनावटी संसाधन हैं। असल और अन्दरूनी संसाधन होते हैं–साड़ी, कम्बल, नगदी, राशन, सायकिल, शराब सहित राशनकार्ड, खतौनी, वरासत, पट्टा, नाली-मेंड़, हैडपम्प, शौचालय, कॉलोनी सहित न जाने कितने आश्वासन...! सरपंचों और पंचों को बाक़ायदा इनके वितरण की और मतदाता-समूह को बन्धक बनाकर रखने की ठेकेदारी दे दी गयी थी। उनका नज़राना-शुक्राना अलग से तय कर दिया गया था और बाक़ी वे अपनी क़ाबिलियत के हिसाब से ऊपर से चाहे जितना झटक सकें; उसका कोई हिसाब नहीं, कोई लेखा-जोखा नहीं, कोई ऑडिट नहीं...!

इन अड़तालीस घण्टों में स्थान-स्थान पर बुद्धिजीवियों के कई सामूहिक भोज आयोजित किये गये। तमाम वामपन्थी रातों-रात चामपन्थी और हरामपन्थी बन गये थे। गरमागरम भुने गये बकरे और मुर्गे की टाँग खींची जा रही थी और अंगरेज़ी शराब की खुलती बोतलों के बीच सामाजिक सद्भाव और साम्प्रदायिक एकता पर लम्बे-लम्बे व्याख्यान चल रहे थे। मक़सद केवल एक ही था कि कैसे सत्ताधारियों की मदद की जाय; सोशल इंजीनियरिंग की विधि का इस्तेमाल कर उन्हें फिर से सत्ता पर काबिज़ कराया जाय ताकि सालों-साल उनकी भी दुकान चलती रहे। सभी मस्त रहें–सभी मदमस्त रहें...!

सारे प्रयासों के बावजूद सबसे कठिन थी–वह रात, जिसके अगले दिन मतदान होने थे। कौन किस घर को सम्हालेगा और कौन किस मोहल्ले को; कौन किस टोले पर निगरानी रखेगा और कौन किस गाँव पर–इसकी भी बाक़ायदा ड्यूटी लगाई गयी थी। तमाम रोक के बावजूद वोटरों को उनके घरों से लाने-ले जाने के लिए बैलगाड़ी, ठेले, ट्रैक्टर-ट्राली, सायकिल, रिक्शे और मोटरसाइकिलों का इन्तज़ाम किया गया था। बूथ से सौ मीटर की दूरी पर वोटरलिस्ट मिलान का

काम और पर्चियों का वितरण तथा मतदान के बाद लौटने वाले अधिकतर मतदाताओं को इधर-उधर गत्ते में छुपाकर रखी गयी 'पन्नी' की सलामी, मतों की प्रतिशतता की वृद्धि में बहुत बड़ी भूमिका अदा कर रही थी।

फ़ुरसतगंज के नवीन घटनाक्रम के मद्देनज़र, हड़िया में तो वैसे भी सब हिन्दू-मुस्लिम हो रहा था लेकिन इसका शोर प्रदेश के अन्य इलाक़ों में भी पहुँच चुका था। इसलिए वहाँ भी जनता हिन्दू-मुस्लिम हुए बिना नहीं रह सकी। तिस पर बच्चा तिवारी की पार्टी के पब्लिक को लुभाने के नये-नये तरीक़े...! जनता बच्चा तिवारी की बिल्कुल मुरीद हुई जाती थी। पाखण्डी, भगतों और निरंकारियों के बीच अपना वही पुराना राग अलाप रहे थे। और कभी अपने नचनिया साथियों के साथ यहाँ-वहाँ के चौराहों पर नाच-कूदकर बच्चा के किये गये वादों की पोल खोल रहे थे; उन पर लूट और भ्रष्टाचार के घिसे-पिटे आरोप लगा रहे थे; उनकी बेनामी सम्पत्तियों-कम्पनियों और पत्नियों का ब्यौरा दे रहे थे। लेकिन जनता के ज़ेहन पर इस तरह के आरोपों का कोई प्रभाव पड़ता भी है या नहीं; यह देखा जाना अभी बाक़ी था।

हालाँकि इस बीच राजातालाब में छम्मो देवी ने ज़रूर बड़ी छलाँग मारी थी और वहाँ के युवाओं सहित अधेड़ उम्र के युवकों और बूढ़ों तक की नींद का दुश्मन बन गयी थीं। मीरगंज सहित मडुआडीह और देश के विभिन्न स्थानों मसलन सोनागाछी, कमाठीपुरा, जीबी रोड, कश्मीरी मार्केट, रेशमपुरा, बुधवार, चतुर्भुज स्थान, नक्काफ़सा बाज़ार, कबाड़ी बाज़ार की हज़ारों की संख्या में नगरवधुएँ उनके जनसमर्थन और प्रचार में उतर आयी थीं और उनके पीछे जनता का हुजूम देखते ही बनता था। धीरे-धीरे जब राजातालाब के बहुतेरे सम्मानित पुरुष भी छम्मो के इस चुनाव-अभियान का हिस्सा बनने लगे तो वहाँ की महिलाएँ छम्मो को अपने गाँव में घुसते हुए देखकर ही, चीख-चीख कर कुछ यूँ गाने लगती थीं—

ज़मीन बिक गयी गाँव में
मड़ई पीपल की छाँव में
एक बचा था मरद हमारा
छम्मो खा गयी चुनाव में।

ख़ैर वोट पड़े और ख़ूब पड़े...! मतदान लगभग पैंसठ प्रतिशत और जानें गयीं—केवल उन्नीस...! इतना बड़ा प्रदेश...! करोड़ों की जनसंख्या...! उन्नीस की संख्या कुछ भी नही इसके आगे...! पिछली बार से तेरह कम मरे इस बार...! जान-माल की क्षति कम हुई है अबकी बार...! साल भर पहले हुए पंचायत के चुनावों में सैकड़ों लाशें बिछ गयी थीं। पुलिस अपना काम करने में सफल हुई है।

इस बार के चुनाव में अपराध का ग्राफ़ गिरा है। सभी को बधाई...! शासन गद्गद-प्रशासन गद्गद-नेता गद्गद-मुख़बिर गद्गद...! मन्त्री गद्गद-सन्तरी गद्गद...!! दलाल गद्गद-हलाल गद्गद-मालामाल गद्गद...!!!

फ़िलहाल सभी प्रत्याशियों के भाग्य तीन दिनों के लिए पेटियों में बन्द हो गये थे। बल्कि कहा जाय कि जनता ने अपना भाग्य इन बन्द पेटियों के भरोसे छोड़ दिया था। जब वोट लेमनचूस और पन्नी के आधार पर फेंके गये हों तो कैसा भाग्य और कैसा अभाग...? जब चुनाव में इस आधार पर कोई वोटिंग ही नहीं हुई कि फलाँ बहुत ईमानदार और पढ़ा-लिखा है; केवल यह देखकर मुहर ठोंक दी गयी कि फलाँ आदमी बहुत बड़ा क़तली-अपराधी है; माफिया है- डकैत है; तो भाग-अभाग पर कैसी बहस...? कैसी चिन्ता...? आख़िर वोट तो केवल यह देखकर गिरे थे कि व्यवस्था में आदमी की हनक़ कैसी है...? मतलब लोकतन्त्र केवल हनक़ से चलता है...! हनक़ से ही चलेगा...! लोकतन्त्र न हुआ बैलगाड़ी में बँधा कोई परुआ बैल हो गया जिसके पिछवाड़े में डण्डा खोदे बिना वह न उठेगा, न हिलेगा और न आगे बढ़ेगा...! कुल मिलाकर जनता ने स्वयं यह तय किया कि उसको नेता नहीं चाहिए; हनक़ पैदा करने वाला बेरहम गाड़ीवान चाहिए—कदाचित् एक ऐसा गाड़ीवान जो सबको बैल समझकर सोंटे मारे; रह-रहकर पिछवाड़े में खोदे और माँ-बहन की गालियाँ अलग से दे...!

35

चुनाव आयोग द्वारा मतगणना की सारी तैयारियाँ मुकम्मल कर ली गयी थीं और सभी केन्द्रों पर भारी पुलिस बल और पैरामिलिट्री फोर्स तैनात कर दी गयी थी। आयोग के लिए बक्सों की सुरक्षा किसी ख़ज़ाने से भी बढ़कर थी। सख़्ती इतनी कि कहीं से भी कोई चूँ नहीं कर सकता था। आदमी तो आदमी, परिन्दा भी पर न मार सके—इसके लिए भी पुख़्ता सुरक्षा व्यवस्था कर ली गयी थी। बहरहाल मतगणना वाले दिन पूरे प्रदेश में एक साथ ये बक्से खुलने शुरू हुए। मतगणना केन्द्र के भीतर बाक़ायदा बैरिकेडिंग की गयी थी और बूथसंख्यावार चार-चार कार्मिक मतगणना कार्य में लगे हुए थे। मतदानकर्मी अपने काम को लेकर सतर्क थे और कहीं से भी रत्ती भर भी चूक न हो; इसके लिए उनके ऊपर कई-कई टीमें लगा दी गयी थीं। आयोग द्वारा हर विधानसभा

के लिए वरिष्ठ अधिकारी प्रेक्षक बनाकर भेजे गये थे जो बड़े ही निष्पक्ष ढंग से मतगणना की निगरानी कर रहे थे और आयोग को पल-पल की जानकारी भेज रहे थे।

उधर प्रत्याशियों ने हर बूथ के लिए अपने एजेंट नामित कर रखे थे जो मतगणना केन्द्र के भीतर रहकर सारी गणना की सटीक निगरानी कर रहे थे। और हर राउंड की गणना के बाद इसकी जानकारी अपने प्रत्याशी और उनके समर्थकों को दे रहे थे। मतगणना स्थल के बाहर ज़्यादातर मज़बूत प्रत्याशियों और उनके समर्थक कार्यकर्ताओं ने बाक़ायदा अपने टेंट-तम्बू लगा लिए थे और वहीं या तो लेटे हुए थे यह हँसी-मज़ाक़ में मशगूल थे। टेंट से थोड़ी दूर पार्टी के समर्थकों के लिए पूड़ी-तरकारी, दही-चिउड़ा, बाटी-चोखा जैसे तमाम व्यंजनों की व्यवस्था की गयी थी। पान, बीड़ी, सिगरेट, कसैली, मोदक, तमाखू इत्यादि स्वास्थ्यवर्धक सेवाओं की तो मानो लाइन ही लगी थी। देशी वाली 'पन्नी' लाकर विशेष सुरक्षा में रखवा दी गयी थी और उसे अभी से खोलने की मनाही थी। विजय की सम्भावना के मद्देनज़र स्थानीय माली को फूल-माला इत्यादि तैयार करने के लिए कह दिया गया था। हालाँकि परिणाम के लम्बित रहने के कारण अभी उसे मतगणना केन्द्र तक मँगायें जाने की गुस्ताख़ी नहीं की गयी थी। यह दृश्य लगभग पूरे प्रदेश के सभी मतगणना स्थलों में आम था।

मतगणना शुरू हुई। एक घण्टा बीता-दो घण्टा बीता; दोपहर हुई-शाम हुई। फिर रात...! अगले दिन सुबह तक पूरे प्रदेश की सभी सीटों के परिणाम आ जाने की उम्मीद जताई जा रही थी। मतगणना के शुरुआती रुझानों से ही यह स्पष्ट हो गया था कि इस बार प्रदेश में किसी भी दल को स्पष्ट बहुमत नहीं मिलने जा रहा। हालाँकि बच्चा तिवारी की पार्टी सजपा के सबसे बड़े दल के रूप में उभरने की सम्भावना की घोषणा राजनीति के मौसमविज्ञानियों ने पहले ही कर दी थी। लेकिन उनके दोबारा सरकार बनाये जाने पर अभी भी संशय बरकरार था। झारखण्डे सहित तमाम अन्य प्रवक्ता अभी भी आश्वस्त थे और लगातार तीसरी बार बच्चा तिवारी के ही नेतृत्व में नयी सरकार के गठन की तैयारियों को लेकर उल्लसित थे। यही नहीं, बच्चा तिवारी की पार्टी के वरिष्ठ नेता रामपुकार सिंह, मुरारीलाल जी, बब्बन तिवारी, इच्छाराम चौबे, लवकुश ओझा, माधो सिंह, बाबू लोचन गिरी, झूरी सिंह आदि लगभग एक दर्जन नेताओं सहित तमाम 'स्टार प्रचारक' टीवी चैनलों पर अपनी पिछली सरकार के कामों की तारीफ़ और आगामी सरकार के गठन के बारे में बोलते-बोलते लगातार फिचकुर फेंक रहे थे।

फ़िलहाल जो स्थितियाँ थीं उसके अनुसार कुल पाँच सौ सीटों में से अकेले डेढ़ सौ से पौने दो सौ तक सीटें बच्चा तिवारी की पार्टी को मिलने का अनुमान जताया जा रहा था। पाखण्डी शर्मा की पार्टी रजपा और उनके ढेर सारे सहयोगी दलों आपा, पापा, झापा, कापा, नापा आदि के खाते में भी सौ-सवा सौ सीटें हो सकती थीं। खेल बिगाड़ने वाले निर्दलियों की संख्या भी कम न थी। आपराधिक प्रवृत्ति वाले झौव्वा भर निर्दलीय प्रत्याशी शुरू से ही रॉबिनहुड की छवि लिए जनता के बीच बड़े सम्मान के साथ देखे जा रहे थे। सब छोड़िये...! छम्मो देवी की पार्टी नगपा के सिम्बल पर यहाँ-वहाँ से लड़ने वाले एक दर्जन प्रत्याशियों का पलड़ा भी भारी बताया जा रहा था। यहाँ तक कि बाबू जोखन सिंह की पार्टी झजपा के सिम्बल पर इलाहाबाद की दूसरी सीटों और आसपास के जनपदों कौशाम्बी, फतेहपुर, प्रतापगढ़, मिर्जापुर, भदोही, बनारस में कई प्रत्याशी खड़े हो गये थे और मिल रहे ताज़ा अनुमानों के अनुसार वे भी बच्चा तिवारी के कई प्रत्याशियों का समीकरण ख़राब कर रहे थे। इसके अलावा मोहम्मद सुखारी की पार्टी बकपा के तीन-चार प्रत्याशियों का पलड़ा भी मऊ, आजमगढ़, जौनपुर, गाजीपुर में भारी था। कुल मिलाकर नयी सरकार की कोई मुकम्मल तस्वीर नहीं उभर रही थी।

बच्चा तिवारी शान्त थे और निश्चिन्त भी। क्योंकि वे तो हमेशा से ही जोड़-तोड़ की राजनीति के पुरोधा थे। ख़रीद-फरोख़्त तो हर बार ही करनी पड़ती थी। बहुत होगा तो कुछ लोग और ख़रीदने पड़ेंगे...! बस...!! उन्हें चिन्ता थी तो केवल अपने दोनों विधानसभाओं—हड़िया और राजातालाब के परिणामों की। इसलिए वे राजधानी छोड़कर इलाहाबाद में ही बैठे हुए थे और बनारस में अपने पत्नी-साले-सलहजों को बैठाये हुए थे। हड़िया में मतगणना के कई दौर तक वे लगातार पाखण्डी से पीछे चल रहे थे। हलकान मियाँ की भी बोहनी हो गयी थी। इसलिए कुछ कार्यकर्ता उन्हें यह समझाने में भी लगे हुए थे कि लगता है हलकान मियाँ के असल वोट उन्हें कन्वर्ट नहीं हो पाये इसलिए पाखण्डी की गाड़ी आगे भाग रही है। हालाँकि आधी पेटियाँ खुलने के बाद वे सबसे आगे निकल गये थे और अब पाखण्डी उनके पीछे हो गये थे। यद्यपि दोनों प्रत्याशियों के बीच यह अन्तर बहुत अधिक नहीं था। अन्त-अन्त तक कभी बच्चा आगे होते तो कभी पाखण्डी। मतगणना अबाध गति से जारी थी।

राजातालाब तो उनका अपना मैदान था। वहाँ उनसे कोई क्या मुक़ाबला करता...! सुबह सात बजे से एक बार उन्होंने छम्मो से जो बढ़त बनायी तो फिर पीछे मुड़कर नहीं देखा। पत्नी लगातार उन्हें हर पेटी के खुलने के बाद वोटों की

संख्या के बारे में ख़बर कर रही थीं और वे मन-ही-मन गद्‌गद हो रहे थे; ईश्वर का धन्यवाद कर रहे थे कि उन्होंने उनकी लाज बचा ली। जिस चीज़ को लेकर वे शुरू से डरे हुए थे, उस संकट से उबार लिया। असल में अभी तक उन्हें राजातालाब में अपनी हार से ज़्यादा अपनी फज़ीहत का डर सताता रहा था। वे आश्वस्त थे कि वे वहाँ जीत तो कैसे भी जायेंगे लेकिन जोखन सिंह ने उन्हें एक नगरवधू के सामने खड़ा कर उनके क़द को बौना करने का जो कुत्सित षड्यन्त्र रचा है; समय आने पर पूरा विपक्ष उसका मज़ाक़ बनायेगा। और वे ऐसा कत्तई नहीं होने देना चाहते थे।

पूरी रात मतगणना चलती रही। हड़िया से कभी पाखण्डी आगे तो कभी बच्चा तिवारी आगे; और राजातालाब से कभी बच्चा तिवारी आगे तो कभी छम्मो भी...! हालाँकि दोनों विधासभाओं से ज़्यादातर बच्चा तिवारी के ही आगे होने की ख़बरें आतीं। फिर भी जब भी ऐसा होता, उनका दिल बैठा जाता था। दिल तो आख़िर दिल ही होता है। उसे कहाँ पता होता है कि वह किस स्तर के इन्सान के भीतर फिट है और उसे किस नाज़ुक मौक़े पर कैसा सख़्त बर्ताव करना है...! बहरहाल कई बार जब वे चार-छह हज़ार वोटों से आगे चल रहे होते तो टेंट में रखीं फूल-मालाएँ सहेजनी शुरू हो जातीं। लेकिन जब तक वे सहेजी जातीं तब तक दोनों प्रत्याशियों के बीच वोटों का फ़ासला कम हो जाता। फिर जल्दी-जल्दी फूलों को सहेजकर वहीं रखने के संकेत होते। देशी लड्डू के डिब्बे भी मँगा लिए गये थे और कार्यकर्ता इन्हें आपस में बाँटने के लिए बेसब्र हो रहे थे। लेकिन बिना परिणाम के इन्हें वितरित करना राजनीतिक नैतिकता के एकदम ख़िलाफ़ होता। सो ये भी फूल-मालाओं की भाँति एक कोने में पड़े हुए थे। बच्चा बाबू के विजय जुलूस के लिए हथिनी का भी प्रबन्ध किया गया था और पिलवान को हाई अलर्ट पर रखा गया था कि ज्यों ही अन्तिम परिणाम घोषित हो त्यों ही हथिनी को सजा-सँवारकर जुलूस के सबसे आगे लगा देना है।

तभी इलाहाबाद कचहरी में विजय का पहला बम फूटा। ख़बर मिली कि हड़िया विधानसभा से बच्चा तिवारी ने पाखण्डी शर्मा को साढ़े बाईस हज़ार वोटों से हरा दिया। चारों तरफ़ भगदड़ मच गयी। स्वयं पाखण्डी और जोखन सिंह की टीम चाण्डाल चौकड़ी सहित ढेरों लोग, वहाँ से पलक झपकते ऐसे ग़ायब हो गये जैसे गधे के सिर से सींग...! बच्चा बाबू ने दौड़कर झारखण्डे और बाल्टी राय को गले लगा लिया। आज उनकी रणनीतियों की बदौलत वे सम्मानजनक और चुनौतीपूर्ण जीत हासिल करने में सफल रहे थे और सही मायनों में यह उनके टीम की समग्र जीत थी। ख़ुशी के इस उत्साह में बच्चा बाबू के लाख मना करने

के बावजूद उनके समर्थकों ने चौराहे पर आकर धड़ाधड़ कई देशी बम फोड़े; कट्टे से कई फ़ायर किये और बरसते रंग-गुलाल के बीच वहाँ से गुज़र रहे लोगों को ख़ूब मिठाइयाँ बाँटीं; फिर बच्चा बाबू को फूल-मालाओं से लाद दिया और उन्हें देर तक कन्धे पर बैठाकर घुमाते रहे।

पिलवान ने हथिनी को जुलूस के सबसे आगे लगा दिया था और बैंड-बाजे और तुरही की सम्मिलित धुनों के बीच बच्चा तिवारी अपने समर्थकों के साथ नाचते-गाते हथिनी पर बैठने के लिए उसकी ओर मुड़े। वे अपने एक-दो समर्थकों के साथ हथिनी पर बैठ गये थे। अब जाकर हथिनी उठ खड़ी हुई। तभी विजय का दूसरा बम बनारस कचहरी में फूटा। लेकिन यह क्या...! इस बार बम बच्चा तिवारी के पक्ष में न फूटकर छम्मो देवी के पक्ष में फूटा था। बच्चा तिवारी ने पिलवान से हथिनी को रोकने का इशारा किया और उसके रुकते ही उस पर से झट से नीचे उतर गये। समर्थकों को किसी अनहोनी की आशंका हो गयी थी। इशारों-इशारों में ही बात हुई और बैंड-बाजे और तुरही वाले को अपनी ख़ूबसूरत धुन को बीच में ही रोकना पड़ा। चारों ओर हाहाकार मच गया। अपनी ही एक विजय में अपनी ही दूसरी हार ने ख़लल डाल दिया था। एक नगरवधू ने एक साफ़-सुथरे राजनीतिज्ञ के दामन को दाग़दार कर दिया था। अब चाहकर भी ख़ुश नहीं हुआ जा सकता था। ख़ैर बच्चा तिवारी वहाँ से भागे और उनकी पत्नी अपने भाई-बहनों सहित बनारस से। सभी कुछ समय के लिए राजनीतिक दुनिया से दूर; नीरव एकान्त चाहते थे।

थोड़ी देर में ही प्रदेश की सभी सीटों के परिणाम मिल गये थे। कुल पाँच सौ सीटों में से अकेले दो सौ दस सीटें बच्चा तिवारी की पार्टी सजपा को मिली थीं। पाखण्डी शर्मा की पार्टी रजपा और उनके ढेर सारे सहयोगी दलों आपा, पापा, झापा, कापा, नापा आदि के खाते में एक सौ सत्तर सीटें आयी थीं। छम्मो देवी की पार्टी नगपा के सिम्बल जीतने वाले प्रत्याशियों की संख्या सत्रह थी। और निर्दलियों की संख्या आश्चर्यजनक रूप से बढ़कर बीस हो गयी थी। बाबू जोखन सिंह की पार्टी झजपा के सिम्बल पर जीतने वाले कुल ग्यारह प्रत्याशी थे और मोहम्मद सुखारी की पार्टी बकपा का खाता भी नहीं खुल पाया था। चुनाव के पहले हमेशा लम्बी-लम्बी फेंकने वाले मोहम्मद सुखारी की मनोदशा कुछ ऐसी हो गयी थी कि–'जच्चा रात भर चिंचियानी, बच्चा एक्को न बियानी...!' हाँ...! इक्के-दुक्के की दुकान चलाने वाले कई फुटकर विधायक भी विजयी हुए थे।

बच्चा तिवारी कचहरी से सीधे फाफामऊ की ओर निकले और वहीं से राजधानी के लिए रवाना हो गये। उन्हें किसी अनहोनी की आशंका ने घेर लिया था।

उन्हें इस बात का इल्म हो गया था कि एक पल की देरी भी उनका बड़ा नुक़सान कर सकती थी। उन्हें लगा कि यदि वे समय से राजधानी पहुँचकर सब कुछ मैनेज न करेंगे तो बना-बनाया सारा खेल गड़बड़ा जायेगा। फ़िलहाल रास्ते में वे अपनी पार्टी के कुल जीतों के आँकड़े का मिलान करते रहे और यह जोड़ते-घटाते रहे कि बहुमत का आवश्यक आँकड़ा जुटाने में उन्हें कितनी मशक्कत करनी होगी और यह आँकड़ा कहाँ-कहाँ से आयेगा; किसको कितना ढीला करना पड़ेगा, किसको कितना गीला करना पड़ेगा, किसको मिलाना पड़ेगा- किसको हिलाना पड़ेगा, किसको पोल्हाना पड़ेगा और किसे गरियाना-धमकाना पड़ेगा आदि-आदि। बहुतेरे ऐसे भी थे जिनका कंट्रोल किसी दूसरे के हाथ में था। उन्हें गिरफ़्त में लेना सबसे कठिन काम था। वे स्वयं 'गिरई मछली' की तरह छटकते बहुत थे और उनके आका किसी नवजात सर्प की तरह फुँफकारने से बाज न आते थे। फ़िलहाल तो 'सभी की सेवा लेनी थी-सभी को साथ लेकर चलना था और पूरे पाँच साल चलना था'—यही सब कुछ सोचते-विचारते बच्चा तिवारी राजधानी पहुँचे।

अगले दिन सुबह के लिए बच्चा तिवारी की पार्टी सजपा के सभी जीते हुए विधायकों की बैठक बुला ली गयी थी जिसमें विधानमण्डल दल का नेता चुना जाना था जो सबसे बड़े दल के आधार पर अपना सरकार बनाने का दावा पेश करता। उधर चिथड़े-चिथड़ों में बिखरे विपक्षी दलों ने भी आत्ममन्थन के लिए एक बैठक बुला ली थी। छम्मो की बैठक अलग से बुलाई गयी थी। इस बीच किसी ने आधी रात को मसान घाट से बूटी महराज को निकलते देखा था। आशंका जताई गयी थी कि सम्भवतः बूटी महराज स्वयं चलकर या बाबू जोखन सिंह के बुलावे पर, उनके साथ सत्ता के किसी अन्तिम विकल्प पर बातचीत करने आये थे।

36

राजधानी में बैठकों का सिलसिला शुरू हुआ। सही मायनों में यह समय राजनीति से सभी प्रकार की नीति-नैतिकता को त्यागने का सबसे अनुकूल समय था। फ़िलहाल सजपा की विधानमण्डल दल की बैठक बड़ी हंगामेदार रही। बच्चा बाबू अपनी दो सीटों में से अपनी परम्परागत सीट क्या हार गये थे उनके कई दुश्मन निकल आये। बैठक में कइयों ने तो उनकी इस हार को सदी की सबसे अपमानजनक हार तक बता दिया। इनमें से कुछ तो ऐसे थे जिनको कभी स्वयं बच्चा तिवारी ने उँगली पकड़कर राजनीति करना सिखाया था।

आज उनकी महत्त्वाकांक्षा इतनी बढ़ गयी कि वे स्वयं मुख्यमन्त्री बनने के सपने देखने लगे या मुख्यमन्त्री बनने के सपने देखने वाले दूसरों के साथ खड़े हो गये...? सब समय का फेर है। अभी चन्द दिन पहले तक जिनके बीच, बच्चा तिवारी का पीकदान ढोने की आपसी होड़ मची रहती थी आज वे सब उनके ख़िलाफ़ खड़े हो गये...! केवल एक हार ने उनको इतना कमज़ोर बना दिया...!!

बैठक कुछ देर के लिए स्थगित कर दी गयी थी। बच्चा तिवारी सभाचतुर आदमी थे। वे जानते थे कि इस समय इन विद्रोहियों को भाव देना मतलब अपने लिए मुसीबत खड़ी करना...! लेकिन इन्हें नाराज़ भी नहीं किया जा सकता था। इसलिए उन्होंने पार्टी के वरिष्ठ नेता और प्रदेश अध्यक्ष मुरारीलाल जी को माध्यम बनाया। जब दुबारा बैठक शुरू हुई तो मुरारीलाल जी ने मोर्चा सम्हाल लिया। उन्होंने हंगामे के बीच सभी को सम्बोधित करते हुए कहा–

'भाई लोगो...! आप जानते हैं कि इस बार हमारी पार्टी को पूर्ण बहुमत नहीं मिला। और इससे भी बड़ी बात यह है कि हमारे मुख्यमन्त्री बच्चा तिवारी को विरोधी दलों द्वारा एक विशेष षड्यन्त्र करके उनके परम्परागत सीट से हराया गया है। हार-जीत चाहे जैसे हुई हो, बच्चा बाबू के नेतृत्व को लेकर आप लोगों का यह आक्रोश स्वाभाविक है। इस आक्रोश को मैं लोकतान्त्रिक मानता हूँ। पार्टी के आतन्रिक लोकतन्त्र को ज़िन्दा रखने के लिए ऐसी बहसें लगातार होती रहनी चाहिए। लेकिन फिर भी इतना ज़रूर कहना चाहूँगा कि इस आक्रोश की अभिव्यक्ति का यह शायद उचित समय नहीं है। क्योंकि हम मुख्यमन्त्री नहीं चुनने जा रहे, अपना नेता भर चुन रहे हैं। बच्चा बाबू के नेतृत्व में हम सरकार बनाने का दावा पेश करेंगे। यह दावा कहाँ तक चलेगा, इसे कोई नहीं जानता। आपकी जानकारी के लिए बता दूँ कि इस समय चमगादड़ों के संघ की भी एक बैठक दारुलशफ़ा में चल रही है। हो-न-हो, वे भी अपना कोई नेता चुन ही लेंगे। कहीं ऐसा न हो कि खरगोशों की लड़ाई में बाजी कछुए मार ले जायें...! ऐसे में आप सभी से हाथ जोड़कर निवेदन है कि कुछ दिन के लिए एकजुटता दिखाइए...! पार्टी में आप सभी की आवाज़ हमेशा से सुनी जाती रही है और आगे भी सुनी जायेगी।'

मुरारीलाल जी के इस सम्बोधन से पार्टी के उदीयमान विद्रोहियों और विरोधियों का आक्रोश बहुत कुछ न्यून हो गया था। और अब जाकर किसी तरह बच्चा तिवारी को विधानमण्डल दल का नेता बनाये जाने पर सहमति बन सकी।

उधर बाबू जोखन सिंह के निर्देश पर, पाखण्डी भी भागते हुए और सभी को सहेजते हुए दारुलशफ़ा पहुँच गये थे और इस बात को लेकर बेहद आश्वस्त थे

कि हार के बावजूद उनके सभी सहयोगी दल शायद उन्हें ही विधानमण्डल दल का नेता मान लें...! फिर वे आगे-पीछे किसी-न-किसी सीट से एमएलसी-वेमेलसी तो बन ही जायेंगे...! पाखण्डी और उनके सहयोगी दलों के विधायक, जोखन सिंह के जीते हुए विधायकों के साथ एक अलग बैठक कर रहे थे। छम्मो देवी और उनके सहयोगी विधायकों की बैठक अलग से चल रही थी। उन्हें बूटी महराज का आशीर्वाद प्राप्त था। इसके अतिरिक्त, तमाम निर्दलीय विधायक अपना मसाला अलग से कूट-पीस रहे थे। कुल मिलाकर चारों ओर केवल बैठकें और केवल रणनीतियाँ...! नतीजा फिर भी सिफ़र...!!

विधानमण्डल दल का नेता चुने जाने के बाद बच्चा तिवारी कहाँ चूकने वाले थे...! उन्होंने आनन-फानन में अपना जाल बिछा दिया था और अपने शिकारों के सामने लगातार बदल-बदल कर चारा फेंक रहे थे। किसी को नगदी का लालच, किसी को मन्त्रीपद का, किसी को राजधानी में बँगला तो किसी को कहीं फार्महाउस...! किसी को पेट्रोल पम्प तो किसी को गैस एजेंसी...!! लेकिन सब कुछ के बावजूद, बहुमत का जादुई आँकड़ा अभी भी पूरा होता नहीं दीख रहा था।

इसी बीच पाखण्डी और उनके सहयोगी दलों आपा-पापा-झापा-कापा-नापा की कई दौर की बैठकें और बहसें हो चुकी थीं। किसी ने सुझाव दिया कि 'कोई ज़रूरी है कि केवल एक मुख्यमन्त्री रहे...! समय बदल रहा है। चुनौतियाँ बढ़ रही हैं और कुर्सी के लिए गँड़ऊ-गदर अलग से मचा है। क्यों न हम मुख्यमन्त्री की कुर्सी हटाकर दरी बिछा दें। सभी एडजस्ट हो जायेंगे। और बवाल भी सलट जायेगा।' लेकिन उनकी एक न सुनी गयी।

एक-दो नये क्रान्तिकारी सदस्यों का सुझाव था कि 'सबसे बेहतर होगा पाँच साल में गिने जाने वाले कुल दिनों की संख्या में कुल जीते हुए सदस्यों की संख्या से भाग दे दिया जाय; और इसका जो भी उत्तर आये उतने दिनों के लिए हर एक विधायक को मुख्यमंतिरी बना दिया जाय...! जब सब जीत के आये हैं तो सबको थोड़ा-थोड़ा कुर्सी का रस चूसने दिया जाय...! अगली बार क्या पता कौन जीते-कौन हारे...! अगर इस विधि से एक हफ़्ते के लिए भी मुख्यमंतिरी बन गये तो कम-से-कम इलाक़े में जीवन भर भूतपूर्व मुख्यमंतिरी का भौकाल टाइट करके तो घूमेंगे...! वैसे कौन पूछता है विधायक को...!' उनकी भी बात न मानी गयी।

इसी प्रकार एक तीसरे महानुभाव का सुझाव आया कि 'अरे भाई...! जनता के वोटों के बल पर जीतकर आने के बाद भी इस क़दर सिरफुटव्वल करने से तो बेहतर है कि अपने प्रत्याशियों में सीधा कुश्ती ही करवा लेते...! न रात में हमबिस्तर होना

पड़ता और न सुबह तलाक़ लेना पड़ता...! अभी तो हाल यह है कि 'रात भर दुआरे पर सोहर गवायेंन, भिनही बाबू के छुन्निये नाहीं।' तुम राज-पाट की तैयारी कर रहे थे; उधर तुम्हारा राजा ही कमज़ोर निकला। शादी के सात फेरे भी पूरे नहीं हुए और बच्चे का नाम क्या रखोगे, इसकी तैयारी पहले कर ली। सब छोड़ो...करा लो कुश्ती...! जो होगा देखा जायेगा...!!'

इन बैठकों के बाद, वे कुछ अन्तिम नामों पर विचार की ओर बढ़ रहे थे। सभी ने वरिष्ठतम विधायक जीउतराम को इस बात के लिए अधिकृत कर दिया था कि वे सभी नामों पर एक-एक कर विचार कर अन्त में किसी एक के लिए सहमति बनायें। जीउतराम भी अपना काम शिद्दत से करने लगे थे। तभी एक सदस्य ने धीरे-से उनकी ओर मुख़ातिब होकर कहा कि 'पाखण्डी कैसे रहेंगे...?' इतना कहना भर था कि उनके बगल में बैठे तीसरे सदस्य ने झुँझलाते हुए कहा 'अमें पखण्डी नहीं रण्डी...!' फिर क्या था...! पल भर में ही चारों ओर 'रण्डी-रण्डी' का उच्चारण और जयघोष होने लगा और तालियों की गड़गड़ाहट से पूरा दारुलशफ़ा हिल-सा गया। सभी ने यह समझा था कि विधानमण्डल दल ने अपने किसी नेता के बजाय, आम सहमति से छम्मो देवी को नेता चुन लिया है। फिर क्या...! कुछ विधायक पैदल और कुछ गाड़ियों से छम्मो देवी को केवल यह बताने के लिए भागे कि 'कैसे उनके सद्प्रयासों के बदौलत उनको अपनी बैठक में विधानमण्डल दल का नेता चुनवा लिया गया है...!' इस क़दर भागते हुए कुछ मुँह के बल गिरे और कुछ गाँड़ के बल; लेकिन फिर भी उनके भागने के उत्साह में कोई कमी नज़र नहीं आयी। सभी सबसे पहले पहुँचकर छम्मो देवी को यह ख़ुशख़बरी देना चाहते थे।

उधर छम्मो देवी अभी तक अपना तबेला अलग चलाने पर विचार कर रही थीं। जब उनको यह जानकारी मिली तो उनकी ख़ुशी का ठिकाना नहीं रहा। वह अपने तमाम सहयोगियों और नगरवधुओं के साथ नाचते-गाते-बजाते दारुलशफ़ा पहुँचीं। वहाँ उनका भव्य स्वागत किया गया और पूरी सभा ने ख़ासकर उस सदस्य को धन्यवाद ज्ञापित किया जिसने सभी नामों के बीच पृथक् से छम्मो देवी का नाम सुझाया था। हालाँकि वह सदस्य अभी भी यह समझ पाने में अक्षम था कि आख़िर उससे कहाँ चूक हुई और यह दुर्घटना कैसे हुई...? लेकिन उसकी व्यथा सुनने वाला कोई न था।

बहरहाल छम्मो देवी का साथ देने में सारी राजनीतिक बाधाएँ और सीमाएँ टूट रही थीं। ग़ज़ब घिरनीघस्स जैसा माहौल बन गया था। हर बार सत्ता के खेल में सहभागी बनने वाले तमाम दलाल क़िस्म के राजनीतिज्ञों के मन में,

अब आजीवन छम्मो के नेतृत्व का पल्लू पकड़कर नाचने को लेकर न तो कोई सवाल था और न ही कोई मलाल था। यही नहीं, बात-बात में दूसरों को पटखनी देने वाले बहुतेरे नेता अब आगे से छम्मो देवी के आगे हमेशा चित रहने की कसमें खा रहे थे। कई तो इस मौखिक मुवाहिदे को स्टैम्प पर लिख कर देने के लिए तैयार हो गये थे। सबसे दारुण स्थिति उन निर्दलीय विधायकों की थी जो वैसे तो कभी अपने सगे बाप का भरोसा भी तोड़ सकते थे; लेकिन आज न जाने किस लालच और आकर्षण में छम्मो देवी की छत्रछाया में आने के लिए मरे जा रहे थे।

राजनीति को अपनी रगों से सींचने वाले बहुतेरे राजनीतिज्ञों की लाख कोशिशों के बावजूद, निरन्तर आगे जाने की चाह में राजनीति कितनी नीचे बल्कि रसातल में चलती चली गयी है, असल में विश्वविद्यालयों में उसपर विधिवत शोध और अनुसन्धान होने चाहिए। कहाँ से निकले थे हम...! क्या पाने के लिए निकले थे हम...!! और कहाँ जाकर फिसले हम...!!! फिसलन भी सर्वव्यापी और गिरावट भी चौतरफा...!! और तिस पर आह्लाद और उल्लास देखने लायक...!! राजनीति के इस कुत्सित प्रयास ने इसे केवल एक मनोरंजन करने वाली नाच-कम्पनी के मिज़ाज का-सा बना दिया है...!! आम जनता इसमें दर्शक के रूप में भी शामिल है और अभिनेता के रूप में भी...!! सभी ठग रहे हैं और सभी ठगे जा रहे हैं...!! लेकिन किसी को कोई मलाल नहीं...!! किसी को किसी से कोई शिकवा नहीं...!!!

बहरहाल इस चौतरफ़ा समर्पण का ताज़ा हश्र यह हुआ कि बच्चा बाबू द्वारा, दूससी पार्टी के तमाम विधायकों के सामने डाले जाने वाले सभी प्रकार के चारे निष्प्रभ हो गये थे। और छम्मो देवी की ताजपोशी के पहले ही विभिन्न राष्ट्रीय चैनलों पर छम्मो देवी की महिमा के गीत गाये जाने लगे थे। उनके बचपन के संघर्ष में साथ देने वाले देवदासी प्रथा के संरक्षक प्रधान महन्त को खोज लिया गया था। वह कैमरे पर छम्मो देवी को बाक़ायदा ईश्वर से मिलान कराने में अपना योगदान बताने से नहीं चूक रहे थे। बनारस का वह शख़्स तो स्वयं मीडिया के सामने आ गया था, जिसने कभी भागते हुए छम्मो को शरण दी थी। जबर सिंह, जुम्मन मियाँ, पोलो, बूटी महराज और न जाने कितने ही नाम थे जिन्होंने छम्मो को 'छम्मो देवी' बनाया था। वे सभी आज देश-दुनिया के सामने अपनी मेधा के बारे में बताने में नहीं हिचक रहे थे। उधर बच्चा तिवारी अपने आवास में ही एक ओर बेसुध पड़े थे। आख़िर आज कपट-तलवार से लड़ने वाला शख़्स, उससे बड़ी तलवार से मारा गया था।

37

बाक़ी दुनिया के लिए भले ही खेल का समापन हो गया था लेकिन बच्चा तिवारी के लिए बाज़ी अभी भी बची हुई थी; और वे इतनी जल्दी हार मानने वालों में से नहीं थे। ऐसा न था कि चैनलों पर छम्मो देवी की तारीफ़ में चलने वाली ख़बरों को वे पलट नहीं सकते थे और उनके जीवन के स्याह पहलुओं को उभार नहीं सकते थे। बल्कि वे तो यह सब करना भी चाहते थे ताकि 'महामहिम जब तक छम्मो के नेतृत्व वाली पार्टी को शपथ-ग्रहण का बुलावा भेजें तब तक उनकी इतनी थू-थू करा दी जाय कि सारे सहयोगी दल जनमत के दबाव में छम्मो के समर्थन से अपना हाथ पीछे खींच लें।' लेकिन इसके पहले कि वे अपने निर्णय को अमली जामा पहना पाते, झारखण्डे और बाल्टी राय ने उन्हें फिर से रोक लिया। झारखण्डे ने उन्हें उस वक़्त की याद दिलाई जब उन्होंने सर्किट हाउस में उनसे यह कहा था कि 'समय आने पर जोखन सिंह से बात की जायेगी।' उनके अनुसार अब वह अनुकूल समय आ चुका था।

बहरहाल बच्चा तिवारी झारखण्डे की बात मानने के अलावा कुछ कर सकने की स्थिति में न थे। उन्होंने आधे-अधूरे मन से ही सही, झारखण्डे को अपने तरीक़े से बात करने के लिए सहमति प्रदान कर दी। फिर क्या झारखण्डे और बाल्टी राय दोनों एक साथ राजधानी से मसान घाट की ओर निकल पड़े। मसान घाट में जोखन सिंह से मिलने आने-जाने वालों और उनसे दण्ड-पैलगी करने वालों का मजमा लगा हुआ था। दूसरी ओर चाण्डाल-चौकड़ी भी जमी हुई थी जिनके साथ ढक्कन भी बैठे हुए चिलम फूँक रहे थे। जोखन सिंह को ख़बर दी गयी कि 'झारखण्डे और बाल्टी राय आये हैं।' यह सुनते ही उन्होंने दोनों को बैठके में भीतर बुला लिया। बैठका कुछ देर के लिए ख़ाली कर दिया गया और बाबू जोखन सिंह से मिलने के लिए आने-जाने वालों पर कुछ देर के लिए रोक लगा दी गयी।

थोड़ी देर तक जोखन सिंह अपने बड़े-बड़े नेत्रों से झारखण्डे की ओर देखकर उन्हें घूरते रहे और झारखण्डे डबडबाई आँखों से दूसरी ओर देखते रहे। एक तरफ़ ग़ुस्सा अपने चरम पर तो दूसरी ओर अपराध-बोध अपने चरम पर...! थोड़ी देर बाद वार्ता का क्रम शुरू हुआ। जोखन सिंह ने अपना पहला व्यंग्य-बाण चलाया–

'कैसे हो झारखण्डे मियाँ...? अमें तुमने पार्टी क्या बदली मसान घाट का रास्ता तक भूल गये...!'

झारखण्डे भर्रायी हुई आवाज़ में बोले—'ऐसा नहीं है गुरू...! तुमको भूलना इतना आसान नहीं है...! लेकिन बाल्टी जीजा ने हमें ले जाकर ऐसा फाँस दिया कि हम कुछ बोल ही नहीं पाये...! फिर मारे शरम के मुँह दिखाने की हिम्मत नहीं हुई...!'

'अमें पिङ्गिल जिनि छेरौ हियाँ...! बाल्टी तो तोहके न जाने कबसे फाँसे हैं...! तुम कब्बो उनके जकड़न से निकलना भी तो चाहत हौ कि अइसहीं आपन हर गुनाह बाल्टी और लोटा के माथे खेलत रहबौ...!'

'गुरू...! हमें माफ़ करो...!'

'माफ़ तो हम न जाने कितनन के कर दिहा...! तुम तो अपने हो...! हियाँ तो सुबह से शाम तक माफी कै दुकाने चला करत है...!! लेकिन तुम हमका जरा ई बताओ कि अबहीं तो हमारी एक्को लाठी गिरी भी नहीं और तुम अब्बे से माफी-तलाफी खातिर चिल्लाएन लागै...!'

'अब जब मालूमै है कि खोपड़ी फूटिन जाये तो का ओकरे फूटै कै इन्तिजार करीं...!'

'बताओ...! का कहा चाहत हौ...?'

'तोहसे का छिपा है गुरू...! छम्मो शपथ लेवे जाये रही है। बच्चा तिवारी के मौत आय रही है समझ्यो...! एहके केवल तूहीं रोकि सकत हौ...! ढक्कन से लेकर बूटी तक सब तोहरे इशारे पे नाचत हैं...! अगर आप चहबो तो आजै छम्मो हथियार डाल दीहें...! कइसों रोको ई ज़लज़ला...!!'

'इतनी बड़ी हैसियत नाहीं है हमार हो झारखण्डे...! हम कउनो ब्रह्मा नाहीं हैं...! जा कै बता दो अपने बच्चा से कि जनमत का सम्मान करें...!!'

'अरे...! जनमत की ऐसी-तैसी...!! ऊ तो तोहरे सम्मान में हियाँ आवा चाहत रहे हैं लेकिन हुआँ राजधानी में फँसा हैं अबहीं...!'

'अमें तुम मसान घाट काव छोड़े, पूरे रण्डी के दलाल हो गये हो में...! हमरे जीते-जी बच्चा मसान घाट में पैर नाहीं डालि पइहें...! तू ओकरे खातिर अइसा गिड़गिड़ात हो जइसे लग रहा है कि कउनो तोहरे मेहरिया कै इज़्ज़त लूटि रहा है...!'

'इहे समझि ल्यो...! लेकिन एक बार बच्चा भाई के मौक़ा देइ दो...! इतना जिद ठीक नाहीं है हो गुरू...! आखिर बच्चा तिवारी मुख्यमंतिरि नाहीं बनि पइहें तो पाखण्डी भी तो नहीं बनि पइहें...! कउनो फायदा होइगा...? गुस्सा थूकि दो और बच्चा से हाथ मिला लो...! कब तक हियाँ मसान घाट में करम-कष्ट कटिहो...? मरद-मरद लड़ें तो ठीक लागत है। लेकिन ई पतुरिया ससुरी राजनीति में आ जइहें

तो बड़ा अभाग होई। तुम्हरे भाई-बंधू हैं सब...! नादानी करि दीहें। अब तुम दुरजोधन वाली गलती मति करो, नाहीं तो दूनौ कुल कै नाश होइ जाई...!'

'अमें...! धमका रहे हो का हमका; आ कै हियाँ...!'

जोखन सिंह के फड़कते नथुनों को देखकर बाल्टी राय ने हस्तक्षेप की गुस्ताख़ी की। बोले—'हमार सब कै कौन औकात है गुरू धमकावै कै...! बच्चा तिवारी तोहसे सारा लड़ाई खतम करना चाहते हैं। उन्होंने प्रस्ताव भेजा है कि यदि आप छम्मो को पीछे से सपोर्ट करना छोड़ दें तो दोनों के ढेर सारे मसले हल हो सकते हैं...!'

'जइसे...?'

'जैसे राजातालाब वाली पाँच सौ बीघा ज़मीन का आपस में बँटवारा हो सकता है; इलाहाबाद शहर में आपकी कब्ज़े वाली जितनी सम्पत्तियाँ हैं वे छूट सकती हैं...!'

'और...?'

'और आपको किसी बड़े संवैधानिक पद का दायित्व सौंपा जा सकता है...!'

जोखन सिंह की आँखें और मुँह खुले रह गये। फिर अगले ही पल वे हवा में चुटकी बजाते हुए बोले—'छोड़ि दिहा...!'

झारखण्ड और बाल्टी एक साथ बोल पड़े—'आयें...!!'

जोखन सिंह ने अबकी तनिक ऊँची आवाज़ में अपनी बात को दोहराते हुए कहा—'छोड़ि दिहा हो...! जाइ कै बता देना अपना बच्चा के कि नै झुकबें अब...!! माटी में मिला कै मानब...!! चाहे अब खुदै माटी में मिलि जाइब तो का...!'

जोखन सिंह का ऐसा तेवर देखकर झारखण्डे और बाल्टी जान गये थे कि स्वयं ब्रह्मा भी अब जोखन सिंह को मनाने आ जायें तो भी शायद वे न मानें...! फ़िलहाल इस धरती पर तो अब कोई दूसरा मनाने वाला शेष नहीं रह गया था। वे मसान घाट से वापस लौटे। बड़े भारी मन से बच्चा तिवारी को यह मनहूस ख़बर दी गयी।

बच्चा भी क्या कर सकते थे...! एकबारगी लगा कि क्यों न वे स्वयं चलकर जोखन सिंह से माफ़ी माँग लें...! क्या पता इतने से ही कुर्सी बच जाये...! लेकिन कौन जानता है मानेगा भी या नहीं...! ज़िद्दी है ससुरा...! अन्दर से कोमल भी उतना ही है...!! देने पर आ जायेगा तो अपना कलेजा निकाल कर दे देगा और लेने पर आ जायेगा तो भी कलेजा निकाल लेगा...! ग़लती हुई जब उसके ख़िलाफ़ गवाही देकर उसे जेल भिजवा दिया था...! लेकिन न भिजवाता तो अपना राजनीतिक कैरियर आगे कैसे बढ़ा पाता...! गाँठ बाँध लिया तबसे उसने...!

पूरे समय केवल मेरे ही ख़िलाफ़ व्यूहरचना...!! आज का व्यूह भी तो उसी का रचा हुआ है...! ख़ानदानी राजनीतिज्ञ है...! पाखण्डी को दाँव पर लगाया और छम्मो को भी...! एक दाँव न सफल होगा तो दूसरा सही...! लेकिन अध्यक्ष जी तो बता रहे थे कि छम्मो उसकी पसन्द नहीं; मजबूरी है...! और जहाँ तक उनको पता है, वह मजबूरी को कभी अपनी पसन्द नहीं बनाता...!

इस विषय पर बच्चा तिवारी की पार्टी अध्यक्ष मुरारीलाल जी से दोबारा-तिबारा विधिवत् वार्ता हुई। उन्होंने बच्चा बाबू को दूसरा मार्ग सुझाया। तय हुआ कि वे दोनों छम्मो तक जायेंगे और उनसे अकेले में मुलाक़ात करेंगे। यही किया गया। बड़ी मुश्किल से छम्मो मिलने को राज़ी हुईं। दोनों ने छम्मो से मुख्यमन्त्री की कुर्सी छोड़ने के बदले 'राज ले लो-पाठ ले लो, रानी ले लो-पटरानी ले लो'—जैसे ढेर सारे सम्मानजनक प्रस्ताव उनके सामने रखे। लेकिन अब छम्मो अपनी जगह अडिग हैं। शायद उनके हृदय में अपने समाज को बहुत आगे ले जाने वाले ढेरों सपने घर कर गये हैं। बात नहीं बनी और दोनों मुँह की खाने के बाद बरबस वापस लौट आये।

तब आनन-फानन में इलाहाबाद के कलेक्टर जबर सिंह की वफ़ादारी परखने की नौबत आयी। बच्चा ने उन्हें सन्देश भिजवाया कि 'आज यदि इस धरती पर छम्मो को कोई मना सकता है तो वह केवल तुम हो दूसरा कोई नहीं...!' जबर सिंह किसी क़ीमत पर बच्चा बाबू को इन्कार नहीं कर सकते थे। वे आज जो कुछ भी थे उसमें बच्चा बाबू का ख़ासा योगदान रहा था। इसलिए शाम होते-होते वे भी राजधानी में हाज़िर हो गये। बच्चा बाबू की ओर से जबर सिंह को पूरी स्थिति से अवगत कराया गया और किसी तरह से छम्मो देवी को अपने पक्ष में मना लेने का अनुरोध किया गया। जबर सिंह जानते थे कि उनके लिए भी यह काम किसी हाल में आसान नहीं होगा। लेकिन अपने प्यार को एक बार फिर आजमा लेने में भी कोई बुराई नहीं थी। सो वे छम्मो से मिलने निकल पड़े।

'जबरू आये हैं'—यह जानकारी मिलते ही छम्मो देवी पल भर के लिए भावुक हो गयीं और एकबारगी उनकी इच्छा हुई कि वे जाकर जबरू से लिपट जायें...! लेकिन उनके अन्तर्मन ने उन्हें रोक लिया। इसलिए उन्होंने नौकर से जबर सिंह को बैठके में बिठाने का इशारा किया और स्वयं किसी बहाने से नहाने चली गयीं।

जबर सिंह बैठके में तो बैठ गये थे लेकिन यहाँ उनके लिए इन्तज़ार का एक-एक मिनट भारी पड़ रहा था। वे प्रेम का लबादा ओढ़कर आये थे और शायद उन्हें भीतर-भीतर इस बात का घमण्ड भी था कि 'छम्मो यदि अपने

जीवन में आज भी किसी को सबसे ज़्यादा तवज्जो देती हैं या दे सकती हैं, तो वह केवल जबर सिंह हैं : दूसरा कोई न तो है और न हो सकता है...!' आज जबर सिंह के जीवन की सबसे बड़ी परीक्षा हो रही थी। यदि आज वे जीते तो यह उनकी अब तक की सबसे बड़ी जीत होगी और आज यदि हारे तो शायद उनके जीवन की सबसे बड़ी हार...!

छम्मो के इन्तज़ार ने उनके भीतर के प्रेमी को बिल्कुल हिला दिया था। उनकी साँसें तेज़ हो गयी थीं और वे बहुत कोशिश करके इस पर नियन्त्रण कर पा रहे थे। थोड़ी देर बाद छम्मो नहा-धोकर वापस लौटीं और अब जाकर बाक़ायदा ड्राइंगरूम में प्रवेश किया। जबर सिंह उन्हें देखकर भावुक हुए जा रहे थे। एक अलसायी हुई बाला के गीले बालों, झुके नयनों के साथ उसके रसीले होंठ देखकर जबर सिंह क्षण भर में ही अपने सुनहरे अतीत में गोते लगाने लगे। उन्हें अपने कल्पनालोक में मीरगंज से लेकर हाथी पार्क और न जाने कौन-कौन से पार्क-श्मशान-क़ब्रिस्तान नज़र आने लगे, जब जबर सिंह ने छम्मो से प्रेम का ककहरा सीखना चाहा था। लेकिन आज छम्मो देवी के चेहरे की गम्भीरता देखकर वे कुछ भी बोल न सके। कुछ देर तक वे ड्राइंगरूम की दीवारों पर लगे महापुरुषों की पेंटिंग्स देखते रहे। इस बीच छम्मो देवी ने चुप्पी तोड़ी—

'कैसे आना हुआ जबरू...?'

'बस यूँ ही चला आया था...!'

'यूँ ही कैसे...? यूँ ही तो केवल रखैलें जाती हैं किसी के दरवाज़े पर...! सभ्य लोग नहीं जाया करते...!'

'मुझे माफ़ कर दो छम्मो...!'

'मैं कौन होती हूँ तुम्हें माफ़ करने वाली...! माफ़ी-तलाफ़ी बराबरी वालों के बीच होती है...!'

'तुम अभी भी नाराज़ हो मुझसे...?'

'अपने आने का मक़सद बताओ...! कहीं बच्चा बाबू की तरफ़दारी में तो...'

'बस-बस...! बहुत अहसानात हैं उनके हम पर...!'

'तो तुम उनके अहसानों का बोझ उतारने आये हो मेरे यहाँ...!'

'यही समझ लो...! लेकिन ना मत करना...! नहीं तो मैं किसी को मुँह दिखाने के लायक नहीं रह जाऊँगा...!'

'मुँह दिखाने-न दिखाने का रोना केवल औरत रो सकती है। मरदों को यह हक़ नहीं...! मुझे बेहद अफ़सोस है कि मैं आज चाहकर भी तुम्हारी कोई मदद नहीं कर पाऊँगी...! अगर यह केवल मेरे निजी हक़ का मामला होता तो मैं

आज भी तुम्हारे एक कहे पर अपना सब कुछ क़ुर्बान कर देती...! लेकिन अब मेरी लड़ाई मेरे समाज के लिए है। उसका दायरा तुम्हारे उच्छृंखल प्रेम से बहुत बड़ा है—बहुत बड़ा...!! मैं पहले से मजबूर हूँ...! मुझे और मजबूर न करो...!'

'और अगर बिना कुर्सी मिले ही हो जाये—यह सब कुछ...!'

'अरे...! अरे...!! तुम तो बाक़ायदा भडुआगिरी पर उतर आये...!'

छम्मो का तेवर देखकर जबर सिंह कुछ बोल न सके। छम्मो का बोलना जारी रहा—

'जबरू...! औरत कभी भी कुर्सी पर नहीं बैठना चाहती। वह तो अपने को मरदों के हाथ में सौंपकर ही खुश थी। लेकिन मरदों ने उसे कहीं का नहीं छोड़ा। उसे इन्सान भी नहीं रहने दिया। उसकी ज़िन्दगी पशुओं से भी बदतर बना दी। किसलिए...? केवल अपने स्वार्थ के लिए—अपने भोग और मनोरंजन के लिए...! आज तुम उन्हीं मरदों की तरफ़दारी करने आये हो...! इस तरफ़दारी के पहले यह तो सोच लिया होता कि स्वयं तुम्हारी नज़र में औरत की कितनी इज़्ज़त है...!! कितनी तवज्जो बख़्शी है तुमने अपने निजी जीवन में...!! आज ग़लती से ही सही, एक औरत को कुर्सी क्या मिली सारे मरद एकजुट हो गये...! यही है तुम मरदों का असल चरित्तर...! तो थू है इस पर...!! इससे अधिक पवित्तर सोच तो मीरगंज की नगरवधुओं की है जो कम-से-कम खुद भडुआगिरी नहीं करतीं, और उनके ईमानदार काम पर आस-पास भटकने वाले भडुए भी दो पैसे कमा लेते हैं। वे किसी का हक़ तो नहीं छीनतीं...!!'

जबर सिंह फूट-फूट कर रोने लगे थे। छम्मो थोड़ी देर तक एकटक यह सब कुछ देखती रहीं। फिर धीरे-धीरे चलकर जबर सिंह के पास आयीं और अपने साड़ी के पल्लू से उनके आँसुओं को पोंछने लगीं। जबर का रोना, करुण स्वर में तब्दील हो गया। छम्मो की आँखों से भी आँसुओं की अविरल धारा बह चली थी। कुछ क्षण के बाद वे भीतर चली गयीं। और जबर सिंह एक असफल प्रेमी की तरह अपना-सा मुँह लेकर वापस लौट आये।

38

इन दिनों पूरी राजधानी का माहौल एकदम से बदला-बदला सा था। पिछले दस वर्षों के वातावरण की सारी नकारात्मकता एक पल में ही अद्भुत सकारात्मकता में बदल गयी-सी लगती थी। सभी बच्चा तिवारी को शीर्ष सत्ता

से इस क़दर बे-आबरू विदा किये जाने से बेहद खुश थे। अब उनके लिए बच्चा का जाना, राजनीति का एक काला अध्याय हो चुका था। और सभी इस काले अध्याय को भूलकर नया इतिहास रचने में अपना योग देना चाहते थे। अब छम्मो के नेतृत्व में प्रदेश का एक नया राजनीतिक इतिहास लिखा जाना था। हालाँकि यह इतिहास कैसा होगा इसकी रूपरेखा क्या होगी; इसके संविधान में किसे तवज्जो मिलेगी और किसे नहीं इसका अन्दाज़ा न तो किसी को था और न ही सही मायनों में कोई इसे अन्दाज़ना ही चाहता था। कौन इस पचड़े में पड़े...!! क्यों इस फ़ेर में अपना माथा खपाये..!! क्या हासिल होगा इस पर माथापच्ची करके...!!! मक़सद तो तब भी केवल यही था और अब भी केवल यही कि 'कैसे सता में अपनी और अपने वंशजों की भागीदारी सुनिश्चित की जाय और अपने पुरखों के नाम को 'और'—'तनिक और' ऊँचा उठाया जाय; इतने ऊँचे जितने की कल्पना स्वयं उनके पुरखों ने भी न की हो...!!'

फ़िलहाल हर बार के ही तरह इस बार भी विधानसभा की तंग गलियों में राजनीति के रहनुमाओं की आवाजाही बेतहाशा बढ़ गयी थी। दारुलशफा, विधायक निवास, मन्त्री निवास सहित गाँधी मार्ग पर स्थित तमाम होटलों और गेस्ट हाउसेस में तो बाक़ायदा रेलम-पेल मची हुई थी। देखकर ऐसा लगता था कि जल्दी ही यहाँ कोई बड़ा जलसा होने वाला है। लकलक धोती-मलमल कुर्ता-कन्धे पर अँगोछा-काँखों में इतर की खुशबू उड़ेले, प्रदेश के ज़्यादातर नेता-नगरी-दलाल-हलाल-मालामाल-ठेकेदार-बरखुरदार-मनसबदार-ज़मींदार-सीरदार न केवल बाक़ायदा यहाँ जुट गये थे बल्कि राह चलते ही अपनी गोटी सेट करने की क़ाबिलियत साबित करने के लिए लगातार बेसब्र हुए जा रहे थे। यों तो राजभवन की सूचना के मुताबिक़ शपथ ग्रहण समारोह में अभी भी तीन दिन शेष थे लेकिन राजनीति के गलियारों में इसके पहले ही मन्त्रियों, राज्य मन्त्रियों, उपमन्त्रियों की विविध सूचियाँ जारी हो गयी थीं। सबसे बड़ी बात यह कि एक सूची का दूसरी सूची से कोई तालमेल नहीं; फिर भी किसी को इसका कोई मलाल नहीं; सभी अपने को सही बताते हुए भावविह्वल हुए जाते थे और सामने वाले की मूढ़ता पर तनिक विस्मित भी...!!

इस अनुकूल समय में तमाम अधेड़ और ढेर सारे वयोवृद्ध नेताओं की जवानी फिर लौट आयी थी और वे सभी अपने असल उम्र से अधिक जवाँ दिखायी देने के लिए मरे जा रहे थे। उनके सिर पर रोमांटिकता किसी विषकन्या की बेसबब स्मृतियों की तरह सवार थी और इस समय सभी बिना किसी अतिरिक्त कोशिश के, लगातार मुस्कुराते हुए दीख रहे थे; बल्कि वे अपने

अलावा भी सभी को मुस्कुराते हुए देखना चाहते थे और इस ख़ुशनुमा माहौल में किसी प्रकार की वाचिक या कायिक हिंसा को समाज या राजनीति के लिए घातक बताने पर तुले हुए थे। नतीजा यह हुआ कि इन तीन दिनों में अपने तमाम दुश्मनों और बहुतेरे चाहने वालों को देखकर हमेशा भौंहें टेढ़ी रखने वाले बहुतेरे नेतागण, अब हर मिलने-जुलने वाले को अनुलोम-विलोम-प्राणायाम करने और जीवन में योग अपनाने की अनिवार्यता की शिक्षा दे रहे थे; भावनाओं पर नियन्त्रण रखने के तमाम तौर-तरीक़े बता रहे थे; विविध यूनानी और आयुर्वेदिक दवाओं के सेवन का हवाला दे रहे थे और बहुतेरी प्राकृतिक जड़ी-बूटियों के बल पर आत्मसंयम को हासिल कर लेने की वकालत कर रहे थे।

इस बीच बच्चा तिवारी ने एक नया दाँव खेला। यद्यपि छम्मो देवी के नेतृत्व में पूर्ण बहुमत वाले गठबन्धन के विधायकों की पूरी सूची महामहिम को पहले ही प्राप्त करायी जा चुकी थी और इस आधार पर राजभवन द्वारा तीन दिन के उपरान्त उन्हें सरकार बनाने का न्यौता दिया जा चुका था लेकिन बच्चा तिवारी इसे कत्तई मानने के लिए तैयार नहीं थे। उनका स्पष्ट कहना था कि उनके पास ही विधायकों का पूर्ण बहुमत है और उनको सरकार बनाने के लिए आमन्त्रित न करके जनमत का अपमान किया जा रहा है। यही नहीं, अपने कथन के समर्थन में उन्होंने महामहिम से मिलकर, अपने समर्थक दलों और उनके विधायकों की पूरी सूची मय शपथपत्र उनको सौंपी। साथ ही यह माँग भी की कि प्रत्येक दशा में उन्हें ही सरकार बनाने के लिए आमन्त्रित किया जाय।

लेकिन फिर भी बात नहीं बनी। बच्चा तिवारी और उनके समर्थकों द्वारा प्रस्तुत अभिलेखों के परीक्षण और जाँच में यह तय पाया गया कि बच्चा तिवारी द्वारा अपने समर्थक विधायकों की जो सूची राजभवन को सौंपी गयी थी, उसमें से अधिकांश के हस्ताक्षर कूटरचित और फ़र्ज़ी थे। ढेर सारे शपथ-पत्रों में नाम किसी पुरुष का था और फ़ोटो किसी स्त्री का...! कई शपथ-पत्र ऐसे योग्य विधायकों के भी थे, जिनके पढ़े-लिखे होने के बावजूद इन पर हस्ताक्षर की जगह अँगूठे का प्रयोग किया गया था। इसलिए उनके दावे को अस्वीकार कर दिया गया और छम्मो देवी के शपथग्रहण कार्यक्रम को यथावत बनाये रखने का निर्देश जारी किया गया।

लेकिन अपने साथ राजभवन की इस रुसवाई के चलते बच्चा तिवारी ने सभी को आड़े हाथों लिया। वे अचानक से उग्र हो गये और अपने समर्थकों के साथ पाजामा खोलकर बिल्कुल सड़क पर ही उतर आये। लेकिन शीघ्र ही लाठीचार्ज की सम्भावना के मद्देनज़र एकाएक 'बैक गियर' भी लगा लिया और

अब संयत होकर मीडिया का दामन थाम लिया। फिर अपने कार्यकाल में तमाम खाये-पीये-अघाये-मोटाये और बौराये मीडियाकर्मियों के साथ बारी-बारी से बैठकर सबको कोसने लगे। कहीं कहा कि 'यह लोकतन्त्र के अपहरण की साज़िश है।' तो कहीं यह कहा कि 'यह सरकार ताश के पत्तों की तरह बन रही है जो बनने के कुछ समय बाद गिर जायेगी।' फिर कहीं पर यह बयान भी दिया कि 'मौजूदा राजनीतिक परिस्थितियों में मेरे अलावा कोई भी स्थिर सरकार नहीं दे सकता।' तदनन्तर यह भी कहा कि 'भाइयो...! ज़्यादा परेशान होने की आवश्यकता कत्तई नहीं है। मन्त्रियों के बँगलों के रंगरोगन पूरे होने से पहले ही यह सरकार गिर जायेगी।' हालाँकि उस समय किसी ने उनके इस बयान को सीरियसली नहीं लिया और इसे उनका मानसिक प्रलाप ही माना। लेकिन बच्चा तिवारी फिर भी जुटे रहे।

बच्चा के इस नये अभियान में इस पूरे घटनाक्रम में झारखण्डे राय और बाल्टी राय उनके साथ बने रहे और समय-समय पर उन्हें आवश्यक सुझाव देते रहे साथ ही आगामी रणनीतियों पर भी चर्चा करते रहे। इस अवधि में उनकी पार्टी के वरिष्ठ पदाधिकारी, प्रदेश अध्यक्ष और मार्गदर्शक-मण्डल के सदस्य उसके साथ क़दमताल करते रहे। सबसे बड़ी बात यह कि लाख निराशा के बावजूद अपने पार्टी के और समर्थक दलों के विधायकों की पूरी फ़ौज, न्याय-अन्याय की इस लड़ाई को आगे ले जाने के लिए बेसब्र हुई जाती थी। लेकिन फ़िलहाल उनका कुछ नहीं किया जा सकता था। बच्चा के नेतृत्व में सरकार बनने की सम्भावनाएँ बहुत क्षीण थीं; बल्कि न के बराबर थीं और कुल मिलाकर अब अगले पाँच साल तक का इन्तज़ार करना था। लेकिन राजनीति में सत्ता का सुख भोग चुके राजनेताओं के लिए न तो 'अगली बार' का कोई अर्थ होता है और न 'पाँच साल तक इन्तज़ार' करने का धैर्य...!!

इस बीच राजधानी का चौतरफ़ा रंगरोगन चल रहा था। आवास-निवास-प्रवास-सड़क-कूचे-नाली-नाबदान-सीवर-फीवर सबके दिन एक साथ लौट आये लगते थे। एक-एक गली-मुहल्ले को ऐसे सजाया जा रहा था जैसे कोई नयी-नवेली दुल्हन को उसके पहली बार ससुराल जाने से पहले सजाया जाता है। सभी को अपने नये मुख्यमन्त्री का इन्तज़ार था। दिन काटे नहीं कट रहा था। एक-एक मिनट एक-एक वर्ष के समान बीत रहा था। सभी की रूमानियत अपने चरम पर थी और उत्साह चरम-सुख के क़रीब। सत्ता के गलियारे में गहमा-गहमी बढ़ गयी थी और सभी नेता-नगरी, विधायक, पूर्व मन्त्री, अभूतपूर्व मन्त्री और न जाने किन-किन कल्याण बोर्डों और आयोगों के अध्यक्ष और सदस्य, छम्मो देवी से

मिलने के लिए आतुर हुए जाते थे। क़ायदे से सभी को बड़ी कुर्सी चाहिए थी और उससे तनिक अधिक विस्तार वाला पद चाहिए था, जिसका उपभोग वे पहले से करते आये थे।

लेकिन छम्मो देवी की भी अपने सीमाएँ थीं। सभी को पद नहीं दिया जा सकता था। लेकिन इस समय यह कहना भी बड़ा गुनाह हो सकता था और एक पल में ही बने-बनाये माहौल को मटियामेट कर सकता था। इसलिए सभी को आश्वासन दिये जा रहे थे। छम्मो देवी सबसे मिल रही थीं और सभी से इन्तज़ार करने को कह रही थीं। लोगों को फिर भी सन्तोष न था। कोई बूटी महराज के मार्फत अपने सीट पक्की करना चाहता था तो कोई जोखन सिंह के मार्फत...!! सब छोड़िए...! पाखण्डी मुख्यमन्त्री पद की दौड़ में बहुत पीछे रह गये थे; लेकिन उनके यहाँ भी अपनी सिफ़ारिश लगवाने वालों का रेला लगा हुआ था।

इस बीच किसी योग्य सलाहकार ने छम्मो देवी को यह विधिवत सुझाया कि चूँकि बच्चा तिवारी लगातार प्रस्तावित सरकार के विरुद्ध षड्यन्त्र कर रहे हैं और अभी भी सभी विधायकों को डराने-धमकाने-मनाने-रिझाने-ख़रीदने-बेचने-तौलने में लगे हुए हैं; इसलिए बेहतर होगा कि सरकार के गठन होने तक सभी विधायकों को शहर के बाहर एक फार्म हाउस में रखा जाय। सभी वहीं रहें-सुरक्षित रहें; ख़ूब खायें-ख़ूब गायें-ख़ूब नाचें-ख़ूब पादें-ख़ूब मौज उड़ायें...!! छम्मो देवी पहली बार मुख्यमन्त्री पद को सुशोभित करने जा रही थीं। इसलिए वे किसी प्रकार का ख़तरा मोल नहीं लेना चाहती थीं। उन्होंने इस सलाह पर अपने कोर कमेटी और मार्गदर्शक मण्डल के पदाधिकारियों से बारी-बारी से विचार-विमर्श किया और देखते-ही-देखते रातों-रात सभी साथी विधायकों को फ़ार्म हाउस में शिफ्ट होने के निर्देश दिये गये।

देर रात तक सभी विधायक फ़ार्म हाउस में पहुँच भी गये। अब जाकर छम्मो देवी के तमाम सलाहकारों-मार्गदर्शकों-शुभचिन्तकों सभी की जान-में-जान आ पायी थी। छम्मो देवी और उनके तमाम सलाहकार इस प्रकार अपनी सधी रणनीति पर अमल होते देखकर बेहद खुश हुए जाते थे। फ़िलहाल फार्म हाउस की इन्तज़ामिया कमेटी के लिए इन विधायकों की सुरक्षा सर्वोपरि थी और उन्हें किसी भी प्रकार से खुश रखना इनकी ज़िम्मेदारी। इसलिए सभी के रग-रग और अंग-अंग को खुश रखने के सभी इन्तज़ाम किये गये। फिर क्या...! पहले तो फ़ार्म हाउस को एक ऐसे क़बीले में तब्दील कर दिया गया कि चाहकर भी कोई परिन्दा पर न मार सके...! फिर इस सुरक्षा के आग़ोश में सभी सुरक्षितों ने आधी रात से लेकर भोर होने तक न केवल छककर खाया बल्कि उचककर पिया भी...!

सभी के बीच विदेशी मदिरा से लेकर विदेशी कन्या तक—सब कुछ हासिल करने की ख़ूब जद्दोजहद चली। पीने वालों ने पीने के सारे धुर्रे तोड़ डाले। बहुतेरे तो पीते-पीते खुले मैदान में ही लोट गये लेकिन पीने की उनकी लालसा तनिक भी कम न हुई। फिर ज्यों ही तनिक होश में आये, बोतल को दोबारा मुँह में लगा लिया। स्त्रीगमन करने वालों का भी कमोबेश ऐसा ही हाल था।

उधर बच्चा तिवारी को छम्मो देवी की गतिविधियों की जानकारी आधी रात में ही हो गयी थी। इसलिए वे भी कहाँ चुप बैठने वाले थे। उन्होंने भी रातों-रात दाँव लगाया और बड़े ही शान्त तरीक़े से छम्मो देवी के अतिथि विधायकों के ठहरने वाले रिसार्ट के सामने वाले रिसार्ट में अपने सभी विधायकों को टिका देने का निर्णय किया। इस कार्यवाही को इतने चुपके से अंजाम दिया गया कि छम्मो देवी और उनकी मण्डली के लोगों को इसकी भनक तक नहीं लगी। वहाँ बच्चा तिवारी के नेतृत्व में बैठकें चलने लगीं और बनने वाली भावी सरकार के टोपी पहनने के पहले ही टोपी खींचने के इन्तज़ाम किये जाने लगे। तड़ातड़ मार्गदर्शक मण्डल और सलाहकार मण्डल की कई-कई बैठकें हुईं और ये बैठकें अनवरत चलती ही रहीं। इन बैठकों में बारी-बारी से सभी से राय माँगी गयी। सभी ने कुछ दिन सरकार चलने के बाद इसे गिराने के नये-नये तरीक़े सुझाये। लेकिन बच्चा के मन में मानो कुछ और ही चल रहा था इसलिए वे सभी का 'हाँ हाँ-हूँ हूँ' में जवाब देते रहे और अपने अन्तर्मन को लगातार मथते रहे।

फिर उन्होंने झारखण्डे और बाल्टी राय सहित कुछ अतिवादी और अतिउत्साही विधायकों की एक कोर कमिटी बनायी और इसे रातों-रात निर्णायक फ़ैसला लेने और उसपर अमल करने की रूपरेखा तय करने की ज़िम्मेदारी दे दी गयी। इस कोर कमिटी ने 'करो या मरो' का नारा दिया और देखते-ही-देखते पार्टी और गठबन्धन के कुछ माफ़िया टाइप विधायकों की मदद से सभी एकजुट होकर रात्रि के तीसरे प्रहर छम्मो देवी के गेस्ट हाउस पहुँच गये। छम्मो देवी इस समय में अपने कुछ चुनिंदा विधायकों के साथ एक महत्त्वपूर्ण बैठक कर रही थीं; जहाँ मन्त्रालय के बँटवारे को अन्तिम रूप दिया जाना था। इस बैठक में बूटी महराज भी उपस्थित थे और अपनी विस्तृत राय दे रहे थे। बाक़ी विधायक या तो सो रहे थे या पिछली रात्रि की गतिविधियों को ही दुहराने-तिहराने में लगे हुए थे। लेकिन किसी को इस प्रकार के किसी औचक आक्रमण का न तो कोई इल्म था और न ही हो सकता था।

सबसे पहले छम्मो देवी की बैठक पर ही विधिवत आक्रमण हुआ। बच्चा के कुछ जाँबाज विधायकों की मदद से छम्मो का कमरा अन्दर से बन्द कर दिया

और वहाँ बैठे तमाम सलाहाकारों को अगले आदेश तक तनिक भी न हिलने को कहा गया। छम्मो देवी के जीवन में हमेशा से इस तरह के आक्रमण का ख़तरा बना रहता आया था। इसलिए वे ऐसे मौक़ों पर अपने बचाव के तौर-तरीक़ों को लेकर अभ्यस्त थीं। वे मौक़ा देखकर तनिक नीचे झुकीं और धीरे-से गुसलख़ाने में घुसकर दरवाज़ा अन्दर से बन्द कर लिया। इस बीच कॉमन हॉल में बैठे विधायकों द्वारा तमाम कॉमन क्रिया को एक साथ अंजाम देने की कोशिश की जा रही थी। इसलिए जब उनके द्वारा किसी बाहरी हमले की जानकारी मिली तो उन्होंने जल्दी से मुख्य द्वार बन्द कर दिया। परन्तु बच्चा के जाँबाजों ने कुण्डी तोड़ दी। फिर इस दशा में बच्चा के जाँबाज, छम्मो के उन विधायकों पर बेतहाशा टूट पड़े जो कभी बच्चा की परिसम्पत्ति माने जाते थे और अब मौक़ा देखकर छम्मो की गोद में अठखेलियाँ करने को आतुर हो रहे थे। उनकी विधिवत ठुँकाई की गयी और बच्चा के शेर उन्हें बाकायदा थप्पड़ मारने और लतियाने से बाज़ नहीं आये। कुरते पहले भी फटे थे। अब जाँघिये तक फाड़ डाले गये। बहुतों ने सामने वालों के सम्मान में स्वयं ही अपने वस्त्र उतार दिये। जो इसका विरोध करने आये पहले तो उनको चेतावनी दी गयी; फिर न माने जाने पर वही वाली सेवा प्रदान कर दी गयी जो अभी-अभी उनके साथियों को प्रदान की गयी थीं।

तदनन्तर ढेर सारे विधायक जो इधर-उधर कमरों में या लान में गिरे पड़े थे उन्हें पूरी ज़िम्मेदारी के साथ बारी-बारी से भेड़-बकरियों की तरह गाड़ियों में लादा गया और दो दर्जन खेपों में सामने वाले रिसॉर्ट में पहुँचाया गया। फिर इन्हें एक काग़ज़ पर बच्चा तिवारी को समर्थन देने की शपथ लेते हुए, शपथ-पत्रों पर दस्तख़त करने को कहा गया। अब इस उत्कट अभियान से किसी को कोई भी गुरेज़ न था। इसलिए जो होश में थे उन्होंने बदहवासी में हस्ताक्षर कर दिये और जो बेहोश थे उन्होंने अपने शरीर में बिना किसी हरकत के ही हथियार डाल दिये। इस बार कोई चूक न हो, इसलिए सभी के असल हस्ताक्षर से मिलान कराये गये।

इतने में छम्मो देवी की खोज शुरू हुई। अभी तक सभी उन्हें भूले हुए थे। नाम सुनते ही सभी उनकी खोज में बेतहाशा निकल पड़े। तय किया गया कि लगे हाथ उनका भी बुख़ार उतार दिया जाय। लेकिन वे शायद औरों से अधिक सचेत थीं; इसलिए इसके पहले कि सभी उनको खोज पाते, वे अपने किसी होशियार साथी के साथ रिसॉर्ट के पीछे की ओर से भागीं और वहीं से एक खटारा बस पकड़कर इलाहाबाद निकल गयीं। चाहकर भी उन्हें पकड़ा नहीं जा सका। 'जान बची तो लाखों पाये!' —ऐसा सोचते हुए वे रास्ते भर सिसकती रहीं।

सोचती रहीं कि इस नये व्यवसाय से बेहतर उनका पुराना पेशेवर व्यवसाय ही था। आध्यात्म भी कम फ़ायदे वाला रोज़गार न था। यहाँ तो बेइज़्ज़त भी हुए और कोई मेधा काम भी आयी। लेकिन इस दशा में भी उनके सबसे बड़े शुभचिन्तक और इकलौते आध्यात्मिक गुरु बूटी महराज डटे रहे और बच्चा के सामने स्वयं कोरे काग़ज़ पर छम्मो देवी के हस्ताक्षर वाला काग़ज़ और शपथपत्र लेकर प्रगट हुए। साथ ही इस शर्त पर किसी भाँति से छम्मो देवी को छोड़ देने का निवेदन किया कि 'वे आइन्दा सत्ता की महत्वाकांक्षा के बारे में सोचेंगी तक नहीं...! सत्ता केवल बच्चा जैसों के हाथ का खिलौना है और उसे आगे भी बने रहना चाहिए...!!'

फ़िलहाल शपथग्रहण में अब केवल चौबीस घण्टे शेष रह गये थे। इस बदले घटनाक्रम में बच्चा तिवारी का एक प्रतिनिधिमण्डल पुनः अपने संशोधित प्रत्यावेदन के साथ राजभवन पहुँचा और सरकार बनाने की अपनी दावेदारी दुबारा पेश की। पुनः अभिलेखों का परीक्षण किया गया और इसकी बाक़ायदा तस्दीक की गयी। छम्मो देवी के शपथ-पत्र का भी मुआयना किया गया। यहाँ तक कि राजभवन में विधायकों की परेड तक करायी गयी। इस गहरी परीक्षा में बच्चा तिवारी विधिवत सफल हुए। अबकी बार तमाम रूठे और नाराज़ विधायक बच्चा तिवारी के नेतृत्व में सरकार बनाने के लिए इच्छुक दिखे। लोकतन्त्र जीता और षड्यन्त्र हारा...!! लोकतन्त्र के अपहरण की तमाम कोशिशें असफल हुईं। रंगरोगन के दौरान ही छम्मो देवी के नेतृत्व वाली भावी सरकार ताश के पत्तों की तरह बिखेर दी गयी।

राजधानी में और हड़िया सहित राजतलाबा में चौतरफ़ा पटाखे फूट रहे हैं और दीवाली मन रही है। चैनलों पर यह ख़बर तेज़ी से फैल रही है कि 'यशस्वी बच्चा तिवारी तीसरी बार प्रदेश के मुख्यमन्त्री के रूप में शपथ ग्रहण करेंगे।'

39

आज मसान घाट में विचित्र किस्म की शान्ति है—कदाचित् मनहूसियत भरी...! झूँसी के मध्यकालीन राजा हरबेंग सिंह के वंशजों के समक्ष एक बार फिर से अपनी अकड़ और अपनी कुर्सी में से किसी एक को चुनने का अवसर आया था। लेकिन आज भी वह अपना हानि-लाभ, जय-पराजय,

जीवन-मरण नहीं देखेगा...! उसे केवल अपने प्रतिद्वन्द्वी को उसकी कुर्सी से नीचे उतरते देखना था; अपने सामने गिड़गिड़ाते हुए देखना था; उसे इन नग्न आँखों से नष्ट होते देखना था...! उसे अपनी दरिद्रता को लेकर कोई आत्मग्लानि नहीं; बस उसे सामने वाले प्रतिद्वन्द्वी को भी ऐसा ही बनाना था। उसे सदियों के अपमान का बदला लेना था। चाहे अपना बचा-खुचा अस्तित्व ही दाँव पर क्यों न लगाना पड़ जाये...! अगर ऐसा न हुआ तो वह आत्मघात कर लेगा लेकिन झुकेगा कदापि नहीं...! हमेशा से ही उसे केवल टूटना ही आता है, झुकना कत्तई नहीं...!! आज उसकी इस मेधा का केवल दोहराव होना है—पुनःप्रदर्शन होना है...!!

प्रतिष्ठानपुर का सारा इतिहास ऐसा ही रहा है। यहाँ की माटी ने तो हमेशा से सभी को बराबर करके ही माना है। 'टका सेर भाजी और टका सेर खाजा' का संस्कार यहाँ के रगों में है...! रंक को राजा बनाना भले ही इसके वश में न हो; लेकिन राजा को पलभर में रंक बना देना हमेशा से इसके बायें हाथ का खेल रहा है...! यह खेल फिर से खेला जाना था...! अब यह खेल आत्मनाश की ओर ले जाने वाला है। यहाँ के राजा द्वारा सर्वस्वत्याग ही उसकी असल आभा रही है। यह वह धरती है जहाँ राजा अपनी प्रजा के हाथों से फाँसी का फन्दा छीनकर, उनसे पहले फाँसी चढ़ता आया है...! आज वह चूकेगा तो इतिहास उसे कभी माफ़ नहीं करेगा...! कभी नहीं...!!

राजभवन के खचाखच भरे हाल में बच्चा तिवारी और उनके साथी विधायकों का शपथग्रहण चल रहा है। मीडिया और राजनीतिक समीक्षकों की दृष्टि में यह एक नये राजनीतिक युग का आग़ाज़ है। पूरा माहौल बदला हुआ है और नवनिर्वाचित मुख्यमन्त्री सहित बाक़ी मन्त्रियों के शपथ लेने के दौरान बार-बार सदन तालियों की गड़गड़ाहट से गूँज उठता है। सदन से बाहर निकलने पर, बच्चा तिवारी और उनके साथी मन्त्रियों-विधायकों पर लगातार पुष्प-वर्षा हो रही है।

लेकिन यह क्या...! एक तरफ़ बच्चा तिवारी की मुख्यमन्त्री के रूप में ताजपोशी हो रही है और दूसरी तरफ़ बाबू जोखन सिंह के जलसमाधि की ख़बरें आ रही हैं...! ओफ़्फ़...! इतनी ज़िद...! आत्महन्तात्मकता का ऐसा नग्न प्रदर्शन...!! एक छोटा-सा प्रण न पूरा होने पर ऐसा कठोर निर्णय...! पाखण्डी से अनजाने में किये गये वादे की विफलता पर अपने ही विरुद्ध ऐसा सार्वजानिक दण्ड...! अपने ही जीवन के साथ ऐसा निष्ठुर बर्ताव...! क्या यही प्रतिष्ठानपुर है...! कदाचित् यही प्रतिष्ठानपुर है...!! कदाचित् प्रतिष्ठानपुर ऐसा ही है...!!!

गोताख़ोरों ने जोखन सिंह को गंगा मैया के आँचल से खोजकर उन्हें निकाल लिया है और अब वे उन्हें इस क़दर निस्तेज देखकर स्वयं विलाप कर रहे हैं। बाबू जोखन सिंह द्वारा मृत्यु का यह बेतुका वरण उन्हें लगातार कचोट रहा है।

जोखन सिंह का निष्प्राण शरीर मसान घाट में लाकर रखा गया है। पतले हरे बाँसों की टिकठी तैयार हो रही है। सजावट के लिए फूल-मालाएँ मँगा ली गयी हैं। उनके शरीर पर से पुराने वस्त्र हटाये जा रहे हैं। और अब उन्हें मटमैले रंग के मारकीन के नये कपड़े में लपेटा जा रहा है। मुँह में गंगाजल की बूँदें डाली जा रही हैं और पूरे शरीर पर देशी घी का लेपन किया जा रहा है। पाखण्डी एक ओर बेतहाशा फफक रहे हैं और फसाहत, सुन्नर पाड़े, आचार्य रामपलटदास, ढक्कन दूसरी ओर..! झारखण्डे भी भागते-भूगते पहुँच गये हैं और वे अपने इन पुराने साथियों से थोड़ी दूर खड़े हतप्रभ सिसक रहे हैं...! छम्मो देवी को आने में समय लग गया था। वे अभी तुरन्त ही मसान घाट पहुँची हैं और 'राम-नाम सत्त है' के साथ उन्हें कन्धा दे रही हैं। इस बीच बूटी महराज भी पधार रहे हैं।

गंगा के किनारे सूखी लकड़ियों की सेज सज गयी है। थोड़ी देर में उनके शरीर को आग लगा दी गयी है। सबसे पहले पाखण्डी ने उन्हें मुखाग्नि दी है। अब सभी बारी-बारी उनको मुखाग्नि दे रहे हैं। आरम्भ में उस पर बाबू जोखन सिंह के शरीर को चित लिटाये जाने के बाद, सीने की कठोर हड्डियों को जलाने के लिए मुँह के बल लिटाया जा रहा है। जीते-जी जिसने न जाने कितनों को मुँह के बल लिटाया होगा; आज जब उसे स्वयं मुँह के बल लिटाया जा रहा है तो वह कोई भी प्रतिक्रिया करने की स्थिति में नहीं है। उनका शरीर धू-धू कर जलने लगा है। उन पर पंचलकड़ियाँ फेंकी जा रही हैं। इस बीच गंगा की ओर से बहकर आने वाली पछुआ हवाओं ने आग की लपटों को और भी गगनचुम्बी बना दिया है। दो-ढाई घण्टे से लाश लगातार जल रही है। अभी-अभी नवनिर्वाचित मुख्यमन्त्री बच्चा तिवारी के भी मसान घाट आगमन की सूचना मिल रही है। साथ में जबर सिंह और प्रशासन के लोग भी हैं। वे वहाँ पहुँचकर राख में तब्दील हो रही सत्ता को अन्तिम प्रणाम करके वापस लौट रहे हैं।

घाट पर उपस्थित शेष सभी गंगा की ओर स्नान के लिए बढ़े जा रहे हैं। फ़साहत और मसान घाट के बाक़ी सहयोगी जोखन सिंह के शरीर की राख लेकर संगम की ओर बढ़ गये हैं—शायद उनकी अन्तिम मुक्ति के लिए...! पाखण्डी शर्मा अभी भी बुरी तरह फ़फ़क रहे हैं। हरबेंग सिंह का अन्तिम उत्तराधिकारी भी नहीं रहा...! फिर भी प्रतिष्ठानपुर ने अपने स्व के नष्ट हो जाने के बावजूद स्वत्व और सत्व को ज़िन्दा रखा है।

आज शाम के समय मसान घाट के किनारे संझा के लिए आयी महिलाएँ बेहद दुःखी हैं। वे आपस में कम ही बात कर रही हैं। उन्हें अपने राजा के चले जाने का ग़म है। एक कहती है—'देखो आज बच्चा फिरु मुखमंतिरी बनिगै...! हियाँ कुछ तो बदलत है अब...!'

तो दूसरी कहती है—'कुछ नाहीं बदलीगा हो सखी...! आज हमार राजा अपने परजा के बचावै ख़ातिर फिरु फाँसी चढ़िगै...!'

❑❑